LEIGH HIMES

Die zwei Seiten meines Herzens

Buch

Abbey Lahey ist die typische glücklich verheiratete, berufstätige Mutter, die eigentlich nicht richtig glücklich ist. Ihr Leben pendelt zwischen der Zeit mit ihren zwei Kindern, bei der sie ein schlechtes Gewissen hat, nicht genug für die Arbeit zu tun, und den Stunden im PR-Büro, in welchen sie bereut, nicht für ihre Kinder da zu sein. Und auch mit Jimmy, ihrem Mann, lief es schon deutlich besser, Geld ist ein ständiges Thema. Auch deswegen hat sich Abbey dazu entschlossen, die sündhaft teure Handtasche, die sie vor ein paar Tagen gekauft hat, wieder zurückzugeben. Doch leider hat sie auf der Rolltreppe des Geschäfts einen kleinen Unfall – sie stürzt, stößt sich den Kopf und ist, als sie wieder zu sich kommt, in einem Parallelleben gelandet. Und zwar in einem ziemlich luxuriösen – inklusive dem Mann, dem sie vor Jahren einen Korb gab, der aber immer noch sehr sexy ist …

Autorin

Leigh Himes wurde in Greensboro, NC, geboren und wuchs auch dort auf. Sie arbeitete vierzehn Jahre im PR-Bereich, heute lebt sie mit ihrem Mann und zwei Kindern in der Nähe von Philadelphia. *Die zwei Seiten meines Herzens* ist ihr erster Roman bei Blanvalet.

Weitere Informationen unter: www.leighhimes.com

Leigh Himes

Die zwei Seiten meines Herzens

Roman

Deutsch von Claudia Geng

blanvalet

Die Originalausgabe erschien 2016 unter dem Titel
»The One That Got Away« bei Hachette Books, New York.

FSC® www.fsc.org MIX Papier aus verantwortungsvollen Quellen FSC® C014496

Verlagsgruppe Random House FSC® N001967

1. Auflage

Redaktion: Margit von Cossart
Umschlaggestaltung und -illustration: www.buerosued.de
LH · Herstellung: kw
Satz: Buch-Werkstatt GmbH, Bad Aibling
Druck und Bindung: GGP Media GmbH, Pößneck
Printed in Germany
ISBN: 978-3-7341-0272-1

www.blanvalet.de

Für Shelby

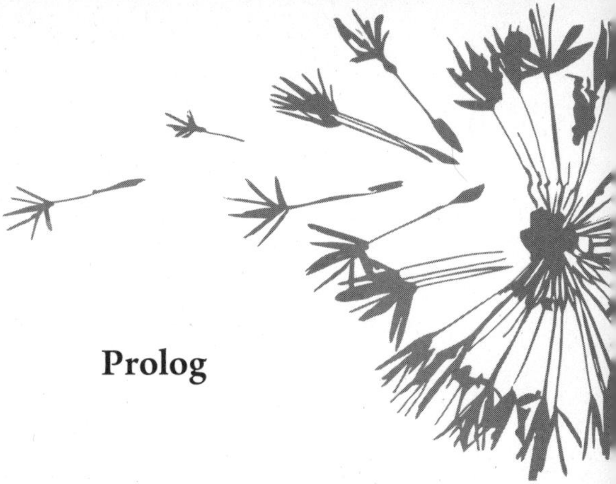

Prolog

Scheiß auf dich, Marc Jacobs.

Dies waren die Worte, die mir auf der steil nach oben führenden Rolltreppe zum Kundenservice durch den Kopf gingen. Innerlich fluchend stellte ich mich auf einen harten Kampf ein.

Es war ein Samstagmorgen. Das Kaufhaus war bereits voller Kunden, die der Verlockung von neuem Leder und Hundert-Dollar-Gesichtscremes nicht widerstehen konnten. Ich hätte es besser wissen müssen, denn auch ich war der Kaufsucht verfallen und bezahlte nun den Preis dafür.

Mein Plan war einfach: betteln. Sie *mussten* einfach die glänzende rote Ledertasche zurücknehmen, obwohl ich sie schon zwei Wochen mit mir herumgetragen hatte und obwohl sie von meiner fünfjährigen Tochter mit einem tiefen Kratzer verziert worden war – unbeabsichtigt natürlich, sie hatte ein chinesisches Essstäbchen in ein Laserschwert verwandelt und mich zu einem Gefecht aufgefordert. Ich hoffte, dass die Person, die an diesem Morgen am Kundenserviceschalter arbeitete, schlechte Augen hatte oder ein großzügiges Herz oder beides.

Mit vor Wut geröteten Wangen balancierte ich die glänzende silberne Schachtel auf einer Hand und hielt sie sorgfältig von meiner regennassen Jacke und dem tropfenden Schirm unter meinem Arm entfernt, um nicht noch weiteren Schaden anzurichten. In der anderen Hand hielt ich einen Kaffeebecher. Die dampfende braune Flüssigkeit schwappte über meine Finger, auf meinen Ärmel und das langsam rotierende Metall unter meinen Füßen.

Ich selbst dampfte auch, nachdem mir gerade zwei »Freundinnen« aus der Highschool in den Uniformen der wohlhabenden Vorstadtmütter (Steppjacke, Designerjeans und Lammfellstiefel) über den Weg gelaufen waren, die mich mit ihren kaum verhohlenen Beleidigungen mehr in Verlegenheit gebracht hatten als der momentane Zustand meiner Haare.

»Das nenne ich mal einen lässigen Look!«, hatte die eine, Betsy, gekräht, während sie und die andere, Ellen, mein Outfit gemustert und dann vielsagende Blicke unter ihren perfekt geföhnten Frisuren getauscht hatten. »Ich wünschte, ich könnte auch so auf die Straße gehen, aber ich muss aufpassen, schließlich kann mir immer einer von Bills Kunden begegnen.«

»Es kann sich eben nicht jede von uns leisten, eine Jogginghosen-Mom zu sein«, hatte Ellen hochmütig gesagt und einen unsichtbaren Fussel von ihrem trainierten Pilates-Bauch geschnipst.

Ich war dermaßen überrascht gewesen, dass ich einfach nur dagestanden und mir gewünscht hatte, ich könnte in dem glänzend polierten Marmorboden versinken. Mir war nicht einmal eine Lüge eingefallen, und so hatte ich den beiden unwillkürlich gestanden, dass ich nur kurz eine Handtasche zurückbringen wolle, die mir zu teuer sei. Sie hatten mir ein mitleidiges Lächeln mit geschlossenen Lippen geschenkt, bevor sie eilig in Richtung Schuhabteilung verschwunden waren.

Betsy Claiborne war die Tochter einer alleinerziehenden Mutter so wie ich, und sie hatte nicht einmal einen College-Abschluss. Nun tat sie so, als wäre sie Jackie Kennedy. Und Ellen Hadley hatte früher Handjobs wie Tic Tacs angeboten, bevor sie vierzig Pfund abgespeckt und den Erben eines Textilreinigungsimperiums geheiratet hatte. Nun verbrachten Betsy und Ellen ihre Zeit damit, ihre Kinder in einem Range Rover durch die Gegend zu chauffieren und an Schlaf- und Fitnessmangel leidenden Müttern in Kaufhäusern aufzulauern.

Ich war so erbost, dass ich vor Wut zitternd zur Rolltreppe gestapft war und die beiden Schnepfen, mein Bankkonto, meinen Mann und sogar Marc Jacobs selbst, der ja gar nichts dafür konnte, dass mir das Geld für die Wasserrechnung und die Zuzahlungen an den Kinderarzt fehlten, zum Teufel gewünscht hatte.

Ich liebte diese Tasche, ich hatte sie zur Arbeit, zur Apotheke, zur Grundschule, zur Tanzschule und zum Schnellimbiss mitgenommen. Nicht in ein schickes Restaurant, nicht in eine Boutique, nicht einmal in die noble Universitätsbücherei, die ich manchmal mit meinem Kleinen aufsuchte, weil es dort schöneres Spielzeug gab und der Teppichboden weniger abstoßend war. Wenn sie von den zickigen Vorstadtmüttern nicht gesehen wurde, existierte sie dann überhaupt?

Zugegeben, die Tasche bedeutete mir nicht etwas, weil man mit ihr andere Leute neidisch machen konnte. Sie war ein Anker aus gestepptem rotem Leder, der mich mittels einer schmalen Goldkette mit einem früheren Leben verband. Ihre Glieder waren Verbindungen zu meinem wahren Ich, zu der Person, die cool und witzig und spontan gewesen war, die hippe Kleidung getragen und später als um halb sechs ihr Abendessen zu sich genommen hatte, die sich ausländische Filme angeschaut und die neuesten Romane gelesen und die ihr Gesicht im Spiegel noch erkannt hatte. Das bedeutete, dass ich immer noch Abbey war und nicht nur Mommy oder Mrs. Lahey. Die Tasche hätte mein früheres Ich noch ein bisschen länger am Leben erhalten können, wäre die Kette nicht schließlich unter der enormen Belastung gerissen und hätte mich – wahrscheinlich für alle Ewigkeit – in die Vorstadtmütterhölle gestürzt.

Aber in Anbetracht dessen, wie die Dinge in letzter Zeit liefen, war es vielleicht ganz gut, dass ich auf dem kalten Marmorboden von Nordstrom das Bewusstsein verlor.

Schließlich brauchte ich wirklich eine Pause.

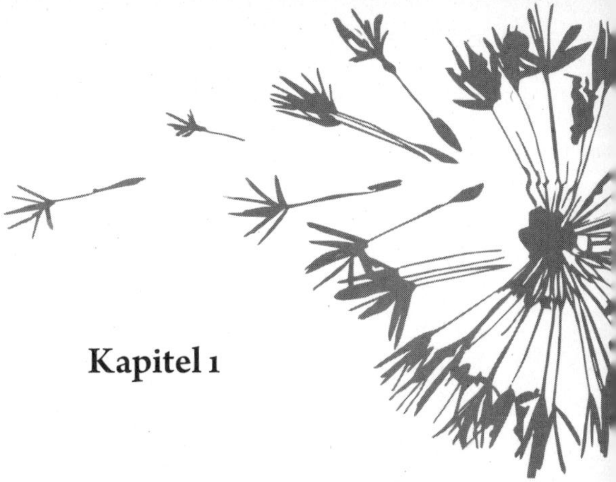

Kapitel 1

Der Tag vor meinem Unfall begann wie jeder andere Morgen in meinem Leben – mit dem puren Chaos. Der Hund bellte, der Kleine brüllte, meine Tochter hatte wieder ins Bett gemacht, und mein Mann Jimmy war längst zur Arbeit gefahren. Jimmy stand gewöhnlich gegen fünf Uhr morgens auf, zog leise seine Arbeitsklamotten und seine Arbeitsstiefel an, packte sein Lunchpaket ein und schlich sich dann durch die Hintertür hinaus wie ein Einbrecher. Er achtete immer sehr darauf, uns nicht zu wecken, aber egal, wie vorsichtig er sich davonstahl, eins der Kinder spürte die Veränderung in der Atmosphäre und wachte grundsätzlich in dem Moment auf, in dem Jimmys Truck aus der Einfahrt rollte. Vielleicht war auch nur das Frühaufstehen vererbbar.

An diesem Morgen um zwanzig nach fünf, gerade als Channing Tatum mir den Schlüssel für das Home-and-Garden-Television-Traumhaus übergeben wollte, wurde ich jedenfalls schlagartig wach, denn beide Kinder riefen nach mir. Sekunden später hievte ich den dreißig Pfund schweren Sam aus seinem Kinderbett und trug ihn durch den Flur zu dem Zimmer, aus dem gedämpfte Wimmerlaute kamen. Gleich darauf sah ich den verräterischen gelben

Fleck und die zerwühlte Bettwäsche, bevor ich in einem weißen Wäschekorb ein Häufchen entdeckte, das die Form eines kleinen Mädchens hatte.

»Du bist sauer auf mich, das weiß ich«, sagte eine Stimme unter der Schmutzwäsche.

»Es ist viel zu früh für psychologische Kriegskunst, Gloria«, erwiderte ich. »Ist doch bloß ein bisschen Pipi, nicht weiter schlimm.«

»ES IST SCHLIMM!«, schrie das Wäschehäufchen. »NIEMAND SONST IN MEINER KLASSE MACHT INS BETT!«

»Ich glaube, es gibt viele Kinder, die ins Bett machen«, sagte ich. »Nimm Sam zum Beispiel. Er hat vierundzwanzig Stunden Pipi in seiner Windel.«

»Aber er ist noch ein Baby, er zählt nicht«, argumentierte das Häufchen. »Ich gehe nie wieder in die Schule, nie, nie, nie wieder!«

Lass dir schnell was einfallen, Mommy, befahl ich mir und schüttelte rasch den Nebelschleier des frühen Morgens ab. Unser Tag war gerade einmal drei Minuten alt, und schon stieß einer von uns Drohungen mit monumentalen Nachwirkungen aus.

Ich ließ den Kleinen an meinen Beinen hinuntergleiten, und er watschelte zu etwas Verbotenem davon, während ich vor dem Wäschehäufchen in die Hocke ging. Ich grub meine Tochter aus und zog sie dann eng an mich, spürte ihren vertrauten warmen Atem, die verwuschelten braunen Locken, ihren flauschigen Pyjama.

»Ich werde dir ein Geheimnis verraten«, flüsterte ich. »Weißt du, wer früher auch ins Bett gemacht hat, bis er zehn Jahre alt war?«

»Wer?«

»Daddy.«

»Unser Daddy?«

»Ja, unser Daddy«, schwindelte ich. »Es passierte ihm ständig.« Gloria blieb still, also schmückte ich die Notlüge mit einer Extraportion Drama aus. »Und weil Daddy im Etagenbett oben lag, tropfte es auch noch auf Onkel Pat hinunter.« Ihre Augen wurden groß. Ihr Mund stand offen. »Aber eines Tages war Daddys Blase groß und stark genug, um die ganze Nacht durchzuhalten, und ab da hat er nie wieder eingenässt. Und so wird es auch bei dir sein. Du musst einfach noch ein bisschen größer werden, und deine Blase wird es schließlich schaffen so wie die von Daddy.«

»Wirklich?«

»Absolut«, sagte ich und drückte ihren kleinen Körper fest an mich. Sie fühlte sich in meinen Armen so zerbrechlich an. Obwohl sie dreieinhalb Jahre älter war als ihr Bruder, wog sie nur ein paar Pfund mehr.

Offenbar kaufte sie mir die Daddy-Geschichte ab, denn sie schaute mich nun mit ihren großen braunen Augen an, und einen Moment lang sah es so aus, als würde sie mir ihr herrliches Gloria-Lächeln schenken. Aber plötzlich meldete ihr Kleiner-Bruder-Sonar, dass Sam gerade dabei war, die Küche von Promiköchin Barbie auseinanderzunehmen. Sie sprang auf und stieß mich unsanft gegen das Bücherregal. Es folgte ein endloses Tauziehen, das sicher die äußersten Belastungsgrenzen der modernen Spielzeugtechnik auf die Probe stellte und mir gerade genügend Zeit verschaffte, um nach unten zu laufen und die Kaffeemaschine einzuschalten.

An diesem Morgen würde ich eine Extradosis Koffein benötigen. Vielleicht sogar eine intravenöse Dauertropfinfusion.

Nach dem dreistündigen Morgenwahnsinn waren alle im Wagen verstaut, zusammen mit diversen Kuscheltieren, Rucksäcken, Pausenbroten, Trinkflaschen, Regenschirmen und, nur für alle Fälle, Ersatzunterwäsche. Auch ich hatte meine notwendigen Sachen dabei: Aktenordner, Laptop, Wochenkalender, Wasserflasche, Reisezahnbürste und neben mir auf dem Beifahrersitz – mit hochrotem Gesicht vor lauter Scham über die schäbige Umgebung – meine neue Handtasche.

Eigentlich wollte ich der Tasche mit einem hipperen Outfit als üblich die Ehre erweisen, doch wieder einmal hatte Bequemlichkeit über Stil gesiegt. Beim Anziehen hatte ich einen Moment lang auf mein bestes Bürooutfit gestarrt, einen taillierten schwarzen Hosenanzug von J. Crew, und mir vorgestellt, wie ich die Flure der Vorstandsetage entlangstöckelte. Aber dann hatte ich das Bild verdrängt, weil es mir bereits zu viel war, mich mit den hohen Absätzen auseinanderzusetzen, die dafür erforderlich waren, ganz zu schweigen von den zusätzlichen Kosten für die Reinigung. Also entschied ich mich stattdessen für meine bevorzugte Alltagsuniform: Strickweste, Rock, flache Schuhe. Die heutige Variante bestand aus einem maschinenwaschbaren dunkelgrauen Bleistiftrock, einem langärmligen weißen T-Shirt und einer neun Jahre alten lavendelfarbenen Kaschmirweste, deren »Perlen«knöpfe angeschlagen waren, um das polierte Silber darunter zu enthüllen.

Obwohl mich die meisten Leute wohl als schlank bezeichnen würden, zumindest in voll bekleidetem Zustand, benötigte ich ein Miederhöschen, um den wabbligen Bauchspeck, den ich seit meiner letzten Schwangerschaft nicht mehr loswurde, zu kaschieren. Eines Tages würde ich mich um die überflüssigen zehn Pfund kümmern – vielleicht mit Spinning oder Yoga oder so etwas in der Art anfangen –, aber für den Moment war meine Strategie elastisches Bodyshaping. Sie funktionierte ganz gut, der Reißverschluss an meinem Rock ließ sich problemlos hochziehen. Zum Schluss schminkte ich meine blaugrauen Augen mit schwarzer Wimperntusche, verzichtete jedoch auf Concealer und Rouge. Es kam ohnehin nie jemand Wichtiges in unser Büro.

Mein Haar war eine andere Geschichte. Einst mein ganzer Stolz und Gegenstand vieler Recherchen und Entwicklungen, waren sie nun am Ansatz braun und an den Spitzen spröde, die blonden Strähnchen hatten schon seit Langem einen grünlichen Stich. An diesem Morgen war wie an den meisten anderen keine Zeit für Styling gewesen, es reichte nur für einen kurzen Blick in den Innenspiegel des Autos und das Zusammenraffen zu einem verstrubbelten Dutt. Im Spiegel sah ich außerdem, dass Gloria ihren Bruder finster anstarrte, immer noch verstimmt wegen der Auseinandersetzung am frühen Morgen. Sie sann zweifellos auf Rache, obwohl Sam versuchte, sie mit einer fröhlichen Version von *Itsy Bitsy Spider* für sich zu gewinnen – in Ermangelung des geeigneten Wortschatzes war eigentlich kaum etwas zu verstehen.

»Halt die Klappe!«, schrie Gloria. »Das ist nicht mal das richtige Text!«

»Erstens sagt man nicht ›Halt die Klappe‹. Zweitens heißt es ›*der*‹ richtige Text«, korrigierte ich in meinem selbstsichersten Mommy-Ton. »Und bitte schrei deinen kleinen Bruder nicht an.«

»Aber er nervt!«, klagte sie, die kleinen Hände vor Frust zu Fäusten geballt.

»Nun, das mag vielleicht stimmen«, sagte ich. »Du solltest dennoch besser vorsichtig sein. Er wird dich bald überragen.«

Ich erkannte zu spät, was ich gesagt hatte, und verfluchte insgeheim die witzelnde Mommy. Es war keine gute Idee, Glorias Größe zu erwähnen, und schon gar nicht auf dem Weg zur Schule, wo ihr jeden Tag schmerzhaft bewusst war, dass sie die Kleinste in ihrer Klasse war. Aber sie überraschte mich mit einer Frage, statt in Tränen auszubrechen.

»Warum bin ich so klein, Mommy?«, wollte sie wissen.

»Du bist nicht klein«, log ich.

»Doch. Bin. Ich. Mommy«, erwiderte sie, und ihr Ton gab mir einen heimlichen Vorgeschmack auf den Teenager Gloria. »Warum?«

»Na ja, die Menschen kommen in allen Größen und Formen auf die Welt, und du bist eben zufällig zierlich geraten«, erklärte ich. »Du wirst schon noch wachsen. Hab einfach Geduld.«

Ich wusste, dass das nicht die Wahrheit war. Gloria war sehr klein und würde es wahrscheinlich immer sein. Laut vieler Spezialisten, die wir vor und unmittelbar nach Glorias Geburt konsultiert hatten, litt sie an intrauterinem Kleinwuchs, bedingt durch eine Dysfunktion meiner Plazenta. Statt ein All-you-can-eat-Büfett hatte Gloria im Mutterleib eher auf einer Abspeckfarm gelebt. Ihre kognitiven Fähigkeiten waren nicht eingeschränkt, nur ihr Wachstum. Nicht fair für ein Kind, dessen Eltern beide überdurchschnittlich groß waren und dessen Bruder ständig neue Moppelrekorde brach. Zum Glück erreichten wir den Schulparkplatz, bevor sie sich weitere Fragen ausdenken konnte.

Aus der Ferne betrachtet sah die Grundschule sehr hübsch aus mit ihrer von Kirschbäumen gesäumten

Einfahrt, den großzügigen Rasenflächen und der Fahnenstange in dem ummauerten Blumenbeet. Aber aus der Nähe betrachtet war es wie im russischen Sozialismus: grobe Betonwände, billige Holztüren und dringend erneuerungsbedürftiger Anstrich. Die Schule war seit Jahrzehnten nicht mehr renoviert beziehungsweise gründlich gereinigt worden. Die Klassenräume waren überfüllt, Sicherheitsvorkehrungen gab es nicht, und im Winter lief der Heizkessel so heiß, dass die Schüler ihre T-Shirts durchschwitzten. Niemand schien davon Notiz zu nehmen oder sich zu beschweren, wir waren schließlich alle Veteranen des öffentlichen Schulsystems.

Ich löste die Gurte der Kinder, hob Sam aus dem Wagen, nahm Glorias Sachen heraus, fing Sam rasch wieder ein, bevor er auf die Straße laufen konnte, und lenkte dann die zwei kleinen Gestalten in Richtung Eingang. Lächelnd und nickend, doch zügig manövrierte ich die Kinder an der Polonaise aus silbernen Minivans vorbei, an den Vollzeitmüttern, die sich nach einer Unterhaltung sehnten, an einem verwirrten Großvater, der eine tropfende Lunchbox in der Hand hielt. Er hoffte wahrscheinlich, dass sich jemand seiner erbarmte und ihm half, aber an diesem Morgen würde das nicht ich sein. Ich wusste, ich hatte genau achtundzwanzig Minuten, um Gloria in das Gebäude zu bringen, danach Sam bei seinem Großvater abzuliefern und schließlich ins Büro zu fahren, gut zehn Meilen nach Conshohocken. Ich tat so, als würde ich die Kantinenmitarbeiterin nicht sehen, die mir winkte, und grüßte kurz im Vorbeigehen meine hochschwangere Nachbarin Mary Anne, die ihre drei Jungs ablieferte. Ich würde mit ihr am Wochenende über den Zaun hinweg plaudern. Oder in fünfzehn Jahren.

Drinnen gab es ein Abschiedsküsschen, und Gloria machte sich auf den Weg in ihr Klassenzimmer – eine wippende Plüschmütze, ein riesiger Ranzen und Stiefel. Sam und ich schauten ihr einen Moment lang hinterher. Sie wirkte so selbstsicher und patent, der Vorfall am Morgen schien beim schrillen Bimmeln der Schulglocke vergessen.

»Tiss Lori«, brabbelte Sam und lenkte meine Gedanken ruckartig wieder auf die bevorstehende Aufgabe.

»Na komm, kleiner Mann, schaffen wir dich zu Grandpa«, sagte ich.

Wenn Glorias Schule das sozialistische Russland war, dann war Sams Tag ein Besuch in Mittelerde. Jimmys Vater Miles, ein freundlicher, aber zerstreuter Ire, kümmerte sich an vier Tagen in der Woche um Sam, während ich im Büro Präsenz zeigte. Miles hatte im Laufe der Jahre verschiedene Firmen besessen – eine Schreinerei, einen Malerbetrieb, eine Autowerkstatt –, er konnte sogar auf eine kurzlebige Karriere als irischer DJ zurückblicken (überraschend populär in unserer Stadt). Sein Haus war für kleine Jungs ein Paradies, vollgestopft mit Werkzeuggürteln, handgefertigten Holzspielzeugen, rostigen Angelruten, Plattenspielern aus den Sechzigern und alten Autoteilen. Sam hatte bei seinem Großvater zwar keinen Kontakt zu anderen Kindern, dafür würde er mit sechs Jahren höchstwahrscheinlich in der Lage sein, das Getriebe unseres Wagens zu reparieren oder das Dach neu zu decken.

Als Jimmys Mutter noch gelebt hatte, hatte das zweistöckige Backsteingebäude freundlich und ordentlich ausgesehen. Seit Janes Tod gab es von ihr kaum noch eine Spur – abgesehen von einem Raum. Es handelte sich um das Wohnzimmer, und selbst Sam durfte es nicht betreten. Miles bewahrte es so, wie seine geliebte Jane es hinterlassen hatte. Als ob er Angst hätte, dass sie jeden

Moment hereinkommen und fragen könnte, wer ihre Porzellanfiguren verstellt hatte und warum die Vorhänge immer noch zugezogen waren.

Als ich vor dem Haus hielt, krampfte sich wie üblich mein Magen zusammen, aber in meinem Fall nicht nur aus schlechtem Gewissen gegenüber meinem Sohn, sondern auch gegenüber meinem Schwiegervater. Wie konnte es sein, dass ein neunundsechzigjähriger Handwerker im Ruhestand, der selbst ein bisschen Betreuung nötig hatte, auf unseren lebhaften kleinen Jungen aufpassen musste? Sam gehörte eigentlich in eine Krippe oder in einen Kindergarten, wo er basteln und singen konnte, statt Frühstücksfernsehen zu schauen und die Lottoziehungen zu verfolgen. Seit die Gartenpflege unter der Wirtschaftskrise eingebrochen war, hatten Jimmy und ich allerdings kein Geld für eine Kindertagesbetreuung oder einen regelmäßigen Babysitter. Ich wusste, Miles vergötterte Sam, und Sam vergötterte Miles, aber ich machte mir trotzdem Sorgen. Der alte Mann wurde immer vergesslicher, und er bewegte sich viel langsamer als früher.

»Es ist nur vorübergehend, es ist nur vorübergehend, es ist nur vorübergehend«, betete ich mir selbst stumm vor, hob Sam aus seinem fleckigen Kindersitz und setzte ihn auf dem kleinen Rasen ab. Ich schnappte mir seine Tasche und seinen geliebten Dinosaurier und folgte ihm, als er auf das Haus zulief.

Die Tür öffnete sich, und heraus trat Miles, der mit seiner Wollmütze, dem groben beigen Strickpullover und dem geschnitzten Gehstock aussah wie das Kunstporträt eines Großvaters.

»Guten Morgen, mein kleiner Kamerad!«, rief er, schlurfte Sam entgegen und ergriff mit seiner wettergegerbten Hand sanft Sams kleine Kinderhand.

»Hi, Pop«, sagte ich und hielt ihm Sams Sachen entgegen. Dann gab ich Sam einen Kuss auf den Kopf. Bevor ich zum Wagen zurücklief gab ich noch Last-Minute-Anweisungen. »Achte darauf, dass er heute sein Mittagsschläfchen macht. In der Tasche ist Windelcreme. Und keinen Bohnendip mehr!«

Während ich den Motor startete, beobachtete ich, wie Miles Sam die beiden Eingangsstufen hochhalf. Ihre ungezwungene Kameradschaft hätte mich trösten müssen, aber im Bewusstsein, dass ich die nächsten acht Stunden von Sam getrennt sein, das Gebrabbel und Geglucks und die kleinen alltäglichen Unfälle verpassen würde, biss ich mir auf die Unterlippe, um die Tränen zurückzuhalten.

Ich traf nur wenige Sekunden vor meiner Chefin bei Elkins Public Relations ein, warf meine neue Handtasche in meiner grauen Bürozelle unter den Tisch, ließ mich auf den Stuhl plumpsen, nahm den Deckel von meinem Kaffeebecher ab und starrte konzentriert auf meinen Computer, als würde ich schon seit Stunden E-Mails lesen.

»Morgen, Abbey«, säuselte Charlotte, meine ehemalige Untergebene und inzwischen Vorgesetzte mit der perfekten Frisur, der perfekten Bluse und dem perfekten Hintern.

»Guten Morgen«, sagte ich, ohne die Augen von meinem Bildschirm abzuwenden. »Wir sehen uns gleich.«

»Eigentlich muss ich dich unbedingt noch vor dem Meeting sprechen«, erwiderte sie und schwebte auf ihr Eckbüro zu.

Klar musst du mich vorher sprechen, dachte ich. Schließlich soll ich dich kurz auf den neuesten Stand bringen, weil du ja immer viel zu beschäftigt bist damit, ein Schwätzchen zu halten, statt deine Arbeit zu erledigen. Ich seufzte innerlich und kickte den Riemen meiner Handtasche weg, der sich um meine Füße verheddert hatte. Dann schnappte ich mir meinen Notizblock. Ich zog eine Grimasse, als ich an Jules, meiner besten Freundin, vorbeikam, die auch so tat, als würde sie arbeiten, obwohl sie in Wirklichkeit den neuen FedEx-Boten auf Instagram verfolgte.

Sekunden später stand ich in Charlottes lichtdurchflutetem Büro und befahl mir, keine Informationen preiszugeben und auch nicht mit meinem üblichen Geplapper das Schweigen zu überbrücken. Knackarsch drapierte sich adrett in ihrem lederbezogenen Bürosessel, ohne mir einen Stuhl anzubieten, und begann mit der üblichen Befragung.

»Alsooo, was gibt es Neues bei unseren Freunden von Maxim Pest?«

Ich holte tief Luft. »Jules und ich haben den Herbstrundbrief praktisch fertig, wir warten nur noch auf ein letztes Foto vom Kunden«, erklärte ich und tat so, als würde ich nicht bemerken, dass Charlottes Blick von meiner verwaschenen Strickjacke zu meinen abgewetzten Ballerinas hinunterwanderte. »Und ich hab mich richtig ins Zeug gelegt, um die Kunde von dem neuen Bettwanzenbekämpfungsmittel zu verbreiten. Ein paar Blätter haben Interesse, aber es steht noch nichts fest.«

Tatsächlich hatte ich eine ziemlich heiße Spur. Wochenlang hatte ich mich umgehört, ich stand ganz dicht davor, einen Reporter von der *New York Times* zu überzeugen, unseren Kunden Max DiSabatino zu interviewen, der ein streng geheimes Produkt gegen Bettwanzen entwickelt hatte. Max war der Gründer und Eigentümer von Maxim Pest, dem größten Schädlingsbekämpfungsunternehmen in und um Philadelphia, und er war ein derart einschüchternder, jähzorniger Mann, dass er mich mehr

Nächte wachhielt als mein zahnendes Kind. Die Kommunikationsstrategie seiner Firma war meine Hauptaufgabe bei Elkins PR.

Bevor ich Mutter geworden war, hatte ich einige der besten und kreativ anspruchsvollsten Kunden der Agentur vertreten: Web-Entwickler, Restaurants, Architektenbüros und den Kunstverein. Aber seit ich nicht mehr für Geschäftsreisen oder für Kundentermine bis spät in die Nacht zur Verfügung stand und seit Charlotte zur Vizepräsidentin befördert worden war, bekam ich all die Kunden zugeteilt, die keiner haben wollte – Kammerjäger, Chemiefabrikanten, Pilzfarmen. Wenn Projekte etwas beinhalteten, an das die meisten Menschen lieber nicht dachten, waren es meine. Solche, die ich gerne übernommen hätte, aus dem kulturellen oder medizinischen Bereich, riss Charlotte entweder direkt an sich oder gab sie einem ihrer perfekten Klone, die sie vor Kurzem eingestellt hatte.

Trotzdem, ein Artikel in der *New York Times* ergab sich nicht alle Tage, und wenn ich dieses Interview auf den Weg bringen konnte, würde mir das ein paar Monate lang Ruhe verschaffen, ohne dass ich ständig gefragt wurde, was als Nächstes kam. Und was die Weihnachtsgratifikation betraf, die im November ausbezahlt wurde, hätte das Timing nicht besser sein können. Aber ich wusste auch, dass ich vorerst kein Wort darüber verlieren durfte. Wenn ich es Charlotte erzählte, würde sie es im Personal-Meeting als ihre Idee verkaufen und mich von da an ständig damit verfolgen. Wenn das Interview nicht zustande kam, würde es aussehen, als wäre ich mit etwas gescheitert, das von Anfang an wenig Aussicht auf Erfolg gehabt hatte. *Sag nichts,* befahl ich mir, während ich versuchte, mich rückwärts langsam aus Charlottes Büro zu entfernen.

So einfach ließ sie mich allerdings nicht davonkommen. »Abigail, du hast doch sicher etwas in der Mache«, sagte sie und rümpfte skeptisch ihre Nase. »Du weißt, wie wichtig dieser Kunde für die Firma ist. Für Richard.«

»Ich verspreche, ich arbeite daran«, erwiderte ich in leicht angespanntem Ton. Die Erwähnung von Richard Elkins, dem Besitzer unserer Agentur, löste schon wieder eine kurzzeitige Panikattacke bei mir aus. »Aber Maxim Pest ist nicht gerade unser spannendster Kunde. Zudem gab es wieder eine Massenschießerei, und es ist Wahljahr. Niemand interessiert sich für Bettwanzen.«

»Es ist unser Job, die Leute dafür zu interessieren«, sagte Charlotte in scharfem Ton. Dann beugte sie sich mit ungläubiger Miene vor. »Du betreust diesen Kunden nun schon eine ganze Weile. Hast du wirklich *gar nichts?*« Sie stellte meine Fähigkeiten infrage. Und das ließ mich innerlich aufheulen. Trotz meiner ungepflegten Erscheinung bin ich sehr gut in meinem Job, hätte ich am liebsten gebrüllt. Natürlich habe ich was. Ich habe in einer Woche mehr Pressekontakte gemacht, als du in deiner ganzen bisherigen Karriere hattest. Aber ich blieb stumm und starrte auf die kleine Kristalluhr auf ihrem Schreibtisch. Einen Augenblick später hörte ich sie seufzen. »Wenn der Kunde zu schwierig ist, sollten wir in Erwägung ziehen, dir jemanden zur Seite zu stellen. Vielleicht Britney. Sie hat einige neue Ideen.«

Mein Kopf fuhr ruckartig hoch, und ich musterte Charlottes Gesicht. Sie meinte es ernst. Wenn ich ihr nicht irgendetwas gab, würde sie mich mit irgendeinem hübschen jungen Ding zusammenstecken, mich vielleicht sogar zurückstufen.

Guter Schachzug, Charlotte. Bravo!

»Na ja, es gibt einen Journalisten, der scheint interessiert zu sein ...«

Ihre Augen wurden schmal, und sie lehnte sich triumphierend in ihrem Bürosessel zurück. »Und?«

»Ich hatte ein kurzes Gespräch mit Marty Alyward von der *New York Times.* Offenbar arbeitet er gerade an einem Artikel über neue Schädlingsbekämpfungstechniken, er würde sich gern nächste Woche mit Max treffen.«

»Fabelhaft«, sagte Charlotte und griff nach ihrem silbernen Kugelschreiber, um sich gleich darauf etwas zu notieren.

»Na ja, es ist noch nicht sicher, darum sollten wir nicht zu früh in Begeisterung verfallen«, erklärte ich. »Ehrlich, bis jetzt ist es nur ein Vielleicht. Ich möchte vermeiden, dass Richard davon erfährt, sonst denkt er, die Sache sei bereits geritzt. Bitte, sag ihm nichts davon ...«

»Natürlich. Das verstehe ich absolut.« Sie nickte mit großen Augen und falscher Anteilnahme. »Meine Lippen sind versiegelt.«

»Und, na ja, ich musste Alyward ein Exklusivinterview garantieren«, sagte ich im Flüsterton. »Ich hoffe, das ist okay.«

Sie starrte mich nachdenklich an. Dann seufzte sie und fragte: »Ein Exklusivinterview? Ohne mich vorher zu fragen? Nun, ich hoffe, du hast ihm wenigstens eine Frist gesetzt.«

»Eine Frist? Wir reden hier von der *New York Times,* Charlotte«, sagte ich ungläubig.

Niemand stellte Forderungen an die »Graue Dame«. Man wartete, bis sie auf einen zukam. So lange, wie es nötig ist.

»Setz ihm eine Frist«, wiederholte sie. »Oder zieh das Angebot zurück.« Ich öffnete den Mund, um zu protestieren, aber hielt mich dann zurück. Charlotte sah auf ihr iPhone und begann, auf eine Nachricht zu antworten, und ich hätte schwören können, dass ihre Lippen sich zu einem Lächeln verzogen. Wahrscheinlich schrieb sie gerade unserem Boss, dass sie ganz dicht an der *New York Times* dran war. Ich wartete und verfluchte mich selbst. Trotz der Drohung hätte ich meinen Mund halten sollen, leider war ich wieder einmal eingeknickt. »Eins noch«, fügte sie mit gespielter Nonchalance hinzu. »Ich benötige eine Auswertung aller aktuellen Quaker-Chemical-Clips, inklusive aller Nachahmungen und vergleichbaren Werbespots, und zwar bis Montagmorgen.«

Ich hätte ablehnen sollen, hätte ihr sagen sollen, dass das bis übernächste Woche warten musste, aber ich war müde, und ich dachte mir, dass es einfacher war, wenn ich nachgab.

»Okay«, sagte ich. »Kein Problem.«

Charlotte lächelte und drehte dann ihre perfekt geschminkten blutroten Lippen und ihren professionell gestylten Bob in Richtung Bildschirm, sodass ich nur noch ihren fitnessgestählten Rücken sah. Ich war das von ihr gewohnt, und ich wusste, was es bedeutete.

Die verwaschene Strickjacke, die abgewetzten Schuhe und ich waren entlassen.

Drei Stunden später saß ich an einem Tisch in dem einzigen Lokal, das in Fußnähe zu meinem Büro lag. Es warb mit den größten Bagels der Gegend und war meine Glücksoase. Während mein Sesamungetüm mit Knoblauch-Cream-Cheese light abkühlte, checkte ich meinen Posteingang und betete darum, eine Antwort von der *New York Times* erhalten zu haben. Ich rang innerlich mit mir selbst, ob ich Alyward noch einmal anschreiben sollte oder nicht, und entwarf dann mehrere Versionen einer »Wollte nur mal kurz nachhaken«-E-Mail, bevor ich alles frustriert wieder löschte. Stattdessen las ich den Pressetext Korrektur und schauderte bei der Vorstellung, den ganzen Nachmittag damit zu verbringen, *Fünf Tipps von Maxim Pest, um Stinkwanzen in Sickeranlagen zu »versenken«* an unschuldige Journalisten zu verkaufen. Ich seufzte und klappte meinen Laptop zu.

Frustriert schaute ich durch das Fenster auf die hübschen, beschaulichen Straßen von Conshohocken, einer historischen Industrievorstadt von Philadelphia, die versuchte, sich als eine Enklave für mittelständische Unternehmen neu zu erfinden, und seufzte wieder. Sicher, das Örtchen bot einen hübschen Ausblick auf den Schuylkill River, erhob keine Lohnsteuer und wandelte ehemalige Lagerhäuser in offene Büroflächen um, aber ich vermisste es trotzdem, in der Stadt zu arbeiten, wo das geschäftige Treiben selbst Stinkwanzen wichtig erscheinen ließ.

Ich biss gerade in meinen Bagel, als eine SMS von Jules kam. Sie benötigte »noch ein paar Minuten«, was alles bedeuten konnte zwischen drei und dreiunddreißig. Jules, meine beste Freundin seit dem College, war eine notorische Zuspätkommerin. Sie war das jüngste von sechs Kindern eines Hippiepärchens, die alle innerhalb von zehn Jahren geboren worden waren. Dinge wie Stundenpläne, Regeln und Abgabetermine waren für Jules nur Worte, Zeit betrachtete sie als willkürlich, nicht endlich. Manchmal hatte Jules' Unpünktlichkeit tragische Konsequenzen – versäumte Termine oder große Diskussionen, verpasste Flüge –, aber sie änderte ihr Verhalten nicht. Sie dachte nicht mal daran, eine Uhr zu tragen. Als sie Grafikdesignerin wurde, und zwar eine verdammt gute, hatte sie erst recht keinen Grund, sich zu bessern, weil ihr ständiges

Zuspätkommen von ihren Vorgesetzten als »künstlerische Eigenheit« abgetan wurde.

Ich dagegen ärgerte mich normalerweise darüber, besonders wenn es meinen absurd straffen Zeitplan durcheinanderbrachte, aber nach dem schrecklichen Vormittag brauchte ich einen Moment für mich, um mich zu sammeln. Ich biss wieder in meinen Bagel, kaute und holte anschließend Luft, bevor ich das Prozedere so oft wiederholte, bis ich den Snack halb verspeist hatte. Als ich danach alles mit einem Schluck Kaffee hinunterspülte, war ich in einer besseren Verfassung, belebt durch die Kohlenhydrate, ganz zu schweigen von dem Luxus, fünf Minuten zu haben, ohne dass mich jemand um etwas bat.

Ich hievte meine schwere Arbeitstasche auf den Tisch und brachte dadurch Salz- und Pfefferstreuer zum Tanzen. Die neuesten Ausgaben von *Der Schädlingsbekämpfer* und *Ungeziefer heute* hätte ich mir eigentlich zuerst vornehmen sollen, aber ich beschloss, dass ich es verdient hatte, ein paar Minuten lang in den aktuellen Modemagazinen zu blättern, wenn sie mir auch jedes Mal ein schlechtes Gewissen wegen meiner ungesunden Lebensweise verursachten – die kostenlosen Zeitschriften waren eins der wenigen guten Dinge, die man genießen konnte, wenn man in der PR-Branche arbeitete.

Ich nahm meine neunhundert Seiten starke September-*Vogue* heraus, die inzwischen einen Monat alt war, und blätterte durch den bunten Reigen aus extravaganten Stilettos, langen Gliedmaßen und glänzenden Lippen, bevor ich mich in einen Artikel über eine junge Mutter in unverantwortlich hohen Absätzen und einem Ballkleid aus rotem Taft vertiefte. Ihre zwei kleinen Töchter streiften in hauchzarten weißen Kleidern zwischen Zypressen und

Skulpturen umher, ohne die Welt jenseits davon wahrzunehmen. Die idyllische Szene wirkte Galaxien entfernt von dem Zischen und Klappern und Piepen im Lokal.

Nachdem ich die *Vogue* durchhatte – und von Jules immer noch nichts zu sehen war –, widmete ich mich meinem anderen heimlichen Vergnügen, der *Town & Country.* Die Seiten enthüllten eine Welt, so dekadent und schön, dass es war, als würde man einen verstohlenen Blick auf einen anderen Planeten werfen, auf einen Ort, an dem Rosen niemals welkten und jedes Haus an einem saphirblauen Meer lag.

Ich war erst zur Hälfte durch, irgendwo zwischen den eleganten Teppichen und den noch eleganteren Armbanduhren, als ich es sah. Oder besser gesagt, ihn.

Dort, in der Rubrik Gesellschaft, mit leichtem Unbehagen darüber, dass er fotografiert wurde, aber sehr souverän wirkend in seinem maßgeschneiderten Smoking, war Alexander Collier van Holt abgebildet. Sein Lächeln war breit, sein Haar dicht und dunkel, seine Augen leuchteten. Jedes Merkmal für sich genommen war beeindruckend, zusammen ergaben sie allerdings ein Bild, das selten war unter den lässigen, bärtigen Looks von heute – das Bild des klassisch schönen Mannes. Des Mannes, der für Parfüm oder Armbanduhren warb, nicht für Sneaker oder T-Shirts. Rechts und links von ihm standen zwei Frauen in schlichten Abendkleidern, die eine älter, die andere jünger, aber beide hatten dieselbe Haar- und Augenfarbe wie er. Ihre Hände, die beschützend auf seinen Armen ruhten, verrieten mir, dass auch sie seine Einzigartigkeit erkannten.

Ich beugte mich näher an das Foto heran und betrachtete Alexander van Holts Gesicht, dann ließ ich meine

Gedanken laut entweichen. »O mein Gott!«, sagte ich zu jedem, der mir zuhörte.

Dieser Mann, den ich schlicht als »Alex« kannte, hatte ein Jahr nach dem College im selben Gebäude gearbeitet wie ich. Er hatte ein Praktikum bei Philadelphia First gemacht, einer großen Stiftung, die enorme Geldsummen an die Künste, an Schulen und an die Gesundheitsfürsorge vergab. Meine damalige Firma, eine kleine PR-Agentur, die von zwei ehemaligen Zeitungsredakteurinnen geführt wurde, teilte sich eine Etage mit der Stiftung, und wir profitierten oft von dieser Nähe. Viele unserer Kunden waren Begünstigte der Stiftung und darauf erpicht, uns zumindest einen Teil ihres Kapitals zu geben im Austausch für eine gewisse Medienpräsenz.

Es war überwiegend Routinearbeit gewesen, aber ich liebte Sharon und Barbara, meine klugen und scharfzüngigen Chefinnen. An meinem ersten Tag mit den beiden lernte ich mehr als in einem ganzen Semesterkurs über Methoden in der Medienarbeit, selbst wenn ich nur Kontaktlisten ergänzte, Presseanzeigen faxte und Zeitungsausschnitte in Ringbüchern abheftete. Ich liebte auch das Gebäude, ein ehemaliges Kaufhaus aus dem 19. Jahrhundert, das früher für seine stilvollen Schaufensterdekorationen bekannt gewesen war. Wenn ich morgens durch das Foyer ging, schaute ich immer hoch zu den goldenen Engeln unter der kunstvoll gestalteten Stuckdecke, von denen die Farbe abblätterte. Einst hatten sie über Kunden gewacht, die Bowlerhüte und Rosenwasser kauften, in jenem Sommer schienen sie glucksend zu beobachten, wie ich, eine junge, stylish gekleidete blonde Frau, Tag für Tag vorbeistöckelte.

Es war an einem warmen Tag Ende April, in der Warteschlange vor dem Kaffeewagen im Foyer, als ich Alex das erste Mal sah. Die Morgensonne warf gelbe Lichtpfützen auf den Boden, die die Seidenstrümpfe der Frauen und die Aktentaschen der Männer erhellten, wenn sie durchquert wurden. Alex stand abseits, am hintersten Aufzug, wo er immer wieder auf einen Knopf drückte und sich Hilfe suchend umblickte.

Er war groß und hager und jungenhaft, sein Äußeres war noch ein grober Entwurf des Meisterwerks, zu dem es sich entwickeln würde. Seine Wangen und seine Nase waren sonnenverbrannt, als würde er direkt von der Skipiste kommen, sein dichtes dunkles Haar fiel ihm in die blauen Augen. Er trug einen klassischen dunkelblauen Blazer, ein weißes Hemd und eine hellbraune Hose, teuer und maßgeschneidert aussehend, seine schmutzigen Boots und sein ausgefranster rot-schwarzer Rucksack bildeten einen Kontrast dazu. Das Gesamtbild erinnerte an einen Erlebnispädagogen, der ins Nachwuchsmanagement gewechselt war, die Sorte junger Mann, bei dem sowohl Mütter als auch Töchter ins Schwärmen gerieten.

Er sah mich sichtlich nervös an, als ich mich ihm betont cool und lässig näherte. »Brauchen Sie Hilfe?«

»Danke«, sagte er und lächelte erleichtert. »Das ist heute mein erster Tag, und ich komme einfach nicht dahinter, wie dieses Ding hier aufgeht.«

»Sie brauchen eine Chipkarte«, erklärte ich ihm. »Die Aufzüge sind abgeschlossen.«

Mit meinem Kaffeebecher und meiner Handtasche jonglierend, versuchte ich, meine Chipkarte lässig vor das Lesegerät zu halten, aber sie rutschte mir aus der Hand, flatterte gegen seinen Unterleib und schließlich zu Boden.

Er zuckte kurz zusammen und bückte sich dann, um die Karte aufzuheben. Vor lauter Verlegenheit sagte ich nichts und betrat den Aufzug, in der Hoffnung, dass die gedämpfte Beleuchtung die roten Flecken in meinem Gesicht kaschieren würde. Alex folgte mir in die Kabine.

»Welche Etage?«, fragte ich leise.

»Fünf«, antwortete er, und die Tür glitt zu.

»Oh, genau wie ich.«

»Philadelphia First?«

»Nein. Ich arbeite für Salmon & Sisley Communications.«

Während der Aufzug hochfuhr, fixierte ich die blinkende Anzeige, die die Etagen zählte, immer noch zu beschämt, um Blickkontakt herzustellen. Es passierte nicht alle Tage, dass ich mich allein mit einem Mann wie Alex auf engstem Raum wiederfand. Die meisten Männer, die ich kennenlernte, rochen nach Imbissbuden und billigem Shampoo. Dieser Mann hier roch wie Weihnachten.

»Ich fange heute bei Philadelphia First an. Ich mache dort ein Praktikum. Ich bin Alex.« Seine Stimme, tief, aber warm, füllte die Kabine.

»Ich bin Abbey. Freut mich, Sie kennenzulernen.«

»Freut mich auch, Sie kennenzulernen«, erwiderte er und streckte mir seine Hand entgegen, die andere hielt er schützend vor seinen Unterleib. Ich sah ihn verwirrt an und erkannte, dass er mich auf den Arm nahm. Ich schüttelte seine Hand, und wir lachten beide.

Gleich darauf glitt die Aufzugtür auf, und Alex bedeutete mir, dass ich als Erste aussteigen sollte. Ich wandte mich nach links und ging langsam auf unser Büro zu, insgeheim wünschend, ich hätte die Unterhaltung hinauszögern können. Dann hörte ich seine Stimme.

»Abbey, warten Sie, ich glaube, die gehört Ihnen.«

Ich drehte mich um und sah, dass er mir wieder seine Hand entgegenstreckte, dieses Mal mit meiner Chipkarte. Während ich zu ihm zurückging, hefteten sich unsere Blicke aufeinander. Still und langsam nahm ich ihm die Karte aus der Hand, unsere Fingerspitzen berührten sich. Es war ein Moment, der sich gefährlich intim anfühlte. Und dann öffnete sich der Aufzug wieder, und namenlose, gesichtslose Fremde störten diesen Moment. Alex lächelte und wandte sich um zur edlen Eingangstür aus Walnussholz und Glas von Philadelphia First.

Ich stand da und beobachtete, wie er langsam aus meinem Leben schritt.

So dachte ich jedenfalls.

Zwei Tage später, als ich gerade damit beschäftigt war, Pressemitteilungen zu faxen, erhielt ich unerwartet einen Anruf. Ich hätte das Klingeln des Telefons beinahe überhört, so laut war das Faxgerät.

»Hallo, Abbey«, vernahm ich eine männliche Stimme, die ein bisschen schüchtern klang. »Hier ist Alex. Wir haben uns neulich kennengelernt.«

»Hi! Wie geht's?«

Ich drehte mich mit meinem Stuhl weg von dem Lärm und beugte mich vor, einen Finger in meinem freien Ohr. Das hier war wichtig.

»Sie lassen mich wiederkommen, deshalb denke ich, dass ich meine Sache einigermaßen ordentlich mache. Und wie geht es Ihnen?«

»Gut, danke.« Meine Stimme klang höher, als mir lieb war. Ich räusperte mich. Er tat dasselbe, aber er sagte nichts weiter. Unbehagliche Sekunden tickten herunter. Schließlich brach ich das Schweigen mit einer Frage. »Äh … Brauchen Sie ein bisschen PR oder so?«

»Nein«, sagte er mit einem nervösen Lachen. »Deswegen rufe ich nicht an. Obwohl ich mir sicher bin, dass Sie eine hervorragende Arbeit leisten würden. Ich … ich rufe an, um zu fragen, ob Sie Lust haben, mit mir auszugehen. Freitagabend vielleicht? Die Band von meinem Freund spielt live … und nicht weit davon gibt es ein neues Thai-Restaurant und …«

Ich überlegte krampfhaft, was ich sagen sollte. Obwohl sich jede Faser in meinem Leib danach sehnte, seine Einladung anzunehmen, obwohl ich dreiundzwanzig Jahre alt war und jedes Recht hatte, mich auszutoben, und obwohl dieser Mann nett und süß war und mehr als nur ein bisschen sexy, tat ich, was jedes gute, brave Mädchen tun würde. Ich sagte ihm die Wahrheit.

»Ich fühle mich wirklich geschmeichelt«, antwortete ich, und mein Herz pochte laut aus Protest, da es nicht glauben konnte, was ich gleich sagen würde, »aber ich habe einen festen Freund.«

»Gott, tut mir furchtbar leid, dass ich so spät komme«, sagte Jules. »Charlotte wollte unbedingt ein Layout geändert haben, obwohl der Kunde es bereits abgenickt hat.« Sie knallte ihren großen Schlüsselbund auf den Tisch und ließ sich dann mit ihrer riesigen geflochtenen Umhängetasche und ihrer braunen Lunchtüte auf die Bank mir gegenüber fallen. »Nun sitze ich also zwischen zwei Stühlen. Ich weiß echt nicht, was ich machen soll. Ich denke, ich verschicke das Dokument einfach so, wie der Kunde es haben wollte, und erzähle Charlotte, dass er mit ihrer Änderung nicht glücklich war. Oder vielleicht nehme ich doch die geänderte Version und lasse Charlotte die Sache … Du hörst mir ja gar nicht zu. Was ist los? Sag jetzt bitte nicht, dass es der Termitenrundbrief ist.«

»Nein, der Rundbrief ist gut. Termitenfest. Wirklich.«

»Was ist es dann? Du siehst aus, als hättest du gerade ein Gespenst gesehen.«

»Na ja, das stimmt auch, sozusagen.«

»Was? Wen?«, fragte sie und fuhr ruckartig wieder hoch, nachdem sie zuerst erleichtert in die Lehne zurückgesunken war. Sie hob beide Hände. »Warte! Sag es mir erst, wenn ich alles ausgepackt habe.«

Sie warf ihr Handy und den Schlüsselbund in ihre Tasche, schüttelte ihr langes rotblondes Haar und nahm dann drei Tupperdosen aus ihrer Lunchtüte. Ich warf einen verstohlenen Blick auf den Tisch, gespannt, welche bizarre Kost sie an diesem Tag zu sich nehmen würde.

Für eine (größtenteils) flachbrüstige Bohnenstange wie mich war Jules kurvig und sinnlich und wunderschön. Aber für den Rest der Welt – und in ihrer eigener Vorstellung – hatte sie circa fünfundzwanzig Pfund Übergewicht. Alle paar Monate probierte sie die neueste Diät aus und kochte dann in ihrer kleinen Studioküche für eine ganze Woche vor, gewöhnlich gab sie dann schon am dritten Tag auf. Ich hatte die Null-Kohlenhydrate-Diät erlebt, die Steinzeit-Diät und die Blutgruppen-Diät. Eine Weile hat sie nur rote und gelbe Lebensmittel gegessen. Ich traute mich nicht, ihr zu sagen, was ich ihr wirklich sagen wollte: dass keine dieser Diäten jemals funktionieren würde und dass ich sie so, wie sie war, perfekt fand. Denn jedes Mal, wenn ich einen Kommentar zu ihrem Aussehen abgab, funkelte sie mich wütend an und reagierte auf dieselbe Art: »Du hast leicht reden. Du hast einen Mann und zwei Kinder. Aber mir läuft die Zeit davon.« Worauf ich immer erwiderte: »Unsinn. Du hast noch jede Menge Zeit.«

Da Jules jedoch in Kürze ihren sechsunddreißigsten Geburtstag feierte, wussten wir beide, dass sie eher recht hatte als ich. Die Zeit war ein grausames und diskriminierendes Miststück, und sie ließ gern pummlige, leicht verpeilte, Hunde liebende junge Frauen hinter sich zurück. Egal, für wie lieb, schön und talentiert diese von ihren besten Freundinnen gehalten wurden.

Ich sagte also nichts, als Jules ihre Tupperdosen öffnete, sondern beobachtete nur, wie sie den Inhalt auf einen Pappteller kippte, den sie von der Theke gemopst hatte. Zumindest hielt sie die Asia-Power-Diät, die versprach, dass man langsamer aß und somit schneller satt wurde, wenn man Essstäbchen benutzte, schon die ganze Woche durch. Ich tat so, als wäre es völlig normal, in einem Lokal selbst gemachte Thai-Köstlichkeiten mit Stäbchen zu verzehren, und fuhr mit meiner Neuigkeit fort.

»Weißt du noch, als ich nach dem College in dieser kleinen Agentur gearbeitet habe und im Aufzug diesen Typen kennenlernte? Der das Praktikum machte?«

»Nicht wirklich. Warum?«

»Komm schon, du erinnerst dich bestimmt an ihn. Ich meine, diesen richtig schönen Mann, den ich mit meiner Chipkarte fast kastriert hätte?«

»Das kommt mir bekannt vor. Wollte er nicht mit dir ausgehen oder so?«

»*Genau!* Und ich Idiot hab Nein gesagt.« Ich drehte die Zeitschrift zu Jules und tippte mit Nachdruck auf sein Gesicht. »Na ja, da ist er.«

»Wow, der weiß aber, wie man einen Smoking trägt«, sagte sie und nahm mir die Zeitschrift aus der Hand.

»Das sollte er wohl. Er ist ein van Holt.«

Jules las die Überschrift. »Und offenbar ein glühender Anhänger von botanischen Gärten ...« Sie rollte mit den Augen und schob die Zeitschrift zu mir zurück. »Wie bewundernswert.«

»Ich habe ihm nicht mal eine Chance gegeben«, sagte ich ernst. »Meine damaligen Chefinnen waren entsetzt. Sie konnten nicht glauben, dass ich einem van Holt einen Korb gegeben hatte. Beziehungsweise konnten sie nicht verstehen, dass eine Dreiundzwanzigjährige so ein Angebot ausschlug, fester Freund hin oder her.«

»Na ja«, sagte Jules. »Der Kerl ist wahrscheinlich sowieso ein Spinner. Ein Kokser oder ein Stalker oder so.«

»Nein, er machte einen netten Eindruck. Gar nicht wie ein reicher Schnösel. Nicht, dass ich damals geahnt hätte, wer er war.« Ich zog die Zeitschrift wieder näher heran und musterte das Bild genauer, dann hob ich den Kopf. »Warum war ich nur so dämlich?«, fuhr ich fort. »Dieser feste Freund, der, dem ich so treu ergeben war, hat ungefähr drei Minuten später mit mir Schluss gemacht. Hätte ihm nicht früher klar werden können, dass er nicht gebunden sein möchte, nämlich *bevor* Alexander van Holt mich eingeladen hat?« Ich spürte, dass mein Herz schwer wurde, als wäre diese Geschichte erst gestern passiert und nicht schon vor vielen Jahren.

»Hör auf«, sagte Jules. »Warum regst du dich darüber so auf? Es spielt keine Rolle.«

»Ich weiß, es ist dumm, aber ich kann nicht anders, als darüber nachzudenken, wie mein Leben heute aussehen würde, wenn ich damals einfach Ja gesagt hätte«, erwiderte ich.

»O mein Gott, Bee …« Jules' Tonfall wurde sanfter, sie benutzte meinen College-Spitznamen. »Das war kein Fehler. Du hast ein tolles Leben.«

»Ich weiß, ich weiß. Ich liebe meine Kinder über alles. Sie sind mehr als wundervoll«, erwiderte ich, und meine Augen wurden feucht. »Aber das Leben ist viel härter, als ich dachte. Wir haben kein Geld und auch keine Aussicht, dass irgendwann mehr hereinkommt. Jimmy ist ständig unterwegs, die Kinder streiten sich andauernd, die Arbeit ist erdrückend, und ich bin einfach nur müde. So unglaublich müde.«

Unerklärlicherweise begann ich zu weinen. Die Tränen kullerten über mein Gesicht und tropften auf die orangefarbene Tischplatte aus Resopal. Ich schob das letzte Stück meines Bagels und die Zeitschriften zur Seite und legte meine Stirn zwischen die Sesamkörner. Dann begann ich, unkontrolliert zu schluchzen. Jules, stets die hilfsbereite Freundin und eine, der nichts peinlich war, streichelte mir mit einer Hand über die Haare und tröstete mich leise, mit der anderen nahm sie ihre Essstäbchen und pickte die Salatblätter von meinem Bagel. Nach ein paar Minuten beruhigte ich mich wieder und ließ mich von der kühlen Tischoberfläche und dem Stimmengemurmel im Hintergrund einlullen.

Als ich schließlich still war, meldete Jules sich zu Wort. »Nun, Abigail Owen Lahey, ich für meinen Teil bin froh, dass du mit diesem reichen Typen nie ausgegangen bist. Ich kann mir nämlich nicht vorstellen, wie du perfekt gestylt und aufgespritzt mit stinkfeinen Botox-Freundinnen beim Lunch sitzen würdest.«

»Ich mir auch nicht«, sagte ich. »Aber ich wette, Mrs. Alexander Collier van Holt braucht sich nie Sorgen zu machen wegen der Hypothekenraten. Und übrigens, glaub nicht, ich würde nicht hören, dass du von meinem Bagel naschst.«

»Sei still, Bitch«, entgegnete sie schlagfertig.

Ich konnte mich darauf verlassen, dass Jules mich selbst unter Tränen zum Lachen brachte.

Jimmy holte immer nach der Arbeit unseren Sohn ab, und Gloria wurde heute von einer der anderen Mütter unserer

Fahrgemeinschaft nach Hause gebracht, was mir ein bisschen Zeit verschaffen würde, um in eine Jogginghose und Hausschuhe zu schlüpfen, das Abendessen vorzubereiten und das Bad ohne Publikum zu benutzen. Ich hatte mich eine halbe Stunde früher aus dem Büro davonschleichen können, dank Charlotte, die ihre Fingernägel auffüllen lassen wollte, da sie zu einem Mitgliedertreffen ins Kunstmuseum musste. Kaum war sie durch die Tür verschwunden, wurden die Computer heruntergefahren und die Taschen so schnell gepackt, als hätte es eine Bombendrohung gegeben.

Nun bog ich in unsere Straße mit den kastenförmigen Ziegelhäusern und den Steinbungalows aus den Siebzigern ein und erreichte gleich darauf unser Haus. Es war im Kolonialstil erbaut und mit seiner genau mittig angebrachten Eingangstür samt Ziergiebel und der weißen Holzfassade, die durch einen blaugrauen Schornstein hervorgehoben wurde, typisch für diese Gegend. Nichts Besonderes, aber stabil und solide gebaut. Es gehörte zu den wenigen Häusern in unserer Straße, die keinen hässlichen Anbau auf der Rückseite hatten. In anderen Wohnvierteln waren wir als vierköpfige Familie Durchschnitt, im katholischen Grange Hill hatten wir gerade erst angefangen.

Wir lebten in einem Pendlervorort, einem Bermudadreieck der unteren Mittelschicht, eingekeilt zwischen West Philadelphia, der prestigevollen Main Line und den Pferdegestüten auf den Hügeln von Chester County. Es war die Art von Ort, in dem Eltern ihre Kinder in der Öffentlichkeit noch anschrien, wo Ziergärten und Vogelbäder ohne jegliche Ironie für schick gehalten wurden und wo die Geschäfte nach dem benannt waren, was sie verkauften: »Obst & Gemüse«, »Bier/Wasser« und »Lampen!« Ein Ausrufezeichen hinter dem Geschäftsnamen war in Grange Hill beliebt. Der Ort schien unter jahrzehntelanger Überbeanspruchung und Vernachlässigung zu leiden und hatte eine anständige Grundreinigung mehr als nötig.

Ich fuhr in unsere Einfahrt und stieg im nächsten Moment voll auf die Bremse. Den glänzenden roten Sportwagen, der dort einfach quer geparkt war, verfehlte ich nur knapp. Das personalisierte Kennzeichen – »GRRRR« – gab keinen Hinweis darauf, wem der Wagen gehörte.

»Wer zum Teufel …«, murmelte ich, schaltete die Zündung aus und schnappte mir eilig meine Sachen.

Als ich die Stufen zur hinteren Veranda hochrannte, bemerkte ich, dass im Haus sämtliche Lichter brannten. Die Hintertür war nicht nur unverschlossen, sie stand einen Spalt offen und schwang mühelos ganz auf, als ich hineinstürmte. Ich bemerkte auch, dass der Hund, der normalerweise an der Tür kratzte, bereits draußen im Garten war.

Panik kroch in mir hoch. Ich warf meine Taschen auf den Küchentisch und lief dann von Zimmer zu Zimmer, obwohl ich mir nicht sicher war, was ich suchte. Diebe? Crack-Süchtige auf der Jagd nach Stoff? Einen Nachbarn, der, bereits betrunken von der Happy Hour, das Haus verwechselt hatte und weggetreten auf unserer Couch lag? Das war tatsächlich schon einmal vorgekommen. (Wir hatten dem Mann einen Kaffee gegeben und ihn dann nach Hause gebracht.)

Und dann hörte ich oben Stimmen und das Geräusch von fließendem Wasser.

»Jimmy?«, flüsterte ich, während ich die Treppe hochschlich.

Jetzt hörte ich ein Kichern. Aber dieses Kichern kannte ich. Als ich die Badtür öffnete, schwebte mir eine Dampfwolke entgegen und enthüllte meine Tochter, die auf der Toilette saß, ein großes weißes Handtuch eng um ihren schmalen Körper gewickelt, ein zweites umrahmte ihr rosiges Gesicht. Und direkt vor ihr stand jemand, der noch schlimmer war als ein Einbrecher, schlimmer als ein verzweifelter Süchtiger oder ein betrunkener Nachbar … Meine Mutter.

Roberta Eleanor Owen DiSiano war nicht die typische Großmutter oder die typische Mutter. Verdammt, sie war nicht einmal eine typische Frau. Mit ihren zweiundsechzig Jahren trug sie ihr feines blondes Haar kurz, dazu viel Make-up und Ohrringe, die bis zu ihren Schultern herunterbaumelten. Im Sommer lebte sie in Tennisröcken und Neckholdern, an einem kühlen Herbsttag wie diesem trug sie einen flauschigen Pullover, eine enge Jeans, fellbesetzte Stiefel und reichlich Modeschmuck. Neben meiner zierlichen Tochter, die in die weißen Handtücher eingehüllt war, sah sie aus wie eine aufgebrezelte Eskimofrau vor dem kleinsten Iglu der Welt.

Ich musste zugeben, Roberta sah gut aus für ihr Alter, fit und durchtrainiert und gepflegt, aber sie brachte mich schon seit Jahrzehnten in Verlegenheit mit ihrem Kleidungsstil. Ob Tag oder Nacht, ihre Klamotten waren immer ein bisschen zu eng, ein bisschen zu kurz, ein bisschen zu jugendlich. Sie behauptete, sie würde sich ihrem »Tiger Spirit« gemäß kleiden. Ich hatte keine Ahnung, was das bedeutete, und ich wollte auch gar nicht erst fragen. Das Einzige, was ich wusste, war, dass Roberta süchtig war nach Aufmerksamkeit: von Männern, von Frauen, von Bankangestellten, von Barkeepern, von Gloria, von mir, von jedem, der einen Puls hatte.

»Was machst du hier?«, fragte ich, nach Luft schnappend. »Und was macht Gloria bei dir?«

»Entspann dich, Abigail«, erwiderte Roberta, ohne ihre Augen von dem feuerroten Nagellack abzuwenden, der dieselbe Farbe hatte wie ihre Lippen und den sie gerade sorgfältig auf die Zehennägel meiner Fünfjährigen auftrug. »Ich hatte heute früh Schluss, also dachte ich mir, ich hole Gloria von der Schule ab und zeige ihr meinen neuen Wagen.«

»Mom, das kannst du nicht machen. Die haben dort Regeln«, sagte ich verärgert. »Ich muss vorher Bescheid geben, wenn wir jemand anderen schicken, um Gloria abzuholen.«

»Das ist nur eine Grundschule und nicht das Pentagon.«

Gloria schaltete sich ein, ermutigt durch ihre schicken Zehennägel und eine gemeinsame Stunde mit dem Tiger Spirit. »Ja, Mom, es ist nicht das Pentagong.«

Ich schloss die Augen und holte tief Luft, versuchte, ruhig zu bleiben. »Mom, ich möchte wirklich nicht, dass Gloria Nagellack trägt, das weißt du. Und Gloria weiß es ebenso. Ich wünschte, du würdest respektieren, was ich …«

»Nun, wir Mädels müssen an einem Freitagabend einfach toll aussehen, nicht wahr?«, fiel sie mir rigoros ins Wort und wandte sich dann wieder ihrer Enkelin zu. »Und wenn wir fertig sind, Schätzchen, können wir beide runtergehen und ein Eis essen und uns über Jungs unterhalten!«

»Iiiiih!«, kreischte Gloria. Sie sprang von der Toilette und flitzte aus dem Bad, bevor ich Nein sagen konnte zu dem Eis, den lackierten Nägeln, dem Spaß.

Ich stellte das Wasser ab, dann begann ich, Glorias Sachen einzusammeln, die überall verstreut lagen.

»Mom, wie oft muss ich es dir noch sagen? Mein Leben ist *keine* Folge von *Sex and the City*«, murrte ich. »Ich bin nicht Miranda, und Gloria ist nicht Charlotte, selbst wenn *du* Samantha bist.«

»Natürlich nicht, Abigail«, sagte sie und erwiderte zum ersten Mal meinen Blick, seit ich das Bad betreten hatte. »Nicht einmal Miranda würde sich in so einem Outfit erwischen lassen.«

Nachdem die Kinder im Bett lagen, das Geschirr gespült war und die Wäsche gefaltet, ging ich mit einer dampfenden Tasse Kräutertee hoch in unser Schlafzimmer. Ich bewegte mich sehr leise, um Sam nicht zu wecken, obwohl er so tief und fest schlief, wie das nur Kleinkinder konnten. Sein Gitterbett stand in unserem begehbaren Kleiderschrank, da der Radiator im Kinderzimmer sich hartnäckig weigerte zu arbeiten. Als wir das Haus damals gekauft hatten, war geplant, das hintere Zimmer zu renovieren und ein Bad einzubauen. Was eigentlich ein Kinderzimmer hätte werden sollen, war nun, da das Geld knapp war, nur ein Abstellraum für Saisonkleidung, alte Lautsprecher, Hockeyschläger und Steuerunterlagen.

Ich kletterte in unser Bett, vorsichtig meine dampfende Tasse balancierend, und ließ mich in die Kissen zurücksinken. Ich schlug gerade meinen Roman von Edith Wharton auf – ich hatte nur noch wenige Seiten bis zum Ende zu lesen –, als Jimmy hereinkam, in der Hand einen kleinen weißen Briefumschlag.

»Was ist?«, fragte ich leise.

»Kannst du mir erklären, was eine Bucket Bag ist und warum so ein verdammtes Ding fünfhundertachtundneunzig Dollar kostet?«, erwiderte er, halb lachend, halb ernst. »Ich hoffe wirklich, dass das irgendein Marketing-Gag ist und du die Kosten erstattet bekommst.«

»Erstens arbeite ich in der PR und nicht im Marketing, und zweitens geht dich das nichts an«, sagte ich und versuchte, mir den Umschlag zu schnappen.

Jimmy hielt ihn außerhalb meiner Reichweite, wohl wissend, dass ich durch den heißen Tee eingeschränkt war. Er starrte mich an, bis ich beichtete.

»Das ist eine Handtasche, okay? Ich hab sie mir vor Kurzem gekauft.«

»Warum?«

»Ich weiß nicht. Ich hatte einen schlechten Tag. Und ich schätze, sie hat mich in einem schwachen Moment erwischt.«

»Also hast du knapp sechshundert Dollar für eine Handtasche ausgegeben? Das ist Wahnsinn.«

»Nein, ist es nicht. Viele Frauen, die ich kenne, haben weitaus teurere Taschen.« Und diese Frauen arbeiten nicht halb so viel wie ich, hätte ich am liebsten hinzugefügt, ließ es aber sein. Wir starrten uns aufgebracht an.

»Abbey, du weißt, dass wir uns das nicht leisten können.« Er seufzte und wandte den Blick ab. »Gott, warum tust du das immer?«

»Was tue ich?«

»Mich zum Bösewicht machen.«

»Du bist nicht der Bösewicht. Der bin ich, weil ich den Wunsch hatte, mir von *meinem* Geld etwas zu leisten.«

»Von *deinem* Geld?«, zischte er. »Wie kommt es, dass es dein Geld ist, wenn du es verdienst, und unser Geld, wenn ich es verdiene? Das ist nicht fair.«

Nicht fair ist, dass du überhaupt kein Geld verdienst, hätte ich am liebsten geschrien. Du sitzt den ganzen Tag in deinem Büro und wartest darauf, dass das Telefon klingelt, oder du hockst bei deinem Bruder in der Kneipe, während ich mich abrackere mit meinem Job, den Kindern, dem Haus und den viertausend anderen Verantwortungen, die irgendwie auf mich abgewälzt wurden, als ich dich geheiratet habe.

Aber da ich zu müde war, um mich weiter zu streiten, sagte ich: »Ich bringe die Tasche zurück.«

»Morgen.« Er schleuderte den Briefumschlag in meinen Schoß, seine Augen waren schwarz vor Zorn. Dann machte er kehrt und verließ das Zimmer.

Ich nahm den Umschlag und versuchte, ihn Jimmy hinterherzuwerfen, doch die Rechnung fiel heraus und flatterte zurück in meinen Schoß, wo sie mich zu verspotten schien. Ich fegte sie wütend auf den Boden, stellte meine Tasse auf den Nachttisch und ließ mich dann zurück in meine Kissen plumpsen.

Ich hätte aufstehen sollen, um mir die Zähne zu putzen und die Wimperntusche von meinen Augen zu entfernen. Aber es war mir egal. Ich schaltete das Licht aus und rollte mich unter meiner Decke zusammen, den bitteren Geschmack des Tees auf meinen Lippen.

Am nächsten Morgen ließ ich die Kinder in Jimmys Obhut und machte mich direkt auf den Weg zu Nordstrom. Ich fürchtete mich davor, weil ich wusste, dass ein einziger Blick auf meine gefakten Ugg Boots und meine Billigohrringe genügte, und die Verkäuferin würde mir diesen »Wir wissen beide, dass Sie hier nichts verloren haben«-Blick schenken. Als ich auf die Route 1 fuhr in Richtung City Line Mall, ertappte ich mich dabei, dass ich an das Foto von Alexander van Holt in der *Town & Country* dachte. Wie sein Samstagmorgen wohl aussah? War er verheiratet? Hatte er Kinder? Hatte er nach jenem Tag jemals wieder an mich gedacht?

Ich hielt an einer Ampel hinter einem eleganten dunkelblauen BMW, dessen glänzende Scheiben die glänzende Familie dahinter verbargen, und fragte mich, warum die Entscheidungen, die man in jungen Jahren traf, scheinbar überhaupt keine Rolle spielten, bis man zu alt war, um umzukehren und sie in Ordnung zu bringen. Oder zu müde, um es überhaupt zu versuchen. Ich war eine siebenunddreißigjährige Frau, die ihr gesamtes Erwachsenenleben lang immer voll gearbeitet hatte, und trotzdem gehörte ich ausschließlich anderen – meinen Kindern, meinem Mann, meiner Chefin, meinen Kunden, selbst meiner Mutter. Mein Organizer war gefüllt mit Einkaufslisten, halb geschriebenen Pressetexten, Abholscheinen für die Reinigung, Terminzetteln, überfälligen Rechnungen für das Kabelfernsehen und einem Rezept für etwas, von dem unser Tierarzt schwor, dass es gegen den Ausschlag auf dem Rücken unseres Hundes helfen würde.

Und das alles durfte ich nicht einmal in einer Designertasche herumtragen.

Und so betrat ich mit einer Mischung aus Verärgerung, Groll und Selbstmitleid das belebte Erdgeschoss von Nordstrom und erreichte schließlich die Rolltreppe, während ich mich bloßgestellt und verletzlich fühlte, nicht nur wegen der kurzen Begegnung mit Betsy und Ellen, sondern auch wegen der sehr hellen Kaufhausbeleuchtung. Ich war so mit mir selbst beschäftigt und mit meinem heftig pochenden Herzen, dass ich gar nicht merkte, wie seltsam wacklig meine Beine sich anfühlten. Die Accessoires im Erdgeschoss wurden kleiner und kleiner, dann verlor ich den Halt – und das Gleichgewicht.

Was als Nächstes geschah, ging so schnell, dass ich gar keine Zeit hatte, um in Panik zu geraten. Für Beobachter musste es ausgesehen haben, als würde ich einen seltsam choreografierten Klippensprung vollführen. Ich taumelte rückwärts, ruderte mit den Armen in der Luft, und heißer Kaffee schwappte über den Becherrand. Ich versuchte, mich am Handlauf abzufangen, griff aber daneben und schlug gegen die Seitenabtrennung, wo ich zusammenklappte wie eine Turnerin auf dem Stufenbarren. Dann stürzte ich mit dem Kopf voraus zusammen mit meinem Regenschirm, meiner alten Handtasche und der silbernen Schachtel über die Balustrade in die Tiefe.

Eine Sekunde später schlug ich auf dem Boden, einer Kombination von unerbittlichem Holz und Marmor, auf. Ich sah, dass die rote Bucket Bag sich aus ihrer Schachtel befreite und dann auf ihren kleinen goldenen Füßen davonschlitterte. Und dann roch ich Rosen und hörte die Takte einer klassischen Sinfonie, und der süßliche Duft und die dramatische Musik ließen den ganzen Vorfall nur noch lächerlicher erscheinen.

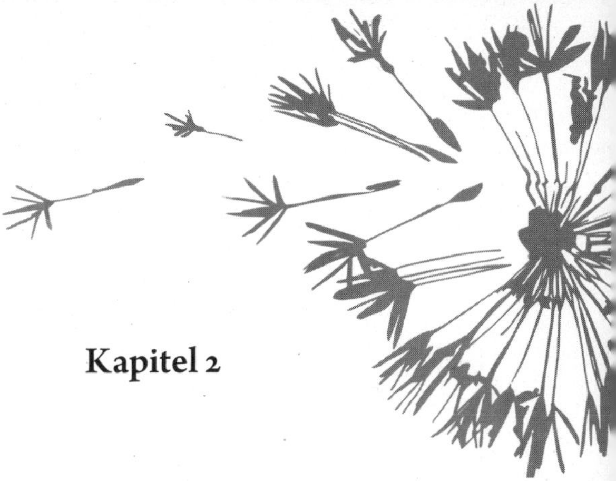

Kapitel 2

Ich hörte das leise, monotone Tropfen eines Infusionsgeräts in einem ansonsten stillen Zimmer. Als ich die Augen öffnete und begann, den Raum, in dem ich mich befand, zu fokussieren, sah ich makellose cremefarbene Wände und den warmen Schein einer Kristalllampe, die auf einer Kommode aus Walnussholz stand, neben einem kleinen silbernen Tischaufsteller mit der verschnörkelten Aufschrift *No Smoking*. Auf der Kommode stand ein Wasserkrug, daneben lag Verbandsmaterial, das wie ein Fremdkörper wirkte in diesem perfekt gestalteten Ambiente.

Ich hob den Kopf, schloss dann aber sofort wieder die Augen und zog eine Grimasse. Es fühlte sich an, als hätte mir jemand mit dem Hammer einen Schlag verpasst, der einen pulsierenden Schmerz über meinem rechten Ohr hinterlassen hatte. Ich berührte vorsichtig die Stelle und erwartete, verkrustetes Blut und eine offene Wunde vorzufinden, fühlte jedoch nur eine kleine Beule.

Ich atmete ein paarmal tief durch, und als der Schmerz nachließ beziehungsweise als ich mich darauf eingestellt hatte, ließ ich meinen Blick erneut durch das Zimmer wandern. Und verstand besser. Ich lag in einem Bett in einem

Krankenhaus. Aber nicht in einem dieser schäbigen Mehrbettzimmer im Delaware County Memorial Hospital, wo ich meine Kinder zur Welt gebracht hatte. Nein, hier gab es geschmackvolle Aquarelle an den Wänden, einen Flachbildfernseher, ein eigenes Bad und einen obszön großen Strauß Blumen auf einem hübschen Mahagonitisch neben mir. Während ich die Explosion aus pinkfarbenen Blüten betrachtete, wurde mir angst. Wie lange lag ich schon hier? Und wie schlimm war ich verletzt? Jimmy würde nie mehr als zwölf Dollar neunundneunzig für einen Blumenstrauß ausgeben, außer wenn etwas ernsthaft nicht stimmte.

O mein Gott, ich bin gelähmt. Ich bin für immer entstellt. Oder schlimmer, ich habe innere Blutungen und nur noch wenige Tage zu leben. Ich werde die erste Frau in der Geschichte der Menschheit sein, die vom Einkaufen stirbt ... Wie demütigend.

Aber dann, bevor mein rasendes Herz zu einer Panikattacke durchstarten konnte, kam der schönste Arzt herein, dem ich jemals begegnet war. Er hatte strahlende Augen und schneeweiße Zähne und starke Schultern, und er lächelte mich an, als wäre ich Marilyn Monroe und von den Toten auferstanden. Er trug einen gut geschnittenen Anzug, keinen Arztkittel. Ich fragte mich, ob seine Schicht zu Ende war und ob er gleich eine Verabredung oder ein Dinner hatte. Wenn es ein Date war, konnte sich die Dame glücklich schätzen.

»Du bist wach!«, sagte er, kam an mein Bett und nahm meine Hand. »Tut mir leid, ich wollte eigentlich hier sein, wenn du die Augen öffnest.«

Wow, dieses Krankenhaus wird immer besser, dachte ich, während ich zu dem Mann hochstarrte. Dann, langsam, als sähe ich ein verschwommenes Bild, das nach und nach scharf wurde, erkannte ich die Frisur, die Kieferpartie, das Gesicht aus der *Town & Country*. Seine blauen Augen leuchteten noch intensiver als auf dem Farbdruck der Zeitschrift. Was für ein merkwürdiger Zufall nach all den Jahren. Ich hatte keine Ahnung, dass Alexander van Holt vorgehabt hatte, Medizin zu studieren.

»Was ist mit mir passiert, Doktor?«, fragte ich, in der Hoffnung, dass er mich nicht erkannte.

»Doktor?« Er zeigte ein hinreißendes Lächeln. »Das ist mal was Neues.« Er lachte kurz, wurde aber gleich darauf ernst, da er wohl merkte, dass ich keinen Scherz gemacht hatte. »Ich bin es, Schatz«, sagte er leise. »Alex.«

»Ja, ich weiß«, erwiderte ich und versuchte zu lächeln. »Die Welt ist klein, nicht?« Sein besorgter Ausdruck verstärkte sich, während ich weiterplapperte. »Warum bin ich hier? Was ist passiert? Und wo ist mein Mann? Hat jemand Jimmy verständigt?«

Seine Augen wurden größer, und er drückte meine Hand. »Was meinst du? *Ich* bin dein Mann.« Ich blinzelte ihn verwirrt an. »Erkennst du mich nicht?«, fragte er. »Na ja, wir sind ja auch erst seit zehn Jahren verheiratet.«

Ich bewegte meine Augen auf und ab, musterte sein ängstliches Gesicht, seine warmen Hände, seine dicke Rolex, seinen schmalen goldenen Ehering. Ich glaubte zu träumen, also schloss ich die Augen und atmete ein paarmal tief durch, in der Erwartung, dass ich, wenn ich meine Augen wieder öffnete, Jimmys verbeulte Baseballmütze und seinen Bartschatten sehen würde.

»Du bist im Krankenhaus. Du hattest einen Unfall, als du einkaufen warst. Die Ärzte sagen, dass du wieder vollständig genesen wirst und keine Schäden zurückbleiben. Eigentlich hast du nur ein paar leichte Blessuren abbekommen.«

Ich öffnete meine Augen wieder. Er war immer noch da. Ich riss meine Hand aus seiner und schob meine Bettdecke zur Seite, hielt nach dem Klingelknopf Ausschau, um eine Schwester zu alarmieren. Dann richtete ich mich auf, aber die plötzliche Bewegung löste in meinem Kopf einen Schwindel aus, der mich zurück in das Kissen sinken ließ.

Der schöne Verrückte, der behauptete, mein Ehemann zu sein, rief schließlich nach der Schwester, und gleich darauf kam eine Frau in Klinikkleidung hereingeeilt, die denselben geschmackvollen Farbton hatte wie die Wände.

»Mrs. van Holt, bleiben Sie bitte ganz ruhig liegen!«, sagte sie. Ihre warmen Hände hielten mich sanft, aber nachdrücklich unten. »Sie hatten einen Unfall. Sie werden wieder gesund, Sie müssen sich dennoch beruhigen. Sie haben eine Kopfverletzung erlitten ...«

Ich zappelte weiter, versuchte, mich aufzurichten. Wo ist meine Familie?, dachte ich. Und dann spürte ich einen Pieks in meinem Arm, Wärme, die meinen Körper durchströmte, und eine Schwere in meinem Kopf.

»Ich bin nicht Mrs. ...«, murmelte ich, gegen die Bewusstlosigkeit ankämpfend. »Mrs. van ...«

Und dann sank ich in einen pharmazeutisch herbeigeführten Schlaf in demselben intensiven Blau wie die Augen des Mannes neben mir.

Als ich wieder zu mir kam, brach draußen der Abend an, die untergehende Sonne färbte die cremeweißen Wände orange und rosarot. Niemand war bei mir im Zimmer, was mir die Gelegenheit gab, mich mit der Situation auseinanderzusetzen und nachzudenken.

Was zum Teufel war hier los? Wenn das ein Traum war, wann würde ich daraus erwachen? Ich stemmte mich sehr langsam auf die Ellenbogen hoch, dann Stück für Stück weiter, immer wieder innehaltend und darauf wartend, dass der Schmerz nachließ, bis ich schließlich aufrecht im Bett saß. Dann strampelte ich die dicke Decke weg und schwang meine Beine über die Bettkante, wo sie herunterbaumelten wie überkochte Spaghetti. Auf meinem rechten Knie hatte ich einen bösen Bluterguss, der glücklicherweise eher hässlich war als schmerzhaft.

Ich hörte eine männliche Stimme im Flur und spitzte die Ohren.

»Der Arzt sagt, dass Verwirrungszustände nicht ungewöhnlich sind bei einem Schädeltrauma ... Wir warten ab, was morgen passiert ... Doch, Mom, ich mache mir Sorgen wegen der Presse ... Den Kindern geht es gut? ... Nein. Ja. Okay. *Ciao.*«

Redete er von mir? Von meinen Kindern? Von *unseren* Kindern? Und warum machte er sich Sorgen wegen der Presse? Und welche Sorte Mann sprach seine Mom so förmlich an? Oder sagte *Ciao?*

Ich grübelte immer noch stirnrunzelnd, als er in der Tür erschien. Noch schöner als beim letzten Mal, falls das überhaupt möglich war.

»Du bist ja wach. Fühlst du dich besser?«

»Mhm.«

»Hast du Kopfschmerzen?«

»Nicht mehr so stark.«

»Erkennst du mich?«

»Ja. Du bist Alexander van Holt. Wir haben uns vor vielen Jahren kennengelernt«, antwortete ich. Dann lächelte ich und fragte ihn: »Hat Jules dich dazu angestiftet? Wie hat sie dich gefunden?«

Als sich sein Blick auf mich heftete, sah ich Tränen in seinen blauen Augen.

In jener Nacht schlief ich dank einer weiteren Spritze von der Krankenschwester tief und traumlos von neun Uhr abends bis um acht Uhr am nächsten Morgen. Als ich aufwachte, war ich immer noch verwirrt und besorgt, aber das Pochen in meinem Kopf hatte nachgelassen. Tatsächlich fühlte ich mich besser und ausgeruht wie seit Monaten nicht mehr, als hätte ich auf wundersame Weise fünf Jahre verlorenen Schlaf aufgeholt.

Da ich allein im Zimmer und auf dem Flur nichts zu hören war, beschloss ich, mich ein wenig umzuschauen. In flauschigen Krankenhaussocken, meinen Infusionsständer wie einen Tanzpartner neben mir herrollend, bewegte ich mich leise durch den Raum. Ich las die Karten an den Blumen und den Luftballons, alle adressiert an »Abbey van Holt«. Ich betrachtete das Klemmbrett, das am Bettende hing, und erfuhr, dass ich am Samstag, dem 25. Oktober, um 10:45 Uhr eingeliefert worden war.

Ich entdeckte im Wandschrank Kleidung, die definitiv nicht mir gehörte: Stiefel von Rag & Bone, Skinny Jeans von Current/Elliott, ein T-Shirt von J. Crew und einen tollen cremefarbenen Pullover von Theory. In den Taschen der Jeans fand ich etwas Geld und einen Terminzettel für eine Kosmetikbehandlung im Bellevue Salon and Spa. Der Termin war für Samstag um 14:00 Uhr. Schätze, den hab ich verpasst, dachte ich.

Über der Lehne eines Stuhls in der Nähe der Tür hing ein schwarzes Männersakko aus Kaschmir in Größe 52, wahrscheinlich gehörte es Alex. Ich klopfte die Taschen ab und fand ein iPhone, wischte über den Bildschirm. Es war gesperrt, also ließ ich es zurück in die Brusttasche gleiten. Ich griff in die Innentasche und fand ein anderes Smartphone. Nicht gesperrt.

Gesendet: 26. Oktober 2014
An: Alex <avanholt@vanholtforcongress.org>
Von: Larry Liebman <lliebman@philadelphiainquirer.com>
Cc: Van Holt

Die Lokalpresse hat Wind von Abbeys Unfall bekommen. Wenn du mir irgendetwas über den Zustand deiner Frau geben kannst, würde das die Schnüffler zumindest für einen Tag oder so fernhalten. Wer weiß, was sie anderenfalls schreiben werden. Die Wahl ist in neun Tagen.
Larry

Gesendet: 26. Oktober 2014
An: lliebman@philadelphiainquirer.com
Von: avanholt@vanholtforcongress.org

Sie wird wieder gesund. Sie ist auf einer Rolltreppe ausgerutscht und gestürzt. Die Ärzte haben sie letzte Nacht nur zur Beobachtung dabehalten. Trotzdem, bis morgen sind alle Wahlveranstaltungen abgesagt.
AvH

Gesendet: 26. Oktober 2014
An: mirabellevanholt@vanholtfoundation.com, aubynvanholt@vanholtfoundation.com
Von: avanholt@vanholtforcongress.org
Cc: Alle

Abbey ist immer noch durcheinander. Die Ärzte können auf den Röntgen- und CT-Bildern keine Ursache dafür

finden. Es gibt Überlegungen, sie in die Psychiatrie zu verlegen, wenn ihr Zustand sich nicht bessert. Kein Wort darüber zu niemandem – nicht einmal zu anderen Familienmitgliedern. Für heute sind alle Veranstaltungen abgesagt.
Später mehr,
AvH

Van Holt *for Congress?* Wahl? Veranstaltungen? Der Mann, der behauptete, mein Mann zu sein, kandidierte zudem für ein politisches Amt. Und anscheinend brachte das mich und meinen Schwalbensprung von der Rolltreppe in die erste Reihe der Schlagzeilen. Bevor ich weiterlesen konnte, hörte ich Schritte, die sich meinem Zimmer näherten.

Ich schob das iPhone rasch zurück in die Innentasche und zog dann den Infusionsständer ans Bett. Ich glättete gerade die Decke über meinen Beinen und holte Luft, als zwei kleine Kinder in Marineblau und Weiß auf mich zugestürmt kamen.

»Mommy!«, riefen sie und warfen sich gegen das Bett.

Da waren sie, meine Kinder. Glorias Haar war ein wenig dunkler, ein wenig dichter, und ihre Augen waren blau statt braun. Sam war genau so süß und pummlig, wie ich ihn kannte, hatte aber ein winziges Kinngrübchen und kurz geschnittenes Haar. Und doch, trotz dieser Unterschiede waren es immer noch meine Kinder mit ihren rosigen Wangen, den strahlenden Augen und dem ungezügelten Temperament. Sie streckten mir ihre Ärmchen entgegen, und ich zog beide zu mir hoch und atmete ihren Geruch ein.

»Sachte, sachte«, sagte Alex, der noch im Türrahmen stand. »Seid vorsichtig mit Mommy.«

»Ist schon okay«, sagte ich. »Es geht mir gut, wirklich.«

Nach Umarmungen und Küssen und Gekicher und vierzigmal drücken auf den Notrufknopf ließen die Kinder sich auf den Boden gleiten, neugierig darauf, die vielen Luftballons im Zimmer zu inspizieren. Beide waren adrett gekleidet, hatten keine Marmeladenspuren im Gesicht, ihre Stimmen waren gedämpft.

Alex wirkte erleichtert. »Dann erkennst du sie also wieder?«, fragte er leise. »Was ist mit mir?«

Ich wusste, ich würde hier nie herauskommen und erfahren, was passiert war, wenn ich weiter von Jimmy redete.

»Natürlich erkenne ich sie«, antwortete ich mit einem Lächeln. »Und du bist mein Mann. Ich weiß, dass ich einen Unfall hatte, aber jetzt fühle ich mich wieder gut.« Ich hob zur Betonung die Hände und spreizte die Finger.

»Bist du sicher? Gestern hast du noch darauf bestanden, dass du mit jemandem namens Jimmy verheiratet bist.«

»Habe ich das? Wie lustig«, sagte ich, bemüht, mich natürlich zu verhalten. »Die haben mich wohl ziemlich hoch dosiert«, fügte ich hinzu. Er lachte nicht, sondern starrte mich einfach weiter an, also versicherte ich ihm erneut: »Ich schwöre dir, es geht mir gut.« Und das war nicht gelogen, ich fühlte mich tatsächlich besser.

Ich ließ meinen Blick durch das Zimmer wandern, dann richtete ich ihn wieder auf Alex. »Können wir von hier verschwinden?«

Er lächelte endlich, und ich konnte nicht anders, als zurückzulächeln. Ich hatte keine Ahnung, was hier vor sich ging, aber ich wusste, dass ich es herausfinden wollte, und zwar nicht in der geschlossenen Psychiatrie.

Ich musste für meine Kinder da sein, die offenbar kein Problem mit meinem neuen Ich hatten beziehungsweise mit ihrem neuen Daddy. Und ich beschloss, falls das hier ein Traum war oder eine außerkörperliche Erfahrung oder eine vorübergehende Unzurechnungsfähigkeit, konnte ich es genauso gut genießen. Und ihn auch.

Da ich nicht an Schwindel, Übelkeit oder Doppelsichtigkeit litt, und da die Computertomografie, auf die Alex bestanden hatte, keine Schwellung oder Blutung zeigte, durfte ich das Krankenhaus tatsächlich verlassen. Ich unterschrieb mit einem Lächeln Berge von Formularen, versprach, in Zukunft vorsichtiger zu sein und die ärztlichen Empfehlungen zu beherzigen, und ließ mich sogar überreden, einen Rollstuhl zu benutzen. Nach einer Tour quer durch die Stadt in einem großen schwarzen Chevrolet mit getönten Scheiben und einer schnellen Fahrt in einem holzvertäfelten Aufzug fand ich mich im obersten Geschoss einer eleganten Stadtvilla wieder, die direkt an Philadelphias exklusivem Rittenhouse Square lag. Da ich von einem großen schwarzen Mann namens Oscar, dessen warmes Lächeln und lustige Art gar nicht zu seiner Secret-Service-Aufmachung im schwarzen Anzug mit Sonnenbrille passten und der mit den Kindern vertraut genug war, dass sie ihn »Big O« nannten, im Rollstuhl geschoben wurde, merkte niemand, dass ich nicht wusste, welche Tür unsere war. Andererseits gab es auf der gesamten Etage nur zwei zur Auswahl.

Alex ließ Gloria mit ihrer bunten Luftballontraube vorausgehen, Sam saß stolz auf meinem Schoß und rollte mit mir durch den Flur. Der Weg kam mir entsetzlich lang vor, aber schließlich erreichten wir eine Tür, die mit einer *12* gekennzeichnet war und die Alex mit einer Chipkarte öffnete. Auf der anderen Seite der Tür befand sich ein Penthouse.

Zwei lackierte Wandtische säumten die Diele, die in einen offenen Wohn- und Essbereich führte. In der Mitte des Raumes lag ein weicher weißer Teppich. Zwei cremefarbene Samtsofas standen darauf und ein niedriger Tisch aus Glas und Metall. Ein eingebautes Bücherregal, das dekorative Glasschüsseln, goldene Buddhas und überdimensionale Kunstbände beherbergte, nahm eine ganze Wand ein, auf der gegenüberliegenden Seite glänzte ein langer Esstisch aus poliertem Holz unter dem größten Lampenschirm, den ich jemals gesehen hatte. An den Wänden hingen Kunstwerke im modernen Stil, ein antik aussehender Spiegel und eine riesige Schwarz-Weiß-Fotografie von Schafen. Es war die Art von müheloser Eleganz, die sich nur die Superreichen leisten konnten.

Ich hob Sam von meinem Schoß und stand mit wackligen Beinen auf, begann, wie in Trance durch den Raum zu wandern. Ich strich mit den Fingern über den glänzenden Esstisch und befühlte den weichen Kaschmirüberwurf auf der Couch. Ich atmete den schwachen Zitrusduft eines natürlichen Reinigungsmittels ein, in das sich der Duft von Orchideen in voller Blüte mischte. Dann ging ich zum Fenster, schob die hauchdünne Gardine zur Seite und schaute auf die Baumkronen unten auf dem Platz, deren Blätter gerade anfingen, sich gelb und rot zu färben. Ich erkannte die Brunnen, die gusseisernen Bänke und die großen Bronzestatuen. Ich sah auch Menschen, die sich wie Aufziehpuppen bewegten. Sie gingen in normaler Kleidung zu normalen Jobs und normalen Häusern, ohne das Luxusparadies wahrzunehmen, das nur zwölf Etagen über ihnen schwebte.

Ich drehte mich wieder zu den Menschen hinter mir um: Alex, der eifrig durch die Nachrichten auf seinem

Handy scrollte, Oscar, der versuchte, den Rollstuhl durch die Tür hinauszumanövrieren, Gloria, die ihre Luftballons entwirrte.

Nur Sam stand bewegungslos da, seine großen blaugrauen Augen auf mich geheftet, den Mund leicht geöffnet. Wir starrten uns ein paar Sekunden lang an, mit einem wissenden Ausdruck in den Augen. Dann zuckte ich mit den Achseln und zeigte ihm eine lustige Grimasse. Er grinste und lachte sein Babylachen.

Das hier wird schon okay, schien er zu sagen.

Es war zwei Tage her, seit ich das letzte Mal geduscht hatte, also stand Duschen als Nächstes auf meiner Tagesordnung. Alex schlug den Kindern vor, ein bisschen fernzusehen. Als ich das Klicken des Fernsehers hörte und gleich darauf die helle Stimme von Dora, der Zeichentrickfigur, ging ich in den anderen Flur, um das Schlafzimmer zu suchen.

Es war ähnlich gestaltet wie der Wohn- und Essbereich, nur in Weiß, Grau und Türkisblau. Der Blickfang im Raum war ein King-Size-Bett mit einer glatten, makellosen weißen Steppdecke und vier steif arrangierten Kissen. Die Tische und Kommoden sahen genauso sauber und ordentlich aus – ohne Autoschlüssel oder Kleingeld, ohne Abholzettel für die Reinigung, ohne einzelne Socken oder verirrte Pins aus einem Steckspiel. Nur breite polierte Holzflächen mit einem silbergerahmten Foto hier und da oder einem Elefanten aus Keramik.

Im Bad wurde die weiß-grau-blaue Farbgestaltung fortgeführt, aber in Marmor. Ich sah eine bodengleiche Dusche mit einer riesigen Brause, einen doppelten Waschtisch und eine große rechteckige Badewanne. Offene Regale enthielten Stapel von weißen Handtüchern, auf dem Boden lagen flauschige runde Badvorleger, ein separater Raum beherbergte die Toilette. Es sah aus wie ein Hotelbadezimmer, nachdem das Zimmermädchen gerade gegangen war, abgesehen von einem Spielzeugboot, das neben dem Abfluss in der Wanne auf der Seite lag.

Obwohl ich mir nicht sicher war, wonach ich suchte, schaltete ich alle Lichter an und begann, die Schubladen an den Waschtischen aufzuziehen. Kleine Kästchen stießen gegeneinander, alle schwarz oder silberfarben und verziert mit einfachen Monogrammen: Chanel, Bobbi Brown, NARS. Die zweite Schublade enthielt luxuriöse Gesichtscremes und Bodylotions, die dritte war voller exquisiter Parfums und Shampoos. Ich nahm einen Tiegel Crème de la Mer heraus und tupfte mir ein bisschen ins Gesicht. Sie roch, wie man es erwarten würde – wie das Meer.

Der Dusche gegenüber befand sich eine Tür, die in einen begehbaren Kleiderschrank führte, in dessen Mitte eine Kommode mit einer Marmorplatte stand. Auf beiden Seiten des Raumes hingen Stangen mit Garderobe, dazwischen waren deckenhohe Regale angebracht, in denen ordentlich gestapelte Kleidungsstücke lagen, als würden sie in einer eleganten Boutique zum Verkauf angeboten. Ganz hinten standen sich zwei Ganzkörperspiegel gegenüber, die jedem, der sich dazwischenstellte, einen unendlichen Blick von vorn und von hinten ermöglichten.

Blusen, T-Shirts, Röcke, Hosen, Pullover und Kleider bildeten in dem weißen Raum einen bunten Regenbogen aus Stoffen. Eine Kleiderstange enthielt eine Kollektion aus schwarzem Satin, rauchgrauem Samt und silbernen Pailletten, die eleganteste formelle Garderobe, die ich jemals gesehen hatte. Daneben hingen schwarze Kleiderhüllen, in denen die empfindlichen Sachen aufbewahrt wurden. Bei mir zu Hause gab es nur ein Teil, dem ich eine Plastikhülle zuerkannt hatte – mein Hochzeitskleid.

Aber das alles verblasste im Vergleich zu dem, was ich sah, als ich nach oben schaute. Auf einem breiten Regal, das sich über den gesamten Raum erstreckte, reihte sich eine Lederhandtasche an die andere, Designerware, die darum zu flehen schien, berührt zu werden.

Ich nahm eine Tasche nach der anderen herunter. Eine graue Balenciaga mit Quasten, eine violett-schwarze Stella McCartney, eine große weiße YSL Muse, eine grob geflochtene Michael Kors, eine orangefarbene Prada aus genarbtem Leder und zwei gesteppte Chanel, einmal in Cremeweiß und einmal in Schwarz. Außerdem gab es eine Alexander-Wang-Umhängetasche, zwei glitzernde Anya-Hindmarch-Clutches, einen karamellbraunen Celine-Shopper, eine eckige Botkier und eine mit Nieten beschlagene Valentino – der Traum der Handtaschenwelt.

Ich begann, alle Taschen wieder hochzustellen, als mir eine große orange-braune Schachtel auffiel. Ich zog sie von dem Regal, stellte sie auf den Marmortisch und nahm den Deckel ab. Unter einem Seidentuch mit eingesticktem Monogramm lag die Mutter aller Designertaschen, die It-Bag aller It-Bags, eine, die alle anderen überstrahlte wie ein Filmstar, der sich in einem Raum voller Normalsterblicher aufhielt – eine hellrote Kelly Bag von Hermès. Das Leder war mit der Zeit etwas matt geworden (sprich: Vintage), aber die Tasche war in hervorragendem Zustand, der Henkel immer noch steif und aufrecht, das Vorhängeschloss mit dem Schlüssel glänzend und ohne Kratzer. Die Tasche sah aus, als wäre sie jahrelang nicht angefasst worden.

In der Tasche steckte etwas Seidenpapier und eine Karte mit der Aufschrift »Herzlichen Glückwunsch zum

30. Geburtstag«. Ich packte die Kelly Bag rasch wieder in die Schachtel und schob sie zurück in das Regal.

Was für eine Frau bekam zu ihrem dreißigsten Geburtstag eine solche Hermès-Tasche geschenkt und benutzte sie dann nie?

Wenige Minuten später stand ich vor dem breiten Spiegel im Bad der van Holts und begann, mich aus meinen Kleidern zu schälen. Ich schlüpfte aus meinen Stiefeln und den Jeans und entdeckte zu meiner Überraschung eine perfekte Pediküre. Meine Fußsohlen – eigentlich rissig und trocken – waren glatt wie der Marmor, auf dem ich stand.

Ich zog rasch den dicken cremeweißen Pullover aus, den ich im Krankenhaus vorgefunden hatte, und betrachtete mich im Spiegel. Mit einem ungläubigen Gesichtsausdruck, einem, den man wahrscheinlich hatte, wenn man an Weihnachten einen neuen Lexus in der Einfahrt stehen sah, musterte ich meinen Körper. Mein Bauch war flach und glatt, ohne schlaffes Bindegewebe oder Speckröllchen, nur feste, straffe Haut, wie über eine Trommel gezogen. Meine Beine hatten weder Dehnungsstreifen noch geplatzte Äderchen, sie waren schlank und immer noch gebräunt, als wäre ich gerade aus dem Urlaub zurückgekehrt.

Und dann meine Brüste erst. Meine Brüste sahen definitiv anders aus.

Ich schaute an mir hinunter, dann richtete ich meine Augen wieder auf den Spiegel. Zögernd berührte ich sie mit meinen Fingerspitzen, so, wie man einen Kuchen berührt, um zu sehen, ob er fertig gebacken ist. Dann befühlte ich ihr Gewicht. Prächtig, prall, phänomenal waren sie …

Und falsch.

Was Brustvergrößerungen betraf, handelte es sich hier um eine einzigartige Arbeit. Es waren die Cadillacs aller Implantate: nachgiebig, submuskulär, sämtliche Schnittnarben kunstvoll verborgen.

Ich stand mit offenem Mund da, während ich mich fragte, was Abbey van Holt zu der Entscheidung veranlasst hatte, sich unter das Messer eines Schönheitschirurgen zu legen. Vor allem weil ich immer behauptet hatte, dass ich das niemals tun würde. Und insgeheim auf Frauen wie meine Mutter herabschaute, die es taten (Brustkrebsüberlebende ausgenommen).

Andererseits, vielleicht war ich gegen Schönheitsoperationen, weil unsere finanzielle Situation sie ohnehin nicht zuließ. Ich trat näher an den Spiegel heran, um mein Gesicht und mein Haar genauer zu betrachten, und um zu schauen, ob vielleicht weitere Verschönerungen, chirurgisch oder auf andere Weise, vorgenommen worden waren.

Wo waren die zwei tiefen Furchen auf meiner Stirn und die Fältchen um meine Augen? Meine Haut war glatt und porenfrei, als hätte sie jemand mit Photoshop bearbeitet. Meine Haare waren kürzer und heller und rasiermesserscharf geschnitten, sie streiften knapp meine Schultern. Ich lächelte und entblößte gerade, alabasterfarbene Zähne.

»Heilige Scheiße«, murmelte ich.

In diesem Augenblick betrat Alex das Bad. Ich griff nach einem Handtuch und bedeckte mich so gut wie möglich, während er zu den Waschbecken ging und seine schwere silberne Armbanduhr in eine Schale aus Kristallglas legte.

»So, ich denke, wir sollten uns kurz wegen heute Abend besprechen«, sagte er, streifte sein Sakko ab und knöpfte sein Hemd auf.

»Ja?«

»Ich weiß, es ist eine große Bitte, aber falls du dich der Sache gewachsen fühlst, wäre es gut, wenn du mitkämest. Das würde die Gerüchte zum Verstummen bringen, das Medienfeuer löschen, du weißt schon.«

»Sicher«, sagte ich und beobachtete ihn verstohlen im Spiegel.

»Fühlst du dich denn auch gut genug?«

»Ja, ich denke schon. Es geht mir gut. Du hast ja gehört, was die Ärzte gesagt haben – dass ich wieder ganz normal meinem Tagesablauf folgen kann.«

»Ich weiß, aber trotzdem. Wie wäre es, wenn du dich heute Abend einfach nur für ein paar Minuten zeigst, ein paar Hände schüttelst und dich fotografieren lässt, und anschließend bringt Oscar dich wieder nach Hause?«, sagte er. »Falls es spät wird, kann ich immer noch dort im Haus übernachten. Du weißt ja, wie langwierig die Presbyterianer sein können.«

»Wem sagst du das …«, erwiderte ich. »Diese Presbyterianer sind so … so …« Ich verstummte, als ich sah, dass er aus seiner Hose stieg.

»Frank denkt, dass ich mit ihrer Unterstützung mehr Stimmen in Montgomery County gewinnen kann, vielleicht sogar in Bryn Mawr«, fuhr er fort. »Wichtige Stimmen.« Ich hörte ihm gar nicht mehr zu, weil ich zu sehr abgelenkt war durch sein Spiegelbild. Als er sein Unterhemd über den Kopf zog, enthüllte er muskulöse Arme, eine behaarte Brust und das Sixpack eines Covermodels der *Men's Health.* Zum Schluss streifte er seine hellblauen Boxershorts ab und kickte sie durch das Bad zu einem Wäschekorb, während mir die Kinnlade herunterklappte. Er kam zu mir herüber, seine Haut hob sich mit ihrer Bräune von den weißen Wänden ab. Er schlang seine Arme um mich und gab mir einen Kuss auf die Stirn, anscheinend ohne mein rasendes Herz und meine erstarrte Körperhaltung zu bemerken. »Ich hab mir Sorgen um dich gemacht«, flüsterte er in mein Haar. »Ich bin so froh, dass es dir wieder gut geht.«

Bis auf Jimmy und Sam hatte ich seit zwölf Jahren keinen Mann mehr nackt gesehen, ganz zu schweigen davon, dass sich einer nackt an mich gepresst hätte. Es fühlte sich so seltsam an, so absurd, aber auch aufregend. Ich versuchte, meine Fassung wiederzugewinnen, doch als ich Alex' nackten Penis spürte, der sich an meine Hüfte drückte, blieb mir das Herz stehen – und ich stieß unwillkürlich ein leises Keuchen aus.

»Was ist?«, fragte er.

»Nichts«, sagte ich. »Das hat nur gerade gekitzelt.«

Er lachte und verschwand unter der Dusche.

Oscar, unser Chauffeur, öffnete mir die Tür und bot mir seine Hand, als ich aus dem großen Chevrolet ausstieg und meine Füße in der Kieseinfahrt aufsetzte. Alex folgte mir, sein Handy am Ohr. Er telefonierte immer noch mit seinem Wahlkampagnenleiter, wie ich vermutete. Während der gesamten dreißigminütigen Fahrt hatten sie Umfrageergebnisse und Wählerverteilungen analysiert. Bei Jimmy konnte ich es nicht leiden, wenn er im Auto geschäftlich telefonierte – nur die Hälfte einer Unterhaltung zu hören, war schlimmer, als alles zu hören –, aber auf dieser Fahrt hatte ich ganz genau hingehört, um möglichst viel über den Mann, sein Leben zu erfahren.

Draußen verblasste das frühe Abendlicht, was das Gebäude vor mir noch mächtiger und magischer erscheinen ließ, wie ein Märchenschloss aus einem von Glorias Büchern. Es handelte sich um eine riesige efeubewachsene

Villa aus massivem grauem Stein mit zu vielen Schornsteinen, um sie zu zählen, einem grauen Schieferdach und einem runden Turm. Die Fenster waren so hell erleuchtet, als würden die Räume in Flammen stehen. Das hier war Bloemveld, das Haus, in dem Alex aufgewachsen war, das Familienanwesen der van Holts seit mehr als einem Jahrhundert.

Später würde ich erfahren, dass es vor diesem Prachtbau eine kleinere Version aus Ziegelstein gegeben hatte und davor eine Blockhütte. Das Land war im Besitz der Familie, seit Alex' Urahn Alexandre van Hault es im späten 17. Jahrhundert von William Penn gekauft hatte. Der erste van Holt, der sich auf amerikanischem Boden niedergelassen hatte, war ein Farmer und Schäfer gewesen. Sein Großenkel hatte auf dem Land Kohlevorkommen entdeckt, was zu Investitionen in der Stahlindustrie geführt und schließlich Land- und Immobilienbesitz gebracht hatte. Der arme, analphabetische Holländer in der Blockhütte hätte sich bestimmt niemals träumen lassen, dass seine Nachfahren heute ein Drittel von Philadelphia besaßen, die halbe Main Line und genug von Manhattan, um jedes Jahr zur Central Park Conservancy Gala und zum Met-Ball eingeladen zu werden.

Als ich auf die Eingangstür zuging, hielt Alex mich am Ellenbogen fest. Mit dem Handy am Ohr raunte er mir zu: »Was machst du? Du weißt doch, dass Mutter es hasst, wenn wir den Vordereingang benutzen.«

»Richtig«, sagte ich und folgte ihm.

Dies war der erste von vielen Fauxpas – sowohl körperlicher als auch gesprächstechnischer Art –, die ich an diesem Abend erwartete.

Es war warm, obwohl schon Ende Oktober. Ich war auf Nummer sicher gegangen und trug ein schlichtes ärmelloses schwarzes Shiftkleid und einfachen Goldschmuck. Als es um die Wahl der Schuhe gegangen war, hatte ich nicht widerstehen können und mich für ein Paar strassbesetzte Jimmy Choos entschieden. Meine Absätze versanken im Kies, aber das kümmerte mich nicht. Falls diese Schuhe hier ruiniert wurden, gab es im Penthouse noch genügend andere »Cocktail«-Stilettos: ein Paar mit goldenen Nieten, eins mit kleinen Spiegelscherben und eins mit einer schwarzen Spitzenschleife, die so steif war, dass sie sich wie Plastik anfühlte.

Während wir an den hohen Fenstern mit ihren bleistiftdünnen Streben vorbeigingen, warf ich einen Blick in jeden Raum und sah dicke Polstermöbel, Tapeten aus Moiré-Seide und Gemälde von Hengsten mit wachen Augen und spitzen Ohren in vergoldeten Rahmen. Im Speisezimmer bemerkte ich einen riesigen Kristallleuchter, an dem echte Kerzen brannten statt Glühbirnen. Ich fragte mich, ob das Wachs nicht auf den massiven Tisch darunter tropfen würde und wessen Aufgabe es war, die Flammen jeden Abend zu löschen.

Schließlich erreichten wir den Seiteneingang über eine erhöhte Steinterrasse, die mit einer straff gespannten grünweißen Markise überdacht war. Alex nahm meinen Ellenbogen und führte mich ins Haus, in einen belebten Raum, der von klirrendem Silberbesteck, hastigen Schritten und zuschlagenden Ofentüren erfüllt war.

Tatsächlich handelte es sich um mehrere Räume, die zu einer großen Küche zusammengefügt worden waren, da die Anforderungen der modernen Gästebewirtung ehemalige Wandschränke und Speisekammern in einer gewaltigen Ode an kulinarische Spezialitäten verschluckt hatten. Eine kleine Armee aus Köchen, Küchenmädchen und

Kellnern wuselte geschäftig hin und her – wie Pendler, die zu ihrer Bahn eilten, die Arme beladen mit Tabletts und Tischwäsche.

In dem schwarz-weißen Tableau – Dienstuniformen, Edelstahlvorrichtungen und Granitanrichten – stachen zwei Frauen heraus: eine in einem hellblauen Wollkostüm, die andere in einem rosa Twinset. Die ältere Frau inspizierte ein Tablett mit Champagnergläsern, die jüngere blätterte mit gelangweilter Miene in einer Zeitschrift.

Als wir uns ihr näherten, sah sie träge auf und sagte mit unverhohlenem Sarkasmus: »Nett von euch, dass ihr uns auch endlich Gesellschaft leistet.«

»Oh, reg dich wieder ab. Die Gäste sind noch gar nicht da«, erwiderte Alex, sperrte sein Handy und ließ es in seine Brusttasche gleiten. »Ich hatte ein langes Radiointerview, und ich bin mir nicht sicher, ob du es schon gehört hast, aber meine Frau war im Krankenhaus.«

Ich stand einfach da, nahm wahr, dass ihr Blick mich kurz streifte, bevor sie ihn wieder auf Alex richtete. Ich hatte das Gefühl, etwas sagen zu müssen, doch das Beste, was mir einfiel, war ein geflüstertes »Ja, ich war im Krankenhaus«.

Die junge Frau, anscheinend Alex' Schwester, drehte den Kopf wieder zu mir und starrte mich an. »*Ich weiß,* Abbey. Du warst im Krankenhaus. Wir hätten dich ja besucht, aber Alex hat uns davon abgeraten.«

»So hab ich … so hab ich das nicht gemeint«, stammelte ich.

»Egal. Ich weiß wirklich nicht, warum ich mir überhaupt die Mühe gemacht habe hierherzukommen«, sagte sie und wandte sich wieder Alex zu. »Ich sage dir, das hier ist der letzte Abend für mich«, keifte sie. »Die alten Schachteln haben dieses Mal hoffentlich ihre Scheckbücher dabei.«

»Hey, pass auf, was du sagst, Aubyn«, mahnte Alex und warf einen Blick in den Raum. »Das Letzte, was ich gebrauchen kann, ist, dass so etwas auf YouTube landet.«

»Kiiinder!«, rief die Frau im hellblauen Kostüm und kam auf uns zu. »Hört bitte auf, euch zu streiten. Lasst uns den Abend bestmöglich über die Runden bringen. Das ist wichtig für Alex, für uns alle.«

Dann drehte sie sich zu mir, legte ihre manikürte Hand auf meine Schulter und sah mich liebevoll an. »Abigail, wir haben uns solche Sorgen gemacht. Gibt es etwas, das wir für dich tun können?« Ich öffnete den Mund, um zu antworten, aber die Frau, bei der es sich meiner Vermutung nach um »Mutter« handelte, fuhr bereits fort, obwohl ihre Augen auf das Tablett eines vorbeieilenden Kellners geheftet waren. »Was für ein unglaublich bizarrer Unfall. Wisst ihr, man sollte diese Rolltreppe überprüfen lassen. Wenn jemand, der so durchtrainiert ist wie Abigail, dort herunterfällt, stimmt etwas nicht. Das Wichtigste ist natürlich, dass Abigail ihren Sturz heil überstanden hat.« Sie drehte ihren Kopf wieder zu mir und lächelte, und ich lächelte zurück. Dann beugte sie sich mit einem Zwinkern zu mir. »Obwohl ich sagen muss, wir haben es unheimlich genossen, die Kinder hier bei uns zu haben. Du hättest Van und den Koch erleben sollen. Was für einen Appetit der Kleine hat.« Van, dachte ich. So haben sie meinen Kleinen genannt? Uups. Dann sah ich, dass ihr Blick über mein Kleid wanderte und auf meinen Glitzerpumps haften blieb. »Was für herrliche Schuhe!«, rief sie entzückt, aber ich konnte nicht anders, als leicht in Verlegenheit zu geraten.

»Danke«, sagte ich schüchtern. »Das finde ich auch.«

Sie hörte mich nicht, weil ihre Aufmerksamkeit einem halb gefüllten Eiskübel galt, der auf die Schwingtür zuschwebte. Und sie hastete davon, Duftschwaden von Gardenienparfüm hinter sich zurücklassend.

»Mrs. van Holt?« Ich hörte eine Stimme hinter mir, aber ich ignorierte sie, während ich den großen holzgetäfelten Saal auf mich wirken ließ. Trotz der vielen Menschen, die hereinströmten, und trotz des knisternden Feuers in dem gemauerten Kamin fröstelte ich. Jetzt erst wurde mir bewusst, warum alle anderen Tweed-Anzüge oder -kostüme, Wolle und Kaschmir trugen. Die Stimme hinter mir sagte wieder »Mrs. van Holt?«, dieses Mal lauter, und ich wünschte, dass diejenige, die gemeint war, einfach reagieren würde.

Erst als Alex mir zuraunte »Abbey, antworte ihr!«, fiel es mir wieder ein. Ich war Mrs. van Holt.

Ich wirbelte herum, ohne dass mir bewusst war, wie nah die Bedienung hinter mir stand, und stieß gegen das breite Silbertablett, das sie auf einer Hand balancierte. Wir beobachteten beide entsetzt, wie das Tablett – gefüllt mit Champagnerkelchen – in die Luft segelte und die Gläser auf dem Teppichboden landeten, ihr perlender Inhalt flog bedauerlicherweise weiter bis zu einer Gruppe von Gästen. Es sah aus, als würden diese bei SeaWorld in der ersten Reihe sitzen.

Und so begann mein Ausflug in die feine Gesellschaft von Philadelphia.

Eine Frau, die nicht einmal ihren eigenen Namen kannte. Eine Frau mit rotem Kopf, die vor Scham zitterte und sich fragte, was sie zu einer Gruppe von älteren Presbyterianern sagen konnte, die sie gerade mit Champagner getauft hatte.

»Meine Güte, Abbey«, sagte Alex, nachdem Helfer herbeigeeilt waren, um die Gläser aufzusammeln, und die

Gespräche im Raum wieder aufgenommen wurden. »Wenn dir heute Abend nicht nach Champagner zumute ist, hättest du es doch einfach sagen können.«

Ich sah ihn ängstlich an, beschämt, bevor ich ein Lächeln entdeckte, das seine Lippen umspielte. Es war ein Scherz gewesen. Ich lachte erleichtert, dann flüsterte ich: »O mein Gott.«

»Ernsthaft, was ist los mit dir? Bist du sicher, dass alles in Ordnung ist?«

»Mir geht es gut, wirklich. Ich bin nur … nervös wegen dir. Wegen der Wahl und dem Spendenabend und allem.«

»Nun, dazu hast du keinen Grund. Du weißt, ich kenne diese Leute schon ewig.«

Er legte beschützend seinen Arm auf meinen Rücken und führte mich weiter, und einen Moment lang verschwamm der Saal vor meinen Augen. Allerdings rückte er rasch wieder in den Fokus, als ein Fotograf, der für die Veranstaltung engagiert worden war, sich uns plötzlich in den Weg stellte. Er bat darum, ein paar Aufnahmen von uns zu machen, und durch das Blitzlicht wurden die Gäste im Saal auf uns aufmerksam. Sie schauten zu uns herüber und bewegten sich dann wie eine Herde auf Ledersohlen in unsere Richtung: Jeder wollte der Erste sein, um die Ehrengäste zu begrüßen.

Ich klammerte mich an Alex, blieb jedoch immer einen Schritt zurück, wie ein kleines Kind, das sich hinter seinen Eltern versteckte, und lächelte stumm, bemüht, mein Bestes zu geben, um unbemerkt zu bleiben. Aber fast alle, die sich uns näherten, erwarteten von mir, dass ich irgendetwas sagte, zumindest ein bisschen Small Talk machte. Schließlich war Alex der Grund für diese Feier, und ich war mit dem Grund verheiratet.

Selbst die einfachste Frage war voller Gefahren. Noch nie in meinem Leben hatte ich mich in Gesellschaft so unwohl gefühlt. Mein Körper war angespannt wie eine Feder, mein Gesichtsausdruck ängstlich, und wenn ich etwas sagte, kam es entweder zu leise heraus oder zu laut. Es war, als wäre ich bei einer Broadway-Premiere unvermittelt auf die Bühne gebeten worden, ohne das Drehbuch zu kennen.

Und das Publikum? Nicht nur lauter Fremde, sondern Fremde aus einem anderen Land, die sich über Dinge und Leute und Orte unterhielten, über die ich nichts wusste. Die Art, *wie* sie sprachen, war auch problematisch. Ich hatte ja keine Ahnung, dass es tatsächlich Menschen gab, die so redeten.

»Abigail, meine Liebe, lavieren wir uns durch?«, fragte mich eine silberhaarige Matrone mit golfballgroßen Perlen um den Hals.

Lavieren wir uns durch was? Durch diese Veranstaltung? Durch das Leben im Allgemeinen?

Ich antwortete leise mit einem freundlichen Ja, woraufhin sie begann, sich langatmig über den Niedergang unseres Landes auszulassen, nachdem nun schon so lange ein »Farbiger« im Weißen Haus regierte. Hatte ich richtig gehört? Ich hoffte nicht.

Nach ihr stellte uns ein älterer Herr mit einem gewaltigen Überbiss nuschelnd Fragen, während er gleichzeitig seinen Shrimpscocktail verzehrte. Obwohl ich nur jedes fünfte Wort verstehen konnte, parierte Alex geschickt und nonchalant – schließlich war er versiert in dieser Geheimsprache der weißen Oberschicht –, bevor er dann das Gespräch auf mich lenkte.

»Da müssen Sie meine Frau fragen«, sagte er und legte seine Hand auf meine Schulter. »Das ist ihre Domäne.«

O nein.

Ich verschaffte mir Zeit, indem ich so tat, als hätte ich nicht verstanden. »Wie bitte?«

Der ältere Herr schlurfte einen Schritt näher, sein säuerlicher Atem brachte mich einer Ohnmacht nahe. »Ich … *nuschel, nuschel* … Alexander hier … *nuschel, nuschel* … das Ferienhaus. Wie kommt es voran?«

Ferienhaus? Was für ein Ferienhaus?

»Gut«, antwortete ich. »Einfach gut.«

»*Nuschel, nuschel* … Dann bis zum Jahresende?«

Am liebsten hätte ich gesagt, dass ich keinen nuscheligen Schimmer hatte, aber ich probierte es mit einer Antwort und sagte Ja.

Alex begann zu lachen. »Machst du Witze?«

Ich riet ein zweites Mal in der Hoffnung, dass diese Antwort sicherer war. »Ich meine vielleicht …« Daraufhin starrte Alex mich mit hochgezogenen Augenbrauen an. Als Nächstes probierte ich es mit der einzigen Möglichkeit, die noch übrig war. »Nein?«

Alex beugte sich vor und schrie dem alten Mann ins Ohr: »George, da meine Frau einen Architekten nach dem anderen feuert, können wir uns glücklich schätzen, wenn es bis Ende *nächsten* Jahres fertig ist.«

Die beiden Männer lachten. Ich stimmte einen Moment später ein und machte mir im Geiste eine Notiz: *Die van Holts bauen ein Ferienhaus, das so prächtig ist, dass es mehrere Architekten erfordert und viele Monate Bauzeit. Irgendwo.*

Aus einer anderen Richtung kam eine große Frau mit grau meliertem Haar und einem dunkelgrün karierten Kostüm, das an ihrer hageren Gestalt wie Spanisches Moos herunterhing. Ihre Haut war so blass und transparent, dass ich das Geflecht ihrer Adern sehen konnte, als wäre sie gerade von den Toten auferstanden und direkt nach Bloemveld geeilt. Ihr einziger Schmuck war ein Diamantsalamander mit Saphiraugen, der versuchte, über ihre knochige Schulter zu entkommen.

»Abigail«, bellte sie und drängelte sich vor den Nuschler. »Es sind zu viele Leute hier. Warum reduziert ihr van Holts nicht eure Gästelisten?«

»Äh … na ja …«

»Und die Krabben sind fast aus. Mirabelle hätte meinen Caterer nehmen sollen. Er macht seine Arbeit anständig.« Ich nickte und lächelte, aber das schien die Frau noch mehr zu ermuntern. Ihre Haltung wurde gerader, ihre Stimme lauter. »Außerdem habe ich bis heute von euch keine Antwort auf meine Nachricht erhalten. Wir werden euch und die Kinder über die Feiertage in Jamaica Hill zu sehen bekommen, oder nicht?«

Jamaica Hill? Sie lud uns auf eine karibische Insel ein?

Wir sind definitiv dabei!, hätte ich am liebsten gerufen, aber dann sah ich, dass Alex auf den Boden schaute. Ich probierte es wieder mit einer Antwort.

»Tut mir leid. Wir haben für dieses Jahr keine weiteren Reisen geplant.«

Die Frau riss ihre dunklen Augen überrascht auf, um sie gleich darauf verärgert zusammenzukneifen. Dann stapfte sie beleidigt davon.

»Ernsthaft, Abbey?«, fragte Alex in gereiztem Ton. »Ich denke nicht, dass man eine Strecke von einer Meile als Reise bezeichnen kann. Wir können sicher einen Besuch bei ihr dazwischenschieben.«

»Tut mir leid«, sagte ich. Erst jetzt dämmerte mir, dass Jamaica Hill kein Urlaubsort war, sondern der Name des Anwesens dieser Frau. Und es lag offenbar in der Nähe von

Bloemveld, vielleicht sogar gleich nebenan. »Ich hatte nicht die Absicht, unhöflich zu sein.«

»Doch, hattest du. Du konntest Tante Tickle noch nie leiden.«

Tante Tickle? Wer würde diese Frau kitzeln? Reiche Leute und ihre albernen Namen und ihre Landsitze mit den noch alberneren Namen! War diesen Leuten nicht bewusst, dass wir im 21. Jahrhundert lebten?

»Soll ich ihr nachgehen und mich entschuldigen?«, fragte ich. Aber bevor Alex antworten konnte, näherte sich uns ein älteres Paar. Die beiden sahen aus, als kämen sie direkt aus dem schottischen Hochmoor. Ihre Tweed-Jacken, die dicken Rollkragenpullover und die Reitstiefel waren perfekt aufeinander abgestimmt. Der auffälligste Unterschied zwischen den beiden waren die Augenbrauen: Ihre waren asymmetrisch nachgezogen, seine standen wie Stahlwolle ab. Ich wappnete mich innerlich.

»Abigail, wir bedauern Ihren kleinen Unfall sehr«, sagte die Frau mit schleppender Stimme. »Geht es Ihnen wieder besser?«

Endlich fragte mich jemand etwas, das sich auf die letzten vierundzwanzig Stunden bezog. Etwas, das ich leicht beantworten konnte.

»Ja, es geht mir gut, danke. Ich musste nur vorsichtshalber eine Nacht im Krankenhaus bleiben.«

»Wie ist das passiert?«, fragte die Frau. »Sind Sie ausgerutscht?«

»Ich ... ich habe einfach den Halt verloren. Die größte Angst jedes Rolltreppenbenutzers, nicht?«

»Ich habe sie gewarnt, wegen ihrer hohen Absätze, aber sie wollte ja nicht auf mich hören«, sagte Alex achselzuckend.

»Frauen hören heutzutage leider nicht mehr auf ihre Männer«, fügte der alte Mann hinzu.

Alle lachten, außer mir.

Die Unterhaltung richtete sich auf die Wahlkampagne und dann auf das Leben im Allgemeinen. Ich hörte aufmerksam zu, während ich versuchte, jede Information in mich aufzunehmen, die mir helfen konnte. Nach allem, was ich bisher verstanden hatte, handelte es sich bei dem älteren Paar um Mr. und Mrs. Brindle, Eigentümer der Brindle-Kaufhauskette. Die Brindles wohnten ganz in der Nähe und waren alte Freunde der van Holts, Alex war ihr Patensohn. Und offenbar zählten sie zu seinen Unterstützern, denn der alte Mann nahm irgendwann »meinen Mann« auf die Seite und gab ihm einen Umschlag. Alex steckte den Umschlag in die Innentasche seines Sakkos und kam dann wieder zu mir. Kurz darauf gaben wir uns zum Abschied alle steif die Hand – hier umarmte sich niemand, nicht einmal Paten und ihre Patenkinder taten das.

Wir waren sie fast los, als Mr. Brindle sich noch einmal umwandte, weil ihm plötzlich etwas eingefallen war. »Ach, Abigail, ich habe ganz vergessen zu fragen. Wie haben Ihnen die Plätze letzten Sonntag gefallen? War ein höllischer Abend, nicht?«

Letzten Sonntag? Letzten Sonntag war ich zu Hause gewesen und hatte mir angesehen, wie die Eagles von den Giants vernichtet wurden. Jimmy hatte alles Mögliche in Richtung Fernseher geworfen. Ich nahm an, Mr. Brindle meinte das Spiel, oder?

»Allerdings! Was für ein Desaster. Dafür werden definitiv ein paar Köpfe rollen.«

Die Gruppe verfiel in Schweigen, dann sprang Alex ein. »Oh, ich weiß nicht, Schatz. Gut, es war nicht das Philadelphia Orchestra, aber ich fand die neuen Streicher großartig.«

Huh?

»Oh! Sie meinten das Orchester! Ja. Das war großartig.«

Alex lachte. »Was hast du denn gedacht, wovon er redet?«

»Ich dachte, er meinte die Eagles.«

Eine verwirrt dreinschauende Mrs. Brindle ergriff als Nächste das Wort. »Wen?«

»Die Eagles. Die Philadelphia Eagles.«

Die Frau sah ihren Mann an und dann wieder mich. »Verzeihung?«

»Sie meint das Profi-Footballteam, Edith.«

Die alte Dame und ich starrten uns an, ohne etwas zu sagen, sie immer noch ganz durcheinander und ich sprachlos. Katy Perry nicht zu kennen oder *Findet Nemo* oder die Blue Man Group, konnte ich ja noch verstehen. Aber in Philadelphia zu leben und die Eagles nicht zu kennen? Unfassbar.

Die Brindles lächelten und entfernten sich dann, was mir ein paar Sekunden Zeit gab, um vor dem nächsten Gespräch meinen Blick über die Anwesenden im Saal schweifen zu lassen. Diese Leute hier waren die letzten Vertreter der großen Räuberbarone und High-Society-Ladys der Main Line, Menschen, die so realitätsfremd waren, so behütet in ihrer mit Tweed und Mahagoni ummantelten Welt und so reich, als bildeten sie eine eigene Spezies. Oder einen vergessenen Stamm. Nicht durch den Dschungel verborgen, sondern durch hohe Steinmauern und verschnörkelte schmiedeeiserne Tore.

Und hier war ich – beziehungsweise eine Sinfonien liebende, Ferienhäuser entwerfende, herrschaftliche Anwesen besuchende Version von mir –, und ich lebte mitten unter ihnen.

Beziehungsweise »lavierte mich durch«, um genau zu sein.

Nach weiteren zwanzig Minuten der »Schöns«, »Guts« und »Mhms« plus jede Menge Servietten, die herunterfielen, Gläser, die aufgefüllt wurden, und Gespräche über das Wetter – so viele, dass man meinen konnte, fünfzehn Grad im Spätoktober seien vergleichbar mit einem Schneesturm im Juli – überlegte ich, ob ich mich nicht besser von Alex entfernte. Obwohl er sehr höflich blieb, war es schwer zu sagen, was er gerade dachte. Ich war so oft ins Fettnäpfchen getreten, er musste einfach Verdacht geschöpft haben. Beziehungsweise denken, dass ich plötzlich verblödet war. Gott sei Dank konnte ich mich, falls nötig, immer noch auf meine »Kopfverletzung« berufen.

Ich entschuldigte mich und bahnte mir langsam einen Weg durch die Menge, nahm die Welt um mich herum in Augenschein. So viele Menschen drängten sich in dem großen Raum – über einhundert Gäste, die alle fleißig tranken, dem Dienstpersonal Befehle zubellten und das Delikatessenbüfett sowie den Alkoholausschank bevölkerten. Niemand schien mich zu bemerken. Auch drei umherstreunende irische Wolfshunde mischten sich unter die Anwesenden. Sie stießen gegen Knie und bettelten um Käsestücke, wenn sie nicht gerade wie pelzige Maharadschas auf einem der geblümten Sofas herumlungerten.

Auf der anderen Seite des Saals entdeckte ich Alex' Mutter und seine Schwester, die ganz entspannt wirkten in ihrer natürlichen Umgebung. Von einem Vater war nichts zu sehen, und da niemand einen erwähnt hatte, nahm ich an, dass er entweder tot war oder verreist. Nicht, dass es mir zustehen würde, zerrüttete Familienverhältnisse zu hinterfragen, schließlich hatte ich von meinem Vater seit über zwanzig Jahren nichts gehört.

Ich steuerte eine Ecke an, im Bestreben, meine angeheiratete Verwandtschaft genauer unter die Lupe zu nehmen. Alex' Schwester, Aubyn, war deutlich jünger als ihr Bruder und sah noch aristokratischer aus. Sie war groß, dünn wie eine Ballerina und sehr hübsch, aber in ihrem adretten rosafarbenen Twinset und der schlichten schwarzen Hose wirkte sie altbacken und langweilig. Ihre Augen hatten dasselbe intensive Blau wie die meines Mannes, ihr kastanienbraunes Haar, schwer und glänzend, war kunstvoll auf ihrem Kopf aufgetürmt und erinnerte an ein Gibson Girl, das zum Leben erwacht war. Sie könnte eine Jeans, ein T-Shirt und ein paar widerspenstige Haare vertragen, dachte ich und nahm neben ihr auf einer langen Lederbank Platz. Als sie nur wenige Sekunden, nachdem ich mich gesetzt hatte, aufstand und davonging, begann ich, unsere Beziehung zu verstehen. Sie hasste mich.

Alex' Mutter demonstrierte dagegen nur pures Entzücken, sie bedachte nicht nur mich mit Herzlichkeit und Hingabe. Mirabelle trug einen kinnlangen Bob, der nur mit wenigen grauen Strähnen durchzogen war. Ihr Haar glänzte, als wäre es minutenlang gebürstet worden. Ihre Haut sah glatt und rosig aus, ein Hinweis darauf, dass sie sich für die eine oder andere Gesichtsbehandlung nicht zu schade war, andererseits hatte sie genügend Lachfältchen, die darauf hindeuteten, dass sie Botox für vulgär hielt. Das maßgeschneiderte Kostüm betonte ihre zierliche Figur. Die Schuhe, die sie dazu ausgewählt hatte, waren elegant, aber nicht zu hochhackig, der Schmuck war geschmackvoll.

Ich beobachtete, wie Mirabelle sich von Gruppe zu Gruppe bewegte und jedem Gast das Gefühl vermittelte, willkommen zu sein – mit direktem Blick und ungezwungenem Lächeln. Diese sozialen Fähigkeiten hatte sie zweifellos durch jahrzehntelange Übung perfektioniert. Ohne einen männlichen Patriarchen in ihrer Nähe, so meine Schlussfolgerung, war Alex' Mutter es gewohnt, die Sonne zu sein, um die diese Familie kreiste. Ich konnte meine Augen nicht von ihr abwenden. Sie war faszinierend.

Und nicht nur das, auch unterschied sie sich enorm von meiner anderen Schwiegermutter. Ich musste diesen Abend unwillkürlich mit dem vergleichen, an dem ich Jimmys Eltern kennengelernt hatte. Bei den Laheys gab es definitiv kein Personal, keine Festgarderobe, keine Garnelen …

Es hatte damit begonnen, dass Jimmy mich nach Hause fuhr nach unserer ersten gemeinsamen Nacht, die ich gern ein Date genannt hätte, die aber in Wirklichkeit ein One-Night-Stand gewesen war, der bis in den nächsten Tag hinein gedauert hatte. Ich hatte Jimmy in der Kneipe kennengelernt, in der sein Bruder arbeitete. Jules und ich waren frühzeitig von einer Kundenveranstaltung verduftet und hatten den Tag dort ausklingen lassen wollen. Obwohl dies sicher kein Detail war, das mich mit Stolz erfüllte oder von dem ich vorgehabt hatte, es später unseren Kindern zu erzählen, hatte ich tatsächlich die ganze Nacht, den ganzen nächsten Morgen und den gesamten Nachmittag mit Jimmy in seinem chaotischen Einzimmerapartment über dem Reformhaus in Ardmore verbracht. Ich weiß noch, dass es nach Patschuli und Pfefferminz gerochen hatte, der Duft hatte unsere alkoholisierte Sexeskapade exotischer erscheinen lassen, als sie gewesen war.

An jenem frühen Abend also hatte Jimmy darauf bestanden, kurz bei seinen Eltern vorbeizufahren, um etwas abzuholen. Sie wohnten in Upper Darby, einem Arbeiterviertel südlich der Main Line, das auf dem Weg zu meiner Wohnung in der Stadt lag. Nachdem wir eine Viertelstunde hinter einer Straßenbahn hergekrochen waren, fuhren wir in eine schmale Straße mit kleinen Reihenhäusern, an deren einheitlichen Ziegelsteinfassaden Flyers-, Eagles- oder Philadelphia-Flaggen hingen.

»Ich warte im Wagen«, sagte ich, als wir in die Einfahrt eines schmucken Hauses mit einem weißen Metallzaun und überbordenden Blumenkästen bogen. Statt eines Kranzes hing ein gemaltes Schild mit der Aufschrift FÁILTE an der Tür, was, wie ich später erfuhr, auf Gälisch »Willkommen« heißt. Während Jimmy seinen Pick-up ohne Mühe auf engstem Raum einparkte und dann ausstieg, rutschte ich tiefer in meinen Sitz hinein, um nicht gesehen zu werden. Jimmy ging ins Haus, kam aber gleich darauf wieder herausgestürmt. Bevor ich wusste, wie mir geschah, riss er die Beifahrertür auf und versuchte, mich aus dem Wagen zu ziehen.

»Meine Mutter hat dich vom Fenster aus gesehen und besteht darauf, dass du zum Abendessen bleibst«, erklärte er. Peinlich berührt riss ich mich los und kauerte mich noch tiefer in den Sitz. »Versuch nicht, dich vor ihr zu verstecken. Sie wird ein Nein nicht akzeptieren«, sagte er lachend. »Mom hat eine Antenne für jedes nette weibliche Wesen in einem Umkreis von dreißig Metern.« Ich zuckte zusammen und schüttelte den Kopf, am liebsten wäre ich in dem Sitzpolster versunken. »Warum hast du nicht Erbarmen mit einer Mutter von vier Jungs und kommst mit rein?«, bettelte Jimmy.

»O Gott, nein!« Ich rührte mich nicht vom Fleck, aber meine Augen sahen in Jimmys, und ich wusste, es war unvermeidlich, dass ich seiner Bitte folgte, so wie ich am Abend zuvor, nachdem wir uns nur wenige Stunden unterhalten hatten, gewusst hatte, dass ich mit ihm nach Hause gehen würde. »Erzähl ihr, dass wir uns erst seit heute Mittag kennen«, bat ich ihn flehentlich. »Sag ihr bloß nicht, dass wir uns schon gestern Abend begegnet sind.«

»Na schön, okay, ich werde ihr sagen, dass ich dir heute Mittag beim Lunch ein paar Schnäpse ausgegeben habe«, witzelte er. »Das ist definitiv stilvoller.«

Ich musste unfreiwillig lachen und seufzte dann. Ich werde diesen Kerl niemals wiedersehen, dachte ich, also kann ich auch genauso gut ein kostenloses Essen genießen. Ich steckte meine zerknitterte Bluse in meinen Businessrock und stieg dann aus dem Pick-up.

Vier Stunden und viertausend Kalorien später amüsierte ich mich prächtig, während Jimmys Brüder mich mit Geschichten über ihre Erfolge im Eishockey, ihre Missgeschicke auf der katholischen Schule und ihre zahlreichen pubertären Kämpfe unterhielten. Jane, Jimmys hinreißende Mutter, fuhr so viele Speisen auf, dass ich mich fragte, ob sie noch mehr Gäste erwartete. Es gab Muscheln, Pasta, Schinken, grüne Bohnen, Kartoffeln und Brötchen, es hätte für den ganzen Block gereicht.

Ich sagte nicht viel, aber lachte die ganze Zeit: über Jimmy, der seinen betrunkenen Onkel Seamus nachahmte, über Chris, den ältesten der vier Brüder, der davon erzählte, wie er Telefonkabel an die Mafia in Atlantic City verkauft hatte, und über Miles, Jimmys Vater, der eine irisch gefärbte Interpretation von Nat King Coles *Unforgettable* zum Besten gab. Für einen normalen Samstagabend um halb sieben ging es bei den Laheys ziemlich ausgelassen zu, nicht zu vergleichen mit den schweigsamen Mahlzeiten aus Fertiggerichten, die meine Mutter und ich vor *Entertainment Tonight* verzehrten.

Jeder der Lahey-Brüder war auf seine Art attraktiv, aber der jüngste, Patrick, war ein besonders heißer Typ. Im Gegensatz zu Jimmy, der eher kräftig war und ein Mann der leisen Töne, mit dunkelblondem Haar, das sich bereits lichtete, warmen braunen Augen und breiten Schultern, die sich perfekt zum Anlehnen eigneten, war Patrick ein hübscher Teufel mit einem drahtigen, muskulösen Körper und vollem schwarzem Haar. Der Blick aus seinen grünen Augen deutete an, dass er genau wusste, was unter den Klamotten der Frauen war. Patrick hatte Tattoos, fuhr Motorrad und arbeitete als Barkeeper, wurde ständig angehimmelt von den jungen Girls, die immer in Kleingruppen feiern gingen. Zu behaupten, er könne gut mit Frauen umgehen, war die Untertreibung des Jahres, mir machte sein Bad-Boy-Sexappeal dennoch ein bisschen Angst. Ich wusste genau, wohin so etwas führte. Jimmy war gemütlicher, herzlicher und damals noch richtig witzig. Wie ein Lieblingspullover, den man gar nicht mehr ausziehen wollte.

Zum Glück verriet Patrick nicht, wie betrunken Jimmy und ich am Abend zuvor gewesen waren beziehungsweise dass er geahnt hatte, was passieren würde, als sein Bruder und ich nach dem Zapfenstreich zusammen aus der Kneipe getorkelt waren. Er wollte seiner armen tochterlosen Mutter wohl auch nicht die Chance auf weibliche Gesellschaft verweigern, selbst wenn sie die fragliche junge Lady vielleicht niemals wiedersehen würde.

Nicht, dass Jimmys Mutter jemals so getan hätte, als wäre ich etwas anderes als ein offizieller Gast. Obwohl sie mich erst wenige Stunden kannte, lachte sie über all meine Witze, stellte mir jede Menge Fragen über meine Arbeit und bestand darauf, dass ich das erste Stück von ihrem selbst gebackenen Limonenkuchen bekam.

Nach vielen Stunden und einem Irish Coffee zum Abschluss wurde mir bewusst, dass ich besser nach Hause gehen sollte, und ich verabschiedete mich. Ich weiß nicht, ob es an dem Alkohol lag, an den ganzen Geschichten, an Nat King Cole oder an den Kohlehydraten, aber als Jimmy und ich wieder in den Wagen stiegen und anfingen, über die Handbremse hinweg herumzuknutschen, wusste ich, dass ich mich verliebt hatte.

Als ich dieses Mal meinen Namen hörte, reagierte ich sofort. Es war wieder eine Kellnerin, die mich am Arm berührte und auf Alex zeigte, der mich zu sich herüberwinkte. Er stand neben einem attraktiven jungen Paar – einem der wenigen, das unter vierzig war –, mit dem wir vielleicht privat befreundet waren. Doch ich konnte nicht. Wenn ich wieder einen Fehler machte, würde Alex endgültig misstrauisch werden, und ich durfte nicht riskieren, dass er sich Sorgen machte, mich vielleicht zurück ins Krankenhaus schickte oder Schlimmeres. Ich hob einen Finger, um ihm zu signalisieren, dass ich noch einen Moment brauchte, bevor ich mich auf die Suche nach einer Toilette machte.

Die Kellnerin dirigierte mich in das große Foyer, aber die versprochene Toilette erwies sich als schwer zu finden. Ich ließ den Blick durch das Foyer schweifen und steuerte schließlich die Rückseite an, wo das Licht des großen Kronleuchters nicht ganz hinreichte, was mir das Sehen erschwerte. Ich probierte ein paar Türen aus, aber eine führte in einen Wandschrank, eine zur Hinterveranda und eine zu einer dunklen Treppe.

Ich machte kehrt und huschte verwirrt wieder zurück. Vielleicht war das hier gar nicht das große Foyer? Vielleicht gab es irgendwo ein zweites, das noch größer war, noch prachtvoller? Eines mit mehr Ahnenporträts, größeren schwarz-weißen Marmorfliesen und einem noch pompöseren holzvertäfelten Treppenaufgang?

Plötzlich fiel mein Blick auf ein Ölporträt unterhalb der Treppe. Der darauf abgebildete Vorfahr erschien mir wie ein Geist. Ich keuchte erschrocken und machte rasch einen Schritt zurück, um auszuweichen. Hinter dem Gemälde trat ein kleiner weißhaariger Mann hervor, in einem schwarzen Anzug mit Priesterkragen. Als er mich sah, hielt er mir die Tür auf, durch die er gerade gekommen war, und machte eine höfliche kleine Verbeugung.

»Sie gehört Ihnen, Madam.«

»Ach, *da* ist die Toilette!«, sagte ich. »Ich … ich hatte vergessen, wo sie ist.«

»Diese alten Häuser haben viel Ähnlichkeit mit Kirchen. Verborgene Türen. Geheimgänge. Kleine Schotten, die plötzlich unter der Treppe hervorspringen.« Er zwinkerte mir zu und schenkte mir ein verschmitztes Grinsen.

»Danke für die Warnung«, sagte ich lachend. »Wenn Sie mich nun bitte entschuldigen würden.«

Ich drückte mich an ihm vorbei und schloss die Tür. Als ich wieder herauskam, stand der Mann immer noch da. Er betrachtete ein Gemälde von einem Schäfer, der einen zähnefletschenden Wolf abwehrte. Gleich bot er mir seinen Arm.

»Meine Mutter hat mich gelehrt, dass eine Dame niemals allein einen Raum betreten sollte«, sagte er. »Darf ich Sie begleiten?«

»Meine Mutter betritt einen Raum ausschließlich allein«, erwiderte ich und dachte an Roberta, die es grundsätzlich vorzog, sämtliche Blicke exklusiv auf sich zu lenken. »Aber ich nehme Ihr Angebot trotzdem an, danke.«

Ich hakte mich bei ihm ein, und wir kehrten in den Saal zurück, wo wir in Fensternähe ein ruhiges Plätzchen fanden.

Mein Begleiter stellte sich vor. »Ich bin Pater Ferguson. Ich hatte gehofft, mit Ihrem Mann sprechen zu können, er war allerdings die ganze letzte Stunde beschäftigt. Obwohl … es ist gut möglich, dass er mir aus dem Weg geht.«

»Oh? Warum sollte er das tun?«, fragte ich neugierig.

»Er weiß, warum.«

»Klären Sie mich auf?«

»Ihr Mann hat mir versprochen, mit seinem Onkel, dem Senator, zu reden, um zu sehen, ob wir meinem kleinen Gemeindezentrum zu einer staatlichen Förderung verhelfen können«, erklärte er. »Aber das war, bevor er für den Kongress kandidierte.«

»Nun, mein Mann hat viel um die Ohren«, sagte ich und registrierte ganz nebenbei, wie leicht mir die Worte »mein Mann« für Alex über die Lippen gingen. »Vielleicht hat er sich vorgenommen, Ihnen nach der Wahl zu helfen.«

»Vielleicht«, sagte Pater Ferguson. »Nur … mir rennt die Zeit davon. Und das Geld wird knapp.« Er seufzte, dann setzte er sich auf die Kante einer Couch und klopfte einladend auf den Platz neben sich. »Vielleicht möchten ja *Sie* mal bei uns vorbeikommen und sich anschauen, was wir so machen?«

»Das würde ich sehr gerne tun, allerdings sind wir bis nächsten Dienstag rund um die Uhr mit Wahlveranstaltungen ausgebucht«, erklärte ich in der Hoffnung, dass mein Ton so elegant klang wie Mirabelle. »Ich bin sicher, Sie verstehen das.«

Außerdem weiß ich nicht genau, wie lange ich noch in dieser Traumwelt leben werde …

»Wir sind nur fünf Minuten von der Innenstadt entfernt. Es ist das Holy Rosary Settlement House auf der 58. Straße, Ecke Pine Street.«

»Holy Rosary?«, fragte ich. »Sie wissen aber schon, dass dies hier eine Veranstaltung für die Presbyterianer ist?«

»Nun, wir werden es niemandem verraten, oder?«, erwiderte er und legte seinen Zeigefinger vor die Lippen. »Sie würden staunen, zu welchen Orten einem dieser Kragen hier Zutritt verschaffen kann.« Dann senkte er seine Stimme und fügte in vertraulichem Ton hinzu: »Außerdem habe ich die Calvinisten nie gefürchtet. Sie haben es leicht. Es ist das Leiden, nicht die Erlösung, die uns abhärtet. Richtig?«

»Ich habe keine Ahnung.«

»Oh. Aus irgendeinem Grund dachte ich, Sie seien katholisch.«

»Wie kommen Sie darauf?«

»Nur so ein Gefühl.«

Er hatte gewissermaßen recht. Obwohl ich ohne eine offizielle religiöse Erziehung aufgewachsen war, da Roberta sich zu den Agnostikern zählte, war ich durch meine Heirat mit Jimmy zur Katholikin geworden. Ich wechselte das Thema und fragte meinen neuen Freund, wie er zum Priesterberuf gekommen war.

Pater Ferguson oder »Fergie«, wie ich ihn auf seinen Wunsch hin nennen sollte, wirkte in Gesellschaft weniger unbeholfen und deutlich weltgewandter als die Kirchenvertreter, die ich in Grange Hill kannte, deshalb überraschte es mich nicht, als ich erfuhr, dass er erst spät zu seiner geistlichen Berufung gefunden hatte. Tatsächlich war er früher einmal mit seiner Highschool-Liebe, die er als die größte Liebe seines Lebens bezeichnete, verheiratet gewesen. Sie hatten eine glückliche Ehe geführt, bis seine Frau und sein

Sohn, das einzige Kind, durch einen alkoholisierten Autofahrer ihr Leben verloren. Danach hatte Pater Ferguson zwei Jahre lang versucht, sich totzusaufen, war schließlich trocken geworden, hatte sich für das Priesterseminar angemeldet und es sich zur Lebensaufgabe gemacht, Kindern aus armen Familien zu helfen, indem er eine Kirchengemeinde im Südwesten Philadelphias übernahm, wo es die höchste Kriminalitätsrate der Stadt gab. Es war ein harter Job, voller Kummer und Leid, aber Pater Ferguson führte es auf ihn zurück, dass er der Verzweiflung entkommen war und sich nun schon seit fünfundzwanzig Jahren vom Alkohol fernhielt. Oder wie er es ausdrückte: »Er hat mich ins Leben zurückgeholt.«

Er erzählte mir die Geschichte eines Vierjährigen, der eines Tages in das Holy Rosary gekommen war, so schwach, dass er kaum hatte stehen können. Es stellte sich heraus, dass der Junge an Skorbut litt, bedingt durch eine einseitige Ernährung aus Haferflocken, Käsemakkaroni und Limonade, die einzigen Lebensmittel, die seine Eltern sich leisten konnten in der Nahrungswüste der westlichen Außenbezirke von Philadelphia. Heute war der Junge gesund und kräftig und stand kurz vor seinem Diplom in Wirtschaftswissenschaften.

»Ich bin in South Philadelphia aufgewachsen, und wir hatten nie viel, aber zu essen hatten wir immer«, sagte Pater Ferguson. »Ich kann den Gedanken nicht ertragen, dass ein Kind Hunger leidet. Haben Sie jemals einer Mutter in die Augen geblickt, die weiß, dass ihre Kinder hungern, und dass es nichts gibt, was sie dagegen machen kann?«

Ich schüttelte den Kopf. Selbst in Grange Hill, wo die Leute von Gehaltsscheck zu Gehaltsscheck lebten und der Bank mindestens ein Haus in jedem Straßenblock gehörte, musste niemand hungern. Ich gab Pater Ferguson mein Wort, seinem Gemeindezentrum in der kommenden Woche einen Besuch abzustatten, und nahm mir vor, mit Alex über sein Versprechen zu reden. Ich sah, dass mein Mann uns von der anderen Seite des Raumes her beobachtete, er machte jedoch keine Anstalten, zu uns herüberzukommen. Rasch verabschiedete ich mich.

Der Pater berührte mein Gesicht, um meine volle Aufmerksamkeit zu haben. »Abigail, ich habe jeden in dieser Stadt um Hilfe gebeten, aber sie haben mich alle im Stich gelassen. Nun setze ich meine ganzen Hoffnungen in Sie«, sagte er.

»Ich werde mein Bestes versuchen.«

»Mehr verlange ich auch nicht.« Er lächelte breit und klatschte dann in die Hände, als wäre seine Arbeit getan. Dann fügte er leiser hinzu: »Ich bedaure nur, dass wir uns nicht schon früher kennengelernt haben.«

»Nun, vielleicht haben wir das ja«, erwiderte ich, da es mir widerstrebte, einen Pfarrer anzulügen. »Sehen Sie, ich kann es nicht wirklich sagen. Eigentlich bin ich nicht diejenige, für die Sie mich halten.«

Er lächelte, als hätte ich einen Scherz gemacht, und beugte sich dann näher zu mir, um mir ins Ohr zu flüstern. »Das trifft auf uns alle zu, meine Liebe.«

Dann stand er auf, ergriff meine Hand, um sie zu küssen, so wie ein Ritter nach einem Turnier einer Dame seine Ehre bezeugte, und verließ den Saal.

Als ich aufstand, bemerkte ich, dass die Menge sich etwas gelichtet hatte, aber die meisten Leute standen immer noch trinkend und lachend zusammen. Manche führten so hitzige Diskussionen, dass sie beim Sprechen Spuckebläschen vor dem Mund hatten, andere hatten es sich auf den Polstermöbeln bequem gemacht, wo sie sich kaum bewegten, die Bäuche voll mit Rotwein und Austern. Ich sah, dass sich vor dem Büfett immer noch ein paar Gäste tummelten, und als mein Magen knurrte, wurde mir bewusst, wie lange es schon her war, dass ich etwas zu mir genommen hatte. Als ich hinüberging, musste ich jedoch feststellen, dass außer ein paar Zitronenschnitzen und gefrorenen Dillzweigen, die auf dem Eisbett lagen, kaum etwas vom Büfett übrig war.

Ohne mich entmutigen zu lassen, schlenderte ich durch den Saal auf der Suche nach einem Kellner, der ein Tablett herumreichte, auf dem vielleicht noch ein paar Leckereien zu finden waren, aber alles, was ich sah, war eine einsame Silberschale mit trockenen Crackern auf einem Sideboard in einer Ecke. Ich schob mir ein paar davon in den Mund, dankbar für etwas, das meinen Hunger stillte, dann hielt ich nach Alex Ausschau, da ich annahm, dass es für mich Zeit war zu gehen.

Plötzlich sprangen die Wolfshunde von ihrem Sofa herunter und stürmten mit ihren langen Beinen auf mich zu. Sie sprangen bellend an mir hoch, sodass ich rückwärtstaumelte, einer meiner hohen Absätze knickte und brach. Die Hunde bellten und knurrten mich an, als wäre ich ein Eindringling, als wüssten sie, dass ich eine Betrügerin war, und ich fragte mich, ob es stimmte, was man Hunden nachsagte: dass sie Besucher aus einer anderen Welt wittern konnten. Ich kauerte mich vor Angst auf den Boden.

Gleich darauf hörte ich Alex »John Henry! Malcolm! Rex!« rufen, und er kam herbeigeeilt, um die Hunde an ihren Halsbändern von mir wegzuzerren.

Ich wurde hochgehoben, und er trug mich und meinen kaputten Schuh wie eine Braut durch den Saal. Über seine Schulter hinweg sah ich, dass alle, mit denen ich Bekanntschaft gemacht hatte, uns mit offenem Mund und wie erstarrt angafften. Selbst Mirabelles Maske der vornehmen Eleganz war einem verwirrten Ausdruck gewichen. Vielleicht auch einer Spur Verärgerung.

Erst als wir die Eingangstür erreichten, blieb Alex stehen, sah mir in die Augen und fragte mich, ob es mir gut gehe, die Stirn besorgt gerunzelt, bevor er Aubyn verfluchte, weil sie ihre »verdammten Köter« nicht hinausgebracht hatte. Er wirkte so beunruhigt wegen mir und so wütend auf seine Schwester, dass ich, hätte ich nicht schon in seinen Armen gelegen, in Ohnmacht gefallen wäre.

Erst nachdem er mir in den Chevrolet geholfen hatte, nachdem er die Tür zugezogen und gegen das Dach geklopft hatte, um Oscar zu signalisieren, dass er losfahren konnte, nachdem wir die Auffahrt hinter uns gelassen hatten und auf der gewundenen Straße in Richtung Autobahn zurückfuhren, dämmerte mir, warum Aubyns Hunde mich attackiert hatten.

Das Knabberzeug in der edlen Silberschale waren keine vertrockneten Cracker gewesen, sondern Hundekekse.

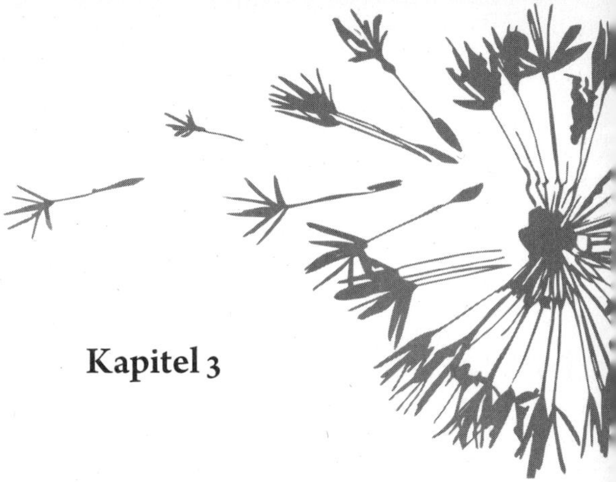

Kapitel 3

Als ich am nächsten Morgen die Augen aufschlug, erwartete ich, meinen Wecker mit den roten Ziffern, einen Korb mit ungefalteter Wäsche und Jimmys Pyjama zu sehen, der achtlos auf dem Boden lag, stattdessen empfing mich die strahlend weiße Ordnung des van Holt'schen Haushalts.

Die Bettseite neben mir war verwaist, Alex schien bereits wieder auf Wahlkampftour zu sein. Ich bedauerte es allerdings nicht, allein zu sein, da ich die Zeit brauchte, um einen weiteren Tag in dieser fremden Welt zu verarbeiten, in diesem hübschen Fischglas, aus dem ich nicht herausschwimmen konnte. Ich atmete ein paarmal tief durch, um meine aufkommende Panik und das plötzliche Bedürfnis, schreiend aus der Wohnung zu laufen, zu unterdrücken. Meine Mutter sagte immer, dass es für jedes Problem eine Lösung gab, wenn man nur genau genug hinsah. Es war Zeit für mich, genauer hinzusehen.

Ich kletterte aus dem Bett und streckte mich, um gleich darauf zu erstarren, als ich eine Kinderstimme hörte. »*Maman*«, sagte diese, »*Van s'est réveillé.*«

Ich wirbelte herum und sah Gloria mit ihren dunklen Locken, die von ihrem rosafarbenen Nachthemd abstachen.

»Was hast du gesagt?«, fragte ich. Mein Nachthemd aus Seide raschelte, während ich zu meiner Tochter ging, um sie wie jeden Morgen zu umarmen.

»*Van s'est réveillé*«, wiederholte sie. »*Allons le chercher.*«

»Du sprichst Französisch!«

»*Mais oui, maman.*«

»Wie cool ist das denn? Einfach unglaublich!«

»Heißt das, du möchtest, dass ich Englisch spreche?«

»Gern.«

»Gut. Weil ich nämlich Fruit Loops zum Frühstück haben möchte und nicht weiß, wie man das *en français* sagt.«

Ich lachte und zog sie an mich. Ihr Haar hatte nicht den rötlich braunen Schimmer, den ich in Erinnerung hatte, sie roch auch anders, als hätte sie in Zitronenwasser gebadet. Aber es war immer noch Gloria. Die lustige, kluge, stürmische, manchmal supernervige Gloria.

Ich löste mich von ihr, sah mich um und fragte dann: »Wo ist dein Bruder?«

»In seinem Bett.«

Ich schaute auf die Uhr – halb acht. Das war ziemlich spät für meinen Frühaufsteher Sam. Wer weiß, wie lange er noch wach gelegen hatte, unsere Zimmer lagen weit auseinander. Ich ging in die Hocke und streckte die Hände nach hinten, darauf wartend, dass Gloria auf meinen Rücken kletterte.

»Na, komm«, sagte ich. »Möchtest du nicht reiten?«

»Reiten?«

»Möchtest du nicht huckepack getragen werden?«

»Was?«, fragte sie verwirrt.

Ich zog ihren kleinen Körper näher an mich heran, dann schnappte ich mir ihre Hände und legte sie auf meine Schultern. Sie schlang zaghaft ihre Beine um meine Taille, und wir galoppierten los, mit wehenden Nachthemden und schrillem Mädchenkichern. Glorias Körper war leicht wie ein Vogel. Offenbar kannte intrauteriner Kleinwuchs alle Postleitzahlen, selbst die vornehmen.

Wir durchquerten die Wohnung wie zwei Abenteuerinnen, die in einem eleganten Dschungel nach einem verlorenen Kleinkind suchten. Wir freuten uns über das helle Licht, das durch die Fenster hereinströmte, und genossen es, dass uns noch niemand entdeckt hatte. Ich liebte es, Glorias warmen Atem in meinem Nacken zu spüren und ihren Brustkorb, der sich an meinem Rücken hob und senkte. Wie immer fühlte ich mich durch sie lebendiger. Während Sam mich mit den schlichten Bedürfnissen eines Kleinkinds an den Moment fesselte, befreite Gloria mich. Ihre Energie wirkte elektrisierend.

Als wir am Wohnzimmer vorbeipirschten und weiter durch den langen Flur schlichen, hörte ich Sam – ich meine, Van –, der in seinem Zimmer Morgengeräusche machte. Wir folgten dem singsangartigen Gebrabbel und trafen meinen Sohn dabei an, wie er handgefertigte Stofftiere aus seinem kastenförmigen weißen Gitterbett warf. Das Zimmer war ziemlich groß, definitiv eine Verbesserung, verglichen mit dem fensterlosen Wandschrank. Die Wände waren hellgrau gestrichen, die gestreiften Vorhänge farblich darauf abgestimmt, die Möbel – ein orangefarbener Schaukelstuhl, ein grüner Lederhocker und ein Regenbogen von Tierfiguren aus Keramik in bunt gestrichenen Designerregalen aus Metall – brachten Farbe in den Raum. Eine Ecke des Zimmers wurde von einem großen blau-roten Segelboot aus Holz eingenommen, dessen Heck mit »SS Alexander« beschriftet war. Und über dem Kinderbett hingen die zwanzig Zentimeter hohen Buchstaben *AVH* und *IV*.

Ich betrachtete sie rätselnd, bis mir klar wurde, dass es sich nicht um einen Code handelte, sondern um die Initialen meines Sohnes. Für die van Holts war Sam mehr als ein kleiner Junge, er war ein Stammhalter.

Ich hob ihn aus dem Bett, gab ihm einen Kuss auf seinen Blondschopf und begrüßte ihn wie immer. »Guten Morgen, Mr. Magoo.«

»Wer ist Mr. Magoo?«, fragte Gloria, während sie auf Sams Schaukelstuhl kletterte.

»Daddy hat deinem Bruder diesen Spitznamen gegeben, weil Mr. Magoo die Lieblingszeichentrickfigur von seinem eigenen Vater war ...« Ich unterbrach mich, als ich merkte, dass ich gerade von Jimmys Vater sprach, und nicht von Alex' Vater.

»Grandpa Collie guckt Zeichentrickfilme?«, fragte sie ungläubig.

»Na ja, nicht sehr oft«, antwortete ich, bemüht, zurückzurudern. Ich hielt kurz inne, meine Neugier auf Alex' Vater war mehr denn je geweckt.

Ich legte Sam auf den Wickeltisch, der zu seinem Bett passte, und begann, meinen Sohn auszuziehen. Ich wechselte rasch seine Windel und stellte ihn anschließend auf den Teppich. Er wackelte zu seiner Schwester hinüber, die auf den Armlehnen des Schaukelstuhls stand und ihren kleinen Körper wie ein Surfer balancierte. Ich beobachtete, wie sie mühelos vor- und zurückschaukelte, und plötzlich wurde mir bewusst, dass ihr Nachthemd gar nicht nass war.

»Gloria, du bist ja trocken«, sagte ich und hob sie schwungvoll von dem Schaukelstuhl, um ihr einen Kuss zu geben. »Gut gemacht, Engelchen!«

»Na ja, klar, Mommy. Ich habe eine Windel an«, erwiderte sie nüchtern.

Ich stellte sie auf den Teppich und schaute dann unter ihr Nachthemd. Tatsächlich, sie trug eine Windel. Wer zog einer fast Sechsjährigen eine Windel an? Und nicht einmal ein Windelhöschen, sondern eine richtige Babywindel, allem Anschein nach eine von Sam! Ich ließ den Zipfel von Glorias Nachthemd fallen und stand völlig perplex da. Dann wurde mir bewusst, dass ich dieser Jemand war.

»Gehen wir rüber und ziehen dir ein frisches Höschen an«, sagte ich und nahm beide Kinder an die Hand.

Wir verließen Sams Zimmer und gingen hinüber in Glorias Reich, ein rosa Paradies für kleine Mädchen. Ich kramte gerade in der oberen Schublade einer weißen Kommode, als eine kleine Asiatin in mein Blickfeld rückte, die plötzlich hinter dem Himmelbett auftauchte.

»Guten Morgen, Mrs. van Holt«, sagte sie ausdruckslos, während sie einen Wäschekorb aufhob, der fast so groß war wie sie selbst. »Ich hole nur die Wäsche.«

»Oh … okay … super«, sagte ich und stieß die angehaltene Luft aus, bemüht, nach außen hin gelassen zu wirken. »Dann werde ich den Kindern ihr Frühstück machen.«

»Das ist schon fertig«, erklärte sie.

»Ach ja?«

»Steht im Ofen.«

»Richtig.«

»Geht es Ihnen besser, Mrs. van Holt?«

»Ja, viel besser, danke.«

»Legen Sie sich wieder ins Bett?«

»Nein.« Warum sollte ich mich wieder ins Bett legen? »Ich muss die Kinder für die Schule fertig machen. Es ist schon spät.«

Die junge Frau zog eine Augenbraue hoch – eine solche

Antwort war sie offensichtlich nicht von mir gewohnt. Ich ließ Sam vorsichtig auf den Boden hinunter und streckte Gloria dann ein Höschen entgegen. Ich beobachtete, wie sie ihr Nachthemd hochzog, an den Klebestreifen ihrer Windel riss und diese dann mit einem dumpfen Geräusch auf den Teppich fallen ließ, bevor sie darüber hinwegstieg. Zwei Sekunden später hob die Asiatin die Windel auf und wandte sich dann zur Tür.

»Danke, Miss Gloria«, sagte sie. Als ich bemerkte, dass meine Tochter sie ignorierte, wurde ich rot vor Scham.

»Ab zum Frühstück, ihr zwei!«, sagte ich streng und scheuchte die Kinder in Richtung Küche.

Ich würde später mit Gloria über ihr Verhalten reden. Fürs Erste war es mir wichtiger, meine Kleinen mit Cornflakes zu beschäftigen, damit ich mich nach einem Computer oder iPad oder einer anderen Möglichkeit, um ins Internet zu kommen, umschauen konnte. Ich war mir nicht sicher, ob es Chatrooms gab für Frauen, die nach dem Aufwachen feststellten, dass sie mit einem Mann verheiratet waren, den sie Jahre zuvor flüchtig kennengelernt hatten, aber es war einen Versuch wert.

In der hellen Küche glänzte eine massive rechteckige Kochinsel, deren Marmoroberfläche an ein riesiges Stück Blauschimmelkäse erinnerte, nur dort lädiert, wo die Edelstahlspüle ein rundes Loch hineingebissen hatte. An einer Seite befand sich ein achtflammiger Gasherd vor einem edlen Fliesenspiegel und vier – *ja, vier* – Einbaubacköfen. Die Wände wurden von raumhohen weißen Küchenschränken eingenommen, die fast nicht auseinanderzuhalten waren. Große Fenster fluteten den Raum mit so viel Licht, dass man gar keine Lampen anschalten musste. Was gut war, wenn man bedachte, dass ich keinen Schalter entdecken konnte, nur makellose weiße Wände, so rein, dass sie an frisch eingeschenkte Milch erinnerten.

Während Gloria auf einen der Chromhocker mit den weißen Ledersitzen kletterte, setzte ich Sam in den Kinderhochstuhl und gurtete ihn an. Dann machte ich mich auf die Suche nach dem versprochenen Frühstück, indem ich ein paarmal die Kücheninsel umrundete. Ich hätte es nie gefunden, hätte ich nicht gespürt, dass aus einem der vier Backöfen Wärme drang. Eigentlich war es kein Ofen, sondern eher eine Warmhalteschublade. Ich zog sie auf und entdeckte zwei perfekt angerichtete Frühstücksteller, einschließlich Rührei, Speck *und* Würstchen sowie Haferbrei garniert mit Erdbeerstückchen. Ich nahm die Teller heraus und brachte sie zu den Kindern. Servietten, Gabeln und zwei Schnabeltassen standen neben der Spüle bereit. Rasch band ich Sam ein Lätzchen mit seinem Monogramm um und servierte den Kindern ihr Frühstück.

Nun brauchte ich nur noch etwas für mich. Vielleicht einfach einen Saft. Und Kaffee. Abigail van Holt hatte sich doch bestimmt nicht den Kaffee abgewöhnt, zusammen mit dem ganzen Junkfood, oder doch?

Ich drehte mich um und suchte nach dem Kühlschrank. Nichts. Auf der anderen Seite vielleicht? Fehlanzeige. Ich schaute in einen Wandschrank, aber er enthielt nur Cracker, Ananas, Fitnessriegel und Champagner. Ich versuchte, einen der Küchenschränke zu öffnen, fand jedoch keinen Griff. Ich strich mit den Fingern über die Kanten, auf der Suche nach einer Öffnung. Ich benutzte meinen Fuß für die Unterseite, suchte an der Wand nach einem Knopf oder einem Schalter. Ich zwängte sogar eine Gabel in die Fuge – die verdammten Schränke gaben kein Stück nach. Auf meiner Stirn bildeten sich erste Schweißperlen, als ich hörte, dass

Gloria von ihrem Barhocker hüpfte und zu mir herüberkam. Sie streckte ihren Arm hoch und drückte mit ihren kleinen Fingern auf eine kleine Mulde an der Schranktür. Diese sprang mit einem leisen »Pffft« auf.

»Ich hab gesagt, ich möchte Fruit Loops«, maulte Gloria und rollte mit den Augen, während sie nach der großen roten Schachtel griff.

Natürlich. Warum sollte man sich mit so etwas Umständlichem wie einem Griff herumplagen? Ich drückte rasch die restlichen Schränke auf und entdeckte einen verborgenen Kühlschrank, einen Tiefkühlschrank, Geschirr, Servierplatten, Tischwäsche und Lebensmittelvorräte in Schachteln, Dosen und Folien. Aber keine Kaffeemaschine.

Ich suchte immer noch, als ich ein Summen wie von einer Gegensprechanlage hörte. Sam und Gloria sahen zu dem Flachbildschirm an der Wand, also folgte ich ihrem Blick. Ich entdeckte eine Fernbedienung, drückte auf eine Taste und hörte dann jemanden sprechen.

»Mrs. van Holt?«

»Ja?« Meine zu laute Stimme hallte in der Küche wider.

»Hier ist ein Besucher für Sie. Ein Mr. Cowan-Smith von Nordstrom. Soll ich ihn nach oben schicken?«

Nordstrom? Vielleicht wusste dieser Mann etwas? »Ja! Unbedingt! Schicken Sie ihn hoch.«

»Sehr gerne.«

Ich warf einen Blick zurück zu den Kindern und stürmte dann aus der Küche. Ich eilte an die Wohnungstür und riss sie auf. Schließlich hörte ich den Aufzug klingeln und sah gleich darauf einen gut gekleideten Mann mittleren Alters, der mit zwei großen Einkaufstüten auf mich zukam.

»Mrs. van Holt?«, fragte er mit einem vornehmen britischen Akzent. »Ich komme von Nordstrom. Ich bin hier, um Ihnen Ihre persönlichen Sachen zurückzubringen, nach Ihrem … nach Ihrem bedauerlichen Unfall.«

»Oh, hallo!«, sagte ich und trat zur Seite, um den Mann hereinzulassen.

Mit seinen silbernen Haaren, der randlosen Brille und seinem braunen Glencheck-Anzug mit dem dunkelblauen Einstecktuch war er die Verkörperung des vornehmen Gentlemans. Mir fiel auf, dass er überall hinschaute, nur nicht zu mir, und dass er die zwei Tüten in den Händen behielt, bis ich auf den Dielentisch zeigte. Plötzlich begriff ich, warum der Mann es vermied, mich anzusehen. Ich trug nicht mehr als mein durchscheinendes Nachthemd. Peinlich berührt verschränkte ich meine Arme vor der Brust.

»Madam, wir von Nordstrom sind alle sehr bestürzt über diesen Vorfall«, begann er. »Und ich kann Ihnen versichern, dass wir alles tun, was in unserer Macht steht, um die Angelegenheit zu überprüfen. Wir legen großen Wert auf die Sicherheit unserer Kunden.«

»Es war allein meine Schuld«, sagte ich. »Ich bin ein unheimlicher Tollpatsch. Ich kann mich nur noch erinnern, dass ich ziemlich flott die Rolltreppe hochgestiegen bin, und dann wurde mir schwindlig, und ich hörte Klaviermusik …«

»Zum Glück haben Sie die Sache einigermaßen unbeschadet überstanden«, sagte er in liebenswürdigem Ton. »Es freut mich zu sehen, dass Sie wieder auf den Beinen sind.«

Er deutete auf die erste Tüte, die eine große Schachtel enthielt, in der zweiten waren kleinere Tüten und Kleidung verstaut. »Das hier ist Ihre Änderung, und das hier sind Ihre Sachen, die es nicht in den Rettungswagen geschafft haben. Wir haben versucht, sie Ihnen ins Krankenhaus zu bringen, aber dort sagte man uns, dass Sie bereits entlassen wurden.«

»Vielen Dank«, sagte ich, gespannt darauf, was für Anhaltspunkte diese Tüten mir vielleicht lieferten. »Ich weiß es wirklich zu schätzen, dass Sie mir die Sachen persönlich vorbeibringen. Das ist sehr aufmerksam.«

»Das ist das Mindeste, was wir für Sie tun können, Mrs. van Holt«, erwiderte er. »Und denken Sie bitte daran, sollten Sie irgendetwas benötigen, zögern Sie nicht, uns anzurufen.«

Er verneigte sich leicht und gab mir seine Visitenkarte. Ich nahm sie und verschränkte rasch wieder die Arme vor der Brust. Ich hoffte, dass der Mann noch einen Augenblick blieb, um ein paar Fragen zu beantworten, aber als ich den Kopf hob, war er bereits zur Tür hinaus. Ich lief ihm barfuß hinterher.

»Sir, kann ich Sie etwas fragen?«, rief ich, während er sich dem Aufzug näherte.

»Natürlich.«

»Haben Sie gesehen, wie ich gefallen bin?«

»Nein. Aber ich habe mir die Aufnahme der Videoüberwachung angeschaut. Darauf sieht es aus, als hätten Sie mit mehreren Taschen und einem Kaffeebecher herumjongliert und … nun ja … mit sich selbst gesprochen. Dann verloren Sie das Gleichgewicht und stürzten hinunter.«

»Ist Ihnen sonst noch etwas aufgefallen? Zum Beispiel ein lautes Geräusch? Oder ein helles Licht?« Ich zuckte zusammen, weil es so lächerlich klang.

»Nein. Nichts dergleichen«, antwortete er verwirrt. »Die Rolltreppe war nicht defekt. Sie wurde erst letzte Woche überprüft.«

»Ja. Sicher. Ich meinte auch nicht, ob mit der Rolltreppe etwas nicht stimmte. Ich meinte, ob Sie sonst etwas Außergewöhnliches gesehen haben.«

»Nein. Es wirkte alles völlig normal. Sie haben bei uns eingekauft. Wie jede Woche.«

Jede Woche? Kein Wunder, dass mein begehbarer Kleiderschrank die komplette Herbst- und Winterkollektion von Nordstrom enthielt.

Der Mann sah mich mit einem mitfühlenden Lächeln an und fragte, ob ich noch etwas brauche.

»Nein.« Ich schüttelte den Kopf, besiegt.

Er betrat den Aufzug und wandte sich dann um, mein ungekämmtes Haar und meine nackten Füße musternd.

»Ich wünsche Ihnen alles Gute, Mrs. van Holt«, sagte er mit einem väterlich-besorgten Unterton. »Wir hoffen, dass wir Sie bald wieder bei uns begrüßen dürfen. Besondere Kunden wie Sie genießen unsere höchste Wertschätzung.« Die Tür glitt zu, und er war verschwunden.

Ich senkte meine Augen auf die Visitenkarte, die er mir gegeben hatte. Unter dem goldenen Nordstrom-Logo standen sein Name – Bingham R. Cowan-Smith – und sein Titel: Stellvertretender Geschäftsführer Nordstrom Mid-Antlantic-Region.

In der Tat, ganz besonders.

Kurze Zeit später schaute ich zu, wie die junge Asiatin, deren Name mir immer noch unbekannt war, Gloria eine weinrot-khakifarbene Schuluniform anzog und sie anschließend samt ihrem karierten Schulranzen mit Oscar losschickte. Als Nächstes bestand sie darauf, mit Sam den ersten seiner zwei täglichen Spaziergänge zu machen. Ich versuchte, hinter ihren Namen zu kommen, aber alles, was ich über sie in Erfahrung bringen konnte, war, dass sie das Basketballteam der Drexel University mochte, da das Team-Maskottchen, ein Drache, unter ihrer weißen Haushälterinnenschürze durchschimmerte. Ich ertappte sie mehrmals dabei, dass sie mich misstrauisch beobachtete, während ich um sie und die Kinder herumschlich. Sie gab mir das Gefühl, lästig zu sein, als wäre sie die Mutter und ich ein Gast aus der angeheirateten Verwandtschaft, der zu helfen versuchte, jedoch nur im Weg stand.

Kaum war sie mit Sam zur Tür hinaus, stürmte ich in meinen Kleiderschrank, schlüpfte in eine dunkle Jeans (Größe 34!) und in einen Pullover und stürzte mich dann schnurstracks auf die Nordstrom-Tüten. Ich trug sie in die Küche und zog aus einer der beiden eine weiße Schachtel, die groß genug war, dass eine Bettdecke hineingepasst hätte. Ich nahm den Deckel ab. Eingeschlagen in weißes Seidenpapier kam ein schwerer Satinstoff zum Vorschein. Ich versuchte, ihn herauszunehmen, aber die Lagen waren so lang, dass es mir nicht gelang. Schließlich musste ich einen Schritt zurückgehen, damit sich der ganze Stoff entfaltete.

Es war ein Abendkleid – nein, tatsächlich war es ein Ballkleid – mit hübschen Flügelärmeln, einem tiefen runden Ausschnitt und einem fließenden Rock in einer Farbe, die irgendwo zwischen Schwarz und Dunkelblau lag – wie ein Winterabend. Das Kleid war leichter, als es aussah. Während ich es hochhielt, sang es ein raschelndes Lied. Die Ärmel und der Kragen waren extra mit Papier umhüllt, das ich entfernen musste, um einen Blick auf das Etikett zu werfen. Ich las vier kleine Worte, in Gold gestickt: Oscar de la Renta.

Ich drapierte das Kleid sorgfältig über einen der Chromhocker und nahm mir dann die zweite Tüte vor, in der eine zusammengefaltete khakifarbene Regenjacke steckte, zudem zwei kleine Schachteln, die die Granatsplitter meines Sturzes enthielten: eine Sonnenbrille mit gesprungenen Gläsern, einen verbeulten goldenen Armreif, einen Regenschirm und eine Brieftasche, in der ein Führerschein und eine schwarze American-Express-Karte steckten. In der anderen Schachtel war ein zerkratztes iPhone, der Akku war noch nicht leer. Bingo.

Ich aktivierte das Display, und als Hintergrundbild erschien ein Foto von Gloria, die Sam als Baby hielt, aber weiter kam ich nicht. Das Handy war mit einem PIN-Code gesperrt. Ich versuchte meine üblichen vier Zahlen – sie funktionierten nicht. Genauso wenig wie mein Geburtsdatum oder die letzten vier Ziffern meiner Handynummer. Dann fiel mir der Fingerabdrucksensor ein. Ich legte meinen Zeigefinger auf den runden Button und drückte darauf. Während das Handy kurz überlegte und dann die Displaysperre aufhob, hielt ich den Atem an. Abbey van Holt mochte eine andere Frisur, eine elegantere Garderobe und perfekte Titten haben, aber es gab eine Sache, die sie nicht geändert haben konnte – ihren Fingerabdruck.

Ich öffnete sofort den Posteingang und starrte gespannt auf das Display, als einhundertsiebzig Nachrichten geladen wurden. Ich las sie alle sorgfältig durch, hungrig nach Details darüber, wie Abbey van Holt ihre Tage verbrachte. Das meiste davon war Werbung von Geschäften und Online-Händlern, es gab allerdings auch ein paar Terminerinnerungen, Einladungen zu Veranstaltungen und Rundschreiben von Glorias Schule, die halfen, ein paar Lücken zu füllen. Die einzigen E-Mails, die wichtig aussahen (hauptsächlich deshalb, weil genau das in der Betreffzeile stand), stammten von Alex' Wahlkampfleiter, einem Mann namens Frank

Klein, der zwar zu denen gehörte, die sich weigerten, Satzzeichen zu benutzen, der aber zumindest sehr ausführlich und detailorientiert war. Ein Glück. Er schickte eine Auflistung des täglichen Wahlkampfprogramms, inklusive Veranstaltungstyp, Adresse, Uhrzeit und wer daran teilnehmen sollte. Mir fiel auf, dass nur wenige Termine den Zusatz »Abbey optional« trugen.

Ich schloss die E-Mail-App und wählte aus einem Impuls heraus unsere Festnetznummer in Grange Hill. Nach dem vierzehnten Klingeln gab ich mich geschlagen und legte auf. Dann versuchte ich es auf Jimmys Handy. Es klingelte zweimal, aber statt der üblichen Begrüßung »Lahey Landschaftspflege« vernahm ich ein schroffes Hallo.

»Jimmy?«, flüsterte ich.

»Wer ist da?«, hörte ich die männliche Stimme. Meine Kehle wurde ganz trocken.

»Ist das die Nummer von Jimmy Lahey?«, fragte ich.

»Nein. Sie haben sich verwählt.« *Klick.*

Danach probierte ich die einzige andere Nummer, die ich auswendig kannte – die meiner Mutter. Ich wählte und wartete. Als ich nach dem vierten Klingeln ihre Stimme hörte, übermannte mich Erleichterung.

»Mom, ich bin's, Abbey«, begann ich, bevor mir bewusst wurde, dass ich die Ansage des Anrufbeantworters hörte. »Hier ist Roberta. Es mag sein, dass ich Sie ignoriere, aber ich habe einen guten Grund dafür. Ich befinde mich bis zum 14. November auf einer Kreuzfahrt im Mittelmeer. Hinterlassen Sie mir eine Nachricht, und ich werde mich nach meiner Rückkehr bei Ihnen melden. Das heißt, vorausgesetzt, ich komme zurück.«

Scheiße, dachte ich, noch über zwei Wochen verreist. Was um alles in der Welt machte meine Mutter auf einer

Kreuzfahrt? Sie hasste Kreuzfahrtschiffe. Ich sprach ihr auf Band, dass sie mich so bald wie möglich zurückrufen sollte. Ich schickte ihr außerdem eine E-Mail ohne Text mit der Betreffzeile »Ruf mich an!«

Dann öffnete ich den Browser auf meinem iPhone, um meine Suche zu starten, fand ihn aber unerträglich langsam. Also stand ich auf und begann, nach einem Computer oder einem Tablet zu suchen, wozu ich wieder in sämtliche Küchenschränke schaute plus in die einzige große Schublade und sogar in die Speisekammer. Als ich nichts fand, ging ich hinüber in das Wohnzimmer.

Der Raum wirkte gemütlich. Es gab einen dicken rotblauen Orientteppich, deckenhohe Regale aus Kirschholz, eine große Couchgarnitur aus Leder und einen riesigen Flachbildfernseher. Ein paar Puzzlestücke und Kinderbücher waren auf dem Boden verstreut, auf dem Couchtisch stapelten sich Wohnzeitschriften. In einer kleinen Kommode lagen Fernbedienungen, Taschentücher und eine Haarbürste, in einer zweiten weitere Zeitschriften. Ich war kurz davor aufzugeben, als ich etwas Mattsilbernes entdeckte, das unter dem Couchtisch hervorspähte. Ich zog einen Laptop hervor, klappte den Deckel auf und drückte die Power-Taste.

Es war Zeit herauszufinden, was mit mir geschehen war. »Komm schon, Google, lass mich jetzt nicht im Stich«, murmelte ich, während ich beobachtete, wie das MacBook hochfuhr.

Mein erster Suchbegriff? Kopftrauma. Google bot eine riesenlange Liste von Ursachen, Symptomen und Fallberichten, es waren viel zu viele, um sie alle durchzugehen. Ich verfeinerte die Suche, indem ich »Kopftrauma und Verwirrtheit« eingab. Wieder produzierte Google Seiten um Seiten von Links, aber die meisten bezogen sich auf Gedächtnisverlust, und ich wusste, das war nicht mein Problem. Wenn überhaupt, dann hatte ich zu viele Erinnerungen, nicht zu wenige.

Weitere Klicks offenbarten zusätzliche Diagnosen. Ein Mediziner behauptete, dass eine Kopfverletzung in Verbindung mit einem psychologischen Trauma »Wahnvorstellungen« auslösen konnte. Das schien auch nicht zu passen. Natürlich war es enttäuschend, eine Marc-Jacobs-Handtasche zurückgeben zu müssen, nur sicher nicht traumatisch genug, um jemanden in den Wahnsinn zu treiben. Ich suchte weiter.

Eine vielversprechende Erklärung war die sogenannte »dissoziative Fugue«, eine Störung, bei der sich der Betroffene verwirrt oder unsicher über die eigene Identität zeigt und »eine psychologische Reise unternimmt«, für die er plötzlich und unerwartet seine gewohnte Umgebung verlässt. Aber auch das traf nicht auf mich zu. Ich wusste genau, wer ich wirklich war.

Anderthalb Stunden später, nachdem ich die meisten Diagnosen, die mir das Internet vorschlug, verworfen hatte, richtete ich meine Aufmerksamkeit auf die wissenschaftliche Gemeinde, genauer gesagt auf die Physiker. In einem Artikel in der *Physics Today* beschrieb ein junger Professor vom Massachusetts Institute of Technology, warum er an das Konzept eines »Multiversums« glaubte. Der preisgekrönte japanische Physiker präsentierte eine neue Existenztheorie. Demnach war unsere Welt nichts weiter als eine Blase in einem gigantischen Schaumgebilde, und die Universen waren nur durch feine, fragile Membranen voneinander getrennt. Ich starrte auf das Foto des Professors, der lächelnd auf einem Podium stand, und versuchte, seine

Worte zu begreifen. Hatte ich meine Blase mit der einer anderen Person verwechselt? War meine Blase geplatzt? Oder lag diese Blase hier direkt neben meiner richtigen, und diese Abbey und die richtige Abbey trennte nur eine dünne, schillernde Wand? Vielleicht war die richtige Abbey ja immer noch irgendwo dort draußen, wo sie Gloria bekniete, mehr zu essen, sich im Auto die Zähne putzte und gläserweise Nutella verputzte.

Mit zitternden Händen tippte ich meinen Namen. Ich hielt den Atem an und wartete auf die Ergebnisse. Aber die einzigen Treffer bezogen sich auf eine Studentin in Texas und auf eine Schulrätin in Boise. Ich startete einen neuen Anlauf, dieses Mal schrieb ich meinen Vornamen aus. Trotzdem kam nichts Relevantes heraus, nichts, was mich betraf.

Als Nächstes versuchte ich es mit »Jimmy Lahey«. Ich erhielt eine Million Treffer, keiner davon verwies auf *meinen* Jimmy. Dann nahm ich »James Lahey« – wieder führten die Links zu anderen Männern mit anderen Berufen, anderen Familien, anderen Gesichtern. Ich hielt kurz inne und zwang mein Gedächtnis, Jimmys Gesicht hervorzurufen, aber das Bild, das erschien, war eins der letzten, die ich von ihm abgespeichert hatte: seine wütende Miene bei unserer Auseinandersetzung wegen der Handtasche. Ich klappte den Laptop zu, lehnte mich zurück und schloss meine Augen.

Als ich sie wieder öffnete, landete mein Blick auf dem Regal an der Wand. Zwischen den Büchern und den polierten Silberschalen standen mehrere Silberrahmen mit Familienfotos. Ich schaute genauer hin und sah mein eigenes Gesicht, das zu mir zurückstarrte.

Ich ging hinüber zu dem Regal und betrachtete die Bilder der Reihe nach. Gloria an ihrem ersten Geburtstag, bedeckt mit rosa Zuckerguss. Tante Aubyn auf einem Pferd. Ich mit

Sam, den ich unbeholfen hielt in seinem langen bestickten Taufkleid. Alex und ich in irgendeinem tropischen Paradies, er ohne Hemd und ich mit einer Blume hinter dem Ohr, beide mit lachenden, sonnengebräunten Gesichtern. Alex auf Skiern, Alex mit seinen Eltern, Alex und ich mit Colin Powell auf einer Wohltätigkeitsveranstaltung.

Ich musterte die Bilder von mir und sah mein Lächeln, meine Augen, meinen leichten Silberblick. Ich betrachtete meine Schultern, meine langen Arme und meine großen Füße, deren Zehen im weichen Sand versanken. Ich war auf Partys, auf Reisen, ein Teil einer Bilderbuchfamilie. Aber dies hier waren schöne Erinnerungen, an die ich keine Erinnerung hatte. Sie gehörten zu einer anderen Abbey, deren jüngeres Ich eine andere Wahl getroffen hatte und die nun in einer ganz anderen Welt lebte. Ein einziges kleines Wort – *Ja* statt *Nein* – hatte weitreichende Folgen.

Neugier nagte an mir. Wer war diese Frau?

Ich begann, Schubladen und Schränke zu öffnen. Ich fand die üblichen Spuren eines Familienlebens – Pappbilderbücher, Windeln, Vaseline, Filzstifte und Barbie-Gliedmaßen neben Quittungen, DVDs, Gebrauchsanleitungen, Verlängerungskabeln und einen mit Anmerkungen versehenen Plan für ein Haus mit mehreren Balkonen. Das Ferienhaus vielleicht?

Hinten in einem Schrankfach zog ich ein paar verstaubte Jahrbücher der Mercersburg Academy heraus, die Alex wohl besucht hatte. Ich blätterte durch die Seiten und entdeckte sein Teenagergesicht, das aus einer Reihe von Gruppenporträts hervorgrinste – Chor, Debattierclub, Lacrosse. Ich stellte die Jahrbücher zurück und suchte weiter.

Im letzten Schrank stieß ich auf eine große schwarze Lederschatulle mit einem imprägnierten Datum: 19. Juni 2004.

Darin lag ein Album mit Silberecken, das so schwer war, dass ich beide Hände benötigte, um es herauszunehmen. Als ich den schweren Deckel aufschlug und mein Blick auf das erste Foto fiel, musste ich schlucken. Es war mein siebenundzwanzigjähriges Ich an dem Tag, an dem ich Mrs. van Holt wurde.

Ich stand da, mit einem langen Spitzenschleier und in einem weißen Kleid im Dreißigerjahre-Stil, dessen Schleppe kunstvoll um meine Füße drapiert war und sich über den Rasen von Bloemveld ergoss. Das Kleid war elegant und züchtig, und ich sah hübsch aus und selbstbewusst, wenn auch vielleicht ein bisschen dünn mit meinen diamantbesetzten Armbändern, die halb über meine Hände gerutscht waren. Meine Wangen waren zart gerötet, meine glänzenden flachsblonden Haare waren zu einem straffen Nackenknoten gesteckt. In den Händen hielt ich einen Strauß weißer Tulpen, der von einem weißen Band zusammengehalten wurde. Alex an meiner Seite trug einen schwarzen Cutaway mit gestreifter Krawatte. Wir beide lehnten lässig an einem Oldtimer und sahen aus wie ein Herzog und eine Herzogin aus einer anderen Ära, nur mit besseren Zähnen.

Jede Seite des Albums war schöner als die vorherige: Alex und ich neben einer von Rosen und Efeu umrankten Säule, Blumenmädchen (insgesamt acht) in cremefarbener Seide, ich mit Jules, deren rotblondes Haar so schön zu ihrem graugrünen Ehrendamenkleid passte, und dann die ganze betuchte Hochzeitsgesellschaft, die geschlossen auf die Kamera zuging auf einem Rasen, der so dicht war, dass er einem Teppich ähnelte. Eine Aufnahme zeigte Alex und mich zusammen mit unseren Müttern, und ich zuckte unwillkürlich zusammen, als ich sah, wie sehr sich die beiden Frauen voneinander unterschieden – die eine in einem austernfarbenen Kostüm, die andere in einem tief dekolletierten metallicblauen Satinkleid und Schuhen in derselben Farbe. Was hatte Mirabelle von Roberta gedacht? Und was hatte sie wohl von mir gedacht? Sicher wäre ihr eine Schwiegertochter von edlerer Abstammung lieber gewesen. Aber falls das so war, dann ließ sie es sich ganz sicher nicht anmerken. Sie hatte von uns allen das breiteste Lächeln.

Ich blätterte zurück zu dem ersten Foto, dem offiziellen Hochzeitsporträt, starrte wieder auf die nichtssagenden weißen Tulpen. Dieser Brautstrauß war so anders als der fröhlich bunte, den ich bei meiner Hochzeit mit Jimmy getragen hatte. Mein Haar war so glatt und ordentlich zusammengesteckt, kein Vergleich zu der Frisur, für die ich mich an jenem warmen Septembertag entschieden hatte, als ich am Strand von Rehoboth Beach Jimmy das Jawort gegeben hatte. Ich begriff, dass unterschiedliche Entscheidungen auf unterschiedliche Wege führten und dass man auf diesen Wegen wiederum auf noch mehr Entscheidungsmöglichkeiten stieß.

Trotzdem war ich verblüfft. Ich konnte Tulpen nämlich noch nie ausstehen.

Ich saß immer noch tief in Gedanken versunken auf dem Wohnzimmerboden, als die zierliche Nanny mit Sam zurückkehrte. Ich schreckte hoch und legte das Album rasch wieder in den Schrank, bevor ich in die Küche eilte. Der Kleine begrüßte mich mit rosigen Wangen, die noch von der frühmorgendlichen Herbstkälte gerötet waren.

»Möchtest du einen Snack?«, fragte die Nanny ihn.

Ich wandte mich in Richtung Kühlschrank, um Sam etwas zu geben, sah dann aber, dass die junge Frau schon dabei war. Ich beobachtete, wie sie meinen Sohn hochnahm, ihm die Hände wusch und ihn anschließend in seinen Hochstuhl setzte. Ich ging zu ihm hinüber und kitzelte ihn am Bauch. Er quietschte und blies Spuckebläschen.

Die Nanny gab ihm ein Schälchen mit Heidelbeeren und Mangoschnitzen und forderte ihn auf, sich zu bedanken.

»Tanke«, antwortete er fröhlich, bevor er seine kleinen Hände in die Schale tauchte. Ich verfolgte ungläubig, wie mein kohlenhydratsüchtiger Sohn das bunte Obst verputzte. Und ich meine richtiges frisches Obst, nicht die Sorte, die man aus Tiefkühlbeuteln drückte oder die wie Disneyfiguren geformt war.

»Kein Training heute?« Ich brauchte einen Moment, um zu realisieren, dass die Nanny mit mir sprach.

Ich schüttelte den Kopf. »Ich lasse es heute ein bisschen ruhiger angehen.«

»Mr. van Holt wird gleich hier sein«, sagte sie und musterte meine saloppe Kleidung und meine ungekämmten Haare. »Ich habe gesehen, dass sein Wagen vorfuhr.«

»Oh.«

Ich strich mir mit den Händen übers Haar und wünschte mir inständig, ich hätte mir die Zähne geputzt, als Alex auch schon hereinkam. Er sah aus wie die Kinoversion eines Piloten in seinem dunkelblauen Anzug und dem weißen Hemd, das seine blauen Augen und dunklen Haare schön zur Geltung brachte. Hinter ihm folgten zwei Männer: ein älterer mit Bart und schütterem Haupthaar, in einem abgewetzten Tweed-Sakko und einer olivgrünen Cordhose, und ein junger Afroamerikaner in einem Sweatshirt mit Reißverschluss und einer gebügelten Jeans. Alle drei waren intensiv mit ihren Handys beschäftigt, bevor sie gleich darauf wie auf ein Stichwort ihre Geräte in den

Ruhezustand schalteten und einsteckten, dann den Kopf hoben und lächelten.

Als Sam seinen Vater sah, begann er, auf seinem Stuhl zu hopsen und vor Freude zu glucksen. Ich konnte nachvollziehen, wie er sich fühlte. Der Raum schien heller geworden zu sein, und die Luft wirkte wie elektrisiert, seit Alex erschienen war. Ich konnte nicht anders, als ihm mit den Augen zu folgen, während ich tief im Innern vor Aufregung ein leichtes Kribbeln spürte. Ich erkannte das Gefühl wieder, ein Gefühl, das ich schon seit Jahren nicht mehr gespürt hatte – die schwindelerregende Hochstimmung in einer frischen Beziehung. Meine Wangen röteten sich, mein Magen begann zu flattern.

Ich senkte den Kopf, um meine Aufregung zu verbergen, da ich wusste, dass Abbey van Holt gleichgültiger reagieren würde. Zehn Jahre Ehe hatten das Prickeln mit Sicherheit abgeschwächt, selbst mit einer Sträflingskugel am Bein, die so umwerfend aussah wie Alex.

Der ältere Mann, von dem ich annahm, dass es sich um den mit Satzzeichen geizenden Frank Klein handelte, lenkte meine Aufmerksamkeit auf sich, indem er meinen Namen rief. »Abigail!« Er kam zu mir herüber, ergriff meine Hand und drückte mit gespielter Ritterlichkeit seine Lippen darauf. »Dank deines kleinen Ausrutschers sind unsere Umfragewerte zum ersten Mal seit Wochen gestiegen. Ich weiß, das war kein Spaß, aber dein Unfall hat die Aufmerksamkeit der Medien erregt. Und das Mitgefühl der Öffentlichkeit.«

»Freut mich, dass ich helfen konnte«, sagte ich lachend. »Offenbar kam es endlich einmal gelegen, dass ich ein geborener Tollpatsch bin.«

»Du bist kein Tollpatsch«, sagte Alex und öffnete den Kühlschrank. »Du bist nur einfach nicht gut auf beweglichen Objekten. Weißt du noch, der Elefantenritt in Sri Lanka?«

»Natürlich«, blaffte ich. »Der Elefantenritt.«

»Vor allem bei Frauen über vierzig konnten wir zulegen«, warf der junge Mann ein. »Vier Prozentpunkte mehr. Ich denke, die sind darauf zurückzuführen, dass du deine Rede abgebrochen hast und ins Krankenhaus geeilt bist. Das Video hat sich wie ein Lauffeuer verbreitet. Feiner Schachzug, van Holt.«

»Offenbar kam es endlich einmal gelegen, dass ich ein geborener Kavalier bin«, erwiderte Alex und zwinkerte mir zu. Ich senkte den Kopf und errötete.

Alex ging zu Sam und hob ihn aus seinem Stuhl, warf ihn in die Luft und fing ihn wieder auf, kitzelte ihn, bis er quietschte, und gab ihn schließlich mir.

»Heute Mittag bin ich auf der Polizeiwache auf der Spruce Street, danach hole ich das verschobene KYW-Interview nach«, erklärte er. »Ich dachte, du kannst noch einen Nachmittag gebrauchen, um dich zu erholen, deshalb haben wir für dich heute nichts gebucht.« Ich sah ihn an, zwang mich, nicht zu gucken wie ein Reh im Scheinwerferlicht, und er fügte mit einem Augenrollen hinzu: »Außer heute Abend natürlich. Ich weiß, dass du dich ohnehin nicht davon abhalten lässt.«

Da ich nicht wusste, was ich sagen sollte, lächelte ich einfach und zeigte ihm den erhobenen Daumen.

»Alles in Ordnung?«, fragte er lachend. »Brauchst du vielleicht einen Kaffee?« Bevor ich antworten konnte, wandte er sich der Nanny zu. »Eigentlich könnte ich auch einen vertragen. May?«

May! Und noch besser, Kaffee! Ich riss gespannt die Augen auf, weil ich kurz davor war, das Rätsel der unsichtbaren Kaffeemaschine zu lösen.

May stellte die Schnabeltasse ab, die sie gerade ausgespült hatte, schenkte Alex ein süßes Lächeln und ging dann zu den Küchenschränken an der hinteren Wand, wo sie vor einem Rechteck aus dunklem Glas in einem Edelstahlgehäuse stehen blieb, in das ein perforierter Sockel eingelassen war. Sie tippte an das Glas, und es erwachte zum Leben, indem eine Reihe von Tasten aufleuchtete. May wählte ein paar aus und gab Alex dreißig Sekunden später einen dampfenden Caffè Latte.

Alex nahm rasch zwei Schluck und stellte die Tasse dann ab. Er wandte sich in Richtung Tür und folgte den anderen beiden Männern. Im Türrahmen verharrte er kurz und schaute zu mir zurück.

»Ach, Abbey?«

»Ja?«

»Vergiss nicht, meinen Smoking abzuholen.«

Mit meiner übergroßen Gucci-Sonnenbrille und meinem schwarzen Kaschmirponcho sah ich aus wie alle Frauen auf der Walnut Street, aber während die anderen vor Schaufenstern stehen blieben und schwere Kosmetiksalontüren aufdrückten, ging ich weiter, die Augen starr geradeaus gerichtet. Ich hatte nur rund eine Stunde Zeit, bis Sam aus seinem Mittagsschlaf erwachte und Gloria von der Schule nach Hause kam, deshalb schlängelte ich mich an jedem vorbei, der mir im Weg stand. Konzentriert zählte ich die Straßen ab, die ich überquerte: Achtzehnte Straße, Siebzehnte, Sechzehnte, Fünfzehnte, bis ich schließlich die South Broad Street erreichte. Ich wartete an der Ampel und checkte noch einmal die Karte auf meinem Handy. Ich war fast da.

Als die Ampel grün wurde, bewegte ich mich mit der Masse über die sechsspurige Straße. Nach wenigen Metern musste ich schon wieder stehen bleiben, weil mir der Weg von einem Lkw versperrt wurde, der gerade einen Container vor einem Geschäft absetzte, das renoviert wurde.

Ich trat ein Stück zurück vor der Staubwolke und wartete. Als ich an der Fassade hochschaute, sah ich, dass zwei Arbeiter ein altes Holzschild abschlugen. Ich neigte den Kopf weit nach hinten, um die Beschriftung lesen zu können: Ochs & Ochs.

Dies hier – beziehungsweise das, was davon noch übrig war – war das ehemalige Koffergeschäft Ochs, einer der letzten inhabergeführten Läden in Philadelphia, ein Überbleibsel aus jener Zeit, als ein Koffer noch mehr kostete als eine Packung Windeln. Ich schirmte meine Augen seitlich von der Sonne ab und spähte durch das Schaufenster, dachte an den alten Mr. Ochs und seinen Bruder, die immer dreiteilige Anzüge getragen und die Kinder angeherrscht hatten, nichts anzufassen. Nun spielte der Verkaufsraum den Gastgeber für eine Reihe weißer Schaufensterpuppen, denen ihre Nacktheit und die Handwerker egal waren, die sich um sie herumbewegten.

Ein Arbeiter kam herausgeschlendert, um eine Zigarettenpause zu machen, und ich fragte ihn, wer in den Laden einziehen würde.

»Keine Ahnung«, sagte er und zündete seine Zigarette an. »Ich mache nur, was man mir sagt.« Nachdem er seinen ersten Zug ausgestoßen hatte, musterte er mich genauer, und sein Blick verweilte auf meiner Oberweite. Das ist mal was Neues, dachte ich und beschloss, die Straßenseite zu wechseln.

Kurz darauf betrat ich ein kastenförmiges Bürogebäude aus grauem Beton durch eine Drehtür, die mich in ein schwach beleuchtetes Foyer wirbelte. Ich überflog die

Tafel, auf der die Firmen, Arztpraxen und Anwaltskanzleien aufgelistet waren, bis ich den Namen entdeckte, den ich suchte: Agency X, Suite 1105. Ich stieg in den Aufzug, drückte auf die Elf und wartete darauf, dass sich die Kabine in Bewegung setzte. Schließlich wachte sie mit einem Ruck auf und hievte sich nach oben, während jede Etage mit einem dumpfen Ton angekündigt wurde.

Die elfte Etage war offen und hell, mit langen Fluren ganz in Weiß, das hin und wieder durch ein Wandplakat oder eine Grünpflanze unterbrochen wurde. Ich roch hinter einer Tür chinesisches Essen und hinter einer anderen frische Farbe, weiter hinten war Rapmusik zu hören. Dort sind bestimmt die Kreativen untergebracht, dachte ich, und ich hatte recht. Die Büros, an denen ich vorbeikam, gehörten Innendesignern, Web-Entwicklern, Architekten, Werbeagenturen … und einem einsamen Psychiater. Wie praktisch für die Leute.

Ich bog um eine Ecke und schaute in den nächsten langen Flur. Die letzte Tür am Kopfende war strahlend weiß wie die anderen, aber mit einem großen knallpinkfarbenen X in stylisher Form versehen. Ich lächelte: Hier war ich definitiv richtig.

Jules hatte Pink schon immer geliebt. Vielleicht weil die Farbe so gut zu ihren grünen Augen passte, oder es war der einzige mädchenhafte Tick, den sie sich erlaubte, doch seit ich sie kannte, bestand sie auf pinkfarbenen Farbtupfern in ihrer Einrichtung, in ihren Grafiken oder in ihrer Garderobe. Auf dem College waren es leuchtend pinkfarbene Kissen gewesen, mit Anfang zwanzig pinkfarbene Strähnen in ihrem Haar. Später dann, als das Leben eine Farbpalette verlangte, die mehr Reife zeigte, hatte sie sich mit einem einzigen Paar pinkfarbener Ballerinas begnügt. Glücklicherweise hatte sie in Gloria eine Komplizin gefunden. Die beiden saßen oft stundenlang zusammen und malten Schmetterlinge und Herzen und Blumen in grellem Pink aus, während sie miteinander plauderten wie zwei alte Damen, die ihre gemeinsame Liebe für Judi Dench entdeckten.

Mit Herzrasen und einem Gefühl der Beklemmung betrat ich das Büro. Hinter dem schlichten weißen Empfangstisch hob eine gelangweilte junge Frau mit einem Nasenring ihren Kopf, um zu sehen, was ich wollte. Ich sagte ihr, ich wolle Miss Xavier sehen und dass ich keinen Termin hätte, dass Miss Xavier aber wisse, wer ich sei. Einen Smoothie mit Grünkohl und Ananas lehnte ich dankend ab.

Ich setzte mich auf die Kante des ersten Stuhls, den ich fand, und wartete. Und wartete.

Ich saß dort fast eine halbe Stunde, nervös an meinem schweren Ehering drehend und den täglichen Trott in der kleinen Kommunikationsfirma beobachtend. Ich hatte mein ganzes Erwachsenenleben lang in Agenturen gearbeitet, deshalb waren mir viele Geräusche vertraut – klingelnde Telefone, klappernde Tastaturen, junge Angestellte, die sich gegenseitig Beleidigungen an den Kopf warfen. Andere wiederum waren mir weniger vertraut wie zum Beispiel die entfernten Piepgeräusche eines Videospiels, das Plätschern eines Aquariums, das leise Surren eines schicken Mixers.

Ich lächelte, als ein Jack Russell Terrier angeflitzt kam, um meine glänzenden Rachel-Zoe-Stiefel zu beschnuppern. Ich beugte mich herunter und kraulte ihn hinter den Ohren, während ich mich fragte, wie er wohl hieß. Ich wusste allerdings sofort, wem er gehörte.

Wenn es etwas gab, das Jules mehr liebte als Pink, dann waren das Hunde. Sie war in einem verfallenden viktorianischen Altbau aufgewachsen mit fünf Geschwistern und einer betagten Großmutter. Obwohl das Haus aus allen

Nähten platzte, lebten in dem Chaos mindestens vier Hunde aus dem Tierheim. Daher hatte Jules eine Schwäche für Streuner. Sie schloss sie sehr schnell in ihr Herz und ließ sie alle in ihr Bett. Später ersetzte sie die Hunde durch Männer. Ich wusste genau, welche Spezies ihr ein größeres Chaos hinterließ, das sie dann aufräumen durfte.

Als wir uns damals am College kennenlernten, war Jules eine sensible Kunststudentin mit einem Faible für Shishas und Billy Joe Armstrong gewesen. Bei unserer ersten Begegnung, am Einzugstag der Erstsemester, saß sie auf einem der Betten in unserem gemeinsamen Zimmer, und Tränen rannen ihr über die blassen, sommersprossigen Wangen.

»Hi«, sagte ich. »Ich bin Abbey.«

»Hi.« Sie schniefte, wischte sich die Tränen ab und hob den Kopf. »Ich bin Juliana ... Jules. Alle nennen mich Jules.«

»Ist alles okay?«

»Ich weiß, es ist erst ein paar Stunden her, aber ich vermisse jetzt schon meinen Hund.«

»Ach du meine Güte. Das tut mir sehr leid«, sagte ich und ließ meine Habseligkeiten auf die mit Plastik überzogene Matratze des anderen Bettes fallen. »Sind im Wohnheim keine Hunde erlaubt?«

»Nein. Sie dürfen nicht einmal zu Besuch kommen«, sagte sie.

»Vielleicht kannst du ihn ja an den Wochenenden sehen?«

»Sie. Und ja, aber das ist nicht dasselbe. Sie hat schon als Welpe bei mir im Bett geschlafen. Ich habe Angst, dass sie nun denkt, ich hätte sie verlassen.«

Ich setzte mich und überlegte, was ich sagen könnte, um Jules zu trösten. Sie hörte auf zu schniefen, atmete tief durch und starrte dann auf ihre Schuhe. Wir saßen still da und sinnierten über den psychologischen Zustand des verlassenen Vierbeiners, als meine Mutter in einem kanariengelben Tenniskleid, einen farblich passenden Sonnenschild auf dem Kopf, in das Schweigen hereinplatzte. Sie stellte die Stehlampe, die sie trug, mit einem lauten Scheppern ab und begann dann, sich mit ihren stark gebräunten Händen Luft zuzufächeln.

»Gibt es hier keine Klimaanlage?«, fragte sie. »Herrgott, ich bleche also vierundzwanzigtausend Dollar im Jahr, damit du dir den ganzen Tag und die ganze Nacht den Arsch abschwitzen kannst?«

Ich zuckte innerlich zusammen, dann sah ich Jules an. Was mochte die Hundeliebhaberin mit dem süßen Gesicht von Roberta DiSiano denken?

Sie erwiderte verwundert meinen Blick und wandte sich an meine Mutter. »Ich kann Sie verstehen, Lady. Fackeln wir den verdammten Schuppen ab.«

In diesem Moment wusste ich, dass Jules und ich die besten Freundinnen werden würden.

Die Wackelfiguren auf dem Empfangstisch hatten längst aufgehört zu wackeln, der Hund lag in seinem Körbchen und rannte gerade im Traum, als die Rezeptionistin mich schließlich ansprach.

»Sie können jetzt reingehen«, sagte sie, ohne ihre Augen von ihrem Monitor abzuwenden.

Ich ging durch einen kurzen Flur, der mit Veranstaltungsplakaten für Philadelphia gesäumt war, alle in dem farbenfrohen, aber klaren Stil, der Jules so viele Auszeichnungen eingebracht hatte. Ich betrat ein kleines Büro mit einem einzigen großen Fenster und nahm einen weißen laminierten

Schreibtisch, Plexiglasstühle und einen Teppich mit pink- und orangefarbenen Kreisen wahr.

Hinter dem Schreibtisch saß Jules, die kurz den Kopf hob, als ich hereinkam. Ihre langen rotblonden Haare waren glatt geföhnt, ihre grünen Augen leuchteten unter dichten schwarzen Wimpern. Ihr weinroter Blazer wirkte elegant und cool, die aufgekrempelten Ärmel enthüllten ein gestreiftes Innenfutter in kontrastierenden Farben und breite Armreifen aus Onyx und Gold. Sie hatte die Augen auf ein paar Entwürfe geheftet und sagte nichts, als ich ihr gegenüber Platz nahm.

»Jules, ich freue mich ja *soooo,* dich zu sehen«, sagte ich. »Du wirst nicht glauben, was mir passiert ist. Ich kann es nicht einmal richtig erklären, aber ich werde es trotzdem versuchen. O mein Gott, wie fange ich nur an …?«

Es dauerte ein paar Sekunden, bis mir bewusst wurde, dass Jules kaum eine Regung zeigte, außer dass ihre linke Augenbraue sich nach oben wölbte. Ich unterbrach mich und beugte mich vor, versuchte, Blickkontakt zu ihr herzustellen.

»Jules?«, sagte ich sanft. »Was ist los?«

»Wie kann ich dir helfen, Abbey?«, entgegnete sie und sah mir schließlich in die Augen. »Ich habe dir schon gesagt, dass ich keine kostenlosen Charity-Logos mehr für dich machen kann. Ich führe hier ein Geschäft.«

»Ich …«, begann ich enttäuscht, »… ich komme nicht deswegen, ich will nur mit dir reden.«

»Worüber?« Derselbe frostige Ton.

»Das klingt jetzt bestimmt total verrückt, aber ich glaube, ich … wir … leben in einer Art Paralleluniversum«, sagte ich. Es laut auszusprechen, ließ mich zusammenzucken. Ich fuhr trotzdem fort. »Und ich glaube, du könntest etwas damit zu tun haben.«

»Ich? Warum sollte ich mit irgendetwas zu tun haben, das dich betrifft? Ich habe dich seit Jahren nicht gesehen.«

Verwirrt lehnte ich mich auf meinem Stuhl zurück. Ich drehte den Kopf zur Seite und sah auf einem Aktenschrank zwei Fotos: eins von dem Hund, mit dem ich eben Bekanntschaft gemacht hatte, und eins von Jules, ihre Arme um einen Mann mit einem schwarzen Fransenschnitt und einer Buddy-Holly-Brille geschlungen.

»Nein. Hör zu, wir haben uns noch am Freitag auf der Arbeit gesehen«, erklärte ich. »Das versuche ich dir ja gerade zu erklären. Das hier ist nicht real, irgendetwas richtig Bizarres passiert gerade mit mir.«

»Wir haben uns auf der Arbeit gesehen? Wir arbeiten seit sechs Jahren nicht mehr zusammen, schon vergessen? Wir haben diese Agentur hier gegründet, dann hast du mich im Stich gelassen, weil du zu beschäftigt warst mit Umdekorieren und Ähnlichem.«

Ich ignorierte sie und begann, lauter zu sprechen. »Ich weiß, es klingt völlig verrückt, aber das hier ist nicht real. Das ist alles nur ein Traum oder eine Illusion oder eine Art schwarzes Loch«, sagte ich, während ich mir verzweifelt wünschte, dass sie mir Glauben schenkte. »Du und ich, wir sind beste Freundinnen, wir arbeiten bei Elkins PR in Conshy. Wir hassen es, trotzdem arbeiten wir dort.«

Sie starrte mich ein paar Sekunden lang an, dann wandte sie ihre Augen ab. »Tut mir leid, ich bin wirklich beschäftigt«, bemerkte sie und richtete ihren Blick wieder auf den mit Papieren übersäten Schreibtisch. »Ich habe tonnenweise Arbeit zu erledigen. Leute warten auf meinen Rückruf.«

»Jules, ich bin es, Abbey. Bee. Wir kennen uns seit fast zwanzig Jahren. Du bist meine beste Freundin.« Ich griff nach ihrer Hand, doch sie riss sie zurück, als wäre ich ein Monster.

»Hör zu, ich weiß nicht, was du genommen hast und mit wie viel teurem Chardonnay du es heruntergespült hast, aber ich bin nicht deine Therapeutin. Und auch nicht mehr deine Freundin. Also, wenn du mich nun entschuldigen würdest …«

Sie stand auf, und mir stockte der Atem. Sie war nicht nur perfekt gestylt und stilvoll gekleidet – ganz zu schweigen davon, dass sie erfolgreich genug war, um sich dieses hippe Büro zu leisten und es mit genauso hippen Angestellten zu füllen –, sie war außerdem schlank. Schlank wie ein Model.

Meine Augen wurden groß, in meinem Gesicht breitete sich ein Lächeln aus.

»Jules«, flüsterte ich. »Du siehst umwerfend aus.«

Aber der Blick, den ich von ihr erntete, enthielt statt Dankbarkeit nur Gehässigkeit. Sie griff zu ihrem Telefonhörer und wählte eine Nummer, mich ignorierte sie. Ich starrte sie an, unfähig, mich zu bewegen, unfähig zu akzeptieren, dass meine beste Freundin so kalt, so distanziert sein konnte.

»Jules«, flüsterte ich wieder, und meine Augen füllten sich mit Tränen. »Ich verstehe nicht. Was ist passiert?«

Sie weigerte sich, meinen Blick zu erwidern. Stattdessen setzte sie sich wieder, kehrte mir den Rücken zu und begann, mit jemandem über eine Druckabnahme zu reden. Ich saß ein paar weitere Sekunden lang da und spürte dann, dass die Tränen zu kullern begannen. Ich schnappte mir meine Tasche und eilte hinaus, huschte wie ein getadeltes Kind an Miss Nasenring vorbei.

»Lassen Sie den Hund nicht raus!«, hörte ich sie rufen, als ich die Tür aufriss. Dann fügte sie leiser hinzu: »Miststück.«

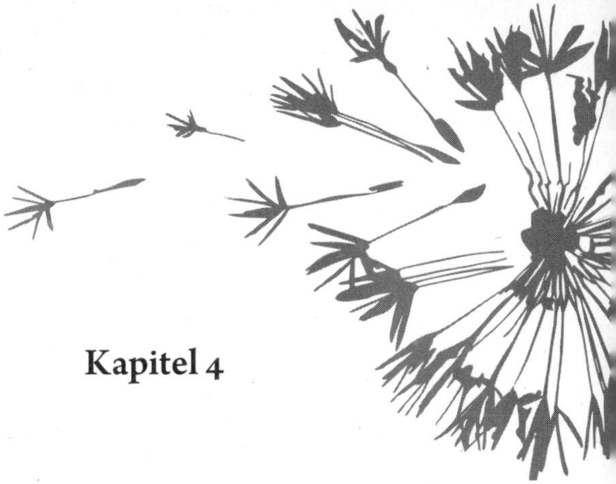

Kapitel 4

Als ich in unser Penthouse zurückkehrte, meine geröteten Augen hinter der Sonnenbrille verborgen, war ich fix und fertig. Nicht nur war meine Begegnung mit Jules furchtbar verstörend gewesen, auch musste ich fünf verschiedene Center-City-Reinigungen abklappern, bevor ich einen Smoking in Größe 52 für »A. van Holt« ausfindig machen konnte.

War es möglich, dass Jules die Wahrheit sagte? Dass zwischen uns seit Jahren Funkstille herrschte? Dass wir nur miteinander sprachen, wenn ich ein kostenloses Logo oder eine Broschüre benötigte? Obwohl wir beide inzwischen so anders aussahen und ein unterschiedliches Leben führten, erschien mir das nicht plausibel. In welchem Universum wären wir keine Freundinnen?

Jules hatte gesagt, dass wir die Firma gemeinsam gegründet hatten – ein echtes Kommunikationsunternehmen mit echten Kunden und einem echten Kopierer –, so wie wir uns das immer ausgemalt hatten, ohne diesen Traum jemals zu verwirklichen. Wir hatten also zusammen angefangen, und dann hatte ich sie im Stich gelassen? Ich hätte die weichherzige Jules niemals allein gelassen in dieser schrecklichen Welt der Public Relations und der strategischen Kommunikation. Andererseits, sie schien sich darin ganz gut zu behaupten.

Im Aufzug drückte ich ungeduldig auf die Zwölf, konnte es kaum erwarten, in der Wohnung, der sauberen, ruhigen Umgebung Zuflucht zu finden. Ich brauchte unbedingt ein paar Minuten für mich allein, um die rätselhafteren Aspekte von Abbey van Holts Leben zu entschlüsseln.

Aber auf der anderen Seite der Tür wurde ich von zwei fremden Männern mit identischen Gesichtszügen und identischen Leidensmienen empfangen, die identische silberne Rollkoffer hinter sich herzogen.

»Na endlich!«, sagten sie einstimmig, schlugen die Hände über dem Kopf zusammen und rissen ihre Augen auf, ihre Verärgerung in Stereo ausdrückend.

»Wo haben Sie gesteckt?«, fragte der eine. Er hielt einen riesigen Kaffeebecher in der Hand. »Wir warten nun schon fast dreißig Minuten. Sie wissen doch, dass mein Bruder es hasst, wenn man ihn warten lässt.«

»Und wie ich es hasse«, sagte der andere. »Besonders vor so einem großen Abend.« Er nahm mein Kinn zwischen zwei Finger und drehte mein verquollenes, mit Mascara verschmiertes Gesicht ins Licht.

Er sah seinen Bruder finster an, dann mich, und stieß ein tiefes Seufzen aus. »Lasst uns anfangen«, tat er kund. »Wir haben viel zu tun. Das wird richtig harte Arbeit.«

Sie rollten ihre glänzenden Koffer in Richtung Schlafzimmer und winkten mir ungeduldig, ihnen zu folgen.

Und so lernte ich die Bacco-Brüder kennen, Abbey van Holts langjährige Stylisten. Sie waren hier, um mich für den exklusiven Wohltätigkeitsball der Union League am Abend zurechtzumachen, die Veranstaltung, die Alex erwähnt hatte, diejenige, die ich auf keinen Fall verpassen wollte. Die Brüder ähnelten sich zwar äußerlich wie ein Ei dem anderen, aber Bobby war herrisch und laut, und Francis hatte ein sanftes Gemüt. Bobby kümmerte sich, wie ich bald herausfand, hauptsächlich um meine Haare, Francis konzentrierte sich auf mein Make-up und meine Nägel. Beide berieten mich, was meine Garderobe betraf. Ich beobachtete, wie sie in meinem Bad umherhuschten, und musste schmunzeln. Nur Abbey van Holt hatte mehr als einen hinreißenden schwulen Freund.

Ich stand schüchtern da und sah ihnen beim Auspacken zu. Dann erhielt ich die Anweisung zu duschen und mich gründlich zu rasieren. Obwohl ich diese Männer erst seit drei Minuten kannte, gehorchte ich ihnen.

Als ich aus der Dusche kam – tropfend, aber sauber –, setzten sie mich auf meinen Polsterhocker und machten sich an die Arbeit, dabei unterhielten sie sich in einem eigenartigen Beauty-Steno. Einer tauchte meine Hände in eine Schüssel mit einer rosafarbenen Flüssigkeit, der andere massierte mir ein Gel in die Haare. Sie arbeiteten schnell und mit Bedacht, als wäre ich eine Patientin mit einem Herzstillstand, die gerade in den OP gerollt worden war. Das Bad mochte vielleicht meins sein, aber sobald sie mit dem Rupfen und Zupfen begannen, mit dem Bürsten und Anmalen, wurde mir bewusst, dass ich mich vollständig in ihrer Obhut befand. Das Beste war, ruhig sitzen zu bleiben, den Mund zu halten und die Unfallchirurgen operieren zu lassen.

»Der Ansatz sieht wirklich schlimm aus«, sagte Bobby, während er mein Haar kämmte und ein paar feuchte Strähnen abteilte. »Wir hätten letzte Woche kommen sollen.« Wirklich schlimm? Für mich sah der Ansatz absolut akzeptabel aus. Bobby hielt kurz inne und sah zu seinem Bruder hinüber. »Weißt du noch, als wir sie kennengelernt haben? Wie fürchterlich ihr Haar da ausgesehen hat?«

»Grauenhaft«, sagte Francis. »So überblondiert, es hat *grün* geschimmert.«

»Trotzdem, Abbey, Sie waren so niedlich.« Bobby grinste. »So wild entschlossen zu versuchen, Sie selbst zu sein.«

Ich wurde hellhörig.

»Mirabelle verstand einfach die Welt nicht mehr«, bekräftigte Francis.

Sie lachten beide.

Ich hob den Kopf, aber Bobby drückte ihn sanft wieder hinunter. »Das war so eine tolle Zeit«, erinnerte er sich. »Alles war noch so neu. Sie waren eine unserer ersten Kundinnen. Und heute stylen wir *jeden* in dieser Stadt.« Er schaute mir ins Gesicht und sah, dass ich versuchte zu verstehen, mitzukommen. Mein Stirnrunzeln interpretierte er offensichtlich als Verärgerung. »Aber Sie sind natürlich unsere *Lieblingskundin.*«

»Natürlich«, sagte ich mit einem Lächeln.

»O mein Gott, erinnern Sie sich noch an das Kleid?«, platzte Francis heraus, und sah von dem Fußbad auf dem Boden, das er gerade einfüllte, zu mir hoch. »Das, das Sie abends bei Ihrer Verlobungsfeier anhatten? Es war irgend so ein gotterbärmlicher geblümter Albtraum von Ann Taylor oder so.«

»Scheußlich«, fügte Bobby hinzu und schüttelte sich zur Betonung. »Und wenn mich meine Erinnerung nicht täuscht, auch noch hundert Prozent Polyester.«

Ihr schrilles Gelächter erhob sich im Einklang und verstummte auch gleichzeitig.

»Das war kein Polyester«, widersprach ich entrüstet, denn ich wusste genau, welches Kleid sie meinten. Ich hatte es mir von meinem ersten Lohn gekauft und zog es heute noch an. In einem anderen Universum wartete es zusammen mit einem Eiskunstlaufkleid in Kindergröße darauf, aus der Reinigung abgeholt zu werden. Ich schob Bobbys Hand weg und fuhr fort. »Außerdem kaufen viele berufstätige Frauen bei Ann Taylor ein. Die Sachen haben eine gute Qualität zu einem fairen Preis. Das lohnt sich, besonders wenn man sparen muss.«

»Sparen?« Bobby verharrte mit entsetzter Miene, den Kamm in seiner wie erstarrten Hand. »Versprechen Sie mir, dass Sie dieses schreckliche Wort nie wieder in den Mund nehmen werden.«

Als sie wieder zu kichern begannen, hielt ich mir die Ohren zu und schüttelte entnervt den Kopf. Aber ich konnte nicht anders, als zu schmunzeln.

Während der nächsten eineinhalb Stunden wurde ich gepeelt, geknetet, getrimmt, gecremt, geschminkt und parfümiert, bis ich schließlich vollendet war – und mich fast nicht mehr wiedererkannte. Ich verfolgte im Spiegel, wie meine neuen überkoffeinierten und übermotivierten Höflinge eine normal aussehende Mutter in eine Aristokratin verwandelten, und zwar in eine, die nicht nur schön war, sondern auch umwerfend angezogen. Das Kleid, das die Brüder ehrfürchtig aus meinem begehbaren Kleiderschrank holten, glitt perfekt über meinen ärztlich zertifizierten Körper in Größe 34.

Nachdem die Haare und das Make-up und die Nägel fertig waren, holte Francis sein iPhone heraus und einen kleinen Lautsprecher, und es breitete sich Partystimmung aus.

Wir öffneten die mit Samt ausgekleideten Schmuckschubladen und Lackschatullen in dem Ankleideraum, um die perfekten Accessoires zu finden. Kein noch so kleines Detail wurde als belanglos erachtet, jede Entscheidung – Armbandverschlüsse, Absatzhöhe, selbst die Farbe von Taschentüchern für den Notfall – stand offen zur Debatte. Es war der größte Spaß, den ich seit Jahren hatte, ich fühlte mich so wunderbar feminin und elegant. Je größer das Durcheinander wurde, desto größer wurde meine Vorfreude auf den bevorstehenden Abend.

Kurz darauf gesellten sich Gloria und Sam zu uns, die von einem Spieltreffen am Nachmittag zurückkehrten. Sie krabbelten zwischen den glänzenden Trainingshosen der Bacco-Brüder umher oder probierten den herumliegenden Schmuck an, der von uns verworfen worden war. Schließlich war ich komplett ausstaffiert, nur wenige Minuten, bevor ich Alex zurückerwartete. Meine Handtasche war kastenförmig und mit Perlen besetzt, meine Ohrringe waren lang und glitzerten, meine Riemchen-Stilettos hatten eine mutige Schnürung.

Zum ersten Mal nach meinem Unfall war meine Fröhlichkeit echt. Als die Brüder das fertige Produkt fotografierten und mir zuriefen »Lächeln, als würden Sie es ehrlich meinen!«, bevor sie auf den Auslöser drückten, konnte ich nicht anders, als genau das zu tun.

Insgeheim hatte ich allerdings Angst vor meinem großen Abend mit Alex. Würde ich richtig gekleidet sein? Würde ich die falschen Dinge sagen? Würde Alex Verdacht schöpfen, vermuten, dass ich eine Betrügerin war? Würde er mich mögen? Mir wurde bewusst, dass ich nervös war wie vor einem ersten Date, denn genau genommen war es eins. Für mich zumindest.

Mein Blick fiel auf Alex' Smoking, der an der Tür hing, und meine Gedanken wanderten zu Jimmy. Gott, Jimmy hasste es wie die Pest, sich fein zu machen. Die einzigen beiden Male, die ich ihn in einem Anzug gesehen hatte, waren unsere Hochzeit und die Beerdigung seiner Mutter gewesen. Jimmy bevorzugte T-Shirts, Khaki-Hosen und Arbeitsstiefel, wenn er professioneller wirken wollte, zog er ein Poloshirt an.

Zu unserem ersten offiziellen Date erschien Jimmy vor meiner Tür in einem schweren grünen Armeeparka und Jeans, irgendetwas hing über seiner Schulter.

»Wie stehst du zu Eis?«, fragte er.

»Ich finde es kalt. Warum?«

»Weil ich dich zum Eislaufen mitnehme. Du solltest also besser deinen Rock wieder ausziehen und gegen etwas tauschen, in dem du hinfallen kannst.«

Ich lachte, bis mir bewusst wurde, dass er es ernst meinte, als er mir ein Paar schon leicht verkratzte schwarz-weiße Schlittschuhe mit funkelnden, frisch geschliffenen Kufen zeigte, die er hinter seinem Rücken versteckt hatte. Er ging an mir vorbei in mein Apartment, und plötzlich kam mir der Raum noch kleiner vor, als er war.

Ich war schon seit Stunden bereit und hatte mein Outfit sehr sorgfältig ausgewählt, um meine schönen Seiten zu betonen. Ich trug einen engen Bleistiftrock, der meinen kessen Hintern zur Geltung brachte, kombiniert mit einem gesmokten, v-förmig ausgeschnittenen Oberteil, das meine flache Brust kaschierte. Zumindest kurz bekam Jimmy mich darin zu sehen, bevor ich meine Lieblingsjeans wieder aus dem Wäschekorb zog. Obwohl Jimmy am Wochenende zuvor kein Zentimeter meines Körpers verborgen geblieben war, verschwand ich ins Bad, um mich umzuziehen. Währenddessen plauderte er mit mir durch die weiße Holztür.

Dann fuhren wir los nach Grange Hill und hielten schließlich vor einem massiven Siebzigerjahre-Bau, der sich Skatium nannte. Das imposante Gebäude sah aus wie eine fensterlose Festung, aber Schüler, Senioren und Familien strömten vergnügt auf den Eingang zu im Bestreben, die Schule und die Arbeit und die kufenlose Welt hinter sich zu lassen, wenn auch nur für ein oder zwei Stunden.

»Mach dir keine Sorgen, weil du noch Anfängerin bist«, sagte Jimmy, als er mir aus seinem grünen Pick-up half, und deutete auf eine Familie vor uns. »Siehst du, da ist ein Zweijähriger.«

»Das verschafft mir nicht gerade ein besseres Gefühl«, sagte ich. »Der kleine Kerl wird sicher hinfallen.«

»Ich hab das Gefühl, dass du die Einzige sein wirst, die heute Abend hinfällt«, erwiderte er, während wir über den verschneiten Parkplatz stapften.

»Okay, starker Mann, die Wette gilt!«, rief ich und joggte los, an Jimmy vorbei in Richtung Eingang.

Aber Jimmy hatte recht: Ich war furchtbar. Auf dem Eis schienen meine Arme und Beine noch länger zu werden, wegen meiner schwachen Fußknöchel knickte ich in den Leihschlittschuhen ständig um. Ich klammerte mich ängstlich an die Bande, während die braven Bürger von Upper Darby wellenartig in Old-Navy-Fleecejacken an mir vorbeisausten. Selbst Jimmy, der mit seinen breiten Schultern und seinem schweren Oberkörper leicht kopflastig war, glitt mühelos dahin und umkurvte elegant die anderen Eisläufer.

Zwei Bier später war ich locker genug, um eine Runde über das Eis zu schaffen ohne Jimmys stützende Hand im

Rücken. Ermutigt durch den Alkohol, versuchte ich, den leicht dahingleitenden Läufern um mich herum nachzueifern. Gleich darauf wurde ich von einem jungen Kerl mit einer Eishockeymaske scharf geschnitten und geriet aus dem Gleichgewicht. Ich ruderte mit den Armen und landete schließlich hart auf meinem Hintern.

»Alles okay?«, fragte Jimmy, nachdem er dem Eisrowdy hinterhergebrüllt hatte, dass er gefälligst Rücksicht auf die anderen nehmen solle.

Ich versuchte aufzustehen, rutschte aber immer wieder weg. »Au, au, au ...«

Jimmy zog mich auf die Beine, dann führte er mich sicher hinter die Bande, raus aus dem Getümmel.

»Tut mir wirklich leid«, sagte er mit sorgenvollem Blick. »Das vorhin war nur ein Scherz von mir. Ich wollte ganz bestimmt nicht, dass du dir wehtust, ich schwöre.«

»Alles okay. Ich amüsiere mich. Wirklich.«

»Du bist wahrscheinlich so eine Art von Date nicht gewohnt«, sagte er und schaute auf die Eisfläche, auf der es immer chaotischer zuging. »Du bist es wahrscheinlich eher gewohnt, schick zum Essen ausgeführt zu werden. Von Männern, die eine Krawatte tragen. Und die studiert haben.«

Ich fand es nett von ihm, dass er mich für so kultiviert hielt. Und für so begehrt. Aber ich wusste auch, dass nun der Zeitpunkt war, ehrlich zu sein.

»Dies hier ist seit einem Jahr das erste Date, das ich hab. Und ich hab mich unheimlich gefreut, als du dich gemeldet hast. Ich hab nämlich nicht damit gerechnet, besonders nicht nach dieser ... verrückten Nacht«, sagte ich leise. »Und du wirst es mir wahrscheinlich nicht glauben, aber ich hab so was noch *nie* zuvor gemacht. Also mit einem

Mann, den ich gerade erst kennengelernt habe, nach Hause zu gehen, meine ich.«

Jimmy sagte nichts, sondern nahm nur meine Hand und zog mich wieder auf das Eis. Ein Lächeln huschte über seine Lippen.

»Ich fühle mich geehrt«, sagte er. »Und ich hab absolut keinen Grund, mich zu beschweren. Im Gegenteil, ich hoffe, dass du öfter in diese Gegend kommst.«

»Ich glaube, ich habe einen guten Grund dazu«, sagte ich, als ich mich selbstsicher genug fühlte, ihn loszulassen. »Aber nur, wenn mein Hintern sich wieder erholt hat. Ich hab das Gefühl, das wird einen bösen Bluterguss geben.«

»Ich werde später einen Blick darauf werfen«, sagte er, legte den Arm um mich und glitt mit mir gemeinsam durch die nächste Kurve.

Ich wurde rot vor Verlegenheit, doch nicht so sehr, dass ich die Nacht allein verbracht hätte. Dieses Mal lud ich ihn zu mir nach Hause ein.

Die Union League war in einer großen alten Stadtvilla auf der Broad Street beheimatet, in einem prächtigen historischen Ziegel- und Sandsteingebäude, das frei stand inmitten all der Hochhäuser mit ihren schlichten grauen Fassaden. Ich war schon einmal hier gewesen, vor vielen Jahren mit meiner Mutter, deshalb waren mir die bogenförmige Eingangstreppe mit ihren zwei Aufgängen und die altersgeschwärzten Statuen vertraut, aber sie wirkten nicht weniger einschüchternd. Roberta hatte mich damals zu einer Informationsveranstaltung der Princeton University mitgeschleift, von der sie in der Zeitung gelesen hatte. Ich hatte keine Lust hinzugehen, denn ich wusste, dass wir uns ohnehin niemals die Studiengebühren für eine

Eliteuniversität würden leisten können. Ich vermutete, Roberta wollte lediglich geschiedene Männer treffen, vorzugsweise solche, die alt waren, reich und empfänglich für ihre Art von provokativer Weiblichkeit.

An diesem Abend war die Grande Dame der historischen Häuser mit Menschen, Lärm und Licht erfüllt, die Limousinen stauten sich davor in einer langen Reihe, die sich bis zum Rathaus erstreckte.

»Möchten Sie, dass ich wende und näher heranfahre?«, fragte Oscar hinter dem Steuer des Chevrolet.

»Nein, danke«, sagte ich. »Ich werde einfach hier aussteigen und den Rest zu Fuß gehen.«

Alex war noch nicht da wegen eines späten Interviews, also musste ich der kunstvollen Eingangstreppe, den Fernsehkameras und den Horden von feinen Leuten allein die Stirn bieten. Das war nicht das, was ich mir erhofft hatte – schließlich war ich so schon nervös genug –, aber ich konnte es wohl nicht ändern. Ich überquerte auf meinen zierlichen Absätzen vorsichtig die Straße, wich geschickt Pfützen aus und den Auspuffgasen der Taxis, um mich dann in die Schlange der Ballgäste einzureihen. Menschen in feinen Roben und Smokings säumten die Stufen vor mir – ich fühlte mich wie in einer Szene aus einem Disney-Film. Einige ältere Damen trugen sogar lange weiße Handschuhe und ein Diadem.

Als ich schließlich in der weiträumigen, überfüllten Eingangshalle stand, in der es von Menschen, Soldatenbüsten und Standuhren wimmelte, übte ich mich in Zurückhaltung, indem ich mich in das Programmheft vertiefte. Bei der Veranstaltung handelte es sich um eine Spendengala für die Ballantine School, einer Privatschule im Westen der Stadt für Kinder aus einkommensschwachen Familien. Laut

Programm war der Ball *das* gesellschaftliche Ereignis der Saison. Die mehr als achthundert geladenen Gäste waren ein Querschnitt von Philadelphias Reichsten der Reichen – einflussreiche Vertreter aus Wirtschaft, Politik und Gesellschaft oder so wie wir aus allen drei Bereichen. Ich las gerade die Namen der Spender, darunter Alex und Abigail van Holt auf dem »Platin-Level«, als ich spürte, dass jemand sich neben mich stellte, der nach einem teuren Parfüm roch.

Ich wandte den Kopf und fand mich von Angesicht zu Angesicht mit Aubyn, meiner Schwägerin, wieder. In ihrem schwarzen Samtkleid, zu dem sie eine Perlenkette trug, strahlte sie eine schlichte Eleganz aus. Neben ihr stand ein junger Mann mit gegelten leuchtend roten Haaren, der mich ausdruckslos anstarrte, bevor er seinen Blick senkte.

»Wo ist Alex?«, fragte Aubyn mich. »Ich dachte, er käme auch.«

»Er wird gleich hier sein«, antwortete ich freundlich und schenkte ihr sowie dem jungen Mann ein Lächeln. »Er hat sich nur ein bisschen verspätet.«

»Oh.«

»Du siehst übrigens bezaubernd aus.«

Sie ignorierte mein Kompliment, dann machte sie eine lässige Bewegung mit ihrer behandschuhten Hand in Richtung ihres Begleiters, warf einen gelangweilten Blick an die Decke.

»Du erinnerst dich an Kipper?«, fragte sie.

»Sicher«, log ich und gab Kipper die Hand. »Freut mich, Sie wiederzusehen.«

»Ganz meinerseits«, erwiderte er, ein schwaches Lächeln auf den Lippen.

Während unseres Begrüßungsaustauschs spürte ich Aubyns kritischen Blick auf meinem Kleid, meinen Haaren, meinen Schuhen und meinem Schmuck, und mit einem Mal fühlte ich mich befangen, geradezu dumm. Aber ich beschloss, mich nicht von meiner Schwägerin einschüchtern zu lassen. Ich zwang mich, gerader zu stehen, imitierte ihr leicht erhobenes Kinn, ihre gelangweilte Miene.

Plötzlich wurden ihre Augen schmal. »Wenn meine Großmutter dich mit diesen Ohrringen sehen würde, würde sie sich im Grab umdrehen«, zischte sie mir zu. »In unserer Familie trägt man keine Diamanten vor acht Uhr abends.«

»Oh«, sagte ich, und meine Hände wanderten erschrocken zu meinen Ohren. »Das wusste ich nicht … Ich meine, ich fand sie einfach hübsch zu meinem Kleid.«

Die Bacco-Brüder hatten die Ohrringe aus einem verschlissenen, samtausgekleideten Schmuckkasten gepflückt und sie für »göttlich« erklärt. Ich hatte keine Ahnung, dass die Steine echt waren.

»Pass bloß gut auf sie auf«, fügte Aubyn hinzu. »Sie sind schon seit Ewigkeiten in unserem Familienbesitz.« Dann drehte sie sich zu Kipper um, der damit beschäftigt war, in seinen Bourbon zu starren, und zog ihn an seinem Ärmel weiter. »Komm«, sagte sie. »Ich sehe die Cresheims. Offenbar sind sie zurück aus Longport.« Sie stolzierte davon, ohne sich zu verabschieden.

Was zum Teufel war ihr Problem? Warum schien ich immer das Falsche zu sagen? Und warum fühlte ich mich plötzlich wie Meg in *Betty und ihre Schwestern,* die zwar hübsch war und gesittet, aber niemandem etwas vormachen konnte?

Ich brauchte einen Drink. Ich folgte dem großen Pulk in Richtung Empfangssaal und stellte mich an der Bar an, atmete ein paarmal tief durch. In der Hoffnung, dass die roten Flecken an meinem Hals rasch wieder verschwinden würden, bestellte ich einen Champagner und nippte dann an meinem Glas. Berührte mein Haar. Zählte die Porträts an den Wänden. Checkte mein Handy. Beobachtete silberhaarige Society Ladys und ihre korpulenten, rotgesichtigen Begleiter beim Umherschlendern. Bewunderte die wenigen Individualistinnen, die Rot oder Gelb oder Silber trugen in diesem Meer aus dunklen Roben.

Dann näherte sich mir ein junges Paar und fragte mich nach dem »Club«. Ich erklärte, wie schlecht ich im Putten war, bevor mir bewusst wurde, dass die beiden den Racquet-Club meinten. Ich streckte meine Hand einem vornehmen älteren Herrn entgegen und stellte mich vor, nur um zu erfahren, dass er mich sehr gut kannte, da er meine zwei Kinder auf die Welt geholt hatte (»Das ging beide Male außergewöhnlich fix und ganz ohne PDA!«). Und ich nahm für Gloria eine Einladung zu einem Spieltreffen am Samstag an, obwohl ich keinen blassen Schimmer hatte, wer die große blonde Frau war, die mich ansprach, beziehungsweise wo sie wohnte oder ob Gloria ihr Kind überhaupt leiden konnte.

Ich war erst seit zwanzig Minuten auf diesem Ball, und ich war schon geistig erschöpft. Wer hätte geahnt, dass einfache Konversation und die Fähigkeit, rasch und selbstbewusst auf eine Frage zu antworten, so eine hohe Kunst waren? Würde das Leben als Mrs. van Holt jemals einfacher werden?

Seufzend stellte ich mein halb ausgetrunkenes Champagnerglas auf ein vorbeischwebendes Tablett und manövrierte mich durch die Menge zurück in das Foyer. Ich suchte nach den Toiletten und fand sie ohne allzu große Mühe. Im Gegensatz zu der versteckten Toilette auf Bloemveld war diese Tür hier mit einem dicken Messingschild gekennzeichnet, auf dem »Damen« stand.

Nach einem epischen Kampf in der Toilettenkabine zwischen Körper und Ballkleid wusch ich mir die Hände und checkte dann mein Handy. Immer noch nichts von Alex. Ich lehnte mich gegen die gekachelte Wand, darauf hoffend, dass die kühle Stille des Raumes meine Nerven beruhigte. Schließlich, nach ein bisschen Small Talk mit der steinalten Toilettenfrau und einem letzten Blick in den Spiegel, sammelte ich den nötigen Mut, um wieder hinauszugehen.

In diesem Moment stürmten zwei schöne, aber zerbrechlich wirkende Frauen herein, die kichernd an den Spiegel eilten. Ich sah die beiden, bevor sie mich sahen: Betsy Claiborne in cremefarbener Seide, die ihr schwarzes Haar hübsch zur Geltung brachte, und Ellen Hadley, in smaragdgrünem Satin, passend zu dem Smaragdring, der an ihrer rechten Hand funkelte. Ich spürte denselben Anflug von Angst und Demütigung, den ich gespürt hatte, als ich – also ... Abbey Lahey – den beiden am Samstag bei Nordstrom begegnet war. Ich erstarrte und betete, dass sie mich nicht bemerkt hatten.

Aber sie bemerkten mich doch, sahen mich im Spiegel und fuhren dann herum wie zwei Velociraptor-Saurier, die Beute witterten. Ich machte mich auf den Zusammenstoß gefasst und auf Beleidigungen, doch stattdessen erwartete mich eine Mischung aus Wohlwollen und Ehrfurcht, gefolgt von freudigem Gehopse und In-die-Hände-Klatschen.

»Abbey!«, rief Betsy. »Wir haben dich überall gesucht!«

»Du siehst *umwerfend* aus!«, rief Ellen. Das »umwerfend« betonte sie mit geschlossenen Augen. »Ich habe gewusst, dass du Dunkelblau tragen würdest. Blau steht dir so gut. Nicht wahr, Bets?«

»Überirdisch. Du siehst einfach überirdisch aus, Abbey«, sagte Betsy. »Andererseits, wann bist du schon mal nicht *parfait* gestylt?«

Ha!, dachte ich, wie sich die Zeiten ändern können.

Bevor ich antworten oder das Kompliment erwidern konnte, beugte Betsy sich nah an mich heran und raunte: »Bis jetzt ist noch niemand Gescheites da, nur der Bürgermeister und seine Spießgesellen.«

»Ja, und deine Schwägerin mit ihrem langweiligen Pferdefreund«, fügte Ellen hinzu. »Sie führt den armen Jungen herum wie ein Shetland-Pony.«

»Ich weiß«, sagte ich. »Wie lautet seine Geschichte?«

»Wen kümmert es? Ich würde viel lieber über deinen entzückenden Ehemann sprechen«, sagte Betsy schnurrend wie ein Kätzchen. »Bitte sag mir, dass er gleich kommt. Und bitte sag mir, dass er beabsichtigt, unsere kleine Wohltätigkeitsveranstaltung nächste Woche zu besuchen. Es wäre so schön, jemanden aus dem Kongress dazuhaben.«

»Noch ist er nicht im Kongress«, erwiderte ich schroff. »Aber keine Sorge, er wird da sein. Hier, meine ich.«

»Wenigstens hat er eine gute Entschuldigung für sein Zuspätkommen«, sagte Ellen. »Wir dagegen mussten Bill und Robbie förmlich an den Haaren herschleifen. Der einzige Grund, warum sie sich bereit erklärt haben mitzukommen, ist die Auktion. Du weißt ja, jede Gelegenheit zu zocken wird genutzt.«

Sie nutzten ihre restliche Zeit vor dem Spiegel, um die Outfits, angeblichen Affären und neuesten Schönheitsoperationen der anderen Ballgäste zu analysieren, während sie ihre Lippen nachzogen und Haare glatt strichen, die es nicht nötig hatten. Als sie sich schließlich in Richtung Tür wandten, drehten beide gleichzeitig den Kopf zu mir.

»Kommst du, Ab?«, fragte Betsy. »Wir verpassen noch die Eröffnungsansprache.«

Mir wurde bewusst, dass sie von mir erwarteten, dass ich mich ihnen anschloss. Noch schockierender war, dass sie mich als eine Freundin betrachteten. Als eine gute Freundin. Es fühlte sich so seltsam und unnatürlich an. Am liebsten hätte ich die beiden einfach ignoriert, aus Rache für eintausend vorausgegangene Kränkungen. Aber im Moment gehörten sie zu den wenigen Menschen im Gebäude, die ich eindeutig identifizieren konnte, also folgte ich ihnen.

»Kannst du mich mit Kelley Radomile bekannt machen?«, flüsterte Betsy mir zu, als wir durch den Flur in den Empfangssaal zurückgingen. »Du weißt, ich würde es einfach großartig finden, im nächsten Jahr jemanden von den Radomiles in unserem Benefizkomitee zu haben.«

»Äh … sicher«, sagte ich. »Gib mir einfach Bescheid, wenn du sie siehst.«

»O Abbey, du bist so böse«, sagte Betsy und kicherte hinter vorgehaltener Hand. »Diese ganzen Geschichten, dass er ein Transvestit sein soll, sind doch nur Gerüchte.«

Das hohe Gelächter der beiden prallte von den Marmorwänden ab wie Schüsse.

Wir trennten uns, um an unsere Plätze zu gehen, vereinbarten jedoch, uns nach dem Dinner wiederzutreffen, und ich war froh, meine Schönwetterfreundinnen erst einmal los zu sein. Ich entdeckte meinen Tisch ganz vorne in der Nähe des Conférenciers und der Auktionstische und nahm schließlich mit einem Seufzen Platz. Während ich wartete, hielt ich nach Alex Ausschau. Ich hoffte, dass er bald kommen würde. Nachdem ich zum hundertsten Mal mein

Handy gecheckt hatte, schaltete ich es verärgert stumm und beobachtete die große Schar von Gästen, die ihre Plätze aufsuchten – darunter waren der derzeitige Starpitcher der Phillies, einer unserer prominenten Gastronomen sowie ein milliardenschwerer Baulöwe mit seiner deutlich jüngeren Freundin des Monats, Ärzte, Anwälte und Unternehmer. Zu meiner Erleichterung steuerten Aubyn und Kipper einen Tisch weiter hinten an, gefolgt von Matriarchatsangehörigen und Titanen in der Ausbildung. Ich brach gerade ein Brötchen auf, als um meinen Tisch herum Aktivität entstand.

Mir gegenüber nahm ein attraktives älteres Paar seine Plätze ein, zusammen mit einem hünenhaften schwarzen Mann, der keinen Blickkontakt zu mir herstellte, jedoch unbeabsichtigt eine Dienstmarke und ein Schulterholster enthüllte, als er sein Jackett aufknöpfte, um sich zu setzen. Dann tauchte zu meiner Linken der Bürgermeister auf, der zunächst für seine Frau einen Stuhl zurückzog und dann mit einem Seufzen neben mir Platz nahm.

Der Bürgermeister von Philadelphia. Der fünftgrößten Stadt der Vereinigten Staaten. Nur Zentimeter von mir entfernt. Wieder wurde mein Hals rot und fleckig vor Nervosität.

»Guten Abend allerseits«, sagte der Bürgermeister und nickte in die Runde.

»Guten Abend«, flüsterte ich ungläubig zurück.

»Schön, Sie zu sehen, Mrs. van Holt«, sagte er und drehte sich zu mir. »Ihr Mann hat sich verspätet?«

»J… ja«, stammelte ich. »Sie kennen ja Alex …«

»Nun, er wird wirklich gut in den Kongress passen«, erwiderte er und lachte schallend.

Die Lichter im Saal flackerten und wurden dann gedimmt, gleichzeitig wurde das Podium von einem Scheinwerfer angestrahlt. Das Publikum verstummte, als der Conférencier des Abends, ein alter Veteran aus dem Lokalfernsehen namens Wally McNamara, die Bühne betrat. Er eröffnete den Abend mit ein paar lustigen Sprüchen zu dem parallel laufenden Spiel der Eagles, und mein Herzschlag kehrte zu seiner normalen Geschwindigkeit zurück. Bei all diesen Überraschungen, die mir auf meine kleine Pumpe schlugen, würde ich spätestens zum Dessert einen Arzt benötigen. Aber ich nahm an, dass das kein Problem war. Mein Blick schweifte über die fein gekleidete Abendgesellschaft. In diesem Kreis gab es sicher ein oder zwei kompetente Kardiologen.

Ich blätterte geistesabwesend durch den Spendenkatalog und sah Tickets für die Philadelphia Flyers, Tiffany-Armbänder und Konzertkarten für das Kimmel Center, bevor ich auf ein Objekt stieß, das mein Interesse weckte. Es handelte sich um eine altehrwürdige Tank Watch von Cartier, die einmal Sarah Lippincott Biddle gehört hatte, ein Name, der in Philadelphia so alt war und so angesehen, dass im Vergleich dazu selbst die van Holts wie Abschaum klangen. Die Armbanduhr, gefertigt im Jahr 1917, gehörte zu den ersten Modellen der Tank-Kollektion und spiegelte angeblich Louis Cartiers Faszination für die Panzer im Ersten Weltkrieg wider. Ich fand diese Uhr schön, seit ich ein Foto von Prinzessin Diana mit einer Tank gesehen hatte. Ich wünschte mir, ich könnte dafür bieten.

Dann fiel mir ein, dass ich das machen konnte. Die van Holts hatten definitiv das Geld, und schließlich waren wir hier, um einen guten Zweck zu unterstützen. Wahrscheinlich wurde von uns sogar erwartet, dass wir mitboten. Während die Auktion begann, wartete ich gespannt darauf, dass Wally zu Losnummer 22 kam.

Als es dann so weit war – Wally rief ein Mindestgebot von fünfhundert Dollar aus –, hob ich zaghaft mein Paddel. Andere hoben ihres auch. Achthundert Dollar. Ich hob wieder mein Paddel. Eintausend. Wir führten unser Paddelgefecht weiter, während der Preis schneller und schneller in die Höhe kletterte, bis ich bei sechstausend Dollar wieder am Zug war. Nicht nur Wally sah mich an, der ganze Saal wartete gespannt, aber ich konnte es nicht tun. Außerhalb dieser Räume, in der realen Welt, waren sechstausend Dollar so viel Geld. Drei Hypothekenraten. Fast ein Jahresvorrat an Lebensmitteln. Ein neues Dach. Ich schüttelte den Kopf und ließ meine Hand in den Schoß fallen, und der Bieterwettbewerb ging ohne mich weiter. Ein Paar an einem der hinteren Tische erhielt schließlich den Zuschlag für zwölftausend Dollar.

Ich seufzte und stocherte ernüchtert in meinem Salat herum. Nicht, weil ich die Uhr nicht bekommen hatte, sondern weil ich mich hier auf einer luxuriösen Galaveranstaltung befand, ohne mich richtig zu amüsieren. Gleich darauf berührte mich jemand an der Schulter, und ein Kellner übergab mir eine Notiz in einer weiß-goldenen Union-League-Serviette. Ich faltete sie auseinander. Die Botschaft war in blauer Tinte geschrieben.

Kannst du in die Lobby kommen? A

Alex! Er war endlich da.

Als ein Zehntausend-Dollar-Gebot für ein Date mit der Verkehrsreporterin von Fox 29 lauten Beifall auslöste, nahm ich leise meine Handtasche und entschuldigte mich am Tisch. Ich huschte auf Zehenspitzen davon. Ein paar Leute winkten mir, aber ich ignorierte sie. Meine Augen suchten nur den nächsten Ausgang.

Draußen im Gang klapperten meine hohen Absätze über den Marmorboden im schwarz-weißen Schachbrettmuster, und endlich erreichte ich die Lobby. Ich blickte mich um, aber niemand war dort. Ich steckte meinen Kopf kurz durch die Tür der Bibliothek, da saßen jedoch nur zwei bekannte Investoren und pafften Zigarren. Dann hörte ich einen leisen Pfiff und ein Räuspern.

Er wartete am anderen Ende des Ganges, lehnte lässig an einer geriffelten Säule, die Hände in den Taschen vergraben. Sein ernster Blick war auf mich geheftet. Er checkte keine E-Mails, er sprach nicht mit Wählern, er war nicht von seiner Entourage umgeben, er stand ganz allein da in seinem maßgeschneiderten Smoking, der Doppelmanschetten und das Funkeln goldener Manschettenknöpfe enthüllte. Sein Haar, das mit Pomade geglättet war und dadurch beinahe schwarz aussah, ließ seine Augen in dem blauesten Blau strahlen, selbst aus dieser Entfernung. So schön, als wäre er einer Tanqueray-Werbung entstiegen.

Ich war überglücklich, ihn zu sehen. Abgesehen von Sam und manchmal auch Gloria, war Alex der einzige Mensch in dieser neuen Welt, der mich aufrichtig zu mögen schien. Ich begann unwillkürlich zu rennen und fiel Alex schließlich um den Hals. Er lachte, überrascht von meiner stürmischen Begrüßung, und ließ mich dann auf den Boden herunter.

»Hey, meine Schöne«, flüsterte er in mein Haar, während seine starken Arme mich umschlossen. »Wo hast du mein ganzes Leben lang gesteckt?«

Wenn du wüsstest, hätte ich am liebsten geantwortet. Aber ich blieb stumm und schaute verlegen auf den Boden, weil ich Alex fast in eine Topfpflanze geschubst hätte. Er hob mein Kinn an und beugte sich dann vor für einen Kuss.

Seine Lippen auf meinen fühlten sich seltsam an, und mein erster Instinkt war, ihn aufzuhalten, nicht nur, weil es mir unnatürlich vorkam, einen anderen Mann als Jimmy zu küssen, sondern auch, weil man uns womöglich sehen konnte. Dann fiel mir ein, dass dieser Mann hier in dieser Welt mein Ehemann war und dass es viel bedenklicher sein würde, wenn man mich dabei beobachtete, wie ich einen Landschaftsgärtner aus Grange Hill küsste. Trotzdem, aus schlechtem Gewissen oder Schüchternheit oder Nervosität erwiderte ich seinen Kuss nicht. Ich wich mit dem Oberkörper leicht von ihm zurück.

Jetzt glitt seine Hand um meine Taille, und seine Lippen wanderten über meinen Hals. Sie jagten ein Kribbeln von meiner Kehle bis hinunter in tiefere Körperregionen. Jeglicher Gedanke an Jimmy – oder an jede andere Person – verflüchtigte sich. Als Alex' Lippen wieder meinen Mund fanden, erwiderte ich seinen Kuss. Fest.

»Du hast heute die schweren Geschütze aufgefahren, stimmt's?«, bemerkte er, nachdem er sich von mir gelöst hatte. Sein Blick war auf meine Ohrringe gerichtet.

»Ja, warum auch nicht«, sagte ich.

»Ja, warum auch nicht, warum auch nicht«, wiederholte er leise und küsste mich wieder. Als eine Frau an uns vorbeiging, schob er mich in den Schatten, wo er meine Hände in seine nahm. »Abbey, sei mir nicht böse …« Er sah mich betreten an, und ich verstand nun den Grund für die ganzen Zärtlichkeiten, die Küsse. Er wollte sich bei mir einschmeicheln. »Ich werde nicht bleiben«, fuhr er fort. »Ich bin einfach geschafft, und offen gesagt weiß ich, dass diese Leute auch so für mich stimmen werden. Vielleicht sind es sogar die einzigen Stimmen, auf die ich im Moment zählen kann. Dennoch möchte ich dir nicht den Spaß verderben. Geh wieder rein und amüsier dich.« Er schlug die Augen nieder, als würde er sich gegen meine Reaktion wappnen.

»Wenn du gehst, gehe ich auch.« Ich lächelte, froh über die Gelegenheit wegzukommen. Froh darüber, mir hundert weitere missglückte Konversationen zu ersparen.

Sein Kopf fuhr hoch. »Wirklich? Bist du sicher? Das ist dein großer Abend.«

»Er ist nicht so unterhaltsam, wie ich gedacht hatte. Ehrlich, ich würde lieber mit dir gehen.«

Er sah mich überrascht an und grinste dann. »Oscar wartet draußen.«

Wir saßen nebeneinander auf roten Barhockern, die einzigen Gäste in dem kleinen griechischen Restaurant. Mein Ballkleid war zusammengefallen wie ein misslungenes Soufflé. Alex' Smoking sah in der grellen Beleuchtung tiefschwarz aus. Wir mussten wie ein Paar aus einer anderen Epoche wirken. Draußen auf der kleinen Seitenstraße war nicht viel los, aber die wenigen Passanten blieben unwillkürlich stehen, um uns anzustarren. Sie schmunzelten über das verrückte Paar, das sich die Spezialität des Tages in Diamanten und feinstem Zwirn schmecken ließ.

Irgendwann kam die Kellnerin angeschlurft und nahm unsere Bestellung auf.

»Das Lokal ist super«, bemerkte Alex ohne jede Ironie. »Ich liebe es, ignoriert zu werden.«

Zuerst war er nicht besonders gesprächig, wahrscheinlich vor lauter Müdigkeit, aber nach den ersten paar Bissen von dem hausgemachten Souflaki wurde er munterer. Er redete über die Wahlkampagne, die Kriminalitätsraten und Steuersätze der Stadt und über die eine Million strategischen Umänderungen, auf denen Frank täglich bestand. Er ahmte seinen Wahlkampfleiter dabei so trefflich nach, inklusive jiddischer Schimpfworte und wilder Gesten, dass ich laut lachen musste. Es war außerdem nicht zu überhören, dass er eine brüderliche Zuneigung für Calvin hegte, seinem Kommunikationswunderkind, das ihm half, jüngere Wähler über YouTube, Instagram und Tumblr zu erreichen. Mit ihm traf er sich oft frühmorgens zum Joggen am Schuylkill River, wie ich nebenbei erfuhr.

Er machte sich Luft darüber, wie schwer es war, mit Vertretern der Lehrergewerkschaft und des Verbandes der Kleinunternehmer, mit Müllmännern und Politessen zu reden, und gestand mir, wie sehr ihre Erwartungen auf ihm lasteten.

»Solche Leute reißen sich für ihre Arbeit den Arsch auf«, sagte er und deutete mit einem Nicken auf zwei Streifenpolizisten, die gerade hereingekommen waren. »Sie hätten schon längst eine Gehaltserhöhung verdient, bessere Renten, mehr Urlaubstage, alles. Aber seien wir ehrlich, egal, was ich mache oder sage, dazu wird es einfach nicht kommen.«

»Es ist ganz anders als damals bei der Staatsanwaltschaft«, fuhr er fort und schüttelte den Kopf. »So verrückt unser Rechtssystem auch ist, hin und wieder gelingt es uns doch, einen Kriminellen für immer aus dem Verkehr zu ziehen. Als Staatsanwalt hatte ich das Gefühl, etwas zu bewirken, das zu tun, was ich zu tun angekündigt hatte. In der Politik dagegen scheint alles nur Schall und Rauch zu sein. Ich hätte nie gedacht, dass es so frustrierend sein würde.«

Plötzlich hörte ich mich sagen, was Jimmy immer zu mir sagte, wenn ich mit den Nerven am Ende war. »Ich weiß, im Moment kommt dir das alles erdrückend vor. Aber du musst nicht jedes Problem sofort lösen. Versuch einfach, jeden Tag den Ball ein bisschen weiter über das Feld zu bewegen, irgendwann wirst du die Endzone erreichen.«

Alex hob den Kopf und sah mich belustigt an. »Danke, Coach.« Dann lächelte er und fügte hinzu: »Du hast recht. Es muss nicht alles an einem Tag erledigt werden. Wer weiß, vielleicht gelingt es mir ja, das eine oder andere Versprechen einzuhalten.«

Ich konnte nicht anders, als sein Lächeln zu erwidern. Attraktiv und tüchtig? Ein guter Küsser und ein einfühlsamer Mensch? Ich hatte Jules erzählte, dass ich Alexander van Holt für einen netten Mann hielt. Das war die Untertreibung des Jahres. Er war nicht nur nett, er war *grandios.*

Er drehte sich auf seinem Barhocker zu mir und wechselte das Thema. »Erzähl mir von deinem Tag ... Was haben die Kinder gemacht?«

»Das Übliche«, sagte ich. »Sie haben gelernt, gespielt, gestritten. Was kleine Kinder halt so machen.«

»Waren die Baccos da? Hattet ihr Spaß?«, fragte er weiter, löste seine Fliege und lockerte seine Halsmuskulatur.

»Ja, sie haben mich schon erwartet, als ich von ...« Ich unterbrach mich mitten im Satz. Wie gern hätte ich ihm von meiner Begegnung mit Jules erzählt, aber ich wusste nicht einmal, wie ich es mir selbst erklären sollte, geschweige denn einer anderen Person. »Ja, wir hatten Spaß.«

»Gut.« Er nahm sein summendes iPhone heraus und begann dann zu schreiben. Ich nutzte die Pause, um meinen Teller zu leeren, sorgfältig darauf achtend, kein Zaziki auf mein Kleid zu kleckern. »Anscheinend ist die Sache morgen auf neun Uhr vorverlegt worden. Du sollest also besser um acht startklar sein«, erklärte er.

»Okay«, sagte ich, ohne einen Plan zu haben. »Ich werde pünktlich bereitstehen, geschniegelt und gestriegelt.«

Er zog eine Augenbraue hoch. »Geschniegelt und gestriegelt? Für eine Gruppe Gewerkschafter?«, wunderte er sich. »Bitte übertreib es nicht. Schließlich sollst du deine Heimatstadt repräsentieren, richtig?«

»Richtig«, sagte ich und nickte. »Das sollte auch ein Scherz sein.« Er hörte mir nicht richtig zu, sein Blick verfinsterte sich, während er eine weitere E-Mail las. »Verdammter Mist.«

»Was ist?«

»Es sieht so aus, als würde mein Vater für den Wahlabend zurückkommen.« Er legte sein Handy weg und sah zu der schmuddligen Korkdecke hoch. »O mein Gott. Ich wünschte, wir hätten ihn statt Roberta auf diese Kreuzfahrt schicken können.«

»*Wir* haben Roberta auf diese Kreuzfahrt geschickt?«, fragte ich in Gedanken.

Alex sah mich an. »Das war deine Idee, nicht meine.«

»Schon, ich meinte nur …«

Alex fiel mir ins Wort. »Ich kann nur sagen, dass er sich gefälligst benehmen soll.« Er schob seinen Teller zur Seite, der noch halb voll war.

Am liebsten hätte ich nachgehakt, um mehr über diesen mysteriösen – und offenbar unliebsamen – Vater zu erfahren. Aber in zehn Jahren Ehe hatte ich gelernt, wann es besser war, den Mund zu halten. Sanft nahm ich Alex' Kinn und drehte sein Gesicht zu mir.

»Hör zu«, sagte ich mit einem verschmitzten Gesichtsausdruck. »Willst du all die interessanten Dinge hören, die ich heute Abend erfahren habe?«

»Ich weiß nicht. Will ich?«

»O ja, du willst. Zunächst einmal, Kelley Radomile ist ein Transvestit. Und Dr. Farley bietet jeder Frau, die ihm ihre Titten zeigt, das Botox gratis an. Jennifer Delacourt schläft nicht nur mit ihrem Psychiater, sondern auch mit dem Oberkellner aus dem Club, dem Racquet-Club.«

»Wow, du bist ja richtig auf dem Laufenden, was die Missetaten von Philadelphias Elite betrifft«, sagte Alex, und das Funkeln kehrte in seine Augen zurück. »Da wir gerade von Missetaten sprechen, lass uns von hier verschwinden ...«

Wir ließen uns schweigend nach Hause fahren. Alex legte seine Hand auf meinen Oberschenkel, die Atmosphäre zwischen uns knisterte gewaltig. Draußen begann es zu regnen, und die Straßenlichter verschwammen mit meinen Gedanken. Als der Wagen vor unserem Haus hielt, wünschten wir Oscar eine gute Nacht und rannten dann durch den Regen zum Eingang. Das Wasser durchweichte im Nu meine Satinschuhe. Der Portier war schon gegangen, und Alex hantierte mit der Schlüsselkarte herum, ähnlich wie damals vor dem Aufzug, als wir uns zum ersten Mal begegnet waren. Während ich wartete, drehte sich alles in meinem Kopf – seine Nähe, die Ereignisse des Abends, das, was als Nächstes kommen würde, machten mir zu schaffen.

Schließlich betraten wir das Foyer und dann den Aufzug, Haar und Kleidung feucht vom Regen. Die Tür glitt zu, und wir waren allein.

Alex stellte sich vor mich, nahm mein Gesicht in seine Hände und küsste mich, gleichzeitig drückte er mich leicht an die Rückwand der Kabine. Er fuhr mit den Händen über meinen Hals, mein Dekolleté und umfasste meine Brüste mit der Sicherheit eines Ehemanns. Als seine Hände tiefer wanderten, schob ich ihn von mir weg, denn gleich schweiften meine Gedanken zu einer anderen Ehe, einem anderen Mann.

Der Aufzug kam auf unserer Etage zum Stehen, die Tür glitt auf. Ich trat hinaus in den Flur und ging so schnell weiter zur Wohnungstür, wie es mein Kleid erlaubte. Ich hörte Alex' Schritte hinter mir.

»Ach, so läuft das also?«, sagte er in einem neckischen, verführerischen Ton, als würde ich mit ihm spielen, würde die Unnahbare mimen.

Ich öffnete rasch die Wohnungstür, huschte hinein und eilte flink durch die ausladenden Räumlichkeiten, bis ich mich in meinem begehbaren Kleiderschrank wiederfand, wo der Abend begonnen hatte. Dort im Dunkeln schöpfte ich Atem, wusste, dass ich Kopfschmerzen vortäuschen sollte, aber auch, dass ich das nicht machen würde. Nicht machen konnte.

Plötzlich erstrahlte der Kristallleuchter, und ich spürte Alex' Arme, die sich von hinten um meine Taille schlangen.

»Dieses Mal entkommst du mir nicht«, murmelte er mit tiefer und drängender Stimme.

Er wirbelte mich zu sich herum und bugsierte mich dann rückwärts vor einen der großen Spiegel, dessen glatte Oberfläche sich kalt an meinem nackten Rücken anfühlte. Er küsste mein Gesicht und meinen Hals, während seine Hände sich unter meinem Rock einen Weg hochbahnten, meinen Tanga fanden und ihn herunterzogen. Als seine Finger in mich eindrangen, hörte ich auf, an irgendetwas zu denken, außer daran, wie gut es sich anfühlte, wie begehrenswert er war. Ich gab meinen Widerstand auf, zog lasziv seine offengebundene Fliege herunter und fuhr mit beiden Händen an seinem Oberkörper hoch.

Alex' Augen waren fest auf meine geheftet, er schüttelte seine Smokingjacke ab, öffnete seinen Gürtel und dann seine Hose. Er suchte nach einem Reißverschluss, doch als er nur seidenummantelte Knöpfe fand, riss er mit einem Ruck die oberen auf und zerrte mein Kleid herunter. Ich stand keuchend da in meinem schwarzen Spitzen-BH und meinen High Heels. Im nächsten Augenblick hob Alex mich hoch und drückte mich gegen den Spiegel, dann drang er in mich ein.

Die Bewegungen fühlten sich vertraut an, aber auch gefährlich anders. Dies hier war nicht die klassische Wochenendnummer oder der schnellste Weg zu einem Orgasmus oder alberner, schmutziger Spaß. Dies hier war kompromisslose Leidenschaft, die sich Bahn brach – die Art, die selbst vernünftigen Frauen den Verstand raubte. Ich kostete jeden einzelnen Stoß genussvoll aus, denn jeder Teil meines Körpers brannte für diesen Mann, jede Bewegung trieb mich dem Unausweichlichen zu.

Danach hielten wir uns ein paar Sekunden lang eng umklammert, darauf wartend, dass unser Atem sich langsam beruhigte. Schließlich löste Alex sich von mir und ließ mich sanft auf den Teppichboden herunter. Aber meine Beine waren wie Wackelpudding, und wir mussten beide lachen, als ich mit einem Quietschen am Spiegel hinunterrutschte.

Alex berührte kurz meine Wange, dann richtete er sich wieder auf und zog seine Hose hoch. Ich beobachtete, wie er sich wegdrehte, über mich hinwegstieg und mich in einer Wolke aus dunkelblauer Seide hockend zurückließ. Einen Moment lang saß ich regungslos da, dann rappelte ich mich hoch, kickte das Kleid in eine Ecke und suchte nach einem Pyjama.

Erst beim Zähneputzen fiel mir auf, dass einer meiner Ohrringe verschwunden war.

Wen kümmert es?, dachte ich. Zum ersten Mal seit langer Zeit fühlte ich mich unbesiegbar.

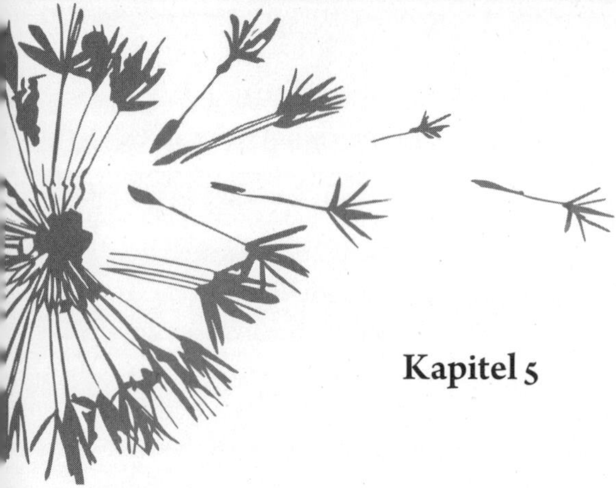

Kapitel 5

Die Lampen aus Chrom und trübem Glas, die im Lansdowne Lions Club hingen, sahen aus, als wären sie seit Jahrzehnten nicht gereinigt worden. Nur ungefähr jede vierte Glühbirne funktionierte. Kleine Lichtlachen fielen von oben auf das Publikum und beleuchteten das Gewimmel. Die Leute, die auf metallenen Klappstühlen saßen, tranken Kaffee und aßen Donuts.

Die Szenerie kam mir sehr vertraut vor. Das Geplapper war dasselbe wie vor einem Elternabend, die Bühne sah aus, als wäre sie für eine von Glorias Tanzaufführungen errichtet worden. Hinzu kam, dass Jimmys ältester Bruder Mitglied im Lions Club war, und all seine sechs Kinder, also meine Nichten und Neffen, hatten ihre Taufe und ihre Erstkommunion in Sälen wie diesem hier gefeiert.

Alex stand vorn auf der Bühne und unterhielt sich mit einem Mann in Jeans und Poloshirt. In wenigen Minuten würde er sich an die Clubmitglieder wenden und, noch wichtiger, an die Anhänger der Internationalen Bruderschaft für Elektriker dieses Bezirks. Er stand neben einem zerkratzten Holzpodium, die Wand hinter ihm war mit Plaketten zugepflastert, auf denen Veteranen aus vier Kriegen aufgelistet waren. In einem Aushängekasten daneben wurde alles feilgeboten – von Gitarren bis zu Schneepflügen. Hinten in der Ecke stand eine amerikanische Flagge, die einst in Saigon gehangen hatte. In der Mitte der Bühne war ein großes blauweißes Wahlplakat aufgestellt, das verdächtig staubfrei aussah. VAN HOLT FÜR DEN KONGRESS stand darauf.

Wir hatten die Dreißig-Minuten-Strecke mit Franks zerbeultem Toyota zurückgelegt, weil Frank fürchtete, dass ein Chevrolet mit Chauffeur oder Alex' Porsche die falsche Botschaft aussenden würden. Trotz Franks sorgfältiger Überlegungen nahm niemand Notiz von uns, als wir vorfuhren, und wir mussten uns bei einer Gruppe von Rauchern einschmeicheln, um mit dem Small Talk zu beginnen. Niemand wirkte besonders freundlich, abgesehen von den älteren Veteranen und ihren Frauen mit dem weichen, papierartigen Händedruck und den strahlenden Augen. Eine alte Dame hielt mich die ganze Zeit im Arm, während ich mit ihr plauderte.

Nun saß ich in der zweiten Reihe, nippte an einem Kaffee im Pappbecher und wartete darauf, dass die Rede begann. Nachdem ich meine Sitzposition auf dem harten Klappstuhl mehrfach korrigiert hatte, zwang ich mich schließlich, stillzuhalten und meine beste »Ist es nicht wundervoll?«-Miene aufzusetzen. Die treu ergebene Ehefrau des Kandidaten.

Links von mir, am Gang, saß Calvin, der auf einem iPad die Videoaufnahme der Veranstaltung vorbereitete, und rechts von mir saßen zwei Mitglieder aus Alex' Wahlkampfteam: eine hübsche indische Praktikantin namens Sunita, die ein Sweatshirt mit der Aufschrift BRYN MAWR COLLEGE trug, und Carol, eine ehrenamtliche Helferin, die mit ihrer roten Brille, ihrem konservativen Hosenanzug und ihrem »GLEICHBERECHTIGUNG«-Button wie eine Professorin aussah.

Am Ende unserer Reihe saß ein großer bärtiger Mann in einem zu engen Pullover mit Rautenmuster und einer zu engen Khakihose mit einem beeindruckenden Leibesumfang. Seine lilafarbenen Socken bettelten gnadenlos um Aufmerksamkeit. Sunita beugte sich zu dem Mann hinüber und sagte leise »Hi, Gerald«, dann sah sie mich an und verdrehte die Augen. Ich sollte später erfahren, dass Gerald eins von Alex' männlichen Groupies war.

Falls Alex die Wahl gewann, würde er Kongressabgeordneter von Pennsylvania sein und mit seinen achtunddreißig Jahren der jüngste. Sein Wahlbezirk umfasste ein großes Gebiet, zu dem die Stadtteile Center City, University City und West Philadelphia gehörten sowie zwei angrenzende Vororte. Um zu gewinnen, musste er einer breit gefächerten Wählerschaft gefallen, darunter den Arbeiterfamilien in den Außenbezirken, den Hipstern, Reichen und Besserverdienern in der Altstadt, der ultraliberalen University of Pennsylvania und der afroamerikanischen Mittelschicht in den Vierteln um den Campus herum sowie den Ärmeren im äußersten Westen der Stadt mit seiner hohen Kriminalitätsrate, wo Pater Ferguson arbeitete. Es war ein Wahlbezirk, der bisher fast immer an einen Gewerkschafter beziehungsweise an einen Stadtrat gegangen war, aber seit das Einzugsgebiet 2012 erweitert worden und die wohlhabende Main Line zu der bunten Mischung hinzugekommen war, herrschte ein ausgeglichener Wettbewerb. Wenn jemand den Bezirk davon überzeugen konnte, für einen jungen Newcomer zu stimmen, noch dazu einen aus einer Familie, der zwei Senatoren und ein Gouverneur entstammten, dann war das Alex. Sein Wahlkampfspot auf YouTube hatte bereits mehr als eine Million Aufrufe.

Frank war trotzdem nervös. In den neuesten Umfragen lag Alex deutlich hinter seiner Gegnerin, einer kühlen, besonnenen Richterin aus Center City namens Amanda Bullock. Amanda war klug und tough und wusste, wie sie die Medien zu ihrem Vorteil nutzen konnte. Erst am Morgen war sie in der *Daily News* zitiert worden – mit der Aussage, dass Washington keinen weiteren »Limousinen-Liberalen« brauche, und schon gar keinen, der sich nie anstrengen musste, um seine Familie zu ernähren oder seine Rechnungen zu bezahlen. Es war ein abgedroschener Spruch, der eigentlich ein wenig unter Amandas Niveau war, aber er würde auf Widerhall stoßen, besonders hier in Upper Darby, dem klassischen Arbeiterviertel. Alex sollte sich besser auf etwas gefasst machen.

Die Veranstaltung vor einer Doppelversammlung aus Lions-Club-Mitgliedern und Gewerkschaftsvertretern diente dazu, Alex' Image von dem gelangweilten Reichen, der nichts Besseres zu tun hatte, als sein Geld auszugeben, zu widerlegen. Und wenn man in Philadelphia etwas durchsetzen wollte, waren Gewerkschaften und Senioren die beste Zielgruppe, um damit anzufangen. Ich freute mich darauf zu hören, was Alex zu sagen hatte.

Das Publikum erwies sich als noch erbarmungsloser, als Frank erwartet hatte. Gnadenlos hart. Als Alex die Zuhörer begrüßte, gab es weder Applaus noch Kopfnicken, nur Pokergesichter, hörbare Seufzer und ignorantes Geschnatter. Als er in seiner Rede auf den Zustand der Wirtschaft zu sprechen kam, lachte jemand schallend.

Alex senkte den Blick auf seine Notizen. Das Publikum setzte ihm sichtbar zu. Er begann wieder zu reden, wirkte jedoch noch weniger souverän. Seine Stimme klang leicht brüchig. Ich dachte an meine Jahre in der PR-Branche und richtete meine Willenskraft darauf, dass Alex durchhielt, dass er seine Rede einfach zu Ende brachte. Wenn er jetzt aufgab, würde er sich zum Gespött machen. Oder schlimmer noch, wie ein Versager dastehen. Und hier in der ersten Reihe saß die Presse, bereit, alles zu dokumentieren.

»Mach schon!«, sagte jemand genervt.

Gelächter folgte, die Leute fingen an, miteinander zu tuscheln. Ein Zuhörer stand auf und verließ den Saal, womit er natürlich allen Anwesenden signalisierte, dass Alex ihre Zeit nicht wert war, geschweige denn ihre Stimme. Dann sprach jemand auf den hinteren Plätzen das aus, was viele wahrscheinlich dachten.

»Verdammter reicher Schnösel.«

Mein Kopf fuhr herum, um die dreiste Person zu identifizieren – es war ein muskulöser, unrasierter Kerl in einem mit Farbe vollgespritzten T-Shirt und einer weiten Arbeitslatzhose, der unter seiner Eagles-Wollmütze stolz grinste. Ich kannte diese Sorte Mann – sie redete im Kino zu laut und weigerte sich, den Haufen ihres Hundes wegzumachen. Ich wünschte, ich könnte zu ihm gehen und ihm eine scheuern. Aber ich unterdrückte dieses Bedürfnis und drehte mich wieder zu Alex um. Mir wurde bewusst, dass ich diesen Mann auf der Bühne beschützen wollte. Wie eine Ehefrau.

Ich sah ihn an, bis er meinen Blick bemerkte, und formte mit den Lippen drei Worte: »Scheiß auf ihn.« Alex' Gesichtsausdruck wandelte sich augenblicklich von ängstlich zu amüsiert. Er streifte sein Jackett ab, krempelte seine Ärmel wie Bobby Kennedy hoch und setzte seine Rede fort, dieses Mal aus dem Stegreif und mit viel mehr Selbstvertrauen.

»Sie haben recht. Es stimmt, ich bin ein reicher Mann. Und ich bin nicht darauf angewiesen zu arbeiten. Wenn ich wollte, könnte ich meine Tage damit verbringen, in den Golf-Club zu gehen und mir teure Autos zu kaufen. Doch das tue ich nicht. Das habe ich noch nie getan.« Im Saal wurde es still. »Ich habe immer gearbeitet. Jeden Tag. Mit sechzehn war ich Freiwilliger in unserem Boys and Girls Club, dann bin ich dem Friedenskorps beigetreten. Später war ich stellvertretender Bezirksstaatsanwalt bei der Special Victims Unit. Denn, um John F. Kennedy zu zitieren: ›Von jenen, denen viel gegeben ist, wird viel verlangt.‹« Bei der Erwähnung unseres fünfunddreißigsten Präsidenten, eines Veteranen des Zweiten Weltkriegs, hätte man eine Stecknadel fallen hören können. Das einzige Geräusch kam von dem Eiswürfelbereiter, der leise vor sich hin brummte. »Aber ich habe vor allem deswegen gearbeitet, weil ich, na ja …«, er machte eine Pause und legte seine Hand auf das Mikrofon, dann schaute er grinsend ins Publikum, »… weil ich Golf auf den Tod nicht ausstehen kann.« Die Leute lachten und nickten, ein paar klatschten. Alex hatte sie für sich gewonnen, die Stimmung im Saal wechselte von unbehaglich zu wohlwollend. Ich stellte meinen Kaffeebecher auf den Boden und klatschte auch, meine Augen waren fest auf Alex' verführerisch schüchternes Lächeln geheftet. In meiner Erinnerung blitzte sein nackter Rücken auf, ich fühlte seine Lippen auf meinen … Ohne zu registrieren, dass alle anderen aufgehört hatten zu klatschen. Schon vor einer Weile. »Danke, Liebes. Ich weiß, deine Stimme ist die einzige hier im Saal, auf die ich definitiv zählen kann«, sagte Alex. »Das hoffe ich zumindest.«

Meine Wangen fingen an zu glühen. Aber den Leuten schien es zu gefallen, denn sie lachten freundlich und pfiffen anerkennend.

Nach einer Kindertagesstätte, vor der wir Hände schüttelten, und einer Seniorenresidenz, in der wir kurz den neuen Demenzwohnbereich besichtigten, informierte Frank uns darüber, dass der nächste Termin – ein Meet and Greet in einem Gemeindezentrum – wegen mangelnden Interesses abgesagt worden war. Wir saßen nun wieder in Franks Wagen, Alex und ich auf der Rückbank, weil der Beifahrersitz von einem Laptop, Broschüren, Karten und etlichen Dosen Minzpastillen besetzt war.

»So, Kinder, jetzt müssen wir eine Stunde totschlagen. Ich finde, wir sollten irgendwo etwas essen gehen«, sagte Frank. »Vorzugsweise in einem Restaurant mit Wählern aus unserer demografischen Zielgruppe.«

»Und die wäre noch mal?«, fragte ich betont lässig.

»Dieselbe wie schon das ganze Jahr, Abigail. Männer im Alter zwischen fünfundzwanzig und fünfundvierzig.« Er lachte und fügte hinzu: »Bei den Frauen und den Senioren kommen wir ganz gut an, die Männer hier in der Gegend ...«

»... können mich bedauerlicherweise nicht ausstehen«, ergänzte Alex.

»Das ist Unsinn«, widersprach Frank und rollte mit den Augen. »Denk doch mal an heute Morgen. Du hast die Männer überzeugt. Wir haben nur einen langen Weg vor uns.«

»Vielleicht brauchst du mehr Presse. Etwas Großes, Sensationelles«, schlug ich vor.

Frank schien darüber nachzudenken, aber Alex sagte sofort: »Nein! Beharrlichkeit führt zum Ziel. Außerdem wittert die Lokalpresse einen PR-Gag schon aus einer Meile Entfernung.«

Nun, nicht, wenn er gut inszeniert ist, hätte ich am liebsten gesagt, blieb jedoch still.

»Wenn mich meine Erinnerung nicht trügt, gibt es nicht weit von hier ein Diner«, sagte Frank und legte den ersten Gang ein. »Wir haben jetzt Mittagszeit, es dürfte also was los sein. Lasst uns dort mal vorbeischauen.«

Wohl vor lauter Begeisterung über seine Idee trat er beim Anfahren stärker auf das Gaspedal als nötig, und Alex und ich wurden mit einem Ruck in unsere Sitze zurückgedrückt. Wir lachten und hielten uns fest.

Leider war Franks Idee von einer »Arbeiteroase«, ein sechzig Jahre altes Lokal mit eingerissenen Ledersitzen, einem unebenen Boden und einem Fernseher, auf dem eine Gewinnshow lief, fast leer. Nur vier Tische waren besetzt. Die Gäste, die zwei Kellnerinnen und der Wirt machten zusammen zwölf potenzielle Stimmen. Mit zwölf Stimmen würde Alex Amanda nicht einholen – er benötigte mindestens zwölftausend. Dennoch stellte er sich den Leuten vor, dann steckten wir neben der sich drehenden Kuchenvitrine kurz die Köpfe zusammen, um zu beratschlagen, was wir tun sollten.

»Ich verstehe das nicht«, sagte Frank. »Gehen Blaumänner mittags nicht am liebsten in ein Diner?«

»Heute wohl nicht«, sagte Alex mit einem Achselzucken. »Vielleicht morgen?« Er und Frank sahen sich ratlos an.

»Morgen auch nicht«, bemerkte ich zaghaft. »Von denen, die ich kenne, hat keiner Zeit, sich mitten in der Woche in ein Diner zu setzen. Und schon gar nicht in eins, wo die Bedienung so langsam ist.« Ich deutete auf einen Gast, der unruhig mit seinen Fingern auf dem Tisch trommelte. Die Kellnerin ignorierte ihn. Alex und Frank sahen mich an. »Und es ist nicht nur das«, fuhr ich fort. »Die meisten Blaumänner, wie ihr sie nennt, machen schon um elf Mittagspause, weil sie seit fünf Uhr auf den Beinen sind. Und viele nehmen sich ihren Lunch von zu Hause mit.« Ich dachte an Jimmy und seine rote Kühlbox, die er jeden Abend für den nächsten Arbeitstag füllte: ein Sandwich, zwei Äpfel, Chips plus mindestens einen Liter ungesüßten Tee.

»Ach wirklich?« Frank schaute mich ungläubig an. »Seit wann kennst du dich mit den täglichen Ritualen der Arbeiterklasse im Delaware County aus?«

Sein Ton kränkte mich, aber Alex übernahm meine Verteidigung. »Vergiss nicht, Abbey ist hier in der Gegend aufgewachsen.« Er wandte sich an mich. »Was denkst du, wo sollen wir hingehen?«

Ich überlegte. In der Mittagszeit würde in der Bücherei nicht viel los sein, ebenso wenig in den Supermärkten. Auch im Sportcenter war abgesehen von ein paar Senioren noch niemand. Die Mall in der Mittagszeit? Dort sah es aus wie in einer Geisterstadt. Es gab nur einen Ort, der mir einfiel, wo die Leute immer Schlange standen … Die dazu noch ziemlich lang war. So lang, dass ich bei meinem letzten Besuch dort fast aufgegeben hätte.

»Ins Chipotle.«

»Wohin?« Alex sah verwirrt drein.

»Ins Chipotle. Du weißt schon, die mexikanische Schnellrestaurantkette. Der Typ war mal bei Oprah eingeladen.«

Alex sah Frank an, der sofort sein Smartphone zückte.

»Nachhaltig … Biobohnen … recycelte Servietten … bla, bla, bla«, murmelte Frank, während er durch das Internet scrollte. »Alles positive Meldungen, also okay.« Er sah Alex achselzuckend an, nahm dann seinen Autoschlüssel heraus und drückte die Eingangstür auf. »Nach Ihnen, Mrs. van Holt«, sagte er mit einem Hauch von Sarkasmus.

Als wir vor dem Chipotle ankamen, wir wählten die am zentralsten gelegene Filiale, erstreckte sich die Warteschlange bis hinaus auf die Straße, genau wie ich es prophezeit hatte. Frank entschuldigte sich und machte sich auf in den angrenzenden Supermarkt, um koschere Kost zu finden, mich und meinen Mann ließ er allein zurück.

Alex in dieser Umgebung zu beobachten, ließ mich vermuten, dass dies das erste Mal seit einer langen Zeit war, dass er ein Fast-Food-Restaurant besuchte – die Art von Lokal, in dem die Speisekarte in großer bunter Schrift über den Köpfen der Leute hing und nicht auf einem laminierten Blatt gedruckt war, das man in einer Ledermappe gereicht bekam. Es war ein bisschen so wie in dem griechischen Lokal, in dem wir nach dem Charity Ball gegessen hatten – ein Ort, der zwar *ihm* fremd war, nicht jedoch mir. Und es war amüsant zu sehen, dass er sich hier ein bisschen schwertat, selbst wenn es nur darum ging, den Unterschied zwischen Carnitas und Barbacoa herauszufinden.

Alex schien von der Auswahl begeistert zu sein. Er brauchte eine Ewigkeit, um an der Büfettausgabe voranzukommen, weil er sich fast alle Zutaten bestellte. Als die Frau hinter der Kasse fragte, ob wir auch Chips und Guacamole wünschten, sah er mich ratlos an.

»Sicher! Probier das. Es ist ein Avocadodip.«

Alex war offenbar von mir fasziniert. Und ein bisschen überrascht. Während wir uns Getränke in unsere Becher einschenkten, hielt ich mir vor Augen, dass Abbey van Holt nicht durch den Verzehr von Burritos diese makellose Figur hatte. Ich würde mein Bestes versuchen und nur die Hälfte meiner Portion essen. Aber nachdem ich in den letzten zwei Tagen so gut wie nichts gegessen hatte, konnte ich kaum widerstehen. Es roch einfach unfassbar gut.

Wir ergatterten die beiden letzten freien Plätze an einem Sechsertisch und setzten uns neben vier Männer, die alle ungefähr in unserem Alter waren und identische T-Shirts mit Firmenaufdruck trugen. Ich nickte unauffällig in ihre Richtung und murmelte leise: »Na, hab ich es dir nicht gesagt?«

Alex nickte unauffällig zurück und begann dann, seinen Burrito aus der Alufolie zu wickeln.

»Wow, der ist ja riesig!«, sagte er, während er die prall gefüllte Tortilla begutachtete und sich fragte, wo er zuerst hineinbeißen sollte. »Und das alles für nur acht Dollar!«

»Ich weiß. Sam liebt dieses Lokal.«

»Wer?«

Mist, ich hatte mich verplappert.

Merke: Du darfst dich nie zu sicher fühlen.

»Ein Bekannter von mir. Egal.« Ich lachte und wedelte mit der Hand, als wäre es unwichtig.

Alex biss in seinen Burrito und verdrehte beim Kauen genussvoll die Augen, dann beugte er sich zu mir und raunte: »Sag mir, Mrs. van Holt, betrügst du mich mit einem Mann namens Sam? Im Chipotle?«

»Ja. Ja, das tue ich.«

»Nun, ich kann es dir nicht verübeln. Dieser Ort hier ist magisch.«

Er biss wieder begeistert in seinen Burrito. Reis und Salsa tropften auf sein Hemd, auf das fettaufsaugende Papier, in das er eingewickelt war, und auf den Tisch.

Alex wischte die Kleckse und Krümel weg und erklärte seinem Tischnachbarn: »Lass dich nicht stören. Ich komm grad frisch aus dem Knast.«

Der Bärtige lachte, und ich sah, dass Alex sich darüber freute.

Gott, er ist so süß, dachte ich. Selbst wenn er auf einem runden Metallhocker saß, Diätlimonade aus einem Pappbecher trank und alles vollkleckerte. Würden die Wähler diesen Alex hier kennen – den witzigen, selbstironischen Burrito-Fan –, könnten sie gar nicht anders, als ihn sympathisch zu finden und ihn als einen der Ihren zu akzeptieren. Obwohl er manchmal Begriffe wie *vortrefflich* oder *vertrackt* benutzte und vierundzwanzig Stunden am Tag einen Schlips trug.

Er war mehr als das. Viel mehr.

Selbst Frank musste zugeben, dass der kurze Wahlkampfauftritt im Chipotle ein geschickter Schachzug gewesen war. Alex war richtig locker geworden und hatte ein paar echte Kontakte geknüpft, wie zum Beispiel zu seinem Tischnachbarn, der ihm, nachdem sie ihre gemeinsame Abneigung gegen grüne Chilis entdeckt hatten, die Hand geschüttelt und gesagt hatte: »Viel Glück, Bruder.«

Während der Fahrt zu unserem nächsten Termin stellte ich sicher, dass Frank erfuhr, wie viele Hände Alex im Chipotle geschüttelt hatte – über zweihundert – und wie cool es von dem Manager gewesen war, Alex hinter die Theke zu lassen, wo er sich im Burrito-Falten versucht hatte.

Aber Frank tat das alles ab, indem er uns langatmig erklärte, wie viel Arbeit immer noch vor uns lag. Ich begriff allmählich, dass er die Rolle des Zuchtmeisters übernahm, Alex ging das Ganze etwas lockerer an. Was wahrscheinlich erklärte, weshalb die beiden so ein gutes Team waren.

Der nächste Termin war in der South Westbrook High School, wo Alex eine Scheindebatte über Waffenkontrolle moderieren sollte. Direkt im Anschluss würde er dann auf der Nachmittagsversammlung des Elternverbandes sprechen. Das war eine gute Idee, weil es sich bei der South Westbrook um eine riesige öffentliche Highschool handelte, die von zweitausendfünfhundert Schülern aus den umliegenden mittelständischen Stadtteilen besucht wurde. Das weitläufige Schulgelände mit seinem Gebäudekomplex, der aus den Fünfzigerjahren stammte, erinnerte an ein kleines College samt Sporthalle, unzähligen Unterrichtsräumen und einem großen neuen Theater.

In der Schulaula wirkte Alex keine Spur nervös, er blühte beim Austausch mit den Schülern richtig auf und hörte konzentriert zu, während sie unbeholfen über das verfassungsmäßig geschützte Recht auf Waffenbesitz contra die Bedrohung durch Waffengewalt in einer freien Gesellschaft diskutierten. Als ein junges Mädchen bei ihrer Wortmeldung ins Stocken geriet, ging Alex zu ihm und flüsterte ihm etwas ins Ohr. Es lachte und konnte dann weiterreden.

Alex gab gerade den Debattierenden ein paar Tipps, als ein lang gezogenes Summen ertönte, und die Schüler hatten im Nu ihre Sachen zusammengepackt. Sie drängten aus der Aula, um zu ihren Bussen, Fahrrädern und verbeulten Autos zu gelangen. Als sie gegangen waren, half ich Frank und Calvin, auf dem Podium Metallstühle für die Mitglieder des Elternverbands in einem Kreis aufzustellen, während Alex mit einem potenziellen Förderer telefonierte. Kurz darauf kamen ungefähr zwanzig Frauen herein, die mir sofort vertraut vorkamen.

Seltsamerweise redete keine einzige von ihnen mit mir. Und wenn es mir tatsächlich gelang, zu einer Frau Blickkontakt aufzunehmen, beziehungsweise wenn ich versuchte, mich vorzustellen, erntete ich nur ein kurzes, verbissenes Lächeln. In meinem eng geschnittenen Calvin-Klein-Kostüm und den hochhackigen Stiefeletten stand ich außen vor.

Schließlich nahmen die Frauen auf dem Podium Platz, wie die Ritter der Tafelrunde in Mom-Jeans. Alex begann seine Ansprache und gab einen fünfminütigen Überblick über seine politische Agenda, dann nahm er Fragen entgegen. Sofort schossen zahlreiche Hände empor. Mehrere Frauen begannen, gleichzeitig zu reden, also deutete er auf eine Brünette mittleren Alters und bat sie anzufangen. Ich dachte, sie würde eine Frage zur Schulpolitik oder zur Gesundheitsfürsorge stellen, stattdessen machte sie die Taliban-Kämpfer zum Thema.

Eine andere Mutter wollte wissen, wie Alex zu der zweiwöchigen Wartezeit stand, die man hinnehmen musste, um eine Waffe zu erwerben. Wieder eine andere löcherte ihn mit Fragen zur Reform des Deliktrechts. Und noch eine andere fragte Alex, was er tun könne, um den Arbeitsplatz ihres Mannes in einem solarbetriebenen Werk zu sichern, nachdem der Gouverneur die Wind-, Solar- und Geothermieprämie gestrichen hatte.

Wow. Diese Frauen hier waren knallhart. Ich schämte mich, es zuzugeben, aber ich hatte erwartet, dass sie Fragen zu »Frauenthemen« wie Erziehung und Gesundheit stellen würden. Doch sie wussten alles über alles und jeden, kannten selbst die verworrensten Verfassungszusätze und die obskursten auslandspolitischen Maßnahmen. Ich nahm mir insgeheim vor, in Zukunft öfter Zeitung zu lesen.

Alex ging detailliert auf ihre Fragen ein, erklärte politische Richtlinien und Gesetzgebungsverfahren sowie den Klimawandel. Während er in dem Stuhlkreis auf und ab schritt, zitierte er Statistiken und persönliche Erfahrungen. Er gestand einer Frau sogar zu, dass sie die besseren Argumente hatte als er. Als er sich zum Thema Kriminalität äußerte, einem Thema, in dem er sich gut auskannte, setzte er sich auf seinen Stuhl und erzählte den Frauen, warum er Staatsanwalt geworden war. Ein Freund von ihm aus Kindertagen hatte seinen einzigen Bruder durch einen missglückten Überfall auf einen Supermarkt verloren. Einen Tag nach der Beisetzung hatte Alex sein Hauptfach gewechselt – von BWL zu Jura. Falls die Mütter nicht längst schon auf Alex' Zug aufgesprungen waren, saßen sie spätestens jetzt an Bord.

Ich ließ die Runde unter sich – gerade wurden alternative Energiequellen diskutiert – und verließ leise das Gebäude, um kurz zu Hause anzurufen. Die frische Herbstluft tat gut, nachdem wir den ganzen Tag drinnen verbracht hatten.

May hob nach dem sechsten Klingeln den Hörer ab.

»Hallo, May, ich wollte nur mal kurz hören, wie es aussieht«, sagte ich.

»Wie bitte?«

»Hier ist Mrs. van Holt. Ich wollte nur mal kurz hören, wie es den Kindern geht.«

»Oh.«

»Hatte Sam ... Verzeihung, hatte Van einen schönen Tag?«

»Ja.«

»Hat er gut gefrühstückt?«

»Ja.«

»War er an der frischen Luft?«

»Ja.«

Würden Sie bitte aufhören, mir nur einsilbig mit Ja zu antworten, und stattdessen mal konkreter werden?, hätte ich am liebsten in den Hörer gebrüllt. May schien nie mehr Informationen preiszugeben als das Minimum, und das mit möglichst wenigen Silben. Ich wusste, das lag nicht an einer Sprachbarriere – Mays Englisch war ziemlich gut. Am

Morgen hatte sie Gloria fließend eine Spielanleitung vorgelesen, und aus ihrer Umhängetasche hatte ein dickes Fachbuch über Analysis herausgeguckt sowie eine literarische Monatszeitschrift. Außerdem hatte sie Alex beim Frühstück einen Witz erzählt. Vielleicht war sie nur in der Nähe von Mrs. van Holt so zugeknöpft.

»Gut, geben Sie ihm einen Kuss von mir. Wir sehen uns dann später. Wahrscheinlich kommen wir so zwischen halb sechs und sechs nach Hause. Allerspätestens um sieben.«

»Ja.«

Ich ließ mir Zeit, bevor ich in die Aula zurückkehrte, weil ich das Bedürfnis nach einer kleinen Pause von den politischen Gesprächen hatte. Ich zog meine Jacke fester um mich und schlenderte die überdachten Außenwege entlang, die mit diversen Varianten von Buster, der Bulldogge, dem Schulmaskottchen, bemalt waren. Ich kannte Buster gut. Meine Tennismannschaft in der Highschool war früher nicht selten von den Lady Bulldogs niedergemacht worden.

Die Picknicktische und Mülltonnen auf dem Pausenhof quollen von den Resten des heutigen Mittagessens über. Ich ließ mich auf eine Bank plumpsen, stellte meine Umhängetasche neben mich und streifte meine Stiefeletten ab. Dann zog ich meine schmerzenden Füße hoch auf die Bank und atmete tief durch.

Ein junges Mädchen trottete an mir vorüber, mit hängendem Kopf, die Schultern gekrümmt unter dem Gewicht seines vollgepackten Rucksacks. Es trug eine zu kurze, zu blaue Jeans und ein verwaschenes Sweatshirt, sein Gesicht war hinter einer Brille und langen strähnigen Haaren verborgen. Das einzige modische Accessoire waren rot-grüne Bowlingschuhe, die sie noch jünger und linkischer aussehen ließen, statt ihr Coolness zu verleihen, auf die sie damit ganz sicher abgezielt hatte. Sie wirkte, als ob sie so wenig Aufsehen wie möglich erregen wollte, selbst hier, wo sie nur von einer Fremden beobachtet wurde.

Ich musste an mich selbst in diesem Alter denken, an meine eigene pubertäre Befangenheit, die ständig leicht gebeugte Haltung, um meine Größe zu verbergen. Ich erinnerte mich, dass meine Mutter immer mit mir schimpfte, weil ich nicht gerade stand und schlimmer noch, weil ich wie alle anderen sein wollte. Roberta war eine Frau, die dafür lebte aufzufallen, wahrgenommen zu werden. Aber es gefiel ihr, dass ich klug war, und sie versuchte nie, mir das Büffeln auszureden, damit ich cool oder populär wurde. Sie bewunderte Menschen, die Latein konnten und Integralrechnung und die noch etwas anderes lasen als Promibiografien und Horoskope. Sie mochte es, dass meine Nase immer in einem Buch vergraben war, selbst wenn mich dafür keiner zum Abschlussball einladen wollte. Und tatsächlich war das auch der Grund, warum wir in einem traurigen kleinen Kaff mit niedrigen Mieten, eingekeilt von schickeren Nachbargemeinden wohnten – es lag direkt im Lower Merion School District, einem der besten Schulbezirke im Land.

Das Leben mit Roberta war ein ständiger Kampf. Mit ihren engen Outfits, ihren lauten Witzen und ihrem Mangel an Feingefühl brachte sie mich oft in Verlegenheit. Ich vermied es daher tunlichst, sie zu erwähnen oder einzubeziehen, und ich bemühte mich sehr, die Tatsache zu verbergen, dass ich ohne Vater aufwuchs und dass wir in einer Mietwohnung lebten. Ich wollte wie die beliebtesten Mädchen der Schule sein, die hübschen, quirligen, die in alten Kolonialhäusern lebten, die Hockey spielten und Reitstunden hatten und deren Väter morgens im Anzug das Haus verließen mit einer dampfenden Tasse Kaffee, auf die das Logo einer Kanzlei gedruckt war.

Trotz Robertas Drängen lud ich nie andere Mädchen ein, bei mir zu übernachten. Und ich hielt meine Mutter mit allen Mitteln davon ab, meine Tennisspiele und Celloaufführungen zu besuchen – ich schreckte nicht einmal davor zurück, ihr falsche Anfangszeiten zu nennen. Als alle sich über die Frau in der Werbung auf den Einkaufswagen lustig machten, die ein knappes, enges Tennisdress trug und sich zum Ass der Main-Line-Immobilien erklärte, lachte ich zusammen mit den anderen, aber innerlich schämte ich mich. Zuzugeben, dass ich diese Frau nicht nur kannte, sondern dass ich zudem ihr einziges Kind war, hätte ich niemals fertiggebracht.

Inzwischen selbst Mutter, war ich nicht stolz auf mein Verhalten damals, aber ich konnte es nachvollziehen: Für ein linkisches, intelligentes Mädchen mit einer beschränkten sozialen Kompetenz, einer fragwürdigen Garderobe und Körbchengröße 34A war es eine Belastung zu viel, eine Mutter wie Roberta zu haben. Es gab eben nur eine begrenzte Anzahl von Anomalien, über die die beliebten Mitschülerinnen hinwegsehen konnten.

Folglich befiel mich blankes Entsetzen, als ich nur wenige Tage vor unserer Klassenfahrt erfuhr, dass Roberta sich als Begleitperson eingetragen hatte.

»Du hasst Flugzeuge, du hasst die Luftfeuchtigkeit, und du hasst Moskitos«, schrie ich sie nachmittags in unserer Pantryküche an, ohne dass es mich kümmerte, ob die Nachbarn im Haus mich hören konnten. »Warum willst du also mitkommen?«

»Direktor Myrtle hat mich gefragt«, antwortete sie mit ruhiger Stimme und nahm einen pinkfarbenen Plastikbecher aus der Spülmaschine. »Und da ich für deine Schule nie viel getan habe, dachte ich, dass ich wohl jetzt mal an der Reihe bin.«

»Nun, dann ruf ihn an und sag ihm, dass du nicht kannst!« Ich folgte ihr ins Wohnzimmer zu dem weißen Korbsofa und dem mit Muschelschalen übersäten Couchtisch. »Außerdem glaube ich nicht, dass du gebraucht wirst. Ich habe nämlich gehört, dass sie schon genügend Begleitpersonen zusammenhaben.«

Sie kaufte es mir nicht ab und wedelte mich mit der Hand weg, dann ließ sie sich auf das Sofa plumpsen. Daraufhin änderte ich meine Taktik. Ich probierte es mit der brutalen Wahrheit.

»Mom, ich möchte wirklich nicht, dass du mitkommst.«

»Das merke ich, Abigail«, erwiderte sie, stellte ihren Diätshake zur Seite und griff nach der TV-Zeitschrift. »Aber ich habe bereits fest zugesagt. Also finde dich damit ab.«

Dies löste wochenlanges Schmollen aus, bis Roberta eines Abends fragte: »Was ist denn schon dabei, Schätzchen? Das wird bestimmt lustig. Ich verspreche dir, ich werde dich nicht blamieren.«

»Ja, klar«, brummte ich und stürmte aus dem Zimmer.

Bei der Klassenfahrt, die in meinem letzten Schuljahr für die Herbstferien geplant war, handelte es sich um einen siebentägigen »Arbeitsurlaub« in Costa Rica. Wir sollten beim Aufbau einer Einraumschule in einem kleinen Dorf nahe Puerto Limón helfen. Ich hatte den ganzen Sommer in unserem örtlichen Lebensmittelmarkt gejobbt, um die Teilnahmegebühr in Höhe von vierhundertfünfzig Dollar aufzubringen, und ich freute mich sehr auf meinen ersten Auslandsaufenthalt. Die weiteste Reise, die ich bis dahin gemacht hatte, war nach Virginia Beach gewesen, um meine

Grandma Gloria zu besuchen – und das nur für ein verlängertes Wochenende, da zwischen meiner Mutter und meiner Großmutter Einigkeit bestanden hatte, dass vier Tage mehr als genug waren, um die Familienbande generationenübergreifend zu pflegen.

Roberta als Begleitperson würde mir meine Klassenfahrt ruinieren. Ich tat weiterhin alles, was ich konnte, um sie davon abzubringen – begleitet von strafendem Schweigen, Tränen, Bestechungsversuchen –, aber ihr Entschluss stand fest. Sie würde mitkommen.

Also flogen wir zusammen nach Costa Rica. In den ersten sechs Tagen verlief unser Aufenthalt ohne große Zwischenfälle. Roberta hielt sich an ihr Versprechen und blieb meistens im Kreis der anderen Begleitpersonen. Sie tat so, als würde es ihr nichts ausmachen, was die Luftfeuchtigkeit mit ihren Haaren anrichtete. Ihre Outfits waren so züchtig, wie es die Hitze erlaubte, es war das allererste Mal überhaupt, dass ich sie in einem Badeanzug sah. Sie versuchte auch nicht, mit uns abzuhängen beziehungsweise so zu tun, als wäre sie ein Teenager wie ein paar andere Eltern mit ihren schlechten Witzen und altmodischen Empfehlungen. Sie spielte die Rolle der Begleitmutter und Erwachsenen überzeugend – sie hatte ein Auge auf uns, wahrte jedoch gleichzeitig eine gesunde Distanz.

Obwohl die Schüler – Fußballer, Theaterfreaks, Cheerleader, Möchtegernkünstler und Außenseiter ohne Clique wie ich – einen unterschiedlichen sozialen Status hatten, schienen sich alle gut zu verstehen. Vielleicht lag es daran, dass wir das einfache Leben der costa-ricanischen Dorfbewohner teilten, oder an der unglaublich harten Arbeit, oder einfach daran, dass wir zweitausend Meilen von unserer Schule entfernt waren und die künstlichen Mauern, die uns sonst voneinander trennten, begannen zu bröckeln und machten Raum für das Erblühen echter Freundschaften. Auch meine Mutter, die normalerweise körperliche Arbeit scheute, schien ihre Freude daran zu haben, tagsüber Dachnägel einzuschlagen und abends im Laternenschein Scharade zu spielen. Ich traute mich nicht, es ihr zu sagen, doch ich war beinahe froh, dass sie da war.

Und dann, am letzten Abend – die Katastrophe.

Eine Gruppe von Begleitpersonen beschloss zu feiern, dass sie die Woche überstanden hatten, ohne ein einziges Kind durch einen Schlangenbiss oder an einen Menschenhändler verloren zu haben. Sie planten, eine Cantina im Dorf aufzusuchen und uns mit dem Direktor und seiner Frau allein zurückzulassen. Eigentlich war der Plan geheim, einer meiner Klassenkameraden, der von Montezumas Rache heimgesucht wurde und die Latrinen draußen kaum verlassen konnte, hörte allerdings zufällig mit und verbreitete daraufhin großzügig die Neuigkeit. Es war die perfekte Gelegenheit für einen verbotenen Ausflug.

Ein paar Wortführer weihten alle anderen ein und sammelten Geld für ein oder zwei Flaschen Guaro, den selbst gebrannten süßen Zuckerrohrschnaps, für den in Costa Rica überall geworben wurde. Ermutigt durch die neuen Freundschaften und weil ich die anderen beeindrucken wollte, erklärte ich mich bereit mitzumachen.

Wir warteten, bis unser Direktor seinen letzten Rundgang durch die Hütten gemacht hatte, und schlüpften dann wie ein Teenagerkommando aus den Fensteröffnungen. Wir waren nur sieben, fünf Jungs und zwei Mädchen, außer mir noch die Anführerin der Cheerleader, Melanie McCarthy. Auf Zehenspitzen schlichen wir hinter den Hütten entlang zu dem Dschungelpfad, der ins

Dorf führte, unsere Schritte wurden von einem Chor aus Insekten gedämpft.

In dem kleinen Dorf genossen ein paar Einheimische ihren Freitagabend und schlenderten durch die breiten, dreckigen Straßen oder plauderten mit den Nachbarn. Hin und wieder knatterte ein Moped oder ein Minivan ohne Türen vorbei – die aufgestöberten Hühner gackerten wütend davon. Unsere Gruppe stieß auf einen abgelegenen gepflasterten Platz, von dem aus man das Meer sehen konnte. Wir machten es uns dort gemütlich und ließen die beiden Schnapsflaschen kreisen. Ein süßer Fußballer setzte sich neben mich und legte schließlich seinen Arm um meine Taille. Eine willkommene Brise wehte vom karibischen Meer herüber, die die Luftfeuchtigkeit erträglich machte und gleichzeitig die Insekten vertrieb.

Die Zeit verrann gemächlich, während wir lachten und plauderten und uns gegenseitig aufzogen. Wir wurden immer lauter, je stärker der Alkohol unsere Sinne benebelte. Als der Schnaps zur Neige ging und keiner von uns so betrunken war, wie wir gehofft hatten, kehrten wir zurück ins Dorf, um einen Laden zu finden, der noch geöffnet hatte.

Da wir wussten, dass unsere Aufsichtspersonen irgendwo in der Nähe waren, wahrscheinlich sogar draußen saßen, mieden wir die Hauptstraße und benutzten stattdessen einen schmalen Pfad, der hinter einer Reihe von Geschäften und Restaurants entlangführte. Melanie und ich liefen kichernd voraus, während die Jungs uns nachjagten. Als wir fast das Ende des Dorfes erreicht hatten, bogen wir in eine kleine Gasse ab, die zu einer Bodega führte, und da sahen wir Roberta. Oder besser gesagt, sie und *ihn.*

Roberta lehnte an einer Wand, ihre blonden Haare und ihr weißes Baumwollkleid leuchteten im tropischen Mondschein. An sie gepresst, die langen Beine weit gespreizt, war Mr. Johnson, unser Berufsberater in der Highschool und die einzige andere Begleitperson, die Single war. Er küsste den Hals meiner Mutter. Die beiden waren so sehr miteinander beschäftigt, dass sie weder das Geräusch von vierzehn Flipflops wahrnahmen, die näher kamen und dann stehen blieben, noch die kleine Staubwolke, die wir aufgewirbelt hatten.

»Mom!«, rief ich entsetzt.

Die beiden schauten herüber, die Münder zu einem überraschten O geformt.

»Abigail?«

Mr. Johnson trat rasch einen Schritt zurück und strich sein Hemd glatt. Hinter mir ließ jemand eine Flasche fallen, sie landete mit einem Klirren auf dem Boden.

Roberta und ich standen da und starrten uns an, unsere Gehirne lieferten sich ein Wettrennen, um den Schock zu überwinden und zu einer handlungsfähigeren Emotion zu wechseln – Wut. Ich war schneller.

»Was zum Teufel …«, begann ich. Ich konnte es nicht fassen. Es war passiert, nur wenige Stunden vor unserer Abreise hatte Roberta es sich wieder einmal nicht verkneifen können, ihre Verführungskünste auszuprobieren, und dieses Mal hatte es den süßen verwitweten Mr. Johnson getroffen, einen Mann, der erst im vergangenen Jahr seine Frau verloren hatte.

Roberta ignorierte meinen Fluch und wandte sich an die Gruppe. »Was macht ihr um diese Zeit noch hier draußen?«, fragte sie mit ihrer Aufsichtsstimme.

»Bravo, Mr. J!«, rief ein Junge hinter mir. Ein paar von uns lachten.

»Ihr durftet das Camp nicht verlassen«, erwiderte Mr. Johnson scharf und bewegte sich auf uns zu, stolperte jedoch über eine Baumwurzel, die halb aus dem Boden ragte. Während er sich wieder aufrichtete, drehten die anderen sich um und rannten davon, sodass ich mit den beiden Erwachsenen allein zurückblieb.

»Du hast es mir versprochen«, flüsterte ich, bevor ich mich ebenfalls umdrehte und davonstürmte.

»Abigail, warte!«, hörte ich Roberta rufen, aber ich blieb nicht stehen.

Ich rannte weiter, bis ich meine Hütte erreichte, völlig außer Atem. Ich hievte mich durch das Fenster und schürfte mir dabei beide Schienbeine auf, dann warf ich mich auf meine Metallpritsche. Ich machte mir nicht einmal die Mühe, meine verschwitzten Sachen auszuziehen, geschweige denn meine Schuhe, sondern rollte mich einfach auf meinem Bett zusammen und betete um Schlaf.

Bedauerlicherweise kam der nicht. Ich wusste, dass die Geschichte sich wie ein Lauffeuer im Camp verbreitete, geflüstert von einer Pritsche zur nächsten, mit jeder Wiederholung stärker ausgeschmückt. Ich wusste auch, wie schnell diese Geschichte am Montag in der Schule die Runde machen würde. Und ich wusste, dass wegen einer einzigen Minute am letzten Abend unserer Klassenfahrt, Tausende Meilen von meinem Heimatort entfernt, mein letztes Schuljahr von Spott und Häme begleitet sein würde, statt das beste Jahr im Leben eines jungen Mädchens zu sein, und dass mein sozialer Status fallen würde, von unspezifisch zu ausgestoßen.

Und das alles wegen Roberta. Ich konnte es kaum erwarten, aufs College zu gehen und sie los zu sein.

Es war nach acht Uhr, als Frank die Stadtautobahn verließ und durch die dunklen, baumgesäumten Straßen fuhr, die uns zurück zum Rittenhouse Square führten.

»Abbey, ich muss zugeben, du warst heute großartig«, sagte Frank über seine Schulter hinweg. »Das war das erste Mal, dass ich dich so entspannt mit den Wählern erlebt habe. Weiter so, Mädchen. Zumindest noch eine Woche lang.«

»Was war mit dir los?«, fragte Alex in neckischem Ton. »Ich dachte, du hättest diese strikte ›Keine Umarmungen‹-Regel.«

»Habe ich das?«

Er lachte und konzentrierte sich dann wieder auf sein Handy, während ich mir Gedanken machte über die andere Mrs. van Holt. Ich nahm an, das Leben auf Wahlkampftour hatte bei ihr eine richtige Ansteckungsphobie ausgelöst. Oder einen kalten Fisch aus ihr gemacht.

Trotzdem freute ich mich über Franks Anerkennung. Den ganzen Tag hatte ich mich angestrengt, die beste Mrs. van Holt zu sein, die jeden mit einem strahlenden Lächeln und einem Händedruck begrüßte, hatte sittsam und hingebungsvoll den Worten meines Mannes gelauscht und so viele Babys und Hunde und Knieprothesen wie möglich bewundert. Aber es war nicht einfach, den ganzen Tag auf Empfang zu sein, besonders wenn man gleichzeitig nicht vergessen durfte, dass es keine Abbey Lahey gab.

Es war auch nicht einfach zu hören, dass Alex mich als jemanden darstellte, der sich von unten hochgearbeitet hatte. Ich hatte mitbekommen, wie er zu einem Vater gesagt hatte, dass er wisse, wie schwer es sei, ein Studium zu finanzieren, schließlich sei seine Frau damals auch auf Stipendien angewiesen gewesen. Das stimmte nicht. Das einzige Stipendium, das ich jemals erhalten hatte, war ein Preisgeld von fünfhundert Dollar gewesen – ich hatte den Schreibwettbewerb unserer Lokalzeitung gewonnen. Der Text handelte davon, wie gefährlich es auf den Radwegen unserer Stadt geworden war, und ich vermute, ich war die einzige Einsenderin. Bei dem Treffen mit den Müttern hatte Alex einer Frau erklärt, dass er die Sorgen von Alleinerziehenden nur allzu gut nachvollziehen könne. »Meine Schwiegermutter – auch eine alleinerziehende Mutter – erzählte mir, dass es Tage gab, an denen sie sich entscheiden musste, ob sie die Stromrechnung bezahlte oder etwas zu essen auf den Tisch brachte«, hatte er dem Publikum kopfschüttelnd offenbart. Ich hatte auch den Kopf geschüttelt, bis mir bewusst geworden war, dass er meine Mutter meinte.

Roberta war viel zu stolz und zu gut organisiert, um eine Rechnungszahlung zu versäumen. Das einzige Mal, dass wir keinen Strom gehabt hatten, war gewesen, als ein betrunkener Autofahrer den Trafokasten auf unserer Straße gerammt und in einem Umkreis von drei Straßenblöcken die Leitungen lahmgelegt hatte. Tatsächlich war es Roberta gewesen, die für Abhilfe gesorgt hatte, indem sie, ganz Erin-Brokovitch-mäßig, dem Stromversorger mit ihrem Dekolleté und ihren nicht so leeren Drohungen Beine gemacht hatte.

Ich hatte während der Fahrt mit mir gerungen, ob ich Alex auf seine Übertreibungen ansprechen sollte, aber als Frank nun vor unserem Haus in der zweiten Reihe hielt und Alex um den Wagen eilte, um mir die Tür aufzuhalten, fragte ich mich, ob es wirklich von Bedeutung war. Als Alex mich an die Hand nahm und mich zum Eingang geleitete, beschloss ich, die Sache zu vergessen.

Zurück in der Wohnung, zog Alex sich zum Joggen um, ich schminkte mich im Bad ab. Danach ging ich hinüber in den begehbaren Kleiderschrank, um mich auszuziehen und meinen Schmuck abzulegen, stockte jedoch kurz, als ich den abgegriffenen Schmuckkasten aufzog. In der Mitte lag, einsam und allein, ein tropfenförmiger Diamantohrring.

Voller Gewissensbisse kroch ich die nächsten zwanzig Minuten auf allen vieren durch den Raum, das Bad und das Schlafzimmer. Dann ging ich langsam den Weg ab, den ich am Abend zuvor gekommen war, zur Wohnung hinaus, durch den Flur und in den Aufzug. Unten in der Lobby suchte ich den ganzen Boden ab, schaute in sämtliche Ecken, wühlte sogar im Abfalleimer. Ich hinterließ dem Portier eine Nachricht auf seinem Tisch, dass er mich möglichst schnell kontaktieren solle. In dem Moment fiel mir das griechische Restaurant ein. Ich fand die Telefonnummer im Internet und rief direkt dort an. Die Frau konnte sich zwar an uns erinnern, aber nein, sie hatte keinen Ohrring gefunden. Ich bat sie, noch einmal nachzusehen und wartete so lange, musste mich schließlich jedoch damit begnügen, meinen Namen zu hinterlassen und eine exorbitante Belohnung in Aussicht zu stellen.

Auch wenn es sinnlos war, aber die letzte Möglichkeit war draußen vor dem Haus, also suchte ich den Eingangsbereich ab und die großen Blumenkästen aus Beton. Ich leuchtete mit meinem Handy gerade in eine große Abacá-Pflanze und durchwühlte die Erde, auf ein Wunder hoffend, als mein Handy klingelte.

»Mrs. van Holt?«, fragte jemand. Die Stimme kam mir vage bekannt vor.

»Ja?«

»Sie haben versprochen, sich bei mir zu melden.«

»Oh! Pater Ferguson! Wie geht es Ihnen?« Beim Klang seiner Stimme, rau vom Alter, musste ich an Miles, meinen Schwiegervater, denken. Ich schluckte.

»Ist etwas passiert?«, erwiderte er. »Soll ich lieber später wieder anrufen?«

»Nein, es ist nur … Ich habe etwas Wichtiges verloren.«

»Ach du meine Güte. Bestimmt taucht es bald wieder auf«, sagte er. »Das haben Dinge so an sich.«

»Ja, aber es ist etwas, das niemand freiwillig zurückgeben würde. Und es gehört mir nicht.«

»Nun, ich verspreche Ihnen, eine Fürbitte zum heiligen Antonius zu sprechen. Er enttäuscht mich nur selten. Also, wann werde ich denn nun Ihr hübsches Gesicht bei uns im Holy Rosary zu sehen bekommen? Morgen vielleicht?«

»Ich weiß nicht. Ich meine, ich muss das erst mit Alex absprechen.«

»Warum lassen Sie Ihren Mann nicht aus der Sache heraus? Er wird sicher nichts dagegen haben, mal für ein paar Minuten auf Sie zu verzichten. Kommen Sie nach dem Lunch. Wir sind auf der 58. Straße, Hausnummer 23, ein Backsteingebäude, vor dem ein Schild steht. Fragen Sie einfach nach mir, wenn Sie da sind.«

Der Ton in seiner Stimme war so beruhigend, so tröstend, dass ich unwillkürlich zusagte.

»Und … Abigail?«

»Ja?«

»Ich hoffe wirklich, dass Sie finden, wonach Sie suchen.«

Wieder zurück in der Wohnung, schaute ich nach den schlafenden Kindern. Ich starrte jedes von ihnen fünf Minuten lang an und lauschte dem friedlichen Rhythmus ihres Atems. Ich schob Sams rosa Fuß zurück unter die Decke und streifte Gloria die verschwitzten Locken aus der Stirn. Ihr Gesicht wirkte unheimlich ernst im Schlaf. Mich durchzuckte ein schlechtes Gewissen, weil ich nicht zu Hause gewesen war, um meine Kinder ins Bett zu bringen, weil ich die unzähligen Momente verpasst hatte, die einen Tag, den man mit Kindern verbrachte, so unvergleichlich machten.

Erschöpft kehrte ich zurück in meinen begehbaren Kleiderschrank und suchte nach etwas Bequemem fürs Bett. Ganz hinten in einer Schublade fand ich etwas, das ich wiedererkannte: ein vom vielen Waschen verfärbtes und ausgeleiertes T-Shirt von der Villanova University. Ich streifte es mir über und schob dann die Satinstrings und die transparente Reizwäsche zur Seite, um den gemütlichsten Slip und die dicksten Socken herauszunehmen, die ich finden konnte. Ich drehte meine Haare zu einem wuscheligen Knoten. Aschenputtel war todmüde. Aschenputtel wollte flauschige Pantoffeln, einen Kräutertee und eine Klatschzeitschrift.

Alex war noch nicht zurück, also trottete ich in die Küche, denn plötzlich verspürte ich einen Riesenhunger. Ich nahm mir aus dem Küchenschrank ein Glas und öffnete den Kühlschrank. Es gab keine übrig gebliebenen Käsemakkaroni, keine Erdnussbutter, keine Cracker, nicht einmal einen Babyjoghurt. Nur ein paar rohe Steaks, Blattgemüse, Trauben und reihenweise Biosäfte: Grünkohl, Karotte und Rote Bete. Ich schaute in die Küchenschränke, wurde aber wieder enttäuscht. Schließlich entdeckte ich in der Speisekammer eine Schachtel Trüffelpralinen mit dunkler Bioschokolade. Ich sagte mir, dass ein oder zwei davon meine neue Figur nicht ruinieren würden, vor allem da ich seit dem Burrito am Mittag kaum etwas gegessen hatte.

Leider wurden aus einer halben Praline zwei, drei, vier, und als Alex von seiner Laufrunde zurückkehrte, hatte ich schließlich die ganze Schachtel geleert.

»Wow«, sagte er und musterte grinsend mein T-Shirt und meine Frisur. »Unsere Kinder müssten Fußball spielen, wenn ich mit einer Soccer Mom verheiratet bin.«

»Ha, ha«, erwiderte ich, obwohl ich mir nicht sicher war, ob er es scherzhaft gemeint hatte. Ich löste meinen Haarknoten und sank mit dem Barhocker ein Stück tiefer.

Alex schnappte sich eine Wasserflasche und schraubte den Deckel auf, dann hielt er inne, um zu beobachten, wie ich Schokolade von meinem Daumen leckte.

»Alles okay?«, fragte er.

»Sicher. Warum?«

»Du isst doch sonst nie etwas nach acht Uhr. Und schon gar nicht Schokolade.«

»Oh«, sagte ich und schob verlegen die leere Pralinenschachtel weg. »Ich war einfach hungrig. Und müde.«

»Nur müde? Du verhältst dich nämlich ein wenig seltsam. Ist es wegen deiner Kopfverletzung? Vielleicht solltest du einen Termin bei Dr. Cohen machen.«

»Ich fühl mich gut. Wirklich.«

»Ganz sicher? Manchmal wirkt es, als hättest du keinen blassen Schimmer, was um dich herum los ist. Als wäre das alles hier neu für dich.«

Mist.

Ich biss auf meine Unterlippe und schaute durch die Küche. Alex sah mich mit hochgezogener Augenbraue an, während er auf eine Antwort wartete. Als ich still blieb, seufzte er und fuhr gereizt fort: »Ich glaube, du hast gar keine Vorstellung davon, wie schwer das alles ist, wie viele Menschen im Moment auf mich zählen.«

Sollte das ein Witz sein? Als hätte ich ihn heute nicht zu siebenundvierzig Terminen begleitet und den ganzen Tag die pflichtbewusste Mrs. van Holt gespielt. Im Grunde sollte ich gar nicht hier sein. Vielmehr sollte ich in Grange Hill sein und Wäsche falten und Lunchboxen vorbereiten. Wut stieg in mir hoch.

»Ich weiß sehr wohl, wie wichtig das alles ist«, sagte ich in demselben gereizten Ton wie er. »Und ich versuche wirklich, mein Bestes zu geben. Ich strenge mich sehr an, die Person zu sein, die du haben möchtest!«

»Die Person, die *ich* haben möchte?«, wiederholte er spöttisch. »O bitte.«

Er schleuderte seine Flasche in den Mülleimer und verließ die Küche. Ich blieb zitternd und verwirrt zurück. Und das alles wegen eines ollen T-Shirts und einer gemütlichen Unterhose?

Ich saß ein paar Minuten lang in der hell erleuchteten Küche und fragte mich, was gerade geschehen war, dann stand ich auf und folgte Alex. Ich hörte das Wasser in der Dusche rauschen, also verzog ich mich mit meinem iPhone ins Bett. Ich checkte mein Postfach, in der Hoffnung, dass ich eine Antwort von meiner Mutter hatte, aber da war nichts, außer mehreren »dringenden« Nachrichten von Betsy wegen einer Charity-Modenschau in der kommenden Woche. Schon wieder eine Spendenveranstaltung? Es war ein Wunder, dass die van Holts überhaupt noch Geld hatten, wo sie doch so sehr damit beschäftigt waren, es zu verschenken.

Ich wartete auf Alex, doch das Wasser in der Dusche lief und lief. Ich zog die schwere weiße Bettdecke bis zu meinen Schultern hoch, rieb mir schläfrig die Augen, kaute auf meiner Unterlippe, dann an meinen Fingernägeln. Schließlich sah ich mich nach einer Lektüre um.

Der glatte moderne Nachttisch bot nichts außer einer Lampe und einem Wecker aus Kristallglas. Ich wollte gerade aufgeben, als ich auf der Rückseite des Nachttisches einen kleinen Hebel aus Messing entdeckte, ähnlich dem Schlüssel eines Aufziehspielzeugs. Ich drehte ihn leicht, und die Rückseite des Schränkchens öffnete sich zur Wand. Sie gab zwei Innenfächer frei.

Darin befanden sich Taschentücher, Gesichtscreme, Handcreme, Fußcreme, eine Duftkerze sowie ein paar Bücher und Zeitschriften. Ich nahm zwei Kataloge heraus, eine gebundene Ausgabe von *Born to run* und ein Werk über das Sammeln von Kunst. Ich legte beide Bücher zur Seite und tastete tiefer in die Fächer hinein. Von ganz hinten zog ich *Die kühle Woge des Glücks* von Edith Wharton hervor. Unglaublich! Das war genau das gleiche Buch, das ich gerade zu Hause las. Nur dass Abbey van Holt erst ein paar Seiten weit gekommen war. Sie musste noch herausfinden, dass Undine Spragg zuerst Ralph Marvell heiratet, dann einen französischen Grafen und schließlich den guten alten Elmer Moffat, und dass sie trotzdem unzufrieden war. Es gab auch hier, wie in den meisten Romanen von Wharton, kein Happy End.

In diesem Moment schien eine leise Stimme von der anderen Seite des Bettes meinen Namen zu rufen. Es war die von Alex' Nachttisch, der mich lockte, einen Blick auf seinen Inhalt zu werfen. Ich beugte mich hinüber und ließ die Tür mit einem leisen Klicken aufspringen. In den Fächern lagen ein iPod mit Kopfhörer, eine Packung Benadryl, Münzgeld, eine Nagelzange und zwei Biografien – eine über John Adams, die andere über Jay Z. Ich klappte die Jay-Z-Biografie auf, neugierig, ob Alex sie tatsächlich las, und ein Lesezeichen flatterte heraus: ein Foto von mir mit Sam auf dem Arm. Wie süß.

Das Wasserrauschen im Bad verstummte. Eine Tür ploppte auf und wieder zu. Schritte. Ich krabbelte hektisch auf dem Bett herum, räumte alles wieder in die beiden Nachttische. Ich schaffte es gerade noch so, als Alex auch schon in einer gestreiften Pyjamahose hereinkam. Ich beobachtete, wie er auf seine Seite ging und sich auf das Bett setzte, ohne mich zu beachten. Sein glatter, muskulöser Rücken war noch feucht vom Duschen.

Ich wartete darauf, dass er etwas sagte, dass er unser Gespräch fortsetzte, doch er drehte sich nur zu mir um, zwinkerte mir zu und legte sich dann hin. Er griff nach einer Fernbedienung und drückte auf eine Taste, und im Zimmer wurde es dunkel.

Das war's? Ein Zwinkern? Er hatte doch sicher mehr zu sagen. Er würde das doch mit mir ausdiskutieren. Aber nach zwei, drei Minuten des Schweigens wurden seine Atemzüge gleichmäßiger. Er war im Begriff einzuschlafen.

»Alex?«

»Ja?«

»Es tut mir leid.« Ich war mir nicht sicher, wofür ich mich entschuldigte, ich dachte dennoch, dass dies ein guter Anfang sei.

»Vergiss es.«

Ich wartete auf mehr, aber da kam nichts. Ich setzte mich auf und knipste die Lampe auf meinem Nachttisch an.

»Alex, ich weiß, du bist gestresst, und ich weiß, dass es hart ist …«

»Ich sagte, vergiss es.«

»Können wir nicht darüber reden?«

»Es gibt nichts zu reden.«

»Doch. Du scheinst verärgert zu sein. Hab ich etwas falsch gemacht?«

»Nein. Es ist alles gut.« Er schaltete das Licht mit der Fernbedienung wieder aus.

Aber ich wusste, dass nicht alles gut war. Er hatte nicht ohne Grund einen Streit begonnen. Ich streckte die Hand zu ihm hinüber und rieb sanft seinen Arm, um ihm zu signalisieren, dass ich ihm zuhörte, falls er reden wollte. Offenbar interpretierte er meine Absichten falsch. Er rollte sich nämlich zu mir herüber und begann, meinen Hals zu liebkosen.

Diese plötzliche Verhaltensänderung kam sehr überraschend. Ich war nicht bereit zu schmusen und mich zu versöhnen. Und trotzdem, als sein Geruch mich umfing und ich einen Augenblick später das Gewicht seines Oberkörpers und seiner Hüften auf mir spürte, musste ich mich richtig anstrengen, mich weiter auf unseren »Streit« zu konzentrieren und meine Gedanken jugendfrei zu halten.

Vielleicht hatte Alex recht. Wir sollten die Sache einfach vergessen. Ich begann, seine Küsse zu erwidern. Als er mein T-Shirt hochschob, stupste ich scherzhaft seine Hand weg.

»Schaffst du das auch?«, fragte ich. »Wir Soccer Moms können ziemlich heiß sein.«

»Ich schaffe das«, antwortete er.

Und das tat er auch.

Kapitel 6

Es war ein Ort, an dem ich Mirabelle van Holt nie erwartet hätte. Und mich übrigens auch nicht.

Ich kam mir vor wie am Set eines Mafiafilms, als ich unter der nackten Glühbirne stand, umgeben von zahlreichen Kartons, die in Regalen gestapelt waren, und Schmuggelware begutachtete. Den »richtig guten Stoff … Importware«.

Aber Mirabelle wollte unbedingt in dieses Stofflager, das sich im Hinterraum eines Geschäftes auf der South Street verbarg, und so waren wir hier. Ein kleiner Mann in einem makellosen dunkelblauen Anzug, der erstaunlich sauber aussah in dieser schmutzigen Umgebung, bediente uns. Es handelte sich um den Besitzer des Ladens, und er schwirrte umher wie eine Arbeitsbiene – faltete Stoffballen auf, packte Kartons aus, legte Muster um Muster heraus, manche davon so alt, dass eine Staubwolke und ein stechender Geruch emporstiegen, als sie ausgerollt wurden.

Ich beobachtete, wie Mirabelles Blick einen Stoff nach dem anderen prüfte. Hin und wieder schüttelte sie den Kopf oder machte eine wegwerfende Geste und besiegelte so das Schicksal des Musters, das gerade vor ihr lag. Der kleine Mann, dessen kahler Kopf vor Schweiß glänzte, nahm dann schnell das Objekt des Anstoßes vom Tisch, als handelte es sich um eine unvorstellbare Beleidigung. Ich stellte mir vor, wie jeder verworfene Stoff zerstört werden würde, praktisch exekutiert, zerfetzt als Strafe für zu schmale Nadelstreifen oder ein scheußliches Pünktchenmuster, um dann in dem Müllcontainer hinter dem Haus dem Tod überlassen zu werden. Direkt neben einem verrottenden Polyestermischgewebe.

»Ich kann mich einfach nicht entscheiden, meine Liebe. Was meinst du?« Mirabelle seufzte und drehte den Kopf zu mir. »Abigail?«

»Sorry«, sagte ich. »Ich weiß nicht. Für mich sehen sie alle hübsch aus.«

»Nein. Der hier ist zu kadettenmäßig. Und der dort ist zu … königlich.«

»Das ist nicht derselbe Stoff?«

Mirabelle runzelte die Stirn, der Stoffhändler schlug seine Hände über dem Kopf zusammen. »Nein, nicht derselbe Stoff! Ganz anders!«, rief er entsetzt.

Mit seinem wilden Gestikulieren versetzte er eine weitere Wolke aus Staub und Stofffasern in Aufruhr. Ich musste niesen, und er bot mir ein Taschentuch an.

»Oh, richtig. Jetzt sehe ich den Unterschied«, log ich und beugte mich näher heran.

Wäre doch bloß Jules hier, dachte ich. Sie durfte bei uns zu Hause die Wandfarben, Teppiche und Dekokissen auswählen, und ich war immer begeistert.

Mirabelle instruierte den Mann, eine Rolle Brokat zu einem kleinen Fenster zu bringen, weil sie den Stoff gern in natürlichem Licht begutachten wollte. Ich seufzte und kaute vor Langeweile auf meiner Unterlippe. Und vor Frust. Als Mirabelle am Morgen unangemeldet vor unserer Tür aufgetaucht war und darauf bestanden hatte, dass ich sie auf eine »kleine Expedition« begleitete, hätte ich nicht gedacht, dass es so lange dauern würde. Und auch nicht, dass wir uns über Pima Cotton im Vergleich zu Mischgeweben und über die Vorzüge des Blindstichs unterhalten würden und darüber, warum bestimmte armenische Importeure – nicht dieser hier – Gauner waren. Ich hätte lieber über Alex gesprochen. Wenn jemand mich über das Leben einer Mrs. van Holt aufklären konnte, dann eine Frau, die diese Rolle schon seit fast vierzig Jahren verkörperte.

»Ich kann mich einfach nicht entscheiden«, seufzte Mirabelle und hielt mir die letzten zwei Anwärter unter die Nase. »Du wählst.«

Ich begutachtete die beiden Stoffe erneut und deutete dann auf die pastellblaue Seide, die mit einem dunkleren Faden in der Form von Chrysanthemen bestickt war.

»Wunderbar. Das ist auch mein Favorit«, sagte Mirabelle. »Ich bin so froh, dass wir denselben Geschmack haben. Wenn Alex und du einmal Bloemveld übernehmt, möchte ich nicht, dass du in einem Zimmer schläfst, dessen Vorhänge du verabscheust.« Ich brauchte einen Moment, um zu begreifen, dass sie davon sprach, dass Alex und ich nach ihrem Ableben den Familiensitz erbten – eine Vorstellung, die mir in mehrfacher Hinsicht zu denken gab. Es bedeutete nicht nur, dass meine Kinder und ich auf einem Anwesen leben würden, wo schon das Pförtnerhaus größer war als die Wohnung, in der ich aufgewachsen war, es setzte auch eine Zukunft für mich in dieser Welt voraus, die über Jahrzehnte reichte, etwas, das ich noch nicht berücksichtigt hatte. Jeden Morgen nach dem Aufwachen rechnete ich damit, wieder in Grange Hill zu sein, bei Jimmy. Aber würde das anhalten, während aus Tagen Wochen wurden und aus

Wochen Jahre? Oder würde jenes Leben verblassen und unscharf werden – wie ein Traum, an den man sich nur halb erinnern konnte? »Abigail?« Mirabelle wedelte mit ihrer Hand vor meinem Gesicht. »Du hast uns für einen Moment verlassen.«

»Entschuldige.«

»Wir dachten an diesen hier«, erinnerte sie mich und deutete auf die hellblaue Seide. »Für das große Schlafzimmer.«

»Eine perfekte Wahl«, versicherte ich ihr.

Sie lächelte und wandte sich wieder dem Stoffhändler zu, der eine riesige funkelnde Schere in der Hand hielt und bestimmt hoffte, schneiden zu können, bevor es sich eine von uns anders überlegte.

Mirabelle drehte erneut den Kopf zu mir. »Kannst du mir beim Rechnen helfen?«

»Drei Meter? Fünf?«

»Insgesamt, meine Liebe, nicht pro Fenster.« Sie wirkte leicht verärgert und nahm einen Zettel aus ihrer Handtasche, um ein paar Zahlen darauf zu notieren.

Wie viele Fenster mochte ihr Schlafzimmer haben? Und wie hoch und wie breit waren sie? Und was war mit den Säumen und der Raffung? Ich hatte das Gefühl, als würde Mirabelle von mir erwarten, dass ich das alles wusste, als wäre das Berechnen von Vorhangmaßen in einer van-Holt-Gebrauchsanleitung enthalten, die ich zu meiner Hochzeit bekommen hatte. Sie ahnte nicht, dass ich in meinem ganzen Leben noch nie Dekostoffe gekauft hatte und dass ich keine Vorstellung von Meter- und Mengenangaben hatte.

Ich lenkte mit einer Gegenfrage ab. »Vielleicht solltest du deinen Raumausstatter fragen?«

»Raumausstatter? Um Himmels willen, nein. Ich habe noch nie einen Raumausstatter gebraucht«, erwiderte sie naserümpfend. »Ich dachte, das wüsstest du.« Ich hob zu einer Antwort an, aber sie wandte ihren Blick ab, beinahe wehmütig. »Außerdem habe ich Spaß am Nähen. Wusstest du, dass ich, bevor ich Collier heiratete, zwei Jahre Modedesign auf dem Moore College of Art studiert habe? Ich war dabei, die nächste Edith Head zu werden! Dann wurde ich leider mit Alex schwanger, und, na ja …« Sowohl ihre Stimme als auch ihr Lächeln verblasste.

Am liebsten hätte ich ihr gesagt, dass ich sie verstand. Dinge ändern sich, manchmal hatte das Leben andere Pläne. Doch ich beugte mich über den Tisch und half ihr beim Rechnen. Wir kamen auf insgesamt siebzig Meter, plus weitere fünf »zur Sicherheit«. Der Stoffhändler bekam ein rotes Gesicht vor Aufregung.

Als wir schließlich den Laden verließen und hinaus auf die Straße traten, wo die Mittagssonne uns blendete, hielt Mirabelle kurz inne, um eine übergroße Schildpattsonnenbrille im Siebzigerjahre-Stil aufzusetzen. Ich kramte meine goldfarbene Ray-Ban heraus. Dann wandte Mirabelle sich in Richtung Queen Village und trippelte mit ihren Ballerinas geräuschlos über den schmutzigen Asphalt davon. Ich dachte, sie wollte nach ihrem Chauffeur Ausschau halten, aber sie hakte sich bei mir ein und war nicht mehr aufzuhalten. Wir fielen in einen Gleichschritt.

Sie war eine bemerkenswerte Person, meine Schwiegermutter. Ich hatte in meinem ganzen Leben noch nie jemanden kennengelernt, der eine derartige Eleganz ausstrahlte und der einen so zeitlosen Stil pflegte. Mirabelle war trotzdem nicht abgehoben. Es war, als hätte man Königin Victoria, Grace Kelly und Michelle Obama miteinander verschmolzen und anschließend in ein adrettes blaues Shirtkleid und Valentino-Ballerinas gegossen.

»Meine Liebe, fühlst du dich auch wohl?«, fragte sie mich mit mütterlicher Besorgnis. »Sag mir Bescheid, wenn du dich hinsetzen möchtest oder eine Pause benötigst.«

»Es geht mir gut. Warum?«

»Alex hat mir erzählt, dass du seit deinem Unfall ...«, sie unterbrach sich, während sie nach dem richtigen Ausdruck suchte, »... anders bist. Nicht du selbst.«

Ich verspannte mich, plötzlich nervös. Hatte Alex den Verdacht, dass ich eine Betrügerin war? Hatte Mirabelle auch Verdacht geschöpft? Ich versuchte, mich zu entspannen, und ahmte ihren bedächtigen Ton nach.

»Mirabelle, ich kann dir versichern, es geht mir blendend.«

»Nun, wenn du das sagst. Die Brindles fanden allerdings auch, dass du am Sonntag ziemlich durcheinander warst. Und Tante Tickle hat sich darüber beschwert, dass du sie beleidigt hast.«

»Hat sie das? Oh, dann bitte ich um Verzeihung. Ich hatte einfach einen schlechten Abend. Ich war erschöpft.«

»Natürlich«, sagte Mirabelle und winkte ab. »Versprich mir einfach, dass du vorsichtig bist. Ich denke, wir wissen beide, dass wir uns keine weiteren Ablenkungen erlauben können. Alex liegt so schon weit genug im Rückstand.« Wir bogen rechts ab, in eine schmale Straße, die von einem Teppich aus gelbem Laub überzogen war. Ich begann zu sprechen, aber Mirabelle tat so, als würde sie mich nicht hören, und redete einfach weiter. »Außerdem mache ich mir Sorgen um Alex. Ich war am Montag den ganzen Tag an seiner Seite, und er wirkte so abgespannt. Wahrscheinlich ist er nur um dich besorgt, meine Liebe. Trotzdem ...«

Seltsamerweise hatte Alex nichts davon erwähnt, dass er seine Mutter gesehen hatte. Wäre Mirabelle nicht so liebenswert, und wäre ihr Arm nicht liebevoll um meine Taille geschlungen, würde ich vermuten, dass sie mich gezielt darauf hinwies, dass sie meinen Mann begleitet hatte und nicht ich.

»Nein, Alex geht es gut«, erwiderte ich in Gedanken an den vergangenen Abend, als er definitiv nicht abgespannt gewirkt hatte. Und auch nicht an dem Abend davor. »Aber ehrlich gesagt, ich habe keine Ahnung, wie er das macht. Der Druck ist enorm.«

»Nun, du kennst ja Alex. Er ist ein unheimlich tüchtiger Junge. Und ein unheimlich braver Junge. Er macht immer, was man ihm sagt.«

Ich wusste nicht, ob das als Kompliment gemeint war oder als Kritik. So oder so lief es mir kalt den Rücken herunter.

»Trotzdem, Abigail«, fuhr sie fort, »von den nächsten paar Tagen hängt zu viel ab.« Sie blieb stehen, drehte sich zu mir und sah mich über den Rand ihrer Sonnenbrille hinweg an. »Ich muss wissen, ob wir immer noch am gleichen Strang ziehen.«

»Natürlich«, sagte ich, obwohl ich keinen Schimmer hatte, auf welchen Strang sie sich bezog. Aber da sie so besorgt schien wegen der Kongresswahlen, versuchte ich, sie zu beruhigen. »Mach dir keine Gedanken. Frank hat mir heute Morgen gesagt, dass Alex seit Sonntag wieder einen Punkt zugelegt hat. Er nannte das die Abbey-Beule.« Ich deutete zur Betonung auf die Stelle an meinem Kopf, mit der ich gegen den Klavierhocker geprallt war.

»Ach ja? Wie wundervoll«, sagte Mirabelle und ließ ihren Arm von meiner Taille sinken. »In diesem Fall sollte ich mich wohl bei dir noch einmal dafür bedanken, dass du dir heute Zeit für mich genommen hast.« Ich bemerkte einen harten Unterton in ihrer seidig-glatten Stimme.

Sie blieb stehen, und ich hob den Kopf und sah zu meiner Rechten das Stoffgeschäft, das wir vor ein paar Minuten verlassen hatten. Wir hatten den Block umrundet, ohne dass es mir bewusst gewesen war.

Und zu meiner Linken? Fuhr ihr Chauffeur vor, als hätte sie ihn durch bloße Willenskraft herbeigerufen.

Ich ging zu Fuß nach Hause, in der Hoffnung, dass mir die frische Luft helfen würde, einen klaren Kopf zu bekommen. Ich schlenderte an Pizzerien vorbei, an Billigschmuckgeschäften und an einem überfüllten Biosupermarkt und gelangte schließlich in das Szeneviertel Gayborhood mit seinen vielen Läden. Da Sam von May beaufsichtigt wurde und Gloria in der Schule war, hatte ich keine Eile, nach Hause zu kommen.

In einer Babyboutique kaufte ich für Sam drei vollständige Garnituren, ohne auf den Preis zu achten. Danach suchte ich in einem Bastelgeschäft Buntstifte aus, Glitter in verschiedenen Farben und ein »Ich sehe was, was du nicht siehst«-Buch mit Halloween-Motiven, das Gloria bestimmt lieben würde. Und in einem Kindermodengeschäft kaufte ich ihr eine knallpinkfarbene Jacke aus Kaschmir, die ich im Schaufenster entdeckt hatte.

Als ich schließlich unsere Lobby betrat, fragte ich den Portier nach der Uhrzeit. Ein Uhr – Sam würde seinen Mittagsschlaf halten. Ich gab dem Mann meine Einkaufstüten und ging wieder hinaus, um ein Taxi anzuhalten.

Während der Fahrt vom Rittenhouse Square in Richtung University City lehnte ich mich bequem zurück und genoss die Mittagssonne. Wir überquerten den Schuylkill River und kamen an Studentenwohnheimen, Fast-Food-Restaurants, einem neuen Multiplexkino und an Verbindungshäusern in Villen im Kolonialstil vorbei, deren herrliche Fassaden mit großen griechischen Buchstaben verschandelt waren. Dann ließen wir das Universitätsviertel hinter uns, und mit jedem Straßenblock wurden die historischen Ziegelbauten, schmiedeeisernen Gitter und Rasenflächen weniger. Jetzt sah man Kunststofffassaden, Maschendrahtzäune und vergitterte Fenster. Schließlich bogen wir in eine Wohnstraße, auf der es deutlich ruhiger zuging. Die Menschen auf den Eingangstreppen und Veranden saßen scheinbar bewegungslos da.

Kurz darauf hielt der Taxifahrer vor dem Haus, dessen Adresse ich ihm genannt hatte, einem flachen Backsteingebäude, bei dem es sich wohl um einen Anbau aus den Fünfzigerjahren handelte, der zu einer inzwischen baufälligen Kirche gehörte. Ich zog meine Kreditkarte durch das Lesegerät, rundete den Betrag auf und stieg aus.

Während ich auf das Gemeindehaus zuging, musste ich über Glasscherben und klaffende Risse im Asphalt hinwegsteigen. Die großen Fenster des Gebäudes waren alle mit Eisenstangen vergittert. Die rote Backsteinfassade war von der Luftverschmutzung und den Autoabgasen geschwärzt bis auf eine sauberere Stelle in der Form eines Kreuzes, das wohl vor nicht allzu langer Zeit gestohlen oder entfernt worden war. In dem kleinen Rasen steckte ein von Hand beschriebenes Schild, auf dem HOLY ROSARY SETTLEMENT HOUSE, GEGRÜNDET 1977 stand, das Jahr, in dem ich geboren wurde.

Ich klopfte ein paarmal vergebens an die Tür, dann schlug ich kräftig mit der flachen Hand dagegen. Ich spähte durch das Drahtgeflechtfenster in der Tür und rief laut »Hallo?«, aber niemand kam. Schließlich entdeckte ich eine kleine Klingel und drückte fest auf den Knopf. Ich wollte gerade aufgeben, als ich sah, dass drinnen eine kleine schwarze Frau mit einer Nonnenhaube vorbeiging. Ich hämmerte gegen die Tür, um die Ordensschwester auf mich aufmerksam zu machen, und sie zuckte vor Schreck zusammen.

»Du lieber Himmel, Sie haben mich vielleicht erschreckt!«, sagte sie, als sie die Tür öffnete und mich hineinließ.

»Das tut mir leid«, entschuldigte ich mich. »Ich habe geklingelt, aber niemand ist gekommen.«

»Das alte Ding funktioniert schon seit Jahren nicht mehr«, erwiderte sie lächelnd.

»Nun, das erklärt alles.«

»Wie kann ich Ihnen helfen? Sie sehen nicht aus, als würden Sie zur Speisung kommen.«

»Das ist richtig. Ich bin hier, um Pater Ferguson zu besuchen. Mein Name ist Abbey van Holt.«

»Folgen Sie mir, mein Kind.«

Wir durchquerten einen Flur, der von summenden Neonröhren erhellt wurde. Es roch nach Staub, Bleiche und Fertigpüree. Meine Absätze klapperten laut, die Ordensschwester bewegte sich geräuschlos.

Am Ende des Flures betraten wir einen cafeteriaähnlichen Raum, in dem ungefähr zwanzig Gemeindemitglieder an langen Tischen saßen. Manche waren noch mit ihrem Essen beschäftigt, andere lasen in der Zeitung oder starrten einfach aus dem Fenster. Zwei junge Mütter plauderten an einem Tisch miteinander, während ihre Kinder Lego spielten, an einem anderen Tisch tranken drei ältere Männer Kaffee aus unterschiedlichen Tassen. Vor dem Fenster rollte ein Kleinkind in einem verwaschenen Strampler eine leere Plastikflasche hin und her, die Mutter telefonierte. Ein grinsender kleiner Junge, etwas jünger vielleicht als Gloria, mit aufgewecktem, schelmischem Blick, flitzte von einem Tisch unter den nächsten und spielte mit sich selbst Verstecken.

»Hör auf damit!«, schalt ihn eine Frau, die ich für seine Großmutter hielt und die gerade damit beschäftigt war, ein junges Mädchen in einem elektrischen Rollstuhl zu füttern.

Die Schwester stellte eine Kaffeekanne auf den Tisch, an dem die drei Männer saßen, dann wandte sie sich an mich. »Warten Sie hier«, sagte sie.

Ich schenkte dem Kleinkind ein Lächeln und setzte mich an einen freien Tisch. Da ich nicht wusste, was ich tun sollte, holte ich mein Handy hervor und tat so, als würde ich eine E-Mail lesen. Für ein paar Sekunden spürte ich sämtliche Blicke auf mir, aber als ich den Kopf hob, waren die Gespräche und Spiele bereits wieder aufgenommen.

»Mrs. van Holt! Sie sind gekommen!«

Ich stand auf, als Pater Ferguson mit ausgebreiteten Armen auf mich zukam.

»Sie scheinen überrascht zu sein«, sagte ich und streckte meine Hand aus.

Er ignorierte sie und begrüßte mich mit einer herzlichen Umarmung. »Ich bin tatsächlich überrascht«, erwiderte er. »Cocktailpartyversprechen werden gewöhnlich gebrochen.«

»Tja, hier bin ich.«

»Ja, allerdings«, sagte er und legte seinen Arm um meine Taille. »Willkommen in meinem kleinen Stück Himmel.«

Er machte stolz eine ausladende Geste, als würde er eine Theateraufführung ankündigen. Es war die Einladung zu einem Rundgang, und wir setzten uns in Bewegung.

Das Gebäude bestand aus der Cafeteria, die als Gemeinschaftssaal diente, einem Büro, einem kleineren Raum mit Sitzecken und Fernsehern sowie einer Vorratskammer, in der sich Papierhandtücher, Billigwindeln und Dosentomaten stapelten. In der bescheidenen Küche konkurrierten zwei rostige Backöfen mit einem verbeulten Kühlschrank, einem sechsflammigen Gasherd und einer Industriegeschirrspülmaschine um den vorhandenen Raum. Die Ordensschwester stand in der Küche und wischte gerade den größten und schwärzesten Topf ab, den ich jemals gesehen hatte.

»Wie oft bereiten Sie hier Mahlzeiten zu?«, fragte ich Pater Ferguson.

»Dreimal täglich, außer montags. Von den Backöfen funktioniert nur noch einer, aber wir kommen zurecht. Trotzdem, das ist der Grund, warum wir Ihre Hilfe benötigen. Wenn wir Ihren Mann dazu bringen können, dass er uns den Weg ebnet für eine Neueinstufung, hätten wir Anspruch auf eine staatliche Förderung. Vielleicht sogar auf finanzielle Subventionen.«

»Und wenn nicht?«

»Dann werden wir im Dezember schließen müssen. Oder schon früher.«

»Aber wo werden dann all diese Menschen … diese Kinder … zu essen bekommen?«

Der Pater hob sein Gesicht in Richtung Decke, schloss die Augen und zitierte aus der Heiligen Schrift. »Seid voll Freude, wenn ihr in mancherlei Versuchungen geratet. Ihr wisst, dass die Prüfung eures Glaubens Ausdauer bewirkt. Die Ausdauer aber soll zu einem vollendeten Werk führen, denn so werdet ihr vollendet und untadelig sein, es wird euch nichts mehr fehlen.« Er richtete seine Augen auf mich und flüsterte: »Gott wird uns nicht im Stich lassen. Und Ihr Mann hoffentlich auch nicht.«

Als er mich hinausbegleitete, dachte ich an das Geld, das ich an diesem Vormittag für die Kindersachen ausgegeben hatte, und mir wurde schlecht. Wir gingen durch die Cafeteria, in der das Kleinkind mit der zerknitterten Plastikflasche spielte. Ich musste an Sam und sein Holzboot denken, an seine Regale mit den handgefertigten, BPA-freien Spielsachen. Und ich musste unwillkürlich an Jimmy denken, der jedes Jahr an Weihnachten darauf bestand, zweihundert Dollar an die Heilsarmee zu spenden, selbst wenn wir pleite waren, selbst wenn er wusste, dass das zu einem Streit zwischen uns führen würde. Pater Fergusons Worte waren nicht ironisch gemeint. Er war aufrichtig davon überzeugt, dass das Gemeindehaus durch die Macht des Glaubens überdauern würde.

An der Tür hielt er kurz inne, um einen obdachlosen Mann zu begrüßen, den er offenbar seit Monaten nicht mehr gesehen hatte. Er versicherte ihm, dass es noch zu essen gab, und schickte ihn in Richtung Cafeteria. Währenddessen öffnete ich meine gesteppte Chanel-Handtasche, kramte nach meinem Tiffany-Kugelschreiber und nahm mein Tory-Burch-Scheckheft-Etui aus rosafarbenem Leder heraus.

»Helfen wir dem Glauben ein bisschen nach, einverstanden?«, sagte ich und begann zu schreiben.

Dann drückte ich ihm einen Scheck über zehntausend Dollar in die Hand.

Als ich abends mit Sam und Gloria in der Küche aß, betrachtete ich meine Kinder und konnte nicht anders, als mich wie ein Glückspilz zu fühlen. Sam mit seinen rosig glänzenden Pausbäckchen und den pummligen Knien konnte glatt für Babybrei werben. Und Gloria war zwar sehr klein und völlig desinteressiert an jeglicher Nahrung, abgesehen von Maissirup und rotem Lebensmittelfarbstoff, aber sie war stark und klug und so gut wie nie krank. Nach dem, was ich an diesem Tag gesehen hatte, wusste ich, dass ich mich glücklich schätzen konnte, und das nicht nur, weil ich in einem rund vierhundert Quadratmeter großen Penthouse lebte, das schon in der *Architectural Digest* porträtiert worden war.

Gloria ertappte mich dabei, dass ich sie musterte, und lächelte. »Hi, Mommy«, sagte sie.

»Hi. Hattest du einen schönen Tag?«

»Ja.«

»Hast du was Nützliches gelernt?«

»Nein.«

»Oder was Lustiges gemacht?«

»Nein.«

»War denn heute gar nichts Besonderes?«

»Na ja, Blake Randleman hat auf seine Schuhe erbrochen.«

Ich rümpfte die Nase und bedauerte, dass ich gefragt hatte. »Das muss ziemlich schlimm gewesen sein.«

»...limm«, plapperte Sam mir nach.

Plötzlich spürte ich eine überwältigende Traurigkeit. Jimmy und Gloria zählten gern die Wörter, die Sam schon sagen konnte: Mommy, Daddy, Lola, Ja, Ada, Mi (für Milch), Ball, Auto, Pa (für Miles), Heia und nun ...limm. Sam hatte gerade ein neues Wort gesagt, sein elftes, und Jimmy war nicht hier, um es zu hören ...

Ich brachte die Kinder ins Bett und setzte mich mit einem Glas Wein ins Wohnzimmer. Wie schön wäre es, jetzt jemanden zum Reden zu haben, dachte ich, jemanden, dem ich von meinem Besuch im Holy Rosary hätte erzählen können.

Bevor wir Kinder hatten, setzten Jimmy und ich uns abends oft auf unsere Vorderveranda und tauschten uns aus. In unserem ersten Sommer, als wir gerade eingezogen waren, hatten wir noch keine Verandamöbel, also saßen wir auf Strandstühlen und legten unsere Füße auf Holzkisten, die Jimmy von der Arbeit hatte mitgehen lassen. Wir beobachteten gemeinsam den Sonnenuntergang, der die Bäume und Häuser und Kirchtürme in schwarze Silhouetten verwandelte.

Eines Abends, als ich mit Gloria im vierten Monat schwanger war, saßen wir länger als üblich draußen und genossen eine kühle Brise, die die Mücken von uns fernhielt. Ich hatte meine Portion von unserem Thai-Imbiss bereits aufgegessen, aber da meine Schwangerschaftsgelüste noch nicht befriedigt waren, machte ich mit einem Glas Salsa und Tortilla-Chips weiter. In jenem Sommer konnte ich nicht genug von scharf gewürzten Soßen bekommen. Jimmy nippte an seinem Bier und hörte mir zu, während ich von den Mädchennamen quasselte, die mir gefielen.

Aus heiterem Himmel, völlig weg vom Thema und auf seine übliche lässige Art sagte er etwas, das unser Leben für immer verändern sollte.

»Ich glaube, ich möchte eine eigene Firma gründen.«

Seine Worte schienen schwer in der Luft zu hängen. Ich hörte auf zu kauen. »Wirklich? Was für eine Firma?«

»Eine Cupcakes-Konditorei«, antwortete er mit todernster Miene. »Was glaubst du denn? Pflege, Instandhaltung und Installation von Rasen natürlich. Aber nicht nur.

Ich möchte auch Gärten gestalten. Mit einheimischen Gewächsen und Sukkulenten und natürlichen Bewässerungssystemen. Vielleicht biete ich sogar Baumpflege an.« Er machte eine Pause und sah mich schüchtern an. »Denkst du, das ist eine blöde Idee?«

Ich war sprachlos. Jimmy hatte nie den Eindruck gemacht, als wäre er der kreative Typ. Doch wenn ich es mir recht überlegte, entwarf er Konzepte für Gärten von Nachbarn oder Freunden, machte seinem Chef immer Vorschläge für eine bessere Pflanzensorte, hübschere Arrangements von Sträucherhecken oder Obstbaumwiesen. Obwohl wir erst seit sechs Wochen in unserem Haus wohnten, hatte unser kleines Grundstück bereits Ähnlichkeit mit einem botanischen Garten.

»Ich finde nicht, dass das eine blöde Idee ist«, sagte ich. »Ich denke, das ist eine großartige Idee. Aber brauchst du dafür nicht ein Diplom? Oder zumindest irgendein Zertifikat oder so?«

»Nun, ja und nein. Ich arbeite seit zehn Jahren in der Branche. Ich habe wahrscheinlich tausend neue Rasen verlegt. Ich müsste allerdings den College-Abschluss nachholen und vielleicht sogar den Master machen.«

»Das geht. An der Abendschule.«

»Ja, aber das würde viel Zeit verschlingen. Und Geld. Und du wolltest eigentlich nur noch Teilzeit arbeiten, wenn das Baby da ist …«

Ich versuchte, die Chipskrümel von meinem Bauch zu schnipsen, und setzte mich gerader hin. »Du hast recht«, sagte ich sarkastisch. »Eine Frau und ein Kind können einem Mann alles ruinieren. Was für ein Mist.«

Ich rechnete mit einem ironischen Gegenspruch, Jimmy sagte jedoch nichts. Er nahm seine Mütze ab, wischte sich über die Stirn und setzte die Mütze wieder auf. Dann nahm er mir das Salsa-Glas ab und stellte es auf den Boden. Er stand auf und zog mich auf die Beine. Unsere Bäuche berührten sich.

»Das ist es ja gerade, Ab«, sagte er, und seine Augen glänzten in der Verandabeleuchtung. »Ich bekomme ein Kind. Kannst du das glauben? Ich werde Vater. Und ich habe dich. Im Moment fühle ich mich, als könnte ich alles schaffen. Als könnte ich beruflich richtig durchstarten. Selbst wenn ich dafür jedes Unkraut von hier bis Pittsburgh rupfen muss.«

Das war die längste Rede, die Jimmy jemals gehalten hatte, länger noch als sein Heiratsantrag. Ich umarmte ihn und schmiegte mich an seine Schulter, und ich hatte das Gefühl, dass die Welt in Ordnung war, auf die Art, die nur Schwangere wirklich verstanden.

Kapitel 7

Zum ersten Mal in meinem Leben joggte – nein, *rannte* ich, und ich war wirklich verdammt schnell. So früh am Morgen war noch nicht viel Verkehr. Ich schaffte den ganzen Weg quer durch die Innenstadt zur Front Street in fünfundzwanzig Minuten. Mein Sport-BH und mein Funktionsshirt waren schweißgetränkt, aber ich war nicht einmal richtig außer Atem.

In Grange Hill hatte ich oft versucht, mit dem Laufen zu beginnen – nicht wegen der positiven Wirkung auf Herz und Kreislauf oder zum Abbau von Stress, sondern um den Rettungsring, der sich hartnäckig an meine Taille klammerte, zum Schmelzen zu bringen. Meine Versuche hatten gewöhnlich damit geendet, dass ich nach weniger als einem halben Kilometer aufgab, die Wohltätigkeitsläufe musste ich nach fünf Kilometern abbrechen. Ich sagte zu Jimmy, dass es mir einfach an Talent mangele beziehungsweise an Lungenkapazität, aber tief in meinem Innern wusste ich, dass das wahre Problem mangelnde Hingabe war. Und mangelnde Motivation. Außerdem, warum sollte ich Sport treiben, wenn Jimmy keinen machte?

An diesem Morgen jedoch war ich früh aufgestanden

und dann ziellos und unruhig durch die Wohnung gewandert, mit einem schlechten Gewissen, weil ich am Abend zuvor heimlich Glorias Fruit Loops vertilgt hatte, und dann hatte ich kurzerhand beschlossen, es noch einmal zu versuchen. In Anbetracht der großen Anzahl von Laufschuhen in der Garderobe nahm ich an, dass mein Körper das aushalten würde. Zeit, eine Probefahrt mit ihm zu machen.

Während ich ohne Anstrengung rannte, fragte ich mich, wo Abbey van Holt ihre Inspiration gefunden hatte. Es musste mehr dahinterstecken als nur der Wunsch, schlank wie ein Model zu sein. Vielleicht war sie durch Alex auf den Geschmack gekommen, der ja seine Laufrunden am späten Abend sehr ernst nahm. Oder vielleicht gehörte sie zu einem Lauftreff elitärer Stadtmütter, der Sorte, die die zurückgelegte Strecke mit GPS-Uhren überprüfte und ihren Zieleinlauf beim Stadtmarathon auf Facebook postete, sodass alle, die nicht mitgemacht hatten, sich für ihren inneren Schweinehund schämten. Was auch immer davon zutraf, ich fügte jedenfalls »Disziplin« auf der langen Liste von Eigenschaften hinzu, die Abbey van Holt besaß und ich nicht.

Ich verlangsamte mein Tempo und blieb kurz stehen, um meinen Puls zu checken (schlappe hundertvierzig Schläge pro Minute), bevor ich eine kleine Steintreppe zum Delaware River hinunterging. Dort legte ich eine Pause ein und beobachtete die Frachtschiffe, die sanft vorüberglitten, und den Verkehr, der auf der Betsy Ross Bridge entlangrollte. Die Stadt wachte gerade auf, bereit für einen weiteren langen Tag.

Es war Donnerstag, der 30. Oktober – fünf Tage hatte ich in meinem neuen Leben schon verbracht. Es fühlte sich jetzt schon normal an, mehr wie Routine und weniger wie ein fabelhafter Urlaub. Und mein altes Leben kam mir bereits verblasst vor wie ein Foto aus den Siebzigern. Die Gesichter darauf waren zwar nach wie vor vertraut, aber die Konturen waren unscharf, die Farben schwächer.

Das machte mir Angst, als hätte ich gerade einen dieser Träume, in denen ich Gloria verlor und dann panisch durch die langen, hellen Gänge der Grange Hill Grundschule lief, nach einem rosaroten Rucksack Ausschau haltend und nach ihren kleinen Sneakers mit dem Blümchenmuster. War sie mit einer Freundin nach Hause gegangen? Hatte Jimmy sie abgeholt? Wartete sie woanders auf mich?

Ich sprintete wieder los, zurück in Richtung Innenstadt. Da mittlerweile die Berufspendler aus den U-Bahnstationen strömten und der Verkehr auf den Straßen zugenommen hatte, musste ich mein Tempo reduzieren. Ich versuchte zunächst, mich an den Leuten vorbeizuschlängeln, gab es aber irgendwann auf. Ich hob den Kopf und erkannte, dass ich in der Nähe des Gebäudes war, in dem Jules arbeitete. Dann begann ich, um den Block zu laufen.

Bei der dritten Runde bemerkte ich ein Café direkt gegenüber von Jules' Büro und ging hinein. Eine junge Frau mit kurzen schwarzen Haaren und einer Fischermütze füllte gerade Metallkörbe mit glutenfreien Bagels, Muffins und Scones. Auf einer großen Tafel standen die Preise, und ich zuckte zusammen. Selbst im Angebot war das Gebäck doppelt so teuer wie in Grange Hill. Ich nahm eine Kreditkarte aus dem kleinen Reißverschlussfach an meiner Laufhose und bestellte ein paar Scones, einen Bagel, zwei Müslieriegel und einen Kaffee, bevor ich mich auf einen Barhocker direkt ans Fenster setzte und wartete. Wie ein Polizist bei einer Observierung.

Kurz nach acht tauchte Jules auf. Sie trug einen schwarzen Lederblazer, ein seidiges türkisblaues T-Shirt, dunkelgraue Skinny Jeans und kniehohe schwarze Stiefel. Mehrere schwere Silberketten baumelten bis zu ihrer Taille hinunter. Weiße Kopfhörerkabel kamen aus der Innentasche ihres Blazers, sie verschwanden in ihren langen rotblonden Haaren, die immer noch ihr schönstes Merkmal waren, selbst wenn sie superglatt gezogen waren.

Sie bewegte sich zügig, eine schwarze Arbeitsmappe unter den linken Arm geklemmt, in der rechten hielt sie eine silberne Wasserflasche. Ich stellte meine Kaffeetasse ab, schnappte mir die Tüte mit den Backwaren, stürmte aus dem Café, sprintete über die Straße und hielt Jules am Arm fest, bevor sie die Drehtür erreichte.

»Aaah! Was machst du?«, rief sie erschrocken und riss ihren Arm zurück, um dann ihre Ohrenstöpsel herauszunehmen. »Willst du, dass ich einen Herzinfarkt kriege?«

»Ich wollte dich nicht erschrecken«, sagte ich. »Ich möchte nur mit dir reden. Hast du kurz Zeit?«

»Ich muss zur Arbeit.«

»Bitte, Jules«, sagte ich. »Ich muss unbedingt mit dir reden.« Ich hielt die Tüte hoch und fügte hinzu: »Und ich habe Gebäck.«

Sie musterte die Tüte, dann meine verschwitzte Kleidung und meine unordentliche Frisur, meine erwartungsvolle Miene. Schließlich warf sie einen Blick auf ihre Armbanduhr und seufzte.

»Fünf Minuten.«

Wir gingen über die Straße in das Café und setzten uns an einen Tisch. Ich legte das Gebäck auf der zerknitterten braunen Tüte aus, ein kleines Frühstücksbuffet mit Köstlichkeiten, die Jules hoffentlich die Stimmung versüßen würden.

Aber sie rührte nichts davon an, sondern sah nur zu, wie ich ein großes Stück von einem Zimt-Scone abbiss und Krümel auf den Tisch rieselten.

»Millsu michts?«, fragte ich.

Einen Moment lang glaubte ich, in ihren Augen ein Funkeln zu sehen, aber sie wandte ihren Blick ab.

»Ich esse kein süßes Zeugs mehr«, sagte sie nüchtern.

Ich räusperte mich und sammelte meinen Mut, um das zu sagen, wofür ich hergekommen war. »Jules, ich weiß, dass ich es irgendwie vermasselt habe. Ich möchte die Dinge zwischen uns wieder in Ordnung bringen. Bitte sag mir, was ich tun kann, damit wir wieder Freundinnen sind.«

Sie seufzte und blickte mit gelangweilter Miene an mir vorbei. Ich sah, dass sie mir dennoch zuhörte. Ich sah auch, dass sie nichts hören wollte von dem, was ich sagte.

»Ich schwöre dir, ich bin nicht diese Schickimickitussi, für die du mich hältst. Ich bin dieselbe Abbey, die du auf dem College kennengelernt hast. Ehrenwort.«

Immer noch nichts, aber zumindest stellte sie wieder Blickkontakt her.

»Hör zu, Abbey, ich nehme deine Entschuldigung an. Ich bin mir nur nicht sicher, ob es für mich einen Platz in deinem Leben gibt beziehungsweise für dich einen Platz in meinem. Du bist beschäftigt, ich bin beschäftigt. Ich habe Lucas. Und meine Firma. Das mag auf dich nicht besonders glamourös wirken, ich bin jedoch glücklich. Glücklicher als je zuvor.«

»Das sehe ich«, sagte ich und strahlte sie an. »Und ich freue mich unheimlich für dich. Aber ich könnte gerade wirklich eine Freundin gebrauchen. Alex steht völlig unter Stress, und …«

»Das reicht, Abbey. Es geht immer nur darum, was *du* brauchst und was *du* willst«, fiel sie mir ins Wort. »Beziehungsweise was Alex braucht, was Alex will.«

»Was?«

»Ach, komm schon. Du weißt, was ich meine.«

Nein, weiß ich nicht, hätte ich am liebsten erwidert. Bitte, Jules, bitte erklär es mir. Ich verstehe nicht, dass ich nicht mehr täglich vierzehn SMS von dir bekomme, dass du mich nicht über jede Kilokalorie, die du in den letzten achtundvierzig Stunden zu dir genommen hast, informierst, dass die Bachelorette den nächsten dämlichen Schönling rauswirft, ohne dass wir darüber diskutieren.

War ich wirklich die ichbezogene reiche Tussi, für die Jules mich hielt? Und schlimmer noch: Ging es mir nur um Alex van Holt?

»Magst du Alex nicht?«, fragte ich.

»Doch, ich mag Alex. *Du* bist diejenige, mit der ich ein Problem habe.« Ich taumelte auf meiner Bank zurück, als hätte Jules mir einen Schlag verpasst. Im nächsten Moment schien sie ihre Brutalität zu bereuen. Ihr Gesicht nahm den sanften Ausdruck an, den ich von früher kannte, und sie senkte ihre Stimme zu einem Flüstern, als sie fortfuhr: »Bee, du warst immer die Unabhängige. Diejenige, die wusste, was sie wollte, und die ihre Ziele konsequent verfolgte. Ich dagegen war diejenige, die sich immer für ihren jeweiligen Lover verbogen hat. Seine Musik hörte. Seine Essensvorlieben teilte. Ihn seine Bettseite wählen ließ. Gott, für diesen Kerl aus Lancaster habe ich sogar Line Dance gelernt. Wie war noch gleich sein Name? Patrick?«

»Peter«, sagte ich.

»Ja, genau, Peter.« Derweil sie schauderte bei der Erinnerung an ihr verzweifeltes jüngeres Ich, saß ich wie erstarrt da, begierig darauf und ängstlich, mehr zu hören.

Und es kam mehr. »Aber dann, nach Gloria, hast du angefangen, dich zu verändern.«

»Ein Kind verändert alles. Es passiert einfach.«

Jules konnte nicht nachvollziehen, was für eine Plackerei es war, eine berufstätige Mutter zu sein. Anderenfalls würde sie Verständnis dafür haben, dass ich meine Arbeit aufgegeben hatte. Ich kannte viele Mütter – reiche wie arme –, die nach der Geburt ihrer Kinder zu Hause blieben. Ich fühlte mich in die Defensive gedrängt und fragte mich, seit wann Jules so voreingenommen war.

Sie hob abwehrend ihre Hände. »Ich weiß, ich weiß, ich bin keine Mutter, ich kann nicht mitreden. Du und ich, wir wissen dennoch beide, dass mehr als nur das dahintersteckt. Du hast dich kaum noch bei mir gemeldet. Du hast alles aufgegeben, was dir früher Spaß gemacht hat. Stattdessen hast du angefangen, noble Spendengalas zu besuchen und Dekorateure zu beauftragen und Entschlackungskuren zu machen. Es war, als würde die Abbey, die ich kannte, sich in Luft auflösen.«

»Das kann nicht sein«, sagte ich, an uns beide gerichtet.

Jules musterte meine schicke Funktionskleidung und die aschblonden Strähnchen. Sie betrachtete meine falschen Brüste und meine perfekt lackierten Fingernägel. »Ach nein? Hast du in letzter Zeit mal in den Spiegel geschaut?«

In mir regten sich Widerstand … und Wut. Der Niedergang unserer Freundschaft konnte nicht allein meine Schuld sein. Andererseits sah es Jules nicht ähnlich zu übertreiben. Sie redete immer Klartext mit mir, eins der Dinge, die ich am meisten an ihr schätzte. Sie seufzte, stand auf und nahm ihre Tasche. »Ich muss los.«

Ich sah, wie sie sich zum Gehen wandte, und ich fühlte mich so hilflos. Aber ich wusste auch, dass eine fast zwanzigjährige Freundschaft nicht so enden konnte. Ich hatte nicht vor aufzugeben.

»Jules, warte!«, sagte ich und sprang auf, um sie aufzuhalten, bevor sie die Tür erreichte. »Gibt es nicht irgendeine Möglichkeit, wie wir wieder von vorn anfangen können? Vielleicht könnten wir uns mal zum Lunch treffen. Oder auf einen Kaffee. Ich kann die Kinder mitbringen.«

Sie zögerte, während sie darüber nachdachte.

»Vielleicht«, sagte sie dann. »Ich würde Van wirklich gern mal kennenlernen.«

Dann war sie weg und ließ mich mit einem Tisch voller Krümel und in Selbsthass zurück. Die Lage war sogar noch schlimmer, als ich gedacht hatte, sie war absolut unvorstellbar. War ich so sehr mit mir selbst und meinem Mann und meinem neuen Leben beschäftigt gewesen, dass ich meiner besten Freundin, der Ehrendame bei meiner Hochzeit, dem Menschen, mit dem ich mich stärker verwandt fühlte als mit meiner eigenen Familie, noch nicht einmal meinen Sohn vorgestellt hatte?

Ich sammelte das halb verzehrte Gebäck und meinen Kaffeebecher ein und stopfte alles in den Abfalleimer. Dann eilte ich aus dem Café, rannte wieder los, getrieben von dem Bedürfnis, nach Hause zu kommen. Und zwar nicht in die Stadtwohnung, sondern in unser Haus in Grange Hill, mit seinen zugigen Fenstern und seiner schiefen Veranda. Ich lief und lief und lief, versuchte, meine Magenkrämpfe zu ignorieren und den noch schmerzhafteren Gedanken in meinem Kopf zu verbannen: *Ich werde mein Zuhause vielleicht niemals wiedersehen.*

Als ich aus dem Aufzug stieg, sah ich, dass May gerade mit den Kindern die Wohnung verließ. Ich versteckte mich auf der anderen Seite des Flures und hörte May ein fröhliches Lied singen, das die Kinder gut kannten.

»Auf der Mauer, auf der Lauer sitzt ’ne kleine Wanze«, sang sie.

Und die Kinder antworteten singend: »Auf der Mauer, auf der Lauer sitzt ’ne kleine Wanze!«

»Seht euch mal die Wanze an, wie …« Sie hörte auf, sowohl zu lächeln als auch zu singen, als sie mich entdeckte. »Oscar fährt gerade Mr. van Holt, darum gehen wir heute zu Fuß zur Schule«, sagte sie geschäftsmäßig.

Ich war erleichtert, dass Alex bereits weg war und mich nicht in diesem verschwitzten, abstoßenden Zustand sehen konnte, aber auch traurig. Ich hätte jetzt eine Dosis von seinem Lächeln gebrauchen können.

»Ich werde Gloria in die Schule bringen«, sagte ich zu May.

Sie wirkte überrascht – und misstrauisch.

»Sie bringen sie sonst nie …«, begann sie und riss ihre Augen entsetzt auf, als ich die Hand nach Glorias Rucksack ausstreckte.

Ich nahm ihn an mich und schnappte mir dann Glorias Hand. Aber meine Tochter rührte sich nicht vom Fleck.

»Gloria«, sagte ich, »gehen wir.« Ich schenkte ihr meinen patentierten »Stell mich nicht auf die Probe«-Blick.

»Lassen Sie mich das machen«, sagte May und zog an Glorias anderem Arm. »Sie haben doch sicher viel zu erledigen.«

»Nein, habe ich nicht. Ich nehme sie.« Ich wurde nun langsam sauer und drückte Glorias Hand wohl ein bisschen zu sehr. Meine kleine Tochter jaulte auf, und May war schockiert. Aber sie ließ Gloria los und beugte sich zu Sam hinunter, um ihn hochzuheben. Ihn würde sie nicht so einfach hergeben. Ich hatte allerdings andere Pläne. »Den kleinen Mann nehme ich auch mit«, erklärte ich und machte eine ungeduldige »Gib schon her«-Geste, als wäre Sam Schmuggelware, die May versuchte, hinter ihrem Rücken zu verstecken.

Sie ging zögernd zwei Schritte auf mich zu und gab mir dann meinen Sohn, nicht ohne ihm vorher Spucke vom Kinn zu wischen und ihm einen Kuss auf den Kopf zu geben.

Während wir in Richtung Aufzug gingen, schauten meine beiden Kinder sehnsüchtig zu May zurück. Das entfachte meine Neugier. War Abbey van Holt zu beschäftigt und zu wichtig, um ihre Kinder selbst zur Schule zu bringen? Zogen sie May ihrer Mutter vor? Ich versuchte, meinen Frust nicht an den Kindern auszulassen, konnte jedoch nichts dagegen machen. Es tat weh und fühlte sich gleichzeitig absurd an. Zwei Frauen, die sich darum stritten, wer ein kleines Mädchen zur Schule bringen durfte. In Grange Hill war es genau umgekehrt: Jimmy und ich diskutierten immer darüber, wer zur Schule fahren musste, da keiner von uns die zwanzig Minuten erübrigen konnte, die es dauerte, um Gloria dort abzusetzen. Jimmy war meist schon längst in seinem Büro und musste extra dafür zurückkommen.

»Seien Sie ganz beruhigt, May«, sagte ich. »Ich komme mit den Kindern zurecht. Ich bin ihre Mutter.« Auf dem halben Weg zum Aufzug musste ich zurückrufen: »Der Buggy?«

»Ich habe unten Bescheid gesagt«, erwiderte sie. Sie stand immer noch am selben Fleck.

»Richtig«, sagte ich und bugsierte die Kinder in die Kabine.

Unten in der Lobby wartete auf uns ein moderner Buggy aus Chrom und rotem Segeltuch mit übergroßen Geländereifen. Ich setzte Sam hinein und drehte ihn dann mehrmals hin und her, bis ich herausfand, in welche Richtung er schauen musste. Es gab keinen Gurt, in dem hängemattenähnlichen Sitz wurde Sam durch sein eigenes Körpergewicht gesichert, von dem er reichlich hatte. Gloria stand bereits an der Eingangstür, also schob ich den Buggy an. Er schoss vorwärts wie ein Puck über das Eis.

Wir marschierten die Walnut Street entlang zur nächsten Kreuzung, Gloria hüpfte zwei Meter voraus. Meine Vorstadtmutterinstinkte rieten mir, Gloria an die Hand zu nehmen, aber da ich keine Ahnung hatte, wo wir hinmussten, blieb mir nichts anderes übrig, als mich von ihr lotsen zu lassen. Nach ein paar Straßenblocks wurde mir klar, dass ich mir keine Sorgen zu machen brauchte. Gloria bewegte sich mit konzentriertem Blick durch den dichten Verkehr. Passanten wichen ihr aus, ein Paar löste seine Hände voneinander und machte Platz, um Gloria durchzulassen. Nehmt euch vor der hier in Acht, dachte ich. Sie hat das Auge des Tigers. Genau wie ihre Großmutter.

Wir umkurvten Fußgänger und Hunde und hin und wieder eine Transportkarre, bis die Geschäftshäuser Stadtvillen wichen und der glatte Asphalt auf den Gehwegen unebenem Kopfsteinpflaster. Prächtige Altbauten türmten sich über weichgetretenen Marmortreppen empor, Kutschenhäuser, die schon längst keine Pferde und Kutscher mehr beherbergten, lockten mit ihren breiten Holztoren und ihren Schieferdächern junge Besserverdiener an. Ich bewunderte die geschwungenen schmiedeeisernen

Treppengeländer, die professionell gestalteten Blumenkästen und die Sprossenfenster, während ich mit Sam Gloria hinterhereilte. Ich sah ein paar ähnlich luxuriöse Buggys, die dieselbe Richtung ansteuerten wie wir, und schloss daraus, dass wir kurz vor unserem Ziel waren.

Gloria führte uns zu einer hübschen gelben Kirche mit einem modernen Glasanbau. Ein goldenes Schild mit Gravur benannte den Ort: ST. ANDREW'S SCHOOL FOR CHILDREN. GEGRÜNDET 1886. Ein hoher schmiedeeiserner Zaun umschloss einen mit Schieferplatten ausgelegten Hof und einen Spielplatz, die Lehrerinnen, die alle aussahen wie Jennifer Garner an ihren Einkaufstagen, hatten sich in zwei Reihen aufgestellt und sangen ein Guten-Morgen-Lied, zu dem sie im Takt klatschten.

Wir stellten uns in der Schlange auf dem Gehweg an, wo wir mit Kindern konkurrierten, die aus Land Rovern und SUVs hüpften, und mit Nannys, die Doppelbuggys vor sich herschoben. Gloria gab mir ein Küsschen zum Abschied und lief dann durch das Spalier aus Lehrerinnen, Sam blickte sich fröhlich um. Für eine Schule mitten in einer der rauesten Städte des Landes wirkte das hier eher wie ein Ort im Traumland, aber ich nahm an, dies war die Art von pädagogischer Umgebung, die man für ein Schulgeld in fünfstelliger Höhe erhielt.

Ein paar andere Mütter grüßten mich stumm in dem Tumult, keine blieb jedoch stehen, um mit mir zu plaudern. Die meisten von ihnen sahen aus wie ich in ihren teuren Sportoutfits und den auffälligen Turnschuhen. Sie hatten ihre Morgenrunde kurz hinter sich oder kurz vor sich. Ich sah eine Mutter in einem grauen Nadelstreifenanzug, die einem Jungen zum Abschied einen Kuss gab und dann auf dem Gehweg davoneilte, ihr iPhone am Ohr. Bestimmt rief sie ihren Chef an, um zu erklären, warum sie zu spät zur Arbeit kam – wieder einmal.

Die Menge im Schulhof begann, sich zu lichten, und der Gesang verstummte, also machten Sam und ich uns auf den Rückweg. Wir gingen gerade an dem hohen Außenzaun entlang, als ein monströser weißer Mercedes heranraste und gefährlich nah vor dem Schultor zum Stehen kam. Zwei Zwillingsbrüder stürmten hinten aus dem Wagen und rannten hinein, ohne sich die Mühe zu machen, sich von ihrer entnervten Mutter zu verabschieden, die nun ebenfalls ausstieg. Ihre glänzenden schwarzen Haare stachen von ihrem weißen Wagen ab, ihre übermäßige Gesichtsbräune hatte einen orangefarbenen Stich.

Offenbar kannte die Frau mich, denn plötzlich kreischte sie laut »Aaaaabbey!« und stürmte mit ihren wogenden Riesenbrüsten auf uns zu. Ich blieb stehen und wappnete mich innerlich.

»Ich bin so froh, dass ich dich treffe!«, keuchte sie, als sie uns erreicht hatte, und löste ein paar lange schwarze Haare von ihrem Lipgloss. »Hat May auch gekündigt?«

»Wie meinst du das?«, fragte ich, ihre übertrieben nachgezogenen Augenbrauen und dann ihre Plateaupumps anstarrend.

»Mein Au-pair hat letzte Woche gekündigt. Sie hat ihren Freund so sehr vermisst, dass sie zurück nach Schweden ist. Ohne mir vorher Bescheid zu sagen«, erklärte sie und beugte sich vor, um mich kurz zu umarmen und mir einen Luftkuss auf die Wange zu geben. »Ich dachte, dir wäre dasselbe passiert!«

»Nein. Ich habe nur beschlossen, die Kinder heute selbst zur Schule zu bringen.« Warum fand das jeder so schockierend?

»Ich habe Betsy schon mehrmals angemailt, aber sie antwortet mir nie«, fuhr die Frau fort. »Wo zum Teufel findet der Lunch des Wohltätigkeitskomitees statt? Ich habe Neuigkeiten, was das Catering betrifft.«

»Äh ... ich weiß nicht«, sagte ich. »Ist das heute?«

Sie schenkte mir einen mitleidigen Blick. »Na klar ist das heute, Dummerchen. Wir treffen uns doch immer donnerstags.«

Diese Frau hatte ein bisschen zu viel von allem – Schmuck, Zähne, Dekolleté –, aber ich mochte ihr Lächeln und ihre unverhohlene Missachtung von Vorschriften: Ihr Wagen stand direkt vor einem Halteverbotsschild.

»Oh, richtig, heute ist Donnerstag«, sagte ich verlegen. »Und donnerstags treffen wir uns immer. Zum Lunch ... mit ... dem Wohltätigkeitskomitee.« Ich gewöhnte mich allmählich daran, wie ein absoluter Volltrottel zu klingen. Ich sah, wie ihr Gesicht lang wurde, und erkannte, dass sie mich nicht für dumm hielt, sondern vielmehr dachte, ich würde mich zieren und versuchen, ihrer Frage auszuweichen. Glücklicherweise kam mir eine Idee. »Lass mich in meinem Handy nachschauen!« Ich zückte mein Smartphone und präsentierte es stolz, als wäre es das erste Mobiltelefon, das jemals erfunden worden war. Dann scrollte ich durch meine Nachrichten. Schließlich fand ich eine E-Mail von Betsy mit dem Betreff »Lunch«.

»Sieht so aus, als würden wir uns um halb eins treffen, in einem Restaurant namens Le Jardin, auf der Broad Street«, sagte ich.

»Hab ich noch nie was von gehört ... aber das finde ich bestimmt«, erwiderte die Frau, wieder mit fröhlichem Gesicht. Sie beugte sich zu Sam hinunter und streichelte seine Wange, dann versuchte sie, ihre Armreifen aus seiner kleinen Faust zu lösen. Sie kitzelte ihn, und er ließ los, vergnügt glucksend. »Du bist so ein süßer kleiner Wonneproppen«, sagte sie und gab ihm einen Kuss auf den Kopf. »Gott, ich liebe sie einfach in diesem Alter. Sobald sie zu sprechen beginnen, geht der Stress los.«

Ich lachte laut auf, und als ich meine Stimme hörte, wurde mir bewusst, dass ich das erste Mal seit Samstag richtig gelacht hatte. Es fühlte sich gut an.

Ein lang gezogenes Hupen von einem blockierten Taxi ließ die Frau zurück zu ihrem Wagen eilen, ihre Brüste und ihre Haare hüpften synchron. Sie zeigte dem Taxifahrer den Mittelfinger und rief »Leck mich!«, bevor sie in ihrem Monster-Mercedes davonraste. Die wenigen Mütter, die noch in der Nähe waren, machten entsetzte Gesichter und schüttelten den Kopf, gingen dann jedoch rasch weiter.

»So, mein kleiner Wonneproppen«, sagte ich zu Sam, den South-Philly-Akzent meiner neuen Freundin imitierend. »Ich schätze, Mommy geht heute zu einem Lunch.«

Um die Mittagszeit, als ich für den Lunch umgezogen war, hörte ich mit Erleichterung, dass mein Handy klingelte. Ich eilte zu meiner Handtasche und nahm es heraus. Es war Alex.

»Hey, Schatz, ich wollte dir nur kurz Bescheid geben, dass Dr. Cohen heute Nachmittag für dich Zeit hat.«

»Okay. Ich wusste gar nicht, dass ich einen Termin bei ihm habe.« Ich hatte vorhin meinen Kalender und meine E-Mails durchforstet, um herauszufinden, womit Abbey van Holt sich tagsüber beschäftigte, aber nichts gefunden.

Alex ging über meine Bemerkung hinweg. »Er erwartet dich um zwei. Nein, um drei. Warte, ich frag noch mal kurz nach.« Ich stand da, das Handy an meinem Ohr, bis er ans Telefon zurückkehrte. »Meine Mutter sagt, du sollst ungefähr um drei da sein, dann kann er dich dazwischenschieben. Komm nicht zu spät, weil er um vier zum Squash verabredet ist.«

»Verstanden«, erwiderte ich und sah mich nach einem Stift und Papier um.

»Und vergiss nicht, dass ich heute Abend diese Dinnerveranstaltung habe, und morgen werde ich dann den ganzen Tag weg sein wegen der Vorbereitung auf die Debatte.«

»Verstanden. Doktor, Dinner, Debatte.«

»Ich muss wieder. Tschüs, mein Schatz.«

Ich wollte gerade wegen Dr. Cohen nachfragen, aber die Verbindung war bereits getrennt. Einen Moment lang starrte ich auf mein Handy, dann sperrte ich das Display. Mirabelle hatte den Termin vereinbart? Ich hätte beinahe laut aufgelacht. Jimmys Mutter, Jane, hätte mir nicht einmal eine Topfpflanze gekauft, ohne vorher mit mir Rücksprache zu halten.

Ich seufzte und erhaschte dann einen Blick auf mich selbst in dem breiten vergoldeten Spiegel im Foyer. Ich konnte nicht anders, als eine Hüfte vorzuschieben und wie Heidi Klum zu posieren.

In meiner cremefarbenen Kaschmirweste mit Silberschnallen, meinem weißen Tanktop aus Seide und den Leggings mit den Ledereinsätzen dämmerte es mir, dass ich aussah wie die Frauen in den Modezeitschriften, die ich immer beneidet hatte. *Verzeihung,* sagte ich zu mir mit einem verschmitzten Lächeln und klimperte ein bisschen mit den Wimpern, *ich gehe nur kurz zu einem Lunch und entwerfe einen Plan, um die Welt zu retten, bevor ich meine unglaublich gut erzogenen und hinreißenden Kinder abhole und anschließend zu meinem Mann eile, dem Männermodel und*

Kongresskandidaten, um mit ihm einen Abend mit Tanz und Champagner zu verbringen.

Im Spiegel war ich die Abbey, von der ich schon immer wusste, dass ich sie sein konnte.

Das Le Jardin war eins dieser sogenannten Edelbistros, es ähnelte einem Ballsaal im Buckingham Palace. Der große, achteckige Raum hatte verspiegelte Wände, die die unglaubliche Aussicht auf die beiden Flüsse reflektierten. Die weich gepolsterten Louis-XIV-Stühle wirkten sehr einladend, genau wie die frischen Rosen auf jedem Tisch, die ihren Duft verströmten. Es gab kein einziges Hauptgericht unter zweiundzwanzig Dollar, der Cheeseburger inbegriffen. Nicht, dass es eine Rolle spielte – ich war die Einzige am Tisch, die mehr bestellte als einen Beilagensalat oder eine Suppe.

Betsy starrte mich an, als ich den Kellner um ein Glas Eistee ohne Zitrone bat.

»Ich hoffe, das ist ein Scherz«, sagte sie und schüttelte ihre gefaltete Serviette auf. »Wir bekommen gleich den Sauvignon blanc, den du so gern trinkst. Ich habe bereits eine Flasche bestellt.«

»Super!«, sagte ich, um mitzuspielen. »Ich brauche nur zuerst einen kleinen Koffeinkick. Hab letzte Nacht kaum geschlafen.«

»Verschon uns bitte mit deinem sagenhaften Sexleben!«, stöhnte sie in gespielter Verzweiflung. »Das ist zu deprimierend.«

»Wie bitte?«

»Ich kann diese Geschichten über euch beide nicht mehr ertragen«, erklärte sie mit einem Lachen. »Bill und ich schaffen es höchstens einmal im Monat. Und trotzdem ist es nur noch Routine.«

Ich schauderte kurz bei der Vorstellung, dass Abbey van Holt vor diesen Frauen mit ihrem Sexualleben prahlte. Wurde sie nicht schon genug beneidet?

»Wurde auch Zeit«, tadelte Betsy den Kellner, der einen silbernen Champagnerkübel an unseren Tisch rollte. »Ich brauche jetzt unbedingt einen Drink. Heute Morgen hat mir der Baumeister eröffnet, dass ich nicht die Poolfliesen haben kann, die ich haben wollte, weil es acht Wochen dauert, bis sie da sind. Aus Italien. Und der Kronleuchter, den ich für die Bibliothek ausgesucht habe, ist angeblich zu schwer für unsere Stuckdecke. Ich weiß, der Kerl hat bloß keinen Nerv darauf. Er lügt mir ins Gesicht.«

»Du armes Ding«, sagte Ellen, die hungrig auf den Brotkorb starrte. »Handwerker sind einfach das Letzte, nicht wahr?«

»Das absolut Letzte ...« Betsy verstummte, als sie jemanden das Restaurant betreten sah. Dann schlug sie mit der flachen Hand auf den Tisch, sodass die Eiswürfel in unseren Wassergläsern klirrend protestierten. »Wer hat *der* gesagt, wo wir uns treffen?«, zischte sie wütend.

Ich drehte mich um und entdeckte meine unflätige Freundin in einem schwarzen Lackmantel. Sie winkte und lächelte und gab uns das »Eine Minute!«-Zeichen.

»Oh, das war ich«, erwiderte ich und drehte mich wieder zum Tisch. »Sorry, ich wusste nicht, dass das ein Geheimnis war.«

»Was? Ich dachte, sie wäre der Grund dafür, dass wir unsere Treffen in ein neues Restaurant verlegt haben«, sagte Ellen. »Es ist schon peinlich genug, dass sie bei uns im Komitee ist, nun wird sie uns auch noch das Essen ruinieren mit ihrem Dauergeschnatter und ihren geschmacklosen Ideen.«

»Aber sie hat gesagt, sie hat Neuigkeiten, was das Catering betrifft«, erklärte ich im Bemühen, hilfreich zu sein.

»Na, Gott sei Dank«, spottete Betsy. »Das ist das Einzige, wofür diese Weiber aus der Südstadt gut sind – fürs Essen. Und dafür, einen guten Schönheitschirurgen zu empfehlen.«

Betsy hatte offenbar vergessen, dass mein Mädchenname DiSiano lautete und dass mein Vater auch in der Südstadt geboren und aufgewachsen war. Ich hatte zwar seit Jahrzehnten keinen Kontakt zu ihm, ich fühlte mich trotzdem gekränkt.

»Spielt das denn wirklich eine Rolle?«, fuhr ich sie an. »Es ist nur ein Lunch.«

Sie setzte zu einer Erwiderung an, verkniff sie sich dann aber erstaunlicherweise und begrüßte stattdessen unsere Freundin in liebenswürdigem Ton.

»Mindy, wie hinreißend du wieder aussiehst!«, flötete sie.

Mindy! Ich baute mir rasch eine Eselsbrücke, um mir den Namen einzuprägen: Mindy fährt einen Mercedes und trägt Miniröcke.

»Was?« Mindy in ihrer Satinbluse und ihrem knappen Stretchrock, ihrer Meinung nach wohl das passende Outfit für einen gepflegten Damenlunch, ließ sich auf einen Stuhl neben mich plumpsen. »Das soll wohl ein Witz sein. Ich hab mir einfach schnell das Erstbeste aus dem Schrank gegriffen.«

Ich wusste es jedoch besser: Sie hatte sich todsicher den Kopf zermartert über ihr Outfit. Lächelnd zwinkerte ich ihr zu und sah, dass ihre Schultern sich entspannten.

Während der nächsten halben Stunde unterhielten wir uns über die bevorstehende Geburtstagsfeier eines abwesenden Komiteemitgliedes, darüber, warum eine Ponyfrisur grundsätzlich eine schlechte Idee war und ab wann ein Kind alt genug war, um auf einem Jet-Ski mitzufahren. Ich hörte eine Weile den anderen zu, begann dann aber, das Interesse zu verlieren. Mein Blick schweifte ab.

Schließlich legte Ellen einen Ordner mit der Aufschrift »Benefiz« auf den Tisch, und ich konzentrierte mich wieder auf das Gespräch. Ich nahm einen Stift und einen Notizblock heraus und schrieb dann oben auf das Blatt »Aufgaben«. Zeit, sich an die Arbeit zu machen.

Die Spendengala für die Tierrettungsstation fand am 6. November im Foyer des Kunstmuseums statt, nur zwei Tage nach der Wahl. Ganz Philadelphia war eingeladen, und wir rechneten mit einem ausverkauften Saal, obwohl wir fünfhundert Dollar für eine zweistündige Veranstaltung nahmen, in der nicht einmal ein Dinner im Sitzen inbegriffen war. Als ich von dem Programm hörte – eine Herbstmodenschau mit den Haustieren der Lokalprominenz, alle mit Miniatur-Couture ausstaffiert, inklusive Schmuck –, hätte ich mich beinahe an meinem Krabbenpuffer verschluckt. Selbst nach zehn Jahren in der PR-Branche fand ich, dass dies eine der absurdesten und abgehobensten Ideen war, von denen ich jemals gehört hatte. Ich zuckte zusammen, als ich erfuhr, dass sie von Abbey van Holt stammte.

Seufzend trank ich einen Schluck von meinem Wein. Ich sollte zumindest dazu beitragen, dass die Veranstaltung ein Erfolg wurde. Also begann ich, eine Frage nach der nächsten abzufeuern.

»Wie viele Karten müssen noch verkauft werden? Wie viel werden wir voraussichtlich einnehmen? Welche Medien haben ihr Kommen bestätigt? Wen müssen wir noch kontaktieren?« Niemand antwortete. Ich wandte mich an Mindy. »Und das Catering, ist das schon fest?«

Sie sah mich nur achselzuckend an. Ich schaute zu Betsy und Ellen. Auch sie starrten nur ausdruckslos zurück. Hatten wir das alles bereits letzte Woche besprochen?

»Tut mir leid, Leute, ich hatte eine lange Woche«, sagte ich. »Ich dachte nur, wir könnten kurz rekapitulieren, was schon erledigt ist und was noch offen.«

»Aber Abbey«, sagte Ellen ungläubig, »über solche Dinge brauchen wir uns doch keine Gedanken zu machen! Das Museum kümmert sich um alles. Solange wir die Antwortschreiben an Malcom weiterleiten, ist unsere Pflicht getan.«

»Oh, richtig«, sagte ich. »Hatte ich vergessen.«

Betsy warf mir einen eigenartigen Blick zu, Ellen kicherte, und Mindy schluckte den Bissen hinunter, auf dem sie seit zwanzig Minuten herumkaute. Gleich darauf übernahm Betsy wieder die Gesprächsführung, und ich begriff, was hier vor sich ging. Dies hier war kein Planungslunch, es war nur ein Lunch. Und wir würden nicht unsere Seidenärmel hochkrempeln, um den ungewollten Hunden und Katzen in Philadelphia zu helfen, sondern wir waren lediglich hier, um Geld zu spenden, unsere Namen auf die Einladungskarten zu setzen und »wichtige« Entscheidungen zu treffen – zum Beispiel ob wir französischen oder italienischen Wein servieren sollten, wen wir von der Veranstaltung ausschlossen und ob »festlicher Cocktail« bedeutete, dass man ein schulterfreies Kleid anziehen durfte. Da ich keine dieser Fragen beantworten konnte – und sie mir ehrlich gesagt am Arsch vorbeigingen –, nippte ich still an meinem Wein.

In meinem alten Leben war ich insgeheim immer froh gewesen, wenn eine Deadline verschoben wurde oder wenn ein Kunde absprang. Nichts hatte mich mehr gefreut, als Zeit zu gewinnen oder einen Punkt von meiner Liste streichen zu können. Als ich nun meinen Notizblock wegsteckte, mit dem praktisch blütenweißen Blatt, fühlte ich mich wie abgekoppelt.

Das lag nicht nur daran, dass ich keine Aufgaben hatte. Es lag daran, dass die Aufgaben, die ich hatte, nicht wirklich von Bedeutung waren. Zumindest für mich nicht.

Zwei Stunden später, nachdem die Speisen, die alle zu essen vorgegeben hatten, längst abgeräumt waren, kehrte die Unterhaltung auf das Thema Häuser zurück. Offenbar waren meine Freundinnen alle mitten in einer großen Renovierung. Ich versuchte, mich so gut wie möglich an dem Gespräch zu beteiligen, war mir aber ziemlich sicher, dass die anderen nicht nur über den Einbau eines neuen Küchenabfallzerkleinerers sprachen oder über das Erneuern von Viertelstäben. Wir unterhielten uns außerdem über Urlaubsziele, ein heißes Thema angesichts der bevorstehenden Herbstferien.

»Ach, Abbey, ich wollte dich was fragen«, sagte Ellen beiläufig. »Wie hieß noch mal das kleine Hotel in New Orleans, das du uns empfohlen hast?«

»Wie bitte?«

»Das Hotel, in dessen Nähe ihr damals gewohnt habt. In dem es diesen fantastischen Kaffee gab?«

»Oh, ich weiß es nicht mehr. Kann ich dir den Namen später mailen?«

New Orleans? Alex und ich hatten in Louisiana gelebt? Wann? Wie lange? Ich stellte mein Weinglas ab und setzte mich gerader hin. Aber jetzt, da es anfing, interessant zu werden, checkten die anderen bedauerlicherweise ihre Handys und hängten sich ihre dick wattierten Handtaschen über ihre gebräunten Schultern. Ellen bat um die Rechnung, Betsy nahm einen Anruf entgegen. Ich wartete und versuchte, Betsys Telefonat zu ignorieren, doch sie redete ziemlich laut, befeuert vom Weißwein.

»Tut mir leid, Direktor Murray, doch das ist ausgeschlossen. Mein Sohn würde so etwas niemals tun. Nie. Und. Nimmer.« Am Tisch wurde es mucksmäuschenstill. Wir hörten nun alle gespannt zu. »Wegen so etwas werde ich nicht vorbeikommen«, fuhr sie fort. »Vor allem nicht, weil ich weiß, dass dieser Vorwurf haltlos ist. Mein Sohn würde niemals solche Ausdrücke gegenüber einem Lehrer benutzen. So etwas macht er einfach nicht. Wenn Sie mich nun entschuldigen würden.«

Sie beendete die Verbindung und knallte ihr Handy auf den Tisch, dann leerte sie ihr Weinglas in einem Zug. Als Nächstes griff sie nach ihrer Handtasche und sah sich nach dem Kellner um, als wäre nichts geschehen.

»War das die Schule? Musst du deinen Sohn abholen?«, fragte ich. Die Frage schien selbstverständlich genug nach dem, was wir gerade mitgehört hatten.

»Nein. Ich fahre da nicht hin. Die erfinden ständig Lügen über Cranford. Er würde niemals einen Lehrer beleidigen. Die haben es einfach auf ihn abgesehen. Du weißt ja selbst, wie die dort sind.« Sie wartete meine Antwort nicht ab. »Außerdem bin ich mir sicher, dass Cranford niemals eine Autoritätsperson respektlos behandeln würde.«

»Er kommt also nicht nach seiner Mutter?« Ich kicherte, hörte aber schnell wieder auf.

Betsy saß bewegungslos da und starrte mich an. Ellen schaute an die Decke und tat so, als würde sie nichts mitbekommen. Nur Mindy zeigte eine Regung. Sie drehte sich zu mir, lächelte mich an und blickte dann gespannt auf Betsy, anscheinend nicht ahnend, dass diese in dem Jahr, als unsere Highschool die landesweiten Basketball-Playoffs ausgerichtet hatte, nackt auf das Spielfeld gerannt und zwischen den Spielern und den Schiedsrichtern herumgeflitzt war. Ihre langen schwarzen Haare und der Geruch von richtig gutem Gras waren hinter ihr hergeweht, während der Wachmann sie erbost verfolgt hatte.

»Was hast du gesagt?«, fragte Betsy.

»Nichts. Nur, na ja, du erinnerst dich bestimmt.«

Ihre Augen schnellten kurz zu Mindy, deren Mund vor Neugier offen stand, und dann wieder zu mir. »Nein. Tu. Ich. Nicht.«

»Ach, komm schon, Betsy. Damals auf der Highschool. Als du nackt durch die Sporthalle geflitzt bist. Du hast deine Festnahme wie ein Ehrenabzeichen getragen!«

»Abbey, ich weiß nicht, warum du so eine Geschichte erfindest, ich habe kein Verständnis dafür. Ich finde, seit deinem Unfall bist du ziemlich durcheinander. Du solltest besser noch einmal zum Arzt gehen.«

Sie sah mich völlig ernst an, als hätte ich mir die Geschichte tatsächlich ausgedacht. Als wäre ich nicht dabei gewesen und hätte es mit eigenen Augen gesehen. Als hätte es diese Geschichte nicht in die Lokalzeitung geschafft.

Ich beobachtete, wie Betsy ihre Handtasche zuklappte und abrupt aufstand, und mir wurde klar, dass es damals okay gewesen war, darüber zu lachen, doch jetzt nicht mehr. Die leichtsinnige und sorglose Betsy, die ich auf der Highschool gekannt hatte, existierte nicht mehr. Diese Person war durch einen eleganten, kultivierten Schwan ersetzt worden.

»Betsy, warte …« Ich stand auf und versuchte, sie am Arm festzuhalten, in der Hoffnung, dass wir einfach mit einem Lachen darüber hinweggehen oder das Thema wechseln konnten, aber sie war so aufgebracht, dass sie mich nicht einmal mehr ansehen beziehungsweise sich von mir verabschieden wollte. Sie hängte sich ihre Handtasche um, bedeutete der ausdruckslos dreinschauenden Ellen, ihr zu folgen, und stapfte dann in ihrer bonbonrosafarbenen Kostümjacke an den Tischen vorbei zum Ausgang.

Nachdem Betsy und Ellen gegangen waren, beglichen Mindy und ich schweigend die Rechnung. Ich versuchte, mich auf den Kreditkartenbeleg zu konzentrieren und meinen neuen Namen richtig zu buchstabieren, aber meine Hand zitterte so stark, dass meine Unterschrift unleserlich war. Ich war beunruhigt, die Auseinandersetzung mit Betsy erfüllte mich mit einer unguten Vorahnung. Betsy und Ellen mochten unerträglich sein, sie waren dennoch Abbey van Holts Freundinnen. Wahrscheinlich die einzigen, die sie hatte. Und im Moment brauchte ich so viele Freundinnen, wie ich nur bekommen konnte.

Als Mindy und ich in dem kleinen Aufzug unter uns waren, ergriff sie schließlich das Wort. »Tut mir leid, ich muss es wissen. Ist sie wirklich nackt durch die Sporthalle geflitzt?«

»Ich verweigere die Aussage«, sagte ich und hob meine Hand wie vor Gericht. »Offenbar ist alles, was sich vor 2002 ereignet hat, kein angemessenes Gesprächsthema beim Lunch.«

»Nun, sie sollte einfach dazu stehen. Tatsächlich macht sie das ein bisschen sympathischer.«

»Ich weiß«, sagte ich mit einem traurigen Lächeln. »Aber ganz ehrlich, ich bin mir nicht sicher, ob es heutzutage Betsys primäres Ziel ist, Sympathie zu wecken. Ich glaube, Bewunderung wäre ihr lieber.«

»Gibt es da einen Unterschied?«

»Absolut.«

Mein Ton war ernst, Mindy brüllte trotzdem vor Lachen.

Nach dem epischen Lunch hatte ich fünfzehn Minuten Zeit, um herauszufinden, welcher der sieben Dr. Cohens im Großraum Philadelphia derjenige war, bei dem Mirabelle mir einen Termin gemacht hatte. Während ich ein Taxi heranwinkte, ging ich die Liste durch, die Siri gefunden hatte, und löschte Dr. Gerry Cohen, der auf ganzheitliche Medizin spezialisiert war, Dr. Emily Cohen, die erst achtundzwanzig Jahre alt war, und J. J. Cohen, der zwar Allgemeinmediziner war, aber in Fishtown praktizierte. Es war unwahrscheinlich, dass die van Holts sich weiter als bis zur Spring Garden Street bewegten, und es war noch unwahrscheinlicher, dass sie zu einem Arzt gingen, der J. J. hieß. Also musste es wohl William R. Cohen sein, der als Internist im Pennsylvania Hospital arbeitete.

Als ich sein Foto auf der Homepage der Klinik betrachtete, hoffte ich, dass er freundlich war und geduldig und vielleicht auch ein bisschen unorthodox.

Seine Behandlungsräume waren in der zweiten Etage eines alten Sandsteingebäudes am Washington Square. Das Wartezimmer war leer, still und vornehm, mit einem abgetretenen Orientteppich und Mahagonimöbeln ausgestattet, eine Welt entfernt von den überfüllten Notfallpraxen, die wir in Grange Hill hatten. Eine Krankenschwester, eine der wenigen in klassischer Schwesterntracht, die ich jemals gesehen hatte, führte mich nach hinten in das Untersuchungszimmer, das moderner eingerichtet war, abgesehen von zwei hohen Polstersesseln, die vor einem Erkerfenster standen.

Dr. Cohen war ein Mann Anfang sechzig mit einer sanften Stimme, einem gepflegten grauen Bart und strahlend blauen Augen, die hinter seiner randlosen Brille leuchteten. Er war kleiner als ich und recht schmächtig und trug eine konservative gelbe Fliege und einen kastanienbraunen Strickpullunder, der vielleicht aus der Kinderabteilung stammte. Trotz seiner jugendlichen Statur war er attraktiv und selbstbewusst, und ich bemerkte, dass er keinen Ehering trug. Er war genau der Typ Mann, den ich mir für Roberta gewünscht hätte, aber ihre halbherzigen Versuche, Männer in ihrem Alter zu daten, endeten jedes Mal schlimm. Dasselbe galt für ihre Versuche, kleine Männer zu daten.

»Abigail, meine Liebe«, sagte Dr. Cohen und nahm mich zur Begrüßung in den Arm. »Sie haben uns allen letztes Wochenende einen ganz schönen Schreck eingejagt. Wie fühlen Sie sich?« Er trat einen Schritt zurück und sah mir aufrichtig besorgt in die Augen.

Ich lächelte und ließ meine Schultern fallen. Ärzte, vor allem ältere, strahlten etwas aus, das mich lockerer machte. Als könnten sie alles in Ordnung bringen – von gebrochenen Knochen bis zu gebrochenen Herzen.

»Ich fühle mich gut, wirklich. Ich dachte nur, es kann nicht schaden, wenn ich mal bei Ihnen vorbeischaue«, sagte ich. »Das war sehr bizarr, was mir da passiert ist.«

»Ich muss zugeben, ich stand vor einem Rätsel«, sagte er. »Sie waren stundenlang bewusstlos.«

»Sie haben mich gesehen? In der Ambulanz?«

»Oh, sicher, ich bin direkt rübergegangen, als ich davon gehört habe«, erwiderte er. »Ich wurde allerdings wieder weggerufen, bevor Sie zu sich kamen. Aber ich habe mit Dr. Aaronson gesprochen und mir die MRT-Aufnahmen angesehen. Sie waren absolut unauffällig, als wäre nichts passiert.«

Und doch ist etwas passiert, hätte ich am liebsten erwidert. Etwas Gewaltiges.

»Dann wollen wir Sie uns mal genauer ansehen, ja?«

Er bat die Krankenschwester in das Untersuchungszimmer, und während sie meinen Blutdruck maß, stellte er mir ein paar Routinefragen. Dann musste ich mich hinstellen und diverse Gleichgewichtsübungen machen, die eher an einen Alkoholtest erinnerten als an eine neurologische Untersuchung. Anschließend leuchtete der Arzt mir in die Augen und Ohren und auf die Stelle direkt über meinem rechten Ohr, wo ich gegen den Klavierhocker geprallt war. Seine Hände fühlten sich kalt an auf meinem Hals, und ich fröstelte in meinem dünnen Untersuchungshemd.

»Sagen Sie, Dr. Cohen«, fragte ich vorgeblich beiläufig, »können Kopfverletzungen Wahnvorstellungen auslösen?«

»Wahnvorstellungen?«

»Sie wissen schon, so etwas wie eine umgekehrte Amnesie oder ein Gedächtnisverlust oder so ähnlich?«

»Ich bin mir nicht sicher, ob ich Ihnen folgen kann. So etwas wie eine umgekehrte Amnesie gibt es nicht. Und die klinische Amnesie ist extrem selten. Gewöhnlich tritt sie nur vorübergehend auf. Nach allem, was wir sagen können, war Ihre Verletzung oberflächlich und ohne Auswirkung auf die Hirnareale.«

»Was ist mit einer psychotischen Episode? Also im Sinne davon, in eine andere Realität zu wechseln?«

»So etwas gibt es nur im Film«, sagte er mit einem Lachen. »Psychosen beziehungsweise psychotische Episoden entstehen durch ein chemisches Ungleichgewicht und nicht durch ein stumpfes Trauma. Oder durch den Konsum bestimmter Drogen wie zum Beispiel PCP.«

Er legte seinen Leuchtstift weg und sah mich an. »Warum fragen Sie, Abbey? Gibt es irgendein Problem? Haben Sie seltsame Gedanken? Angstzustände?«

»Nein, nichts dergleichen«, erwiderte ich, wieder um einen lässigen Ton bemüht. »Ich bin nur neugierig.«

»Sicher?«, fragte er und berührte besorgt meinen Arm.

»Sicher. Es ist nichts. Obwohl, manchmal kommt es mir tatsächlich so vor, als würde ich das Leben einer anderen Person führen.« Ich lachte über meinen eigenen Scherz, aber der Arzt nicht. Er nahm meine Hand, um meinen Puls zu fühlen, und leuchtete mir dann wieder in die Augen. Als er mein geprelltes Knie untersuchte, konnte ich nicht widerstehen, ihn weiter zu löchern. »Nehmen wir mal an, ich hätte tatsächlich so ein chemisches Ungleichgewicht. Wie würden Sie es behandeln? Mit Tabletten? Mit Elektroschocks?«

»Die Psychiatrie ist nicht wirklich mein Fachgebiet«, erwiderte er mit ernstem Gesicht. »Wenn Sie das Gefühl haben, Sie müssen mit jemandem reden, kann ich Ihnen eine Überweisung schreiben. Ich habe eine Kollegin, die wäre genau die Richtige für Sie. Sie kann sehr gut mit Hausfrauen umgehen.«

»Ach ja?« Ich nickte gekränkt ob der Bezeichnung »Hausfrau«.

»Das wäre wirklich keine schlechte Idee«, fuhr er fort. »Mirabelle hat mir erzählt, dass Sie unter einem enormen Stress stehen wegen der Wahlkampagne – und wegen des neuen Strandhauses. Nicht zu vergessen Ihre Wohltätigkeitsarbeit.« Er nahm einen Rezeptblock aus der Schublade seines Schreibtisches und notierte darauf einen Namen und eine Nummer. Dann legte er den Block zurück, verschloss die Lade und wandte sich wieder mir zu. Bewegungslos stand ich da und fragte mich, warum Mirabelle mit Dr. Cohen über mich sprach. Ich nahm an, sie hielt es mit dem Vertrauensverhältnis zwischen Arzt und Patient ähnlich wie mit der Sitte, sich anzumelden, bevor man vor jemandes Tür auftauchte. Solche albernen Regeln galten doch nicht für *sie*.

»Ach!«, rief Dr. Cohen und wirbelte wieder herum. »Ich habe ja noch Glorias Überweisung für den Psychiater. Dr. Ramsey. Seine Praxis ist auf der Cypress Street, also nicht allzu weit von Ihnen entfernt. Er hat gesagt, er kann Gloria direkt annehmen.« Ich starrte ihn an. »Um ihre Enuresis zu behandeln«, erklärte er.

»Enuresis?«

»Das regelmäßige nächtliche Bettnässen.«

Ich unterbrach mich dabei, die Silberschnallen meiner Strickweste zu schließen, und stellte mich gerade hin. »Sie wollen eine Fünfjährige zum Psychiater schicken, weil sie ins Bett macht? Es ist völlig normal, dass Kinder in dem Alter gelegentlich einnässen. Vor allem wenn sie so eine kleine Blase haben wie Gloria.« Ich hatte genug im Internet darüber gelesen, um zu wissen, dass das Schlimmste, was man als Eltern tun konnte, war, eine große Sache daraus zu machen, nämlich ein mechanisches Problem in ein psychologisches zu verwandeln. Bei neun von zehn Kindern legte sich die Störung bis zur zweiten Klasse von selbst.

»Natürlich, ich wollte damit auch nicht sagen, dass Glorias Störung abnormal ist«, erwiderte er. »Aber … nun ja, Glorias Großmutter denkt, eine Psychotherapie würde dem Mädchen guttun.«

Ich gebe einen verdammten Scheiß darauf, was Mirabelle oder sonst wer für mein Kind als gut erachtet, hätte ich am liebsten geschrien. Jimmy und ich hatten vor langer Zeit, nach einer Reihe von Untersuchungen, die sie alle unglücklich gemacht hatten, am meisten jedoch Gloria, beschlossen, dass wir ihren Kleinwuchs beziehungsweise jegliches medizinische Problem, das damit verbunden war, nicht dramatisieren würden. Und damit würde ich auch jetzt nicht anfangen.

»Gloria ist das Problem bereits bewusst«, sagte ich. »Und falls dieser Dr. Ramsey nicht auf magische Weise bewirken kann, dass ihre Blase größer und kräftiger wird, bezweifle ich wirklich …«

»Abigail, ich verstehe, dass Ihnen das zusetzt«, unterbrach Dr. Cohen mich, der meine Empörung als Verzweiflung interpretierte. »Trotzdem lege ich Ihnen nahe, es auszuprobieren. Zum Wohl aller.«

Zum Wohl aller? War nicht das einzige Wohl, das wichtig war, das von Gloria?

Ich war sprachlos. War Mirabelle und den van Holts die Sache peinlich? Gott bewahre … Nahmen sie nicht nur Anstoß daran, dass Gloria einnässte, sondern auch daran, wie klein sie war? Und hatte Abbey van Holt das stillschweigend hingenommen? War das ein weiterer Aspekt in ihrer Verantwortung als Mutter, den sie abgegeben hatte?

Ich war fassungslos. Und wütend.

Plötzlich hatte ich das Bedürfnis, sofort zu Glorias Schule zu fahren, sie aus der Klasse herauszuholen und weit, weit mit ihr fortzulaufen. Aber das ging nicht. Dies hier war nun meine Welt, und ich musste dafür sorgen, dass sie funktionierte.

»Na schön. Ich werde darüber nachdenken«, sagte ich, nahm den Zettel an mich und steckte ihn in meine Handtasche. Dr. Cohen lächelte und entschuldigte sich dann.

Als ich hinterher den Washington Square Park durchquerte und die vielen Kinder in dem trockenen Springbrunnen sah, die ihren Namen mit Kreide auf den Beton kritzelten und sich Tennisbälle zuwarfen, kam meine Wut wieder hoch.

Ich wusste, was für Gloria das Beste war, das hatte ich von Anfang an gewusst. Ich zerriss den Überweisungsschein und warf die Schnipsel in einen Abfallkorb.

»Nur einen kleinen Augenblick«, sagte die Arzthelferin, ein gezwungenes Lächeln auf den Lippen. »Ich bin gleich wieder da.«

Nicht die Worte, die eine Frau in der dreißigsten Schwangerschaftswoche hören möchte, während sie bei der Ultraschalluntersuchung mit gewölbtem Bauch entblößt und verletzlich daliegt und ihr Mann nervös mit dem Fuß auf den Boden klopft.

»Jimmy«, sagte ich, den Kopf zu ihm gedreht. »Hast du das bemerkt? Hat sie nicht beunruhigt gewirkt?«

»Nein«, antwortete er, aber ohne mir in die Augen zu sehen. »Ich habe nichts bemerkt. Ich denke, sie geht einfach den Arzt holen. Das macht sie doch immer so.«

Ich war nicht überzeugt, und ich wusste, Jimmy war es auch nicht. Ich starrte auf den Ultraschallmonitor und versuchte zu enträtseln, was an dem körnigen Schwarz-Weiß-Bild nicht stimmen könnte. Das Warten darauf, dass die Tür wieder aufschwang, war eine Qual. Jimmy versuchte, mich abzulenken, indem er mich fragte, was ich zum Lunch haben wolle.

»Mr. und Mrs. Lahey«, sagte Dr. Zardari, ein großer, schmaler Pakistaner, der die lustige Angewohnheit hatte, jeden Satz mit einem »Okay?« zu beenden wie ein Valley

Girl. Jeder in Grange Hill kannte Dr. Zardari. Er war der einzige Ultraschallspezialist im Delco Memorial, und er hatte so gut wie jedes Kind in der Stadt gescannt. Ich hatte mehr als einmal schwangere Freundinnen sagen hören »Aber nicht Dr. Z. verraten!«, bevor sie einen Schluck Wein nahmen oder einen Zug von einer Zigarette.

»Dann wollen wir mal nachschauen, okay?«, sagte er und drückte mehr kaltes Gel auf meinen Bauch. Er scannte den Kopf, die Gliedmaßen und den Oberkörper des Babys ein zweites Mal und machte sich Notizen in meiner Akte. Dann winkte er die Arzthelferin zu sich, und sie berieten sich eine Weile leise an der Tür.

Mein Herz schlug schnell, meine Kehle war trocken. Jimmy hatte aufgehört, meinen Arm zu drücken, er konzentrierte sich auf das Gesicht des Arztes. Schließlich setzte Dr. Z. sich zu uns und sagte in seinem singenden Tonfall einen Satz, den werdende Eltern auf keinen Fall hören wollen.

»Ich habe etwas entdeckt, das mir Sorgen bereitet.« Die Zeit blieb stehen. »Es kann nichts sein, aber es kann auch etwas sein«, fuhr er fort. »Wir wissen es einfach nicht sicher, okay?«

»Was meinen Sie mit ›etwas‹?«, brachte Jimmy heraus.

»Der Fötus ist sehr klein. Für dreißig Wochen sollte er mindestens zwei Pfund mehr wiegen, wenn nicht sogar drei. Sind Sie sicher, dass Sie in der dreißigsten Woche sind? Haben Sie sich vielleicht vertan mit Ihrer letzten Periode?«

»Nein«, sagte ich. »Ich weiß genau, es war der 11. Juni, weil mein Mann da Geburtstag hat.« Dr. Zardari hörte mir zu und machte sich weitere Notizen, dann hob er den Kopf und sah mich an.

»Wir werden Sie für weitere Tests zu uns bitten müssen«, sagte er. »Die gute Nachricht ist, dass die Organe des Kindes ausreichend zu funktionieren scheinen und dass der Kopf überproportional groß ist, verglichen mit dem restlichen Körper. Das bedeutet, dass das Gehirn die meisten Nährstoffe bekommt, was ganz in unserem Sinne ist. Der Körper kann später aufholen, okay?«

»Und was machen wir jetzt?«, fragte Jimmy.

»Wir werden in den nächsten paar Wochen den Fötus weiter per Ultraschall überwachen und hoffen, dass er Fortschritte macht. Wenn die ausbleiben, werden wir die Geburt einleiten – in der vierunddreißigsten oder fünfunddreißigsten Schwangerschaftswoche. Dann legen wir dem Baby eine Magensonde. Damit haben wir gute Ergebnisse erzielt bei IUGR-Fällen.«

»IUGR?«, fragte Jimmy.

»Sorry, intrauterine Wachstumsrestriktion. Eine Entwicklungsstörung, die dazu führt, dass der Fötus nicht genügend Nährstoffe bekommt – und nein, es hat nichts damit zu tun, wie die Mommys sich ernähren. Das Problem könnte an der Nabelschnur liegen oder an der Plazenta. In manchen Fällen finden wir die Ursache nie heraus. Also, zur Wiederholung, wir werden die Schwangerschaft genau überwachen und notfalls einen Kaiserschnitt vornehmen, okay?«

»Aber vierunddreißigste Woche ist so früh. Zu früh«, wandte ich ein.

»Das Risiko besteht nicht darin, das Baby früher auf die Welt zu holen. Wir haben hier ständig mit Frühgeburten zu tun. Was wir zu diesem Zeitpunkt noch nicht sicher sagen können, ist, ob von der Unterversorgung auch andere Bereiche betroffen sind, insbesondere die Entwicklung der kognitiven Funktionen.«

Dieses Mal beendete Dr. Z. seinen Satz nicht mit »okay?«. Es war nicht okay.

Jimmy bombardierte den Arzt mit einer Flut von Fragen, aber ich, völlig überfordert, hörte nicht mehr zu. Hatte ich nicht richtig gegessen? Oder nicht genug? Die Panik, die ich spürte, machte sich physisch bemerkbar. Meine Haut kribbelte, mein Magen brodelte, meine Lunge arbeitete doppelt so schnell. Es half nicht gerade, dass der Untersuchungsraum klein und dunkel war – es kam mir vor, als würde er sich gerade mit Wasser füllen.

Als Jimmy mein Gesicht sah, begann er, ins Extreme umzuschwenken. Er redete lauter und lauter und war dabei seltsam fröhlich. Es war, als hätten wir unsere Persönlichkeiten getauscht: Während ich mich nun still und stoisch verhielt, war er geschwätzig und unbeholfen.

Hinterher, am Empfang, half uns die Sprechstundenhilfe geduldig, fünf neue Termine zu machen und ein paar Formulare auszufüllen. Ich sah nicht zu den anderen Frauen mit ihren ganz normalen Schwangerschaften. Die Sprechstundenhilfe versuchte, uns mit ihrem Lächeln und mit zwei Plastikbechern Wasser zu beruhigen, aber mir wird heute noch schlecht, wenn ich einen Kugelschreiber benutze, der mit einer Silberkette an einem Klemmbrett befestigt ist.

Als wir wieder zu Hause in Grange Hill waren, verlor ich die Nerven. Jimmy hielt mich fest umschlungen, während ich weinte und unzusammenhängendes Zeug redete, und unterbrach mich nur, wenn ich anfing, mir selbst die Schuld zu geben. Zusammen analysierten wir jedes Wort, das der Arzt gesagt hatte. Die Begriffe »Entwicklungsstörung«, »Unterversorgung« und »kognitive Funktionen« wiederholten sich zwischen den Wänden unserer Küche wie die Laufbandnachrichten auf CNN.

In jener Nacht, in der ich nicht schlafen konnte, kam Jimmy zu mir herunter ins Wohnzimmer und sah sich mit mir Wiederholungen von *Project Runway* an. Er hielt mich auf der Couch in seinen Armen, und unser beider Hände lagen auf meinem Bauch, während jeder von uns im Stillen seine ganze Willenskraft darauf richtete, dass das Baby größer wurde.

Die nächsten fünf Wochen waren schrecklich. Ich verbrachte den ganzen Tag damit, »intrauterine Wachstumsrestriktion« zu googeln, bis Jimmy schließlich nichts anderes übrigblieb, als den Computer zu beschlagnahmen und im Keller zu verstecken. Ich erzählte Wildfremden im Supermarkt vom Zustand meines Babys, verschwieg ihn jedoch meinen engsten Freunden, aus Angst vor ihren besorgten und mitleidigen Blicken, aus Angst davor, diesen Albtraum zu einer unumkehrbaren Realität zu machen. Ich verrichtete meine Arbeit wie eine Schlafwandlerin, im Geiste ständig damit beschäftigt, mit dem Schicksal nur ein paar Unzen mehr auszuhandeln, nur ein paar Zentimeter mehr. Und ich aß und aß und aß, ich stopfte mich voll mit Avocados und Kartoffelbrei und griechischem Joghurt in der Hoffnung, die Chancen zu erhöhen, dass mein Baby normal sein würde, wenn ich kalorienhaltige Nahrungsmittel zu mir nahm.

Wenn mich heute jemand fragen würde, was wir in jenem Winter getan hatten, wen wir getroffen oder was wir uns zu Weihnachten geschenkt hatten, könnte ich es immer noch nicht beantworten. Das Einzige, woran ich mich erinnerte, waren die fünf Ultraschalluntersuchungen, von denen zwei einen Fortschritt zeigten und drei nicht. Während mein Gewicht explodierte, blieb das des Babys frustrierenderweise unverändert.

Beim letzten Termin, in der vierunddreißigsten Schwangerschaftswoche, als unsere Angst sich fast zu einer Hysterie ausgeweitet hatte, sagte Dr. Z. zu uns: »Zeit, dass das Baby herauskommt, okay?«

»Okay«, antworteten wir einstimmig.

Und dann passierte etwas ganz Seltsames.

Am nächsten Morgen – ich war früh aufgestanden und hatte mich für meinen Kaiserschnitttermin in der Klinik bereit gemacht – bekam ich Wehen. Es begann gleich nach dem Aufstehen, ein unmissverständliches Ziehen im Unterleib, das zunehmend stärker wurde. Als ich aus der Dusche stieg, hatten die Krämpfe bereits voll eingesetzt. Ich watschelte zur Treppe und rief zu Jimmy hinunter, dass es besser sei, wenn wir früher losführen als geplant. Gloria, die anscheinend schlauer war als wir beide, wusste, dass es Zeit war herauszukommen.

Und, o Mann, sie hatte es vielleicht eilig! Als wir um Viertel nach sieben das Krankenhaus erreichten, war mein Muttermund bereits acht Zentimeter weit geöffnet, sodass es für einen Kaiserschnitt und selbst für eine PDA zu spät war. Anderthalb Stunden später, in denen ich mich an der Luft festkrallte und brüllte, bis meine Stimme versagte, glitt Gloria mit einem kaum hörbaren Wimmern in die Arme der Hebamme.

Ihren vogelähnlichen Körper zu halten, der nicht viel schwerer war als eine Flasche Cola, war ungeheuer beängstigend. Sie war fest in eine Wärmedecke gewickelt und trug eine Halsstütze aus Schaumstoff. Der einzig sichtbare Teil von ihr war ihr kleines, bläulich verfärbtes Gesicht. Aber während ich in ihre großen Augen sah und ihre winzigen Finger sich um meinen Daumen schlossen, spürte ich ihre Stärke und Entschlossenheit. Irgendetwas sagte mir, dass sie es schaffen würde.

Gloria verbrachte ihre ersten zwei Lebenswochen auf der völlig überfüllten Frühchenstation im Delco Memorial, wo wir beobachteten, wie sie Milch aus einer Spritze saugte und ihren lärmenden Zimmerkameraden gereizte Blicke zuwarf. Als wir schließlich entlassen wurden, verschlief sie die ganze Fahrt nach Grange Hill, kaum hatten wir das Haus betreten, wurde sie jedoch schlagartig wach. Ihr Blick wanderte durch die Küche, in der sich, nach wochenlanger Vernachlässigung, das schmutzige Geschirr und die Post stapelten, dann zu Jimmy und mir, beide abgespannt und ungeduscht, dann zu dem großen schwarzen Labrador, der ihre Kindheit als Haustier begleiten sollte. Ihr Gesicht drückte Resignation und Verzweiflung aus, als könnte sie nicht glauben, in was sie sich da hineingeritten hatte. Ich dagegen hätte nicht glücklicher sein können ... Nach Monaten der quälenden Angst war unsere Reise vorüber. Und wir hatten eine sehr kleine, aber gesunde Tochter.

In den darauffolgenden Tagen war dann Jimmy an der Reihe, die Nerven zu verlieren. Er hatte die ganze Zeit seine Emotionen unterdrückt, um das zu sein, was Dr. Z. eine »positive Stütze für die Mutter« nannte, und nun brachen sie hervor wie ein heftiges Sommergewitter.

»Warum weint sie?« »Hat sie Hunger?« »Atmet sie noch?« »Ist das ein Ausschlag?« »Was ist das für ein Ding an ihrem Bauchnabel?« »Warum braucht sie schon wieder eine Spritze?« Er bombardierte mich mit seinen Fragen überall – im Krankenhaus, beim Kinderarzt, bei Spaziergängen, mitten in der Nacht. Ich ließ ihn weiter den überfürsorglichen frischgebackenen Vater sein, solange er es brauchte, wohlwissend, dass nun ich diejenige war, die stark sein musste.

Erst als Gloria anfing, an Gewicht zuzulegen – langsam, aber stetig, ein kostbares Gramm nach dem anderen –, erlaubten wir uns, ein bisschen zu entspannen. Jimmy richtete seine Aufmerksamkeit wieder auf sein Unternehmen, das er hoffte, bis zum Labor Day eröffnen zu können, und traf sich mit potenziellen Kunden oder testete die neuesten Rasenmähermodelle. Ich stieg auch wieder in meinen Job ein, und mein Leben zu Hause mit Schlaflosigkeit, Windeln und Stramplerdruckknöpfen wurde an drei Tagen in der Woche unterbrochen von der nun unbedeutenden und unverantwortlichen Welt der Public Relations. Obwohl es nicht das perfekte Leben war, wie es in der Windelreklame immer dargestellt wurde, war es trotzdem wundervoll. Jeder Tag war aufgeladen mit den emotionalen Höhepunkten und Überraschungen, die ein Erstgeborenes mit sich bringt.

Später in jenem Sommer wurde unser Glück von der nächsten Katastrophe überschattet. Dieses Mal warteten wir auf den Tod, nicht auf das Leben. An einem heißen Sonntag im August, nur wenige Wochen vor der offiziellen Eröffnung von Lahey Landschaftspflege & Design, verkündete Jane, Jimmys Mutter, dass sie nur noch wenige Monate zu leben habe. Sie eröffnete uns, dass der Brustkrebs im dritten Stadium, den sie vier Jahre zuvor erfolgreich besiegt hatte, mit voller Wucht zurückgekehrt sei. Er habe Metastasen in den Lymphknoten gebildet und schließlich den Weg zu seinem ultimativen Ziel gefunden, ihrer Leber. Obwohl sie gewissenhaft zweimal im Jahr zur Mammografie gegangen sei, sei dieser neuerliche Ausbruch den Ärzten verborgen geblieben. Der Krebs sei auf eine äußerst heimtückische und schwer fassbare Art still von Organ zu Organ gewandert. Die Chancen, ihn ein zweites Mal zu besiegen, seien sehr gering, erklärte sie.

Während sie uns die Neuigkeit beibrachte, waren Miles' Augen fest auf ihr Gesicht geheftet, und er hielt ihre Hand.

Ich stillte gerade Gloria, unfähig, mich zu bewegen. Jimmy und seine Brüder lauschten mit gesenkten Köpfen, als würden sie sich eine Strafpredigt anhören.

Nach ein paar Sekunden tief betrübten Schweigens ergriff Jane wieder das Wort. »Kommt, Jungs, das wird schon wieder. Wirklich.«

Keiner antwortete, also traute ich mich. »Es gibt inzwischen ein paar ganz erstaunliche experimentelle Therapien. Ich habe neulich erst etwas über diesen Tempeldoktor gelesen. Der hat so ein Ding erfunden, mit dem man gezielt Tumore ins Visier nehmen kann. Und dann gibt es noch ganzheitliche Therapien und Kräuter und …«

»Abbey«, sagte Miles, aber ich redete weiter. Er wiederholte meinen Namen, immer noch freundlich, doch deutlich lauter, dann schloss ich meinen Mund. Der Blick meines Schwiegervaters wanderte über unsere Tischrunde, die sich in das kleine Esszimmer mit der Gänseblümchentapete gequetscht hatte, in dem die Laheys Tausende von Familienmahlzeiten eingenommen hatten. Miles holte tief Luft. »Wir haben das alles schon einmal durchgemacht. Wir wissen, wie hart es ist, selbst wenn man eine gute Heilungsprognose hat. Wir haben auch eine zweite ärztliche Meinung eingeholt, eine dritte, sogar eine vierte. Sie sagen alle dasselbe. Operieren hat keinen Zweck, und eine Chemo wie damals könnte zu diesem Zeitpunkt tödlich sein.«

Das Wort »tödlich« hallte im Raum wider. Patrick runzelte zornig die Stirn. »Was? Das ist doch lächerlich. Natürlich wirst du dagegen ankämpfen, Mom.«

»Ich weiß, mein Junge, das ist ein ziemlicher Schock«, sagte Miles zu seinem Jüngsten. Er sprach, als wäre dieser noch ein Kind. »Aber versuch zu verstehen, dass wir hier von Krebs reden. Wir können noch so sehr dagegen ankämpfen, er wird härter kämpfen. Und gemeiner.«

Nun ergriff Jane wieder das Wort. »Ich möchte meine letzten Tage in Frieden verbringen, im Kreis meiner Liebsten, statt auf der Schlachtbank zu hocken.«

»Wie lange weißt du es schon?«, fragte Jimmy gekränkt. »Warum hast du es uns nicht schon früher gesagt?«

»Du hattest genug um die Ohren mit Abbey und dem Baby und deiner neuen Firma«, erklärte Jane. »Und es gibt nichts, absolut nichts, was einer von euch für mich hätte tun können. So, würde mir jetzt bitte jemand meine Enkelin geben?« Ende der Diskussion. Jane war eine herzensgute Frau, nur stur wie ein Esel. Ihre Söhne wussten, wann es sinnlos war, ihr zu widersprechen.

Ich legte ihr Gloria in die Arme, und sie hielt das kleine rosige Gesicht an ihr eigenes. Sie atmete tief ein, inhalierte den Geruch von Talkumpuder und Muttermilch. Den Geruch von neuem Leben. Gloria stieß ein leises Glucksen aus, und Jane lachte und hob den Blick in die Runde, um zu sehen, wer sonst noch den herrlichen Laut gehört hatte.

Sie starb fünf Monate später, vier Tage vor dem ersten Geburtstag ihrer Enkeltochter. Es war der Tag, an dem wir beim Kinderarzt erfuhren, dass Gloria einigermaßen zufriedenstellend zugenommen hatte, als hätte Jane ihr diese paar Gramm zum Abschied geschenkt.

Wieder sah ich mich gezwungen, das Herz meines Mannes gesund zu pflegen, aber dieses Mal erhielt ich statt Fragen Schweigen. Jimmy verbrachte mehr und mehr Zeit bei der Arbeit, er verließ schon vor Sonnenaufgang das Haus und brütete bis spät in die Nacht über seinen Papieren. Er war ein Jungunternehmer, der sich erst noch beweisen musste, und er rackerte sich ab mit Rasengärten und Sträuchern und Mulchflächen, um abends schmutzig und erschöpft nach Hause zu kommen. Und distanziert. Ich half ihm, so gut ich konnte, war selbst jedoch ein berufstätiges Elternteil. Zeit war ein Luxus, der immer schwerer zu teilen war.

Jimmy und ich liebten uns nach wie vor, und wir waren so glücklich wie andere Paare auch, aber die Trauer und die Überbelastung des vergangenen Jahres warfen einen Schatten über unser Haus. Und die unsichtbare Kreidetafel – die, auf der festgehalten wurde, wer zuletzt mit dem Baby nachts aufgestanden war, wer die Spülmaschine ausgeräumt hatte, wer die Wäsche zusammengelegt hatte – wurde immer öfter beschrieben und immer seltener sauber gewischt. Jimmy und ich beobachteten nicht mehr den Sonnenuntergang von unserer Vorderveranda aus, stattdessen schickten wir uns SMS mit Neuigkeiten, die Autoreparaturen betrafen oder Kinderbetreuungszeiten, und das aus verschiedenen Etagen unter demselben Dach.

Irgendwann in jenem Jahr begann das Leben, sich von uns zu entfernen. Wie Millionen von anderen Familien im ganzen Land mussten wir erleben, dass wir einfach nur noch versuchten, irgendwie durchzukommen.

Während ich über den dicken Teppich im Flur ging, der zu dieser Wohnung im Himmel führte, kamen mir die Qualen jener Schwangerschaft und Janes Tod weit weg vor, so fern und gedämpft wie der Verkehr draußen. Wie anders das Leben hier mit den van Holts war. Statt verstopfter Abflüsse und Abfallkalender und Säumnisgebühren, statt Multitasking und Hetzerei und Kaum-über-die-Runden-Kommen musste ich mich hier um überhaupt nichts kümmern – es wurde alles für mich erledigt. Meine einzige Aufgabe bestand darin, an ein paar Veranstaltungen teilzunehmen, das Personal zu beschäftigen, unser Heim zu verschönern und hin und wieder die Kinder zu sehen. Und ich hatte einen schönen, charmanten Mann, der nicht nur das bisschen würdigte, was ich tatsächlich jeden Tag leistete, sondern mich dazu mit allem belohnte, was ich mir nur wünschen konnte.

Was für eine zivilisierte Lebensart, dachte ich.

Kapitel 8

»Auuuu!«, schrie Gloria, als ich sie versehentlich mit einer Haarklammer pikste.

Obwohl ich es schon seit zwanzig Minuten versuchte, gelang es mir einfach nicht, die rote Perücke aus Stroh so zu befestigen, dass sie nicht verrutschen konnte.

»Sorry, Gloria«, sagte ich. »Dieses Ding hier will einfach nicht richtig sitzen.«

»Das Kostüm ist sowieso doof«, erwiderte sie und zerrte an ihrer weißen Schürze über dem blauen Kleid mit den roten Pünktchen. »Warum kann ich nicht ein Vampir sein? Ich möchte lieber ein Vampir sein, Mommy.«

»Raggedy-Ann und Raggedy-Andy sind die Kostüme, die für euch bestimmt wurden«, sagte ich und musterte Sam in seiner blauen Latzhose mit den übergroßen Knöpfen. Dazu trug er eine süße Matrosenmütze. »Ich werde nicht länger darüber diskutieren. Und jetzt halt bitte still.«

Gloria mochte mit ihrer Verkleidung vielleicht nicht glücklich sein, aber sie sah hinreißend aus. Und als Paar waren die beiden unfassbar goldig: zwei kleine Puppen mit roten Rougeklecksen auf den Wangen, weiß-roten Ringelstrümpfen und schwarzen Lackschuhen. Möglich, dass diese Kostüme nicht das waren, was die Kinder sich wünschten, dafür waren sie zu hundert Prozent aus Baumwolle und kampagnentauglich.

Frank hielt nichts davon, irgendetwas dem Zufall zu überlassen. Monster waren »zu brutal«, Hexen »sexistisch«, Filmfiguren »zu liberal, zu sehr Hollywood-Elite«, und Ninjas oder Minisoldaten würden den Umstand hervorheben, dass Alex nicht in der Armee gedient hatte. So blieben uns nur Tiere, Feen oder Puppen. Ich persönlich fand zwar, dass die Figuren, die aus der Zeit der Weltwirtschaftskrise stammten, albern waren für eine wohlhabende Familie wie unsere, aber Frank gefiel es, dass die Kostüme die Farben Rot, Weiß und Blau hatten. Mays Schwester hatte sie von Hand genäht, und Oscar hatte sie gestern am späten Abend abgeholt.

Der Plan war, dass wir uns nach der Halloween-Party in Glorias Schule zu Alex auf die Kundgebung gesellten, danach alle gemeinsam zu Abend aßen und anschließend als Familie losgingen, um Süßigkeiten zu sammeln. May arbeitete gewöhnlich am Freitag, da am kommenden Tag die Debatte war, hatte sie ihren freien Tag jedoch getauscht. Ich war froh, dass sie nicht dabei war. Ich freute mich darauf, nur mit Alex und den Kindern Zeit verbringen zu können. Es waren nur noch ein paar Tage bis zur Wahl, und dann würden wir von Alex wahrscheinlich nicht mehr viel zu sehen bekommen, bis es vorbei war. Ich sorgte dafür, dass ich gut aussah – ich hatte mich für ein graues Lanvin-Kostüm, eine weiße Seidenbluse, schwarze Lederstiefel, Diamantohrstecker und knallrote Lippen entschieden. Die Kundgebung sollte draußen stattfinden, also drehte ich meine Haare zu einem Nackenknoten und besprühte sie, bis sie glänzten.

Als nur noch wenige Minuten Zeit waren, schnappte ich mir die Naschtüten der Kinder, meine große weiße YSL-Handtasche und eine rosa Box, die vier Dutzend Cupcakes mit dunkler Schokolade und Buttercreme enthielt, auf jedem davon thronte ein Marshmallow-Geist, überzogen mit einer essbaren weißen Glitzerglasur, auf die zwei Chocolate-Chips als Augen geklebt waren. Gott sei Dank gab es die Stadtkonditoreien: Sie nahmen jeden Last-Minute-Auftrag an, wenn man nichts dagegen hatte, den Eilzuschlag zu bezahlen. Wir hatten nichts dagegen.

Unten in der Lobby quietschten die Lackschuhe der Kinder auf dem glänzenden schwarzen Boden. Als die Kinder sahen, dass Oscar mit einer Darth-Vader-Maske draußen wartete, kreischten beide freudig auf und begannen zu rennen, sodass der Portier gerade noch rechtzeitig die Tür aufbekam.

Ich folgte ihnen zum Wagen, und Darth Vader zwängte die riesige Cupcake-Box in den Kofferraum, während wir auf dem Gehweg warteten. Die Passanten machten Oh und Ah beim Anblick der altmodischen Kostüme, aber Gloria ignorierte die Bewunderung, immer noch sauer wegen des Vampirkostümvetos. Wenigstens Sam schien sich zu freuen. Er fasste an seinen Kopf und sagte immer wieder »Hut«. *Wort Nummer zwölf,* flüsterte ich Jimmy stumm zu.

Jimmy hatte Halloween immer geliebt, wie alle Landschaftsgärtner. Es war der Feiertag, der für die Grünspezialisten das Ende der Hochsaison markierte und die kurze Ruhepause einläutete, bevor sie anfingen, Schnee zu pflügen und die Weihnachtsfestbeleuchtung aufzuhängen. Jimmy gab jedes Jahr sein Äußerstes, um Halloween zu feiern. Er dekorierte unseren Vorgarten mit Heuballen, Topfchrysanthemen und schwarzen Fledermäusen, die an unsichtbaren Fäden hingen. Außerdem bestand er darauf, für die Kinder Schokoriegel und für die Eltern ein Fass Kürbisbier bereitzustellen. Alte Freunde von der Highschool oder Arbeitskollegen schauten regelmäßig mit ihren Kindern bei uns vorbei, und die Party zog sich immer bis spät in die Nacht. Unsere Nachbarn brachten zwischendurch ihre überzuckerten Kinder ins Bett und schlichen sich dann für ein letztes Bier zurück.

Halloween in der Stadt war sicher etwas anderes. Die van Holts hatten nicht einmal einen Kürbis.

Während der Fahrt im Wagen klingelte mein Handy. Es war Alex.

»Bitte sag mir, dass du nicht einen Scheck über zehntausend Dollar für Pater Ferguson ausgestellt hast«, sagte er hörbar verärgert.

»Doch, habe ich. Warum?« Das Herz schlug mir plötzlich bis zum Hals.

»Soll das ein Witz sein? Abbey, das hatten wir doch besprochen.«

»Ach ja?«

»Haben wir nicht vor ein paar Wochen ausführlich über Ferguson diskutiert?«

»Ich schätze schon.«

»Du schätzt schon? Nun, und warum zum Teufel hast du ihm dann einen Scheck gegeben? Ich dachte, ich hätte mich klar ausgedrückt. Wenn ich das Holy Rosary unterstützen kann, dann werde ich das *nach* der Wahl tun.«

»Richtig. Tut mir leid.«

Ich hörte Stimmen im Hintergrund, und Alex erklärte jemandem, dass er noch eine Minute brauche. »Ich schwöre dir, Abbey, es ist mir ein Rätsel, warum du so was machst. Versuchst du etwa, meine Kampagne zu sabotieren? Ich dachte, das ist das, was du wolltest.«

»Es ist nur eine Spende. Für Lebensmittel und Strom und so. Wie kann das deiner Kampagne schaden?«

»Oh, ich weiß nicht. Vielleicht weil dein katholischer Freund Verhütungsmittel an Teenager verteilt hat und deswegen in Rom auf einer Art Beobachtungsliste steht? Oder vielleicht weil das Gerücht umgeht, dass er eine Freundin in Kensington hat. Und hier bin ich, *just in diesem Moment* auf dem Weg zu einem Treffen mit der Katholischen Koalition, um sie um Unterstützung zu bitten.«

Mir war plötzlich schlecht. »Keine Sorge, ich werde Pater Ferguson anrufen und ihm sagen, dass er den Scheck erst nach der Wahl einlösen soll.«

»Er hat ihn bereits eingelöst. Was glaubst du denn, wie ich dahintergekommen bin? Ich weiß, Abbey, für dich sind zehn Riesen nur ein gewöhnlicher Einkaufstag bei Neiman, aber für die meisten Menschen ist das eine beträchtliche Summe Geld. Zum Glück wird die Bank die Auszahlung verhindern.«

»Die Auszahlung verhindern? Alex, bitte nicht. Lass sie durchgehen. Ich schwöre dir, niemand hat mich gesehen. Niemand wird davon erfahren.«

»Ich bewerbe mich für den Kongress, Abbey«, entgegnete er schroff. »Da erfährt jeder alles.«

Als wir fünf Minuten später vor der Grundschule hielten, die mit ihren Bäumen in Gold, Orange und Weinrot wie gemalt aussah, zitterte ich immer noch. Und ich versuchte, meine Tränen zurückzuhalten. Aber dann zwang ich mich zu einem Lächeln und bedankte mich bei Oscar. Ich führte die Kinder durch das Tor, die Kuchenbox vorsichtig in meinen Händen balancierend. Als wir im Gebäude den Korridor durchquerten, wirkten die vertrauten Schulgerüche und -geräusche beruhigend auf mich. Ich begann, mich ein bisschen besser zu fühlen.

Auf dem Weg zu Glorias Klassenzimmer mussten wir Glitzerflügeln und Plastikschwertern ausweichen. Gloria lief gleich hinüber zu ihren Freundinnen, und Sam und ich suchten uns auf den Kinderstühlen hinten im Raum einen Platz, wo wir warten konnten. Sam wäre am liebsten zu seiner Schwester gerannt, aber ich lenkte ihn mit einem Lolli vom süßen Büfett ab. Er lutschte zufrieden daran, während ich mich in dem Klassenzimmer umblickte. Ich bewunderte die Einrichtung in den fröhlichen Farben, genau wie die großen, breiten Fenster, die auf einen hübschen, gepflasterten Innenhof, einen Gemüsegarten und, wenn mich nicht alles täuschte, eine Alexander-Calder-Skulptur zeigten.

Ein paar Minuten später erschien eine blutjunge Lehrerin, eine richtige Naturschönheit. Selbst ihre Harry-Potter-Perücke, die Brille und die aufgemalte Narbe konnten nicht über ihre perfekten Gesichtszüge hinwegtäuschen.

»Guten Morgen, Mrs. van Holt«, sagte sie mit einem breiten Lächeln. »Gloria sieht total niedlich aus.«

»Danke, Miss Regan«, erwiderte ich, stolz auf mich, weil ich mir ihren Namen eingeprägt hatte, bevor wir hergekommen waren. »Es tut mir leid, aber wir müssen heute früher weg, weil Glorias Vater eine Wahlkampfveranstaltung hat und großen Wert darauf legt, dass seine Tochter dabei ist.«

»Natürlich«, sagte Miss Regan und schob die Kostümbrille auf ihrer Nase hoch. »Ich verstehe.« Sie stand da und lächelte mich erwartungsvoll an, als würde sie auf etwas warten. Nachdem ein paar weitere Sekunden verstrichen waren, fragte sie: »Dann bringt Ihr Chauffeur die Kürbisse?«

»Kürbisse?«

»Für den Kuchen.«

»Ich dachte, ich sollte nur Cupcakes mitbringen.« Ich spürte dieselbe Nervosität wie in der vergangenen Woche, als mir zu spät bewusst geworden war, dass Gloria in der Schule »Pyjamatag« hatte.

»Die Cupcakes sind für diese Klasse hier«, erklärte Miss Regan. »Ich glaube, Sie haben sich auch dafür eingetragen, Kürbisse für die andere Lerngruppe mitzubringen.«

»Was?«

»Die zwölf Kürbisse für Glorias Zweitgruppe. Die Schneeleoparden.«

»Ich dachte, Gloria wäre bei den Seekühen«, sagte ich verzweifelt.

Am Abend zuvor hatte ich noch einmal gewissenhaft sämtliche E-Mails von Abbey van Holt durchgelesen und so herausgefunden, dass Glorias Klasse den Namen »Seekühe« trug, dass ihre Klassenlehrerin Miss Regan hieß und dass mir für Halloween aufgetragen worden war, Cupcakes »mit einem Geister-, Dämonen- oder Hexenbezug« zu organisieren. Was sollte das plötzlich mit dieser Zweitgruppe?

Miss Regan fuhr fort. »Freitags lernt Gloria auch mit der anderen Gruppe. Und die möchte für ihre Feier Kürbiskuchen backen. Bryants Mutter hat das glutenfreie Mehl für den Teig mitgebracht. Und Kennedys Mutter die Biobutter.«

Ich hätte mich über diese ganze Zutatenheuchelei geärgert, hätte Miss Regan nicht ausgesehen, als würde sie gleich in Tränen ausbrechen. Ich hatte keine Wahl: Ich musste ein paar Kürbisse auftreiben. Und zwar schnell.

»Machen Sie sich keine Sorgen. Ich flitze noch mal kurz los und besorge die Kürbisse. Bin gleich wieder da«, erklärte ich selbstsicher. Dann nahm ich Sam an die Hand und eilte mit ihm zur Tür hinaus. Ich brauchte also zwölf Biokürbisse aus regionalem Anbau. Wie schwer konnte das schon sein? Schließlich war Halloween.

Draußen blieb ich erst einmal stehen, unsicher, in welche Richtung ich mich wenden sollte. Wäre das hier Grange Hill, würde es in jedem Lebensmittelmarkt und jedem Eckladen Kürbisse geben, aber hier in der Innenstadt gab es kein einziges Lebensmittelgeschäft, geschweige denn Kürbisse. Ich nahm mein Smartphone heraus und suchte online nach einem Supermarkt, aber der nächste lag nördlich der Market Street, neun Blocks von uns entfernt. Dann suchte ich nach einem Minimarkt oder einem Obst- und Gemüsehandel, der Einzige, den ich fand und anrief, führte jedoch keine Kürbisse. Ich schaute die Straße rauf und runter, überlegte sogar kurz, ob ich mir von den Eingangstreppen der angrenzenden Wohnhäuser ein paar Kürbisse »borgen« sollte. Aber ich entdeckte nur einen, und der war bereits ausgehöhlt. Vor Frust stampfte ich mit dem Fuß auf.

Ein kleiner Ninja Turtle – Donatello, glaube ich – kam an uns vorbei, begleitet von zwei Vätern. Ich fragte sie, ob sie wüssten, wo man in der Nähe Kürbisse kaufen konnte, und sie erklärten mir den Weg zu einem Bauernmarkt im Fitler Square, der nur ein paar Blocks weiter lag.

»Sie haben Glück«, sagte der ältere der beiden Männer, die Arme voll bepackt mit Zutaten für kandierte Äpfel. »Das ist das letzte Wochenende, bevor der Markt über den Winter schließt.«

Ich bedankte mich überschwänglich, hob Sam schwungvoll auf meine Hüfte und trabte in die Richtung los, die die Männer mir genannt hatten. Mit meinen hohen Absätzen lief ich wie ein Sulky auf seiner letzten Runde.

Das Glück blieb mir hold, und ich erreichte kurz darauf den Bauernmarkt, wo es unglaublich voll war. Mütter mit Kinderwagen konkurrierten mit alternden Hippies um fünf Sorten Kohl, selbst gebrauten Kombucha, vegane Suppen und um Äpfel, deren Farben von Zartrosa über Dunkelrot bis zu Limettengrün reichten. Ein Stand präsentierte Pyramiden aus selbst gemachter Seife, ein anderer Hanfstrampler, und ein dritter verteilte Flugblätter für einen Kandidaten der Grünen, der gegen Alex antrat. Ich nahm mir eins davon und steckte es in meine Tasche, obwohl ich wusste, dass der Mann von den Grünen keine Chance hatte. Alex und Frank hatten seinen Namen nie erwähnt. Schließlich entdeckte ich ganz hinten in einer Ecke, nahe der Bärenstatue, einen jungen Mann, der herrliche grüne und orangefarbene Flaschenkürbisse »aus Kultursaat« verkaufte.

»Ich nehme sie alle«, sagte ich zu ihm. »Vorausgesetzt, sie sind bio. Und dass Sie liefern.« Er schaute von seiner Gitarre auf und lächelte mich mit seinen strahlend weißen Zähnen, die sich von seinem langen schwarzen Bart und seinem rot-schwarzen Karohemd abhoben, verklärt an.

»Zweimal ja, Madam«, sagte er und sprang auf. »Solange es nicht allzu weit entfernt ist. Ich habe nämlich nur einen Ochsenkarren.« Er deutete auf ein klappriges Holzgefährt in der Ecke. Das würde es tun.

»Es ist nur drei Blocks von hier«, versicherte ich ihm und öffnete meine Handtasche. »Wie viel?«

Er rechnete im Kopf die Summe aus und sagte dann in aller Ernsthaftigkeit: »Zweihundertfünfundneunzig.«

Ich wäre beinahe in Ohnmacht gefallen. Andererseits, bei dem Gedanken an Miss Regans besorgtes Gesicht und angesichts meiner neuen Umstände hätte ich auch das Doppelte bezahlt.

Ich setzte Sam zwischen den Flaschenkürbissen ab, dehnte kurz meinen Rücken und nahm mein Portemonnaie heraus. Ich hatte neun Dollar. Dafür bekam ich nicht einmal einen Kürbis, geschweige denn zwölf.

»Nehmen Sie auch Kreditkarten?«, fragte ich zuckersüß.

»Nein.«

»Personalisierte Schecks?«

»Tut mir leid.«

»Denken Sie, Sie könnten nur dieses eine Mal einen Scheck annehmen? Ich schwöre Ihnen, ich bin absolut kreditwürdig … Mein Mann ist Alex van Holt. Der van Holt, der gerade für den Kongress kandidiert.«

Ich war mir nicht zu schade dafür, die Ehemannkarte auszuspielen, wenn ich dadurch meine Pflichten im Elternausschuss erfüllen konnte, vor allem jetzt, da ich keinen Vollzeitjob hatte und keine Ausrede, um mit leeren Händen zurückzukehren.

»Tut mir leid«, sagte er mit einem breiten Lächeln. »Ich bin mir sicher, dass Sie kreditwürdig sind. Ich habe jedoch kein Bankkonto.« Ich starrte ihn an, und er fuhr fort. »Ich nehme nur Cash. Oder andere Waren zum Tausch.«

Nur Cash? Tauschwaren? War das sein Ernst? Begriff er nicht, dass zwölf kleine Schneeleoparden ungeduldig darauf warteten, diese Kürbisse zu säubern, aufzuschneiden, auszuhöhlen, das Fruchtfleisch zu stampfen, in den Teig zu mischen und schließlich zuckerarme, glutenfreien Bio-Pies daraus zu backen, die sie nach dem ersten Bissen stehen lassen würden?

Ich schaute in sein Gesicht, das unter seiner Fidel-Castro-Mütze selig und irgendwie leer wirkte, und mir wurde klar, dass er nicht begriff. Dass es ihn auch nicht kümmerte. Mir würde nichts anderes übrig bleiben, als Bargeld aufzutreiben, außer der Mann war bereit, die Kürbisse gegen ein süßes Kleinkind mit einer vollgesogenen Windel zu tauschen.

»Also gut. Ich werde zum Geldautomaten gehen. Aber ich bitte Sie, verkaufen Sie die Kürbisse nicht. Ich bin in fünf Minuten zurück.« Ich hob Sam wieder auf meine Hüfte und stöckelte erneut los.

Einen Straßenblock weiter entdeckte ich einen Geldautomaten vor einer Bar. Ich schob die EC-Karte aus meinem Portemonnaie in den Schlitz und gab meine PIN-Nummer ein, doch sie wurde nicht angenommen. Ich starrte verwirrt auf den Monitor, dann fiel es mir wieder ein. Natürlich. In dieser Welt hier hatte ich ein anderes Geburtsdatum. Ich dachte zurück an das schwere Hochzeitsalbum und an das eingravierte Datum – 19. Juni, oder nicht? – und gab als Nächstes die Kombination *0619* ein. Leider ohne Erfolg. Dann versuchte ich es mit den Geburtstagen der Kinder, die gerne als Geheimzahlen genommen wurden, aber der Automat spuckte schließlich meine Karte aus. Und schlimmer noch – er teilte mir mit, dass ich vierundzwanzig Stunden warten müsse, bevor ich es wieder probieren dürfe.

Ich musste herausfinden, wo die Hausbank der van Holts war, und dann am Schalter Geld abheben. Die Bank würde sicher kein Problem damit haben, dass ich für meine Tochter an Halloween ein paar Kürbisse kaufen wollte. Ich nahm mein Scheckheft heraus, um den Namen des Geldinstituts zu erfahren, nur damit Google mir gleich darauf mitteilte, dass die nächste Filiale zehn Blocks entfernt war, im dreizehnten Stock eines Gebäudes, das gegenüber dem Rathaus lag.

Ich war so angespannt, dass mir nicht bewusst war, dass ich Sams Hand schraubstockartig umklammerte. Er sah zu mir hoch, mit schmollend vorgeschobener Unterlippe, und jaulte leise auf.

»Oh, Mr. Magoo, tut mir leid«, sagte ich, hob ihn hoch und drückte ihn eng an mich. »Das hier ist absurd. Die Schneeleoparden werden sich einfach damit abfinden müssen.«

Was sie auch taten. Bis auf einen. Meinen.

Nachdem wir Gloria und ihre Gruppe schließlich in der Schulküche fanden, wo jedes Kind bereits einen Teigball vor sich liegen hatte, versuchte ich, Miss Regan auf eine lockere Art zu erklären, dass unsere Kürbismission auf tragische Weise gescheitert, dass es uns aber zumindest gelungen sei, in dem spanischen Minimarkt im Viertel (der zum Glück bereitwillig Kreditkarten akzeptierte) neun Pakete Kürbiskuchenbackmischung aufzutreiben. Tatsächlich nahm Miss Regan die Neuigkeit besser auf, als ich erwartet hatte, nur Gloria war wütend. Sie kam zu uns herübergestapft, mit geballten Fäusten und zusammengekniffenen Augen.

»Wo sind die Kürbisse?«, fragte sie und funkelte mich zornig an. »Du solltest doch Kürbisse besorgen!«

»Gloria, beruhige dich. Ich habe keine bekommen. Dann nehmt ihr eben die Fertigmischung. Das ist schon okay.«

»Was? Die Indianer hatten auch keine Backmischungen!«

Na ja, die Indianer haben wahrscheinlich auch keine Kuchen gebacken, hätte ich am liebsten erwidert. Aber ich biss mir auf die Zunge. Noch nie in meinem Leben hatte ich Gloria so außer sich gesehen. Nicht einmal, als ich versehentlich ihre preisgekrönte Muschelsammlung weggeworfen hatte, war sie so böse gewesen. Oder als ich ihr verboten hatte, mit

Roberta auf die Hunderennbahn zu gehen. Nicht mal, als Sam sich auf ihr Lieblingsplüschtier übergeben hatte.

Vor mir stand eine fünf Jahre alte Furie mit weiß hervortretenden Fingerknöcheln und gefletschten Zähnen.

Ich ging in die Hocke und versuchte, Gloria an mich zu ziehen. »Es ist okay, Glöckchen. Ihr werdet genauso viel Spaß haben. Und ganz ehrlich, es wird viel einfacher sein«, sagte ich leise und so sanft ich konnte.

Sie wich vor mir zurück, und ihr Gesicht verdunkelte sich. Mittlerweile war es im ganzen Raum still, und alle Augen waren auf uns gerichtet. Selbst der einheimische Konditor, der zur Unterstützung eingeladen worden war, starrte zu uns herüber.

Gloria holte tief Luft und schrie dann so laut »Nein!«, dass es im ganzen Raum widerhallte. Dann hob sie ihre Hand und schlug mir ins Gesicht. Sie *schlug* mich. So fest, dass mir kurz die Luft wegblieb. Und allen anderen auch, dem kollektiven Aufkeuchen nach zu urteilen. Ich glaube, selbst Sam begriff.

Es war einer jener Momente, in denen die Welt aufhörte, sich zu drehen, wie in den ersten Sekunden unmittelbar nach einem Autounfall. In denen man schwebte und Dinge wahrnahm, die man sonst nie wahrgenommen hat. Zum Beispiel, wie lang und dunkel die Wimpern deiner Tochter waren. Es war der Moment, in dem die schmerzliche Realität – die normalerweise zusammen mit alten Fotos und Vorlesungsverzeichnissen sicher weggeräumt war – aus ihrem Versteck entwich und mir direkt ins Gesicht sprang. Die Realität, in der ich mein Kind so sehen konnte, wie es war: verwöhnt, unkontrollierbar und gehässig. Aber auch ein Opfer. Ein Opfer der Nachgiebigkeit und Terminüberfrachtung und des Überflusses.

Und in dem ich erkannte, dass ich selbst als Mutter die Hauptverantwortliche für dieses Verbrechen war.

Mit dieser Erkenntnis ging ein seltsamer Gefühlswechsel einher. Ich war nicht verärgert, wie man es erwarten würde. Ich war nicht einmal peinlich berührt. Stattdessen empfand ich eine Traurigkeit, die mir fast das Herz zerriss. So stark, dass ich meine brennenden Muskeln in den Armen und Beinen nicht mehr spürte oder meine brennende Wange.

Was wirklich schmerzte, war der Gedanke, dass meine Tochter Gloria van Holt war – und dass die fünfeinhalb Jahre ihres Lebens ohne mich vergangen waren.

Kapitel 9

Auf der Kundentoilette eines Elektronikgeschäfts in West Philadelphia konnte ich den Lärm der Leute hören, die sich zu der Kundgebung versammelten. Er wurde mit jeder Sekunde lauter, genau wie Sams Quengeln. Er versuchte, sich aus meinen Armen zu winden, aber ich ließ ihn nicht herunter, weil es hier so dreckig und zugemüllt war und sein Kostüm noch tadellos aussah. Ich schaute mich nach einem Wickeltisch oder irgendeiner Ablagefläche um, entdeckte jedoch nur einen Heizkörper, der zu schmal war und zu wacklig, um ein Kind zum Wickeln daraufzulegen. Ich schätzte die Breite der Plastikklobrille und des Deckels ab, verwarf diese Möglichkeit aber auch. Ich schauderte, weil ich wusste, dass ich keine andere Wahl hatte. Die Kundgebung würde gleich anfangen.

Ich zupfte ein cremefarbenes Kaschmirtuch aus meiner Tasche und breitete es auf dem schmutzigen Fliesenboden aus, dann legte ich Sam darauf. Sechs Minuten und vierzig Wischtücher später – meine Bluse war durchgeschwitzt, und etliche Haarsträhnen hatten sich aus meinem straffen Nackenknoten gelöst – sah ich mich nach einem Mülleimer um. Es gab keinen. Im Bewusstsein, dass Alex auf uns wartete und wahrscheinlich langsam verzweifelte, tat ich, was ich tun musste: Ich wickelte die volle Windel in das Kaschmirtuch und schob sie anschließend tief in meine Tasche.

»Sorry, Yves«, flüsterte ich.

Als wir uns eine halbe Stunde zuvor mit Alex in einem Zeltpavillon in der Nähe der Bühne getroffen hatten, hatte er so getan, als hätte es unser Telefonat wegen Pater Ferguson nie gegeben. Er umarmte und küsste uns zur Begrüßung und sagte mir, ich sähe heiß aus. Ich wollte mich entschuldigen, aber wir waren von Frank und Calvin und einer Reportermeute umgeben, also folgte ich Alex' Beispiel. Ich tat so, als wäre alles in Ordnung und versuchte, in seinen Augen zu lesen, ob er immer noch wütend war und nur für die Kameras gute Miene zum bösen Spiel machte, aber ich konnte es nicht sagen. Entweder ich kannte ihn nicht gut genug, oder er war ein richtig guter Schauspieler. Oder schlimmer noch, es war ihm egal.

Vielleicht war er auch einfach nur abgelenkt. Diese Veranstaltung hier war ein richtig großes Ding. Der Zuschauerbereich, ein Parkplatz, der zu einem verfallenen Krankenhaus gehörte, war bereits so voll, dass die Leute auf die angrenzenden Flächen auswichen, sogar bis auf die Straße. Dort reihte sich ein Satellitenwagen an den nächsten. Vor der Bühne schlenderten Reporter hin und her, die in ihre Handys sprachen. Die Polizei leitete verärgerte Autofahrer um den Block.

Ein paar Zuschauer waren wegen Alex gekommen, aber die meisten warteten auf den amtierenden Senator Doug Blandon, Philadelphias Lokalhelden. Blandon war bekannt als aufrichtig und bodenständig, mit einem Lebenslauf, der sich wie der Traum jedes politischen Beraters las:

Golfkriegsveteran, Sohn einer Kellnerin, Footballstar am College und Vater von sechs Kindern – vier leiblichen und zwei adoptierten. Alex betrachtete ihn als sein großes Vorbild, und ich wusste, dass er sich geehrt fühlte, Blandons Vorredner zu sein. Aber als stolze Ehefrau und angesichts der Fortschritte, die Alex in letzter Zeit verbuchen konnte, fand ich, dass auch Blandon sich geehrt fühlen sollte.

Als Sam und ich von unserem Toilettenmissgeschick zurückkehrten, posierte Alex gerade mit seinen Fans für Fotos, und dieses Mal handelte es sich nicht um Anhänger vom Typ »unheimlicher Gerald«, sondern um eine junge, weibliche Schar vom Typ »Ich bin bereit, alles für mein Land zu tun«. Ich ging zu Alex hinüber und gab ihm seinen Sohn, in der Hoffnung, dass ein chaotisches, zappeliges Kleinkind die Frauen wie Kryptonit auseinandersprengen würde. Doch mein Plan ging nach hinten los: Beim Anblick des schönen möglichen Kongressabgeordneten, der einen pausbäckigen kleinen Jungen in einem niedlichen Kostüm knuddelte, bekamen sie praktisch alle gleichzeitig ihren Eisprung. Alex tat so, als würde er nichts davon mitbekommen, aber ich ertappte ihn dabei, wie er ihnen ein paar verstohlene Blicke zuwarf. Glücklicherweise wurden wir gleich darauf von Blandons Referent zur Bühne abgeholt, und die Frauen zerstreuten sich hinter uns in der Menge.

Nach den ersten zehn Minuten von Alex' Rede – ich saß auf einem Klappstuhl auf der Bühne zwischen Mrs. Blandon und einer immer noch schmollenden Gloria, den verschwitzten Sam auf meinem Schoß – schaltete ich langsam ab und hörte nur noch auf bestimmte Begriffe. Mittlerweile kannte ich Alex' Text so gut, dass ich in der Lage war, aufs Stichwort zu klatschen, in den großen Momenten zu nicken, schüchtern zu lächeln und zu winken, wenn er mich erwähnte, und Empörung zu heucheln angesichts des Zustands der Wirtschaft in unserem Land, der hohen Arbeitslosenquote oder der Bildungsmisere. Ich wusste, es war fast vorüber, wenn Alex sein Jackett auszog, was er immer tat für eine dramatische Pause vor dem großen Höhepunkt. Ich machte mich darauf gefasst, gleich aufzustehen. Ich stellte meine Füße in den High Heels parallel zueinander und setzte Sam auf meinem Schoß um, mit einem Arm verbarg ich den frischen Fleck an seinem Bauch.

Und tatsächlich legte er das Jackett ab und krempelte die Ärmel hoch, und zehn Sekunden später standen wir auf und sonnten uns im Applaus des Publikums. Alex kam zu uns herüber, nahm Gloria auf den Arm und beugte sich dann hinunter, um Sam einen Kuss auf die Stirn zu geben. Als er den Kopf hob, um mich zu küssen, wurde der Applaus noch lauter. Nur Sam war unbeeindruckt. Irgendwann zwischen »Lasst uns unseren Kindern die Zukunft geben, die sie verdienen« und »Der amerikanische Traum lebt noch in Philadelphia« war er in meinen Armen eingeschlafen.

Es war ein überwältigender Moment, einer, den ich wahrscheinlich nie wieder vergessen würde. Das Publikum feierte Alex mit Standing Ovations und übertönte mit Sprechchören die Geräusche der Stadt. Ich spürte, dass mein Mann von Stolz und Begeisterung und Erleichterung erfüllt war. Es zeigte sich, dass er eine Chance hatte, diese Wahl zu gewinnen. Ich war selbst erleichtert, weil mein Fauxpas mit dem Scheck scheinbar vergessen und vergeben war.

Ich schaute in die Menge und lächelte, als die Leute anfingen, zur Musik mitzusingen, die ein DJ aus dem Viertel auflegte. Ich las die Plakate, winkte den Kindern auf den Schultern ihrer Eltern und genoss die warme Sonne dieses letzten Oktobertages. Schließlich nahmen wir alle wieder auf unseren Stühlen Platz, um der Rede des Senators zu lauschen. Alex war vom Parteivorsitzenden des Kommunalverbandes angekündigt worden, für den Senator übernahm das ein Cornerback der Eagles.

Sam schlief friedlich an meiner Brust, und meine Gedanken begannen abzudriften, als ich im hinteren Drittel des Publikums ein Gesicht entdeckte, das ich kannte. Ich konnte nicht mehr als den Kopf in der Menge sehen, aber diese Augen, die Mütze und den weißen Bart würde ich überall erkennen.

Es war Miles.

Mir stockte vor Überraschung kurz der Atem, und ich kämpfte gegen das Bedürfnis an aufzustehen und zu winken. Ich starrte zu Miles hinüber, meine Augen fest auf sein Gesicht geheftet, ihn drängend, näher an die Bühne zu kommen.

Der liebe, gute Miles. Er schaute direkt zu mir. Aber was sah er? Seine Schwiegertochter oder Mrs. Alexander van Holt? Wunderte er sich, warum seine Enkelkinder auf der Bühne waren? War er irritiert, weil sein geliebter Sam als »Van« vorgestellt worden war? Vermisste er mich so sehr wie ich ihn?

Dann schweifte sein Blick von uns ab, zurück zum Rednerpult, und mein Herz wurde schwer. Er hatte uns nicht erkannt. Seine Miene schien dasselbe auszudrücken wie die aller anderen: »Wann kommt der Kerl endlich zum Schluss?«

Ich beugte den Kopf hinunter und flüsterte Sam ins Ohr: »Ich habe gerade deinen Grandpa gesehen.«

Alex drehte den Kopf zu mir und legte seine Hand auf meinen Oberschenkel. Er lächelte schmallippig, aber seine Augen verrieten ihn. *Psst!*, schienen sie zu sagen.

Als die Rede des Senators zu Ende war, wir im Gänsemarsch die Bühne verließen und die knarrenden Metallstufen hinunterstiegen, schob ich Glorias kleine Hand in die große ihres Vaters. Dann tauchte ich mit dem hopsenden Sam auf meiner Hüfte in die Menge ein und steuerte in die Richtung, in der ich Miles gesehen hatte. Alex rief mir hinterher, doch ich ignorierte ihn und verlor mich im Menschengewimmel.

Während ich mir umständlich einen Weg durch die Menge bahnte, überflog ich die Gesichter und hielt verzweifelt nach einer schwarzen Wollmütze Ausschau, nach einem humpelnden Gang. Ich quetschte mich an Rucksäcken vorbei, umrundete Kinderwagen. Glücklicherweise erkannten mich ein paar Leute und blieben stehen, um Sam und mich vorbeizulassen.

Dann sah ich eine schwarze Mütze und eilte darauf zu, sie gehörte allerdings zu einem viel jüngeren Mann. Ich hetzte einem Weißhaarigen hinterher, wieder ein Fremder. Ich hielt kurz inne, schirmte mit der freien Hand meine Augen vor der Spätnachmittagssonne ab und ließ meinen Blick über die Menschenströme schweifen, die sich über den Parkplatz zur Straße bewegten. Ich wollte gerade aufgeben, als mir auffiel, dass ein Teil der Leute in den S-Bahnhof drängte, und mir wurde bewusst, dass Miles unter ihnen sein musste, um mit der Linie 100 nach Hause zu fahren. Ich setzte Sam auf meine andere Hüfte und lief los in Richtung Bahnhof.

Auf den Bahnsteigen drängten sich die Menschen Schulter an Schulter. Alle versuchten gleichzeitig, in zwei kurze Züge einzusteigen. Ich kämpfte mich mit Sam zu der Bahn durch, auf der »Delaware County« stand. Als wir unserem Ziel näher kamen und ich meinen Hals über das

Meer aus Köpfen hinwegreckte, entdeckte ich Miles hinter einem Fenster. Er las in einer Zeitung, ohne etwas zu ahnen.

»Miles!«, rief ich. »Miles Lahey, warte, bitte! Miles!«

Die Leute vor mir spürten meine Verzweiflung und bildeten eine Gasse, um mich durchzulassen. Aber gerade als ich den Wagen erreichte, schlossen sich die Türen, und der Zugführer verkündete die nächste Station. Ich streckte die Hand aus, um die Bahn aufzuhalten, doch meine Finger streiften nur kaltes, schmutziges Metall.

Miles hörte mich nicht, er ahnte nicht, dass sein kostbarer Enkel nur wenige Meter von ihm entfernt war. Die Bahn fuhr davon, und ich schöpfte kurz Luft, kehrte dann um, gegen den Strom aus menschlichen Leibern ankämpfend.

Auf dem Weg zurück zum Parkplatz musste ich über mich selbst lachen. Was hätte ich zu Miles gesagt? Er war ein praktizierender Katholik mit einem gesunden Respekt vor dem Schicksal und dem Zufall und den Geheimnissen des Lebens. Aber Paralleluniversen?

Auf dem Parkplatz hielten sich nur noch wenige Zuschauer auf, sowohl Alex als auch Gloria empfingen uns aufgebracht.

»Wo wart ihr?«, fragten sie beide wie aus einem Mund, Gloria ungeduldig, weil sie endlich loswollte, um Süßigkeiten zu sammeln, und Alex besorgt.

»Tut mir leid. Ich habe nur jemanden gesehen, den ich von früher kannte.«

»Herrgott, Abbey«, sagte Alex, »du kannst nicht einfach so davonlaufen. Schließlich könnten sich irgendwelche gefährlichen Spinner hier herumtreiben. Das ist mein Ernst.«

Ich senkte zerknirscht den Blick auf meine Füße und folgte ihm, als er und Gloria sich auf den Weg zu Oscar und dem Wagen machten. Wir kamen nur ein paar Meter weit, da wurden wir erneut aufgehalten, dieses Mal von einer hübschen, zierlichen Frau in einem schwarzen Shirtkleid und einem riesigen Hexenhut. Ihre Haut schimmerte karamellfarben, ihre langen Haare glänzten schwarz. Ihr Lächeln überstrahlte alles – es war breit, herzlich und aufrichtig. Ihre Worte erzählten allerdings eine andere Geschichte.

»Van Holt! Das war vielleicht eine Scheißrede!«, bellte sie Alex an, ohne dass es sie kümmerte, ob die paar Nachzügler um uns herum sie hören konnten.

»Larry!« Alex riss überrascht die Augen auf. »Wie geht es dir?« Er schloss die Frau fest in seine Arme und hob sie vom Boden hoch, bevor er sich wieder von ihr löste und dann einen Schritt zurücktrat. »Übrigens, nette Ausdrucksweise vor meinen Kindern.«

Sie schlug beschämt die Hände vors Gesicht und schenkte mir einen entschuldigenden Blick. Alex lachte und machte uns dann miteinander bekannt.

»Abbey, das ist Larry Liebman«, sagte er. »Larry, das ist meine Frau Abigail.«

»Tatsächlich sind wir uns schon einmal begegnet, nämlich auf eurer Hochzeit«, sagte Larry. »Aber dort waren ungefähr eine Million Leute, deshalb habe ich Verständnis dafür, wenn Sie sich nicht an mich erinnern.« Ausnahmsweise einmal eine einfache Ausrede.

Wir tauschten Höflichkeiten aus, bis ich den Ausweis sah, der um ihren Hals baumelte. »Sind Sie von der Presse?«, fragte ich.

»Ich schreibe für den *Inquirer*«, antwortete sie. »Für die Lokalredaktion.«

»Ach, *die* Larry Liebman sind Sie!«, rief ich. »Ich habe schon öfter Ihre Artikel in der Zeitung gelesen. Ich dachte nur immer, Sie wären ein Mann.«

»Ja, das denkt jeder. Das ist Teil meiner Tarnung«, erwiderte sie und zog ihre Hutkrempe tief über ein Auge, während sie Gloria zuzwinkerte. »Nur meine Mutter nennt mich noch Lawrencia.«

»Berichten Sie über diese Kundgebung?«

»Nein. Alex und ich sind zusammen zur Schule gegangen, also bin ich nicht neutral. Ich bin nur vorbeigekommen, weil ich ein bisschen die Sonne genießen wollte. Ganz sicher nicht wegen dieser albernen Reden. Ehrlich, van Holt, das kannst du besser.« Sie boxte ihn, und er zuckte zurück.

»Aber die Damen im Publikum waren sicher von dir begeistert«, fuhr sie fort. »Ich habe noch nie zuvor so viele Frauen bei einem Auftritt von Blandon gesehen.«

»Wem sagen Sie das«, bemerkte ich und rollte mit den Augen.

Wir lachten alle, außer Gloria, die an meinem freien Arm zog und Larry böse anstarrte, weil sie uns aufhielt.

Larry begleitete uns zum Wagen, und Alex umarmte sie wieder. Er versprach ihr, sich nach der Wahl bei ihr zu melden, damit wir uns mal abends zum Essen treffen konnten. Ich umarmte Larry auch zum Abschied, obwohl wir uns gerade erst kennengelernt hatten.

»Hat mich sehr gefreut, Sie kennenzulernen, Larry«, sagte ich, bevor ich in den Wagen stieg.

»Hat mich sehr gefreut, Sie wiederzusehen, Abbey«, berichtigte sie. Sie tippte für Gloria ein letztes Mal an ihren Hut und verschwand dann.

Auf der Fahrt nach Hause war ich neugierig. Und vielleicht sogar ein bisschen eifersüchtig. Alex' hatte gestrahlt, als wir Larry getroffen hatten, und die beiden waren so ungezwungen miteinander umgegangen. Ich bat ihn, »mein

Gedächtnis aufzufrischen«, und erfuhr, dass Larry die Tochter eines jüdischen Immobilienkönigs aus New Jersey und einer schönen haitianischen Künstlerin war, die es in den späten Sechzigerjahren nach Philadelphia verschlagen hatte, ohne eine Jacke und mit nichts weiter als zweiundvierzig Dollar und einem Stipendium für das Bryn Mawr College. In den Achtzigern hatten die Liebmans im Umland an der Main Line gelebt, Larrys Vater hatte die Granite View Mall und später halb Newtown Square entworfen. Larry und ihre Zwillingsbrüder waren auf die Mercersburg Academy geschickt worden, ein Eliteinternat in der Provinz von Pennsylvania, das auch Alex besucht hatte, und so hatte es sich einmal ergeben, dass sie in den Frühjahrsferien alle gemeinsam nach Hause gefahren waren.

Und obwohl Alex im selben Alter gewesen war wie die beiden Jungs und mit ihnen im Lacrosse-Team gespielt hatte, war es Larry gewesen, mit der er sich besonders eng angefreundet hatte. Die beiden hatten ihre gemeinsame Liebe für frühen Hip Hop entdeckt, fürs Skifahren und für soziale Gerechtigkeit. Und beide waren in großem Wohlstand aufgewachsen, sodass keiner sich für den anderen hatte schämen müssen.

Während des Studiums war der Kontakt zwischen ihnen abgerissen – Larry war auf das Columbia College in Chicago gegangen, Alex in Philadelphia geblieben. Er hatte an der Hochschule seiner zweiten Wahl studiert, der University of Pennsylvania (deren Bibliothek von seinen Großeltern finanziert wurde). Larry war vor Kurzem nach Philadelphia zurückgekehrt, und als sie erfahren hatte, dass Alex sich für den Kongress bewarb, hatte sie per E-Mail Kontakt zu ihm aufgenommen. Es hatte sich noch keine Gelegenheit für ein persönliches Treffen ergeben.

»Larry hat geholfen, uns die Presse vom Leib zu halten, als du im Krankenhaus warst«, erklärte Alex.

»Wie nett von ihr«, sagte ich, während ich an die E-Mails denken musste, auf die ich heimlich einen Blick geworfen hatte. »Es ist immer toll, einen guten Draht zur Presse zu haben, jemanden, dem man vertrauen kann. Manche Reporter würden alles tun für eine gute Exklusivstory. Und von den Bloggern will ich gar nicht erst anfangen ...«

»Larry ist nicht so«, unterbrach er mich. »Sie gehört zu den Guten. Sie versucht immer, den Leuten zu helfen.« Er seufzte und schaute aus dem Fenster.

»Soweit ich weiß, versuchen das Abgeordnete auch.«

»Ja, aber nicht so, wie sie geholfen hat. Hilft.«

»Na ja, wir wollen mal nicht übertreiben. Ich meine, Journalist zu sein, bedeutet nicht, dem Friedenskorps anzugehören.«

»Doch, wenn man aus Afghanistan berichtet.«

Ich konnte mich nicht bremsen. »Larry war in *Afghanistan?*«

Alex lachte gereizt. »Ja. Erinnerst du dich nicht mehr? Sie war es, die uns die handgewebte Decke zu Glorias Geburt geschickt hat.«

»Oh, richtig.«

»Abbey?«

»Ja?« Ich wappnete mich gegen die Frage, warum ich so vergesslich war. Glücklicherweise fragte Alex etwas Einfacheres.

»Was ist das für ein Geruch?«

Es war die Windel, die tief in meiner Tasche steckte, eingewickelt in Kaschmir.

»Das ist bestimmt Van«, schwindelte ich und schob meine Tasche, die auf dem Wagenboden stand, unauffällig mit dem Fuß zur Seite. »Ich werde gleich kurz mit ihm hochgehen und ihm eine frische Windel anziehen. Du kannst ja schon mal mit Gloria losgehen.«

Kurz darauf hielten wir vor unserem Haus, und ich stieg aus, aber Alex rührte sich nicht vom Fleck.

»Kommst du?«, fragte ich, wie eine Edelhure vom Bordstein aus zu ihm in den Wagen gebeugt.

»Sei mir nicht böse, aber ich muss ein paar Sachen für die Debatte vorbereiten«, sagte er. »Frank besteht darauf.«

»Nein. Du hast es versprochen. Und Gloria war den ganzen Nachmittag so geduldig. Kannst du nicht wenigstens für eine halbe Stunde mitkommen?«

»Abbey, mach mich hier nicht zum Buhmann. Es ist nur Halloween. Keine große Sache.«

Mach mich hier nicht zum Buhmann? War das das Lieblingsargument jedes amerikanischen Ehemannes? Ich hatte diesen Satz dermaßen satt, dass ich am liebsten eine Presseerklärung herausgegeben hätte: *Achtung, an alle Männer weltweit! Wenn ihr nicht zum Buhmann gemacht werden wollt, dann benehmt euch nicht wie einer.*

Ich holte Gloria aus dem Wagen und stellte sie neben mich auf den Bordstein, dann schnallte ich Sam los, hob ihn ebenfalls heraus und setzte ihn auf meine Hüfte. »Nur fürs Protokoll: Halloween ist der wichtigste Tag im Leben einer Fünfjährigen«, sagte ich zu Alex durch die offene Scheibe. »Eine richtig große Sache.«

»Seit wann interessierst du dich so für Halloween?«, erwiderte er und warf verärgert seinen Kopf in den Nacken. Dann stieß er ein langes Seufzen aus und sah mich verlegen an. »Ich verspreche, ich werde es wiedergutmachen.«

»Wann? Nach Dienstag?«

Er ließ einfach die Scheibe hoch, und der Wagen brauste davon.

Ich verfolgte ungläubig, wie der große schwarze Chevrolet um die Ecke verschwand. Dann fiel mein Blick auf Gloria, die ausnahmsweise einmal ängstlich und unsicher wirkte, und ich unterdrückte meinen Zorn, während ich nachdachte. Ich ließ Sam auf den Gehweg hinunter und zog dann meine traurigen kleinen Flickenpuppen an mich.

»Kinder«, sagte ich und ging in die Hocke, damit ich ihnen direkt in die Augen schauen konnte. »Daddy muss noch mal dringend weg, um zu arbeiten, also werde ich mit euch von Tür zu Tür gehen, einverstanden?«

»Aber ich will Daddy«, quengelte Gloria.

»Ich weiß, mein Goldstück«, sagte ich. »Und es tut ihm auch wirklich leid. Wir werden uns Halloween trotzdem nicht verderben lassen. Also, gehen wir los und füllen unsere Tüten, bis sie platzen, okay? Wir beginnen in unserem Haus.«

Gloria, die ihre Ziele nie aus den Augen verlor, stimmte begeistert zu. »Au ja!«, rief sie.

Es stellte sich heraus, dass das Umherziehen in der Stadt nicht so viel Spaß machte. Nachdem wir alle Wohnungen in der ersten Etage abgeklappert hatten, kamen wir auf drei kleine Schokoriegel, einen Dollarschein und ein paar Hustenbonbons. Die zweite Etage brachte uns einen Apfel, einen alten Lolli und eine verwirrte ältere Dame, die immer wieder fragte, ob wir gekommen seien, um den Wasserhahn zu reparieren. Die nächsten beiden Etagen waren genauso enttäuschend. Als wir in der fünften Etage klingelten – wo ein junges Paar, das eine Halloween-Party feierte, den Kindern Sushi und alkoholfreie Martinis anbot –, wusste ich, dass wir genug hatten.

»Kommt, Kinder«, sagte ich. »Lasst uns von hier verschwinden.«

Wir gingen wieder hinaus auf die Straße, hielten ein Taxi an und fuhren dann an den einzigen Ort, an dem ich sicher sein konnte, dass Halloween *richtig* gefeiert wurde.

Während das Taxi sich hinter der Stadtgrenze durch die Vororte schlängelte, spürte ich eine leichte Übelkeit, und das nicht nur wegen der kurvigen Straßen. Da waren die vertrauten Reihenhäuser auf der Radnor Avenue, die orange-schwarzen Flyers-Fahnen und der riesige aufgeblasene Geist auf dem Rasen vor dem Haus des Landrats. Ich sah den Spielplatz, zu dem ich immer mit Sam gegangen war, das Haus, in dem unsere Babysitterin wohnte, und den uralten Imbissladen an der Ecke, wo wir uns an verregneten Nachmittagen Hotdogs holten.

Der Himmel fing die letzten Strahlen der Herbstsonne ein, und es war jene magische Stunde an Halloween, wenn Kinder ihre Mütter von hastig verzehrten Abendmahlzeiten wegzogen und ihre Väter von den Abendnachrichten. Wenn Kissenbezüge von Betten genommen und Moms Schminksachen und Haarspray geplündert wurden. Wenn Fotos gemacht wurden und die Sonne gerade begann, die Baumkronen zu touchieren. Aufbruchzeit.

Grange Hill war noch genau so, wie ich es verlassen hatte. Mein Leben mochte vielleicht auf eine unerklärliche und metaphysische Art auf den Kopf gestellt worden sein, aber das Leben hier blieb unverändert. Wie die erste Seite eines Bilderbuchs, das man sich schon tausendmal angeschaut hatte.

Ich war noch nicht fähig, mich unserem Haus zu stellen, konnte nicht einmal in seine Richtung schauen, also bat ich den Fahrer, ein paar Straßen davor anzuhalten. Ich gab ihm ein großzügiges Trinkgeld und stellte ihm ein weiteres in Aussicht, wenn er uns in anderthalb Stunden wieder abholte, dann stieg ich mit den Kindern aus. Beide bekamen vor Staunen große Augen, als sie die kostümierten Kindergrüppchen sahen, die großen Rasenflächen, die Kinderschaukeln und die Halloween-Dekorationen, von denen manche klirrten, andere quietschten und wieder andere einen seltsam riechenden Qualm ausstießen. Auch ich machte große Augen, während ich nach Nachbarn, Freunden oder anderen Bewohnern meines früheren Lebens Ausschau hielt.

Natürlich war es nicht wirklich »mein früheres Leben«. In dieser Welt hier kannte mich keiner, ich hatte noch nie zuvor einen Fuß nach Grange Hill gesetzt. Diese Erkenntnis machte mich traurig. Ich fühlte mich anonym. Wie ein Geist.

Auf der Fahrt durch die Stadt hatten wir kurz bei einem Walmart haltgemacht, um Raggedy-Ann und Raggedy-Andy gegen richtige Kostüme zu tauschen. Die Auswahl war bescheiden, schließlich war bereits Halloween-Abend, aber wir wühlten uns durch die offenen Kartons und das Durcheinander in den Regalen, bis wir gefunden hatten, was wir brauchten. Ich schminkte Glorias Gesicht mit weißer Körperfarbe, malte mit Lippenstift einen roten Blutfaden in ihren Mundwinkel und ersetzte die kratzende rote Strohperücke durch lange seidig schwarze Kunsthaare. Ich steckte sogar spitze Candy Corns auf ihre Eckzähne, damit sie wie Fangzähne aussahen. Der einzige Umhang, den wir finden konnten, war in einer Erwachsenengröße, sodass er hinter Gloria über den Boden schleifte wie ein Krönungsmantel. Sie war begeistert.

In Sams Größe waren nur noch zwei Kostüme übrig: Iron Man und Merida. Da seine kleinen Fäuste keins davon loslassen wollten, kauften wir beide. Er trug sie mit Stolz, ohne dass ihm bewusst war, dass er eher Ähnlichkeit mit einem kleinen Transvestiten hatte als mit einem Actionhelden. Ich kam nun auch in Halloween-Stimmung und ergänzte mein graues Kostüm mit einem feuerroten Cape, löste meinen Knoten, setzte mir Teufelshörner aus Plastik auf und verwandelte mich so von der Frau des Kandidaten in die Empfangsdame der Hölle. Wir sahen aus wie ein bunt zusammengewürfelter Haufen, aber das spielte keine Rolle. In Grange Hill ist an Halloween alles erlaubt.

Zaun um Zaun, Zugangsweg um Zugangsweg und Tür um Tür füllten die Kinder ihre Tüten. Sie rannten in fröhlicher Unbekümmertheit voraus, ich folgte ihnen mit ein paar Schritten Abstand und erinnerte sie daran, auf die Autos zu achten und sich zu bedanken.

Und je näher wir »meiner« Straße kamen, desto nervöser wurde ich – so als würde ich gleich auf einen verloren geglaubten Geliebten treffen. Schließlich standen wir auf der breiten Holzveranda unserer Nachbarn. Mein Herz klopfte so schnell, dass ich mich beinahe umgedreht hätte und weggelaufen wäre. Aber bevor ich das tun konnte, öffnete Mary Anne in einem riesigen, flauschigen pinkfarbenen Morgenmantel und mit wild abstehenden Haaren die Tür. Mary Anne hatte immer zu den Leuten in der Nachbarschaft gezählt, mit denen ich mich am besten verstand, und meine Augen leuchteten bei ihrem Anblick. Als sie zu den Kindern Hallo sagte und sich vorbeugte, um Süßigkeiten in ihre Tüten zu werfen, entdeckte ich in den Falten ihres Morgenmantels ein Neugeborenes.

»Das Baby ist da!«, rief ich. »Und es ist ein Mädchen!«

»Ja«, sagte sie stolz. »Sie kam vor vier Tagen. Ihr Name ist Elizabeth.«

»Ich kann es nicht glauben. Nach drei Jungs.«

»Ich auch nicht«, sagte sie lachend und schüttelte den Kopf, bevor sie unsere Gesichter im Gegenlicht genauer musterte. »Verzeihung, aber kennen wir uns?«

»Ich ... ich habe früher mal hier gewohnt«, sagte ich, ohne zu überlegen. »Meine Tochter war hier auf der Grundschule.«

»Ach, in welcher Klasse?«

»In der Vorschulklasse. Bei Mrs. Cleary.« Ich ritt mich immer tiefer hinein, doch es fühlte sich so normal an, diese Worte auszusprechen.

»Mommy, meine Lehrerin heißt ...«, wollte Gloria verbessern.

Ich zog sie fest an mich, und sie verstummte.

Mary Anne starrte auf mein Gesicht, versuchte, es einzuordnen, und schüttelte dann lachend den Kopf. »Ich leide so sehr an Schlafentzug, dass ich mich an nichts und niemanden mehr erinnern kann. Ich bin Mary Anne Evans. Glaube ich jedenfalls.«

»Ich kenne diesen Zustand aus eigener Erfahrung. Ich bin Abbey.« Ich hielt ihr meine Hand hin, zog sie aber wieder zurück, als mir einfiel, dass Mary Anne ihre Hände voll hatte.

Wir lachten beide, dann fing das Baby an zu maunzen.

»Noch ein schönes Halloween«, sagte sie und kehrte in ihr Haus zurück.

»Dir auch«, erwiderte ich leise und dirigierte die Kinder von der Veranda. Seltsamerweise hatte ich ein schlechtes

Gewissen. Meine liebe, gute Nachbarin hatte ihr Baby bekommen, das kleine Mädchen, von dem sie immer geträumt hatte, und ich war nicht da gewesen, um für sie einen versalzenen Auflauf zu backen oder ihr die Jungs für eine Stunde abzunehmen.

Wir verließen das Grundstück und wandten uns dem nächsten zu. Für Sam und Gloria war es nur ein weiteres Haus. Für mich war es *das* Haus. *Unser* Haus. Das von Jimmy und mir. Ich atmete tief durch und zwang mich, einen Fuß vor den nächsten zu setzen.

Das Haus näherte sich mir stückweise, indem Wände und Fenster hinter den Ästen einer großen Kiefer aufblitzten. Dann kam das ganze Gebäude in Sicht, und der silbrige Schornstein und das grau gefleckte Dach glänzten im Licht eines gerade aufgehenden Mondes.

Ich starrte auf das Haus, nahm langsam alles in mich auf. Die Fenster waren streifenfrei, die Rahmen waren grün statt weiß. An der Veranda flatterte fröhlich eine Fahne, und der Zugang zum Haus war frisch geteert. Die Gartenhecke war buschiger und weniger gepflegt, die Schwarzeiche, die bei jedem stärkeren Wind drohte, unsere Veranda niederzureißen, war gefällt worden, nur noch ein Stumpf erinnerte an ihre ehemalige Pracht. Es gab keine fliegenden Fledermäuse, keine Heuballen und kein Kürbisbier. Nur einen einzigen, anzüglich grinsenden Halloween-Kürbis, dessen Grimasse uns herausforderte, näher zu kommen.

»Na los«, sagte Gloria, als ich zögerte. »Worauf wartest du?«

Wir betraten das Grundstück, langsam folgte ich den kleinen Kinderfüßen. Vor der Veranda blieb ich stehen, um Sam die hohe Stufe hochzuhelfen, auf dieselbe Art, wie ich es schon tausendmal zuvor getan hatte. Dann hob ich Gloria ein Stück hoch, damit sie an die Klingel kam. Sie hing in der Luft, ohne zu wissen, was sie tun sollte, also setzte ich sie wieder ab und drückte selbst auf den Knopf. *Brrrinnng.*

»Tja, sieht so aus, als wäre niemand zu Hause. Lasst uns weitergehen.« Ich nahm Gloria an die Hand, aber sie rührte sich nicht vom Fleck.

»Sie haben einen Kürbis. Du hast gesagt, ein Kürbis vor der Tür bedeutet, dass dort was zu holen ist.« Sie drehte sich wieder zu der Tür.

Ich wollte gerade nach ihrem Arm greifen und sie wegziehen, als wir Schritte hörten. Gleich darauf schwang die Tür auf, und ein Mann mit einem buschigen roten Bart in einem grasgrünen Hemd und einer karierten Golfhose stand vor uns. Ich weiß nicht, wen ich erwartet hatte, aber diesen Mann hier sicher nicht.

»Süßes oder Saures!«, sangen die Kinder, und der Bärtige ließ je einen Beutel Gummitierchen, ein begehrtes Halloween-Geschenk, in ihre Tüten fallen. Er schenkte mir ein Lächeln und ein herzliches »Guten Abend!«

Obwohl ich wusste, dass er ein Fremder war und mir nicht antworten konnte, hätte ich ihn am liebsten gefragt, wie es ihm gelungen war, den Kamin zu reparieren, warum er die letzten paar Astern im Garten umgemäht hatte und ob seine Familie ihre Fische und Schildkröten auch unter dem Kirschbaum vergrub. Ich hätte gern erfahren, wie lange er schon hier lebte, von wem er das Haus gekauft hatte und ob er einen Mann namens Jimmy Lahey kannte. Aber am liebsten hätte ich mir von diesem netten Mann erklären lassen, warum er derjenige war und nicht ich, der in diesem Haus lebte und lachte und liebte.

Eine Gruppe von älteren Kindern drängte unser kleines Trio zur Seite. Ich schaffte es, einen letzten Blick auf das

Haus zu werfen, dann folgte ich Gloria zur Straße und schloss das Gattertor hinter mir, wohl wissend, dass man den Riegel in einem bestimmten Winkel anheben musste, wenn man wollte, dass er zublieb.

Den restlichen Abend bewegte ich mich wie benommen durch das Viertel, während mir in allen Himmelsrichtungen Erinnerungen auflauerten. Ich dachte zurück an Glorias erstes Halloween und an Jimmy, der seine kleine Hummel stolz in einem roten Bollerwagen herumkarrte. Dann an Glorias zweites Halloween, als sie in ihr Prinzessinnenkleid und ihre Glitzerschuhe so verliebt war, dass sie eine Woche darin schlief. Dann an das Jahr, in dem Patrick, Jimmys Bruder, mit seiner Freundin des Monats vorbeigekommen war, er zu cool für ein Kostüm, sie dafür in einer superknappen Dienstmädchenuniform. Die Väter aus der Nachbarschaft verweilten in jenem Jahr ein bisschen länger bei uns.

Und ich dachte zurück an Halloween vor drei Jahren. Ich war in der zehnten Schwangerschaftswoche und erlitt eine Fehlgeburt. Jimmy und ich hatten Gloria zuliebe das Programm mit den Kürbissen, Kostümen und Süßigkeiten durchgezogen, aber wir waren beide wie betäubt gewesen, schwach, als könnte die leichte Oktoberbrise uns fortwehen. Das Bierfass hatte wie immer auf der Veranda gestanden, doch keiner von uns war in der Lage gewesen, es anzurühren. Ich war diejenige gewesen, die in jenem Jahr Gloria in ihrem kleinen Bollerwagen umhergekarrt hatte, erleichtert darüber, dass die Abendwolken mein blasses Gesicht und meine tränennassen Augen verbargen. Damals waren Jimmy und ich froh über den Trubel in Grange Hill gewesen. Dieser Ort konnte eine Flut von Tränen verbergen, ein Meer voller trauriger Abschiede.

Während ich mich nun durch die Straßen bewegte, eine Fremde für jeden, der uns begegnete, betrachtete ich Grange Hill, als wäre es das erste Mal. Es war nicht wie in einer Vorstadt-Sitcom, mit lustigen Verwechslungen auf dem Abschlussball und trainierenden Kindern auf dem Baseballplatz und Müttern, die über Footballbesessene Väter schimpften. Es war auch nicht das, was meine Mutter den Käufern in ihren Werbespots versprach: *Die perfekte Vorstadtoase für junge Familien – und für Ruheständler!* Es waren nur Reihen von Häusern, gefüllt mit Menschen und ihren Sachen. Ein Ort, an dem man das Beste aus seinem Leben machen konnte oder das Schlechteste.

In Grange Hill lag es an jedem selbst.

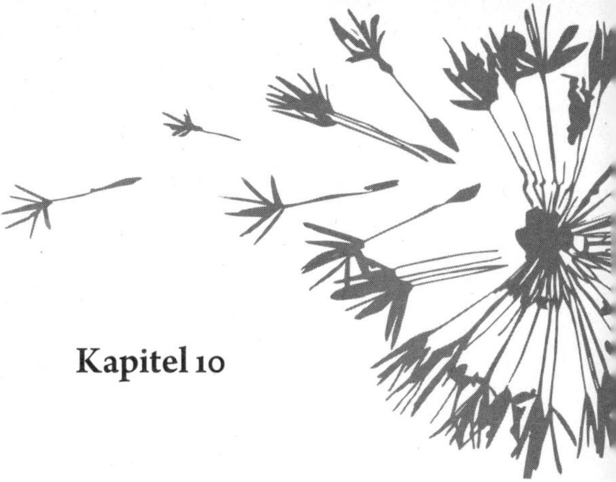

Kapitel 10

Ich beobachtete im Badezimmerspiegel, wie Alex hinter mir mit ernstem Gesicht auf und ab ging, während seine Lippen sich bewegten. Er in seinem dunkelblauen Anzug, den steifen Ärmelmanschetten und dem strengen Seitenscheitel und ich in meinem weißen Seidenmorgenmantel, der im Licht schimmerte, wirkten zusammen wie aus einer Szene in einem alten Hollywoodstreifen – sein Clark Gable gegen meine Jean Harlow. Ich beugte mich nah an den Spiegel heran und tuschte meine Wimpern ein letztes Mal, dann trug ich ein wenig Lipgloss auf. Nach einem letzten prüfenden Blick schlüpfte ich hinüber in den begehbaren Kleiderschrank, um mich anzukleiden.

Alex folgte mir, immer noch vor sich hin murmelnd.

»Was ist los?«, fragte ich schließlich. »Möchtest du vielleicht, dass ich mit dir ein paar Fragen bespreche?«

»Nein, das ist es nicht«, sagte er und rückte seine rote Krawatte gerade, um sie dann noch einmal zu korrigieren.

»Bist du sicher?«

»Es ist nicht wegen der Debatte«, sagte er und ließ seine Fingerknöchel knacken. »Es ist wegen meines Vaters. Er ist zurück aus Florida. Heute Morgen war er auf Bloemveld.

Meine Mutter hat nichts gesagt, aber ich konnte ihn im Hintergrund hören.«

»Oh.«

»Ich verstehe das einfach nicht. Er hat abgemacht – wir haben abgemacht, dass er so lange wegbleibt, bis hier alles vorbei ist«, sagte er. »Ich stehe auch so schon genug unter Druck.«

Da ich Collier nie begegnet war und keine Ahnung hatte, warum seine Anwesenheit ein Problem darstellte, wusste ich nicht, wie ich reagieren sollte. Trotzdem brachte ich für Alex Verständnis auf, schließlich hatte ich selbst einen abtrünnigen Vater. Ich ging zu ihm hinüber, nahm seine Hände und sah ihn an, bis er meinen Blick erwiderte.

»Es wird alles gut«, sagte ich. »Das weiß ich.«

Er atmete tief durch, dann lächelte er und gab mir ein Küsschen auf die Stirn. »Danke, Schatz«, sagte er. »Du ziehst dich jetzt besser an. In fünfundvierzig Minuten brechen wir auf.«

»Ich kann in fünf Minuten fertig sein«, erwiderte ich und eilte zurück auf meine Schrankseite.

»Ja, klar«, sagte er und verdrehte die Augen. »Wann hast du jemals weniger als eine Stunde gebraucht?«

Eine Stunde, um mich anzukleiden? So lange hatte ich nicht einmal an meinem Hochzeitstag gebraucht.

Tatsächlich wollten meine Sachen nicht kooperieren. Ich probierte ein Outfit nach dem anderen an. Ein weinroter Bleistiftrock mit dazu passender Bluse war unbequem eng. Den Reißverschluss des nächsten Rocks, er war aus einem dicken grauen Wollstoff, bekam ich nur halb zu. Und selbst das Diane-von-Furstenberg-Kleid aus Baumwolljersey, das durch sein Muster eine Vielzahl von Sünden kaschieren konnte, ließ meinen Bauch nicht wirklich flach aussehen.

Ich überprüfte meine Figur in dem großen Spiegel und sah, dass es mir gelungen war, in nur einer Woche diesem perfekten, geschmeidigen Körper ein paar neue – unwillkommene – Rundungen hinzuzufügen. Nichts, was zu offensichtlich war, aber genug, als dass Abbey van Holts figurbetonte Kleidung aus hundert Prozent Naturfasern leicht spannte. Ich nahm mir vor, in nächster Zeit auf Mays fantastische Thai-Gerichte zu verzichten und stattdessen diese seltsamen grünen Getränke zu mir zu nehmen, die ich im Kühlschrank entdeckt hatte.

Ich zog gerade eine figurformende Strumpfhose heraus, die beste Bauch-weg-Hilfe, die ich zwischen den Fetzen aus Seide und Spitze, die Abbey van Holt Dessous nannte, finden konnte, als Gloria hereingestürmt kam, bekleidet mit einem pink-schwarzen Fahrradhelm, einem glänzenden Reißverschlusstrikot und der kleinsten schwarzen Radlerhose, die ich jemals gesehen hatte. Ich musste mir das Lachen verkneifen, als ich ihren ernsten Gesichtsausdruck sah.

»Ich mache eine Radtour«, erklärte sie, während sie den Kinnriemen ihres Helms schloss.

»Nun, dafür bist du definitiv richtig angezogen.«

Sie runzelte verärgert die Stirn und starrte mich dann erwartungsvoll mit großen Augen an. Ich vermutete, dass sie von mir erwartete, dass ich ihr Rad holte. Nur woher, war mir ein Rätsel.

»Kann Daddy es nicht für dich holen?«

»Er telefoniert gerade.«

»Was ist mit May?«

»Sie hat keinen Schlüssel für unten. Außerdem hast du gesagt, dass du die Einzige bist, die runtergehen darf. Schon vergessen?«

Ich schüttelte den Kopf, als hätte ich das wirklich gesagt.

Nachdem ich schließlich etwas zum Anziehen gefunden hatte, streifte ich planlos durch die Tiefgarage, ohne zu wissen, ob Gloria diesen Ort hier mit »unten« gemeint hatte, und suchte nach einem Fahrradkeller. Als ich keinen fand, fragte ich den Hausmeister, ob er wisse, wo wir das Fahrrad unserer kleinen Tochter aufbewahrten. Er zuckte zuerst nur mit den Achseln, da sein Englisch nicht besonders gut war, deutete dann jedoch auf die Rampe, die eine Etage tiefer führte.

Ich ging vorsichtig auf der geteerten Schräge hinunter in das dunkelste Innere des Gebäudes. Hier unten war es feucht und kalt und unheimlich still. Ich konnte mir nicht vorstellen, warum Abbey van Holt darauf bestand, als Einzige hier herunterzukommen. Gab es nicht genügend Leute, die das für sie erledigen konnten?

Zwischen unzähligen Luxusfahrzeugen entdeckte ich einen schwarzen Porsche mit dem Kennzeichen »AVH 1«, und ich vermutete, dass ich auf der richtigen Spur war. Während ich darauf zuging, entdeckte ich etwas, das auf den ersten Blick wie ein Gitterzaun aussah, sich bei genauerem Hinsehen aber als eine Kellerbox entpuppte. Sie enthielt typische Dinge eines Familienlebens: einen Baby-Jogger, diverse Koffer, ein Snowboard, Kindersitzauflagen und ein silbernes Mädchenrad mit einer funkelnden Klingel, das an einer Seite lehnte. Bingo.

Mit dem kleinen Schlüssel an meinem Schlüsselring öffnete ich mühelos das Vorhängeschloss, und die Tür schwang mit einem metallischen Quietschen auf. Ich betrat die Box und begann, mit Glorias Rad zu ringen, als etwas weiter hinten meine Aufmerksamkeit erregte.

Es handelte sich um eine hohe Kommode aus Kirschbaumholz, die meine Tante mir zu meinem College-Abschluss geschenkt hatte, das erste Möbelstück, das ich jemals besessen hatte. Ich starrte eine Weile lang darauf, in der Kälte fröstelnd. Welche anderen Überbleibsel von Abbey DiSiano waren in dieses Verlies verbannt worden?

Ich zwängte mich an ein paar überdimensionierten Weihnachtskränzen vorbei, um zu der Kommode zu gelangen. Vorsichtig strich ich mit den Händen über das glatte, seidenmatte Holz, berührte die kleine Kerbe, die ich versehentlich mit einer Nagelzange verursacht hatte. Ich zog die oberste Schublade auf, doch ich fand nichts aus meinem Lahey-Leben darin. Sie war leer, abgesehen von ein paar verblassten Quittungen und einem blauen Haarband. In der nächsten Lade, versteckt hinter einer zerknitterten Plastiktüte, entdeckte ich jedoch eine angebrochene Schachtel Marlboro Lights.

Ich habe nie wirklich geraucht. Ich hatte es mir nie wirklich angewöhnt. Nach dem College, in den späten Neunzigern, als das Rauchen in Kneipen noch erlaubt gewesen war, hatten Jules und ich uns manchmal zusammen eine Schachtel gekauft. Ich öffnete die Marlboro, und der Duft von Tabak führte mich zu jenen Abenden zurück, an denen Jules und ich in der neuesten Hipster-Bar gesessen hatten, die wir uns eigentlich nicht leisten konnten. Wir hatten uns stundenlang an einem klebrig-süßen Cosmopolitan festgeklammert und uns für die Krönung der urbanen Kultiviertheit gehalten.

Als ich die Zigarettenschachtel wieder in ihr Versteck zurücklegte, bemerkte ich ein Streichholzheft, auf dem »Sushi RX« stand. Ich versuchte, mir ein Bild von Jules und mir an diesem Ort in Erinnerung zu rufen, scheiterte aber. Dann wurde mir bewusst, dass das daran lag, dass das Sushi RX neu war – es hatte erst vor ein paar Monaten eröffnet.

Wenn die Zigaretten noch nicht so alt waren, wer hatte sie dann hierhergelegt?

Mein Blick fiel auf ein paar gestapelte Kartons an der Rückseite der Kellerbox. Dort hatte jemand eine Kiste mit alten Vinylschallplatten zu einer Sitzgelegenheit umfunktioniert und eine Plastikbox zu einer Art Couchtisch. Auf dem Boden stand eine Flasche, die halb mit Wasser und Zigarettenkippen gefüllt war, daneben lag eine leere Tüte Chips – meine Lieblingssorte.

Anscheinend auch die von Abbey van Holt.

Meine Nackenhaare stellten sich auf. Es war gespenstisch, ich konnte beinahe ihre Anwesenheit spüren. Ich kam mir vor, als wäre ich hier unrechtmäßig eingedrungen, doch ich setzte mich auf die Schallplattenkiste und merkte, dass der kleine Schlupfwinkel gemütlich und still war. Ich fühlte mich wie in einer der Deckenburgen, die ich mir als Kind gebaut hatte.

Der Deckel der Plastikbox war nicht ganz verschlossen, also nahm ich ihn ab. Darunter lag ein Durcheinander aus Papieren, Fotos und braunen Umschlägen. Die Kopie eines Mietvertrags für ein Apartment, ein paar alte Aufnahmen von Roberta und mir in einem Vergnügungspark in Ocean City. Mein College-Diplom. Ein Empfehlungsschreiben von Sharon und Barbara, den Geschäftsführerinnen von Salmon & Sisley, der Agentur, in der ich Alex kennengelernt hatte.

Ich wollte gerade den Deckel wieder zudrücken, als mein Blick auf eine Zeitung fiel, die sorgfältig zusammengefaltet in einer durchsichtigen Schutzhülle steckte. Ich nahm sie heraus und stellte fest, dass es sich um eine Ausgabe des *Philadelphia Business Journal* vom Oktober 2003 handelte. Das Papier war ein wenig zerknittert, aber die Schrift noch gut lesbar. Auf der Titelseite, unterhalb der Mittelfalte, sprang mir eine Schlagzeile entgegen: *Start-ups im Fokus: DSX Agentur erfolgreich mit sechs Kunden gestartet.*

Ich überflog kurz den Text, dann heftete ich meine Augen auf das dazugehörige Foto. Jules und ich standen vor dem Eingang der Agentur, die ich Anfang der Woche besucht hatte, nur dass über der Tür außer dem großen pinkfarbenen X zwei weitere Buchstaben standen: D und S. Jules trug ein für sie untypisches konservatives Kostüm zu ihren wilden roten Locken, aber sie sah darin hübsch aus. Und glücklich. Ich sah auch glücklich aus. Und das aus gutem Grund. Dem Artikel entnahm ich, dass sich unsere kleine Agentur nur wenige Wochen, nachdem wir eröffnet hatten, zu einer richtigen Erfolgssache entwickelt hatte.

Es war schwer zu glauben, dass dieser Artikel alles war, was von unserer Partnerschaft übrig war. Und von unserer Freundschaft.

Offenbar konnte Abbey van Holt es auch nicht glauben, des zerknitterten Papiers und der Tiefe der Knickfalte nach zu urteilen – die Zeitung schien oft in die Hand genommen worden zu sein. Jetzt wurde mir bewusst, warum Abbey van Holt darauf bestand, als Einzige hier herunterzukommen. Der kleine Schlupfwinkel war zwar definitiv nicht glamourös, aber er gehörte ihr ganz allein. Und er diente einem Zweck.

Hier unten – viele Etagen unter ihrem Leben als Society Lady und Politikerfrau – war Abbey van Holt frei. Keine Kameras, keine gehässigen Freundinnen, keine Verwandten. Sie konnte sich hier herunterschleichen, um unbeobachtet ihre Lieblingschips zu naschen, unerlaubt Zigaretten zu rauchen und in alten Fotos und Artikeln zu kramen.

Und sich für ein paar Momente in Erinnerung zu rufen, wer sie früher einmal gewesen war.

Die Debatte fand in der Aula des Walter Wilson Community College statt, das ungefähr zwölf Blocks südlich vom Rittenhouse Square lag. Die kleinen Reihenhäuser, die den Campus umgaben, waren mit Holzpaneelen verkleidet oder in Steinoptik, Plastikblumen und Muttergottesstatuen schmückten die Erkerfenster. Es gab Haushaltswarengeschäfte, Kosmetik- und Friseursalons, auch Anwaltskanzleien, die auf Sozialrecht und Scheidungen spezialisiert waren.

Das Community College, finanziert von der Stiftung einer wohlhabenden Witwe aus Philadelphia und erst sechs Monate zuvor errichtet, war ein bunter Farbtupfer im Viertel, mit einer modernen Glasfassade, die von kunstvollen Stahlschrägen gestützt war. Ringsum hatte man junge Bäume gepflanzt. Obwohl die angrenzenden Häuser, deren Balkone sich traurig in Richtung Straße neigten, vor Eifersucht zu seufzen schienen, strafften sich die Rücken der Anwohner, wenn sie an der Schule vorbeigingen. Es gab einen einzigen Grund, weshalb diese Debatte hier wichtig war: Es war die erste, die so tief im Südwesten der Stadt stattfand.

Lokale Debatten hatten gewöhnlich keinen großen Effekt auf Kongresswahlen, und doch sollte laut Frank ein Kandidat, der zu einer Debatte eingeladen wurde, besser hingehen – oder er riskierte, dass der Eindruck entstand, er hätte etwas zu verbergen. Und der Kandidat sollte die Sache ernst nehmen, denn selbst wenn nur wenige Wähler zusahen, die Presse würde sich die besten und die schlimmsten Kommentare herauspicken und wieder und wieder durch die Lokalnachrichten jagen, wenn auch nur für die nächsten vierundzwanzig Stunden.

Als Fachfrau für Public Relations wusste ich, dass neunundneunzig Prozent der Fragen routiniert beantwortet werden konnten, man musste sich nicht darauf vorbereiten.

Wichtig war das eine Prozent, das man nicht vorhersehen konnte. Kein Wunder, dass Alex, der neben seiner Kontrahentin auf der Bühne saß, etwas blass wirkte.

Amanda Bullock war Anfang sechzig. Sie hatte kurzes silbergraues Haar und ein liebliches Gesicht, das über ihre dröhnende Stimme, ihren Intellekt und ihre scharfe Zunge hinwegtäuschte. Neben ihr sah mein Mann eher wie ein junger Rechtsreferendar als wie ein politischer Rivale aus. Ich wusste, Alex zog es vor zu stehen, und ich wünschte, die beiden Kandidaten würden sich auf Podesten gegenüberstehen, statt an einem Tisch zu sitzen, der mit einer scheußlichen braunen Polyesterdecke verhüllt war. Und schlimmer noch, da die Temperatur in dem neuen Gebäude auf perfekte zwanzig Grad eingestellt war, hatte Alex keinen Grund, sein Jackett auszuziehen und seine Hemdsärmel aufzukrempeln.

Kurz darauf gingen die Lichter im Saal aus, damit im Publikum Ruhe einkehrte. Die Fernsehkameras wandten sich in Richtung Bühne. Die Moderatorin, gleichzeitig die Pressesprecherin unseres lokalen Nachrichtensenders, hieß alle willkommen und stellte Sekunden später ihre erste Frage zur Arbeitsmarktsituation.

»Danke, Trudy«, sagte Alex mit einem Lächeln. »Und ich möchte auch Ihnen, Richterin Bullock, den Studenten und allen anderen danken, die ihren Samstag geopfert haben, um heute herzukommen.« Er machte eine kurze Pause, und sein Gesicht wurde ernster, bevor er fortfuhr. »Ich bin froh, Trudy, dass Sie diese Frage gestellt haben, weil Arbeitsplätze das wichtigste Thema in diesem Wahlkampf sind …«

Während ich verfolgte, wie Alex locker und selbstbewusst Fragen beantwortete, war ich froh, dass er dort oben auf der Bühne saß und nicht ich. Obwohl ich ungezählte Stunden damit verbracht hatte, Kunden beizubringen, wie man unerwünschten Fragen geschickt auswich, höflich »Kein Kommentar« sagte und wusste, wann man zum entscheidenden Schlag ausholen konnte, hatte ich selbst keinen Spaß daran, in der Öffentlichkeit zu reden. Ich war das klassische Beispiel für einen Schuster, dessen Kinder barfuß umherliefen – ich konnte zwar jedem zeigen, wie man erfolgreich ein Interview meisterte, aber wenn die Kameras sich auf mich richteten, erstarrte ich sofort, oder, schlimmer noch, ich verhielt mich manisch wie eine Verkäuferin auf Droge in einer Dauerwerbesendung.

Alex und Amanda diskutierten nun schon fast eine Stunde lang über Details der Steuerordnung und den wirtschaftlichen Aufschwung, über Teenagerschwangerschaften, Hochschulstipendien, Tempolimitzonen, Rabatte auf Arzneimittel, Recycling, sogar über den Anteil von Ballaststoffen in Schulkantinenmahlzeiten. Ich saß neben Amandas Lebensgefährtin Lori, die wie ich in den passenden Momenten nickte und klatschte. Die Debatte wurde nie unfair, aber ich merkte, dass Amanda Alex zusetzte, indem sie ein paarmal den Reichtum seiner Familie ansprach.

Ich fragte mich, ob Alex sich wünschte, der Sohn eines Lehrers oder eines Schreiners, wenn nicht sogar eines Exhäftlings zu sein. Die Wähler liebten »Vom Tellerwäscher zum Millionär«-Geschichten. Tatsächlich war ich mir nicht sicher, ob Miles am Tag zuvor wegen Senator Blandon zu der Kundgebung gekommen war oder wegen Alex.

Und was war mit Jimmy? Würde er für Alex stimmen? Normalerweise hasste er die Söhne »reicher Schnösel«, Klüngelei und jeden, der versuchte, »das System zu manipulieren«. Er hasste auch Country Clubs und machte sich gern über den BMW seines Bruders John lustig, er zog sogar nicht mal das Hemd an, das ich ihm zu unserem ersten gemeinsamen Weihnachtsfest geschenkt hatte.

Nicht dass mein Leben mit Jimmy von ständigem Verzicht geprägt gewesen wäre. Tatsächlich machte Lahey Landschaftspflege & Design von Anfang an Gewinn. Es war zwar nicht zu vergleichen mit Alex' Einnahmen, aber Jimmy hatte ein festes monatliches Einkommen, das unserer kleinen Familie Truthahnspeck, Netflix und Energiesparlampen ermöglichte.

Jimmy mochte vom Erfolg seiner Firma vielleicht überrascht gewesen sein, ich jedoch nicht. Mein Mann war der geborene Unternehmer. Er besaß einen gesunden Geschäftsinstinkt, zudem genügend Mut und Fantasie, etwas zu riskieren. Die Kunden waren von ihm begeistert und nahmen seine Ratschläge an, sie empfahlen ihn weiter und zahlten bereitwillig zweihundert Dollar mehr, wenn der Kostenvoranschlag überschritten wurde. Jimmy war außerdem ein Perfektionist. So inspizierte er jeden Rasen persönlich und verlangte von seinen Mitarbeitern, ihre Arbeitsutensilien und ihre Fahrzeuge jeden Abend zu waschen.

Sein einziges Manko war die Organisation. In seinem Büro – zuerst in unserer Küche und später in einer umgebauten Scheune, die zum Firmensitz wurde – herrschte das reinste Chaos. Stapel von Rechnungen, Briefen, Steuerpapieren und Zeitungen bildeten zusammen mit Werkzeugen und Produktmustern auf dem Schreibtisch eine Berg- und Tallandschaft. Regale, die ursprünglich ordentliche Ordnerreihen enthalten hatten, beherbergten nun von allem ein bisschen, darunter jahrealte Zeitschriften, angebrochene Getränkeflaschen, unsauber gefaltete Karten und verstaubte Schnappschüsse von den Kindern. Unser Steuerberater sagte immer, Jimmy sei einer der unorganisiertesten Mandanten, mit denen er jemals gearbeitet habe, schlimmer noch als das Bäckerehepaar mit seinen Schuhkartons voller klebriger, mehlbestäubter Unterlagen.

Ich versuchte, ihm zu helfen, aber es endete nur in einem Streit. Ich schickte Jules zu ihm, da ihre Toleranz gegenüber Unordnung viel höher war als meine, doch selbst sie zog fassungslos und verärgert wieder ab. Jimmy begründete das Chaos damit, dass er es hasse, am Schreibtisch zu sitzen, und dass er keine Zeit für den Papierkram habe. Ich glaube, der wahre Grund war seine Mutter.

Ursprünglich sollte Jane die Buchhaltung übernehmen, nachdem sie gestorben war, konnte Jimmy es nicht ertragen, sich darum zu kümmern. Jedes Mal, wenn er in die Bücher schaute oder Rechnungen verschickte, wurde er an seine Mutter erinnert und daran, dass sie seinen geschäftlichen Erfolg nicht mehr erlebt hatte.

Und was für einen Erfolg er hatte. Zu Beginn schien es, als könnte er nichts falsch machen. Die Konjunktur war gut, die Immobilienpreise stiegen, und die Aufträge fielen Jimmy förmlich in den Schoß. Zunächst waren es überwiegend Privatgrundstücke und Häuser auf dem Land, nicht die begehrten Firmenausschreibungen, von denen jeder Landschaftsgärtner träumte, aber durch Mundpropaganda kamen größere Aufträge dazu. Durch sein Diplom in Garten- und Landschaftsdesign, das er in kürzester Zeit erhalten hatte, besaß Jimmy das Fachwissen, das er brauchte, um seine Ideen umzusetzen. Sein Ansehen und auch sein Selbstvertrauen wuchsen.

Schon bald konnte Jimmy sein Gründungsdarlehen zurückbezahlen, wenig später hatte er genug verdient, um die

Scheune zu pachten, zwei neue Fahrzeuge anzuschaffen und vier Leute einzustellen. Er war so begeistert von seiner Selbstständigkeit, dass er mir sogar den Vorschlag machte, meinen Job aufzugeben und für ihn zu arbeiten oder meine eigene PR-Agentur mit Jules zu gründen.

»Ihr könnt die Hälfte der Scheune haben«, sagte er.

»Super, danke«, erwiderte ich. »Ich wollte schon immer in einem Büro mit Lehmboden arbeiten.«

Er warf ein schweißgetränktes Handtuch nach mir, und ich duckte mich.

»Ihr könntet euch PR-Farm nennen«, fuhr er fort. »Wo Ideen wachsen und gedeihen.«

»Man sollte einen festen Job nicht einfach so aufgeben.«

»Ernsthaft, Ab«, sagte er, »zusammen mit Jules würdest du das schaffen. Dann müsstest du auch nicht mehr pendeln. Du könntest deinen Tagesablauf flexibler gestalten und dir die Kunden nach deinem Geschmack aussuchen.«

»Ich habe auch schon darüber nachgedacht«, sagte ich. »Aber mit der Kleinen … und wenn das zweite Kind kommt – ich weiß nicht. Eigene Kunden zu haben ist ein Vierundzwanzig-Stunden-Job.«

»Stimmt. Heute Morgen hat mich um fünf ein Kunde angerufen, weil in seiner Vogeltränke Eicheln lagen.« Er wurde wieder ernst und berührte meine Hand. »Aber langfristig betrachtet, ist es das wert. Und wenn jemand das alles hinbekommt, dann du.«

Ich hatte immer mit dem Gedanken gespielt, mich selbstständig zu machen, mittlerweile war die Versuchung allerdings nicht mehr so groß. Es war eben einfacher, wenn man es anderen überließ, Kunden zu gewinnen und Projekte abzusegnen, wenn man gesagt bekam, was man tun und wo man sein sollte.

Vielleicht lag es am Schlafentzug, aber ich hörte mich zu Jimmy sagen: »Ich denke, wir hatten in letzter Zeit genügend große Veränderungen in unserem Leben.« Dann tat ich so, als hätte ich Gloria rufen hören und huschte schnell davon, bevor ich seine enttäuschte Miene sehen konnte.

Jimmy erwähnte das Thema nie wieder, und ich auch nicht. Stattdessen erfreuten wir uns daran, mit unserer kleinen Familie ins Disneyland zu fahren, die Küche zu renovieren und Jimmys Studienkredit abbezahlen zu können. In jenem Jahr schenkte ich Jimmy zu Weihnachten einen neuen Computer, und er schenkte mir ein Goldmedaillon mit einem Foto von Gloria.

Als ich mir die zarte Kette um den Hals legte, sagte er: »Ich weiß, du hast dir eigentlich was anderes gewünscht, diese noble Armeeuhr, aber ...«

»Armeeuhr?«

»Du weißt schon, Armee oder Panzer oder so ähnlich?«

Ich brauchte einen Moment, um dahinterzukommen, was er meinte. »Du meinst eine Tank? Von Cartier?«

»Richtig«, sagte er. »Genau die meine ich. Ich hab mal einen Blick auf die Preise geworfen ... Für so eine Uhr brauche ich wohl noch ein paar Jahre. Genauer gesagt, ein paar Jahrzehnte.«

»Abgemacht«, sagte ich und küsste ihn.

Wir ahnten nicht, dass nur wenige Monate später die Wirtschaft einbrechen und Tausende Kleinunternehmer wie Jimmy in den Abgrund ziehen würde. Im darauffolgenden Jahr waren die Laheys kaum noch in der Lage, ihre Hypothekenraten zu bezahlen, geschweige denn, sich eine Luxusuhr zu leisten.

Die Debatte endete mit einem Applaus. Auf der Bühne schüttelten Alex und Amanda sich die Hände, ich verabschiedete mich von Lori und machte mich dann auf die Suche nach einer Toilette. Ich stellte mich in der Schlange, die sich dort gebildet hatte, an und nahm mein Handy heraus, um den Ton wieder einzuschalten sowie meine Nachrichten zu checken. Ich sah fünf entgangene Anrufe: einer von unserem Zuhause, zwei von Mays Handy und zwei von einer unbekannten Nummer.

Shit.

Zitternd wählte ich unsere Festnetznummer, aber es ging niemand dran. Dann probierte ich es mit Mays Nummer und wurde direkt auf die Mailbox umgeleitet. Schließlich wählte ich die unbekannte Nummer und landete bei der Begrüßungsansage des Kinderkrankenhauses in Philadelphia.

O mein Gott, dachte ich, und meine Brust schnürte sich vor Angst zusammen. Gloria ... Fahrrad ... Gloria war etwas zugestoßen.

Ich eilte zu Alex und zupfte an seinem Ärmel. Er unterhielt sich gerade mit einem Wähler, unterbrach sich aber mitten im Satz, als er mein aschfahles Gesicht sah. Ich platzte direkt mit allem heraus, was ich wusste: entgangene Anrufe, niemanden erreicht, Krankenhaus. Alex entschuldigte sich bei dem Mann, nahm meine Hand, und wir rannten los.

Acht qualvolle Minuten später kam Oscar mit quietschenden Reifen vor dem Eingang der Kinderklinik zum Stehen, und Alex und ich stürmten aus dem Wagen ins Gebäude und weiter zur Anmeldung, wo eine korpulente Frau im Zeitlupentempo nach dem Namen van Holt in ihrer Patientendatei suchte.

Wir standen wie erstarrt da, die Augen auf das Gesicht der Empfangssekretärin geheftet, während sie sich durch das Programm arbeitete. Schließlich öffnete sich eine Bildschirmseite mit lauter Namen.

»Zimmer 413«, sagte die Frau teilnahmslos.

Sie begann, uns den Weg zu beschreiben, aber wir hörten nicht mehr zu, da wir bereits zu den Aufzügen hasteten und dabei nur knapp einem Zusammenstoß mit einem verdammten Fahrradkurier entgingen. Alex drückte im Stakkato auf die Taste mit dem Pfeil nach oben. Nichts passierte.

»Treppe«, sagte er und zeigte auf eine Tür. Ich stürzte ihm hinterher.

Er nahm die vier Etagen mit großen Schritten, ich mit meinen hohen Absätzen fiel zurück. Als Alex den vierten Stock erreicht hatte, sah er zu mir herunter. Ich winkte ihn weiter und streifte meine Schuhe ab. In meinem Kopf wiederholte sich immer wieder: *Bitte, bitte, bitte …*

In Zimmer 413 sah ich Alex, Mirabelle, Gloria und eine Krankenschwester an einem Bett stehen. Ich wappnete mich innerlich und betrat den Raum. In dem großen Krankenbett, unglaublich winzig wirkend, lag beleuchtet von grellen Deckenstrahlern mein kleiner Sohn.

Nicht Gloria. Sam.

Er war wach und munter, und er lächelte, als er mich näher kommen sah. Ich eilte zu ihm und griff nach seinen kleinen Händen, dann trat ich einen Schritt zurück und begutachtete ihn wie eine Löwin ihr Junges, strich mit den Händen über seine Arme und Beine und Finger und Füße, überprüfte alles genau und beugte mich sogar zu ihm hinunter, um meine Nase und meine Lippen an seine Wange zu drücken. Als ich mich wieder von ihm löste, sah ich, dass er denselben vergnügten Gesichtsausdruck hatte wie immer. Das einzige Anzeichen dafür, dass etwas nicht stimmte, war der Infusionsschlauch, der an seinem pummeligen Ärmchen klebte.

Er trug das Shirt, das ich ihm am Morgen angezogen hatte, die kleinen blauen Flugzeuge darauf patrouillierten über den Hügeln und Tälern seines Oberkörpers.

Ich atmete erleichtert auf und hob den Kopf. Gloria in ihrem kleinen Trikot und ihrer Radlerhose stand neben meiner finster dreinblickenden Schwiegermutter.

»Van hatte eine allergische Reaktion, einen Kreislaufschock«, sagte Mirabelle. Ihr ruhiger Ton widersprach ihrer Miene. »Also hat May den Notarzt gerufen. Er ist jetzt wieder stabil.«

»Eine allergische Reaktion? Worauf?«

»Erdnüsse. Er muss irgendwie das Naschzeug in die Finger bekommen haben.« Dann fügte sie leise murmelnd hinzu: »Offenbar hat jemand nicht aufgepasst.«

»Was?«, fragte ich verwirrt.

»Das Naschzeug. Von Halloween«, erklärte sie. »Er hat es gefunden und davon gegessen. Glücklicherweise nur ein kleines bisschen. Der Arzt sagt, er wird sich wieder erholen.«

Ein kleines bisschen Naschzeug? Wir sprachen hier von einem Kleinkind, das einfach weiterwackelte, wenn es einen Baseball ins Gesicht bekam. Das einmal einen ganzen Becher Rahmkäse ausgeschleckt und nach mehr verlangt hatte.

Dann ging mir ein Licht auf. Erdnüsse. Sam, ich meine Van, hatte eine Nussallergie. Und offenbar eine ziemlich starke.

Ich dachte an den vergangenen Abend und wurde blass. Das Zeug hätte ihn umbringen können, *ich* hätte ihn umbringen können. Ich umklammerte das Bettgitter. Was wusste ich sonst noch alles nicht? Welche anderen Allergien hatten meine Kinder von den van Holts geerbt?

Alex, der neben mir stand, legte eine Hand auf das Bett und die andere beruhigend auf meinen Arm. Wir wechselten einen erleichterten und zugleich besorgten Blick. Dann kitzelte Alex Sam an den Füßen und versprach ihm eine Riesenportion Eis.

»Van ist rot angelaufen wie eine Tomate«, erzählte Gloria aufgeregt. »Ich hab es gesehen und bin dann zu May gelaufen.«

»Gut gemacht, Engelchen«, sagte ich, bemüht, meine Stimme wiederzufinden. »Danke, dass du so gut auf deinen Bruder aufgepasst hast.« Ich ließ meinen Blick durch das Zimmer schweifen und fragte dann: »Wo ist May eigentlich?«

»Ich hab sie nach Hause geschickt«, sagte Mirabelle, »und ihr gesagt, dass wir ihre Dienste nicht mehr benötigen.«

»Was?«

»Sie ist offenbar nicht in der Lage, gut genug auf die Kinder aufzupassen. Stell dir nur mal vor, was Van hätte passieren können.«

»Das war keine Absicht von ihr«, sagte ich. »Das war ein Unfall. Und Van wird sich wieder erholen.«

Mirabelle ignorierte mich und wandte sich an Alex. »Es war ein Fehler, ein Kindermädchen für meine Enkel einzustellen, das kaum Englisch kann. Das ist nicht sicher.«

»May kann sehr wohl Englisch«, widersprach ich. »Ihr Englisch ist sogar hervorragend.«

Mirabelle machte eine abfällige Handbewegung und wedelte meinen Einwand wie eine lästige Fliege weg.

»Alex?« Ich wandte mich ihm zu, um zu sehen, ob er genauso verblüfft war wie ich. Aber er tat so, als würde er mich nicht hören. »Alex?«, wiederholte ich.

»Was?«

»Deine Mutter hat May gefeuert.«

»Ja, ich habe es gehört.«

»Die Kinder lieben May. Sie ist eine tolle Nanny.«

Alex wich meinem fragenden Blick aus und gab vor, sich für den Infusionsbeutel zu interessieren, der leer war.

»Ich geh mal nach dem Arzt schauen«, murmelte er und verließ dann das Zimmer.

Ich sah meine Schwiegermutter an. »Ich weiß, das war für uns alle eine große Aufregung, und ich bin froh, dass du zu Hause warst, als May uns nicht erreichen konnte. Aber ich finde, du hast überreagiert. May kümmert sich fantastisch um die Kinder. Sie hat sie richtig in ihr Herz geschlossen.«

Einen Augenblick lang dachte ich, Mirabelle würde mir über das Bett hinweg mit ihren spitzen Fingernägeln das Gesicht zerkratzen, doch sie nahm nur einen gelassenen Ausdruck an, und ihre Stimme wurde weich wie Honig.

»Die Kinder werden die nächste Nanny noch mehr lieben.«

Es war beängstigend, derartig herablassend behandelt zu werden. Und wäre es um ein anderes Thema gegangen als um meine Kinder, hätte ich klein beigegeben.

»Mirabelle, bei allem Respekt …«

»Es reicht, Abbey«, fiel mir eine Stimme ins Wort. Es war Alex, der im Türrahmen stand, das Kinn verärgert vorgeschoben.

»Alex, ich finde es einfach nicht fair, May die Schuld zu geben.«

Vor allem nicht, weil ich diejenige war, die die Naschtüte auf dem Esszimmertisch vergessen hatte, leicht erreichbar und unwiderstehlich für ein unersättliches Kleinkind.

»Ich sagte, es reicht!«, herrschte er mich mit böse funkelnden Augen an.

Ich wurde vor Scham knallrot. Und vor Schreck. Nicht nur, dass er sich auf die Seite seiner Mutter stellte, sondern auch, dass er mich anbrüllte, als wäre ich ein unartiges Kind.

In diesem Moment kam eine Assistenzärztin – eine junge Brünette mit dem Auftreten eines Feldwebels – in das Zimmer. Sie erklärte uns in knappem Ton, dass Sam rasch genesen werde und dass er nach Hause dürfe, bevor sie auch schon wieder verschwand. Mirabelle beugte sich zu Sam hinunter und gab ihm einen flüchtigen Kuss, dann sammelte sie ihre Sachen ein. Alex begleitete sie hinaus. Ich richtete meine Aufmerksamkeit wieder auf Sam, summte eins seiner Lieblingslieder und drückte meine Lippen auf seinen Kopf. Er zog an meinen Ohrringen, während ich meine Tränen zurückzwinkerte.

Die Mutterschaft konnte beängstigend und anstrengend und einsam sein, aber bei Jimmy wurde ich dafür entlohnt, indem ich immer das letzte Wort hatte. Obwohl er ein sehr moderner Vater war, der mitten in der Nacht aufgestanden war, um unseren Babys die Flasche zu geben, der Kindergeburtstagspartys besuchte und Rabattgutscheine für Windeln ausschnitt, fügte er sich mir bei wichtigen Entscheidungen, die unseren Nachwuchs betrafen: Tagesbetreuung, Arztbesuche, Schlafenszeiten. Mit Alex fühlte ich mich jeder Macht beraubt, als wären meine Ansichten in Sachen Kindererziehung zwar nett und gut gemeint, aber verhandelbar. Als wäre ich von der Familienchefin zu einer bloßen Beraterrolle degradiert worden.

Ich fühlte mich ohnmächtig. Und unbedeutend.

Die van Holts hatten ihren eigenen Kodex, ihre eigene Version von richtig und falsch, und wenn man in ihrer Welt leben wollte, lernte man besser, sich anzupassen. Es gab kein Abweichen von ihrem Skript, kein Infragestellen ihres göttlichen Rechts. Und kein Vergeben einer Schuld, wie unbeabsichtigt der Fehler auch sein mochte.

Es widerte mich an.

Ich betrachtete Sams süßes Gesicht, wissend um seine unbeschwerte Art und die Reinheit seines Geistes, doch das konnte mich nicht trösten.

Wir kehrten in eine unheimlich stille Wohnung zurück und bewegten uns so lautlos darin, als ob wir fürchteten, die Ruhe zu stören. Die einzigen Geräusche kamen von zwei Trucks: einer ruckelte draußen über die Straße, der andere, ein großer roter, wurde von Sam über den Küchenboden geschoben. Selbst Gloria machte einen gefügigen Eindruck. Sie spielte leise mit ihren Barbiepuppen Krankenhaus und legte ihnen Infusionen, die sie mithilfe von Zahnseide und Tesafilm gebastelt hatte.

Nachdem ich den ganzen Halloween-Süßkram entsorgt hatte, wusch ich mir gründlich die Hände, als wollte ich nicht nur jegliche Rückstände von Nüssen beseitigen, sondern auch die Erinnerung an diesen Tag. An den Schrecken jener fünfundzwanzig Minuten vom Anruf über die Fahrt zum Krankenhaus bis zur Entwarnung. Als meine Haut rau und rot war, öffnete ich den Kühlschrank. Ich dachte mir, dass ein ruhiges Familienmahl jetzt genau das war, was die van Holts brauchten.

Ich nahm Eier, Pfannkuchenmischung, Milch, Sirup und Speck heraus und legte alles auf die Anrichte. An diesem Abend würde es »Frühstück zum Abendessen« geben, mein Standardgericht, wenn die Zeit knapp bemessen war. Ich begann mit den Vorbereitungen, dann erstarrte ich unwillkürlich, geplagt von Gewissensbissen. Dies hier war Mays Domäne. Ob sie sehr aufgebracht war? Ob sie die Kinder jemals wiedersehen würde? Wenn ich Alex dazu überreden konnte, May zu behalten, würde sie dann überhaupt zurückkommen? Ich dachte an ihre grenzenlose Geduld mit Gloria, an ihre süße Art, Sam vorzusingen, daran, wie leer die Küche wirkte, wenn sie nicht darin herumhantierte.

Ich horchte nach Alex, und als ich nichts hörte, schlüpfte ich mit meinem Handy in die Speisekammer. Ich suchte Mays Nummer in der Anrufliste und stellte die Verbindung her. Ich wusste nicht genau, was ich ihr sagen wollte, aber ich fand, dass sie zumindest erfahren musste, dass es Sam wieder besser ging.

Als sie nicht antwortete, sprach ich eine lange und umständliche Nachricht auf das Band. Ich erklärte, dass es Sam wieder gut ging, dass mir Mirabelles Vorgehen leidtue und dass wir sie sehr vermissen würden. Am liebsten hätte ich hinzugefügt, dass wir sie, sobald die hitzigen Gemüter sich wieder beruhigt hatten, wieder einstellen würden, und wenn nicht, dass sie einen anderen, besseren Job finden würde. Ich war mir jedoch nicht sicher, ob ich eines der beiden Versprechen einhalten konnte.

Ich hätte May auch gern versichert, dass sie nichts falsch gemacht hatte, dass ich diejenige war, die die Süßigkeiten hatte herumstehen lassen. Aber während ich in der van Holt'schen Speisekammer stand, in der die Perrier-Flaschen perfekt aneinandergereiht waren und selbst der Mülleimer schwach nach Zitrone duftete, sagte mir etwas – war es Instinkt oder Angst? –, dass ich meinen Fehler niemandem eingestehen sollte. Eine Mutter, die ihrem hoch allergischen Kleinkind derart fahrlässig den Zugriff auf eine große Halloween-Naschtüte ermöglichte, würde sämtliche Alarmglocken schrillen lassen. Solche, die vielleicht nie verstummen würden. Ich hatte bereits zu viele Fehler gemacht.

Also beendete ich den Anruf und fühlte mich noch schlechter als zuvor. Mit einem Seufzen verließ ich die Speisekammer und begann dann, Eier aufzuschlagen. Ich beobachtete gerade, wie das letzte Eigelb sich zu seinen Brüdern und Schwestern gesellte, als Alex in einer grauen Schwimmshorts hereinkam, in der Hand ein Badetuch.

»Was machst du?«, fragte er und starrte mich ungläubig an. Er war nicht nur überrascht, mich am Herd zu sehen, sondern auch darüber, wie mühelos mir die Arbeit von der Hand ging.

»Das Abendessen. Na ja, eigentlich ist es ein Frühstück. Aber das ist alles, was ich auf die Schnelle zubereiten kann.« Ich schenkte ihm ein leises Lächeln und musterte dann seinen Aufzug. »Warum? Was machst *du?*«

»Ich gehe schwimmen.«

»Wo?«

»Oben. Wo denn sonst?«

Oh. Ich hatte mich immer gefragt, wofür der Extraknopf im Aufzug war. Ich vermutete, dass es auf dem Dach einen Pool gab, entweder beheizt oder in einem geschlossenen Raum. Vielleicht konnte ich hin und wieder mit Sam dort hochgehen. Er liebte es, auf meinen Armen durch das Wasser zu schweben und sich herrlich schwerelos zu fühlen.

»Richtig. Sorry.« Ich begann, die Eier zu verschlagen. »Dann isst du nicht mit uns?«

»Heb mir einfach eine Portion auf.«

Ich stieß ein verdrossenes Seufzen aus, ließ ihn jedoch ohne ein weiteres Wort gehen. Dann fiel mein Blick auf Sam, der zwischen meinen Beinen hindurchkrabbelte, während er fröhlich glucksend seinen Truck anschob, und ich änderte meine Meinung. Das Kind hatte viel durchgemacht, es verdiente ein Familienmahl. Ich lief Alex hinterher und erwischte ihn gerade noch, bevor er zur Tür hinausschlüpfte.

»Alex, warte. Dein Sohn war heute im Krankenhaus. Ich finde, wir sollten alle gemeinsam essen.«

»Was?«

»Wir haben nicht mehr zusammen gegessen seit … uh … seit einer halben Ewigkeit. Nach diesem Tag, finde ich, wäre ein bisschen Normalität angebracht.«

»Normalität heißt für mich, jeden Tag zu trainieren. Du bist doch diejenige, die immer sagt, dass sie keinen moppeligen Ehemann haben möchte.«

Den möchte niemand, dachte ich, aber was macht es für einen Unterschied, wie mein Mann aussieht, wenn er nie präsent ist? Besonders nach einem Tag wie diesem? Am liebsten hätte ich mir sein Handtuch geschnappt und ihm seinen schönen Hals zugeschnürt, stattdessen schenkte ich ihm nur den »Bin nicht sauer, bloß enttäuscht«-Blick, den ich in den zehn Jahren mit Jimmy perfektioniert hatte.

Er funktionierte auch bei Alex. Er ließ die Türklinke los und kehrte in die Küche zurück. Dort ließ er sich auf einen Stuhl plumpsen und holte sein Handy hervor. Nicht genau das, was ich mir vorgestellt hatte, aber wenigstens war er da. Körperlich jedenfalls.

Ich legte Speckstreifen in eine heiße Pfanne und rief dann zu Gloria hinüber, dass sie kommen solle, um den Tisch zu decken. Sie reagierte nicht, also ging ich zu ihr ins Wohnzimmer und stellte mich vor sie. Sie tat so, als wäre sie ganz in ihre Puppen vertieft.

»Gloria«, sagte ich. »Ich weiß, dass du mich hören

kannst.« Keine Antwort. »Gloria, ich brauche dich, um den Tisch zu decken.«

»Ich bin beschäftigt.«

»Selbst wenn du gerade dabei wärst, die weltweite Energiekrise zu lösen, wäre mir das egal. Ich bin deine Mutter, und du tust, was ich dir sage.« Ich nahm ihr die Barbiepuppe weg, aber sie nahm sich eine andere. Als ich diese auch konfiszierte und dann versuchte, Gloria an ihrem Arm hochzuziehen, machte sie sich absichtlich schwer. Es war nervenraubend. »Du hast zwei Möglichkeiten«, erklärte ich, jedes Wort überdeutlich artikulierend wie ein Verhandlungsführer während einer Geiselnahme. »Entweder du deckst jetzt den Tisch, oder du kannst auf der Treppe weiterschmollen.«

Gloria kräuselte ihre Stirn und fragte: »Auf was für einer Treppe?« In meinem Zorn hatte ich kurz vergessen, dass alle Räume dieser Wohnung auf einer Ebene lagen.

»Ich meine … den Schmollwinkel.« Ich würde schon eine Ecke finden, in die ich sie verbannen konnte. Hoffentlich würde es nicht so weit kommen.

Tatsächlich rührte sie sich nicht vom Fleck und schaltete auf stur. Ich erklärte ihr noch einmal ihre Möglichkeiten und gab ihr dann fünf Sekunden Zeit, um zu reagieren. Während ich laut zählte, betete ich innerlich, dass sie ihren kleinen weißen Hintern in Bewegung setzte.

Nichts.

Sie ließ mir schließlich keine andere Wahl.

Mit einer erstaunlichen Geschwindigkeit und wilden Entschlossenheit, die nur eine wütende Mutter an den Tag legen konnte, stopfte ich die Barbiepuppen, die Zahnseide und das Klebeband in eine Schublade, hob dann Gloria hoch, die kreischend um sich trat, und trug sie hinaus in den Flur. Ich setzte sie in einer Ecke ab, drehte sie mit dem Gesicht zur Wand und erklärte ihr, dass sie dort zu bleiben habe, bis sie bereit sei, den Tisch zu decken.

Sie sprang auf, aber ich fing sie ab und setzte sie wieder vor die Wand. Sie sprang erneut auf, also rang ich sie dieses Mal auf den Boden nieder wie ein Wrestler und hielt sie mit beiden Händen fest. Sie strampelte und jammerte wie ein gefangener Waschbär, und ich musste höllisch aufpassen, dass ich ihr nicht wehtat. Schließlich hörte sie auf, wild um sich zu schlagen, und warf ihre Hände in den Schoß. Sie starrte trotzig auf die Wand und lächelte dann verzückt, als wäre es die interessanteste weiße Fläche, die sie jemals gesehen hatte.

Was für eine kleine Giftkröte.

Ich stand auf und sammelte mich, zog meine Schürze zurecht und strich mein Haar glatt. Dann roch ich angebrannten Speck und lief los.

Alex erwartete mich bereits. Er wanderte in der Küche auf und ab.

»Abbey, ich verstehe das nicht. Sie musste bisher nie im Haushalt mithelfen.«

»Das ist ja das Problem.«

»Und warum dann auf einmal heute?«

Er hatte nicht unrecht. Es war unfair, das Konzept der Disziplin im sechsten Lebensjahr einzuführen. Aber besser spät als nie.

Gloria hörte uns und rief voller Genugtuung: »Daddy! Daddy!«

Alex sah mich verzweifelt an. »Abbey, bitte …«

»Nein, Alex. Sie muss auf mich hören. Mich respektieren. Uns.«

»Der Tag war so lang. Sie ist müde. Es ist nicht fair …«

Er wandte sich in Richtung Flur, um seine Tochter zu retten. Rasch griff ich nach seinem Arm und hielt ihn zurück. Er ging weiter, aber ich hängte mich mit meinem ganzen Gewicht an ihn, bis er schließlich langsamer wurde. Ich war darauf vorbereitet, ihn notfalls niederzuringen.

»Abbey, was zum Teufel soll das?«

Ich sah ihn beschwörend an. »Alex. Nicht.«

Er dachte kurz nach. »Also schön. Du sollst deinen Willen haben«, sagte er dann und kehrte mit einem empörten Schnauben in die Küche zurück zu seinem Handy.

Das war auch gut so, weil Gloria nämlich auf ihrem Platz blieb, stoisch wie ein erfahrenes Mitglied der königlichen Garde.

Wir anderen nahmen schweigend unser Abendessen ein, ich vermied, auf Glorias leeren Platz zu schauen. Sam wirkte verwirrt. Er hatte zum ersten Mal schon nach wenigen Bissen genug. Das Geklapper des Bestecks kam mir übermäßig laut vor, und vom Geruch der Rühreier mit Käse und der Pfannkuchen mit Sirup wurde mir schlecht. Nach außen hin tat ich so, als hätte ich alles unter Kontrolle, innerlich war mir speiübel.

Aber wenn Gloria die Situation aushalten konnte, konnte ich das auch. Selbst nach dem Abendessen, als es Zeit für Sams Bad war, gab ich nicht nach. Ich ging einfach an ihr vorbei wie an einem Paket, das jemand im Flur hatte stehen lassen. Der Gedanke an ihre Ohrfeige in der Schulküche befeuerte meine Entschlossenheit, selbst als die erste Stunde in die zweite überging. Wie seltsam, ich hatte immer gedacht, Gloria hätte ihren Dickschädel von Jimmy geerbt, dem Mann, der sich seit *sieben* Jahren weigerte, mit seinem Cousin zu reden, weil dieser ihm damals Unrecht getan hatte. Offenbar hatte sie diese Sturheit zumindest teilweise auch von mir. Alex war das alles zu viel. Nachdem er seine Portion hinuntergeschlungen hatte, ging er doch noch schwimmen.

Schließlich war es Sam – beziehungsweise der Neid auf Sam –, der zu Gloria durchdrang. Als sie sah, dass ich ihn ins Bett brachte und hörte, wie ich ihm dann aus der *Eiskönigin* vorlas, Olaf, den kleinen Schneemann, perfekt imitierend, hielt sie es nicht mehr aus. Sie hatte bereits eine Familienmahlzeit mit ihren Eltern verpasst und ein superschäumendes Badevergnügen. Olaf konnte sie nicht ignorieren. Ich schätze, jeder Verbrecher hat einen Schwachpunkt.

Ich legte gerade Sam, dessen Lider schwer geworden waren, in sein Bett, als ihre Silhouette im Türrahmen erschien.

»Mommy?«

»Ja, Gloria?«

»Ich bin jetzt bereit, den Tisch zu decken.«

Halleluja!

Ich hob sie schwungvoll hoch und trug sie triumphierend in die Küche, wo ich ihr half, das Frühstücksgeschirr für den kommenden Morgen herauszulegen. Sie deckte still den Tisch für vier und faltete sogar die cremeweißen Stoffservietten zu Dreiecken. Sie dachte sogar an Sams silbernes Kinderbesteck mit dem Giraffengriff.

Mir war vor Erleichterung richtig schwindlig. Gloria und ich plauderten ganz gemütlich über unseren Tag, während wir die restlichen Rühreier, Pfannkuchen und Speckstreifen aufwärmten und gemeinsam verzehrten. Die Zeit verrann wie im Nu, nachdem unser Streit beendet war. Nach dem Essen nahm ich Gloria und das *Eiskönigin*-Buch mit in mein Bett, so wie ich das zu Hause immer getan hatte, wenn sie – oder ich – extra Aufmerksamkeit brauchte.

Sie schlief fast sofort ein. Ich starrte ein paar Minuten lang auf ihr puppenähnliches Gesicht, dann trug ich sie hinüber in ihr Bett und deckte ihren zarten Körper mit der bestickten Bettdecke zu.

Ich gab ihr einen Kuss auf die Locken und flüsterte: »Ich bin nur streng zu dir, weil ich dich ganz doll lieb habe. Und ich weiß, dass du damit umgehen kannst.«

Später, nachdem ich geduscht hatte und von Alex immer noch nichts zu sehen war, schlich ich mich barfuß durch die Wohnung, um nach ihm zu suchen. Ich wollte bereits auf das Dach hochgehen und den geheimnisvollen Pool unter dem Himmel finden, als ich auf dem Parkett feuchte Fußabdrücke bemerkte. Sie führten in Sams Zimmer.

Im trüben Schein des Nachtlichts konnte ich Alex' Kopf erkennen, und in seinem Profil erhaschte ich einen flüchtigen Blick auf den jungen Mann, der er einmal gewesen war, doch auch auf den alten Mann, der er einmal sein würde. Als er sich zu mir umdrehte, verschwammen beide Bilder zu dem Alex von heute.

Ich betrat das Zimmer, ging zu ihm und legte meine Hand auf seine Schulter. »Sie ist schließlich eingeknickt«, flüsterte ich. »Sie hat den Tisch gedeckt. Und sie hat sich sogar für ihr Verhalten entschuldigt.«

Er gab keine Antwort, sein Blick war fest auf den Kleinen in seinem Gitterbett geheftet.

»Ist alles okay?«

»Ja.« Alex' Stimme klang kehlig, als versuchte er, Tränen zurückzuhalten.

Er hatte also doch Gefühle.

»Ist es wegen Van? Alex, es geht ihm gut«, versicherte

ich ihm. »Anderenfalls wäre er nicht aus dem Krankenhaus entlassen worden.«

Er nickte und schluckte, aber er rührte sich immer noch nicht. Schließlich begann er zu sprechen. »Das ist es nicht.«

»Was ist es dann?«

»Ich möchte nur, dass unsere Kinder glücklich sind.«

»O Alex. Sie sind glücklich. Gloria ist bloß ein kleiner Dickkopf. Und unser Sohn ist das glücklichste Kind auf diesem Planeten.«

Ich grinste, aber er sah es nicht. Seine Augen waren weiterhin auf Sam fixiert.

»Vorerst vielleicht.« Ich wollte bereits antworten, bremste mich jedoch. Ich ließ ihn weiterreden. »Ich möchte einfach nur, dass sie die Menschen werden, die sie wirklich sein möchten.«

»Das werden sie. Ich bin mir sicher.« Obwohl, tief im Innern war ich mir dessen nicht sicher.

»Weißt du noch, all die Pläne, die wir damals hatten? Dass wir anders sein wollten als unsere Eltern? Und nun sieh uns an. Ich bin nie da. Du bist nie da. Es scheint, als würden wir all die Dinge machen, die wir nie machen wollten.«

»Zum Beispiel?«

Er drehte den Kopf zu mir und rollte mit den Augen. »Komm schon, Abbey.« Er zeigte auf unsere Umgebung.

Ich nahm meine Hand von seiner Schulter und ließ meinen Blick durch das Zimmer schweifen. Ich nahm an, das alles hier stand nicht auf dem Plan. Vermutlich sollten wir in New Orleans sein oder in West-Philadelphia oder Guatemala oder irgendwo anders. Um Schulen zu errichten oder Verbrecher aus dem Verkehr zu ziehen oder einfach nur, um ein schlichteres Leben zu führen. In dem wir unsere Sache ordentlich machten. Und vielleicht ohne an der Bugspitze dieser Wahlkampf-*Titanic* zu stehen, von der wir nicht wussten, wie man sie anhalten konnte.

Nach nur sieben Tagen in dieser Welt wusste ich schon genau, was Alex meinte. Die schicken Klamotten. Die noch schickere Wohnung. Die Spas, die Lunches, die Entschlackungskuren mit Biosäften. Die Benefizveranstaltungen, die Publicity, der politische Aufstieg. So gut durchdacht. So absehbar.

Alex warf einen letzten Blick auf Sam und verließ dann das Zimmer.

Als wir an jenem Abend unter die frischen, kühlen Laken schlüpften, berührten wir uns nicht und redeten auch nicht miteinander. Die schwere Stille wurde nur von den Vorhängen gestört, die sich im Wind, der durch die geöffneten Fenster zog, blähten.

Kapitel 11

Am Sonntagmorgen stiegen die van Holts wieder einmal in ihren Chevrolet. Aber dieses Mal fuhren wir nicht zu einer Wahlveranstaltung, wir fuhren zur Kirche.

Ich war immer noch beunruhigt wegen Sam, weshalb ich ihn in meiner Nähe behielt. Obwohl ich zugeben musste, dass er an diesem Morgen wieder wie stets mit gutem Appetit sein Fernfahrerfrühstück, bestehend aus Waffeln, Rührei, Toast, Avocado und Obst, verputzte, bevor er seine kreischende Schwester von Zimmer zu Zimmer verfolgte.

Wer heute ebenfalls munter aufwachte, war Alex. Sobald ich hörte, dass er sich rührte, schmiegte er sich auch schon von hinten an mich und streifte mit seinen Lippen über mein Haar. Er legte seinen Arm um meinen Bauch, den ich instinktiv einzog, bis mir einfiel, dass das gar nicht nötig war. Ich wusste, was Alex wollte, noch bevor ich seinen erigierten Penis spürte. Aber ich war nicht in Stimmung, also ignorierte ich ihn und kletterte aus dem Bett. Er stöhnte verärgert auf, wurde dann allerdings durch sein klingelndes Handy abgelenkt. Zum Glück rief Frank immer schon sehr früh an.

Ich dachte eigentlich, wir würden eine der altehrwürdigen Episkopalkirchen in der Nähe des Rittenhouse Square besuchen oder vielleicht die prächtige historische Christ Church in der Altstadt, aber Oscar fuhr in den Norden in Richtung Kunstmuseum. Wir kamen an der breiten ockergelben Treppe vorbei, die durch Rocky berühmt geworden war, und folgten dem Kelly Drive am Schuylkill River entlang, vorbei an Ruderern, Radfahrern und Spaziergängern mit Hunden, die den ruhigen, nebligen Morgen genossen.

Nach ein paar Meilen fuhr Oscar langsamer und bog dann scharf rechts ab, einen steilen Hügel hoch, der von Reihenhäusern aus der Kolonialzeit und von Eckläden mit großen Schaufenstern gesäumt wurde, die mühsam versuchten, sich auf dem schrägen Untergrund aufrecht zu halten. Wir waren in East Falls, einem am Hang gebauten Stadtteil, in dem Grace Kelly geboren und aufgewachsen war, der aber inzwischen größtenteils in Vergessenheit geraten war. Er beherbergte nur noch die treuesten Bewohner. Hier hatten früher einmal die ersten Siedler mit den Ureinwohnern Tauschgeschäfte gemacht, doch seit ein paar Jahrzehnten hatte East Falls zu kämpfen. Die jungen Familien waren über den Hügel ins benachbarte Roxborough abgewandert oder in das hippere Manayunk ein Stück höher den Fluss hinauf.

Wenn man einem jüngeren Bericht im Regionalmagazin *Philadelphia* Glauben schenken konnte, waren die Dinge allerdings dabei, sich zu ändern. Eine größere Gruppe von jungen afroamerikanischen Familien hatte sich in East Falls niedergelassen und bemühte sich, das Viertel wiederzubeleben. Die Menschen hatten eine Nachbarschaftswache gegründet, Geld in die Grundschule gesteckt, einen Abenteuerspielplatz errichtet und im vergangenen Juni das erste East-Falls-Kunst- und Musik-Festival aus der Taufe gehoben. Sie hofften, den Stadtteil in das zurückzuverwandeln, was er vor Jahrhunderten gewesen war: ein sicherer und doch bunter Ort für Familien, die der Hektik und den hohen Preisen in der Stadt entfliehen wollten.

Oben auf dem Hügel hielt Oscar vor einem ehemaligen Quäkergebetshaus, das nun die East Falls Baptist Church beherbergte, und das der Dreh- und Angelpunkt der Gemeinde war. Die Kirchenbesucher bildeten eine Schlange vor dem kleinen roten Portal, und wir reihten uns ein. Eben noch hatte ich Bedenken, ob ich mich nicht ein wenig zu fein gemacht hatte, nun war ich froh, dass ich mich für den eleganten Jil-Sander-Anzug in Maulwurfsgrau entschieden hatte, der so exquisit war wie die weiß gestrichene Kirche, die ich nun betrat. Ich passte perfekt zu den Frauen in ihren langen Kleidern und gegürteten Mänteln, manche mit dazu passenden breitkrempigen Hüten. Die Männer trugen festliche Anzüge und polierte Schuhe. Das hier war etwas ganz anderes als die katholische Verkündigungskirche in Grange Hill, die die Laheys besuchten (sporadisch). Dort waren die einzigen Gläubigen, die sich herausputzten, die Familien, die ihre Kinder taufen ließen. Selbst der Pfarrer trug unter seinem Gewand eine Jeans.

Drinnen quetschten wir uns in eine der engen Kirchenbänke – zuerst ich, dann die Kinder und zum Schluss Alex, der den Platz am Gang einnahm. Obwohl es sicher nicht jeden Sonntag vorkam, dass eine junge weiße Familie die Glaubensgemeinde besuchte, schauten nur ein paar Leute zu uns herüber. Die meisten hielten ihre Neugier in Schach.

Der Pastor war ungefähr in Alex' Alter und genauso gut gekleidet, aber statt einer vollen Haarpracht hatte er eine Glatze. Seine schwarze Kopfhaut glänzte im Licht, das durch die hohen Fenster hereinfiel. Er saß auf den mit weinrotem Teppich ausgelegten Stufen, die zur Kanzel hochführten, während die Kirchenbesucher ihre Plätze einnahmen. Schließlich stand er auf, steckte ein kleines Mikrofon an das Revers seines dunkelblauen Anzugs und begrüßte die Gemeinde mit einem herzlichen »Gott ist gut!« Die Gläubigen verstummten augenblicklich und konzentrierten sich, bis auf Sam, der schon nach einer Minute anfing, vor Langeweile auf mir herumzuklettern. Ich versuchte, ihn mit ein paar Snacks aus meiner Tasche ruhig zu stellen, aber er quengelte, und Alex sah verärgert zu uns herüber.

Nach ein paar Bekanntmachungen spielte ein halbwüchsiges Musikertrio mit einem schwarz-goldenen Schlagzeug, einer E-Gitarre und zwei Trompeten auf, und der Chor stimmte ein. Die Musik war so laut, dass nur eine Sirene sie hätte übertönen können. Als der Pastor danach mit seiner Predigt begann, übertönte auch er mit seinem kräftigen Tenor Sams Wimmern und Glorias Flüstern und auch alle anderen Geräusche.

Obwohl der Pastor noch so jung war, strahlte er eine große Erfahrung und Selbstsicherheit aus. Und obwohl seine Stimme kraftvoll war, war sie zugleich melodisch und zog die Zuhörer in ihren Bann. Er hatte auf die Menschen eine ähnliche Wirkung wie Alex, er wirkte nur noch nachdrücklicher. Ich fand es lustig, dass auch er, als er zum Höhepunkt seiner Predigt kam, sein Jackett auszog und die Ärmel aufkrempelte.

Als ich im Programm seinen Namen las – William Wallace –, musste ich schmunzeln. William Wallace hieß der schottische Volksheld und Märtyrer, der im 13. Jahrhundert für die Unabhängigkeit Schottlands gekämpft hatte und gestorben war. Den meisten war er wahrscheinlich besser bekannt aus *Braveheart,* wo er von Mel Gibson verkörpert wurde.

Braveheart war Jimmys Lieblingsfilm. Wir hatten den Film mindestens zwanzigmal gesehen. Und er war zufällig der Auslöser für einen großen Streit gewesen, den wir im Frühjahr gehabt hatten. Es war die Art von Auseinandersetzung, die in einer Ehe alle paar Jahre vorkommt, die Art, in der man zu viel sagt, in der man zu weit geht.

Ich war gerade erst von einer Geschäftsreise zurückgekehrt – einem dreitägigen Vergnügungsausflug nach Washington, um Max DiSabatino ans Händchen zu nehmen. Normalerweise verreiste ich nicht mit unseren Kunden, aber Max wurde als Kammerjäger des Jahres geehrt, und ich musste dabei sein, um ihm dabei zu helfen, seine Rede vorzubereiten, Fotos zu machen und die Interviews mit den Medien zu koordinieren. Charlotte hatte darauf bestanden, ebenfalls mitzukommen. Sie hatte die ganze Zeit herumgemäkelt, hatte im Nachhinein meine Arbeit kritisiert und war mir ständig ins Wort gefallen. Mit ihren engen Röcken und glänzenden Lippen hatte sie mir außerdem die Show gestohlen.

Nach drei Zwölf-Stunden-Tagen und einer Zugfahrt mit zweistündiger Verspätung kam ich zu Hause an und fand eine verheerende Unordnung vor. Auf dem vollgekrümelten Küchentisch standen halb verzehrte Speisen, der Boden war mit Kinderschuhen und Socken übersät, und sowohl der Futter- als auch der Wassernapf für den Hund waren leer. Ich eilte rasch ins Bad, weil ich dringend zur Toilette musste, und sah eine leere Klopapierrolle, einen überquellenden Wäschekorb und so viel blaue Zahnpastaspuren im Waschbecken, dass es aussah, als wäre ein Schlumpf darin ermordet worden.

Jimmy lag ausgestreckt auf der Couch im Wohnzimmer, ein Bier in der Hand, und sah sich zum x-ten Mal *Braveheart* an. Schottische Lords kämpften tapfer für ihr Geburtsrecht und ihre erklärte Liebe im Angesicht von grausamer Folter, aber in unserem Wohnzimmer war das Einzige, was sich bewegte, Jimmys Arm, der sich hob, als mein Mann seine Bierflasche ansetzte.

»Hallo«, sagte ich.

»Hey«, sagte er. Seine Augen hafteten an der Mattscheibe, während er murmelnd das obligatorische »Wie war's?« hinzufügte.

»Super«, sagte ich sarkastisch, dann machte ich auf dem Absatz kehrt, ging in die Küche zurück und fing an, das schmutzige Geschirr in die Maschine einzuräumen.

Jimmy folgte mir ein paar Minuten später.

»Was hab ich dieses Mal getan?«, fragte er mit einem Seufzen.

»Es geht wohl eher darum, was du nicht getan hast«, zischte ich.

»Was?«, fragte er. »Tut mir leid, ich hab dich nicht verstanden.«

Ich hielt mit einem verkrusteten Teller in der Hand inne und drehte mich zu Jimmy um. »Hast du extra mit dem Aufräumen auf mich gewartet? Oder ist dir nicht aufgefallen, dass es hier aussieht, als hätte eine Bombe eingeschlagen?«

»Soll das ein Witz sein? Was glaubst du denn, was ich in den drei Tagen gemacht habe, als du weg warst? Ich hab mich um die Kinder gekümmert, für sie gekocht, sie durch die Gegend kutschiert, hab hinter ihnen aufgeräumt und den ganzen anderen Scheiß gemacht. Gott, ist es da ein Problem, wenn ich mich mal eine Minute lang ausruhe?«

»Aber das ist es ja gerade, Jimmy«, sagte ich und drehte den Wasserhahn zu. »Mütter können sich nie ausruhen. Nicht eine Sekunde. Wann hast du mich das letzte Mal vor der Glotze sitzen sehen, mit einem Bier in der Hand, während das Haus aussah, als wäre ein verdammter Tornado durchgefegt?«

»Abbey, ich kann nicht den ganzen Tag und die ganze Nacht arbeiten«, erwiderte er.

»Warum nicht?«, wollte ich wissen. »Ich tue das.« Und dann, bevor ich mich daran hindern konnte, fügte ich etwas hinzu, das ihn sicher verletzen würde: »Jemand muss es ja tun.«

In all den Monaten hatte ich nie unsere finanzielle Situation angesprochen oder die Auswirkungen, die Jimmys schwache Auftragslage auf unseren Lebensstil hatte. Ich versuchte, positiv zu sein, und machte Jimmy Hoffnung, dass die Wende bald kommen würde, dass die Dinge sich besserten. Ich wusste, es war für jeden Kleinunternehmer hart zu erleben, wie schwer erkämpfte Kunden absprangen, aber für Jimmy war es die reinste Qual. Ich wusste auch, dass nicht mehr viel fehlte, und er würde gezwungen sein, seine Firma dichtzumachen, um wieder für jemand anderen zu arbeiten, vielleicht sogar in einem Gartenbauplanungsbüro.

Ich wusste das alles, ich wusste, dass es das heikelste aller heiklen Themen war und deswegen eigentlich tabu. Aber ich war erschöpft und wütend, und in jenem Moment wollte ich Jimmy unter der Gürtellinie treffen.

Wie mein schäbiger Kaschmirpullover war ich verschlissen, und ich konnte mir nicht länger etwas vormachen. Ich hatte mit angesehen, wie mein ehemals ehrgeiziger und lebensfroher Mann verloren ging und unglücklich wurde, unfähig, die Realität der Situation zu akzeptieren oder etwas zu unternehmen, um den Stapel zweite Mahnungen abzuwehren, der während meiner Abwesenheit noch größer geworden war.

»Jemand muss es ja tun?« Er wiederholte meine Worte wütend, aber auch voller Schmerz.

»Vergiss es«, sagte ich.

»O nein, Abbey. Du bist so schlau, du hast den vollen Durchblick. Bitte, klär mich auf. Bitte sag mir, Miss Perfekt, inwiefern ich dir nicht genüge.«

»Ich bin nicht perfekt, ich strenge mich nur mehr an!«, brüllte ich. »Ich strenge mich mehr bei der Arbeit an! Ich strenge mich mehr mit dem Haus an! Ich strenge mich mehr mit den Kindern an! Du gibst dir die halbe Zeit nur die allernötigste Mühe.«

»Nun, dann solltest du dich vielleicht ein bisschen weniger anstrengen«, entgegnete er. »Ich habe nicht geheiratet, um ein Leben lang deinen Ansprüchen nicht zu genügen. Gott, manchmal bist du so eine ... so eine ... *blöde Zimtzicke.*« Die letzten beiden Worte kamen eine Sekunde später als der Rest, als wüsste er, dass auch er gerade eine Grenze überschritt. Ich stand bewegungslos da, spürte den Stich. »Und ich gebe mir sehr wohl Mühe«, fügte er mit mürrischer Stimme hinzu. »Alles, was ich mache, tue ich für dich und die Kinder. Alles.«

»Außer endlich Geld zu verdienen.«

Er kam zu mir herüber, und einen Augenblick lang dachte ich, er würde mich ohrfeigen. Aber stattdessen nahm er mir den schmutzigen Teller aus der Hand und schleuderte ihn gegen die Wand, wo er zerschellte, sodass es weiße Scherben und Tomatensoße regnete. Dann stapfte er an mir vorbei zur Hintertür und stieß das Fliegengitter so heftig auf, dass es sich aus der oberen Angel hob.

»Super!«, rief ich ihm hinterher. »Noch etwas, um das ich mich kümmern darf!«

Meine Ohren klingelten, und mein Herz pumpte heftig. Und als ich mich wieder beruhigt hatte, als mein Zorn abflaute, blieb nur Verzweiflung zurück. Ich begann hemmungslos zu weinen. Nach zwanzig Minuten waren meine Tränen aufgebraucht, und mein Körper fühlte sich ausgelaugt und schlaff an. Zu allem Übel bekam ich Schuldgefühle, die sich in Hoffnungslosigkeit verwandelten. Ich wusste, wir hatten den Groll entfesselt, der an uns beiden seit Monaten nagte.

Während ich nun daran zurückdachte, meine Erinnerung untermalt von den Stimmen des Chores und eines Gottesmannes, der über Vergebung predigte, fragte ich mich, wann Jimmy und ich aufgehört hatten, in unserer Ehe zusammenzuarbeiten, wann wir angefangen hatten, nebeneinanderherzuwursteln. Wann wir das Drücken und Ziehen verlernt und begonnen hatten, nur noch zu drücken.

Und wann genau unsere Sorge füreinander in Verachtung umgeschlagen war.

Nachdem der Gottesdienst in der Baptistenkirche in East Falls zu Ende war, stellten wir uns mit den anderen Familien draußen auf, um dem Pastor und den Kirchenältesten die Hand zu geben. William Wallace musterte Alex interessiert.

»Bruder van Holt!«, rief er. »Was führt Sie an diesem Morgen den ganzen weiten Weg aus der Innenstadt nach East Falls? Gibt es am Rittenhouse Square keinen Gott?«

»Ich dachte, ich schaue mal vorbei und sehe mir an, warum es so vielen Menschen hier draußen gefällt«, erwiderte Alex mit einem Grinsen. »Ich habe gehört, die haben hier einen Prediger, der ganz schön viel Staub aufwirbelt. Der richtig Feuer im Hintern hat. Vielleicht sollte er derjenige sein, der sich für den Kongress bewirbt.«

»Vielleicht, vielleicht auch nicht«, sagte Wallace bedächtig. Er beugte sich näher an Alex heran. »Ich habe mehr als nur Feuer im Hintern. Ich bin hungrig. So wie viele Menschen hier draußen. Hungrig auf etwas Besseres. Hungrig auf das, was Sie haben, Mr. van Holt, wenn Sie wissen, was ich meine.«

»Ich weiß«, sagte Alex. »Und ich denke, die Menschen werden bekommen, was sie sich wünschen. Was *Sie* sich wünschen.« Und dann, beinahe geflüstert: »Was wir beide uns wünschen.«

»Ich hoffe, dass das stimmt«, flüsterte Wallace zurück.

»Ich versuche definitiv mein Bestes.«

»Na dann, Mr. van Holt, Gott segne Sie«, sagte Wallace. Ein Lächeln breitete sich auf seinem Gesicht aus. »Und Gott segne auch Ihre reizende Familie. Wir hoffen, dass wir Sie bald wiedersehen werden. Auch noch nach dem 4. November.«

Er schüttelte Alex die Hand und schenkte mir und den Kindern ein Lächeln, bevor er sich der nächsten Gruppe zuwandte. Ich ging schweigend weiter und fragte mich irritiert, was hier gerade passiert war.

Im Wagen versuchte ich, die Puzzleteile zusammenzufügen. Alex telefonierte mit Frank und brachte ihn auf den neuesten Stand. Es ging wohl um ein neues Hightechunternehmen mit dem Namen Arielle, das seinen Firmensitz nach Philadelphia verlegen wollte. Wallace hoffte darauf, dass die Firma in eine der alten Lagerhallen am Fluss zog und so Hunderte von Arbeitsplätzen in seine Gemeinde bringen würde, ganz zu schweigen von neuen Kunden für die umliegenden Restaurants, Geschäfte und Immobilienfirmen.

Diese verschlüsselte Unterhaltung mit Wallace war eine politische gewesen. Alex würde versuchen, Arielle nach East Falls zu locken, und Wallace im Gegenzug dafür sorgen, dass seine rund viertausend Gemeindemitglieder von ihrer Wählerstimme Gebrauch machten – zu Alex' Gunsten. Für meine Begriffe schien das ein völlig normaler politischer Deal zu sein, aber ich fragte mich trotzdem, ob mein Mann so viel Einfluss auf ein Privatunternehmen aus einem anderen Bundesstaat ausüben konnte, *bevor* er im Kongress saß.

Als Alex sein Handy weglegte und sich zurücklehnte, sprach ich ihn darauf an. »Denkst du, du kannst die Firma wirklich davon überzeugen, nach East Falls zu ziehen?«

»Vielleicht.«

»Du scheinst dir nicht gerade sicher zu sein.«

»Nun, das ist es nicht. Es ist nur so, dass Jonathan Brindle in dieser Angelegenheit möglicherweise ein Wörtchen mitreden möchte.«

Mr. Brindle von der Cocktailparty? Der Mann, dessen Frau die Eagles nicht kannte? Warum sollte ihn diese Sache kümmern? Ich starrte auf den Fluss, dessen Wasserspiegel sehr niedrig war, während ich versuchte zu begreifen.

Es sei denn … Den Brindles gehörte das Kaufhaus Brindle auf der Market Street. In genau diesem Gebäude war die Agentur, in der ich nach meinem Studium gearbeitet hatte, dort war ich Alex zum ersten Mal begegnet. Es war heute ein Gebäude, das immer mehr Leerstände hatte, nachdem der Vorzeigemieter Philadelphia First 2007 in das Cira Center umgezogen war. Das wusste ich, weil ich mich hin und wieder mittags mit meinen ehemaligen Chefinnen Sharon und Barbara zum Lunch traf.

Plötzlich ging mir ein Licht auf. »Will Mr. Brindle Arielle als Mieter gewinnen?«

»Natürlich«, sagte Alex. »Warum hätte er mir sonst hunderttausend Dollar für meine Kampagne spenden sollen?« Hunderttausend Dollar? Das war viel Geld, selbst für die Brindles. Selbst für einen Taufpaten. Im Wagen wurde es still. Wir hielten an einer Ampel, und das einzige Geräusch kam von Sam, der auf seiner Stoffgiraffe herumkaute. Alex wandte sich mir zu und redete mit leiser Stimme weiter. »Verurteil mich nicht dafür, Abbey. Diese Geschichte macht mich krank. Aber es gibt nichts, das ich tun kann.«

»Sicher kannst du was tun. Du brauchst dich den Brindles nicht zu beugen. Sie werden einen anderen Mieter finden. Ihr Gebäude liegt mitten in der Innenstadt. Aber East Falls braucht diese Firma wirklich.«

Alex wurde böse. »Warum ist dir das auf einmal so wichtig? Letzte Woche in der Philharmonie, als dir die Brindles ihre Loge überlassen haben, hattest du definitiv keine Gewissensbisse wegen East Falls. Oder als wir uns ihr Privatflugzeug geliehen haben, um nach Vail zu fliegen.« In diesem Moment wurde mir bewusst, dass auch ich mich an diesem Schlamassel schuldig gemacht hatte. »Im Ernst, Abbey«, sagte Alex in reumütigem Ton, »du weißt selbst, dass mir das nicht schmeckt. Mir wäre es auch lieber, wenn die Firma nach East Falls gehen würde. Ich habe Wallace allerdings nie versprochen, dass er sich darauf verlassen kann. Ich habe nur gesagt, ich würde mein Möglichstes *versuchen.*« Er seufzte und legte seinen Kopf schief, dann fügte er hinzu: »Und du kennst ja das Sprichwort: Hasse nicht den Spieler, hasse das Spiel.« Er schien von mir zu erwarten, dass ich lachte, aber ich starrte ihn nur an. Wieder einmal suchte er mit einem Scherz einen Weg aus einer unbehaglichen Situation. »Das ist von Jay Z«, erklärte er. Dann rappte er den Spruch noch einmal. Ich starrte ihn weiter an, innerlich fröstelte ich. Er lächelte und korrigierte sich dann. »Oh, richtig, das ist von Ice-T. Ich vergesse das immer, weil Ice-T jetzt für das Fernsehen arbeitet …«

»Wie auch immer, Alex, das ist nebensächlich. Hör auf, vom Thema abzuweichen!«

Ich berührte seinen Arm, nicht bereit, das Gespräch zu beenden, aber wir waren inzwischen zu Hause angekommen, und Oscar ging um den Wagen und öffnete die Tür auf meiner Seite, das Stichwort für Gloria, Sam und mich auszusteigen. Während ich dem Chevrolet hinterhersah, fragte ich mich, zu welchen anderen falschen Versprechen Alex sich noch gezwungen fühlte.

Ich ging mit den Kindern in die weiträumige, elegante Lobby, vorbei an dem uniformierten Portier, der selbst sonntags lächelte und zuvorkommend war, und mir wurde bewusst, dass diese Kampagne für Alex, zumindest teilweise, ein Spiel war. Für reiche Leute wie ihn – und nun auch mich – waren Dinge wie Wirtschaftsaufschwung und Steuererhöhungen und Benzinpreise nur Gesprächsthemen. Wenn die Chance mit Arielle vertan wurde und damit die Jobs, die die Gemeinde von William Wallace dauerhaft verändern könnten, würde das keinerlei Auswirkungen auf unsere Lebensqualität oder die unserer Freunde haben. Es war nur einer von vielen Zügen in diesem bunten Spiel des politischen Lebens.

Und obwohl Alex behauptet hatte, dass er nichts daran ändern könne, konnte ich nicht anders, als diese Behauptung anzuzweifeln. Die Wahrheit? Die ging ihm einfach am A… vorbei.

Mir dagegen ging William Wallace nicht mehr aus dem Kopf. Ich wusste, Alex betrachtete es nur als eine Unterlassungssünde, ich betrachtete es als das, was es wirklich war – eine Lüge. Mein Mann bemühte sich keineswegs, William Wallace das zu verschaffen, was dieser haben wollte, denn er wusste verdammt gut, wie die Würfel fallen würden. Sollte ich ihm glauben, dass er wegen der Sache ein schlechtes Gewissen hatte, dass ihn die Sache krank machte? Ich musste es, denn es tröstete mich etwas.

Oben in unserem Penthouse schaltete ich das Licht an und machte Musik, um die Stimmung etwas aufzulockern. Ich überlegte, den Kindern eine besondere Freude zu machen und Pizza zu bestellen. Rasch suchte ich nach Prospekten, und als ich keine finden konnte, rief ich unten am Empfang an und bat um Hilfe. Meiner Bitte wurde entsprochen, und nachdem ich mich zweimal vergewissert hatte, dass der Lieferant Kreditkarten akzeptierte, bestellte ich zwei große Pizzen: eine mit Fleisch für Sam und eine einfache Margerita für Gloria und mich.

Ich drehte mich um, um den Kindern Bescheid zu sagen, und zuckte vor Schreck kurz zusammen, weil Gloria direkt hinter mir stand. Sie hatte den ganzen Tag an mir geklebt wie ein kleiner Schatten.

»Die Pizza kommt zu uns?«, fragte sie mich verwirrt.

»Ja, Engelchen, so funktioniert das«, antwortete ich. Hatten die van Holts noch nie den Pizzadienst bestellt?

»Das ist ja cool! Kommt sie jetzt?«

»Zuerst muss sie noch gebacken werden. Aber spätestens in einer halben Stunde sollte sie hier sein. Anderenfalls bekommen wir sie umsonst.«

»Wie viel Zeit ist schon um?«

»Dreißig Sekunden. Also bleiben noch neunundzwanzig Minuten und dreißig Sekunden. Neunundzwanzig Sekunden. Achtundzwanzig …«

Gloria riss ihre Augen vor Begeisterung weit auf, dann drehte sie sich um und rannte ins Wohnzimmer. Sie setzte sich vor die Uhr, die dort hing, und starrte darauf, bis schließlich, nur wenige Sekunden vor Ablauf der Zeit, die

Sprechanlage summte und uns ein Besucher angekündigt wurde. Gloria schnappte sich Sam, und sie liefen zusammen aus der Wohnung zum Aufzug.

Als dieser sich öffnete, jubelte Gloria. »Du hast es eine Minute früher geschafft!«

Der Bote lachte, händigte uns dann die Pizza aus und akzeptierte mit mehr Nachsicht, als er hätte haben müssen, drei Dollar Trinkgeld. Gleich am kommenden Morgen musste ich mich unbedingt um das Problem mit meiner Bankkarte kümmern. Nach unserem herzhaften Sonntagslunch, der Sam in seinen Mittagsschlaf beförderte, kehrte ich in die Küche zurück, um das Geschirr in die Spülmaschine zu räumen. Danach setzte ich mich an den Laptop und checkte meine Nachrichten. Es gab immer noch keine Antwort von Roberta, also schickte ich ihr eine zweite E-Mail.

Dann begann ich, eine Mail an Jules aufzusetzen. Zuerst versuchte ich es mit einer Einladung zu der Tierrettungsgala in der kommenden Woche. Da man dort auf Wunsch sein eigenes Haustier mitbringen durfte, bestand eine Chance, dass Jules kommen würde. Aber als ich sie mir inmitten der Society Ladys mit ihren kleinen Shih Tzus vorstellte, überlegte ich es mir wieder anders. Stattdessen versuchte ich es mit einer peppigen Einladung zu einem Lunch, löschte jedoch auch diese wieder mit einem Seufzen. Als Nächstes schrieb ich in einem lockeren Plauderton über die Kinder, was ebenfalls falsch klang. Schließlich entschied ich mich dafür, nur drei Worte in die Betreffzeile zu tippen: *Ich vermisse dich.* Dann klickte ich auf Senden und beobachtete, wie die Nachricht mit einem *Wusch* und einem stummen Gebet zu Jules durchstartete.

Danach rief ich die Homepage des *Philadelphia Inquirer* auf, um die neuesten Meldungen zur Wahl zu checken. Es gab keine, dafür sah ich einen Artikel von Larry Liebman über die Pensionen der städtischen Angestellten. Ich stellte mir Larry vor, wie sie vor sich hin tippte oder am Telefon hing, die beste Lois Lane, die Philadelphia wohl jemals haben würde.

Gloria kam zu mir ins Wohnzimmer, ein rotes T-Shirt und eine schwarze Leggings unter dem Arm. Sie wollte Pizzabote spielen. Ich musste lachen und zog ihr die Sachen für die Kirche aus, bevor ich ihr half, in ihre »Uniform« zu schlüpfen. Als ich ihr die Hose hochzog, bemerkte ich, dass ihre Unterwäsche mit lauter kleinen Meerjungfrauen bedruckt war – lauter kleinen Arielles.

Arielle. Larry. Der *Inquirer.*

Eine Idee nahm Gestalt in meinem Kopf an.

Ich band Glorias Haar zusammen und malte ihr einen kleinen Schnurrbart ins Gesicht, beobachtete dann, wie sie davonlief, um zwei leere Pizzaschachteln in der Wohnung auszuliefern. Danach kehrte ich an meinen Laptop zurück, gespannt darauf, mehr über die Firma Arielle zu erfahren. Offenbar hatte sie ein mobiles WLAN-Gerät entwickelt, das überall auf der Welt funktionierte, und gehörte zu den angesagtesten amerikanischen Hightechunternehmen in diesem Jahr. Sie war nicht nach der kleinen Meerjungfrau benannt, sondern nach Arielle Morganstern, der Firmengründerin, die zufällig an der University of Pennsylvania studiert hatte – zur selben Zeit wie Alex. So wollte er also seinen Einfluss geltend machen. Er war mit Arielle befreundet. Und die Brindles wussten das.

Ich wechselte wieder auf die *Inquirer*-Homepage und gab in das Suchfeld »Arielle Firma« ein, davon überzeugt, dass irgendein Reporter die Entwicklungen verfolgte. Aber seltsamerweise gab es nichts über Arielle oder Morganstern.

Nicht eine Meldung. Es sah so aus, als würde der Deal am Telefon gemacht, auf Privatdinnern und hinter verschlossenen Türen. Die Presse würde erst davon erfahren, wenn er besiegelt war. Es sei denn …

Ich öffnete Gmail und richtete die anonymste E-Mail-Adresse ein, die mir spontan einfiel: johnsmith65@gmail.com. Dann tippte ich eine Nachricht: *Wussten Sie schon, dass die Firma Arielle ihren Hauptsitz nach Philadelphia verlegen möchte, genauer gesagt nach East Falls? Könnte für den Stadtteil ein richtiger Glücksfall sein. Für nähere Details wenden Sie sich bitte an Pastor William Wallace von der Baptistenkirche.* Ich unterschrieb mit »*ein besorgter Bürger*«.

Ich adressierte die Nachricht an lliebman@philadelphiainquirer.com. Falls Larry anbiss, und ich war mir ziemlich sicher, dass sie das tun würde, konnte allein schon die Schlagzeile dafür sorgen, dass jeder in dieser Stadt unwillkürlich Arielle und East Falls in Zusammenhang brachte. Und falls die Brindles dann ihr eigenes Mietobjekt ins Spiel brachten, würde das unsportlich wirken, als würden sie einem schwarzen Pfarrer, der versuchte, eine Gemeinde aufzubauen, Arbeitsplätze wegschnappen. Statt eine schlechte Presse zu riskieren oder eine öffentliche Schlacht würden sie höchstwahrscheinlich einen Rückzieher machen und vielleicht gar nicht erst mitbieten. Aber noch wichtiger war, dass Alex so den Brindles mit einem reinen Gewissen gegenübertreten konnte, da er ja nicht wusste, von wem der *Inquirer* den Tipp erhalten hatte. Eine Win-win-Situation für alle.

Gott, ich liebte es, wenn Öffentlichkeitsarbeit tatsächlich für die Öffentlichkeit funktionierte. Ich klickte auf Senden.

Mit einem neuen Energieschub richtete ich meine Aufmerksamkeit auf die Wohnung. May war erst seit vierundzwanzig Stunden weg, und schon breitete sich Chaos aus. Wie hatte sie es nur geschafft, die Wohnung sauber zu halten, sich um die Kinder zu kümmern *und* diese aufwendigen Gerichte zu kochen? Ich spürte, dass meine Wut zurückkehrte, besonders wenn ich an Mirabelles selbstgefällige Miene dachte, und begann dann zornig aufzuräumen. Als ich hörte, dass Gloria sich ins Wohnzimmer geschlichen und den Fernseher eingeschaltet hatte, rief ich aus der Küche zu ihr hinüber.

»Nicht so schnell, mein Schatz.«

»Was ist, Mommy?«

»Ich brauche deine Hilfe.«

»Aber ich sehe mir *immer* Cartoons an, wenn Van seinen Mittagsschlaf hält.«

»Das ist mir egal. Ich brauche dich. Wir haben ein paar Sachen zu erledigen.«

»Was für Sachen?«

»Sauber machen.«

Ihre Augen wurden groß. »Du meinst wir beide? Zusammen?«

»Ja. Wir beide.«

Sie legte die Fernbedienung weg und kam aufgeregt zu mir geflitzt. Ich ging auf ein Knie und nahm ihre Hände.

»Hey, Glöckchen«, sagte ich mit meiner supertollen Mommy-Stimme. »Denkst du, du kannst mit einem Staubsauger umgehen?«

Ihre Augen wurden riesengroß, und ihre Kinnlade fiel nach unten, als hätte ich ihr gerade eine Fahrt auf der Achterbahn angeboten.

»Wirklich?«

»Wirklich«, sagte ich. »Aber zuerst musst du mir zeigen, wo er ist.«

Und so machte sich der erste millionenschwere Mutter-Tochter-Reinigungsservice an die Arbeit und begann mit dem großen Bad, um Sam nicht aufzuwecken. Ich wischte über Ablagen, goss Pflanzen, faltete Handtücher, schrubbte die Toilette, brauste die Dusche ab und stopfte schmutzige Kleidung und Handtücher in hohe Wäschekörbe. Gloria folgte mir mit dem Dyson, und obwohl das Gerät größer war als sie selbst, machte sie ihren Job gar nicht schlecht.

Ich sammelte gerade in der Garderobe ein paar Sachen von Alex ein, als etwas meine Aufmerksamkeit erregte, das aus seiner Anzughose auf den Boden fiel. Es handelte sich um eine zerknitterte Cocktailserviette, auf die der Name »Jennifer« gekritzelt war. Und eine Telefonnummer. Ich starrte auf das weiße Quadrat, dann begriff ich langsam. Ich checkte Alex' restliche Sachen und den Papierkorb und fand zwei weitere Zettel und drei Visitenkarten, alle von Frauen. Auf einer war sogar ein rosa Lippenstiftabdruck. Ernsthaft?

Meine Verwirrung verwandelte sich in Wut. Die Vorstellung, dass all diese Frauen sich an Alex heranmachten – sogar glaubten, er könnte ihnen gehören –, erschien mir unerträglich. Ich war kurz in Versuchung, jede Nummer einzeln anzurufen und der Person am anderen Ende der Leitung zu erklären, dass Alexander van Holt ein glücklich verheirateter Mann war, der seine Frau und seine zwei kleinen Kinder anbetete.

Zugegeben, es war ein kleiner Trost, dass die Visitenkarten und Zettel in Hosentaschen und Jacketts und im Abfall gesteckt hatten, weggeworfen oder in Vergessenheit geraten. Trotzdem gaben sie mir zu denken. Wie lange würde

Alex fähig sein, diesen Frauen zu widerstehen? Besonders wenn er die Wahl gewann und lange Wochen in Washington verbringen würde … ohne mich? Und was war davor gewesen? War er jemals schwach geworden? Wie glücklich war mein Mann eigentlich verheiratet?

Das waren Fragen, die jede halbwegs aufmerksame Ehefrau beantworten konnte. Aber natürlich kannten die meisten Frauen ihren Mann länger als sieben Tage.

Gloria kam zu mir und verkündete, dass ihr Bruder wach sei. Wir gingen ihn gemeinsam holen und spannten ihn ein für unsere nächste Aufgabe, das Wohnzimmer. Da ich spürte, dass Gloria allmählich das Interesse verlor, band ich mit Gummiringen Swiffer-Tücher unter ihre Füße und auch unter die von Sam und drückte dann jedem einen Staubwedel in die Hand. Während die beiden kichernd über das Parkett glitten, versuchte ich, mich von dem Spaß anstecken zu lassen, aber in Gedanken sah ich immer wieder die geschmacklosen Zettel vor mir.

Ich ging hinüber an das Fenster und schaute auf die Straße hinunter. Wenn Alex kreuz und quer durch die Stadt fuhr und von Veranstaltung zu Veranstaltung hetzte, kam er dann an irgendwelchen Restaurants oder Bars oder einer Parkbank vorbei, sprich an »besonderen Orten«, und dachte dabei an mich? Wenn er Kinder auf der Straße sah, vermisste er uns dann und sehnte sich danach, zu Hause zu sein? War er immer noch in mich verliebt?

Und spürte er jemals Eifersucht – so wie ich gerade? Es war ein seltsames Gefühl, noch dazu eins, das mich ängstlich und verletzlich zurückließ. Ein Gefühl, das ich bei Jimmy *nie* gehabt hatte. Nicht ein Mal.

»Mommy«, hörte ich eine helle Stimme. Es war Sam, der schon wieder Hunger hatte.

Ich ging hinüber in die Speisekammer und überflog die Regale nach einem einfachen Snack. Als ich mich nach einer Packung Cracker bückte, entdeckte ich in einer Ecke eine Stofftasche mit dem Aufdruck DREXEL UNIVERSITY, die mit Büchern und anderen Dingen vollgestopft war – sie gehörte May. Ich nahm die Tasche mit in die Küche und stellte sie auf den Tisch.

Darin waren ein blaues Sweatshirt, eine Sonnenbrille aus schwarzem Kunststoff, ein Regenschirm, Windeln, ein Notizbuch, ein paar Textmarker und eine Schnabeltasse. Außerdem zwei Fachbücher, eins über Biologie, das andere über die amerikanische Literatur von 1920 bis 1968. Ich starrte auf die Sachen und bekam prompt ein schlechtes Gewissen. May hatte die Tasche wohl zurückgelassen, weil ihr so kurzfristig gekündigt worden war. Und nun war sie zu schüchtern oder zu wütend, um sie abzuholen.

Gloria kam zu mir in die Küche gerannt und wollte wissen, warum ich so lange brauchte. Ich steckte die Sachen zurück in die Tasche, und bevor Gloria noch mehr drängeln konnte, packte ich sie unter den Achseln und wirbelte mit ihr herum in Richtung Flur.

»Zieh deine Schuhe an«, sagte ich. »Wir gehen raus.«

Es war das zweite Mal, dass das Taxi an dem Antiquitätengeschäft vorbeifuhr. Und das dritte Mal, dass es den alten Mann überholte, der einen Beagle in einem Pullover mit Rautenmuster spazieren führte. Und das x-te Mal, dass wir über das Kopfsteinpflaster der Juweliermeile holperten.

»Bist du sicher, dass wir hier richtig sind?«, fragte ich meine Tochter wieder. »Vielleicht ist es ja die Parallelstraße?«

Ich deutete in Richtung Washington Square, aber Gloria schüttelte nur den Kopf und fuhr dann fort, die Hauseingänge zu mustern. Ich hatte allmählich den Eindruck, dass sie mich an der Nase herumführte, dass sie trotz ihrer lautstarken Beteuerungen keine Ahnung hatte, wo May wohnte.

»Ich weiß, da sind ganz viele Geschäfte«, sagte sie, ihre Stirn konzentriert gerunzelt. »Und so Schilder wie das da.« Sie zeigte auf eine pinkfarbene Neonreklame: »Wir kaufen Gold.«

Geschäfte und Schilder. Nun, das grenzte die Suche ein auf ungefähr jede Einkaufsstraße an der Ostküste.

Wir kurvten seit dreißig Minuten durch das Viertel, mit Gloria als Lotsin. Der russische Taxifahrer wirkte zwar verwirrt, aber nicht besonders verärgert. Wahrscheinlich hatte er an der Suche genauso viel Spaß wie Gloria. Ich dagegen nicht so. Ich verlor allmählich die Geduld. Und mir war schlecht vom Autofahren. Ich bat den Fahrer, kurz anzuhalten.

»Denk nach, Gloria. Was ist sonst noch auf der Straße? Vielleicht ein Restaurant? Oder ein Park? Das ist sehr wichtig. Nur du kannst May finden.«

Und wir mussten sie finden. Damit wir ihr die Tasche und die Bücher zurückgeben konnten. Aber hauptsächlich, damit ich mich noch einmal persönlich für ihren unfairen und plötzlichen Rausschmiss entschuldigen konnte. Besonders da ich vermutete, dass May ahnte, dass ich diejenige war, die die Süßigkeiten hatte offen herumstehen lassen.

Gloria legte den Kopf schief. »Was bekomme ich dafür, wenn ich es dir sage?«

»Du darfst weiterhin mietfrei im Penthouse wohnen«, antwortete ich. »Wie klingt das?«

Sie sah mich ernst an – sichtlich unsicher, ob ich es wirklich so meinte, aber auch unsicher, ob es sich lohnte, das Risiko einzugehen. Dann zog sie ihre Augenbrauen zusammen, genau so, wie ich das tat, wenn ich mein Gedächtnis anstrengte, und platzte schließlich mit einem Wort heraus.

»Lämmer!«

»Wie bitte?«

»Da sind Lämmer«, sagte sie stolz.

»Wie auf Bloemveld?«

»Nein, tote.«

Tote Schafe? Ich hatte Mühe, einen Sinn in diesem Hinweis zu erkennen.

»Und Käse, Mommy. Große Käselaibe.«

Der Taxifahrer drehte sich zu uns um und sagte etwas mit seinem starken Akzent.

»Wie bitte?«

»Der Italian Market«, wiederholte er lauter. »Sie meint bestimmt den Italian Market.«

Gloria lächelte und klatschte den Fahrer durch die Luke in der Trennscheibe aus Plexiglas ab. Dann lehnten wir uns alle wieder zurück. Der Fahrer trat aufs Gas und fuhr mit quietschenden Reifen los.

Nur einen Block südlich des berühmten Markts auf der Neunten Straße, wo man alles kaufen konnte, von Gemüse über Gewürze bis hin zu Wurst und Lammfleisch, entdeckte Gloria schließlich das Haus, in dem May wohnte. Es handelte sich um eine ehemalige Lederfabrik aus der Jahrhundertwende, die in ein sechsstöckiges Wohnhaus umgewandelt worden war – die authentische Version eines Lofts, die Yuppies aus der ganzen Stadt anlockte. Der Hausflur war still und dunkel, abgesehen von ein paar Lebenszeichen: Wurfsendungen mit den Lebensmittelangeboten der Woche, ein abgeschlossenes Rad und ein Stapel Kartons von Amazon.

Wieder einmal musste ich mich auf eine Fünfjährige verlassen, um den Weg zu finden. Aber nun hatte Gloria keine

Mühe mehr, sich zu orientieren. Sie hüpfte selbstsicher die fünf Etagen hoch, während ich, mit Sam auf dem Arm, mich anstrengen musste, um mit ihr Schritt zu halten. Wenig später blieb sie vor einer Metalltür stehen, neben der zwei Paar Schuhe standen, und grinste mich an, stolz darüber, dass sie den Fall schließlich gelöst hatte. Sie konnte es offenbar nicht erwarten, ihre geliebte May wiederzusehen. Ihre kleine Faust war schon ganz rot, weil sie so fest klopfte und klopfte.

Als ich zu ihr stieß, außer Atem, zog ich ihre Hand gerade noch rechtzeitig weg, um Mays Stimme zu hören, die etwas auf Thailändisch rief.

»May, hier ist Abbey«, sagte ich durch die Tür. »Abbey van Holt.« Schweigen. Ich versuchte es wieder. »May?«

Schließlich: »Was wollen Sie?«

»Ich bringe Ihnen Ihre Tasche.« Keine Antwort. »Sie haben sie bei uns vergessen. Ihre Fachbücher sind darin.«

»Stellen Sie sie einfach vor die Tür.«

Sam und Gloria sahen mich mit großen Hundeaugen verwirrt an. Sie verstanden nicht, warum sie May hören konnten, aber nicht sehen. Um der Kinder willen unternahm ich einen weiteren Versuch.

»Hören Sie, May, ich weiß, Sie sind sauer auf mich. Könnten Sie vielleicht trotzdem den Kindern kurz Hallo sagen? Die beiden vermissen Sie jetzt schon unglaublich.«

Das Schloss wurde entriegelt, und die Tür schwang nach innen auf. May stand da in einem engen T-Shirt, einer langen schwarzen Strickweste und einer armeegrünen Cargohose, die langen Haare hingen ihr offen über die Schultern. In dieser Aufmachung sah sie ganz anders aus, und mir wurde jetzt erst richtig bewusst, dass sie ja viel jünger war als ich. Sie ging in die Hocke, und die Kinder stürmten in ihre

Arme, sie hätten sie beinahe umgeworfen. Während May sie lachend umarmte, fiel die Tür wieder zu, und ich stand allein im Flur. Ich rechnete damit, dass May die Tür wieder öffnete, aber das tat sie nicht. Mann, die war vielleicht stinkig!

Wenig später kam sie mit Sam auf der Hüfte und Gloria an der Hand heraus. Sie erwiderte meinen Blick nicht, ich sah ihr dennoch an, dass sie den Tränen nahe war. Ich konnte kaum hinschauen, als sie die Kinder zum Abschied ein letztes Mal drückte und versuchte, ein fröhliches Gesicht zu machen.

Mays Einfluss auf die Kinder war magisch. Wie der einer Mutter. Ich beobachtete, wie meine zwei sich an sie klammerten. Man hätte denken können, dass ich eifersüchtig war, aber ich war nur gerührt. In diesem Moment wurde mir nämlich bewusst, dass ich Abbey van Holt dafür verurteilte, dass sie ein Kindermädchen beschäftigte, auf der anderen Seite freute ich mich für die Kinder, dass sie noch jemanden hatten, der sie liebte. Vor allem jemanden wie May, die keine Vorurteile zu haben schien, die die Kinder einfach Kinder sein ließ.

Und ihre Belohnung? Sie wurde gefeuert für etwas, das sie nicht getan hatte. Ich fühlte mich ohnmächtig. Schlimmer noch – wie der Bösewicht in einem Dickens-Roman. Die gemeine Arbeitgeberin, die eine Unschuldige, die nichts als gute Absichten gehabt hatte, ins Verderben stürzte. Ich musste etwas unternehmen.

»May, mir ist eingefallen, dass wir Ihnen noch eine Abfindung schulden.« Ich zückte mein Scheckbuch, bereit, eine Zahl mit vielen Nullen einzutragen. Als mein Blick auf das oben auf den Scheck gedruckte »Mr. and Mrs. Alexander van Holt« fiel, zögerte ich. Alex würde davon erfahren, sobald May den Scheck einlöste. Und sein Standpunkt war ziemlich klar, was May betraf. Seiner Auffassung nach hätte sie durch ihre Fahrlässigkeit beinahe seinen Sohn getötet. Ich schob das Scheckheft zurück in meine Tasche. »Wie dumm! Ich habe keine Schecks mehr«, sagte ich. »Ich werde Ihnen das Geld einfach in bar vorbeibringen. Morgen. Spätestens in ein paar Tagen.«

»Ich will Ihr Geld nicht«, lehnte May ab.

»Dann vielleicht eine Empfehlung? Ich schreibe Ihnen gern eine …«

Meine Worte wurden von der zuknallenden Tür abgewürgt, ich blieb mit offenem Mund und verdattertem Blick in dem kalten Flur zurück. Und dann wurde mir schlagartig klar, was May wollte. Die Wahrheit.

Ich nahm meine Kinder an die Hand. »May!«, rief ich gegen die schwere Metalltür an. »Hören Sie, es war nicht Ihre Schuld. Es war … es war meine Schuld. Ich hätte besser aufpassen müssen. Und ich hätte es meiner Schwiegermutter sagen müssen. Und für Sie kämpfen.« Ich machte eine Pause und lehnte meine Stirn gegen das kalte Metall. »Die Wahrheit ist … ich hatte Angst.«

Es kam keine Antwort, nicht ein Ton. Selbst die Kinder waren mucksmäuschenstill, sie starrten mich nur fragend an. Ihre Augen waren weit aufgerissen und ängstlich, als wollten sie sagen: *Bitte, Mommy, bitte bring das wieder in Ordnung.*

Ich wusste, dass ich das wieder in Ordnung bringen musste, hatte allerdings keine Ahnung, wie ich das anstellen sollte.

Kapitel 12

Als ich Collier van Holt endlich kennenlernte, konnte ich nicht nachvollziehen, warum er alle so nervös machte. Er wirkte harmlos und liebenswürdig und leicht verwirrt, und ich fand ihn sofort sympathisch.

Er war kleiner und kräftiger als Alex, und er hatte feines weißes Haar, das behutsam über seinen gebräunten Kopf gekämmt war. Er trug einen karamellbraunen Anzug mit feinen Nadelstreifen, ein hellblaues Hemd und polierte braune Schuhe. Er machte einen eleganten, aber verlorenen Eindruck, wie ein Adliger aus einer anderen Ära, der in die moderne Welt der Caffè Latte und schlüssellosen Eingänge geworfen worden war.

Er wirkte besonders unbeholfen im Kreis seiner Familie, fast schüchtern, als wären diese Menschen Fremde und nicht sein Fleisch und Blut. Wenn seine Hände nicht in seinen Taschen steckten oder ein Glas hielten, zitterten sie.

»Abigail«, sagte er in herzlichem Ton, als wir die mahagonigetäfelte Bibliothek betraten. »Wie geht es dir, meine Liebe? Mirabelle hat mir gesagt, du hattest einen kleinen Unfall.«

Ich umarmte ihn und gab ihm ein Küsschen auf die Wange, und er wirkte verblüfft, aber erfreut. Gloria und Sam kamen angelaufen und umzingelten ihren Großvater und kramten in seinen Anzugtaschen, ein Spiel, das die drei anscheinend kannten, denn Collier schimpfte nicht, sondern tat so, als wäre er überrascht, als die Kinder zwei Minzbonbons entdeckten, die irgendwo versteckt waren.

»Nehmt euch in Acht, meine kleinen Krabben«, sagte er leise, während er ihnen half, die Bonbons aus dem Zellophanpapier auszuwickeln. »Wenn *Grandmère* euch mit den Bonbons erwischt, wird sie böse mit mir sein, weil ich euch den Appetit aufs Abendessen verderbe.«

Er warf einen nervösen Blick in Richtung Küche, dann ging er hinüber an die Bar, um sich einen Drink zu holen. Kurz darauf rauschte Mirabelle in den Raum, in einer Wolke aus cremefarbener Seide, Gardenienparfüm und gespielter Verzweiflung. Über ihrem makellosen Outfit trug sie eine genauso makellose schwarze Schürze mit dem aufgestickten Spruch KISS THE COOK. Lady, du hältst hier niemanden zum Narren, dachte ich. In diesem Haushalt arbeiteten mindestens drei bezahlte Küchenkräfte. Das Einzige, was Mirabelle kreierte, waren Meinungen.

»Endlich«, sagte sie, als sie uns sah, und reckte beschwörend ihre Arme zum Himmel, als hätten wir uns um Stunden verspätet und nicht um fünfzehn Minuten. Sie steuerte direkt auf Alex zu und umarmte ihn, bevor sie mich mit Luftküssen begrüßte und dann in die Hocke ging, um Gloria und Sam willkommen zu heißen.

»Es wird noch etwas dauern. Dein Vater wollte Steak, also musste der Koch noch mal los«, erklärte sie Alex. Sie betonte das Wort »Vater«, als wäre Alex' Abstammung fraglich. Gleichzeitig vermied sie es, in Richtung des alten Mannes zu blicken.

Als Nächstes nahm sie mich diskret zur Seite. »Nun, meine Liebe, wie geht es unserem Jungen?«

»Bestens. Er hat gut geschlafen und gut gefrühstückt. Und er hat viel Milch getrunken, auf ärztliche Anweisung hin.«

»Nein, ich meine nicht Van. Ich meine Alex.«

»Oh. Alex geht es gut. Warum?«

»Ich habe gehört, dass er gestern Abend ein wichtiges Dinner abgesagt hat.«

»Mirabelle, sein Sohn war im Krankenhaus. Natürlich hat er das Dinner abgesagt.«

»Aber es sind nur noch zwei Tage. Alex wirkt einfach nicht wie er selbst ... Ich kann nicht sagen, ob er nur erschöpft ist oder zerstreut. Irgendetwas hat er jedenfalls.«

Ich hatte das Gefühl, dass ihre »Sorge« eher mir galt und nicht Alex oder der Kampagne. Die Instinkte dieser Frau waren einfach zu gut. Sie ahnte, dass etwas nicht stimmte, sie konnte es nur nicht festmachen. Und das brachte sie um. Ich schmunzelte innerlich bei dem Gedanken, dass die gute alte Abbey Lahey etwas wusste, das Mirabelle nicht wusste.

»Wirklich? Also mir ist nichts aufgefallen«, antwortete ich.

Im nächsten Augenblick tat sie so, als würde sie in der Küche Lärm hören, und machte verärgert auf dem Absatz kehrt. Ich weiß nicht, ob es die anderen auch spürten, aber der Raum schien erleichtert aufzuseufzen. Es wurde wärmer, nachdem Mirabelle durch die Schwingtür verschwunden war.

Collier ging zu Alex hinüber und streckte ihm die Hand entgegen, als würde er einen Geschäftspartner begrüßen.

»Sohn«, sagte er, »ich habe gehört, dass du deinen Mann stehst, obwohl es ein hartes Rennen ist. Fehlen nur noch sechs Zähler, wie ich gehört habe.«

»Sechseinhalb«, verbesserte Alex.

Unglaublicherweise war das alles, was sie miteinander sprachen. Alex widmete sich wieder seinem Handy, und Collier zog sich mit seinem Single Malt in eine Sitzecke zurück. Ich wischte Spucke von Sams Kinn und ging dann hinüber zu dem alten Mann.

»Du hast recht«, sagte ich leise, »Alex hat fantastisch aufgeholt. Es könnte tatsächlich passieren, dass er das Rennen macht.«

»Mir gefällt deine Einstellung.« Collier lächelte und nickte. »Positives Denken.«

»Das ist mehr als positives Denken. Du solltest mal sehen, wie die Leute auf Alex reagieren. Sie können nicht genug von ihm bekommen.«

»Er war schon immer ein sehr charmanter Junge. Und klug. Im Gegensatz zu seinem alten Herrn.«

»Das glaube ich nicht so ganz«, sagte ich mit einem Augenzwinkern.

»Nun, Alex' Mutter schon«, entgegnete er und schwenkte den Rest seines Drinks in dem Glas, bevor er ihn hinunterkippte. »Und hier ist das alles, was zählt.« Er machte eine kurze Pause und fügte dann hinzu: »Aber das weißt du ja inzwischen, Abigail.«

Ich lächelte ihn an und schlug dann die Augen nieder, unsicher, was ich sagen sollte. Es war offensichtlich, dass dieser Mann, aus was für einem Grund auch immer, in seinem eigenen Haus nicht willkommen war, und ich ging ein Risiko ein, wenn ich mich mit dem Feind verbrüderte. Ich wandte mich ab, um die hingeworfenen Stiefel und Jacken meiner Kinder aufzuheben. Dann nahm ich ein paar Matchbox-Autos aus meiner Prada-Tasche und gab sie Sam, um ihn zu beschäftigen. Gloria spielte gerade den Flohwalzer auf dem Steinway-Flügel, die nervige Melodie trug nicht gerade dazu bei, dass die Atmosphäre im Raum sich entspannte.

Und die Ankunft meiner Schwägerin Aubyn wenige Momente später machte es nicht besser. Aubyn erschien in einer schwarzen Samtjacke, einer Reiterhose und Reitstiefeln, die Haare zu einem Pferdeschwanz zusammengebunden. Sie war ungeschminkt und blass, ihre leuchtend blauen Augen bildeten den einzigen Farbtupfer in ihrem Gesicht. Sie ignorierte alle Erwachsenen, während ihr Blick durch den Raum schweifte. Schließlich blieb er bei Gloria, die hinter dem Klavier hervorspähte, hängen.

»*Tu veux voir les moutons?*«, fragte Aubyn.

»*Mais oui!*«, rief Gloria.

Sie sprang auf, sodass das Klavier schepperte, und lief zu ihrer Tante. Dann fiel ihr wohl ein, was man ihr beigebracht hatte. Sie wandte sich zu mir um und fragte: »Ist das okay, Mommy?«

»*Oui*«, sagte ich, obwohl ich keine Ahnung hatte, wofür ich meine Zustimmung gab.

Aubyn und Gloria marschierten Hand in Hand davon. Ich vermutete, dass sie nach draußen gingen, also schnappte ich mir Glorias Jacke und eilte den beiden hinterher. Es regnete zwar nicht, aber der Himmel machte einen unheilvollen Eindruck.

Bevor ich die Bibliothek verließ, warf ich einen Blick auf Sam und sah, dass Collier ihn ungeschickt auf seinem Knie hopsen ließ. Alex schaute den beiden gedankenverloren zu. Ich hoffte, Collier würde auf Sam aufpassen, und Alex würde auf Collier aufpassen.

Als ich in das große Foyer trat, wusste ich nicht, hinter welcher der drei Türen Aubyn und Gloria verschwunden waren. Dann fiel mir die dunkle Treppe ein, die ich an meinem ersten Abend hier entdeckt hatte, und ich hielt darauf zu. Ich hatte recht, denn als ich die Tür öffnete, hörte ich das Knarzen von Reitstiefeln und Kleinmädchengeplapper.

Ich stieg vorsichtig die ausgetretenen Stufen hinunter und fand mich in einem schummrigen Gang wieder, der von nackten Glühbirnen erhellt wurde. Hier unten war es noch ein paar Grad kühler als oben. Die Wände waren grob gemauert, der Holzboden unter meinen Füßen federte. Neben mir hing ein moderner grauer Verteilerkasten, darunter stand eine verstaubte Holztruhe voller Messingglocken, mit denen früher wohl die Dienerschaft herbeigerufen wurde, wie ich einmal im Fernsehen gesehen hatte. Zwei von den Glocken waren umgekippt, sie hingen erwartungsvoll da, als würde derjenige, der sie benutzt hatte, immer noch auf seine Tasse Tee warten oder auf seine polierten Schuhe.

Ich lief weiter und entdeckte einen Raum, der antike Möbel beherbergte, eine verschlossene Vitrine mit Schrotflinten, eine alte Anglerausrüstung, verbeulte und verstaubte Überseekoffer, aber auch moderne Terrassenheizstrahler, Sportutensilien und goldfarbene Partystühle, die bis unter die Decke gestapelt waren. In einem anderen Raum sah ich alte Fahrräder, Skier und Schlitten, alles Relikte aus Alex' Kindheit, sogar ein altes Grammofon stand da. Der letzte Raum war der größte, und als ich ihn betrat, fiel mir auf, dass es schwach nach Ruß und Bratfett roch. Links und rechts säumten Regale die Wände, manche mit altem Geschirr und Vorratsgläsern gefüllt, an anderen hingen nur Spinnweben. Lange, grob gezimmerte Tische standen zusammengeschoben in einer Ecke neben einem großen Fass mit einem Stempel auf der Seite. Ich ging näher heran und sah, dass in das abgenutzte Holz eine Jahreszahl eingebrannt war – 1883.

Ich versuchte mir vorzustellen, wie es an diesem düsteren Ort von Dienstboten wimmelte, die Suppenterrinen füllten für ein Galadinner oder Truthähne brieten für eine Jagdgesellschaft. Ich hätte liebend gern gesehen, wie es auf Bloemveld vor hundert Jahren zugegangen war, mit den Menschen und den Tieren und dem Tumult, der einem Haus wie diesem einen Sinn gab. Ich konnte mir nicht vorstellen, hier aufgewachsen zu sein – weder damals noch heute.

Am Ende des Kellerganges war eine weitere Dienstbotentreppe. Ich stieg sie hoch und stand auf einmal draußen, wo ich Aubyn und Gloria in der Ferne einen Hügel hochstapfen sah. Zwei von Aubyns irischen Wolfshunden trotteten vor ihnen her.

Während ich ihnen auf meinen hohen Absätzen folgte, die bei jedem Schritt einsanken, beobachtete ich die beiden aufmerksam. Mit ihrer Nichte an der Hand wirkte Aubyn unbekümmerter, beinahe fröhlich. Ich sah, dass die beiden auf eine niedrige Steinmauer stießen, und Aubyn half Gloria darüber, bevor sie mit einem Lachen hinterhersprang. Dann verschwanden sie hinter dem Hügel.

Ich beschleunigte meine Schritte, neugierig, wo die beiden hingingen, wo dieses weitläufige Grundstück endete. Nachdem ich umständlich die Mauer überwunden hatte, sah ich eine graue Steinscheune, einen Stall, eine eingezäunte Weide, Kieselsteinwege, die in verschiedene Richtungen führten, und das, wofür die beiden wohl hergekommen waren – Schafe.

Gloria rannte mit einem Freudenschrei auf die Herde zu. Mir stockte der Atem, als sie um das größte Tier, das regungslos dastand, die Arme schlang und sich an seinen schmutzigen Hals schmiegte. Aubyn beobachte sie lächelnd und holte dann eine Flasche aus ihrer Jackentasche, um einem Lamm zu trinken zu geben. Eine Kanadagans flatterte an einem flachen Teich empor, und die Hunde hetzten hinterher. Die Szenerie war idyllisch und schön, als hätte dieser Kellergang uns auf magische Weise von Philadelphias Stadtrand in eine englische Landschaft versetzt.

»Gloria hat ihre Jacke vergessen!«, rief ich, als ich in Hörweite kam. Aubyn hob den Kopf und beobachtete belustigt, wie ich mich unbeholfen auf meinen einsinkenden Absätzen näherte. Schließlich erreichte ich Gloria und half ihr, in die Jacke zu schlüpfen. Genau in diesem Augenblick tauchten zwei kastanienbraune Pferde hinter ein paar Bäumen auf und kamen zu uns herübergetrottet. Gloria lief dem kleineren Tier entgegen, einer Stute, wie ich vermutete, und ich wappnete mich, bereit, mein Kind zu retten, falls es nötig sein würde. »Sei vorsichtig, mein Schatz«, rief ich.

Gloria hob ihren Arm und streichelte ganz ruhig den Pferdehals, und ich entspannte mich.

»Blütenblatt wartet auf Gloria, es hängt nur von dir ab«, sagte Aubyn, die sich die Hände an ihrer Reiterhose abwischte und dann zu mir herüberkam.

»Sie wartet?«

»Du hast gesagt, dass du nicht möchtest, dass Gloria so früh schon mit dem Reiten beginnt.«

»Ah, richtig. Ich nehme an, du denkst, sie ist alt genug?«

»Sie war schon immer alt genug. Und auch wenn sie

klein ist, sie kann das. Blütenblatt weiß schon jetzt, wer der Boss ist.«

Wow, dachte ich. Jemand in der Familie van Holt, der meine Tochter versteht. Ich wollte gerade etwas sagen, als Gloria mir zuvorkam.

»Mommy, bitte, bitte, bitte …« Sie hüpfte auf und ab. »Ich kann das. Ich weiß, dass ich es kann.«

Aubyn und Gloria sahen mich mit ihren blauen Augen an, die groß waren vor Erwartung. Wie konnte ich da Nein sagen? Aber ich war unsicher. Gloria mochte die Begeisterung ihrer Tante für Pferde geerbt haben, sie war dennoch erst fünf. Und so klein.

»Noch nicht, Glöckchen«, sagte ich.

Glorias Lächeln verblasste, und sie rannte schmollend zu den Hunden. Aubyn wandte ihren Blick ab, das Gesicht verzogen vor Empörung.

»War ja klar«, murmelte sie.

»Wie bitte?«

Sie drehte ihren Kopf zu mir. »Denkst du wirklich, ich würde Gloria etwas Gefährliches machen lassen? Du sagst doch nur Nein, weil ich ihr das Pferd geschenkt habe.«

Ich war es so leid, dass diese van Holts mir diktierten, was das Beste für meine Kinder war. Ich starrte Aubyn an und sagte: »Du bist nicht ihre Mutter. Das bin ich.«

»Ja, du bist die Mutter des Jahres.«

Sie hatte wieder nur gemurmelt, aber ich hatte sie trotzdem verstanden. Mein Herz schlug plötzlich doppelt so schnell, und mein Gesicht glühte.

»Was hast du gesagt?«, zischte ich.

»Nichts.«

»Wie kannst du es wagen? Du weißt nicht das Geringste über mich.«

»Ich weiß genug. Du und deine Lunches und deine Kauforgien und dein ständiges Gejammer. Mein Bruder hat etwas Besseres verdient.«

Ihre Worte hingen wie ein Damoklesschwert zwischen uns und griffen dann wie kleine Nebelhände nach mir, um mich zu würgen. Ich schnappte nach Luft.

»Ihr van Holts«, schäumte ich. »Ihr denkt, ihr wisst alles, stimmt's?«

»Alles, was ich weiß, ist, dass du eigentlich mal anders warst«, höhnte sie. »Jetzt bist du genau wie alle anderen.« Dann, wieder ganz leise: »Du bist genau wie meine Mutter.«

Der Güterzug in meinem Kopf übertönte jedes andere Geräusch. Ich stapfte zu Aubyn hinüber, um was weiß ich zu tun, als ich auf dem nassen Gras ausrutschte und fiel. Ich versuchte aufzustehen, aber ich glitt bei jedem Versuch wieder aus. Zu allem Übel kamen ein paar Schafe zu mir herübergetrottet und stupsten mich mit ihren wolligen Köpfen an.

Aubyn scheuchte die Schafe davon. Ich sah, dass sie grinsend auf ihre Unterlippe biss, um nicht schallend loszulachen. Ihr Spott befeuerte meine Wut. Die ganze Anstrengung und Sorge und Angst der letzten Woche – verdammt, der letzten zehn Jahre – ballten sich in meinem Bauch zusammen. Ich sah Aubyns kühlen Blick, als sie mir die Hand entgegenstreckte, um mir aufzuhelfen. Und dann tat ich etwas, das ich schon lange einmal hatte tun wollen. Ich packte sie und zog sie mit einem festen Ruck zu Boden. Mit einem spitzen Schrei landete sie überrascht neben mir im nassen Gras. Gleich darauf spürte ich einen dumpfen Schlag auf der Brust. Aubyn versuchte, mich den Hügel hinunterzustoßen. Ich stieß sie zurück und drückte sie dann mit dem Gesicht voran in den Dreck.

Wir rauften uns wie zwei kleine Jungs auf dem Schulhof. Wir rollten weiter den Hügel hinunter bis in eine Schlammpfütze. Die Schafe folgten uns, was der einzige Grund war, aus dem wir voneinander abließen. Wir wären sonst niedergetrampelt worden. Beim Versuch aufzustehen, rutschten wir immer wieder weg und landeten erneut im Matsch.

Als wir schließlich wieder standen, außer Atem und völlig eingesaut, kam Gloria zu uns gelaufen. Sie schien gar nicht mitbekommen zu haben, was gerade passiert war. Sie interessierte sich auch nicht dafür, wie wir aussahen. Das Einzige, was sie wissen wollte, war, wann sie endlich ihr Pferd reiten durfte.

Weder Aubyn noch ich sagten etwas, als wir versuchten, uns unbemerkt durch den Kellereingang ins Haus zu schleichen. Unsere Kleidung und unsere Haare waren voller Schlamm und Gras, unsere Gesichter gerötet vor Wut. Wir gingen auf Zehenspitzen über den schwarz-weißen Marmorboden im Foyer und schafften es fast bis zur Treppe. Dann lief Gloria plötzlich an uns vorbei, riss die Tür zur Bibliothek auf und verkündete laut: »Mommy und Tante Aubyn haben sich im Matsch geprügelt!«

Offenbar hatte sie doch mitbekommen, was passiert war. Ich war wirklich die Mutter des Jahres.

Einer nach dem anderen kam aus dem Zimmer geeilt – Alex, Mirabelle, Sam auf seinen wackligen Beinen und Collier auf seinen zittrigen.

»Was ist passiert?«, fragte Alex verwirrt.

»Warum kommt ihr erst …« Mirabelle unterbrach sich mitten im Satz, als sie uns sah.

Nur Collier wirkte amüsiert. »Ist das Schafdung, was ich hier rieche?«, fragte er.

Aubyn und ich standen da wie zwei unartige Schulkinder. Ich in meinem versauten Kleid, meine ruinierten Schuhe in der Hand, meine Schwägerin mit wild zerzausten Haaren und verdreckten Reitklamotten. Sam kam zu mir gewatschelt, aber ich traute mich nicht, ihn auf den Arm zu nehmen.

»Wir sind im Matsch ausgerutscht«, sagte ich.

»Das Gras war sehr nass«, fügte Aubyn hinzu.

Mirabelle fuhr dazwischen, bevor wir fortfahren konnten, die Wahrheit zurechtzubiegen.

»Und was sollen wir jetzt machen?«, wollte sie wissen. Ihre Augen blitzten vor Zorn. »Das Dinner ist bereits angerichtet.«

»Gib uns fünf Minuten zum Umziehen«, sagte Aubyn. »Abbey kann sich etwas von mir leihen.«

Aubyn stieg die erste Treppenstufe hoch, blieb aber stehen, als Mirabelle fortfuhr. »Ehrlich, Aubyn, du und deine Viecher. Ich bin überzeugt, du machst das absichtlich.«

»Du denkst, ich bin absichtlich hingefallen? Vielen Dank für deine Anteilnahme, Mom.«

Ich war überrascht, doch vor allem dankbar, dass Mirabelle ihren Zorn auf Aubyn konzentrierte und nicht auf mich. Trotzdem wagte ich kaum zu atmen, in der Hoffnung, keine Aufmerksamkeit auf mich zu lenken.

»Was, wenn Kipper jetzt hier wäre?«, keifte Mirabelle. »Was würde er wohl denken?«

»Ich kann dir versichern, es wäre ihm egal«, antwortete Aubyn trotzig.

»Glaubst du, er möchte eine Frau haben, die ständig nach Pferdestall riecht?« Vielleicht, dachte ich. Nach allem, was ich auf dem Ballantine Ball gesehen hatte, hatte Aubyn ihren Verlobten gut abgerichtet. »Es ist nur so enttäuschend.« Mirabelle sah ihre Tochter vorwurfsvoll an. »Wie immer.«

Ich riss ungläubig die Augen auf. Obwohl die Worte nicht an mich gerichtet waren, spürte ich den Schlag. Ich hoffte, Aubyn würde zum verbalen Gegenschlag ausholen, zu dem sie sicher fähig war, aber ihre Stimme wurde leise, gefügig.

»Ich habe Gloria nur die Schafe gezeigt«, flüsterte sie und machte dabei ein Gesicht wie ein kleines Kind, das gescholten worden war.

Meine Wut auf sie verwandelte sich in Mitleid. Ich konnte nicht anders, als mit ihr zu fühlen. Meine Mutter und ich hatten sicherlich unsere Meinungsverschiedenheiten gehabt, aber ich wusste, dass Roberta, was auch passieren mochte, stolz war auf mich. Dass sie mich als ihre größte Leistung betrachtete und nie als eine »Enttäuschung«.

Wider besseres Wissen ergriff ich das Wort. »Es war meine Schuld. Ich hatte diese blöden Schuhe hier an, und Aubyn hat nur versucht, mir aufzuhelfen. Du weißt ja, wie tollpatschig ich in letzter Zeit bin.« Mirabelles vernichtender Blick heftete sich auf mich. Bevor sie eine Chance hatte zu antworten, fügte ich schnell hinzu: »Fangt schon mal an mit dem Essen. Wir sind in ein paar Minuten bei euch.« Dann schob ich Aubyn die Treppe hoch.

Als wir den ersten Absatz erreichten, sah ich aus dem Augenwinkel, dass Mirabelle seufzte und ihre Hände zum Himmel hob, bevor sie sich umwandte und in die Richtung verschwand, aus der der Bratenduft kam.

Oben in Aubyns graublauem Zimmer blieb ich neben dem Bett mit seinen vier hohen, kunstvoll gedrechselten Pfosten stehen, während meine Schwägerin in ihrem begehbaren Kleiderschrank verschwand. Ich sah genügend Turnierschleifen und glänzende Silberpokale, um zu ahnen, dass für Aubyn das Reiten nicht nur ein Hobby war, sondern ihre Berufung. Ich fand es seltsam, dass diese überwältigende Trophäensammlung hier oben in ihrem Zimmer versteckt war, statt unten neben Alex' Lacrosse-Pokalen und seinem Diplom ausgestellt zu sein. Eine riesige Silberschale mit der Prägung »USEF Nationale Dressurmeisterschaft 1. Platz«, die so groß war, dass Sam darin hätte baden können, stand auf dem Boden, halb gefüllt mit Lederhandschuhen und Haarbändern.

Aubyn kehrte aus ihrer Garderobe zurück und gab mir eine Bluse und eine schwarze Caprihose.

»Du kannst dich dort umziehen«, sagte sie und zeigte auf das Bad. Ich nahm die Sachen und ging an ihr vorbei. »Warte!«, keuchte sie dann.

»Was?«

»Nicht bewegen!«, befahl sie. »Du hast da was in den Haaren. Etwas … äh … Schafdung.«

»Aaah!«, schrie ich und schüttelte mein Haar, als würde ich von einer Wespe angegriffen.

»Hör auf! Du verteilst es sonst überall.« Sie schob mich in Richtung Bad. »Geh da rein, ich helfe dir.« Auf ihre Gnade angewiesen, gehorchte ich. Im Bad legte sie mir ein Handtuch um die Schultern und befahl mir, meinen Kopf über das breite ovale Waschbecken zu beugen. Dann begann sie, die anstößige Substanz aus meinen blonden Strähnen zu waschen. Nach ein paar Minuten sagte sie in einem Ton, als würde es sie ihren ganzen Mut kosten: »Danke, Abbey.«

»Wofür?«

»Für das, was du da unten gerade gesagt hast.«

»Gern geschehen.«

»Ehrlich, das hätte ich dir gar nicht zugetraut.«

»Ich mir auch nicht.« Wir lachten beide.

»Das erinnert mich an das eine Mal, als du mir für Mirabelle ein Alibi verschafft hast, obwohl ich in Wirklichkeit aus war mit, na ja … du weißt schon.«

Nein, wusste ich nicht. Aber meine Neugier war definitiv geweckt. Ich hatte ein heimliches Rendezvous von Aubyn gedeckt? Hatten wir uns früher näher gestanden? Es schien unwahrscheinlich, dass wir jemals beste Freundinnen gewesen waren, vielleicht hatte es dennoch einmal eine Zeit gegeben, in der wir uns nicht ständig gegenseitig in den Dreck gestoßen hatten, wörtlich und bildlich gesprochen.

»Aubyn?«

»Ja?«

»Wenn du wirklich davon überzeugt bist, dass Gloria mit dem Pferd zurechtkommt, dann bin ich einverstanden mit dem Reiten. Vorausgesetzt, sie trägt immer einen Helm. Und dass du keine Sekunde von ihrer Seite weichst. Und keine Hügel. Oder Sprünge.«

»Wirklich? Bist du sicher?« Im Spiegel sah ich sie lächeln. Sie hatte so große Ähnlichkeit mit Alex. »Ich verspreche dir, dass ich sie nicht aus den Augen lassen werde. Ich würde niemals zulassen, dass Gloria etwas passiert.«

»Ich weiß.«

Nun war sie an der Reihe, sich zu entschuldigen. »Es tut mir leid, was ich vorhin wegen dir und Alex gesagt habe. Es ist nur so, dass …« Sie verstummte.

»Dass …?« Sie zögerte, Misstrauen und etwas anderes – Hoffnung? – bekriegten sich in ihren Augen. Ich beugte mich wieder über das Waschbecken und sagte: »Sprich ruhig weiter. Ich möchte es wissen. Bitte.«

»Es ist nur so, dass du am Anfang ganz anders warst als die Frauen, die Alex davor mit nach Hause brachte. Du hattest eine Wohnung in der Stadt und einen richtigen Job, dein eigenes Geld. Du hast das Konzert von Green Day im Tower Theater besucht. Und zu deinem ersten Dinner hier kamst du in *Jeans.*«

Ich wusste, es war als Kompliment gemeint, aber innerlich zuckte ich zusammen. Mirabelle war damals sicher entsetzt gewesen.

»Nun, das beweist, dass ich nicht ganz so schlimm sein kann«, sagte ich scherzhaft, innerlich war ich jedoch todernst und hoffte, dass Aubyn weiterreden würde. Mein Hals fing an zu schmerzen, ich wagte nicht, mich zu rühren.

Aubyns Stimme wurde leise, nachdenklich. »Nein, natürlich nicht. Alex wäre niemals zur Staatsanwaltschaft gegangen, wenn du nicht gewesen wärst. Und er wäre auch nie nach New Orleans gegangen. Ich muss heute noch lachen, wenn ich daran denke, wie ihr beide unserer Mutter eröffnet habt, dass ihr in den Süden zieht.«

Im Spiegel sah ich, dass sie ihren Rücken durchbog und Mirabelle imitierte, inklusive hochgezogener Augenbrauen und der Hand, die das Herz umklammerte. »›*Mein* Sohn wird kostenlos als Anwalt arbeiten? Das lasse ich mir nicht bieten!‹ Ich schwöre, sie hätte sich beinahe von einem Hochhaus gestürzt.« Sie lachte, dann wurde sie wieder ernst. »Dass Alex weggegangen ist, wenn auch nur für eine Weile, hat mir das Gefühl gegeben, ich kann das auch schaffen. Vielleicht, wenn es mit Dad nicht schlimmer geworden wäre …« Sie hob traurig ihre Schultern und sah plötzlich älter aus, als sie tatsächlich war. Dann fügte sie hinzu, fast wie zu sich selbst: »Eins muss man ihr allerdings lassen. Sie hat es geschafft, dass jetzt alles wieder so ist, wie sie es haben möchte.« Im Spiegel verharrten unsere Körper einen Moment lang regungslos, während Aubyns Worte einschlugen:

bei mir als Erkenntnis, dass Mirabelles Einfluss stärker war, als ich gedacht hatte, und bei Aubyn als eine weitere Erinnerung daran, wie unglücklich sie war. »Wir sollten jetzt besser runtergehen«, sagte sie, als ihr das Dinner einfiel.

»Bist du sicher, dass du auch alles erwischt hast? Ich kann nicht mit deiner Mutter in einem Raum sitzen, wenn ich nach Duweißtschonwas stinke.«

»Du bist sauber, ich schwöre«, sagte sie. »Außerdem kann sie ohnehin nichts riechen in dieser schrecklichen Parfümwolke, in der sie eingenebelt ist.«

Wir sahen uns an und prusteten los. Dann zogen wir uns rasch um und marschierten nach unten.

Das Dinner hatte bereits angefangen, Collier hielt am Kopfende Hof, Aubyn und ich nahmen zu beiden Seiten neben ihm Platz. Alex und Gloria flankierten am anderen Tischende Mirabelle, und Sam schloss die Lücke zwischen Alex und mir. Der Tisch war so groß, dass ich mich richtig strecken musste, um an meinen Sohn heranzukommen, der in einem Hochstuhl aus kunstvoll geschnitztem Holz angeschnallt war, eine winzige weiße Tischdecke über seinem Tablett. Ich zog den Hochstuhl näher an mich heran, schaufelte ein paar hellgrüne Erbsen in Sams Mund und versuchte dann, mich auf die Unterhaltung zu konzentrieren.

»Ich habe zu ihm gesagt«, erzählte Collier mit dröhnender Stimme, »ich zahle für die Jungstute zwanzig Riesen und keinen Penny mehr! Sie hatte den schönsten natürlichen Gang, den ich jemals gesehen habe, aber sie hatte sich links eine Sehne gerissen. Und die wussten das, und die wussten auch, dass ich es wusste.« Ich bemerkte, dass Colliers Ton und Haltung, befeuert durch den Alkohol, rauer geworden waren. Er nahm wieder einen kräftigen Schluck aus seinem Glas und stellte es dann beherzt ab. Es kam härter auf als erwartet, und goldbraune Flüssigkeit schwappte auf die weiße Tischdecke. Collier fuhr mit seiner Erzählung fort, seine Augen auf Alex geheftet. »Aber ich hab sie für zwanzig Riesen bekommen. Hab einen Scheck ausgefüllt und sie gleich mitgenommen. Dein alter Herr weiß vielleicht nicht viel, aber mit Pferden kennt er sich aus!«

Alex blieb stumm und hielt seinen Blick gesenkt, also antwortete Aubyn. »Ja, Vater. Mit Pferden kennst du dich wirklich aus.«

Collier klapperte mit den Eiswürfeln in seinem nun leeren Glas, um ein vorbeigehendes Hausmädchen auf sich aufmerksam zu machen. Die junge Frau stellte die Suppenterrine ab, die sie gerade trug, und schickte sich an, Colliers Glas vom Tisch zu nehmen. Sie erstarrte, als sie Mirabelles warnenden Blick auffing. Collier räusperte sich und ließ erneut seine Eiswürfel klirren. Die arme Frau stand da und traute sich nicht, sich zu bewegen, gefangen im Kreuzfeuer der van Holt'schen Blicke – der von Collier blutunterlaufen, der von Mirabelle streng.

Alex ergriff schließlich das Wort. »Findest du nicht, du hast genug, Dad?«

»Was?« Colliers Kopf fuhr ruckartig herum. »Was hast du gesagt, Junge?«

Alex winkte das Hausmädchen fort und versuchte dann, mit seinem Vater vernünftig zu reden. »Es ist nur so, dass du die ganze Unterhaltung allein bestreitest.«

»Leg dich nicht mit mir an, Sohn«, lallte Collier. »Das ist immer noch mein Haus. Mein Urgroßvater hat es gebaut, *verdammt noch eins.*«

»Beruhige dich, Collier«, sagte Mirabelle. »Und achte auf deine Ausdrucksweise.« Sie deutete mit einem Nicken auf die Kinder.

Colliers wässriger Blick glitt von Alex zu seiner Frau. Seine Stimme hob sich um eine Oktave, während er sich mit gespielter Beflissenheit an sie wandte. »*Darling,* in meinem eigenen Haus brauche ich nicht auf meine Ausdrucksweise zu achten.« Er machte eine kurze Pause, um einen sehnsüchtigen Blick in sein leeres Glas zu werfen, dann fuhr er gereizt fort: »Wenn mein Sohn mir etwas zu sagen hat, dann lass es ihn selbst sagen. Du mischst dich ständig ein, um seine Schlachten zu schlagen.«

»Sei still!«, zischte Mirabelle. »Ich tue nichts dergleichen.«

»Ha! Es ist ein Wunder, dass er überhaupt gelernt hat, sich selbst die Schuhe zu binden.« Ich hörte auf zu kauen, weil ich kein Wort verpassen wollte. Das hier wurde allmählich richtig gut. »Himmelherrgott, ich weiß noch, als er acht war und dich immer wieder angefleht hat, weil er in der Little League spielen wollte. Aber nein, Baseball war nicht gut genug. Unser Sohn musste rudern oder Lacrosse spielen oder irgend so einen anderen Blödsinn machen.«

»Ich sagte, achte auf deine Ausdrucksweise«, wiederholte Mirabelle, und ihre Stimme klang untypisch laut.

Collier lehnte sich grinsend auf seinem Stuhl zurück und beobachtete genüsslich, wie seine Frau die Beherrschung verlor. »Bullshit! Das Einzige, was dieser Junge jemals ohne dein Einverständnis getan hat, ist, die da zu heiraten.« Er wies mit dem Kopf in meine Richtung.

»Dad!«, fuhr Alex auf.

Der alte Mann zuckte zusammen, und sein Gesichtsausdruck wandelte sich augenblicklich von selbstgefällig zu reumütig. Er sah mich an. »Abbey, tut mir leid«, sagte er leise. »Es war nicht so gemeint.«

Ich hatte natürlich bereits vermutet, dass ich nicht Mirabelles erste Wahl für Alex gewesen war. Sie hätte eine Frau aus einem besseren Elternhaus ausgewählt, die Eliteschulen besucht hatte, sich in hundertprozentige Baumwolle kleidete und fähig war, peinliche Situationen wie diese hier mühelos zu meistern. Trotzdem spürte ich einen Stich.

Normalerweise hätte ich einen Scherz gemacht oder mit einem schlagfertigen Spruch gekontert, aber nach einer Woche mit den van Holts wusste ich, was erwartet wurde. Ich tat so, als hätte ich Colliers Bemerkung nicht gehört, und wischte unsichtbare Erbsen von Sams Mund.

Der alte Mann schickte sich an aufzustehen, doch sein Stuhl ließ sich nicht über den dicken Orientteppich schieben. Er kippte nach hinten weg und hätte Collier beinahe mit sich gerissen. Er konnte sich im letzten Moment mit seinen geschwollenen Händen am Tisch festklammern und sich dann aufrichten. Sein Teller geriet ins Wanken, und Bratensaft spritzte über den Tisch. Collier versuchte, die Soße mit seiner Serviette aufzuwischen, gab es dann auf und ließ das Tuch auf den Boden fallen.

Er schlurfte zum Sideboard hinüber, stolperte und stieß gegen die Anrichte, wodurch der Eiskübel mit einem unfassbar lauten Scheppern auf den Boden krachte und die Eiswürfel herausrollten. Unglaublicherweise blieben alle sitzen und aßen weiter, unbeirrt, obwohl Gloria ihren Großvater mit großen Augen beobachtete.

»Luis!«, rief Mirabelle in Richtung Küchentür. »Luis!«

Gleich darauf kam ein dunkeläugiger, honigbrauner junger Mann herein, der ein schwarzes T-Shirt, eine rote Trainingshose und Sneakers trug, um seinen Hals baumelten Kopfhörer. Er schlenderte gemächlich zu dem alten Mann hinüber, und ich sah einen volltätowierten Arm und eine kompliziert aussehende Multifunktionsuhr an seinem anderen.

»Die Party ist vorbei, Daddy«, sagte er sanft. »Kommen Sie, gehen wir ein bisschen spazieren. Nur Sie und ich.«

Collier hob den Kopf und schüttelte den Arm des jungen Mannes ab. Während er nach einem Glas und dem kristallenen Dekanter griff, fluchte er die ganze Zeit leise vor sich hin. Aber der junge Mann redete unbeeindruckt weiter auf ihn ein, und die Unruhe des alten Mannes legte sich schließlich. Er ließ sich von Luis das Glas abnehmen, und seine streitlustige Miene nahm wieder einen reumütigen Ausdruck an.

»Luis, das Eis ...«, jammerte er. »Die Eiswürfel sind überall hingerollt.«

»Ist nicht schlimm«, sagte Luis tröstend. »Gehen wir. Vielleicht ruhen wir uns ein wenig aus.«

Ganz ruhig führte er den Familienpatriarchen zu der breiten getäfelten Doppeltür, die ins Foyer führte. Bevor die beiden Männer draußen verschwanden, klammerte Collier sich mit einer Hand am Türpfosten fest und drehte sich zu uns um.

»Es tut mir leid, Mirabelle, wirklich«, rief er seiner Frau zu.

Mirabelle tat so, als würde sie ihren Mann nicht hören, und nahm einfach wieder ihr Besteck zur Hand, um mit dem Essen fortzufahren. Im Raum war es still geworden, die einzigen Geräusche stammten von ihrem Messer und ihrer Gabel. Als wäre nichts geschehen, zerteilte sie ihr blutiges Steak und begann eifrig zu kauen. Wenig später tupfte sie sich mit einer gestärkten Leinenserviette die Mundwinkel ab und sah dann mit einem Lächeln zu uns auf.

»So!«, sagte sie fröhlich. »Wer ist bereit für das Dessert?«

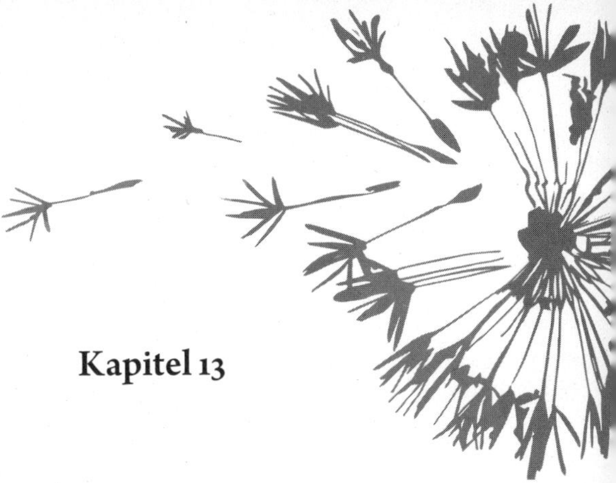

Kapitel 13

Wieder einmal fand ich mich auf dem Boden unseres begehbaren Kleiderschranks wieder, aber dieses Mal nicht in postkoitaler Glückseligkeit. Ich suchte nach dem verdammten Ohrring.

Am Abend zuvor, als Mirabelle uns hinausbegleitet hatte, hatte sie mich gebeten, ihr die Diamantohrringe, die sie von ihrer Mutter geerbt hatte, zurückzugeben. Sie wollte sie einer Verwandten leihen, die im kommenden Monat heiratete. Wenn die Kinder am Wahltag zu ihr gebracht würden, ob ich dann so freundlich sei, den Schmuck mitzuschicken? Falls es nicht allzu viel Mühe mache?

Es war, als hätte diese Frau einen sechsten Sinn für meine Schnitzer. Ich hatte die falschen Schuhe getragen, Sam Nüsse essen lassen und nun auch noch die Hälfte eines Familienerbstücks verloren, das wahrscheinlich mehr wert war als das Luxusgefährt, in das wir gerade eingestiegen waren, also hatte ich vor Alex, Gloria und Sam gelogen. »Natürlich!«, hatte ich meiner Schwiegermutter geantwortet.

Am Morgen hatte ich die Flure im Haus, die Sitze im Chevrolet und jeden Zentimeter unserer Wohnung auf allen vieren abgesucht und war nicht fündig geworden. Pater

Ferguson irrte sich: Dinge tauchten nicht einfach wieder auf, manche blieben für immer verschollen. Alex traf mich nach seiner Morgenrunde kopfüber, den Hintern in die Höhe gereckt, unter der Hängevorrichtung für meine Abendgarderobe an, wo ich einen letzten Versuch unternahm, den Ohrring zu finden, obwohl ich wusste, dass er vergeblich war.

»Hey, Liebes«, sagte er. »Was machst du da?«

»Ich suche etwas.« Ich setzte mich auf und schob die Mäntel auseinander, damit ich ihn sehen konnte.

»Was?«

»Ein Schmuckstück.«

»Kein wertvolles, hoffe ich?«

Ich zögerte. Ich hätte ihm die Wahrheit sagen können, ihn sogar um Hilfe bitten können, aber ich hatte Angst, ihm noch mehr Stress zu bereiten. Der kommende Tag war Wahltag.

»Nein, nichts Wichtiges.« Ich stand auf und klopfte Teppichflusen von meiner Kleidung.

Alex lehnte sich gegen die Kommode und grinste spitzbübisch. »Bist du bereit?«, fragte er, zog mich zu sich heran und hob mich dann mühelos hoch. Mein Herz begann, schneller zu schlagen, als ich seinen Körper, noch aufgeheizt von seiner Joggingrunde, an meinem spürte. Gott, Alex war einfach sexy, selbst in verschwitztem Zustand.

»Jetzt? Na gut«, sagte ich. »Aber wir müssen uns beeilen. Ich muss Gloria in die Schule bringen.« Ich ließ meine Hände in seine seidenen Trainingsshorts gleiten.

»Oh«, rief er lachend und ließ mich dann auf den Boden herunter. »Sehr verlockend, das meinte ich allerdings nicht. Ich habe Neuigkeiten.«

»Ach so, sorry. Was gibt es denn?«

»CNN hat angerufen. Sie möchten ein Liveinterview mit mir machen, mit uns, heute. Sie werden in einer Stunde hier sein. Es geht wohl um die ›anhaltende politische Van-Holt-Dynastie‹. Ich schätze, die halten mich für ein Stück nationale Geschichte.« Er rollte mit den Augen.

»O mein Gott!«, stieß ich begeistert hervor. »Das ist eine Riesensache! Und das Timing könnte nicht perfekter sein. All die unentschlossenen Wähler! Was muss ich tun?«

»Fürs Erste könntest du deine Hände aus meiner Hose nehmen.«

Kameras, Kabel und Scheinwerfer sowie eine kleine Armee aus Aufnahmeleitern, Kameraleuten und Regieassistenten bevölkerten unsere Wohnung. Sie ließen die Räumlichkeiten richtiggehend klein wirken. Bevor das CNN-Team eingetroffen war, hatten Frank und Calvin ein paar Möbel umgestellt und die wertvollen Kunstwerke entfernt im Bemühen, unser Reich gewöhnlicher erscheinen zu lassen. Aber man konnte es nicht leugnen: Das Penthouse sah aus wie der Traum eines jeden Innendesigners. Frank entschied schließlich, dass wir das Interview auf einem der beigen Samtsofas im Wohnzimmer gaben, aber er bestand darauf, die auffälligen Jonathan-Adler-Kissen durch schlichte blaue vom Gästebett zu ersetzen. Er entfernte außerdem die goldenen Buddhas und stellte dafür Topfpflanzen hin, bevor er Sams Spielzeug strategisch im Hintergrund verstreute.

Die Crew brauchte eine Weile, um die Verbindung mit dem Satelliten herzustellen, also nahmen Alex und ich die Kinder und suchten Zuflucht in unserem Bad. Alex sah ein paar Notizen durch, Gloria bewunderte das ihrer Meinung nach perfekte Outfit für ihr Fernsehdebüt vor dem Spiegel –

einen knallpinkfarbenen Sweater, eine knallpinkfarbene Leggings und dazu passende Glitzer-Sneakers. Ich hatte ihr vorgeschlagen, eine dezentere Farbe zu wählen, aber sie brachte mich mit einem rügenden Blick zum Schweigen. Sam dagegen sah auf angemessene Weise hinreißend aus in seinem rotblauen Pullover, der Kinderjeans und den Lederstiefeln.

Ich überprüfte besorgt meine Frisur und mein Make-up, innerlich fluchend, dass die Bacco-Brüder nicht für ein Notfall-Styling verfügbar gewesen waren. Ich hatte mich letzten Endes für das »sicherste« Outfit entschieden, das ich finden konnte – ein hellrotes Kostüm und eine zweireihige graue Perlenkette.

»Also, vergiss nicht«, sagte ich zu Alex, der hinter mir auf und ab wanderte, »wenn du auf deinen Militärdienst angesprochen wirst, sei einfach offen und direkt, nur rechtfertige dich nicht. Und wenn man dich nach deiner Haltung zum Thema Fracking fragt, dann lass dich nicht ködern, sondern sprich einfach allgemein über Energieunabhängigkeit.«

»Danke, Schatz, aber ich bin vorbereitet. Frank und ich haben das alles bereits durchgesprochen.«

»Na ja, bei allem Respekt, Frank hat früher für die Zeitung gearbeitet und nicht fürs Fernsehen. Außerdem ist er noch von der alten Schule. Heutzutage läuft das anders. Jeder Patzer wird innerhalb von dreißig Sekunden auf YouTube zu sehen sein.«

»Wow, da hat wohl jemand heute Morgen seine Hausaufgaben gemacht.« Er beugte sich zu mir herunter, sodass er mir die Sicht in den Spiegel blockierte. »Hab ich Speisereste zwischen den Zähnen?«

»Ich meine es ernst, Alex. Du musst perfekt vorbereitet sein. CNN sendet landesweit. Und heute ist der letzte Tag vor der Wahl.«

»Ich weiß. Ich nehme deinen Rat durchaus ernst. Ich meine nur … na ja, du bist seit ungefähr zehn Jahren aus deinem Job raus.«

Ich legte meine Haarbürste zur Seite und wandte mich ihm zu. »Witzig, dass du das erwähnst, ich hab mir nämlich überlegt …«

»O-oh«, sagte er und sah mich mit gespielter Beunruhigung an.

»Ich meine es ernst. Der Wahlkampf ist fast vorbei. Es wird Zeit, dass ich wieder arbeiten gehe.« Ich konnte gar nicht richtig glauben, dass ich gerade diese Worte geäußert hatte … dass ich es tatsächlich in Betracht zog, in das hektische Leben einer berufstätigen Mutter zurückzukehren. Aber schon nach gut einer Woche vermisste ich es, etwas Eigenes zu haben. Etwas, das nichts mit meinem Mann oder mit meinen Kindern zu tun hatte. Ich musterte Alex' Gesicht, gespannt auf seine Reaktion. Er schien offenbar ernsthaft nachzudenken. Ermutigt fuhr ich fort: »Ich habe mir überlegt, wieder ins PR-Geschäft einzusteigen. Vielleicht kann ich wie früher mit Jules zusammenarbeiten in Teilzeit, oder ich mache einfach etwas Consulting. Für gemeinnützige Organisationen oder Frauengruppen. Etwas, womit ich den Menschen helfen kann, womit ich etwas bewirken kann.«

Alex blieb noch einen Augenblick stumm und sah mich dann an. »Warum solltest du das tun?«, fragte er. »Du bist meine Frau.«

»Was?«

»Du bist meine Frau«, wiederholte er.

Ich wartete, dass er näher darauf einging, aber er richtete seine Aufmerksamkeit wieder auf seine Zähne.

»Alex …« Ich berührte seinen Arm, um seine Aufmerksamkeit zurückzugewinnen. »Ehefrau ist ein Titel, kein Beruf.«

»Doch, wenn du mit mir verheiratet bist, schon«, erwiderte er mit einem Grinsen. Er lachte, als hätte er einen Scherz gemacht, und griff damit wieder einmal auf seine Lieblingsmethode zurück, um einem schwierigen Thema auszuweichen. Etwas sagte mir allerdings, dass es dieses Mal nicht nur ein Ablenkungsmanöver war, sondern dass in seinen Worten die Wahrheit steckte. Wenn nicht seine, dann Mirabelles Wahrheit. Ihre Ansichten schienen alle großen Momente im Leben der van Holts zu beeinflussen. Dass ich Pressemappen zusammenstellte und mit Reportern telefonierte, während mein Mann sich abrackerte, um seinem Land zu dienen, schickte sich einfach nicht. Alex kam zu mir herüber und gab mir einen Klaps auf den Po, bevor er hinzufügte: »Aber versteh mich nicht falsch. Du siehst auf jeden Fall süß aus, auch wenn du über PR sprichst.«

Ich beobachtete, wie er einen Blick auf seine Platin-Rolex warf, seine Manschetten richtete und dann ganz gelassen das Bad verließ.

Hasse nicht den Spieler, hasse das Spiel …

»Mr. van Holt?«, wiederholte Bailey Phillips, die hübsche blonde Reporterin, die CNN geschickt hatte. »Mr. van Holt? Haben Sie die Frage verstanden?«

Ich konnte es nicht fassen. Mein selbstbewusster, charismatischer und beherrschter Ehemann fror im landesweiten Fernsehen ein. Nachdem die Scheinwerfer angegangen waren und die Reporterin mit dem Interview begonnen hatte, hatte Alex ziemlich steif gewirkt. Ich hatte das damit abgetan, dass er sich erst noch warmlaufen musste. Doch nun, bei der vierten Frage, wurde mir bewusst, dass irgendetwas nicht stimmte. Alex antwortete in Ein- oder Zwei-Wort-Sätzen, und auf seiner Schläfe hatten sich Schweißperlen gebildet. Frank und Calvin, die hinter den Kameras standen, machten ein besorgtes Gesicht.

Der Stress der Kampagne, der Leistungsdruck, die Achtzehn-Stunden-Tage, ganz zu schweigen von dem Dinner am gestrigen Abend, holten Alex anscheinend nun ein. Er bröckelte. Aber warum? Er hatte schon Hunderte von Fernsehinterviews gegeben. Vielleicht weil dieses hier mit CNN war und landesweit ausgestrahlt wurde? Oder war er durch mich und die Kinder abgelenkt? Oder hatte die Reporterin ihn mit ihrem Lachen und Zwinkern am Anfang, auf das sie eine knallharte Frage nach der anderen hatte folgen lassen, aus dem Konzept gebracht?

Einen Moment lang war ich insgeheim erleichtert darüber, dass Alex eine Schwäche offenbarte und dass nicht ich diejenige war, die patzte. Dann sah ich seinen Gesichtsausdruck, der an ein verängstigtes Kind erinnerte, und ich spürte plötzlich den Impuls, ihn zu beschützen und zu retten.

Ich musste etwas unternehmen. Nur was? Das hier war eine Livesendung. Ich legte meine Hand auf seine, in der Hoffnung, ihn dadurch zu beruhigen. Seine Hand war eiskalt.

Die nächste Frage drehte sich um Waffenkontrolle, ein Thema, zu dem Alex sich normalerweise wortgewandt und selbstsicher äußerte. Aber er versagte auch dieses Mal. Bailey empfand wohl Mitleid, weil sie ihm als Nächstes einen leichten Ball zuspielte, indem sie eine Wirtschaftsfrage stellte, doch Alex begann, zusammenhanglos über den Milchpreis zu schwafeln. Ich blickte hilfesuchend zu Frank und Calvin hinüber, doch die beiden standen nur regungslos und mit offenem Mund da.

Es lag an mir, dieses sinkende Schiff zu retten.

»Ich glaube, was mein Mann sagen möchte«, platzte ich dazwischen, »ist, dass jeder die Chance verdient, erfolgreich zu sein und seinen Kindern ein besseres Leben zu ermöglichen. Und die Regierung hat die Verantwortung, berufstätige Eltern zu unterstützen, wenn sie auf Hilfe angewiesen sind.«

Ich lächelte breit, in der Hoffnung, dass das genügte. Aber ich spürte, dass Alex neben mir immer noch bewegungslos war wie eine Statue. Bailey, die erleichtert wirkte, dass wenigstens einer etwas sagte, wandte sich an mich.

»Mrs. van Holt, ich habe gehört, Sie hatten vor einer Woche einen kleinen Unfall. Geht es Ihnen besser?«

»Ja, danke, es geht mir wieder gut. Ich bin nur gestürzt. Und mein Mann hat sich rührend um mich gekümmert.«

»Er ist ein richtiger Märchenprinz, nicht wahr?«

Sie schlug ihre Beine übereinander und wandte sich Alex zu. Ihr Blick war nicht schwer zu deuten. Sie war scharf auf ihn.

Hallo? Ich bin seine Ehefrau, und ich sitze direkt neben ihm. Genau wie seine zwei Kinder, vielen Dank auch!

Der einzige Vorteil an Alex' komatösem Zustand war, dass er Baileys lange Beine und ihren Schlafzimmerblick nicht zu registrieren schien.

Nicht nur diese Frau hier, sondern auch der Gedanke an all die Frauen, die es für in Ordnung hielten, meinem Mann ihre Handynummer zu geben, ließ mich den Entschluss fassen, mein Territorium zu markieren, ein für alle Mal. Ich antwortete mit einem leisen Lachen und ließ meinen Arm um Alex gleiten.

»O ja, das ist er. Ein wunderbarer Ehemann und Vater. Ein wunderbarer Mensch.« Ich schenkte Alex einen verliebten Blick und fügte hinzu: »Ich lebe wirklich ein Märchen.« Was Bailey nicht sehen konnte, war, dass ich meine Fingernägel in Alex' Rücken bohrte, um nichts unversucht zu lassen, damit er verdammt noch mal endlich aufwachte.

Es funktionierte. Während ich mich mit einem aufgesetzten Lächeln wieder Bailey zuwandte, hörte ich, dass Alex zu reden begann. Er war wieder da.

Und er war nicht nur wieder da – er drehte richtig auf. Er beantwortete mühelos die restlichen Fragen und unterbrach Bailey sogar einmal, um seinen Gedanken über die amerikanisch-kubanischen Beziehungen zu Ende zu führen, bevor er mit einer rührenden Anekdote über Pflegekinder schloss. Danach setzte Gloria dem Ganzen das Sahnehäubchen auf, indem sie die Reporterin darüber informierte, dass ihr Daddy »die besten Waffeln der Welt« backe. Und selbst Sam spielte seine Rolle. Er saß still auf meinem Schoß und pupste nur ein einziges Mal, aber leise.

Als das Interview zu Ende war, war Frank dermaßen aus dem Häuschen, dass er mich umarmte.

»Danke«, flüsterte er mir ins Ohr. »Ich weiß nicht, was mit Alex los war, ich weiß nur, dass du ihn gerettet hast.«

»Kein Problem. Ich hoffe, ich habe nicht allzu viel Blödsinn erzählt.«

»Nein, nein, das war super. Schön zu hören, wie eine Frau ihrem Mann den Rücken stärkt.«

Er meinte es als Kompliment, aber ich zuckte zusammen. Ich war nun offiziell eine der Frauen von Stepford. Trotzdem, ich hatte das Interview gerettet, und ich war zufrieden mit dem, was ich gesagt hatte. Ich beobachtete, wie die Filmcrew mit ihrer Ausrüstung abrückte, gleichzeitig hielt ich ein wachsames Auge auf Bailey, die – *erfolglos!* – versuchte, Alex in die Enge zu treiben. Zum ersten Mal in dieser Welt fühlte ich mich wie ein Teil davon statt nur wie schmückendes Beiwerk. Ich kitzelte Sam, während ich ihm flüsternd erklärte, dass sein Daddy eine echte Chance hatte, in den Kongress einzuziehen, und dass wir alle vielleicht zeitweise in Georgetown wohnen, das Raumfahrtmuseum besuchen, am Potomac entlangradeln und mittags zusammen im Capitol essen würden.

Als Alex von der anderen Seite des Raumes zu mir herübersah und seine Lippen ein »Danke« formten, spürte ich eine andere starke Emotion – Glücksgefühle. Ich gewöhnte mich allmählich an dieses Leben hier, alles in allem war es nicht schlecht. Ich hatte meine Kinder, alles, was man mit Geld kaufen konnte, und einen zerstreuten, aber hingebungsvollen Ehemann, und ich stand *ganz kurz* davor, die Frau eines Kongressabgeordneten zu werden. Abbey Lahey und ihr arbeitsloser Mann, die Rechnungsstapel und der Rettungsring um ihre Taille rückten immer weiter in die Ferne.

Zum ersten Mal seit einer Woche erlaubte ich mir, mich auf die Zukunft zu freuen, selbst wenn es nicht wirklich meine war.

Das letzte Mal, dass ich mich erinnerte, so glücklich gewesen zu sein – aufrichtig glücklich –, war fünf Monate zuvor gewesen, als Gloria, Sam und ich mit Jimmy an seinem Geburtstag in die Eissporthalle gefahren waren. Jimmy war ein begeisterter Eisläufer. In den vergangenen Monaten, in denen der berufliche Druck auf ihm gelastet hatte, hatte er weder Zeit noch Lust gehabt, Schlittschuh zu laufen.

Ich zwang Jimmy mitzukommen, in der Hoffnung, ihm so eine Atempause von seinen Sorgen zu verschaffen, wenn auch nur für ein, zwei Stunden. Es war Juni und bereits unerträglich heiß in Grange Hill. Der Parkplatz vor der Halle war so voll, dass wir ein Stück die Straße hinunter parken mussten. Völlig durchgeschwitzt erreichten wir schließlich unser Ziel.

Jimmy stieg in seine uralten Schlittschuhe und ging direkt auf das Eis, wir anderen stellten uns an der durchhängenden, von Kufen verschrammten Ausleihtheke an. Gloria lamentierte, weil es keine weißen Schuhe in ihrer Größe mehr gab, Sam schien mit seinem Zwerg, den er vor sich herschieben konnte, zufrieden zu sein. Ich zwängte meine Füße in unnachgiebiges braunes Leder, schnallte sechs Schlittschuhe zu und richtete Sams Helm, bevor ich meinen wackligen Nachwuchs über den ausgetretenen, nassen Teppich auf die Bahn führte.

Auf dem Eis wurden die Laheys zu anderen Menschen. Sam glitt hinter seiner Laufhilfe mühelos über das Eis, Gloria lieferte sich mit ihrem Vater ein Wettrennen. Sie ging ihn dabei richtig hart an wie ein NHL-Profi. Selbst ich entspannte mich und lief im Takt der Musik. Ich genoss die kühle Luft, das vergnügte Lachen meiner Kinder und amüsierte mich über unsere Babysitterin, ein junges Mädchen aus der Nachbarschaft, das gerade versuchte, die Bandenaufsicht mit einem halben Rittberger zu beeindrucken. Und wie immer liebte ich es, Jimmy beim Eislaufen zuzusehen, es erinnerte mich an die Zeit, als wir jung waren und frisch verliebt.

Nach einer Stunde machten wir eine Pause und suchten die Snackbar auf. Ich hatte zuvor ein paar Kumpels von Jimmy verständigt, die alle gekommen waren. Während unsere Kinder Freunde fanden und Fangen spielten, plauderten und scherzten Jimmy und ich mit seinen alten Highschool-Jungs. Ich sah, dass mein Mann sich in den lockeren, lässigen Jimmy von früher zurückverwandelte, und auch wenn er so tat, als wäre ihm das Theater um seinen Geburtstag unangenehm, genoss er insgeheim die Kameradschaft und das Bier, zu dem er eingeladen wurde. Ich war froh, dass er für ein paar Stunden glücklich sein konnte, weil ich wusste, dass am nächsten Morgen wieder negative Bilanzen und das Betteln um Aufträge auf ihn warteten.

Als die Eishockeyteams um halb acht anrückten, verabschiedeten wir uns und fuhren nach Hause. Jimmy unterhielt Gloria mit Geschichten über das Eislaufen auf Seen im Freien, das so ganz anders war als das auf Kunsteis. Sam schlief in seinem Kindersitz. Zu Hause angekommen, trug Jimmy unseren Sohn in sein Bettchen, ich dirigierte Gloria ins Bad und danach in ihr Zimmer, um ihr den Pyjama anzuziehen, denn am kommenden Morgen war Schule. Sie protestierte, und ich erhob meine Stimme, gab jedoch ihrem Daddy zu einem letzten Geburtstagskuss mein Okay.

Als beide Kinder schließlich schliefen, kuschelten Jimmy und ich uns zusammen in die Hängematte auf der Vorderveranda und beobachteten, wie die Sonne hinter den Eichen auf der anderen Straßenseite versank. Ein einsamer Schmetterling, der spät unterwegs war und nach Hause zu eilen schien, flatterte über uns hinweg.

»Ich kann nicht glauben, wie geschickt die Kinder sich heute auf dem Eis angestellt haben«, sagte ich.

»Das haben sie von ihrem alten Herrn«, witzelte Jimmy. »Definitiv nicht von dir.«

»So schlecht bin ich nun auch wieder nicht. Aber stimmt schon, das haben sie von dir. Und ja, du bist ein alter Herr.«

»Wie viele alte Herren sind dazu noch in der Lage?«, erwiderte er und wälzte sich auf mich, sodass die Hängematte zu schaukeln begann.

»Wie sexy«, sagte ich und verdrehte die Augen.

Er lachte und nahm meine Hand, führte sie an seine Lippen und küsste sie. Das ist sexy, dachte ich. Wir schaukelten eine Weile weiter, still und zufrieden, und beobachteten, wie der Himmel immer dunkler wurde.

Wir begannen, uns zu küssen, zuerst langsam, dann drängender. Jimmy fuhr mit seiner Hand über meinen Bauch zu meiner Hüfte. Ich veränderte meine Position, seine Finger fanden meinen Jeansbund und rissen die Knöpfe auf. Seine Hand glitt in meine Hose. Ich erlaubte mir, mich der Lust hinzugeben, die sich immer mehr aufbaute, und genoss das Gefühl, dass es ziemlich unanständig war, es draußen zu machen.

Im nächsten Augenblick erstarrte ich. Der Außenscheinwerfer flammte auf und strahlte uns mit seinen achthundert Watt an. Eine Katze musste den Bewegungsmelder ausgelöst haben. Oder wir selbst? Wir verharrten sekundenlang regungslos mit laut klopfenden Herzen und warteten wie zwei verängstigte Teenager darauf, dass das Licht wieder erlosch.

Als es so weit war, ließ ich meine Hand in Jimmys Schoß wandern und streichelte ihn ganz langsam durch den Stoff seiner Jeans, bis er reagierte. Behutsam öffnete ich seinen Gürtel und zog den Reißverschluss an seiner Hose auf. Wir begannen beide, schwer zu atmen, während wir uns nach Erlösung sehnten, aber wir wussten auch, dass jede unachtsame Bewegung den Sensor erneut auslösen konnte. Es war eine köstliche Qual.

Nach ein paar Minuten hielt Jimmy es nicht mehr aus.

»Gott«, stöhnte er und rappelte sich dann hoch.

Beim Aufstehen rutschte seine Hose bis zu den Knöcheln hinunter, und prompt sprang die Außenbeleuchtung wieder an und erhellte Jimmys nicht jugendfreie Vorderansicht, gut sichtbar für alle Nachbarn.

Jimmy kümmerte das nicht im Geringsten. Er hob mich aus der Hängematte und trug mich ins Haus wie eine frisch vermählte Braut – was nicht einfach war, wenn man berücksichtigte, dass seine Hose um seine Fußknöchel schlackerte. Ich musste so sehr lachen, dass meine Schultern bebten.

Jimmy lachte nicht, seine Miene war ganz geschäftsmäßig. Kaum waren wir im Haus, kickte er die Tür hinter uns zu, legte mich auf den Boden und brachte seinen Job zu Ende.

Das CNN-Team war längst gegangen, Alex war aufgebrochen, um in einem Diner Hände zu schütteln, Oscar hatte Gloria in die Schule gebracht, und ein erschöpfter Sam war in seinem Bett sofort eingeschlafen. In der van Holt'schen Wohnung war wieder Ruhe eingekehrt. Es war ungewöhnlich dunkel, obwohl wir Mittag hatten. Draußen über dem Rittenhouse Square sammelten sich graue Wolken, was eine gemütliche Atmosphäre in der sanft beleuchteten Wohnung erzeugte.

Ich tat etwas, das ich seit fast zehn Jahren nicht mehr getan hatte – ich hielt einen Mittagsschlaf. Ich streckte mich auf der breiten Couch im Wohnzimmer aus, deckte mich mit einem Kaschmirüberwurf zu und nickte ein, träumte von meiner Kindheit, von den Sommernachmittagen, die ich unter Robertas mehr oder weniger wachsamem Blick in unserem Freibad verbracht hatte.

»Bleib dort, wo ich dich sehen kann!«, rief sie mir zwischen zwei Zügen an einer Mentholzigarette zu. Roberta ging selten ins Wasser, sie ließ sich lieber stundenlang in der Sonne braten, zusammen mit den anderen Frauen, die in den »Alleinerziehendenbereich« verbannt waren. Um meine Mutter auszutricksen, tauchte ich unter Wasser und schwamm an das tiefe Ende, bis ich weit weg von ihrem Beobachtungsposten wieder auftauchte. »Hier bin ich!«, rief ich zu ihr hinüber, die Panik in ihrem Gesicht genießend, bevor sie mich am anderen Ende des Pools entdeckte.

Ich trieb im Wasser und genoss meine Schwerelosigkeit und die platschenden Geräusche der anderen Kinder, bis der Bademeister mit seiner Trillerpfeife den Beginn des Erwachsenenschwimmens ankündigte. Der Pfiff ging in ein Klingeln über, und ich wachte auf. Es war mein iPhone. Ich hob ab, noch ganz benommen.

»Schalt CNN ein!«, blaffte Alex. »Sofort!«

»Okay, okay«, sagte ich und tastete nach der Fernbedienung.

Ich schaltete den Fernseher ein, auf dem bereits der richtige Kanal eingestellt war. Mein Gesicht schaute mir von dem großen Flachbildschirm entgegen. Ich sah mich neben Alex im Wohnzimmer sitzen und lächeln wie eine Hausfrau aus den Fünfzigern, die an Verstopfung litt. Unter uns wurden die Worte »Wie im Märchen« eingeblendet.

»O mein Gott«, flüsterte ich und lauschte meiner Stimme, die aus dem Fernseher kam. »Es tut mir so leid, ich habe nur versucht …«

»Machst du Witze? Frank ist total begeistert«, fiel Alex mir ins Wort. »Er sagt, Wähler lieben glückliche Paare. Er ist überzeugt, dass uns das helfen wird.« Dann fügte er trübselig hinzu: »Es sieht immer mehr danach aus, als würde das Pendel in unsere Richtung ausschlagen.«

»Das klingt, als würdest du dich nicht allzu sehr darüber freuen.«

»Doch, ich freue mich. Ich schätze, es ist mir erst jetzt richtig bewusst geworden. Ich ziehe möglicherweise in den Kongress ein.«

»Möglicherweise …«, sagte ich ironisch.

»Tja, zuerst ist da leider noch ein weiterer Tag, den ich überstehen muss«, sagte er. »Wobei mir einfällt, ich brauche für morgen ein paar neue Hemden. Ich habe keine mehr.«

»Kein Problem.«

»Kannst du mir genau die besorgen, die du mir letztens gekauft hast? Die blauen?«

»Sicher«, sagte ich. »Ich kümmere mich nachher darum.«

Ich nahm mir vor, gleich einen Blick auf die Etiketten seiner schmutzigen Hemden im Wäschekorb zu werfen.

»Danke, Schatz.«

»Kein Ding.«

»Und Abbey«, seine Stimme war ganz ernst geworden. »Noch einmal danke, dass du mir heute Morgen den Arsch gerettet hast. Ich liebe dich.«

Ich schickte mich an, seine Liebeserklärung zu erwidern, aber die Worte verfingen sich in meiner Kehle. Liebte ich ihn? Ich mochte ihn definitiv. Sehr. Er schien die Kinder und mich aufrichtig gernzuhaben. Aber obwohl ich mit ihm zusammenlebte, ihm im Wahlkampf beistand, mit ihm den beinahe tödlichen Allergieschock unseres Sohnes überstanden und zweimal »ehelichen Geschlechtsverkehr ausgeübt« hatte, hatte ich immer noch das Gefühl, ihn kaum zu kennen. Ich wusste nicht wirklich, wie er tickte.

Ich schätze, die Frage war: *Konnte* ich ihn lieben? Denn wenn diese Möglichkeit bestand, selbst wenn sie sich nur andeutete, konnte ich seine Worte jetzt erwidern, ohne zu lügen beziehungsweise ihn zu verraten.

Ich entschied mich vorerst für eine diplomatische Antwort. »Ich dich auch.«

»Bist du sicher?«, fragte er, irritiert durch die lange Wartezeit, aber lachend.

Ich lachte auch.

Ich spürte, dass jetzt, da Alex so gute Laune hatte und meine Aktien hoch im Kurs standen, ein guter Zeitpunkt war, um ihm mein Geheimnis zu offenbaren.

»Alex, ich muss dir etwas sagen«, begann ich. »Etwas, das du wissen solltest.«

»Was hast du getan?«, fragte er spöttisch. »Wieder eine Handtasche gekauft?«

»Nein, nichts dergleichen«, zwitscherte ich. Meine Kehle schnürte sich zusammen. Es war Zeit für eine Beichte.

»Was dann?«

»Ich habe einen der Diamantohrringe verloren, die deiner Mutter gehören. Die, die speziell für deine Großmutter angefertigt wurden. Ich vermisse ihn seit dem Ballantine Ball, und ich habe schon alles abgesucht, aber er bleibt verschwunden. Und ich habe ein schlechtes Gewissen deswegen.«

»Ich weiß«, erwiderte er lässig. »Ich habe ihn.«

»Was?«

»Er ist im Bad, in meiner Rasiertasche«, erklärte er. »Ich wollte dir eine Lektion erteilen. Du musst endlich lernen, besser auf deine schönen Sachen aufzupassen.«

»Was?«, fragte ich wieder.

»Ich muss weiter, Schatz«, erwiderte er. Und im nächsten Moment war die Verbindung unterbrochen.

Kapitel 14

Ich wusste nicht, was mit mir los war. Eigentlich hätte ich erleichtert sein müssen. Der Diamantohrring war doch nicht verloren. Nun konnte ich Mirabelle die Schmuckstücke zurückgeben und die Sache vergessen. Komischerweise hallten in meinem Kopf erneut Alex' Worte wider: *Ich wollte dir eine Lektion erteilen …*

Ich hatte das dringende Bedürfnis, an die frische Luft zu gehen, um einen klaren Kopf zu bekommen, einen ruhigen Ort zu finden, an dem ich nachdenken konnte. Aber ich war zu einem wichtigen Afternoon Tea in einem Auktionshaus eingeladen und konnte nun keinen Rückzieher mehr machen. Frank verließ sich darauf, dass ich die einflussreiche, rein weibliche Runde, die Friends of Lafayette, in Freunde von Alexander van Holt verwandelte.

Nachdem ich Sunita – eine Studentin aus unserem Wahlkampfteam, die wir vorübergehend als Babysitterin engagiert hatten – ausführlich instruiert und sie nach Nüssen abgetastet hatte, ließ ich Sam und Gloria in ihrer Obhut zurück. Sunita machte einen ausreichend zuverlässigen Eindruck, Sam hatte sich bereits in ihre langen schwarzen Haare verliebt und in ihr Kichern. Ich wusste, auch Gloria würde sich über eine neue Babysitterin freuen, die sie beschwatzen konnte, um mehr Süßigkeiten zu bekommen, länger fernsehen zu dürfen und ihr Lipgloss auszuprobieren.

Unten erwartete mich Oscar mit geöffneter Wagentür, und ich ließ mich auf den Rücksitz aus schwarzem Leder gleiten, von dem sich mein hellrotes Bouclé-Kostüm leuchtend abhob. Während wir uns in den Verkehr einfädelten, fragte ich mich, wie lange dieser Nachmittagstee wohl dauern würde. Ich fragte mich auch, ob es dort etwas Richtiges zu essen geben würde. Zuerst war ich durch das Interview abgelenkt gewesen, und danach hatte ich mich zu sehr über das Telefonat mit Alex aufgeregt, um ans Essen zu denken. Jetzt knurrte mir der Magen.

Am Ende unseres Straßenblocks bog Oscar rechts ab und dann gleich wieder rechts, bevor er anhielt. Ich beugte mich vor und schaute ungläubig aus dem Wagen. Zu Fuß wäre ich schneller gewesen.

»Danke für nichts«, sagte ich zu Oscar, als er mir die Tür aufhielt.

»Wie bitte?«

»War nur ein Scherz«, erwiderte ich. »Offenbar kein guter. Aber ernsthaft, Sie brauchen mich nachher nicht abzuholen. Ich kann zu Fuß gehen.«

»Sind Sie sicher?«, fragte er.

»Die zwei Blocks schaffe ich schon noch«, sagte ich. »Immerhin bin ich mal Marathon gelaufen.« Ich war mir nicht sicher, ob das stimmte, Oscar ließ sich jedoch nichts anmerken.

»Gut«, sagte er. »Aber wenn Sie mich brauchen, rufen Sie mich an.«

»Holen Sie einfach Gloria von der Schule ab, und bringen Sie sie hoch zu Sunita.«

»Und Mr. van Holt?«

»Was ist mit ihm?«

»Wird er meine Dienste benötigen?«

»Ich habe keine Ahnung«, antwortete ich. Und es kümmert mich auch nicht wirklich, dachte ich.

Ein Linienbus hupte, und Oscar eilte zurück ans Lenkrad. Ich stand vor einem fensterlosen Betongebäude, das an eine Festung erinnerte. Durch zwei große bronzene Außenlaternen, die eine zurückversetzte Eingangstür aus Holz flankierten, wirkte es besonders bedrohlich. Ein kleines Messingschild informierte in einer feinen, kunstvollen Schrift darüber, dass es sich um ein Auktionshaus handelte – wohl um neugierige Passanten von lästigen Fragen abzuhalten. Was für Kostbarkeiten sich auch immer hinter dieser Tür verbergen mochten, sie wurden nur zwischen einigen wenigen Familien in Philadelphia gehandelt, unbezahlbare Objekte, die durch einen lässigen Wink des Auktionators von einer Villa zur nächsten wanderten.

In dem kühlen, dunklen Foyer begrüßte mich eine gertenschlanke Blondine mit einer schwarzen Brille. Sie sah aus, als wäre sie soeben dem aktuellen J.-Crew-Katalog entstiegen.

»Mrs. van Holt! Wie schön, Sie wiederzusehen. Mr. Davies bedauert es sehr, Ihre Ansprache zu verpassen, aber er und Mrs. Davis sind gerade in Wien, wo sie sich Silber anschauen. Mr. Davis hofft allerdings, dass er es nächsten Monat zu der Vernissage unserer neuen Alice Neel einrichten kann.«

»Das wäre ganz reizend«, erwiderte ich, obwohl der Gedanke an den kommenden Monat schwer auf mir lastete.

»Darf ich Ihnen Ihre Jacke abnehmen?«

»Nein, danke, hier ist es ziemlich kühl.«

»Ich weiß. Wir halten die Räume kühl wegen der Kunst. Aus diesem Grund trage ich nur Kaschmir.«

Natürlich, dachte ich. Gott möge verhüten, dass jemals eine Kunstfaser diese perfekte Haut berührt. Trotzdem zwang ich mich zu einem Lächeln, als würden wir zu demselben widerlichen Club gehören.

Sie bedeutete mir, ihr zu folgen, und wir gingen zügig durch einen langen Gang, vorbei an einem Mischmasch aus Tierporträts (Pferde, Schafe und Eulen), Landschaften, eingerahmten Münzen, fadenscheinigen Wandteppichen und einer verblassten amerikanischen Flagge, auf der die Sterne im Kreis angeordnet waren. Schließlich blieb Miss J. Crew vor einer Doppeltür aus Eichenholz stehen und öffnete einen Flügel.

»Bitte sehr, da sind sie«, zwitscherte sie, dann machte sie kehrt und verschwand.

Der große Galeriesaal war für den Tee mit runden Tischen bestückt worden, die mit geblümtem Porzellan eingedeckt waren, passend zu den Blumengestecken in Silberschalen. Ein großer antiker Spiegel reflektierte das Licht von sechs tief hängenden Kronleuchtern. Hinten befand sich eine Bühne mit einem Rednerpult.

Wohlhabende Frauen aller Altersgruppen standen in Zweier- oder Dreiergrüppchen zusammen, die bunte Mischung aus Kleidern und Schuhen erinnerte mich an einen vollen, umgekippten Obstkorb. Nur zwei Frauen hatten sich gesetzt, eine ältere Dame in einem steifen grauen Kostüm und ihre Pflegerin, eine junge schwarze Frau in einem lilafarbenen Jogginganzug aus Veloursamt und mit großen Silberkreolen. Die Pflegerin hielt unter dem Tisch die gebrechliche Hand der alten Dame, ein stummer Akt der

Freundlichkeit, der von dem Geplapper und dem Gläserklirren übertönt wurde.

Ich blieb in der Nähe des Eingangs stehen, nicht in der Stimmung für Gesellschaft. Aber offenbar war es für Abbey van Holt nicht möglich, kein Aufsehen zu erregen, denn keine zehn Sekunden später wurde ich entdeckt.

»Abbey!«, rief jemand, und im nächsten Moment war ich von Frauen umringt.

Glücklicherweise waren ihre Fragen – »Wie geht es Ihnen?«, »Ist das Strandhaus schon fertig?«, »Sind Sie denn nicht erschöpft?«, »Wie hält sich Alex?« – ziemlich einfach zu beantworten, und wenn nicht, ignorierte ich sie und drehte den Spieß um, indem ich selbst Fragen stellte: »Wie geht es Ihrer Familie?«, »Wo haben Sie diesen herrlichen Pullover her?«, »Können Sie mir eine gute Kosmetikerin empfehlen?«

Ich heuchelte gerade Entsetzen, während eine Frau ihren jüngsten Hotelaufenthalt beschrieb, als ich spürte, dass mir jemand auf die Schulter tippte. Ich drehte mich um und sah Larry, Alex' Schulfreundin, und neben ihr eine ältere Frau, deren ebenholzschwarze Haut sich erfrischend von dem bunten Stoff, der um ihren Körper gewickelt war, abhob – dies war wohl die haitianische Version eines klassischen Businesskostüms.

»Abbey«, sagte Larry. »Dachte ich es mir doch, dass Sie es sind.«

»Ja. Ich bin es«, sagte ich. »Ich bin hier mit den Damen zum Tee verabredet.«

»Sie meinen, Sie machen das nicht jeden Nachmittag?«

»Eigentlich mache ich mir nicht viel aus Tee. Ich trinke ihn ausschließlich abends. Um mir die Oreos zu verkneifen.«

Ich versuchte, bodenständig zu klingen. Aus irgendeinem Grund wollte ich, dass Larry mich sympathisch fand. Sie lachte, wurde aber von ihrer Begleiterin unterbrochen.

»Lawrencia«, sagte die ältere Dame, in einem hinreißenden singenden Tonfall mit kreolischem Akzent. »*S'il te plaît, fais les présentations.*«

»Entschuldige, Mom«, sagte Larry, leicht verlegen. »Das ist Abbey van Holt. Die Frau von Alex.«

Ich gab Larrys Mutter die Hand, und sie musterte mich von oben bis unten, so, wie ein Künstler ein potenzielles Modell musterte. Offenbar gefiel ihr nicht, was sie sah, denn sie entschuldigte sich und schwebte zu einer Gruppe von Frauen davon, die eher in ihrem Alter waren. Larry und ich standen zuerst ein wenig verlegen herum, aber dann begannen wir einen kleinen Small Talk, der sich dank Larry zu einem der interessantesten Small Talks entwickelte, den ich jemals geführt hatte.

Larry war nicht nur eine ehemalige Kriegsreporterin, sondern sie malte auch, betrieb mit Begeisterung Triathlon und recherchierte gerade für einen Artikel über einen städtischen Angestellten, der sein Ferienhaus und die Nutten, die ihn dort besuchten, mit staatlichen Baugeldern finanziert hatte. Sie kochte für ihr Leben gern, kümmerte sich als Big-Sister-Mentorin um ein neunjähriges Wunderkind am Klavier und war glücklicher Single, seit ihre letzte Beziehung an einem Interessenkonflikt (Larry hatte kein Interesse) zerbrochen war. Sie ärgerte sich über ihre Mutter, die sich von einer Künstlerin in eine Gesellschaftsdame verwandelt hatte und darauf bestand, dass ihre Tochter sie zu Veranstaltungen wie dieser hier begleitete, selbst wenn sich der tägliche Redaktionsschluss beim *Inquirer* anbahnte.

Als Larry ihre Drei-Uhr-Deadline erwähnte, musste ich unwillkürlich an die E-Mail denken, die ich ihr geschickt hatte. Ich fragte mich, ob sie an der Geschichte mit East Falls und Arielle bereits dran war.

»Was recherchieren Sie aktuell?«, fragte ich beiläufig.

»Ein paar unterschiedliche Sachen.«

»Was Interessantes dabei?«

»Ja.«

»Eine Schlagzeile, die es in sich hat?«

»Vielleicht.« Sie runzelte die Stirn und neigte ihren Kopf. »Warum?«

Wir sahen uns misstrauisch an. Ich traute mich nicht, mich als »ein besorgter Bürger« zu outen, sondern wandte emotionslos meine Augen von ihr ab.

»Nur so.«

Sie berührte meinen Arm. »Falls Sie wissen möchten, ob ich über Alex schreibe, ich habe Ihnen schon gesagt, dass ich für die Lokalthemen zuständig bin, nicht für die Politik«, raunte sie mir zu. »Und ich darf Ihnen nicht sagen, woran meine Kollegen arbeiten. Das kann ich einfach nicht.«

»O nein, so meinte ich das nicht!«, erwiderte ich bestürzt. »Ich würde Sie niemals in eine unangenehme Lage bringen.«

Ich hoffte, dass sie mir glaubte. Ich wollte nicht, dass sie mich für jemanden hielt, der freundschaftliche Beziehungen ausnutzte, um an Insiderinformationen zu kommen.

Glücklicherweise lächelte sie und sagte dann: »Ist schon okay. Ich verstehe, dass es schwer ist, nicht zu fragen. Lassen Sie uns ans Büfett gehen und ein paar Gurkensandwiches naschen oder irgendein anderes armseliges Häppchen, das bei solchen Anlässen immer angeboten wird.«

Ich folgte ihr ans Büfett, wo wir uns bedienten und ungezwungen weiterplauderten wie alte Freundinnen. Für eine Tochter aus reichem Haus war Larry erfreulich bodenständig. Die Art, wie sie beim Diskutieren mit den Händen gestikulierte, amüsierte mich. Irgendwann während unseres Gesprächs geriet sie so sehr in Begeisterung, dass sie eine Frau, die gerade an ihr vorbeiging, im Gesicht traf. Sie entschuldigte sich sofort ausgiebig, und als die Frau verärgert weiterging, sah sie mich mit weit aufgerissenen Augen an. Wir konnten uns beide nur mit Mühe das Lachen verkneifen.

Larry hatte nicht nur ein einnehmendes Wesen, sie war auch unglaublich hübsch, und ich fragte mich, warum Alex sich nie an sie herangemacht hatte. Bevor ich es verhindern konnte, brachte ich ihn unwillkürlich zur Sprache.

»Sie kennen Alex schon ziemlich lange. Ich wette, Sie haben ein paar gute Geschichten auf Lager.«

»Vielleicht die eine oder andere. Aber hauptsächlich albernes Pennälerzeugs. Nichts wirklich Schockierendes.«

»So, wie ich Alex kenne, glaube ich das sofort. Er scheint … ich meine, er ist von Grund auf anständig.«

»Obwohl er sich danach sehnt, unanständig zu sein. Gefährlich.«

Sie lachte, als wäre es ein Scherz, doch ihre Worte trafen ins Schwarze. Vielleicht sehnte Alex sich tatsächlich danach, mehr wie Larry zu sein … draußen in der Welt zu sein, um über Missstände zu berichten, in fremden Ländern zu arbeiten und das Leben voll auszukosten?

Ich bohrte ein bisschen weiter. »Sie beide verstehen sich so gut. Schwer zu glauben, dass Sie nie was miteinander hatten.«

Ihre Wangen färbten sich rot, und sie schaute verlegen auf den Boden. Treffer. Falls er nicht bereits torpediert war,

war mein Plan, Larrys neue beste Freundin zu werden, nun endgültig ruiniert. Niemand wollte mit der eifersüchtigen Ehefrau einer früheren Beziehung befreundet sein.

»O Gott, nein«, sagte sie. »Ich könnte nie mit jemandem zusammen sein, der so viel Wert auf sein Äußeres legt. Der ständig Sport treibt und immer genau die richtigen Hemden und Anzüge anhaben muss. Alex ist ein richtiges Mädchen.«

Ich lachte, und sie entspannte sich, aber ich war nicht wirklich überzeugt. Vielleicht schwärmte sie tief in ihrem Innern für Alex. Oder sie hatte vor langer Zeit für ihn geschwärmt.

Das helle Klirren einer Gabel, die gegen ein Glas geklopft wurde, signalisierte uns, dass es Zeit war, unsere Plätze einzunehmen. Ich entdeckte mein Namensschild auf einem Tisch nahe der Bühne, Larry geleitete ihre Mutter an einen anderen Tisch. Ich schenkte mir Tee ein und machte mich dann auf das vermeintlich lange, langweilige Programm gefasst. Ich streifte sogar unter dem Tisch meine Schuhe ab und dehnte meine strapazierten Füße und Zehen.

Eine Frau in einem karierten Kostüm ging hoch auf die Bühne und begann zu sprechen. Ich setzte mich gerader hin, versuchte, mich zu konzentrieren, aber ich verstand trotzdem nichts. Ihre Worte ergaben keinen Sinn, bis mir bewusst wurde, dass es sich nicht um irgendein Kauderwelsch handelte, sondern um Französisch, gesprochen in einem rasanten Tempo und fehlerfrei, ohne Akzent. Ich schaute mich um, um die Reaktion des Publikums zu beobachten – es gab keine. Der ganze Saal lauschte aufmerksam, hier und da nickte jemand. Offenbar nahmen die Friends of Lafayette ihre Freundschaft wörtlich.

Ich nahm wieder einen Schluck von meinem Tee und tat so, als würde ich der Ansprache folgen, obwohl ich kein Wort verstand. Bis auf meinen Namen. Ich hob den Kopf und sah, dass die Frau auf der Bühne mich erwartungsvoll anblickte. Genau wie alle anderen Frauen im Saal.

Und dann dämmerte es mir. Sie warteten darauf, dass ich auf die Bühne ging. Ich war nicht erwähnt worden, ich war angekündigt worden.

Mein Verstand raste, unfähig, sich auf etwas anderes zu konzentrieren als auf den donnernden Applaus. Ich zwang mich aufzustehen und zum Podium zu gehen. Mein Herz klopfte so heftig, dass ich mir sicher war, dass man es unter meiner dicken Kostümjacke schlagen sehen konnte. Der Raum war klimatisiert, doch mir brach der Schweiß aus, als ob es plötzlich tropisch heiß geworden wäre im Auktionshaus. Als ich die Bühne erklomm und mich dem Publikum zuwandte, spürte ich, dass mir das Wasser zwischen den Brüsten und den Schulterblättern herunterrann. Zu allem Unglück stellte ich erst jetzt fest, dass ich keine Schuhe anhatte.

Die Frau im karierten Kostüm drehte sich zu mir und hieß mich willkommen – »*Bienvenue,* Madame van Holt!« –, dann ließ sie mich auf der Bühne zurück. Allein. Alle Augen ruhten auf mir. Und eine schreckliche Sekunde nach der nächsten verstrich.

Ich hatte keine Angst vor dem Reden in der Öffentlichkeit, trotzdem gehörte es nicht zu meinen Lieblingsbeschäftigungen. Da ich in meinem Beruf Präsentationen halten musste, hatte ich mir gezwungenermaßen, durch Übung und Praxis, eine gewisse Kompetenz darin angeeignet. Meist gelang es mir sogar, ein paar Lacher zu erzielen, was ich ein paar Hundert Proben vor dem Badezimmerspiegel und ein paar Schluck Gin Tonic, die Jules mir vorher immer einflößte, zu verdanken hatte.

Aber das hier war etwas völlig anderes. Das hier war ein Albtraum, der wahr geworden war. Sosehr ich mich auch anstrengte, mir fiel kein einziges französisches Wort ein. Ich versuchte, mich auf Englisch zu verlegen, und zerbrach mir den Kopf nach einem Einstieg, doch selbst meine Muttersprache schien mir entfallen zu sein. Im Saal war es totenstill, bis auf das Geräusch von Tassen, die auf ihre Untertassen zurückgestellt wurden. Ein Absatz scharrte über den Boden. Jemand hustete.

Ich betrachtete das Meer aus Gesichtern, die Zweihundert-Dollar-Frisuren und die Seidenblusen mit ihren feinen Kellerfalten. Ich wusste, in meinem edlen Kostüm sah ich genauso aus wie die anderen. Aber ich war nicht wie sie. Ich war eine Betrügerin.

Ich sollte diese Frauen hier eigentlich mit meinem Charme bezirzen, sie umschmeicheln und ihnen eine Vielzahl von Gründen nennen, warum sie für meinen wunderbar liebenswürdigen, klugen und noblen Ehemann stimmen sollten. Ich versuchte zu sprechen, räusperte mich, kam dennoch nicht weiter als »Ich … ich …«

Die Damen an den Tischen beugten sich vor, unsicher, wie sie reagieren sollten. Verwirrte Blicke wandelten sich zu besorgten Mienen.

»Ich … ich …« Wieder war ich nicht zu mehr imstande, als eine einzige Silbe zu wiederholen.

Im Saal bewegte sich niemand mehr. Anscheinend atmete nicht mal jemand. Es war so heiß. Mein Gesicht glühte. Abbey, verschwinde, bevor du schmilzt oder in Tränen ausbrichst, beschwor ich mich selbst. Ich wandte mich an die Frau in dem karierten Kostüm, die mich angekündigt hatte, und murmelte ein klägliches »Tut mir leid«, dann stürmte ich von der Bühne. Das Mikrofon begleitete meinen Abgang mit einem schrecklichen, schrillen Pfeifton.

Ich war schon halb aus dem Saal, als mir meine Pumps einfielen, also rannte ich wieder zurück und zog sie hektisch unter meinem Tisch hervor. Alle Blicke ruhten auf mir, während ich, unbeholfen auf einem Fuß hüpfend, im Gehen erst den einen überstreifte, dann, auf dem anderen hüpfend, den zweiten.

Als ich dann floh, mit feuerrotem Kopf, unter dem Getuschel der schockierten Menge, entdeckte ich ein vertrautes Gesicht. An einem der hinteren Tische saß Mirabelle, offenbar war sie später gekommen. Ihre Miene war unbewegt, aber ihre Augen blitzten vor Zorn.

Schließlich kam mir doch noch ein französisches Wort in den Sinn: *merde.*

Draußen auf der Straße kühlte die Novemberluft meine brennenden Wangen. Ich ging so schnell, wie meine Absätze es erlaubten, in dem verzweifelten Wunsch, den Schauplatz meiner Demütigung möglichst weit hinter mir zu lassen. Ich wusste nicht, wohin ich ging, aber es war mir egal. Ich wollte nur weg. Mich in der Stadt verlieren.

Natürlich sprach Abigail van Holt Französisch. Natürlich besuchte sie Auktionshäuser, wo alle um sie herumscharwenzelten, als wäre sie die First Lady. Und natürlich sprach sie fehlerfrei und flüssig vor Publikum, erzeugte mit ihrer perfekten Frisur und ihrer perfekten Garderobe bei ihren Zuhörerinnen eine Mischung aus Bewunderung und Neid. In diesem Moment hasste ich sie.

Kurz darauf kam ich an einem Kombi mit Kindersitzen vorbei. Ich wünschte mir, mit meinen Kindern in meinem alten Subaru zu sitzen. Als mir ein Teenager begegnete, der einen Golden Retriever hinter sich herzog, bekam ich furchtbare Sehnsucht danach, das klimpernde Halsband unseres Labradors in Grange Hill zu hören, der immer gleich angelaufen kam, wenn ich die Hintertür unseres Hauses öffnete. Ich hatte schreckliches Heimweh.

Ich kämpfte mit den Tränen, während ich das Pennsylvania Convention Center ansteuerte, erpicht darauf, in der Masse von Touristen und Kongressbesuchern zu verschwinden. Tatsächlich fiel ich hier, zwischen all den verwaschenen Jeans und Sweatshirts, nur noch mehr auf mit meinem roten Kostüm und den blonden Haaren. An der Market Street betrat ich den Terminal Market, schlängelte mich an den Pendlern vorbei, die zur U-Bahnstation strömten, und schlüpfte dann durch eine andere Tür wieder hinaus auf eine schmalere Straße. In eine andere Welt.

Gleich darauf stand ich vor einem großen Torbogen aus Holz mit roten Säulen, einem kunstvoll geschnitzten Pagodendach, blauen und grünen Keramikornamenten, goldenen Drachensymbolen und chinesischen Schriftzeichen: das Eingangstor zu Philadelphias kleinem chinesischem Viertel. Die Bordsteine waren bevölkert von Straßenhändlern und ihren klapprigen Ministänden, auf denen Sonnenbrillen und chinesische Fächer aus Papier auslagen, von Männern, die in Gruppen rauchten oder sich hinter einer ausgebreiteten Zeitung versteckten, und von Kindern, die ganz selbstverständlich zwischen all den Erwachsenen umherwuselten. Die Luft war von den kräftigen Gerüchen erfüllt, die die Restaurants, Nudelbars und Blumenstände verströmten. Autos hupten, Musik drang aus offenen Türen, Mütter riefen aus den oberen Stockwerken nach ihren

Kleinen. Ich fühlte mich meilenweit entfernt von den van Holts, endlich in sicherer Anonymität.

Ich verlangsamte mein Tempo, um Atem zu schöpfen. Gleich darauf blieb ich vor einer düsteren Bar namens Wok Ling, in deren Schaufenster eine Neonreklame für Tsingtao hing, stehen. Drinnen lockten alkoholische Getränke. Ich schlüpfte durch die schmale rote Tür in die Bar.

Nachdem meine Augen sich an die schummrige Beleuchtung gewöhnt hatten, steuerte ich den ersten Platz an der honigfarbenen Theke an, stellte meine Tasche auf den Boden und sah mich dann um. Die Regale hinter der Theke enthielten eine Vereinte-Nationen-Auswahl von Alkoholsorten, Einmachgläser mit Oliven und Kirschen und bedruckte Pint-Gläser. An einer Wand hingen Poster von hübschen chinesischen Models, die für Urlaubsreisen und Zigaretten warben, ein großes Aquarium trennte den Barbereich von einem kleinen »Restaurantbereich« dahinter. Ich warf einen Blick auf die Rückseite und sah volle Tische, besetzt mit Geschäftsleuten aus der Umgebung, die aus kleinen Keramiktassen tranken und laut über ihre Witze lachten.

Es fühlte sich noch zu früh an für die Happy Hour, aber der Flachbildfernseher hinter der Theke zeigte mir an, dass es kurz vor fünf Uhr war. Spät genug.

Ein schlanker junger Mann mit einer Stachelfrisur und einem Seidenhemd, der eher Ähnlichkeit mit einem DJ hatte als mit einem Barkellner, bot mir eine Getränkekarte an.

Ich deutete auf die Männer im hinteren Bereich und sagte: »Ich nehme dasselbe, was sie haben.« Er sah mich fragend an, schüttelte dann den Kopf und gab mir wieder die Karte, auf der lauter pinkfarbene und blaue Getränke abgebildet waren, jedes davon mit Kirschen oder einem

Papierschirmchen dekoriert. »Wirklich, ich will dasselbe wie die anderen«, wiederholte ich beharrlich.

Als der Kellner sich nicht rührte, nahm ich an, dass er kein Englisch sprach. Ich zeigte erneut auf die kleinen blau-weißen Keramiktassen auf dem nächsten Tisch. Ich hatte keine Ahnung, was sie enthielten, aber was es auch sein mochte, es schien Wirkung zu zeigen. Die Männer dort hinten verspürten ganz offensichtlich keinen Kummer.

Der Kellner öffnete schließlich den Mund. Mit der schleppenden Stimme eines lustlosen Teenagers sagte er: »Lady, Sie werden das Zeug nicht mögen. Das ist ganz alte Schule. Höllisch stark.«

»Perfekt«, bemerkte ich, seinen Einwand ignorierend. »Her damit.«

Seufzend schlurfte er zu einem kleinen Kühlschrank und nahm eine bauchige braune Flasche mit einem Korkstopfen heraus. Er gab einen kleinen Schluck in eine Tasse und stellte sie dann vor mich auf die Theke. Er wartete mit verschränkten Armen. Die Männer im hinteren Bereich unterbrachen ihre Unterhaltungen und beobachteten mich auch.

Ich führte die Tasse an meine Lippen und stürzte den Inhalt in einem Zug hinunter. Es schmeckte wie heißes, scharfes Lakritz, gemischt mit Kiefernnadelaroma, und es brannte so schlimm in meiner Kehle, dass ich beinahe gewürgt hätte. Ich stellte die Tasse mit tränenden Augen zurück auf die Theke.

Der Kellner schenkte mir einen »Hab ich doch gesagt«-Blick und gab mir eine Serviette. Ich sah ihn verlegen an und flüsterte heiser: »Ein Bier, bitte.«

Er servierte mir ein eisgekühltes Yuengling und erklärte mir, das Bier gehe aufs Haus. Ich trank es gleich halb aus, um das Feuer auf meiner Zunge zu löschen. Dann hielt ich inne, um Luft zu holen, stellte mein Glas zurück auf die Theke und seufzte tief und vernehmlich.

»War wohl ein harter Tag, was?«, sagte jemand neben mir.

Ich wollte gerade mit einer höflichen Floskel antworten und meine Handtasche wegschieben, um Platz für den Neuankömmling zu machen, als ich spürte, dass die Stimme tief in mir etwas auslöste. Es war wie ein Schlag in die Magengrube.

Jimmy.

Mein Kopf fuhr ruckartig hoch. Mein Herz blieb stehen.

Er lehnte mit seinem gebräunten Arm an der Theke und ließ gerade ein Smartphone in seine Hosentasche gleiten. Fast hätte ich seinen Namen gesagt, konnte mich aber gerade noch rechtzeitig zurückhalten. Ich starrte ihn mit weit aufgerissenen Augen an, ohne auch nur mit der Wimper zu zucken.

Er legte verwundert seinen Kopf schief. »Kennen wir uns?«

Eine ganz normale Bemerkung, ganz simple Worte, doch sie brannten fast genauso schlimm wie der Schnaps, den ich gerade hinuntergekippt hatte.

»Sorry, nein«, sagte ich. »Sie erinnern mich bloß an jemanden von früher.«

»War ein guter Typ, hoffe ich«, erwiderte er mit einem Grinsen.

»Der beste«, murmelte ich.

Ich forderte ihn mit einer Geste auf, sich zu setzen, und er zwängte sich auf den kleinen Barhocker neben meinem. Seine schweren Arbeitsstiefel stießen gegen die Theke. Er streifte seine Jacke ab und winkte dem Kellner, was mir Zeit gab, um ihn heimlich aus dem Augenwinkel zu mustern. Mein Herz schlug schnell angesichts seiner Nähe.

»Ein Lager, bitte«, sagte er zu dem jungen Mann. »Und die Speisekarte.«

Der Kellner trat weg, und Jimmy blickte sich gelassen um und trommelte mit den Fingern auf der Theke, während ich kurz vor einer Explosion stand.

»Was führt Sie hierher?«, fragte ich. Was für ein abgedroschener Spruch!

»Die Nudeln. Die besten in der Stadt.«

»Oh, ich meinte, was führt Sie in die Stadt?«

»Wie kommen Sie darauf, dass ich nicht von hier bin?«

»Sind Sie es?« In dieser Welt wohnte er vielleicht hier in der Gegend.

»Nein. Sie haben recht, ich lebe außerhalb der Stadt, im Delaware County. Ich bin nur wegen einer Fachmesse hier.«

»Was ist das für eine Messe?«

»Eine von der langweiligen Art«, antwortete er. »Im Ernst, es handelt sich um eine Handwerkermesse. Genauer gesagt, geht es um Pflasterung.«

»Pflasterung?«

»Um Pflastersteine, Beton, Klinker«, erklärte er. »Ich arbeite für eine Baufirma. Ich bin für die Außenflächen zuständig. Wege anlegen, Grünflächengestaltung, Terrassenbau, solche Sachen.«

»Ich mag Terrassen«, war meine geniale Antwort.

»Ja?« Er lachte. »Das tun viele Menschen. Oder zumindest war das früher so.«

»Früher?«

»Die Wirtschaftskrise hat die Branche ziemlich hart getroffen. Wir haben uns immer noch nicht von dem Schock erholt.«

»Das habe ich gehört.«

»Ach ja?«

»Ja, jemand, den ich kenne, ist … war … ist Landschaftsgärtner. Hatte seine eigene Firma.«

»Gut für ihn«, sagte er und nippte an seinem Bier. »Ich hoffe, er ist … war … ist damit erfolgreich.« Wir lachten beide. Ich holte tief Luft.

Jimmy lehnte sich auf seinem Barhocker zurück und schaute blinzelnd auf die kleine weiße Tafel, die die Spezialitäten des Tages anpries, was mir einen genaueren Blick auf ihn ermöglichte. Sein weißes Hemd steckte ordentlich in einer Khakihose, sein Gesicht war sauber rasiert. Allerdings trug er seine geliebte verbeulte Phillies-Kappe, die ich einmal in der Woche mit Fleckentferner hatte behandeln müssen. Als er sah, dass ich daraufschaute, nahm er die Mütze ab, strich über sein Haar und setzte die Mütze dann wieder auf, eine nervöse Angewohnheit, die ich schon eine Million Mal an ihm beobachtet hatte. Derselbe alte Jimmy. Mein Jimmy.

Er beugte sich ein kleines Stück näher und musterte mein Gesicht. »Sind Sie sicher, dass wir uns nicht kennen? Ich könnte schwören, dass ich Sie schon einmal gesehen habe«, sagte er.

Ja!, hätte ich am liebsten gerufen. Ja, ja, ja! Wir kennen jeden Zentimeter voneinander, wir können die Sätze des anderen vollenden, wir haben in den letzten zehn Jahren jeden Tag und jede Nacht zusammen verbracht, wir haben zwei wundervolle Kinder. Aber ich starrte nur in seine goldbraunen Augen und sagte das Einzige, was ich sagen konnte.

»Nein. Ich denke nicht.«

Wir unterhielten uns weiter und tranken unser Bier. Jimmy erzählte mir, dass er seinen Job zwar liebe, dass er sich dennoch lieber auf Gartengestaltung spezialisiere, auf umweltfreundliche Biotope, und dass er vielleicht eines Tages seine eigene Firma aufmachen werde. Er erklärte mir, dass er seinen derzeitigen Chef möge, dass der Papierkram und der Klüngel in einer großen Firma jedoch nicht zu unterschätzen seien. Er sagte mir, was ich bereits wusste – dass er drei Brüder habe, dass er in Upper Darby geboren und aufgewachsen sei, dass er Eishockey spiele, seit er drei war, und dass er einen Hund namens Walnut habe. Aber ich erfuhr auch neue Dinge. Zum Beispiel, dass er chinesische Nudelbars liebte und dass er großen Spaß am Mountainbiken hatte. Und auch, dass er für Thanksgiving eine Tour durch Island plante.

Wer hätte gedacht, dass mein Mann noch andere Interessen hatte, abgesehen von mir und den Kindern! Schockierend.

Als Jimmy sein Essen serviert wurde, hatte ich Gelegenheit, nach einem Ehering Ausschau zu halten. Er trug keinen. Das hatte nicht viel zu sagen, die meisten Landschaftsgärtner trugen ihre Ringe bei der Arbeit nicht, weil sie so häufig mit Düngern und Chemikalien zu tun hatten. Andererseits war es unwahrscheinlich, dass ein verheirateter Familienvater zur Abendbrotzeit in einer Bar abhing.

Als Jimmy gerade nicht hinsah, steckte ich rasch meinen Ehering auf meinen rechten Ringfinger. Ich wollte ihn nicht abschrecken.

»So, nun wissen Sie alles über mich«, sagte er. »Und Sie, was führt Sie hierher? Irgendwie sehen Sie nicht aus wie jemand, der nachmittags in schummrigen Bars verkehrt.«

Flirtete er mit mir? Wie süß.

»Wie sehe ich dann aus?«, fragte ich und legte kokett den Kopf schief, um mich direkt zu revanchieren.

Er musterte mich von oben bis unten, betrachtete meine elegante Frisur, mein feines Kostüm und die High Heels. »Hm … Ich würde sagen, Sie sind eine Anwältin. Oder eine von diesen Wirtschaftsberaterinnen, die Fusionen und Übernahmen planen.«

»Voll daneben.«

»Dann vielleicht eine Kreative? Zum Beispiel aus der Werbung oder so?«

»Bingo. Ich war PR-Beraterin.«

»War?«

»Ja. Jetzt bin ich es nicht mehr.«

»Und was machen Sie dann?«

»Tja, das herauszufinden, fällt mir gerade schwer.«

»Geht es uns nicht allen so?« Er erhob sein Glas, und wir stießen an.

»Aber Sie haben recht«, fuhr ich fort. »Normalerweise bin ich nicht der Typ, der sich nachmittags in eine Bar setzt. Ich brauchte einfach eine Pause.«

»Von?«

»Meinem Leben.«

»Mann? Kinder?«

»Peinliches Verhalten in der Öffentlichkeit. Ich habe gerade eine wichtige Rede vermasselt.«

»Im Sinne von, dass Sie alle zu Tode gelangweilt haben?«

»Im Sinne von, dass ich die Nerven verloren habe und davongelaufen bin.«

»Wow. Ich bin mir sicher, dass es nicht so schlimm war, wie Sie denken.«

»Es war schlimmer.« Ich zog eine Grimasse und ließ den Kopf hängen.

Es verstrichen ein oder zwei Sekunden, als würde Jimmy darüber nachdenken, was er als Nächstes sagen sollte.

Dann beugte er sich zu mir herüber und versuchte, in mein Gesicht zu schauen. Als ich den Kopf hob, waren unsere Gesichter nur Zentimeter voneinander entfernt.

»Ich kann mir nicht vorstellen, dass Sie überhaupt jemals etwas vermasseln«, sagte er leise. »Ich kann mir nicht vorstellen, dass Sie etwas Geringeres sind als …«, er unterbrach sich, wohl bemüht, das richtige Wort zu finden, »… bemerkenswert.«

Das Wort brachte uns beide zum Schweigen. Ich wusste, das war kein billiger Anmachspruch, er hatte ernst und aufrichtig geklungen. Außerdem strich Jimmy niemandem um den Bart. Und er hatte tatsächlich schon immer eine bessere Meinung von mir gehabt als ich von mir selbst. Als er schüchtern wegschaute, beugte ich mich kurz zu ihm und atmete seinen Geruch ein, damit ich mich später an jedes Detail dieses Moments erinnern konnte.

Jimmy winkte dem Kellner, der uns zugunsten seines iPhones ignoriert hatte. Der Bursche kam angetrottet und fragte »Noch eine Runde?«, und wir sagten einstimmig Ja.

Draußen verblasste das Tageslicht, und auf der Straße wurde es ruhiger, aber Jimmy und ich bewegten uns nicht von unseren Barhockern. Wir waren tief in unser Gespräch versunken. Hier in diesem kleinen Lokal, weit weg von unserem jeweiligen Zuhause, fühlte es sich an, als würde die Welt draußen nicht existieren. Selbst das Lachen und das Geplauder der anderen Gäste schien unendlich weit weg. Ich verstand endlich, was die Buddhisten mit dem Leben im Hier und Jetzt meinten. Alles in mir vibrierte. Ich fühlte mich so lebendig, dass ich dachte, ich würde gleich von meinem Barhocker rutschen.

Leider war es nur mein Handy, das vibrierte, es holte mich mit einer neuen Nachricht in die Realität zurück.

Sunita konnte Sams Giraffe nicht finden und fragte, ob sie Pizza bestellen dürfe? Während ich die SMS las, schaute Jimmy auf den Fernseher hinter der Bar.

»Verzeihung, ich muss mal zur Toilette«, sagte ich und ließ mich von meinem Barhocker gleiten. Ich merkte, dass ich leicht schwankte, als das Blut in meine Beine zurückkehrte.

»Vorsicht«, sagte Jimmy, und seine gebräunte Hand umfing stützend meinen Ellenbogen. Unsere Blicke trafen sich, und ich kämpfte gegen das starke Bedürfnis an, ihn zu küssen.

In der Damentoilette schrieb ich zuerst eine Antwort an Sunita, dann pinkelte ich zweieinhalb Bier aus und wusch mir anschließend die Hände. Ich sah in den Spiegel und begann, mein Make-up und meine Frisur aufzufrischen, hörte aber auf, als mir einfiel, dass Jimmy den natürlichen Look viel lieber mochte. Vielleicht lag es am Alkohol, aber ich beschloss, Jimmy meine Nummer zu geben, wenn er mich danach fragen sollte. Es sprach schließlich nichts dagegen, dass wir Freunde waren, richtig? Ich öffnete den obersten Knopf an meiner braven Bluse und eilte zurück an die Theke, ich konnte es nicht erwarten, wieder neben ihm zu sitzen.

Als ich mich unseren Plätzen näherte, sah ich, dass Jimmy weg war. Ich überflog die Tische im hinteren Bereich, lief sogar zurück und sah in der Männertoilette nach, doch sie war dunkel und leer. Dann lief ich wieder vor zum Ausgang, stieß die Tür auf und blickte suchend links und rechts die Straße entlang. Alles, was ich sah, waren ein paar Händler, die ihre Ware einpackten. Seufzend kehrte ich an die Theke zurück. Dort standen zwei halb leere Biergläser, daneben lagen zwei Zwanzig-Dollar-Scheine.

Und dann, ganz leise, hörte ich meine eigene Stimme, und sie war nicht in meinem Kopf.

Auf dem Fernseher hinter der Theke sah ich gerade noch die letzten Sekunden einer Wiederholung unseres CNN-Interviews: Ich saß zwischen Alex und Gloria, Sam hockte brav auf meinem Schoß.

Jimmy musste es gesehen haben. Und auch die Einblendung in einfacher weißer Schrift, die mich als »Mrs. Abigail van Holt« identifizierte. Ganz die Ehefrau und Mutter. Und nicht zu vergessen ein Mitglied der »politischen Elite« Philadelphias.

Ich hatte ihn wieder verloren.

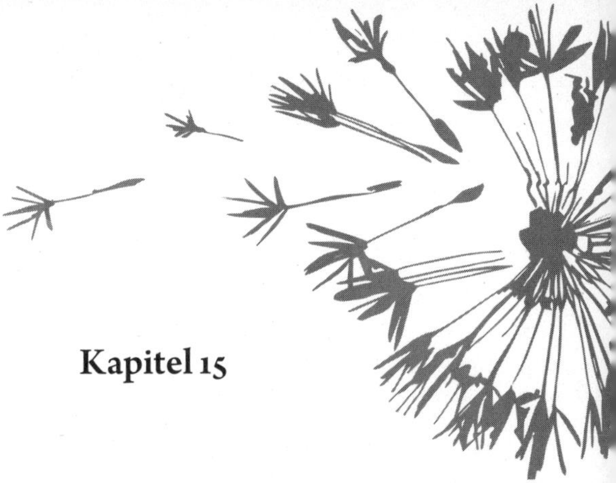

Kapitel 15

Nachdem ich Sunita abgelöst und zwei von Schokoladenmilch und Cartoons berauschte Kinder ins Bett verfrachtet hatte, schlüpfte ich selbst unter die Bettdecke, obwohl es erst halb neun war. Alex hatte mir gesimst, dass er spät nach Hause komme. Um auf Nummer sicher zu gehen, löschte ich im Schlafzimmer alle Lichter. Falls er doch früher kommen sollte, wollte ich so tun, als würde ich bereits schlafen.

Ich machte es mir im Bett bequem und zog die Decke bis zum Hals hoch, ich konnte es kaum erwarten, mich meinen Gedanken zu widmen. Meinen Gedanken über Jimmy. Wieder und wieder rekapitulierte ich die Szene im Wok Ling. Ich dachte an Jimmys Worte, an sein Lächeln, an seinen Geruch. Ich fragte mich, ob ich ihm sympathisch gewesen war, ob er mich hübsch gefunden und ob er die Verbindung auch gespürt hatte.

Ich dachte auch daran, wie komisch es war, dass ich trotz meiner neuen Ehe, meiner neuen Garderobe und meiner tollen neuen Figur immer noch dieselbe Person war wie eine Woche zuvor. Jimmy war derjenige, der anders war. Er hatte einen anderen Job, wohnte an einem mir unbekannten Ort und hatte Interessen, Vorlieben und Hobbys, von denen ich nichts wusste. Ich konnte ihn mir weder auf einem Mountainbike vorstellen noch als einsamen Wanderer auf einer Tour durch Island. Aber anscheinend hatte er Spaß an solchen Dingen. Ich fragte mich, ob die ganzen Pflichten in unserem Leben in Grange Hill – oder sogar ich – seine Abenteuerlust erstickt hatten.

Andererseits, in seinem Leben ohne mich war Jimmy kein Unternehmer. Er arbeitete für jemand anderen und hasste es wahrscheinlich. Ich hatte immer angenommen, dass er den Sprung in die Selbstständigkeit aus eigenem Antrieb getan hatte. Nun, nachdem ich erfahren hatte, dass er bei einer Firma angestellt war, überlegte ich, ob das vielleicht etwas mit mir zu tun hatte. Vielleicht hatte ich seinen Ehrgeiz gefördert? Vielleicht waren wir als Paar in der Lage, Herausforderungen zu meistern, die für einen allein unüberwindbar schienen? Ich hatte immer gedacht, die Menschen um uns herum seien einfach so, wie sie waren, vermutlich beeinflussten wir sie viel stärker, als wir selbst ahnten.

Dieser Gedanke machte mich ein wenig wehmütig. Seufzend streckte ich die Beine und schlief schließlich ein.

Regen.

Er fiel sintflutartig, hämmerte gegen die Fensterscheiben und erstickte die Geräusche der Stadt unter uns.

Ich kletterte aus dem Bett, tappte barfuß über den Teppich und riss die schweren Vorhänge auf. Die Bäume auf dem Platz unter mir waren kaum zu erkennen, die Lichter der Fahrzeuge verschwammen zu hübschen roten und gelben Schlieren. Und der Himmel empfing mich mit einem wütenden Schiefergrau.

Der Wahltag fing ziemlich trostlos an.

Alex war in der Nacht spät zu mir ins Bett geschlüpft und bereits wieder weg, als ich wach wurde. Wo auch immer in der Stadt er gerade war, ich stellte mir vor, wie er unruhig auf und ab wanderte und das Wetter verfluchte, sich das dichte dunkle Haar raufte. Zusammen mit Frank und Calvin hatte er seit Tagen wie besessen die Wetterprognosen verfolgt, daher wusste ich, dass diese Sintflut hier das Worst-Case-Szenario war.

Ich wusste auch, dass Alex, neben einem starken Ergebnis bei männlichen Wählern mittleren Alters, mindestens vierzig Prozent der weiblichen Stimmen benötigte. Normalerweise wäre das für uns kein Grund zur Sorge, wir wussten, dass die Frauen Alex liebten, aber der Regen würde die Wählerinnen, besonders die älteren, davon abhalten, das Haus zu verlassen. Ungeachtet ethnischer und wirtschaftlich-gesellschaftlicher Unterschiede gab es eine Sache, in der sich alle Frauen, ob aus dem Süden Philadelphias, dem Westen oder den Vororten, einig waren: Ganz gleich, wie süß dein zukünftiger Abgeordneter auch sein mochte, er war es nicht wert, eine gute Föhnfrisur zu ruinieren.

Am liebsten hätte ich mich wieder ins Bett gelegt, doch ich wusste, dass ich mich in Bewegung setzen musste. Vor uns lag ein wahnsinnig langer Tag. Es standen Termine in einer Bücherei an, in einem Seniorenzentrum, in einer Schule für Hörgeschädigte und in zwei Kirchen, von der eine unser Wahllokal beherbergte, wo Alex und ich unsere Stimmen abgeben würden. Zusammen mit unseren Wahlkampfstrategen und unseren besten Helfern würden wir lächeln und Hände schütteln und trotz Übermüdung das letzte bisschen Energie aus uns herauspressen.

Und am Abend dann würden wir feiern, unabhängig vom Ausgang der Wahl. Der große Ballsaal im Ritz war reserviert, und in diesem Moment bliesen Hotelmitarbeiter wahrscheinlich Hunderte von roten und blauen Luftballons auf, die in einem Netz unter der Decke gesammelt wurden, das Küchenpersonal schälte Hunderte von Garnelen, schnitt Brot und Käse in kleine Dreiecke und stellte Champagnerkisten kalt. Unsere Freunde und Verwandten in der ganzen Stadt und darüber hinaus bis ins tiefe Umland würden ihrer jeweiligen Tagesbeschäftigung nachgehen und gespannt sein auf den Abend, an dem sie sich in Schale werfen und anschließend in ein Taxi oder in eine Limousine steigen würden, um Alex zu gratulieren oder ihm ihr Mitgefühl auszudrücken. Was mich betraf, wusste ich, dass es keine Rolle spielte, ob Alex aus der Wahl als Sieger hervorging oder als Verlierer, wie erschöpft ich war oder wie schwer sich mein Herz anfühlte. Ich würde an der Seite meines Mannes bleiben, gekleidet in satinunterfütterte Schurwolle und feinste Seide, und die Rolle spielen, die ich inzwischen zu spielen wusste. Begrüßungsküsschen verteilen. Lächeln und nicken. Small Talk machen. Das tun, was ich so schnell gelernt hatte zu tun – heucheln.

Als ich mich auf den Weg durch den Flur machte, um die Kinder zu wecken, hörte ich in der Küche ein gluckerndes Geräusch, als würde Wasser in einen Abfluss laufen.

»Alex?«

Keine Antwort. Ich zog meinen Morgenmantel fester um mich und folgte dem Geräusch, nur um an der Spüle meine Schwiegermutter anzutreffen, die gerade eine Flasche Macallan 25 in den Ausguss leerte. Sie hatte noch ihren khakibraunen Trenchcoat an, dessen Schultern und Ärmel fleckig vom Regen waren.

Ich wusste, dass die Kinder den Tag in Bloemveld verbringen würden, aber es war abgemacht, dass Oscar sie bringen würde. Ich hatte bereits ihre Sachen zusammengepackt – inklusive der Diamantohrringe, die ich am vergangenen Abend herausgenommen und wiedervereint hatte –, ihre Taschen standen in der Diele bereit.

Ich räusperte mich, weil ich so kurz nach dem Aufstehen immer einen Frosch im Hals hatte, und sagte dann: »Mirabelle! Was machst du hier?«

Sie stellte die leere Whiskyflasche auf die Marmoranrichte und wandte sich mir zu. »Ich denke, das weißt du.«

Ich wusste es nicht. Und das beunruhigte mich.

Ich bemerkte, dass meine Handtasche offen war, als hätte Mirabelle sie durchsucht. Dann sah ich, dass Mirabelle außer der Flasche auf der Anrichte unseren *gesamten* Bestand an Alkohol ausgeleert und die Flaschen in einen Mülleimer neben ihren Füßen geworfen hatte.

»Ich fürchte, ich weiß es nicht.«

»Denk nur nicht, ich hätte dich nicht durchschaut.«

Mich durchschaut? Auf was bezogen? Sie konnte unmöglich die Wahrheit erahnen. »Wovon redest du?«, fragte ich in unbekümmertem Ton.

»Davon, dass du eine Alkoholikerin bist.«

Ich starrte sie an, völlig perplex. Aber auch erleichtert. Alkoholismus war etwas, das ich widerlegen konnte, dass ich mich als eine Frau ausgab, in deren Leben ich plötzlich gesprungen war, war ein bisschen schwieriger zu erklären.

»Eine Alkoholikerin? Das ist lächerlich.«

Mirabelle setzte nach. »Dann nimmst du was anderes. Drogen.«

Ich konnte nicht anders, als zu lachen, dann sah ich, dass sie es ernst meinte. Ich straffte mich. »Mirabelle, glaub mir, ich bin keine Alkoholikerin. Und ich nehme auch keine Drogen.«

Sie schnappte sich die letzte volle Flasche – einen türkisblauen Gin – und leerte sie über der Spüle. Der Geruch von Wacholder erfüllte den Raum.

»Falls es darum geht, was gestern Nachmittag im Auktionshaus passiert ist, dann ist das niemandem peinlicher als mir selbst. Ich habe mich einfach nicht gut gefühlt, und ich musste dringend raus an die frische Luft. Ich hatte plötzlich wieder diese schrecklichen Kopfschmerzen.«

Während ich darauf wartete zu hören, ob sie mir die Lüge abkaufte, ging ich zu unserem Kaffeeautomaten, stellte eine Tasse darunter und bediente die Tasten. Damit war diese absurde Diskussion für mich beendet.

»Es geht nicht nur um gestern«, sagte Mirabelle. »Du verhältst dich schon seit einiger Zeit seltsam.« Sie entsorgte nun auch die leere Ginflasche und zeigte dann mit ihrem knochigen Finger auf mich. »Du nimmst irgendwas. Das weiß ich.« Im nächsten Moment riss sie ihre Augen auf, als wäre ihr soeben eine Idee gekommen. »Es ist etwas Schlimmeres.«

»Etwas Schlimmeres?«

»Der bizarre Sturz von der Rolltreppe. Das Schlammchaos mit Aubyn. Dr. Cohen sagt, du hast ihm lauter merkwürdige Fragen über Paralleluniversen gestellt. Und dann dieser peinliche Auftritt gestern. Wenn du nicht irgendwelche Drogen nimmst, dann bist du *geistig* nicht fit.«

Das musste man der alten Krähe lassen – sie hatte recht. Ich war tatsächlich nicht fit, um eine van Holt zu sein. Ich war Abbey Lahey, eine Vorstadtmutter in Jogginghosen, eine PR-Expertin für Ungeziefer und ein wandelnder Tollpatsch. Komisch, dass von allen Leuten ausgerechnet Mirabelle diejenige war, die Verdacht geschöpft hatte. Weibliche Intuition, schätzte ich.

Ich nahm meinen Kaffee und trank einen Schluck davon, um Zeit zu gewinnen. Dann holte ich tief Luft und schlug denselben Ton an, den Jimmy immer benutzte, wenn er mit aufgebrachten Kunden sprach, den Ton, dessen Mirabelle sich meist bediente, wenn sie mit mir sprach.

»Mirabelle, ich kann dir versichern, dass ich *nicht* unter Drogeneinfluss stehe. Beziehungsweise unter Alkoholeinfluss. Und ich bin zu hundert Prozent geistig fit.« Ich stellte meine Tasse ab und ging auf die andere Seite der Kücheninsel, um meiner Schwiegermutter besser in die Augen sehen zu können. »Außerdem, wenn ich trinken oder regelmäßig Medikamente oder sonst was schlucken würde, denkst du nicht, dass Alex das mitbekäme? Frag ihn. Er wird dir sagen …«

»Halt Alex aus der Sache heraus«, unterbrach sie mich. »Ich möchte nicht, dass er abgelenkt wird. Nicht heute.«

»Ich soll ihn raushalten? Er ist mein Ehemann.«

Sie wurde kurz blass, dann sammelte sie sich wieder. »Alex ist blind, was dich betrifft. Aber ich weiß genau, dass hier etwas faul ist. Sogar oberfaul. Und ich werde nicht zulassen, dass es diese Familie zerstört. Oder Alex' Zukunft.«

Ihre Stimme hatte diesen vornehmen Tonfall wie immer, aber ihre Ansage war so deutlich wie eine Drohung auf dem Gefängnishof. Es gefiel mir nicht, in meinem eigenen Haus tyrannisiert zu werden. Ich begegnete Mirabelles tödlichem Charme mit meinem eigenen.

»Mirabelle. *Mom.* Ich danke dir ganz herzlich, dass du vorbeigekommen bist.« Ich ging zu meiner Handtasche, nahm mein iPhone heraus und tat so, als würde ich eine E-Mail lesen, eine Taktik, die ich von Charlotte gelernt hatte. Schließlich hob ich meinen Kopf. »Wenn du mich nun entschuldigen würdest, ich habe heute einen anstrengenden Tag vor mir. Alex wartet auf mich. Er *braucht* mich.«

Ich hatte sie noch nie so wütend gesehen. Beziehungsweise so sprachlos. Wir funkelten uns über die Theke hinweg an wie zwei Löwinnen, die kurz davor standen, sich gegenseitig in Stücke zu reißen.

In diesem Augenblick kam Gloria in die Küche getaumelt, gähnend und sich die Augen reibend. Als sie ihre Großmutter sah, rannte sie zu ihr hinüber und warf sich in den steifen Stoff ihres altmodischen Trenchcoats.

Mirabelle strich über Glorias Haar und hob dann Glorias Gesicht zu ihrem empor. »Guten Morgen, mein Täubchen. Bist du schon bereit? Du und Van, ihr bleibt heute bei mir, während Mommy und Daddy die Kampagne zu Ende bringen.«

Gloria lächelte, ich wusste, sie erhoffte sich Zeit mit Aubyn, den Schafen und vor allem ihrem Pferd. »Für wie lange?«, fragte sie.

»Den ganzen Tag.« Dann sah Mirabelle zu mir herüber, mit einem breiten Lächeln und einem triumphierenden Blick. »Und wenn es nach mir geht, vielleicht sogar noch länger. Vielleicht eine richtig lange Zeit.«

Mir meine Kinder wegnehmen? Das konnte sie nicht machen, oder?

Jedes Mal, wenn ich versuchte, klar zu denken, herauszufinden, ob das rechtlich überhaupt möglich war, geriet mein Kopf vor lauter Angst völlig durcheinander. Dies hier war mein schlimmster Albtraum, der wahr geworden war, und mir lief es kalt den Rücken herunter, obwohl ich in der riesigen Marmordusche der van Holts unter einem beständig laufenden heißen Wasserstrahl stand.

Dann bin ich eben von der Rolltreppe gefallen. Dann habe ich eben merkwürdige Fragen gestellt. Dann habe ich eben eine

Rede vermasselt. Aber das heißt nicht, dass ich drogenabhängig bin. Oder unzurechnungsfähig. Und wir leben nicht im 19. Jahrhundert, niemand kann einen anderen ohne triftigen Grund in eine Anstalt einsperren lassen.

Trotzdem war ich beunruhigt. Wenn man alles zusammenzählte, hatte ich mir in dieser Woche mehr als nur ein paar kleine Schnitzer geleistet. Und wer wusste schon, wie viele ich mir noch leisten würde. Ich ließ mich auf den Boden der Dusche sinken und kauerte mich zusammen. Ich fühlte mich so allein. Verängstigt. Mit diesem schrecklichen Gefühl, nicht zu wissen, was als Nächstes kommen würde.

Plötzlich hörte ich Schritte im Bad, dann das Ploppen der Glastür, die geöffnet wurde. Es war Alex, und er sah aus, als hätte er es eilig.

»Wo sind meine …« Er schaute mit finsterem Gesicht zu mir herunter. »Was machst du da auf dem Boden?«

»Äh … meditieren.«

»Ist das dein Ernst?«

Er beobachtete ungehalten, wie ich aufstand und versuchte, das Wasser abzustellen, aber ich wusste nicht mehr, wie das moderne Bedienelement funktionierte. Alex hielt seine Hand vor den Sensor. Das Wasser versiegte und rann gurgelnd in den Abfluss.

»Wo sind die Hemden, die du mir besorgen wolltest?«, fragte er, als ich aus der Kabine stieg.

Ich zuckte zusammen. »Ups.« Ich griff nach einem Handtuch und drückte es gegen mein Gesicht.

»Du nimmst mich auf den Arm, richtig? Abbey, heute ist Wahltag! Und ich habe kein frisches Hemd mehr zum Anziehen. Das hier hatte ich schon gestern an, es hat lauter Kaffeeflecken. Frank wartet unten auf mich.«

»Tut mir leid. Ich hab es einfach vergessen.«

Alex folgte mir in den begehbaren Kleiderschrank und zerrte wütend sein fleckiges Hemd aus der Hose. Ich schnappte mir einen Bademantel und band meine feuchten Haare zusammen, bevor ich anfing, mich durch Alex' Sachen zu arbeiten in der Hoffnung, zwischen all den dunkelblauen Blazern ein sauberes Hemd zu finden.

»Wo warst du gestern Nachmittag überhaupt?«, fragte er. Ich erstarrte kurz, schaffte es aber, mir auf die Schnelle eine Ausrede einfallen zu lassen. »Ich war bei diesem Afternoon Tea im Auktionshaus. Danach bin ich spontan etwas essen gegangen.«

Er kaufte es mir ab, oder es war ihm gleichgültig, jedenfalls meckerte er weiter.

»Und da konntest du nicht mal kurz bei Brooks Brothers vorbeischauen? Ich laufe seit zwei Tagen im selben Hemd herum, weil jemand seinen Aufgaben nicht nachgekommen ist.«

Ich drehte mich ungläubig zu ihm um. »Es war deine Mutter, die May gefeuert hat, und nicht ich, schon vergessen?«

Er war drauf und dran, etwas zu erwidern, bremste sich dann jedoch. Ihm wurde wohl bewusst, dass ich recht hatte. Es fühlte sich gut an, mit Selbstvertrauen zu reagieren statt mit Verwirrung. Nach zehn Tagen in dieser Ehe waren unsere Auseinandersetzungen ein bisschen fairer geworden.

Trotzdem, mit Rücksicht auf den heutigen Tag, reichte ich Alex den Ölzweig. »Ich kann kurz losflitzen und dir ein paar Hemden besorgen«, sagte ich fröhlich. »Ich muss mir nur eben was anziehen.«

»Wir werden in zwanzig Minuten in Springfield erwartet«, sagte er. »Und danach in der Schule und dann in der

Kirche. Und wir müssen um zwölf unsere Stimmzettel abgeben.«

»Fahr du einfach schon mal los in diesem Hemd hier, und ich stoße dann etwas später zu dir«, sagte ich. »Alex, vertrau mir. Es hat noch keiner eine Wahl verloren wegen eines Kaffeeflecks.«

»Kann das nicht Sunita machen? Ich möchte dich an meiner Seite haben.« Ich wollte gerade Okay sagen, doch er kam mir zuvor. »Weißt du was, vergiss es. Ich will nicht, dass Sunita meinen Wagen fährt.« Er griff in seine Hosentasche, warf mir einen Schlüssel zu und sagte: »Besorg mir drei. Und nur in Weiß oder Blau. Kein Rosa bitte.«

Ich wühlte in meinen Schubladen und Fächern und fand ein Sweatshirt, eine Jogginghose und ein Paar ausgetretene neongrüne Laufschuhe. Ich joggte in die Küche, füllte einen Thermobecher mit Kaffee und eilte damit zum Aufzug. Dann fiel mir der Regen ein, und ich machte noch einmal kehrt. Ich suchte im Dielenschrank, fand aber nur Wolljacken, einen bodenlangen Pelzmantel und eine Skihose. Ich stapfte zurück in meine Garderobe, stellte meinen Thermobecher ab und überflog die Regale und Kleiderbügel, bevor ich schließlich ein paar Schubladen durchwühlte. Da war kein Schirm, keine Regenjacke, nicht einmal eine Baseballkappe.

Wie konnte eine Frau mit zwölf J-Brand-Jeans, sechs Hermès-Tüchern und einer Schalkollektion von Nordstrom in allen Regenbogenfarben keine einzige Regenjacke besitzen? Dann ging mir ein Licht auf. Nordstrom, Regenjacke. Hatte ich nicht zwischen meinen Sachen in der Tüte, die dieser nette Mann – Bingley Cowan-Smith oder so – mir vorbeigebracht hatte, eine Regenjacke gesehen?

Ich kroch unter das Hängeregal und fand die große silberne Tüte hinter ein paar Stiefeln, genau dort, wo ich sie eine Woche zuvor hinverbannt hatte. Darin befanden sich eine khakifarbene Regenjacke mit einem geometrisch gemusterten korallenrot-weißen Innenfutter und ein dazu passender Schirm. Ich schnappte mir beides und streifte die Jacke über. Ich wollte die Tüte gerade wieder an ihren Platz zurückschieben, als mir etwas ins Auge fiel. Ich keuchte überrascht auf.

In der Tüte lag die rote Marc-Jacobs-Ledertasche. Dieselbe Tasche, die Abbey Lahey sich heimlich gekauft hatte – für fünfhundertachtundneunzig Dollar. Die Tasche, die den Streit ausgelöst hatte. Die Tasche, die am Samstag vor einer Woche auf dem Weg zurück in den Laden gewesen war. Ich starrte ungläubig darauf, nahm sie dann heraus und stellte sie auf den Marmortisch. Ich beäugte sie, als wäre sie ein wildes Tier, das jeden Moment zubeißen konnte oder davonrennen.

Meine Gedanken wanderten zu den letzten Tagen, an denen ich sie benutzt hatte … Gloria in ihrem Wäschekorb … Sam, der den Weg zu Miles' Haus entlanggewatschelt war … das Frühstück mit Jules … selbst der Streit mit Jimmy. Ich nahm die Tasche und drückte sie an meine Brust, das dicke, glänzende Leder fühlte sich in meinen warmen Händen kühl an.

Die Emotionen bauten sich auf und brachen dann über mich herein wie eine Welle, die von Weitem eher klein aussah, aber einem sofort die Füße wegzog. Ich fing an zu weinen, zuerst leise, dann heftiger, meine Schultern bebten, und meine Hände und Lippen zitterten. Tränen kullerten über mein Gesicht und tropften auf die Tasche, versanken schließlich in dem cremefarbenen Teppich.

Ich wünschte mir mit jeder Faser meines Körpers, ich würde diese Tasche in meinem richtigen Zuhause an mich drücken, während mein richtiger Mann unten schäumte. Genauer gesagt, nein. Ich wünschte mir, ich wäre zu Hause *ohne* die Tasche. Ich wünschte mir bei Gott, ich hätte sie mir nie gekauft, hätte nicht einmal ein Auge darauf geworfen. Tatsächlich wollte ich nie wieder eine Luxustasche haben. Wenn ich nur nach Hause gehen könnte, würde ich hoch und heilig schwören, dass ich meine Schlüssel und mein Portemonnaie für den Rest meines Lebens in einer braunen Papiertüte mit mir herumtragen würde.

Meine Traurigkeit verwandelte sich blitzschnell in Wut. Ich warf die Tasche auf den Boden und gab ihr einen Tritt. Dann drehte ich mich um und begann, wie rasend Kleider von ihren Bügeln zu zerren. Ich zog Pullover aus ihren Regalen und riss die Schubladen der Mittelkommode auf, schleuderte T-Shirts, Wäsche und sogar Schmuck auf den Boden. Ein funkelnder Diamantstecker kullerte über den Marmortisch und verharrte kurz vor dem Rand, bevor er doch hinunterfiel. *Wieder ein verlorener Ohrring,* dachte ich und eilte dann auf die andere Seite, um ihn zu suchen.

Als ich ihn aufhob, fand meine Wut ihr Ziel. Ich wusste, warum Alex' Worte über den verlorenen Ohrring mir so schlimm zusetzten. *Du musst endlich lernen, besser auf deine schönen Sachen aufzupassen …* Es war gar nicht so sehr das, *was* er gesagt hatte, sondern die grausame Art, *wie* er es gesagt hatte. Er hatte förmlich darauf gewartet, es zu sagen, hatte es geplant, all die Tage. Vielleicht hatte er es sogar genossen, mir dabei zuzusehen, wie ich auf allen vieren über den Boden kroch, und meine ganze Angst und Hinhaltetaktik und Lügerei lustig gefunden. Wer zum Teufel spielte jemandem so mit – und ganz besonders seinem Ehepartner?

In einer hitzigen Auseinandersetzung unter die Gürtellinie zu zielen, war ein unerfreulicher, aber normaler Teil einer Ehe. Jeder konnte einmal die Beherrschung verlieren. Ich hatte zu Jimmy viele Dinge gesagt, die ich hinterher sofort bereut hatte. Aber ich hatte nie versucht, ihm »eine Lektion zu erteilen«, beziehungsweise so etwas jemals in Betracht gezogen. Denn das war etwas, das man mit einem Kind machte. Und Alex war mein Partner. Mein Mann. *Meinesgleichen.*

Über die Kommode hinweg erhaschte ich einen Blick auf mein Spiegelbild. Das graue Sweatshirt, die Jogginghose und mein ungeschminktes Gesicht. Der verwüstete begehbare Kleiderschrank ähnelte meinem alten Kleiderschrank in Grange Hill. Meine Füße steckten in Sportsocken und Sneakern. Der Duft von Kaffee hing in der Luft.

Es fühlte sich alles so vertraut an, erschreckend vertraut.

Ich sah auf meine Armbanduhr. Viertel vor zehn. Um wie viel Uhr machte der Nordstrom in der City Line Mall auf?

Es war erstaunlich, wie viele Frauen an einem Dienstagmorgen vor dem Nordstrom-Eingang warteten, selbst in strömendem Regen. Sie schienen es kaum erwarten zu können, dass man sie hereinließ, und schauten immer wieder auf ihre Uhren oder spähten durch das Glas, wie Fabrikarbeiterinnen im 19. Jahrhundert, die vor dem ersten Läuten an ihren Webstühlen sein mussten.

Um zwei Minuten vor zehn schloss eine Frau mit einem silbergrauen Bob, einer eckigen roten Brille und einem schwarzen Hosenanzug die Eingangstür mit einem Klack und einem Klick auf. Die Kundinnen strömten in den hell erleuchteten Verkaufsraum. Sie verstreuten sich in Richtung Schuhabteilung, Kinderbekleidung und aktuelle Damenmode, ich lief allein zur Rolltreppe, meine Augen starr geradeaus gerichtet. Der Sirenengesang von Pelzen, Seide und Kaschmir würde heute viele Frauen in den finanziellen Ruin locken, aber mich nicht. Ich war nicht zum Einkaufen hier.

Die Rolltreppe wirkte höher und steiler, als ich sie in Erinnerung hatte, sie durchlief im Zickzack ein dreistöckiges Atrium. Meine Entschlossenheit verließ mich, und ich stand regungslos da, starrte die Rolltreppe an, verwirrt über ihre drohend aufragende Höhe und Geschwindigkeit.

Ich schloss die Augen und versuchte, mich an den Klang von Jimmys Stimme zu erinnern, an das Lächeln in seinen Augen. Ich atmete tief durch, hängte mir die Tasche über die Schulter und betrat dann das bewegliche Metall.

Auf halber Strecke, direkt über dem Klavier, beugte ich mich über die Balustrade und versuchte, mich über den Gummihandlauf zu hieven. Aber ich konnte nicht. Es fühlte sich so unnatürlich an, dass mein Körper sich physisch dagegen wehrte ... Der Überlebensinstinkt übertrumpfte den Herzschmerz. Gleich darauf kam ich oben an.

Ich umrundete die halbe Etage, fuhr wieder nach unten und startete dann den nächsten Anlauf, dieses Mal machte ich einen kleinen Hüpfer, als ich die Mitte erreichte. Doch ich konnte wieder nicht. Aus dieser Höhe sah das Klavier wirklich bedrohlich aus. Also ab nach unten. Ein paar Verkäuferinnen beobachteten mich, verfolgten misstrauisch, wie die Frau in Joggingkluft sich der Rolltreppe näherte, dann abdrehte und gleich darauf wieder darauf zusteuerte.

Ich geriet ins Schwitzen, zwang mich jedoch zu einem erneuten Anlauf. Dieses Mal fuhr ich ganz normal hoch und stieg in der Damenabteilung aus, wo ich mir einen Plan überlegte. Vielleicht sollte ich jemanden bestechen, damit er mir einen Schubs gab? Die Augen schließen und mich einfach fallen lassen?

Eine Kundin, die ihre Louis-Vuitton-Umhängetasche umklammerte, kam an mir vorbei und starrte mich an, wohl weil ich mit mir selbst sprach. Ich ging weiter nach hinten zur Herbstkollektion und verlor mich in einem Wald aus Merinowolle und Kaschmir. Bevor ich wusste, was ich tat, befühlte ich eine Jacke von Celine. Dann checkte ich den Preis eines schwarzen Jason-Wu-Pullovers. Ich blieb vor einer Reihe hautenger Alexander-McQueen-Kleider stehen. War das nicht der Designer, den Kate Middleton so mochte?

»Kann ich Ihnen helfen?«, fragte jemand hinter mir. »Kann ich Ihnen eine Größe heraussuchen?«

Ich drehte mich um und sah eine schöne Frau vor mir, die den hoffnungsvollen Blick von jemandem hatte, der auf Provision arbeitete. Ich starrte sie an und blieb stumm, obwohl ein Teil von mir am liebsten gesagt hätte: »Ja, Größe 34, bitte.«

Die Verkäuferin wirkte verwirrt. »Möchten Sie sich etwas anderes anschauen? Wir haben gerade ein paar wundervolle Kostüme hereinbekommen. Die würden ihnen fantastisch stehen.«

»Nein danke. Ich schaue mich nur ein bisschen um.«

»Sind Sie sicher? Ich kann Ihnen auch die brandneue Zac-Posen-Kollektion zeigen. Da sind ein paar wirklich schöne Sachen dabei.«

Schöne Sachen … Du musst endlich lernen, besser auf deine schönen Sachen aufzupassen.

Ich schüttelte den Kopf und entfernte mich von der Verkäuferin, nun fest entschlossen, das zu tun, wofür ich hergekommen war. Zielstrebig ging ich zurück zu der Rolltreppe und fuhr wieder hinunter. Auf der anderen Seite wartete ich, bis die Treppe frei war, bevor ich meinen Fuß daraufsetzte.

Aber wieder erstarrte ich. Dieses Mal, weil mein Blick auf die Kinderabteilung fiel. Was, wenn dies hier mein richtiges Leben war und Grange Hill nur ein Traum? Und was, wenn es damit endete, dass ich mich schwer verletzte und Gloria und Sam mit einer querschnittsgelähmten Mutter zurückblieben oder schlimmer noch, mutterlos? Ich konnte die Vorstellung nicht ertragen, dass meine Kinder von Mirabelle und einem rotierenden Aufgebot an Nannys aufgezogen wurden.

Ich ließ meinen Kopf und meine Arme hängen, besiegt.

Die Tasche glitt von meiner Schulter, und die Goldkette verfing sich in dem schmalen Spalt zwischen zwei Stufen. Ich zog daran, doch sie bewegte sich keinen Millimeter. Ich zog stärker, setzte mein ganzes Körpergewicht ein, um die Kette herauszubekommen.

Als ich das obere Ende der Treppe erreichte und die Stufen begannen, flach auszulaufen, knarrte die Goldkette unter der Belastung. Dann hörte ich ein schnappendes Geräusch.

Ich verlor das Gleichgewicht und stürzte rückwärts die Treppe hinunter. Kleider und Kunden und Metall und meine eigenen Schuhe rotierten vor meinen Augen wie in einer Diashow. Dann wurde es schwarz um mich her.

»Was ist passiert?«

»Ist sie verletzt?«

»Wir dürfen sie nicht bewegen.«

Als die Welt aufhörte, sich zu drehen, versuchte ich aufzustehen. Aber sofort spürte ich einen stechenden Schmerz in meiner Hüfte und Hände, die mich sanft herunterdrückten.

»Bleiben Sie liegen, meine Liebe.«

Meine Augen folgten der Stimme und konzentrierten sich auf eine ältere Verkäuferin, deren Gesicht mit Abdeckcreme zugespachtelt war. Ihre Besorgnis spiegelte sich in den Gesichtern ihrer Kolleginnen wider, die sich alle über mich beugten, während ich am Fuß der Rolltreppe lag.

Ich brauchte einen Moment, um meine fünf Sinne zusammenzunehmen und mich zu erinnern, was passiert war. Als es so weit war, jubelte ich innerlich.

Ich hatte es geschafft! Mag sein, dass ich mir keine Punkte für Anmut verdient hatte, aber ich hatte meinen Sturz auf der Nordstrom-Rolltreppe wiederholt. Ich dankte Gott für meine angeborene Ungeschicklichkeit, die endlich über meine Angst gesiegt hatte.

Zu begeistert, um einfach weiter liegen zu bleiben, raffte ich mich auf. Die Proteste der Verkäuferinnen und eines breitbrüstigen Wachmanns winkte ich einfach ab. Offenbar gab es eine große Sorge, dass ich mir etwas gebrochen haben könnte. Und Getuschel über eine Schadenersatzklage. Aber ich war zu vollgepumpt mit Endorphinen, um mich darum zu kümmern.

Das Licht schien sich verändert zu haben – alles war ein bisschen heller, leuchtender. Ich brauchte einen Moment, um zu realisieren, warum das so war. Ich sah zur Eingangstür auf der anderen Seite des Verkaufsraums. Als ich das Geschäft betreten hatte, war es draußen stark bewölkt gewesen und regnerisch. Nun schien die Sonne.

Ich war zurück!

Am liebsten wäre ich zum Ausgang gesprintet und zurück in mein richtiges Leben, aber das Nordstrom-Personal, das mich umringte, bestand darauf, dass ich auf den Notarzt wartete. Dann wurde ich, von beiden Seiten gestützt, in den Aufenthaltsraum gebracht und auf einen Metallstuhl gesetzt. Jemand brachte mir ein Glas Wasser. Ich stürzte es gierig hinunter. Das köstlichste Wasser, das ich jemals getrunken hatte.

Die Damen machten einen großen Wirbel um mich. Ihre Gesichter drückten eine Mischung aus Verzweiflung und Vergnügen aus. Sie schienen bestürzt darüber, dass sich jemand verletzt hatte, aber auch glücklich, einen Vorwand zu haben, um ihren Posten zu verlassen.

»Ich schwöre Ihnen, es geht mir gut«, sagte ich. »Mir ist das Ganze sehr peinlich.«

Ich lächelte, um meine Worte zu unterstreichen, obwohl meine Schulter schmerzhaft pochte und mein rechtes Knie sich anfühlte, als säße es in einem Schraubstock.

Bevor die Frauen reagieren konnten, hörte ich eine männliche Stimme mit einem britischen Akzent. »Vielen Dank, meine Damen. Ich werde von jetzt an übernehmen.«

Die Frauen verzogen sich mit enttäuschten Mienen, und ich hob den Kopf und sah Mr. Cowan-Smith, den Mann, der eine Woche zuvor Abbey van Holt das Ballkleid und ihre restlichen Sachen vorbeigebracht hatte. Dieses Mal war er nicht freundlich und charmant, sondern ernst und besorgt.

Seine hellblauen Augen senkten sich kurz auf meine Turnschuhe und wanderten dann wieder hoch zu meiner geröteten Stirn. Ich starrte ihn an, nach einem Zeichen des Wiedererkennens Ausschau haltend, aber seine Miene blieb ausdruckslos. Sah er mich als Mrs. van Holt oder als eine der namenlosen, gesichtslosen Mütter, die jeden Tag die Kleiderständer mit sehnsüchtigem Blick durchstöberten, aber nie mehr kauften als einen MAC-Lippenstift?

»Ich weiß nicht, wie es passiert ist«, sagte ich. »Wahrscheinlich liegt es an meinen Schuhen. Die Sohlen sind vom Regen ganz nass.«

»Nun, vielleicht sollten Sie beim nächsten Mal den Aufzug benutzen. Oder die Treppe.«

»Ich weiß, was Sie jetzt denken«, erwiderte ich, stand auf und hängte mir meine Tasche über die Schulter. »Dass ich Nordstrom verklagen werde. Ich kann Ihnen versichern, dass ich das nicht vorhabe. Ich bin nicht irgendeine Verrückte, ich bin nur eine Durchschnittsmutter aus Grange Hill ...«

Ich ließ meine Worte verklingen und beobachtete sein Gesicht, wartete auf eine Reaktion. Er sagte nichts, sondern bot mir nur seinen angewinkelten Arm, damit ich mich auf ihn stützen konnte.

»Der Notarzt ist bereits auf dem Weg«, drängte er. »Bitte.«

»Es geht mir gut. Wirklich.« Zum Beweis machte ich ein paar kleine Stepptanzschritte.

»Wenn Sie darauf bestehen zu gehen, kann ich Sie nicht daran hindern«, sagte er mit einem Seufzen. Er nahm meinen Arm und geleitete mich zurück in den Verkaufsraum, vorbei an der Rolltreppe, dem Klavier und der Schuhabteilung bis zum Ausgang. »Bevor Sie gehen, möchte ich Ihnen allerdings noch einmal versichern, dass Sie unsere höchste Wertschätzung genießen und dass wir Ihnen jede Unterstützung anbieten, um Sie als unsere Kundin zufriedenzustellen. Ich denke, Mrs. van Holt, dass es das Beste sein wird, wenn Sie von nun an nur noch online bei uns einkaufen.«

Wir sahen uns an, während seine Worte langsam in mein Hirn sickerten. Ich konnte es nicht fassen. Es hatte nicht funktioniert. Ich war immer noch Mrs. Alexander van Holt.

Nur dass ich nun Mrs. van Holt mit einer geprellten Stirn, einem schmerzenden Knie und einem Tag voller Wahlkampfauftritte war, durch die ich mich heucheln musste.

Und anschließend durch ein Leben mit dreistündigen Mahlzeiten, überfüllten Benefizveranstaltungen, Zehn-Meilen-Laufstrecken und Einkaufsmarathons.

Außer natürlich bei Nordstrom.

Als ich mit Alex' schnittigem Porsche zurückfuhr, samt ein paar hastig erworbenen Hemden auf dem Rücksitz, fühlte ich mich ohnmächtig. Und desillusioniert.

Ich fädelte mich wie benommen auf der Interstate 76 in Richtung Osten ein. Ich fuhr langsam, deutlich unter der erlaubten Höchstgeschwindigkeit, und wurde von Truckern angehupt, die mich schließlich verärgert überholten. Als mir ein Halbwüchsiger in einem Honda Civic mit goldenen Felgen den Stinkefinger zeigte, fuhr ich an der nächsten Ausfahrt ab, hielt dann auf dem Seitenstreifen und schaltete den Motor aus. Ich öffnete die Wagentür und beugte mich heraus, weil mir speiübel war.

Das letzte Mal, dass ich mich so gefühlt hatte, war acht Monate zuvor gewesen, als Jimmys bester Kunde, ein Büroparkbetreiber, der jeden Monat einen Vorschuss überwies, mit dem unsere Hypothekenrate zur Hälfte abgedeckt war, den wöchentlichen Grünpflegeservice kündigte. Es stellte sich heraus, dass der gesamte Komplex verkauft worden war und dass der neue Eigentümer, ein abwesender Geschäftsmann aus New York, »ein paar Veränderungen vornehmen wollte«. Jimmy hatte zwar noch andere Kunden, trotzdem war das ein heftiger Schlag, nicht nur finanziell, sondern auch für Jimmys Ego. Dem neuen Besitzer war es gleichgültig, dass der Rasen inzwischen auf natürliche Art frei von Unkraut war oder dass die neuen Birnbäume auf dem Parkplatz im Sommer Schatten spendeten. Auch mein Mann war ihm gleichgültig. Als er mit ihm telefonierte, um den Auftrag zu stornieren, nannte er ihn Johnnie.

Kurz darauf begann Jimmy, seine Mitarbeiter zu entlassen, bis schließlich nur noch er und eine Teilzeitkraft übrig waren. Die Firma mit ihren fünf Beschäftigten, im Sommer manchmal bis zu neun, war nun auf anderthalb Mann zusammengeschrumpft. Und Jimmy riss sich ein Bein aus, um mehr Arbeit heranzuschaffen, indem er jeden ansprach, den er kannte. Neue Kunden gewann er dadurch nicht.

Eines Abends, ungefähr zwei Wochen vor dieser Zeit – ich kochte gerade die Zahnbürsten und Schnabeltassen der Kinder in einem Topf aus –, setzte Jimmy sich auf einen Barhocker am Ende der Küchentheke. Ich kannte diesen Blick: Er wollte reden.

»Ab?«

»Was gibt's?«

»Die Firma läuft nicht mehr so gut.« Ich tat so, als wäre ich in mein Hexengebräu vertieft, um Jimmy Raum zu geben, sich zu öffnen, aber innerlich war ich ganz Ohr. Es sah Jimmy nicht ähnlich, den Zustand seiner Firma unaufgefordert zur Sprache zu bringen. Während ich keine Gelegenheit versäumte, um mich über meinen Job und meine Chefin zu beschweren, ließ Jimmy das Geschäftliche hinter sich, sobald er zur Tür hereinkam. »Und ich weiß nicht wirklich, was ich dagegen machen kann«, fuhr er fort. »Ich bewerbe mich um jeden Auftrag hier in der Gegend, aber die Konkurrenz ist groß. Die anderen Firmen suchen auch Arbeit, und sie bieten sich oft billiger an.«

»Vielleicht kannst du mit deinen Preisen ein bisschen runtergehen.«

Er stieß ein Seufzen aus. »Ich wünschte, ich könnte. Doch ich muss eine Frau und zwei Kinder ernähren. Und einen Studienkredit abbezahlen und dieses verdammte Haus …«

Er unterbrach sich und wandte seine Augen ab. Ich war überrascht, weil dies das erste Mal war, dass Jimmy andeutete, dass es ihn nicht in Ekstase versetzte, eine Frau zu haben, zwei Kinder und ein renovierungsbedürftiges Haus. Der Schock wich dennoch rasch eher praktischen Überlegungen.

»Ich kann meine Chefin fragen, ob sie jemanden kennt. Oder Max von Maxim Pest. Er arbeitet mit vielen …«

Jimmy fiel mir ins Wort. »Nein, Süße. Bitte, unternimm nichts.« Ich war gekränkt, hielt aber den Mund.

»Ich werde eine Entscheidung treffen müssen. Entweder ich mache weiter und hoffe, dass es bald wieder aufwärts geht, oder ich suche mir einen anderen Job. Ich weiß echt nicht, was ich machen soll.«

Unsere Blicke trafen sich, und er fügte hinzu: »Ab, ich habe Angst.«

Dann legte er den Kopf in seine Hände.

Im Nachhinein wusste ich, was ich damals hätte tun sollen. Ich hätte Jimmy in den Arm nehmen sollen und ihm versichern, dass sich alles zum Guten wenden würde. Ich hätte ihm sagen sollen, dass ich stolz auf ihn war, egal, was passieren würde. Ich hätte ihm versprechen sollen, dass wir alles tun würden, was notwendig war, um die Firma am Leben zu erhalten … dass wir den Kühlschrank verkaufen würden, den Wagen und Teufel noch mal, sogar meinen traurigen, nicht mehr ganz taufrischen Körper, wenn wir dadurch seinen Traum bewahren konnten.

Das alles tat ich jedoch nicht. Ich stand nur da, zu sehr mit meinen eigenen Sorgen beschäftigt, um Trost zu spenden. Zu sehr damit beschäftigt, einen Plan zu entwerfen, um für Jimmy einen neuen Job mit einem regelmäßigen Gehalt zu finden. Und damit, im Kopf zu überschlagen, wie viel wir für die Rasenmäher und die Schneepflüge bekommen würden.

Während ich am Straßenrand stand und der Neuwagengeruch sich mit den Autoabgasen mischte, fühlte ich mich mieser als mies. Ich schämte mich. Ich hätte alles dafür gegeben, wenn ich die Zeit zurückdrehen könnte, um Jimmy zu sagen, was ich ihm an jenem Abend hätte sagen sollen: *Ich weiß, es ist hart. Und ich weiß, du hast Angst. Aber was auch kommen mag, wir werden es überstehen. Zusammen. Weil ich dich liebe, und weil Liebe genau das bedeutet.*

Die Sonne wanderte in die Wolken hinein und wieder hinaus, sie warf Schatten um meine Füße. Ich beobachtete, wie der Schatten kam und ging, immer noch zu benommen, um mich zu bewegen.

Schließlich atmete ich tief durch und faltete meine Gliedmaßen wieder in den tiefen Schalensitz. Ich drehte den Zündschlüssel und lenkte den Wagen zurück in Richtung Stadt.

Es gab keinen anderen Ort, wo ich hinkonnte.

Kapitel 16

Er war hier gewesen, vielleicht sogar an diesem Morgen erst. Er hatte das Laub entfernt und Unkraut gezupft. Er hatte den letzten Sommerblütenstaub vom Stein gefegt. Neben den violetten Chrysanthemen, die er auf das Grab gepflanzt hatte, steckte eine kleine Phillies-Fahne in der Erde.

Miles wusste immer, wie man Jane zum Lächeln bringen konnte.

Ich las die Grabinschrift und seufzte.

JANE LOUISE LAHEY
1953–2010
GELIEBTE EHEFRAU, MUTTER, FREUNDIN

Stumm fügte ich ein weiteres Attribut hinzu: geliebte Schwiegermutter.

Als Oscar mit dem Chevrolet in diese Straße hier gebogen war und vor der Erlöserkirche gehalten hatte, hatte ich zunächst nur an einen Abstecher zu einem weiteren improvisierten Wahllokal im Delaware County gedacht. Es hatte ein paar Minuten gedauert, bis mir gedämmert hatte, warum mir die Kirche bekannt vorgekommen war. Immerhin waren seit Janes Beisetzung schon vier Jahre vergangen. Ich hatte genauer hingesehen und mich wieder erinnert und dann erkannt, dass sich nichts geändert hatte: ein Aufsteller, wie man ihn von Restaurants kannte, auf dem die Gottesdienstzeiten aufgeführt waren wie Tagesgerichte, breite Betonstufen, die Vorderfassade, die mit silbergrauem Stein geklinkert war, die anderen drei Außenseiten mit den verwitterten Ziegeln. Als könnte Gott nicht sehen, dass für die Seiten und die Rückseite billigeres Material verwendet worden war.

In meiner Erinnerung war die Kirche viel dunkler, viel düsterer, als sie in Wirklichkeit war. Das Schild draußen vor dem Eingang mochte ewiges Leben anbieten, mir bot es nur ein Ende. Von all den Menschen, die ich aufrichtig liebte, war Jane die Einzige, die bereits tot war. Ihre Beisetzung war die einzige, an der ich bisher teilgenommen hatte.

Und nun stand ich vor ihrem Grab, während Alex Wählern die Hände schüttelte. Ich hatte ihm gesagt, dass ich kurz telefonieren wolle, um nach den Kindern zu fragen, was ich auch getan hatte, aber direkt danach hatte ich mich davongestohlen zu dem angrenzenden Friedhof, wo ich über ausgetretene Pfade gegangen war, bis ich Janes Grab gefunden hatte. Und nun berührte meine Hand dieselbe Erde, die Miles fast täglich berührte.

Miles und Jane hatten so viel überstanden ... Sie hatten ihre vier Jungs durch die katholische Schule gebracht und zwei durchs College. Sie hatten Autounfälle und Windpocken und Entlassungen überlebt. Sie hatten es geschafft, ein bisschen Geld auf die Seite zu legen für sich selbst und waren schließlich wie zwei Marathonläufer händchenhaltend kurz vor der Ziellinie, dem Ruhestand, gewesen, als Janes Krebs zurückgekehrt war und ihnen das geraubt hatte, was ihre Ehrenrunde hätte sein sollen – den Lebensabend. Jane hatte in der Ehe die ultimative Oberhand gehabt. *Du bist sauer, weil ich den Müll nicht rausgebracht habe? Nun, wie wär's, wenn ich Krebs bekäme und einen langsamen und qualvollen Tod sterben würde, vor deinen Augen und den Augen der Kinder? Wie wär's damit?*

Aber für Miles und Jane war es nicht um eine verdiente Strafe gegangen, nicht einmal darum, wer von den beiden krank gewesen war. Sie waren vier Jahrzehnte so untrennbar miteinander verbunden gewesen, dass es war, als wären sie beide krank, als spürte Miles genauso die Schmerzen, verlöre genauso viele Haare und genauso viel an Gewicht.

Miles und Jane hatten nie einen Scherz auf Kosten des anderen gemacht oder sich auch nur leise gegenseitig kritisiert. Sie waren sich ihr ganzes gemeinsames Leben lang treu ergeben gewesen. Laut Jimmy hatten sie sich vor einem Fernsehstudio kennengelernt, nachdem sie sich beide vergeblich für eine Tanzshow beworben hatten. Sie hatten es zwar nicht in die Sendung geschafft, sich dafür aber ineinander verliebt. Ein ziemlich fantastischer Trostpreis und eine tolle Geschichte, die man später seinen Enkelkindern erzählen konnte.

Bestimmt hatten sie auch ihre Auseinandersetzungen gehabt – Jimmy hatte einmal erwähnt, dass es zwischen den beiden Hitzköpfen manchmal zu richtigen Schreiduellen gekommen war –, aber als ich sie kennengelernt hatte, war ihre Beziehung von gegenseitiger Anhimmelung und unerschütterlicher Treue geprägt gewesen. Und die Ergebenheit war selbst jetzt noch zu spüren, obwohl der Tod sie auseinandergerissen hatte. Miles kümmerte sich gewissenhaft um das Grab und bepflanzte es so wie die Blumenkästen, um die Jane fast vierzig Jahre lang einen Wirbel gemacht hatte, als wollte er ihr sagen: *Auch wenn wir voneinander ge-*

trennt sind, du bist mir immer noch wichtig. Du bist immer noch meine Nummer 1.

Ich dachte an die unzähligen Male, die ich Jimmy leise verflucht hatte, weil er nicht jemand war wie Alex. Und daran, dass ich nun wahrscheinlich Alex verfluchte, weil er nicht Jimmy war. Nun fragte ich mich, was die beiden Männer eigentlich für mich empfanden? Wenn ich sterben würde, würden sie dann mein Grab besuchen und es mit Wildblumen und Modezeitschriften und Donuts schmücken? Hatte ich diese Art von Hingabe verdient? War ich fähig, selbst Hingabe zu schenken?

Ich berührte den nassen Grabstein. »Leb wohl«, flüsterte ich Jane zu. »Ruhe in Frieden. Du hast es verdient.«

Als ich zu den anderen zurückkehrte, sah ich, dass sie nicht mehr vor dem Kircheneingang standen und Wähler begrüßten, sie steckten ihre Köpfe auf dem Parkplatz neben dem schwarzen Chevrolet zusammen. Ich ging zu ihnen hinüber und sah, dass sie alle auf Calvins iPad starrten. Hoffentlich gute Neuigkeiten, dachte ich.

»Was gibt's?«

Einer nach dem anderen sah mich perplex an, aber keiner sagte etwas. Alex setzte zum Sprechen an, überlegte es sich dann jedoch anders. Er öffnete die hintere Wagentür und herrschte mich an.

»Steig ein!«

O Shit. Ich zog den Kopf ein, um in den Wagen zu klettern. Alex faltete seine langen Gliedmaßen zusammen und ließ sich knarzend neben mich in den Ledersitz fallen, Frank und Calvin stiegen in der Mitte ein, und Sunita nahm vorne auf dem Beifahrersitz Platz. Oscar ließ sich hinter das Steuer gleiten und startete den Motor.

Alex saß wie erstarrt neben mir. Er wollte mich nicht ansehen, nicht einmal, als ich seinen Arm berührte.

Mein Herz fing an, schneller zu schlagen. Was hatte ich nun schon wieder verbrochen? Ich ging im Geiste die letzten vierundzwanzig Stunden durch. Hatte Alex von dem Debakel mit den Friends of Lafayette erfahren? Nein, ich konnte mir nicht vorstellen, dass ihn das wirklich interessierte. Hatte er herausgefunden, dass ich bei May war? Falls es darum ging, hatte ich eine Ausrede – wir wollten May nur ihre Tasche zurückbringen. Dann fiel es mir ein. Die E-Mail an Larry. Alex war irgendwie dahintergekommen, dass ich die Arielle-Story geleakt hatte. O nein. Das würde mich in große Erklärungsnot bringen.

»Alex, bitte sei mir nicht böse«, sagte ich, obwohl ich ihm ansah, dass er es bereits war. »Ich wollte dir helfen. Ich konnte nicht mitansehen, wie du zwischen den Fronten stehst.« Er sah mich ungläubig an. »Und niemand weiß, dass ich es war. Ich schwöre.« Ich legte zur Bekräftigung meine Hand aufs Herz.

»Ach nein?« Er schnappte sich Calvins iPad und hielt es mir vor die Nase. »Es weiß also niemand? Da muss ich dich leider enttäuschen.«

Ich zwang mich, auf den Bildschirm zu schauen, mit einer Titelstory auf Philly.com rechnend, in der Alex mit Arielle und Pastor Wallace und den Brindles und Gott weiß wem sonst noch alles in Verbindung gebracht wurde. Stattdessen sah ich ein körniges YouTube-Startbild. Ich drückte auf Play.

Die Szenerie kam mir bekannt vor, aber es dauerte einen Moment, bis ich erkannte, warum. Und als schließlich der Groschen fiel, spürte ich, wie sich mir der Magen umdrehte. Es handelte sich um ein mit dem Handy gefilmtes

Video von mir in der Bar in Chinatown. Ich saß an der Theke, trank fröhlich lachend mein Bier und flirtete unbeholfen mit dem Mann neben mir – um siebzehn Uhr an einem Montagnachmittag. Das Bild war aus einer Ecke hinter der Theke aufgenommen, aber trotz der schummrigen Beleuchtung waren mein hellrotes Kostüm, meine graue Perlenkette und meine blonden Haare unverkennbar. Neben mir, das Gesicht halb von seiner Mütze verdeckt, saß Jimmy.

Zu meinem Entsetzen hatte das Video einen Titel: FRAU VON SPITZENKANDIDAT BEIM FREMDTURTELN ERWISCHT.

Aber die Worte ergaben keinen Sinn. Es war alles so seltsam. »Was ist das?«, flüsterte ich, bemüht zu verstehen.

Frank wandte sich an mich. »Bist du gestern in einer Bar gewesen? In einem Lokal namens Wok Ling?«

»Nein! Ich meine ja, ich meine …« Ich war immer noch zu schockiert, um richtig durchzublicken. »Ich war da. Für einen Drink. Aber es war nur ein Drink. Ich schwöre.«

Ich senkte meinen Blick wieder auf das iPad, und mein logisches Denkvermögen kam stotternd zu sich. Offenbar war Jimmy nicht der Einzige gewesen, der mich auf CNN erkannt hatte. Ich hatte die ganze Zeit vermutet, der junge Kellner würde mit seinem Handy chatten oder spielen, in Wirklichkeit hatte er Jimmy und mich gefilmt. Danach hatte er das Video wohl im Internet hochgeladen. Auf YouTube hatte es bereits mehr als siebenhundert Aufrufe.

Frank stand die Fassungslosigkeit im Gesicht geschrieben. »Wie konntest du nicht bemerken, dass du gefilmt wurdest?«

»Ich habe gesehen, dass der Kellner mit seinem Handy beschäftigt war, aber ich dachte, er würde chatten oder so«, antwortete ich beklommen. »Das war noch ein Teenager.

Ich kann nicht glauben, dass er mich erkannt hat. Selbst wenn, ich war nur kurz in der Bar, um ein Bier zu trinken und einen Happen zu essen.«

»Nun, das Problem ist, dass es nicht so aussieht«, sagte Frank. »Es sieht vielmehr so aus, als wären du und dieser Kerl …« Er unterbrach sich und blickte Alex fragend an, um sich dessen Erlaubnis zu holen, bevor er fortfuhr, da er wusste, dass er hier ein Gebiet betrat, das privat war, nicht nur politisch. Aber Alex nickte, als hätte jeder im Wagen das Recht mitzuhören, und Frank griff seinen Gedanken wieder auf. »Es sieht so aus, als wärt ihr, ich meine, du und dieser Mann … na ja … als wärt ihr ein *Paar.*«

Das Wort hing in der Luft wie ein ekliger Geruch. Wie etwas Abstoßendes und ganz und gar Abscheuliches. Ich konnte Frank nicht sagen, was ich am liebsten erwidert hätte: *Das liegt daran, dass wir ein Paar sind. Er ist mein Mann!*

Natürlich war genau das das Problem. Wenn man die beiden Menschen in dem Video beobachtete, wirkten sie eher wie zwei Freunde statt wie zwei Fremde, die sich zufällig an der Theke einer Bar begegnet waren. Das schüchterne Lächeln, die Art, wie wir uns zueinander hin beugten, der Moment, als ich die Augen schloss und Jimmys Geruch einatmete.

Die Bilder hatten das Zeug dazu, einen Internethype zu entfachen, weil sie andeuteten, dass ich Alex betrog, und weil auch etwas dran war: Nur eine Frau, die verliebt war, sah einen Mann so an.

Trotzdem, ich wusste auch, dass ich nichts Falsches getan hatte. Jimmy und ich hatten uns kaum berührt. Außerdem war nicht ich diejenige, die sich um ein öffentliches Amt bewarb, sondern mein Mann.

»Warum spielt das eine Rolle? Wen kümmert es, wonach es aussieht?«, fragte ich trotzig.

»Wen es kümmert?«, fragte Frank. »Die ganze verdammte Internetgemeinde, die kümmert es.« Er nahm sein Smartphone und begann, ein paar Twitter-Kommentare vorzulesen.

»Die van Holts reihen sich ein in die lange Liste von politischen Heuchlern …«

»Und ich dachte, die würden sich so sehr lieben …«

»Wenn sie ihn nicht mehr haben will, ich nehme ihn gern …«

»Wohl doch nicht so ganz wie im Märchen …«

»Was für eine …«, begann Frank.

Alex unterbrach ihn. »Frank!«, rief er. »Wir haben es kapiert!«

»Sorry. Aber wir haben keine Zeit, um die Sache zu bereinigen«, erwiderte Frank. »Und das ist noch nicht alles. Es gibt sogar ein Internet-Mem. Irgendwer hat die Bilder in der Bar mit dem Märchenkommentar aus dem CNN-Interview unterlegt. Der Clip ist überall im Netz.«

Er nahm mir das iPad aus der Hand und rief den Clip auf. Ich verbarg vor Scham mein Gesicht in den Händen und fing an zu weinen.

»Könnt ihr uns eine Minute geben?«, bat Alex die anderen.

Frank, Calvin, Sunita und Oscar klickten ihre Gurte auf und stiegen mit düsteren Gesichtern aus, Alex und ich blieben allein im Wagen zurück.

Ich beruhigte mich ein wenig und wartete darauf, dass Alex etwas sagte. Als von ihm nichts kam, begann ich, eindringlich auf ihn einzureden.

»Alex, ich bin da wirklich nur reingegangen, um ein

Bier zu trinken. Ich war nicht mal eine volle Stunde in dem Lokal. Bitte sag mir nicht, dass du denkst, ich hätte eine Affäre.«

Er runzelte verärgert die Stirn, dann hob er seine Hand. »Beruhige dich. Ich weiß, dass du keine Affäre hast.« Gott sei Dank. Welche Probleme es in der Ehe der van Holts auch immer geben mochte, der Verdacht auf Untreue gehörte nicht dazu. Alex war trotzdem wütend. »Was diese Internettrolle sagen, interessiert mich nicht«, brummte er. »Ich verstehe nur nicht, wie du so dumm sein konntest. Gerade *du* solltest es doch besser wissen.« Ich ließ den Kopf hängen, während er fortfuhr. Seine Wut schlug um in Verzweiflung. »Ich verstehe das einfach nicht. Du warst doch diejenige, die mir in den letzten sechs Monaten ständig gepredigt hat, dass ich auf jeden meiner Schritte achten muss. Dass man nie zu vorsichtig sein kann. Dass alles, was ich mache, eine Botschaft aussendet. Und dann, eine Woche vor der Wahl, verwandelst du dich in ein PR-Desaster. Zuerst fällst du von der Rolltreppe. Dann gibst du Ferguson den dicken Scheck. Und nun das hier.« Er blickte voller Abscheu auf das iPad, dann wieder zu mir. »Wenn ich es nicht besser wüsste, würde ich sagen, du versuchst, meinen Wahlkampf zu sabotieren.«

»O Alex, nein, ich schwöre dir, das ist bestimmt nicht meine Absicht. Ich habe nur ein paar Fehler gemacht.«

»Fehler? Abbey, ich bitte dich. Das sind mehr als nur Fehler. Du verhältst dich schon die ganze Woche so … *eigenartig.*«

Dann war es ihm also aufgefallen. Und ganz ehrlich, ich konnte es ihm nicht verübeln. Einzeln betrachtet, war jeder Fehltritt logisch zu erklären. Zusammengenommen ergaben sie etwas, das man nur mit einem ernsthaft schizoiden Verhalten gleichsetzen konnte. Mir wurde bewusst, dass ich

Alex eine Antwort schuldete, und zwar eine, die überzeugender war als ein »Ich bin einfach erschöpft«.

Ich sah auf meine Hände, um seinen Blick nicht entgegnen zu müssen. »Die Wahrheit ist, Alex, dass ich gerade völlig überfordert bin«, erklärte ich. »Ich dachte, es würde einfacher sein, aber das ist es nicht. Ich schätze, der ganze Druck ist einfach zu viel für mich.« Gelinde ausgedrückt.

»Druck?« Er beugte sich zu mir, als könnte er nicht glauben, was er gerade gehört hatte. »Du findest, *du* stehst unter Druck? Und was ist mit mir? Denkst du etwa, ich würde mir manchmal nicht am liebsten eine Auszeit nehmen? In einer Bar versacken? Im Moment klingt das verdammt verlockend für mich.« Mein Gesicht glühte vor Scham. Alex hatte recht. Ich hatte nicht berücksichtigt, was er alles bewältigte: den Wahlkampf, einen fehlgeleiteten Vater und – seien wir ehrlich – eine Katastrophe von Ehefrau, die nun zu seiner politischen Belastung geworden war. Er fuhr fort. »Aber nein. Das kann ich vergessen. Stattdessen bin ich jede Sekunde auf Achse und reiße mir den Arsch auf.«

»Ich weiß«, sagte ich reumütig, in kläglichem Ton. »Und es tut mir leid. Ich habe einfach Mist gebaut. Ich habe nicht nachgedacht.«

»Nun, ich hoffe, es hat sich gelohnt. Womöglich wird uns das die Wahl kosten.«

Dann klopfte er an die Scheibe, um Frank und den anderen zu signalisieren, dass es weitergehen konnte. Und um mir zu signalisieren, dass das Gespräch beendet war.

Der vollbesetzte Chevrolet umkurvte Wagen, die in der zweiten Reihe parkten, und überholte zu langsame Fahrzeuge. Oscar versuchte alles, um uns so schnell wie möglich in die Innenstadt zu befördern. Ich sollte in unser Penthouse zurückgebracht werden, wo ich laut Plan für den restlichen Tag unter Hausarrest stand. Vor Demütigung brannten mir die Ohren. Ich saß da und hörte den »Erwachsenen« zu, die darüber diskutierten, wie man den Schaden, den ich mit meinem kindischen Ungehorsam angerichtet hatte, wieder beheben konnte.

»Das Video hat keinen Zeitstempel, nur das Datum, wann es hochgeladen wurde«, sagte Calvin. »Wir könnten behaupten, dass die Aufnahme schon älter ist ... ein paar Jahre alt.«

»Nein, es ist ziemlich offensichtlich, dass die Bilder von gestern stammen«, widersprach Frank. »Sie trägt dasselbe Kostüm wie bei dem CNN-Interview.«

Vorne meldete sich nun Oscar zu Wort, was so untypisch für ihn war, dass seine tiefe Stimme uns alle aufschreckte. Wir lauschten ihm aufmerksam. »Vielleicht sollten Sie einfach sagen, dass die Familie tabu ist. So wie Obama das getan hat, als Sarah Palins Tochter schwanger wurde.«

»Ich verstehe, was Sie meinen, Oscar, aber in dem Video ist nicht Alex' Tochter zu sehen«, sagte Frank, »sondern seine Frau.« Die Art, wie er *seine Frau* sagte, gab mir das Gefühl, unsichtbar zu sein, als würde die Person, von der er gerade sprach, nicht einen halben Meter von ihm entfernt sitzen.

»Das Bullock-Lager wird sicher begeistert sein«, fügte er hinzu. »Gott, was für ein Geschenk für sie. Und dazu noch am Wahltag.«

»Vielleicht könnten wir das gegen sie verwenden«, sagte Calvin. »Indem wir verlauten lassen, dass Amanda das Video überall verbreitet. Um uns mit Dreck zu bewerfen.«

»Nein«, sagte Alex. »Lassen wir Amanda aus der Sache heraus. Wir können nicht beweisen, dass sie etwas damit zu tun hat. Außerdem ist das unser Problem, nicht ihres.« Alex plädierte für den rechten Weg, was mein schlechtes Gefühl nur noch verstärkte. Wieder einmal bewies er, warum er ein guter Abgeordneter sein würde. Dank mir war diese Chance vielleicht vertan.

Alle waren still und überlegten.

»Vielleicht sollten wir einfach abstreiten, dass Abbey in der Bar war, und behaupten, dass das Video gefälscht ist«, schlug Sunita vor. Mit Photoshop bearbeitet oder so?«

Ich rollte mit den Augen über diesen Vorschlag, hielt aber den Mund.

»Nein«, sagte Frank und seufzte. Dann warf er einen Blick aus dem Fenster und auf seine Armbanduhr. »Wir haben bereits Mittag. Die Wahllokale schließen in neun Stunden. Vielleicht unternehmen wir am besten *gar nichts.* Lasst uns einfach das Spiel über die Zeit bringen und das Beste hoffen.«

Das reichte. Ich konnte meine Zunge nicht länger im Zaum halten.

»Das könnt ihr nicht«, murmelte ich und schüttelte den Kopf.

Frank hörte es und schwang zu mir herum. »Was war das?«

Sein Ton war herablassend und spöttisch, ich ließ mich jedoch nicht davon beirren. »Ich sagte, ihr könnt nicht *nichts* unternehmen. Nicht in so einem Fall.«

»Abbey, bei allem Respekt, aber überlass das uns.«

»Ich will damit nur sagen, dass die Sache eskalieren wird, wenn ihr sie ignoriert«, argumentierte ich. »Ich meine, weshalb heißen diese Videos Viralclips? Weil sie sich rasend schnell und unkontrolliert ausbreiten und ein Eigenleben entwickeln. Und dann erscheint das, was vorher nur ein Gerücht war, plötzlich als Wahrheit. Und wenn sich dann auch noch die Presse und die anderen Medien darauf stürzen ...«

Franks Wangen bekamen die Farbe von Rotwein, und seine Augen traten hervor. Er sah aus, als würde er jeden Moment explodieren. Und das tat er auch, indem er seiner kampagnengroßen Geringschätzung für Abigail van Holt freien Lauf ließ.

»Ich sage dir nicht, in welcher Farbe du deine Nägel lackieren sollst oder wo du deinen Lunch einnehmen sollst, deshalb würde ich es begrüßen, wenn du es unterlassen könntest, mir zu sagen, wie ich meinen Job zu machen habe. Vor allem nach dem ganzen Ärger, den du uns eingebrockt hast.« Ich konnte nicht glauben, dass er vor meinem Mann so mit mir redete beziehungsweise dass Alex das zuließ. Aber Alex schien uns nicht zuzuhören, er wirkte tief in Gedanken versunken. Alex«, sagte Frank, um seine Aufmerksamkeit zu erlangen. »Alex!«

»Ja?«

»Lass uns den Fototermin in eurem Wahllokal absagen. Das ist unsere einzige Möglichkeit. Wir halten uns strikt von der Presse fern und tun so, als wäre das hier nie passiert.«

Der Wagen hielt vor unserem Haus. Frank stieg rasch aus und hielt mir die Tür auf, das Signal für mich zu gehen. Ich kletterte aus dem Wagen.

Aber bevor sich die Wagentür ganz schloss, stieß Alex sie wieder auf. »Abbey, warte.«

»Ja?«

»Wenn wir es nicht ignorieren können, was sollen wir dann tun?«

Ich straffte mich und sah ihm in die Augen. »Uns der Sache stellen«, sagte ich. »Frontal.«

Nach einer langen Diskussion beschlossen wir, dass der beste Ort für eine Konfrontation mit dem Video das Wahllokal in der Church of the Holy Trinity war, wo Alex und ich wie geplant unsere Stimmen abgeben würden – und wo wir davon ausgehen konnten, dass zumindest ein paar Pressevertreter zum obligatorischen »Kandidat lächelt, winkt und stimmt für sich selbst«-Fototermin anwesend sein würden. Normalerweise wurden diese Standardbilder gleich als Erstes am frühen Morgen gemacht, aber der Regen hatte den Kelly Drive am Ostufer so stark überschwemmt, dass der Schuylkill Expressway völlig verstopft war, und die Medien hatten uns und die anderen Kandidaten gebeten, den Termin auf die Mittagszeit zu verschieben. Frank hatte zugestimmt – gegen das Versprechen, dass wir definitiv Sendezeit bekamen. Zumindest in diesem Fall hatte sich der Sturzregen am Morgen zu unseren Gunsten ausgewirkt.

Und so waren es nur Alex und ich, die den Rittenhouse Square überquerten und dann die wenigen flachen Stufen zu dem Eingangsportal hochgingen. Ich hatte Mühe, mit Alex Schritt zu halten. Seit unserem Gespräch im Wagen hatte er mir kaum einen Blick geschenkt, und sein Griff um meine Hand war ein bisschen zu fest, doch er hielt mir, ganz der Gentleman, das schwere Holzportal auf und auch die Metalltür, die zu dem Wahlraum im Untergeschoss führte. Ich vermutete, dass er sich seinen vollen Zorn entweder für später aufhob oder ihn ganz tief hinunterschluckte, wo er dann tagelang gären konnte. Vielleicht monatelang.

Wir durchquerten einen mit einem roten Teppich ausgelegten Gang mit grauen Steinwänden, die violette Banner zierten, was richtig majestätisch wirkte, verglichen mit dem abgewetzten Linoleumboden und den übermalten Betonsteinwänden in Pater Fergusons Gemeindehaus. Gleich darauf wurden wir von Wahlhelfern begrüßt, die sich freuten, den Spitzenkandidaten persönlich zu treffen, und anschließend in den Gemeindesaal geführt, wo die Wahlkabinen aufgestellt waren. Als wir eintraten, zwangen wir uns beide zu einem strahlenden Lächeln, als wären wir die zwei glücklichsten Menschen auf diesem Planeten.

Im Wahlraum erwartete uns eine Phalanx von Reportern, und falls noch ein letzter Zweifel daran bestanden hatte, ob das YouTube-Video bis zur Presse durchgedrungen war, wurde er hier zerstreut. Gewöhnlich erforderten solche inszenierten Fototermine höchstens ein oder zwei Kameras und ein B-Team des Lokalsenders. Aber an diesem Tag sah ich zahlreiche bekannte Gesichter, darunter Reporter von allen vier großen Nachrichtensendern in der Stadt, vom *Philadelphia Inquirer* als auch von den *Daily News* und von unserem Lokalradio. Es gab einige Gesichter, die ich nicht kannte – höchstwahrscheinlich Blogger.

Es fühlte sich nicht gut an, recht zu behalten. Ich nahm mir insgeheim vor, nie wieder eine Klatschzeitschrift zu lesen. Trotzdem war ich froh, dass ich Alex darauf vorbereitet hatte, sich dem Kampf zu stellen. Nicht nur, um meine Ehre zu verteidigen, sondern auch, um diesen schmutzigen Schneeball zu stoppen, bevor er sich mit Höchstgeschwindigkeit verdickte und alles überrollte. Hätte Frank seinen Willen durchgesetzt, wären vielleicht wer weiß was für Gerüchte zirkuliert. Wahrscheinlich hätten die Leute behauptet, dass ich Alex wegen Jimmy verließ. Und dass ich von Jimmy schwanger war.

Und was auch immer passieren würde, auf diese Art würden wir wenigstens nicht kampflos untergehen.

Als wir an der Reihe waren, unsere Stimmzettel auszufüllen, ließ Alex mir den Vortritt. Am liebsten wäre ich für immer hinter dem fadenscheinigen blauen Vorhang geblieben, aber ich wählte auf dem Touchscreen die Partei aus, drückte dann auf »Jetzt abstimmen« und verließ anschließend die Kabine. Einen Moment später folgte Alex mir, nahm dann meine Hand und zog mich zu der wartenden Reporterschar. Kameras wurden auf uns gerichtet, Notizblöcke aufgeklappt, man hielt uns Mikrofone vors Gesicht.

Ich spürte, dass mein Hals vor Nervosität fleckig wurde. Zu Hause auf der eigenen Couch zu sitzen und eine karrieresüchtige CNN-Reporterin niederzureden, war eine Sache, einem Pulk von Lokalreportern gegenüberzustehen, die sich um die besten Plätze rangelten, und in aggressive und anklagende Gesichter zu blicken, war beängstigend. Zum Glück ergriff Alex die Initiative.

»Wow. Ihr seid alle gekommen, nur um zu sehen, wie Abbey und ich unsere Stimmen abgeben? Wir fühlen uns geehrt, wirklich.« Ein paar höfliche Lacher. Er folgte exakt dem Drehbuch, das ich ihm vorgegeben hatte: *Fang mit einem lockeren Spruch an. Benutz meinen Vornamen. Erwähn das Video nicht direkt, und spiel das Thema herunter, als wäre es so lächerlich, dass es niemandes Zeit wert ist. Kurz gesagt, entschärf es, bevor überhaupt einer dazu kommt, eine Frage zu stellen.* Alex fuhr fort. »Es war eine lange Reise bis zum heutigen Tag. Mit vielen Höhen und Tiefen. Aber nichts, und ich meine wirklich nichts, wird mich, wird uns von dem abbringen, was wir uns vorgenommen haben. Und das ist, in Washington einzuziehen, um für die Familien von Philadelphia zu kämpfen.«

Die Strategie ging auf. Die *Daily News* wollte von Alex wissen, wie er seine Chancen einschätzte. Der neueste Jungreporter von WPVI-TV spielte ihm eine leichte Frage zum Thema Wirtschaft zu. Und ein alter, ergrauender Veteran vom *Inquirer,* der schon lange bevor »Viralclips« allen ein Begriff war, sogar lange vor dem Internet für die Zeitung berichtet hatte, fragte nach einem anstehenden Gesetzesvorschlag für eine Steuerreform. Alex beantwortete alle Fragen ganz locker und begann dann, sich in Richtung Ausgang zu bewegen.

Meine Hoffnung stieg, und ich dachte bereits, dass wir vielleicht ungeschoren davonkommen würden, als jemand rief: »Nur noch eine Frage!« Die Menge teilte sich und enthüllte den Übeltäter. Es war Jeremiah Lehane, ein Klatsch-Blogger. Er lächelte gemein unter seiner schmutzigen schwarzen Baseballmütze, und er wandte sich direkt an mich. »Sind Sie in letzter Zeit mal wieder in einer guten Bar gewesen, Mrs. van Holt?«

Ich spürte, wie mir das Blut aus dem Gesicht wich und meine Kehle trocken wurde. Alex verstärkte den Griff um meine Hand. Ob aus Zorn oder aus Solidarität, konnte ich nicht sagen.

»Ich weiß, worauf Sie anspielen, und es ist einfach lächerlich«, sagte Alex, bemüht, ruhig zu bleiben. »Sie versuchen hier, aus einer Mücke einen Elefanten zu machen.«

Jeremiah grinste dreckig. »Ach ja? Gestern Morgen auf CNN haben Sie und Ihre Frau so getan, als würden Sie eine Bilderbuchehe führen. Und nur ein paar Stunden später schäkert Ihre Frau mit irgendeinem Kerl in einem heruntergekommenen Lokal in Chinatown herum. Sie müssen zugeben, dass das nicht gerade den besten Eindruck macht. Das ist nicht wie in den Märchen, die ich kenne!«

Er schleuderte meine eigenen Worte zu mir zurück. Was für ein Arschloch.

»Es ist mir egal, wie es nach außen hin aussieht«, sagte Alex. »Nicht meine Frau bewirbt sich um das Amt, sondern ich bewerbe mich. Meine Frau kann selbst entscheiden, wo sie ein Bier trinken geht und neben wen sie sich an eine Bar setzt. Das eigentliche Thema heute, das auch den meisten Bewohnern von Philadelphia am Herzen liegt, ist, den Familien zu helfen, um …«

Er blockte ab und leitete zu einem anderen Thema über. Super. Aber Jeremiah hatte die Tür aufgestoßen und den anderen signalisiert, dass sie jegliche Zurückhaltung aufgeben konnten.

Der junge TV-Reporter unterbrach Alex mit einem unverblümten »Dann lassen Sie sich scheiden?«

Alex versteifte sich kurz, bevor er sich wieder sammelte. »Natürlich nicht«, sagte er. »Unsere Ehe ist intakt.« Er legte einen Arm um meine Taille und zog mich eng an sich. »Besser als je zuvor. Stimmt's, mein Schatz?«

Er sah mich an, und seine Augen waren einen Tick größer als normal. Als wäre er sich nicht ganz sicher, ob er mir vertrauen konnte, dass ich das Richtige sagen würde.

Ich sagte das Richtige.

»Absolut«, bekräftigte ich und sah an den Kameras vorbei in die Menge. »Sie ist perfekt.« Ich rang mir mein strahlendstes Lächeln ab.

Während ich dastand und Blitzlichter aufflammten, bemerkte ich eine Frau in einer quietschgelben Regenjacke, die eifrig in einem kleinen Notizheft mitschrieb. Dann brach die Spitze ihres Bleistifts ab, und sie kramte hektisch in einer großen schwarzen Tasche nach einem anderen. Unter ihrem Parka trug sie eine halb zugeknöpfte bordeauxrote Strickjacke und einen zerknitterten Rock, ihre Füße steckten in Gummistiefeln. Ihr Haar war noch feucht vom Regen.

Ich starrte sie an, und mir wurde bewusst, dass ich, obwohl mir weder bekannt war, wie sie hieß, noch welches

Blatt sie vertrat, sie sofort erkannte. Ich wusste alles über sie. Sie war eine erschöpfte, überarbeitete, unterbezahlte, nervlich ausgebrannte berufstätige Mutter, die verzweifelt versuchte, eine Story zusammenzubekommen, um anschließend zurück ins Büro zu fahren, den Artikel zu Ende zu schreiben und abzuspeichern, dann bis spätestens um fünf die Kinder abzuholen und um sechs das Abendessen auf den Tisch zu bringen.

Sie war die Frau, die ich einmal war. Und während ich sie ansah, kam ich mir vor wie eine Schwindlerin. Wie eine furchtbare Lügnerin.

In diesen paar Sekunden beschloss ich, genug war genug. Ich musste die Dinge richtigstellen. Und anders als bei der katastrophalen Rede vor den Friends of Lafayette ließ mich dieses Mal mein Verstand nicht im Stich. Dieses Mal würde ich sagen, was ich sagen wollte.

Ich löste mich aus Alex' Arm und trat an den Strauß aus Mikrofonen heran. »Eigentlich bin ich mir nicht sicher, ob perfekt der richtige Ausdruck ist, um unsere Ehe zu beschreiben. Ich weiß nicht genau, mit welchem Wort ich sie beschreiben soll. Ich kann Ihnen allerdings sagen, perfekt trifft es nicht.« Im Saal wurde es ganz still, ich konnte meine eigenen Atemzüge hören. Meine Hände zitterten, aber ich sprach weiter. Teilweise zu der Frau in der gelben Regenjacke und teilweise zu mir selbst. »Ich selbst bin auch nicht perfekt. Tatsächlich richte ich oft ein großes Chaos an. Meine älteste Tochter ist so verwöhnt, dass sie mich geschlagen hat, als ich etwas getan habe, das ihr nicht passte. Meine Schwiegermutter hält mich für unzurechnungsfähig. Und mein Mann, Gott segne ihn, weiß nicht, was er von mir halten soll. Manchmal glaube ich, er weiß nicht einmal, wer ich bin.« Ich warf Alex einen

Blick zu. Er hatte sein Lächeln aufgesetzt, aber seine Augen blickten beunruhigt angesichts dessen, worauf ich hinauswollte. Meine wahrscheinlich auch, da ich es selbst nicht wusste. Ich wusste nur, ich musste weitersprechen oder für immer schweigen. »Deshalb möchte ich Ihnen erklären, wer ich bin. Ich bin genau so wie jeder von Ihnen. Ich versuche, meine Kinder richtig zu erziehen. Ich versuche, eine gute Ehefrau zu sein … eine gute Tochter … Mutter. Ich versuche, alle Bälle in der Luft zu halten, tagein, tagaus, nur statt mit Elternausschüssen und Vorstellungsgesprächen jongliere ich mit Wahlveranstaltungen und Benefizaktionen und Interviews. Und die ganze Stadt schaut mir dabei zu. Manchmal bin ich müde. Manchmal sage und tue ich die falschen Dinge. Manchmal bemitleide ich mich selbst, obwohl ich weiß, dass ich keinen Grund dazu habe. Manchmal würde ich am liebsten aufgeben und alles hinschmeißen. Oder mich so richtig ausheulen.« Ich holte tief Luft. »Und manchmal brauche ich, so wie Sie alle, eine Pause. Dann habe ich das Bedürfnis, alles hinter mir zu lassen, mich davonzustehlen, um ein paar Minuten für mich allein zu haben. Um an einer Theke zu sitzen, eine nette Unterhaltung zu führen und ein schönes kühles Bier zu trinken.«

Niemand sagte etwas. Oder bewegte sich. Es war, als wüssten sie nicht, was sie tun sollten. So wie ich. Alles, was ich wusste, war, dass ich den Schleier über Abigail van Holt gelüftet und der Welt die echte Frau darunter gezeigt hatte, und es fühlte sich gut an. Vor allem, als ich sah, dass die Frau in der gelben Regenjacke mich anlächelte. Ich lächelte zurück. Mein einziges Bedauern? Dass Jules das hier verpasste. Andererseits, die Kameras waren die ganze Zeit mitgelaufen. Vielleicht sah sie es ja doch.

Jeremiah ließ sich allerdings nicht so leicht abwimmeln. »Aber Mrs. van Holt, was ist mit dem Mann in der Bar? Wer war das?«

Die Frage haute mich um. In den letzten zwei Stunden war ich so sehr auf Krisenbekämpfung fixiert gewesen und darauf, meinen Patzer wiedergutzumachen, dass ich ganz vergessen hatte, dass noch eine Person involviert war – Jimmy. Was, wenn er das Video gesehen hatte? Was, wenn es auch in seinem Leben Probleme verursachte? Was, wenn er sich benutzt vorkam, wie eine Schachfigur in einem politischen Spiel? Und schlimmer noch ... Was würde er von dem halten, was ich gleich sagen würde?

Der Mann. Der Mann. Wer war der Mann? Es hätte einfach sein müssen. Aber für mich war die Frage unheimlich kompliziert.

»Der Mann« war ein Mann, der sich wahrscheinlich dafür schämte, dass er in einem Video überführt wurde, das zeigte, wie er mit einer verheirateten Frau herumschäkerte, und der das seine Familie nie würde vergessen machen können. Er war ein Mann, der immer ein freundliches Wort übrig hatte, der Anteilnahme zeigte, der immer einen Witz auf Lager hatte, was auch die Situation gerade erforderte, und das selbst dann, wenn er todmüde war, selbst dann, wenn er vielleicht gern einen Moment für sich allein hätte. Er war ein Mann, der den Menschen das Gefühl gab, etwas Besonderes zu sein – beziehungsweise der mir immer das Gefühl gegeben hatte, etwas Besonderes zu sein, und der dafür nie eine Gegenleistung verlangt hatte.

So war der Mann. Mein Mann.

Während ich im Untergeschoss der Kirche stand, betete ich stumm, dass der Mann, den ich geschworen hatte zu lieben und zu ehren, in guten wie in schlechten Zeiten, bis dass der Tod uns scheidet, mir meine nächste Äußerung verzeihen würde. Es spielte keine Rolle, dass zu einem Teil die Absicht dahintersteckte, ihn vor den Schakalen zu schützen. Ich kam mir in diesem Moment noch treuloser vor als an dem Abend, als ich »zum ersten Mal« mit Alex geschlafen hatte.

Ich ging ganz nah an die Mikrofone heran, um hineinzulügen.

»Das war niemand.«

Kapitel 17

»Was zum Teufel ist passiert?«, keuchte Bobby Bacco entsetzt, als er durch die Badezimmertür in meinen begehbaren Kleiderschrank schaute.

Er und sein Bruder Francis hatten sich um meine Frisur und mein Make-up für die Wahlparty am Abend gekümmert, aber die Verwüstung im Rockstar-Stil noch nicht bemerkt, die ich am Morgen hier angerichtet hatte.

»Mein Gott«, sagte Francis. »Das sieht aus, als wäre jemand eingebrochen. Oder als wäre ein Tornado hindurchgefegt.«

Ich stand in ein Handtuch gewickelt hinter ihnen und überlegte angestrengt nach einer Ausrede. Doch nach dem langen Tag war mein Kopf leer.

Zum Glück begnügten sich die beiden Männer mit einem Seufzen und wateten dann hinein. Ich hatte völlig vergessen, was ich getan hatte, nun war ich genauso schockiert wie sie. Der Raum sah aus wie eine Designer-Müllhalde, ein wildes Durcheinander aus Stoffen, Schuhen und String-Tangas. Nur die schönen Maßanzüge und polierten Schuhe auf Alex' Seite waren nach wie vor tadellos aufgereiht.

»Ich … ich hatte heute Morgen ein bisschen Mühe, das Richtige zum Anziehen zu finden«, sagte ich schließlich.

»Ein bisschen Mühe?« Bobby wandte sich mir zu. »Das hier sieht eher aus wie der Schauplatz eines … eines … Haute-Couture-Verbrechens.«

Er stupste eine zerknautschte Armani-Jacke an und schien nach einem Lebenszeichen Ausschau zu halten.

»Warum haben Sie uns nicht angerufen?«, rief Francis. »Es bestand kein Grund, das hier diesen … diesen Unschuldigen anzutun.« Er hob einen perlenverzierten Pullover von Reem Acra auf, drückte ihn an sich und wiegte ihn wie ein Baby.

Mittlerweile wusste ich, dass die theatralische Art der Baccos zu ihrem Service gehörte, aber an diesem Abend war ich nicht in der Stimmung dafür. Ich war erschöpft von der emotionalen Achterbahn des Tages und wollte einfach nur allein sein. Um den Brüdern ein bisschen Dampf zu machen, pflückte ich ein schlichtes schwarzes Kleid aus weichem Feinstrick vom Boden und sagte: »Wie wäre es damit?«

»Vielleicht ein anderes Mal«, erwiderte Bobby, wieder ganz beim Geschäftlichen. »Selbst wenn Alex verlieren sollte, Sie gehen schließlich nicht auf eine Trauerfeier. Wir brauchen etwas Fröhlicheres.«

Ich zog ein kurzes, glitzerndes Fransenkleid hervor, mit einem ironischen Lächeln im Gesicht.

»Definitiv nein.« Bobby realisierte nicht, dass ich es im Spaß meinte. »Nicht nach heute, Missie.« Er überflog die Kleider und nahm dann ein schieferblaues Modell von Victoria Beckham heraus. Es war so züchtig und damenhaft, dass mir sofort klar war, dass die Brüder das Video gesehen hatten. Ich nickte zustimmend, verständnisvoll. Von nun an gab es nur noch einen Look, auf den wir setzten: den prüden.

Ich ließ mein Handtuch fallen, und die beiden Männer halfen mir in die Dessous. Während ich ihre kalten Hände auf meinen Armen und Beinen spürte, wurde mir bewusst, dass es für mich absolut normal geworden war, mich nackt vor den Baccos zu zeigen. Für sie war ich nicht aus Fleisch und Blut, sondern ein Schaufenster, das dekoriert werden musste. Auf einmal fielen mir die Pfunde ein, die ich in den letzten Tagen zugelegt hatte, und ich zog meinen Bauch ein.

Die beiden taten so, als würden sie es nicht bemerken, schließlich war Gleichgültigkeit gegenüber Gewichtsschwankungen ein wichtiger Teil ihres Stylistenkodexes, ich sah dennoch, dass sie einen Blick miteinander wechselten. Glücklicherweise ließ sich der Reißverschluss des Kleides mühelos schließen. Die Brüder zogen mir ein Armband aus der T-Kollektion von Tiffany an und ein Paar klobige Platinohrringe, strichen mit einer Fusselbürste über meinen Oberkörper und stellten mir schwarze Lackpumps von Christian Louboutin vor die Füße. Ich schlüpfte pflichtbewusst hinein und drehte mich dann im Kreis.

Plötzlich keuchte Francis auf. »Wir brauchen eine Tasche?«

»Von mir aus«, sagte ich. »Mir ist jede recht.«

Er machte ein entsetztes Gesicht. »Oh ... Nein, nein, nein. Das ist ein großer Abend. Sie brauchen etwas ganz Besonderes.«

Er überflog meine Taschen, die noch auf ihrem Regal standen, den Zeigefinger an die Lippen gelegt, und entschied sich gegen eine geflochtene Bottega Veneta, gegen eine kastenförmige schwarze Balmain und gegen eine zierliche cremefarbene Chanel, bis er eine Schachtel am Ende des Regals erreichte. Sein Gesicht nahm einen ehrfürchtigen Ausdruck an.

Francis nahm die Schachtel herunter und stellte sie behutsam auf den Marmortisch, zog den Deckel ab, streifte das Seidenpapier zur Seite und brachte die rote Kelly Bag von Hermès zum Vorschein. Er berührte sie nur mit den Fingerspitzen – wie ein Erzbischof, der eine juwelenbesetzte Krone von ihrem Podest hob.

»Hallo, Schönheit«, sagte Bobby leise.

»Meinen Sie nicht, das ist ein bisschen zu viel?«, fragte ich. »Ich möchte, dass die Wähler mich sympathisch finden.«

»Wen kümmern jetzt noch die Wähler?«, erwiderte Bobby. »Die Wahllokale sind geschlossen.«

»Sie hat recht«, sagte Francis. »Was ist in vier Jahren? Wenn wir ins Weiße Haus einziehen wollen, müssen wir vorsichtig sein.« *Ins Weiße Haus?* Ich war mir nicht sicher, ob ich richtig gehört hatte. Francis wandte sich mir zu. »Schauen Sie sich die alten Fotos von Hillary Clinton an«, mahnte er mich. »Denken Sie, sie hätte diese furchtbaren Haarreifen getragen, wenn sie gewusst hätte, dass sie in den nächsten dreißig Jahren wieder und wieder damit konfrontiert wird? Sie sollten sich jetzt schon langsam über Ihren Look Gedanken machen, Darling.« Ich starrte ihn weiter an, völlig verblüfft. »Sehen Sie mich nicht so an«, fuhr er beleidigt fort. »Sie sind schließlich diejenige, die ständig davon redet. Sie und Mirabelle.«

Mirabelle? Während ich noch seine Worte verarbeitete, meldete Bobby sich wieder zu Wort.

»Ha! Ich hätte nie gedacht, dass ich jemals Sie und Mirabelle in einem Satz erwähnt hören würde. Gott, wie Sie sie früher gehasst haben.«

»Sie hasst sie immer noch«, sagte Francis. »Sie möchte nur nicht die goldene Gans verärgern!«

»Was?«, fragte ich.

»Darling, wenn Mirabelle euch den Geldhahn zudreht, könnt ihr auf der Straße betteln gehen«, erklärte er und gab mir einen Klaps auf den Allerwertesten. »Noch ein Grund mehr, umwerfend auszusehen.«

Mirabelle finanzierte uns? Mein Gesicht rötete sich unter der dicken Make-up-Schicht. Plötzlich schien der Raum kleiner zu werden. Und wärmer. Ich zog am Kragen meines Kleides, aber Francis schlug meine Hand mit einem bösen Blick weg. Dann nahm er ein iPad mini aus seinem Jackett und hielt es hoch, um ein Foto von mir zu machen.

Bobby stellte sich zu seinem Bruder, und gemeinsam zwitscherten sie: »Lächeln, als würden Sie es meinen!«

Während ich mich zu einem Lächeln zwang und auf das digitale Klicken wartete, dachte ich zurück an das letzte Mal, als ich diesen Spruch von den Baccos gehört hatte: vor etwas mehr als einer Woche, als sie mich für den Ballantine Ball gestylt hatten. Damals hatte ich angenommen, dass sie mich fotografierten, weil der Anlass so besonders war. Nun hatte ich den Eindruck, dass sie das jedes Mal taten, wenn sie Abbey van Holt herausputzten.

Ich war plötzlich neugierig, was auf Francis' iPad sonst noch gespeichert war.

»Darf ich?«, fragte ich und deutete mit einem Nicken auf das Tablet.

»Sicher«, sagte er, zögerte dann aber kurz und warnte mich schließlich. »Es ist jetzt allerdings zu spät, um das Outfit noch zu ändern.«

»Ich werde es nicht ändern. Versprochen.«

Er gab mir das iPad und wandte sich dann um, um seinem Bruder dabei zu helfen aufzuräumen, Kleider zurückzuhängen und Schuhpaare wieder zu vereinen.

Ich zog mich in eine Ecke zurück. Auf dem Homescreen entdeckte ich einen pinkfarbenen Ordner mit meinem Namen. Ich tippte zweimal darauf, und es öffnete sich ein Fenster mit dem Bild, das Francis gerade von mir gemacht hatte. Ich wischte zum nächsten Foto, das kurz vor dem Ballantine Ball entstanden war. Ich trug das dunkelblaue Satinkleid und die Diamantohrringe sowie den verstörten Blick einer Frau, die gerade in einem fremden Leben aufgewacht war.

Ich klickte auf »Alle«, um mir den gesamten Inhalt des Ordners anzeigen zu lassen, und beobachtete, wie der Bildschirm sich mit Dutzenden um Dutzenden von Miniaturbildern füllte, zusammen mit den Aufnahmedaten, die ein ganzes Jahrzehnt zurückreichten. Ich hielt hier gerade ein Lookbook über Abbey van Holts Leben in den Händen, einen luxuriösen Modekatalog der maßgefertigten Kleider, der exquisiten Schuhe, der raffinierten Hochsteckfrisuren. Und doch waren es nicht die Kleider, denen mein Interesse galt.

Mit einem zitternden Finger scrollte ich durch die Vorschau, bis ich auf das älteste Bild im Ordner stieß, und tippte dann darauf, um es zu öffnen. Die Miniaturansicht blühte auf zu einem Foto von einem zehn Jahre jüngeren Ich, noch mit doppelt gestochenen Ohrläppchen, die Haare lang und offen, die Augenbrauen nicht ordentlich gezupft. Der benommene Blick erinnerte an ein Polizeifoto von einem Führerscheinneuling, der mit Alkohol am Steuer aufgefallen war.

Auf dem nächsten Bild waren die Kleidung und die Frisur anders, aber der Gesichtsausdruck war derselbe:

leicht erschrocken, als wäre ich gerade von Paparazzi überfallen worden.

Ich begann, mich schneller und schneller durch die Galerie zu klicken, und stieß auf Fotos von mir, auf denen ich ein geblümtes Sommerkleid trug oder einen seriös wirkenden Hosenanzug oder Jeans und geflochtene Zöpfe (ein Charity-Squaredance?) oder ein besticktes kirschrotes Etuikleid oder eine steife weiße Bluse, einen Bleistiftrock aus grünem Wildleder und hohe braune Stiefel oder ein zauberhaftes graues Chiffonkleid mit einem perlenbestickten Mieder, in dem sich das Licht reflektierte.

In rascher Abfolge betrachtet, wie ein Daumenkino für Kinder, zeigten die Bilder meine Verwandlung von der frisch vermählten Abbey zu der perfekten Version – der mit der Selbstsicherheit einer wohlhabenden Erbin, mit dem Stolz der Frau eines zukünftigen Kongressabgeordneten. Die Verwandlung war beeindruckend, sogar ein bisschen Ehrfurcht gebietend. Aber sie hatte auch etwas Beunruhigendes, als wäre sie mit einem Fluch behaftet: Die Frau wurde auf den Fotos immer mehr zu einem leblosen Objekt, einer Marmorstatue.

Ich verweilte bei einem Bild, das vom 18. Oktober stammte, es war nur wenige Tage, bevor ich von der Rolltreppe gestürzt und kopfüber in Abbey van Holts Leben gelandet war, aufgenommen worden. Sie sah darauf elegant aus wie immer, in einem Cocktailkleid aus roter Seide von Valentino und schwarzen Satinpumps. Aber der unsichere Blick aus früheren Zeiten war dem müder Resignation gewichen.

Und etwas anderem.

Ich zog das Bild auf Maximalgröße, um einen genaueren Blick auf Abbey van Holts blaugraue Augen zu werfen – dem einzigen Teil von ihr, der nicht mit den Baccos oder

Botox oder Selbstbräunern oder Personal Trainern in Berührung gekommen beziehungsweise modelliert und optimiert worden war. Dem einzige Teil von ihr, der unverändert geblieben war.

Ich kannte diese Augen. Es waren meine. *Unsere.* Ich kannte auch den Ausdruck darin, obwohl ich einen Moment brauchte, um das richtige Wort dafür zu finden.

Einsamkeit.

»Fertig, Darling?« Es war Francis, der so plötzlich neben mir auftauchte, dass ich zusammenzuckte. Offenbar war ich ein bisschen blass um die Nase, weil seine Augen sich besorgt weiteten. »Was ist?«, fragte er. »Ich habe Ihnen schon gesagt, wir werden das Kleid nicht mehr ändern. Es wird auf Fotos toll aussehen.«

»Nein … Ja … Ich meine, das Kleid ist okay. Ich bin okay. Könnte ich nur noch eine Minute für mich haben?«

Seine Lippen verzogen sich zu einem missbilligenden Schmollmund. »Aber nur eine. Sie sind bereits spät dran.«

Er schnappte sich sein iPad und ging dann hinüber ins Bad zu seinem Bruder, der dort ihre Sachen zusammenräumte.

Ich blickte mich um, all meine Kleider und Schuhe und Dessous befanden sich wieder an ihrem alten Platz, die Ordnung war wiederhergestellt. Ich strich mit einem Finger über die Abendkleider auf ihren gepolsterten Bügeln und brachte die Ärmel aus Satin und Seide zum Wogen.

Langsam schloss ich die Augen und lehnte meine Stirn an das kühle Glas des Spiegels und sammelte Mut für den bevorstehenden Abend. Und plötzlich wusste ich, mit der unheimlichen Intuition eines Zwillings, dass Abbey van Holt dasselbe getan hatte – bei mehr als nur einer Gelegenheit. Ich erkannte in diesem Moment, dass sie und ich, auf einer grundlegenden Ebene, gleich waren.

Dieses Mal brauchte ich nicht so lange, um das richtige Wort dafür zu finden, was ich für sie empfand: Mitgefühl.

Ich öffnete die Augen. Sah, dass sie aus dem Spiegel zu mir zurückblickte. Ein paar Herzschläge lang bewegte sich keine von uns. Dann schwor ich ihr – uns beiden – stumm, dass die Dinge sich ändern würden.

»Wir sind fertig!«, riefen die Baccos aus dem Bad.

Ich folgte ihnen ins Wohnzimmer, sah ihre Rollkoffer über das Parkett holpern, und brachte sie dann zur Wohnungstür.

»Viel Glück!«, sagte Francis und gab mir ein Luftküsschen.

»Bis Freitag!«, sagte Bobby mit einem Zwinkern.

»Übrigens, Jungs, bevor ihr geht … Ich möchte euch was sagen.«

Ihre Köpfe neigten sich gleichzeitig auf die Seite.

»Danke für alles. Ich weiß eure harte Arbeit wirklich zu schätzen …«

»Nicht der Rede wert«, sagte Bobby. »Ist uns immer wieder ein Vergnügen.«

»Sie sind unsere Lieblingskundin«, fügte Francis hinzu.

»War. Ich war eure Lieblingskundin«, sagte ich. Damit hatte ich ihre Aufmerksamkeit. Ich holte Luft und verkündete ihnen die Neuigkeit. »Jetzt, da die Wahl vorbei ist, brauche ich euch nicht mehr.«

Ihre Mundwinkel fielen vor Schreck herunter.

Es war ein kleiner Schritt, aber ich wusste, dass er in die richtige Richtung führte.

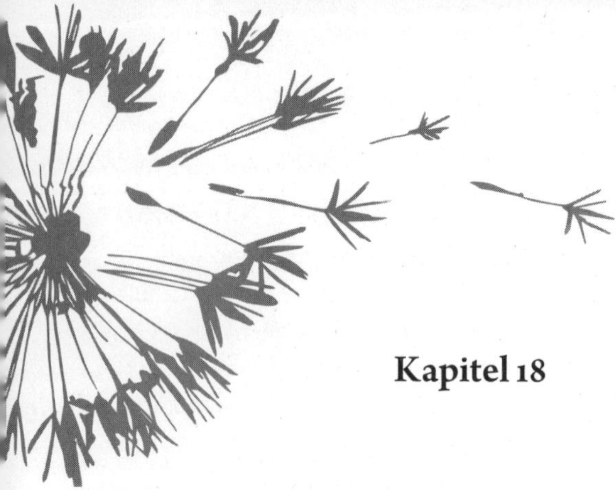

Kapitel 18

Die Wahllokale würden in Kürze schließen, noch herrschte zwischen Alex und Amanda ein ausgeglichenes Rennen. Nur ein paar Bezirke hatten erste Prognosen gemeldet, und zusammen mit den Briefwahlstimmen ergab sich ein vorläufiges Unentschieden, obwohl Alex genau genommen einen halben Punkt hinterherhinkte. Wenngleich das noch innerhalb der normalen Fehlertoleranz lag, und wenngleich wir die Auszählung in der ruhigen Luxussuite im Ritz-Carlton abwarteten, war die Anspannung verständlicherweise groß. Niemand lachte oder scherzte, niemand aß oder trank. Alle starrten nur auf Laptops, Smartphones und den Fernseher, auf neue Meldungen wartend.

Wenigstens kooperierte das Wetter inzwischen. Es hatte aufgehört zu regnen. Wähler, die sich den ganzen Tag ferngehalten hatten, warteten nun draußen unter einem friedlichen Himmel, um ihre Stimme auf den letzten Drücker abzugeben. Unsere Beobachter vor Ort in den wichtigsten Wahllokalen berichteten von langen Schlangen, die sich teilweise die ganze Straße entlang bis zur nächsten Ecke und weiter erstreckten. Und laut der minütlichen Updates von Alex' übereifrigem Anhänger Gerald gab es die längste

Schlange in East Falls, wo William Wallace sein Versprechen eingelöst hatte. In einem Video, das Gerald an Alex' Handy schickte, sahen wir, wie die Wähler geduldig in einer fünfhundert Meter langen Schlange vor dem Wahllokal standen. Sie zog sich bis hinunter zu dem aufgewühlten, regengetränkten Fluss.

Ich dachte an meine E-Mail an Larry. Würde etwas dabei herauskommen? Hatte sie sie überhaupt erhalten? Bis jetzt hatte ich noch kein Wort. Bis jetzt hatte nur Wallace seinen Teil der Abmachung eingehalten. Aber in Anbetracht der Ereignisse an diesem Tag war es vielleicht besser so.

Während die Minuten langsam heruntertickten und die Luft vor Nervosität und Angst noch schneidender wurde, versteckte ich mich die meiste Zeit in der kleinen Küche der Suite oder im Schlafzimmer. Ich versuchte, nicht im Weg zu stehen, keine weiteren Probleme zu verursachen. Aber hauptsächlich versuchte ich, den Fernseher zu meiden, wo die lokalen Nachrichtensender schon den ganzen Nachmittag meine kleine Ansprache in der Kirche wiederholten. Ich fürchtete mich davor, mit Mirabelle im selben Zimmer zu sein, wenn sie denselben O-Tonschnipsel – »... und ein schönes, kühles Bier zu trinken« – wieder und wieder über die Mattscheibe flimmern sah.

Alle paar Minuten fühlte ich mich allerdings genötigt, hinüber in den Salon zu gehen, um nach den Kindern zu sehen, und dabei konnte ich beobachten, was aus meiner Van-Holt-Welt geworden war. Und aus all den Spielern darin.

Da war Frank, der mit seinem Handy telefonierte und gleichzeitig die Rückseite einer Speisekarte für den Zimmerservice mit Zwischenergebnissen vollkritzelte, dann Calvin, der zwischen seinem iPad, seinem Smartphone und dem Laptop hin und her wechselte, um keine neue

Meldung zu verpassen, und Sunita, die zwischen den einzelnen Nachrichtenprogrammen im Fernsehen hin und her schaltete. In einer Ecke des Zimmers spielte Aubyn für ihren Vater die Babysitterin. Sie beschäftigte ihn mit Sprite light und Gin Rummy. Der Einzige, der einen entspannten Eindruck machte, war Luis, Colliers Pfleger, der sich mit seinem iPod aus allem ausklinkte. Er wusste so wie jeder andere, dass er erst gebraucht wurde, wenn, nun, wenn er gebraucht wurde.

Mirabelle huschte hektisch umher, machte viel Wirbel um das Essen, kommandierte das Ritz-Personal herum und belauschte nebenbei alle Gespräche, erpicht auf positive Meldungen zu unseren Gunsten. Und sie spielte mit mir, indem sie Bemerkungen fallen ließ wie »Was für ein ungewöhnlicher Tag« oder mich als »Alex' freimütige Frau« bezeichnete, als das Gespräch auf mich kam. Ich wusste, sie wartete nur auf den richtigen Augenblick, um Alex von ihren beunruhigenden Theorien zu überzeugen. Ich fühlte mich, als wäre ich mit einer Natter in einem Käfig gefangen, als wartete ich nur auf den Tag, an dem sie zubeißen würde.

Und natürlich war da noch Alex, der neben Frank auf der Couch saß und ausdruckslos auf seine Unterlagen, den Fernseher oder sein Handy starrte. Er war sehr still, als würde er seine Kräfte sparen für das, was ihn später am Abend erwartete.

Die einzige Spielfigur, die fehlte, war May. Ich wusste, würde sie immer noch für uns arbeiten, würde sie nun für Alex ein stummes Thai-Gebet sprechen, Geschirr und Zeitungen wegräumen und den Kindern mit einem feuchten Waschlappen hinterherrennen. Es war schwer zu glauben, dass nur Sam und ich Mays Abwesenheit zu spüren schienen. Als Sam heute zum vierzigsten Mal nach seiner geliebten May fragte, war alles, was ich tun konnte, ihn fest zu umarmen und ihm ins Ohr zu flüstern: »Tut mir leid, Mr. Magoo. Von nun an musst du mit mir vorliebnehmen.«

Obwohl wir so nah beieinander waren, ignorierten mich alle bis auf die Kinder. Sie sprachen mich nur an, wenn sie an mir vorbeiwollten. Aufgrund des Ärgers, den ich verursacht hatte, war ich nicht mehr vertrauenswürdig und es somit kaum wert, beachtet zu werden. Ich fühlte mich genau so, wie ich mich auf der Highschool gefühlt hatte und in letzter Zeit in meinem PR-Job: unsichtbar.

Nun verstand ich, warum Abbey van Holt sich in den letzten zehn Jahren so stark verändert hatte. Sie hatte sicher durch ihre Fehltritte gelernt, dass man einen Preis dafür bezahlte, wenn man sein eigenes Ich war, selbstständig Entscheidungen traf oder gelegentlich ausbrach. Das bedeutete nämlich, dass man hinterfragt wurde, beobachtet, mit ständiger Sorge betrachtet und schließlich ausgeschlossen.

Genau wie Collier lebte ich in einer Welt, in der ich zwar geduldet war, aber im Grunde unerwünscht. Und lustigerweise war Collier offenbar der Einzige, der in der Lage war, mich wahrzunehmen. Als ich an ihm vorbeiging, hielt er meinen Arm fest und flüsterte mir zu: »Abigail, mach nicht so ein betrübtes Gesicht. Manchmal hat es seine Vorteile, das schwarze Schaf zu sein.« Ich lächelte und setzte mich zu ihm, sah, wie seine Hände zitterten, während er die nächste Karte ausspielte.

Meine Augen fanden wieder Alex, und ich studierte sein Gesicht. Er war der Einzige in dieser Gruppe, dessen Meinung mir wichtig war, der Einzige, ohne dessen Vergebung es unmöglich sein würde zu leben. Und obwohl er mich in den letzten paar Stunden höflich behandelt hatte – Alex war *stets* höflich –, wusste ich, dass er damit beschäftigt war, die

Ereignisse des Tages zu verarbeiten. Genau wie den momentanen Zustand unserer Ehe.

Wenn ich ehrlich war, ich genauso. Ob er noch wütend auf mich war? Wann würden wir es hinter uns lassen? Würde ich das überhaupt merken? Und wie würden wir von dort aus weitermachen? Bei Jimmy wusste ich immer, woran ich war. Mit Alex war es unendlich viel komplizierter. Ich seufzte und stand wieder auf, bewegte mich zwischen den anderen wie ein Gespenst.

Noch nie in meinem Leben hatte ich mich einsamer gefühlt.

»Bezirk 6 ist ausgezählt«, verkündete Frank. »Er geht an Bullock.«

Es gab ein kollektives Aufstöhnen, aber dieses Ergebnis war nicht überraschend, weil der sechste Wahlbezirk – in dem unsere Gegenkandidatin ihren Wohnsitz hatte – nie wirklich eine Rolle für uns gespielt hatte.

Als Gloria an mir vorbeikam, versuchte ich, sie in meine Arme zu ziehen, doch sie wand sich aus meinem Griff, zu beschäftigt damit, die Suite zu erkunden. Der treue Sam nahm stattdessen ihren Platz ein, er kam mit einem Lächeln angewackelt, als ich ihn zu mir winkte. Wir spielten Hoppe, hoppe Reiter und Kitzelspinne, und für eine kurze Zeit vergaß ich die Wahl.

Dann verkündete Frank, der blinzelnd über Calvins Laptop gebeugt war, die neuesten Meldungen. »Bezirk 2 und 10 sind jetzt auch durch. Und 11. Gleich kommt's, Leute.«

Alle verstummten, selbst Sam wurde still. Franks Augen wanderten immer wieder von links nach rechts, während er die Meldungen auf dem Bildschirm las. Schließlich ließ er den Kopf hängen und schloss seine Augen. Atmete laut und vernehmlich aus. Dann wandte er sich ruckartig Alex zu.

Und grinste. »Gratuliere, Herr Abgeordneter.«

Im Raum brach lauter Jubel aus. Überall wurde sich umarmt, gelacht, geseufzt. Aubyn zeigte ein seltenes Lächeln, Mirabelle hob ihre Hände zum Himmel, und Collier strahlte. Calvin, der gewöhnlich sehr zurückhaltend war, sprang auf eine Couch, reckte seine Faust in die Luft und rief »Ja, verdammt!«, bevor ihm die Kinder einfielen. Ich stand hölzern da und klatschte, dann ging ich in die Hocke, um Sams Windel zum tausendsten Mal an diesem Abend zu checken.

Als ich mich wieder aufrichtete, stand Alex vor mir. Er zog mich in eine steife Umarmung, gab mir einen flüchtigen Kuss und flüsterte: »Es ist vorbei.«

Es war der erste Kontakt, den ich mit ihm hatte, seit wir am Mittag die Church of the Holy Trinity verlassen hatten, und dass er meine Anwesenheit zur Kenntnis nahm, selbst wenn es nur Show war, ließ mich vor Erleichterung fast in Tränen ausbrechen. Danach war er nur noch am Telefon und beantwortete eine Serie von Gratulationsanrufen – vom Parteivorstand, vom Bürgermeister, vom Gouverneur sowie von Amanda Bullock. Jemand ließ Champagnerkorken knallen, und Frank kam kurz darauf mit einem Glas zu mir herüber.

»Eine Friedenspfeife?« Er sah mich zerknirscht über seine Brillengläser hinweg an.

»Gern.«

Ich nippte kurz an dem Champagner und stellte das Glas dann zur Seite, da mir bewusst war, dass Mirabelle mich aus den Augenwinkeln beobachtete.

»Ich habe kein Problem damit zuzugeben, dass ich mich geirrt habe«, sagte Frank. »Es war tatsächlich besser, sich dem Thema zu stellen. Es hat sich gezeigt, dass deine kleine

Rede in der Kirche uns den letzten Schub gegeben hat, den wir brauchten. In Delaware County haben besonders viele Leute ihre Stimme abgegeben. Ein neuer Rekord.«

»Wirklich?«

»Wirklich.«

Ich konnte es nicht glauben. Endlich hatte ich etwas richtig gemacht. Vielleicht hatte ich dadurch tatsächlich Alex den entscheidenden Vorsprung gegenüber Amanda gesichert.

Frank erhob anerkennend sein Glas, trank einen Schluck und neigte dann seinen Kopf. »Aber könntest du in Zukunft bitte ein bisschen vorsichtiger sein?«

»Sicher.«

Ich schenkte ihm ein aufrichtiges Lächeln. Er lächelte auch und kehrte dann zu Alex zurück. Ich wusste, Frank hatte nicht wirklich viel für mich übrig, doch wenigstens sprangen wir uns nun nicht mehr gegenseitig an die Kehle.

Hinter mir hörte ich wieder einen Champagnerkorken knallen. Dann noch einen. Die Party hatte offiziell begonnen. Und einer nach dem anderen begann, wieder mit mir zu reden. Ich wurde begrüßt, als wäre ich gerade erst dazugestoßen. Durch Alex' Sieg – und wichtiger noch, durch seine Zuneigungsbekundung – war ich wieder sichtbar. Selbst Mirabelle schaffte es, mich zur Kenntnis zu nehmen. Sie schenkte mir ein steifes »Verzeihung, Abigail«, als sie an mir vorbeigriff, um einen Teller abzuräumen.

Ich schauderte bei dem Gedanken, was passiert wäre, wenn Alex verloren hätte.

Mit einem Gefühl, als wäre ich gerade dem Fegefeuer entronnen, hob ich meine »Nicht auf den Möbeln herumhüpfen«-Regel vorübergehend auf und ließ die Kinder springen. Während ich beobachtete, wie sie sich gegenseitig durch die geräumige Suite jagten, war ich froh, dass ihnen nicht bewusst war, was dieser Abend bedeutete. Später würden wir die Zeit haben, um über die bevorstehenden Veränderungen zu sprechen, jetzt wurde gefeiert. Ich zwang mich zu einem Lächeln und begann, durch den Raum zu schlendern und mich bei Alex' Unterstützern zu bedanken.

In der Suite häuften sich zerknüllte Servietten, Wasserflaschen, halb gerauchte Zigarren und abgelegte Zeitungen. Alle paar Minuten fegten Hotelmitarbeiter durch den Raum, um Gläser und Teller einzusammeln und um mich zu fragen, ob alles zu unserer Zufriedenheit sei. »Alles bestens«, erklärte ich bereits zum siebten Mal. Ich schätze, das war die Art von stimulierenden Fragen, die ich in meiner neuen Rolle als Frau eines Kongressabgeordneten in Zukunft beantworten durfte.

Es wurde allmählich spät, und ich machte mir ein wenig Sorgen, dass die Kinder bald schlappmachten, aber Frank versicherte mir, dass wir bald zur Siegesfeier hinuntergehen würden. Ich erlaubte den Kindern, sich am Dessertbuffet zu bedienen, in der Hoffnung, dass der Zucker ihnen die nötige Energie für die Zielgerade verleihen würde. Gloria nahm sich einen Keks, aber Sam griff nach einem Eclair und dann gleich nach noch einem. Er flüchtete grinsend vor Glück unter den Tisch, bevor ich überprüfen konnte, ob die Schokoladenglasur Nüsse enthielt.

Mirabelle kam herbeigeeilt und ging auf der anderen Seite des Tisches auf die Knie, wo sie versuchte, vernünftig mit Sam zu reden, aber je mehr sie ihn anflehte, desto fester umklammerte er seine beiden Eclairs, sodass die Schokoladencreme an seinen Armen herunterlief und seinem marineblau-weißen Matrosenanzug gefährlich nahe kam.

Mirabelle stand wieder auf und warf mir einen empörten Blick zu.

»Mir ist schleierhaft, warum du ihm solche Sachen erlaubst. Was machen wir jetzt?«

Ich ignorierte sie und eilte an das andere Tischende, um Sam den Weg abzuschneiden, nur um zu sehen, dass er unter einem Stuhl hindurchgeschlüpft war und in Richtung Schlafzimmer startete. Er umkurvte Calvin und Sunita – die gerade damit beschäftigt waren, bei einem Bier miteinander zu flirten –, und flitzte dann an Aubyn und Collier vorbei, die immer noch über ihrem Kartenspiel saßen.

»Lauf, Van, lauf!«, feuerte Frank ihn von der anderen Seite des Raumes an.

»Seht mal, wie dieser kleine Hengst galoppieren kann!«, lallte Collier.

Aubyn schaute von ihren Karten auf und versuchte, nicht zu lachen.

Ich folgte Mirabelle, die mit ihren Kitten Heels erstaunlich flink war und Sam in eine Ecke des Schlafzimmers trieb.

»Meins!«, schrie er entrüstet. »Meins!«

»Gib sie sofort deiner *Grandmère!«,* sagte Mirabelle drohend.

Er schüttelte den Kopf und zog sich tiefer in seine Ecke zurück, seine klebrigen Trophäen fest umklammernd. Zum Glück hatte er noch nicht abgebissen.

Schließlich packte Mirabelle, die näher stand als ich, ihn fest an der Schulter, aber er wand sich aus ihrem Griff und entkam. Während er in Richtung Tür floh, ging ich in die Knie, um ihn abzufangen. Leider hatte ich mit meinen zehn Zentimeter hohen Absätzen keine Chance. Er rammte mich frontal und warf mich rücklings um.

Mirabelle, ganz die Dame, bot mir ihre Hand und half mir auf. Ich zog den Saum meines Rockes herunter und streifte mir ein paar Haarsträhnen aus dem Gesicht. Vor Verlegenheit war ich knallrot geworden. Um mich herum standen ein paar Zuschauer, die neugierig gewesen waren, wer den Kampf um die Eclairs gewinnen würde, und starrten mich an. Ich bemerkte, dass sie mir nicht ins Gesicht sahen, sondern tiefer. Meine Augen folgten ihren.

Vorne auf meinem herrlichen schieferblauen Kleid waren zwei perfekte kleine Schokocremehandabdrücke.

Ich stand in Slip und BH im Bad, während Mirabelle und eine Hotelkraft ihr Bestes versuchten, um mein Kleid mit Sodawasser zu reinigen. Sie tupften und tupften, aber die Flecken wurden nur größer und dunkler, froh darüber, sich in der fein aufgerauten Wolle einnisten zu dürfen.

»Ich hätte ahnen müssen, dass so etwas passiert«, sagte Mirabelle. Ich wusste, was sie dachte – dass ich wieder betrunken war –, aber ich sparte es mir, ihren Verdacht zu entkräften. Mittlerweile hatte ich gelernt, dass Mirabelle ohnehin nur glaubte, was sie glauben wollte. Sie fuhr auch gleich mit ihrer Tirade fort. »Die Baccos haben mir von ihrem Besuch bei dir berichtet. Von deinen kleinen privaten Momenten. Davon, dass du deine Garderobe komplett verwüstet hast.«

Obwohl ich Bobby und Francis gerade erst gefeuert hatte und vermutlich niemals wiedersehen würde, versetzten mir Mirabelles Worte einen Stich. Tatsächlich war nicht ich die Lieblingskundin der Brüder, Mirabelle war es. Ich fröstelte in meiner Unterwäsche und schlang die Arme um meine Taille.

»Dann habe ich eben eine verwüstete Garderobe und benötige manchmal einen Moment für mich allein. Das heißt noch lange nicht, dass ich eine Alkoholikerin bin.«

Sie ignorierte mich und warf das fleckige Kleid mit Abscheu auf den Boden. »Das hier ist ruiniert.«

»Dann fahr ich kurz ins Penthouse. Oder ich schicke Sunita los.«

»Dafür ist keine Zeit mehr«, erwiderte sie. »Frank sagt, dass sie dich jetzt unten brauchen.«

»Tja, dann muss es wohl das hier tun, schätze ich«, sagte ich gereizt und hob das Kleid vom Boden auf.

»Nein.« Mirabelle riss es mir aus der Hand. »Das wird es nicht tun. Ich habe zu hart gearbeitet, um …« Sie bremste sich rechtzeitig. »Du repräsentierst unsere Familie. Ich werde nicht zulassen, dass wir uns heute noch einmal zum Gespött machen.«

Ihr Gesicht war weiß vor Wut.

»Es ist nicht so schlimm«, versicherte ich ihr. »Alex hat gewonnen. Es gibt keinen …«

»Still«, fiel sie mir ins Wort. »Lass mich überlegen.«

Sie seufzte und zog ihre Kostümjacke aus – eine wunderschöne Maßanfertigung aus blaugrüner Schurwolle –, um sie mir zu geben. »Hier. Nimm sie.«

Dann schälte sie sich aus ihrer weißen Seidenbluse und dem blaugrünen Kostümrock. In ihrer knielangen beigen Miederhose sah ihr Körper krank aus, ihr Fleisch klammerte sich an die zierlichen Knochen, als wäre sie kurz davor, mumifiziert zu werden.

»Zieh die Sachen an«, zischte sie. »Um Himmels willen, zieh einfach die Sachen an.«

Ich schlüpfte in die Bluse und den Rock, dann in die Jacke. Der Rock war an mir ein bisschen kürzer, und die

Bluse spannte leicht über meinen Brüsten, aber es würde schon gehen.

»Danke.«

Sie tat meinen Dank mit einer herrischen Geste ab und streifte sich einen Frotteemantel über, der innen an der Badtür hing. »Und was immer du auch tust, steck die Sachen bloß nicht in die Waschmaschine. *Nur. Chemische. Reinigung.*«

Als wäre ich eine Idiotin.

Ich seufzte und verdrehte die Augen, dann bemerkte ich, dass Mirabelles Hände zu festen Fäusten geballt waren. Sie war dermaßen angespannt, und sie zitterte so stark, dass sie kaum den Frotteegürtel zubinden konnte.

»Kann ich dir helfen?«, fragte ich, während sie mit dem flauschigen Stoff kämpfte.

Mirabelle mochte mich vielleicht hassen und am liebsten einsperren lassen, aber als ich sie nun in diesem Zustand sah – hypernervös und so hektisch –, konnte ich nicht anders, als Mitleid mit ihr zu haben.

Warum konnte sie nicht einfach genießen, was hier gerade passierte? Ihr Sohn hatte es geschafft. Er hatte gewonnen.

»Fass mich nicht an!«, keifte sie und wich ruckartig zurück, als ich die Hand nach ihr ausstreckte. »Du … du … hättest fast alles ruiniert.«

»Aber ich habe es nicht ruiniert«, sagte ich. »Alex hat einen Sitz im Kongress. Bist du nicht glücklich?«

Sie hob den Kopf, und nur für einen kurzen Augenblick und zum ersten Mal überhaupt sah ich Verwirrung in ihren Augen. Sogar Verletzlichkeit. Ich sah die junge Frau, die sie früher gewesen war, voller Hoffnungen und glühender Leidenschaften. Die Person, die existiert hatte, bevor all ihre Träume – und ihre aufrichtigsten Gefühle – sich verhärtet hatten.

Ich erkannte die Antwort auf meine eigene Frage. Mirabelle war nicht glücklich. Sie konnte niemals glücklich sein. Sie hielt so sehr an dieser Familie fest, dass sie jenseits aller Gefühle war. Und nach dem heutigen Tag und dem ganzen Stress, den ich zusätzlich verursacht hatte, war sie ganz dicht davor zu zerbrechen.

Am liebsten hätte ich sie in den Arm genommen und sie gehalten wie ein kleines Kind. Am liebsten hätte ich ihr gesagt, dass für sie immer noch eine Chance bestand, wenn sie einfach einmal ihre Hände vom Steuer nahm. Wenn sie einfach sich und die Menschen um sich herum eine Weile im Leerlauf rollen ließ. Bevor ich dazu kam, war sie jedoch verschwunden.

»Brauchen Sie noch etwas, Miss?« Ich hatte ganz vergessen, dass die Hotelkraft noch im Bad war. Ich sah sie an und sagte »Nein danke«, dann stellte ich mich vor den Spiegel. Die Frau glitt leise aus dem Bad, ich blieb allein zurück. Ich wusch mir die Hände und trocknete sie an einem dicken weißen Handtuch ab. Ich betrachtete meinen Verlobungsring, der vielleicht auch einmal Mirabelle gehört hatte, und spürte sein Gewicht.

Mirabelle hatte ihr ganzes Leben auf diesen Moment hingearbeitet. Aber was sie nicht ahnte, was sie wahrscheinlich erst später realisieren würde, war, dass Alex' Sieg, den sie sich so verzweifelt gewünscht hatte, von dem sie sich versprach, Alex für immer an sich und ihr Geld zu binden, womöglich auch sein Entrinnen war. Unser Entrinnen. Wenn wir nach Washington gingen, würden wir über hundert Meilen zwischen uns und Bloemveld bringen. Zwischen uns und Mirabelles erstickende Form von Liebe.

Als ich den Kopf hob, um ein letztes Mal mein Aussehen zu überprüfen, schauderte ich. Mein Spiegelbild machte mir bewusst, dass Mirabelle wahrscheinlich trotzdem immer nah sein würde, näher, als es mir gefiel.

In ihrem Kostüm, mit meinem messerscharf geschnittenen Bob und dem schweren Schmuck sah ich nämlich genauso aus wie sie.

Ein Sicherheitsbeamter in Zivil führte uns durch einen dunklen Gang und den Servicebereich zu einem Lastenaufzug, der mit Decken ausgelegt war und der Alex, Gloria, Sam und mich hinunter zur Feier bringen würde. Der Securitymitarbeiter lauschte dem Geplapper seines Headsets, und die Kinder kicherten aufgeregt. Alex und ich schwiegen, immer noch überwältigt von dem, was gerade passiert war. Mein Mann war der kommende Abgeordnete für den zweiten Bezirk von Philadelphia, ein Amt, das man bis ins Jahr 1791 zurückverfolgen konnte.

»Wow«, brach Alex unser Schweigen. »Wir haben es geschafft.«

»Ich gratuliere«, erwiderte ich. »Ich bin so stolz auf dich.«

»Danke.«

Wir sprachen wieder miteinander. Vielleicht war jetzt der richtige Zeitpunkt, um die Atmosphäre zwischen uns zu klären. Ich beschloss, den Anfang zu machen.

»Alex, das mit gestern tut mir so leid. Ich habe Frank versprochen, dass ich in Zukunft vorsichtiger sein werde. Ich werde von nun an erst mit euch Rücksprache halten, bevor ich etwas tue, das man vielleicht falsch auffassen könnte.«

Ich erwartete, von ihm zu hören, dass er immer noch wütend sei oder dass er mir ganz offiziell verziehen habe, oder irgendwas dazwischen, aber er winkte nur ab und sagte: »Vergiss es.«

Das war alles, was ich bekam. Es war nicht so, als hätte ich eine große Erklärung erwartet, hier ging es jedoch nicht um eine Kleinigkeit. Ich hätte beinahe die Kampagne ruiniert. Ich wünschte, Alex könnte mir mehr geben, wenn schon nicht mit Worten, dann mit Taten, zum Beispiel mit einem Kuss oder einer Umarmung. Ich schwor mir an Ort und Stelle, dass ich diese drei kleinen Worte – »Ich verzeihe dir« – nie wieder als selbstverständlich betrachten würde. Ich würde sie anbieten, wann immer sich die Gelegenheit dazu bot.

Der Aufzug kam in einer mittleren Etage zum Stehen und öffnete sich vor einem älteren Paar, das sich an den Händen hielt und darauf wartete einzusteigen. Der Sicherheitsbeamte erklärte den beiden, dass sie den nächsten Aufzug nehmen müssten, und die Tür glitt vor ihren verdutzten Gesichtern wieder zu. Ich schlug ein neues Thema an.

»Vielleicht können wir übers Wochenende ein paar Tage wegfahren, nur wir vier«, sagte ich zu Alex. »Bevor wieder der normale Wahnsinn einkehrt.«

Er zog seine Augenbrauen hoch und legte den Kopf schief, als würde er darüber nachdenken. Dann richtete er seine Aufmerksamkeit auf Gloria und kitzelte sie, bis sie quiekte. Als ihr Quieken verstummt war, drehte er den Kopf wieder zu mir.

»Abbey …«

»Ja?«

»Ich habe mir überlegt, dass es dir vielleicht ganz guttun würde, wenn du wieder arbeiten gehst. Nicht gerade Vollzeit, aber …«

»Bist du sicher?«

»Ja. Und ich kenne da einen frischgebackenen Kongressmann, der dringend Hilfe gebrauchen könnte. Für die Terminplanung und -koordination, solche Dinge.«

Es war nicht wirklich das, was ich mir vorstellte, ich war Publizistin, keine Büroassistentin, aber es war ein Anfang.

»Würdest du denn ein gutes Wort für mich einlegen?«, fragte ich.

»Meine allerbesten Empfehlungen.«

Er zwinkerte mir zu, und ich begriff, dass er die heutigen Ereignisse hinter sich gelassen hatte und bereit war, nach vorne zu schauen. Wir atmeten beide tief aus.

Das Summen seines Handys machte ihn auf eine neue Nachricht aufmerksam. Er sah auf das Display und runzelte dann die Stirn.

»Das ist seltsam.«

»Was ist?«

»Arielle Morganstern hat mir eine Mail geschickt. Sie schreibt, dass der *Inquirer* einen Bericht veröffentlicht hat, in dem ihre Firma mit East Falls in Verbindung gebracht wird. Wegen des neuen Hauptsitzes.«

Mein Gesicht wurde ganz heiß, die Aufzugwände schienen immer näher zu rücken, aber ich zwang mich, einen lässigen Ton anzuschlagen. »Wirklich?«

»Das ist nicht gut. Brindle wird ganz schön angepisst sein.«

»Na ja, es ist nicht deine Schuld.«

»Irgendjemand hat der Presse einen Tipp gegeben. Wer könnte das gewesen sein?«

»Die Leute reden halt gern. Alles kommt irgendwann heraus. So ist es nun einmal.«

Ich atmete kaum, während ich auf seine Antwort wartete. Er überlegte. Die einzigen Geräusche, die man hörte, kamen vom Headset des Securitymitarbeiters, in dem es knackte und rauschte, und von Sam, der eifrig an seinem Daumen sog.

Alex sah mich an, zuerst misstrauisch, dann belustigt. »Ach wirklich?«

Ich beobachtete sein Mienenspiel und wusste, dass ich hätte beichten können, aber ich hatte es satt, mich diesem Mann zu erklären. Ich erwiderte seinen Blick mit ausdruckslosem Gesicht und fragte dann: »Was ist?«, als wüsste ich nicht, worauf er anspielte. Als würde ich nicht innerlich einen kleinen Freudentanz aufführen, weil ich wusste, dass ich etwas Gutes für East Falls getan hatte.

Alex öffnete den Mund, antwortete aber dann jedoch nicht. Er hatte es wohl auch satt. Er zuckte nur mit den Achseln, dann schaltete er sein iPhone aus und ließ es in sein Sakko gleiten. Was auch immer an Informationen dieses Handy sonst noch für ihn bereithielt, konnte anscheinend bis zum kommenden Morgen warten.

Gleich darauf öffnete sich die Aufzugtür, und das Freudengeheul von Alex' Anhängern, die den Gang bevölkerten, erstickte jede weitere Unterhaltung. Wir gingen durch das Spalier aus jubelnden Menschen, und der Artikel über East Falls war bald vergessen. Musik und Beifallsrufe hallten in unseren Ohren, die Party war bereits in vollem Gange.

Langsam folgten wir zwei privaten Sicherheitskräften über den roten Teppich zum Saal, und die Leute drehten sich einer nach dem anderen zu uns um und applaudierten und skandierten Alex van Holt. Ein paar Leute versuchten, die Situation unter Kontrolle zu halten, trotzdem waren wir bald umringt von begeisterten Anhängern und Gratulanten. Alex schüttelte Hände, winkte und umarmte. Ein junger Mann warf Konfetti, eine Frau mittleren Alters, die ein »Van Holt für den Kongress«-T-Shirt trug, brach in Tränen aus, und zwei alkoholisierte Studentinnen kicherten aufgeregt, als Alex an ihnen vorbeikam. Überall um uns herum leuchteten Blitzlichter von Handykameras auf. Ich hatte Sam auf den Arm genommen, und er barg seinen Kopf an meinem Hals.

Als wir schließlich den Saal betraten, der bis zum Rand gefüllt war mit Menschen, Tischen, Luftballons und Servicekräften, wogten Beifallsstürme durch den Raum. Es waren bestimmt tausend Leute, die sich hier versammelt hatten und die eifrig Selfies machten, sich den kostenlosen Alkohol und die Brezeln schmecken ließen und zur Musik einer fünfköpfigen Liveband tanzten, die gerade einen Song von Van Morrison massakrierte. Der ganze Saal schien im Rhythmus der Musik zu pulsieren. Es fühlte sich an wie auf einer Studentenfeier, sah man von den Anzügen und Kostümen mal ab. Jeder Einzelne hier hatte Alex unterstützt, und so, wie es aussah, hatten die meisten das mit ihrem Scheckheft getan und nicht mit Haustüraktionen.

Wir schüttelten auf dem Weg zur Bühne Hände und wappneten uns gegen zudringliche Anhänger, die ganz nah an uns heranwollten. Ich erkannte ein paar Gesichter wieder, die ich auf den Wahlveranstaltungen gesehen hatte, und auch einige von der Cocktailparty auf Bloemveld. Selbst Betsy und Ellen waren gekommen, offenbar hatten die beiden den Vorfall beim Lunch schon vergessen. Alex präsentierte sich erst seit zwei Minuten als Kongressmann, und schon spürte ich die Macht.

Während Alex sich vor der Bühne ein letztes Mal mit Frank beriet, kam plötzlich Mindy auf mich zugestürmt, keuchend vor Aufregung. Sie umfing mich mit ihren Armen und hinterließ dann einen blutroten Fleck auf Sams Blondschopf.

»Ich fand deine Ansprache heute einfach großartig«, sagte sie. »Freut mich, dass ich jetzt weiß, dass ich nicht die einzige heiße Chaotin in der Stadt bin.« Sie prustete laut los, dann bedeckte sie ihr Gesicht mit den Händen, als wollte sie sagen: *Siehst du, was ich meine?*

»Du bist keine Chaotin«, widersprach ich. »Du bist klasse.«

»Danke. Aber das hättest du sicher nicht gesagt, wenn du mich vorhin gesehen hättest. Die Jungs waren heute völlig außer Kontrolle. Ich dachte schon, ich würde es gar nicht mehr hierherschaffen. Ich habe mein Nanny-Problem immer noch nicht gelöst.«

»Dein Nanny-Problem?«

»Mein Au-pair ist doch zurück nach Schweden, schon vergessen?«

»Richtig!«, sagte ich mit mehr Begeisterung, als in diesem Kontext angemessen war. Mindy sah mich eigenartig an, also erklärte ich ihr rasch, dass Alex und ich May entlassen hatten. »Wir finden, dass es Zeit ist, mal eine Weile zu versuchen, ohne eine Vollzeit-Nanny auszukommen. Hast du vielleicht Interesse, May einzustellen?«

Mindy juchzte begeistert auf. »Ja! Liebend gern!«

»Der einzige Haken daran ist«, erklärte ich und gab ihr Mays Nummer, »dass May sehr gefragt ist. Du musst ihr ein richtig gutes Angebot machen, wenn du die Konkurrenz ausstechen willst. Du könntest sie zum Beispiel mit einer verkürzten Arbeitswoche von, sagen wir, lediglich dreißig Stunden locken und ihr an den Abenden und Wochenenden frei geben.«

Meine Freundin wurde ernst, ihr Gesicht drückte Verständnis aus – und Entschlossenheit. Sie bedankte sich überschwänglich bei mir und eilte dann davon. Ich wusste, dass sie nach ihrem Mann suchte, erpicht darauf, ihm die gute Neuigkeit mitzuteilen: dass sie eine Empfehlung für eine neue Nanny hatten. Und nicht nur für irgendeine Nanny – *für die ehemalige Nanny der van Holts.*

Ich tat das, um May zu helfen, aber auch uns. Da Mindys Zwillinge dieselbe Schule besuchten wie Gloria, würden meine Kinder so wenigstens hin und wieder ihre geliebte May zu sehen bekommen. Und die van Holts brauchten nie etwas davon zu erfahren. Ich schmunzelte über meine Gerissenheit und stellte mich dann rasch neben Alex, der auf seinen großen Moment wartete.

Auf der Bühne dann gönnte er der abgedroschenen Wahlkampfrhetorik eine Pause und hielt stattdessen eine witzige, selbstironische Rede, die durch Lachsalven und Beifallklatschen aus dem Publikum in die Länge gezogen wurde. Als er fertig war, nahm er meine Hand und riss unsere Arme zusammen hoch, und ich hörte die Menge noch frenetischer applaudieren als zuvor. Und als er sich zu mir beugte und mich küsste, drehten die Zuschauer vollends durch. Der Lärm und die Blitzlichter und die überschwängliche Ausgelassenheit waren unglaublich. Nun wusste ich, wie Beyoncé sich nach einem Konzert fühlte.

Und dennoch, trotz des Siegs, trotz der Beweihräucherung und trotz des Umstands, wie umwerfend Alex mit seiner gelockerten Krawatte, seinen müden Augen und dem Bartschatten aussah, fühlte ich mich wie losgelöst von der Szenerie, als würde ich uns alle aus der Ferne beobachten, als würde ich von dem gewaltigen Kristallleuchter an der Decke auf mich selbst herunterschauen. Alex flüsterte mir ins Ohr, dass er mich liebte, seine Stimme klang warm und aufrichtig. Es war die Vergebung, die ich mir gewünscht hatte, aber seltsamerweise fiel es mir schwer, Erleichterung zu spüren. Es fiel mir schwer, überhaupt etwas zu spüren.

Alex legte seinen Arm um mich, und ich hob den Kopf, sah ihn an und imitierte sein strahlendes Lächeln. Obwohl wir die Wahl gewonnen hatten und ich letzten Endes einen kleinen Anteil an unserem Erfolg hatte, und obwohl May bald einen besseren Job haben würde als bei mir, und obwohl ich keine Angst mehr hatte vor Mirabelle oder ihren Drohungen, lächelte ich mit meinen Lippen und Wangen und Augen, aber nicht mit meinem Herzen.

Mit meinem Herzen war ich ganz woanders.

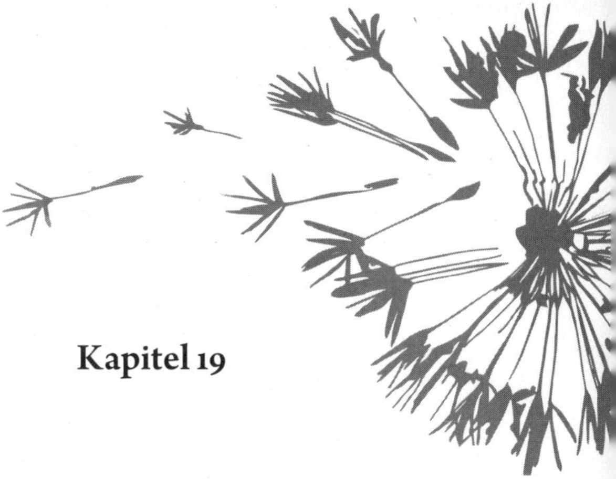

Kapitel 19

Endlich allein.

Oscar hatte die Kinder umittelbar nach Alex' Rede zu uns nach Hause gefahren, Aubyn wollte auf sie aufpassen. Eine triumphierende Mirabelle, ein taumelnder Collier und der geräuschlose Luis saßen in einem Taxi auf dem Weg nach Bloemveld. Calvin, Sunita und die anderen jungen Leute waren auf dem Weg zu einer der After-Show-Partys, und Alex und ein vergnügter Frank gaben in der Lobby Fernsehinterviews. Ich fand mich in der stillen Suite wieder, nur mit ein paar zurückgelassenen Jacken und den *Action News* um elf als Gesellschaft.

Ich streifte meine Schuhe ab, machte mir ein Heineken auf und beschlagnahmte eine Platte mit übrig gebliebenen Desserts. Ich hatte mir eine Belohnung verdient. Schließlich hatte auch ich hart für diesen Sieg gearbeitet.

Sam hat recht, dachte ich, als ich in eins der köstlichen Eclairs biss. Die hier sind es wert, dass man um sie kämpft. Ich wollte mir gerade ein zweites einverleiben, als ein Klopfen an der Tür mich mitten im Abbeißen erstarren ließ. Ich verhielt mich ganz still und hoffte, dass die Person vor der Tür, wer immer es sein mochte, wieder weggehen würde, damit ich meine Sorgen weiter mit Gebäck verdrängen konnte. Doch es klopfte wieder. Ich seufzte und stand auf, um an die Tür zu gehen.

»Ja?«, rief ich und sah durch den Türspion.

Was ich sah, war ein tiefer Ausschnitt, durch das gewölbte Fischauge zu Dolly-Parton-ähnlichen Proportionen verzerrt.

Roberta. In der Van-Holt-Welt.

Ich riss die Tür auf und ließ vor lauter Überraschung mein Bier fallen. Ich sah, wie meine Mutter mich anlächelte und dann stirnrunzelnd den Blick auf die Flasche senkte, die zwischen unseren Füßen schäumte.

»Shit!«, sagte sie und sah sich suchend nach einer Serviette um, bevor sie eine Klatschzeitschrift aus ihrer Tasche nahm und das Bier damit aufsog. Schließlich gab sie mit einem leisen Seufzen auf.

Sie sah aus wie immer, zu gebräunt, zu blond und in Klamotten, über die sogar Barbie vielleicht noch einmal nachdenken würde: eine gefakte lilafarbene Designersweatjacke mit offenem Reißverschluss, der ein tief ausgeschnittenes Tanktop mit Silbernieten enthüllte, eine weiße Stretchjeans und schwarze Pelzstiefel. Ihre Fingernägel waren lang und blutrot lackiert, ihre Lippen glänzend.

Normalerweise erinnerte Roberta mich immer an ein Skihäschen, das seine Blütezeit hinter sich hatte, oder an eine Cocktailkellnerin am Flughafen. Aber an diesem Abend sah sie aus wie ein Engel.

Ich hob die Hand und berührte ihr Gesicht, nur um sicherzugehen, dass sie es wirklich war.

Es war ihr »Tiger Spirit«, der ihr gesagt hatte, dass sie nach Hause kommen sollte.

Wie es der Zufall wollte, hatte Roberta am Tag zuvor auf dem Schiff dank Satellitenempfang das CNN-Interview gesehen und sofort gespürt, dass mit mir etwas nicht stimmte. Sie hatte sich daraufhin per Hubschrauber auf die nächste griechische Insel, Mykonos, bringen lassen, wo sie ein Kleinflugzeug nach Rom ergattert und von dort aus dann eine Nachtmaschine nach Philadelphia genommen hatte.

»Ich kann einfach nicht glauben, dass du es bist«, sagte ich, nachdem ich meinen anfänglichen Schock überwunden hatte. »Ich hab dich so vermisst.«

»Oh, jetzt weiß ich, dass hier tatsächlich was faul ist«, witzelte sie.

»Was? Mir geht es gut.«

Sie schenkte mir diesen Blick, den sie mir immer schenkte, wenn sie wusste, dass ich schwindelte. Ich kehrte zur Couch und meinen Eclairs zurück, und sie folgte mir.

»Abigail, sag mir, was los ist. Ich bin nicht siebentausend Meilen weit geflogen, damit du mir vorspielst, dass hier alles okay ist.«

Ich starrte sie einen Augenblick lang an, denn ich wusste ehrlich nicht, wo ich anfangen sollte. Ich verschaffte mir ein wenig Zeit, indem ich mir ein zweites Bier holte und einen Schluck davon trank.

»Ich schwöre dir, Mom, es ist alles in Ordnung.«

»Ich habe dich seit zehn Jahren nicht mehr Bier trinken sehen. Also, raus mit der Sprache.«

Ich überlegte, ob ich ihr die Wahrheit sagen sollte. Die ganze Wahrheit. Dass dies hier nicht mein Leben war, sondern nur ein raffinierter Scherz oder Einbildung oder ein unglaublich lebensechter Traum. Ich hatte das Gefühl, wenn jemand an eine Parallelwirklichkeit glauben konnte, dann war es Roberta. Aber ich befürchtete auch, dass sie so reagieren würde, wie jede gute Mutter reagieren würde: Sie würde aufmerksam zuhören und nicken und dann, wenn ich nicht hinsah, die 911 wählen und mich in die Geschlossene bringen lassen, mir zumindest einen guten Psychiater empfehlen.

»Sagen wir einfach, ich bin ein bisschen durcheinander«, erklärte ich.

»Durcheinander? Weshalb? Prinz Eisenherz hat gewonnen. Ich dachte, du würdest vor Freude an die Decke springen.«

»Ich weiß. Das sollte ich eigentlich. Es ist … kompliziert.«

Sie wollte bereits etwas erwidern, unterbrach sich dann aber und legte ihre Hand auf meine Schulter.

»Es ist mir egal, ob es kompliziert ist«, sagte sie. »Nur du bist mir nicht egal. Ist wirklich alles okay mit dir?«

»Ja … Nein … Ich weiß nicht«, stammelte ich. »Ich bin einfach durcheinander. Und müde. So müde.«

»Nun, im Moment hast du nichts zu tun«, sagte sie. »Die Wahl ist vorbei. Du kannst dir ein paar Stunden freinehmen davon, Mrs. Alexander van Holt zu sein. Warum bist du nicht einfach meine Tochter?«

»Gern«, sagte ich. Und zum ersten Mal seit einer sehr langen Zeit kuschelte ich mich an sie und lehnte meinen Kopf an ihre Schulter.

Und ich weinte.

Roberta wiegte mich sanft in ihren Armen und tröstete mich, als wäre ich ein liebeskranker Teenager. Sie roch nach Kokoslotion und Haarspray. Die Haut an ihrem Hals fühlte sich weich und schlaff an, der einzige Teil von ihr, der an eine klassische Großmutter erinnerte, obwohl sie entsetzt sein würde, wenn sie wüsste, dass ich das dachte.

Als ich aufhörte zu schluchzen, war sie einen Moment in Gedanken verloren und begann dann zu reden.

»Als dein Vater und ich heirateten, dachte ich, ich hätte alles – einen netten Mann mit einem guten Job, ein süßes Häuschen und ein wunderschönes kleines Mädchen«, sagte sie. »Ich kochte Thunfischauflauf und nähte Vorhänge, ich wusch und trocknete und bügelte. Ich versuchte, die perfekte Ehefrau zu sein, die perfekte Mutter, die perfekte Nachbarin. Ich ging am Sonntag sogar in die Kirche!« Sie seufzte und fuhr dann fort. »Ich tat alles, was ich tun sollte … und trotzdem hat mein Mann mich verlassen.«

Ich setzte mich überrascht auf. »Dad hat *dich* verlassen?«

»Ich weiß, ich habe es immer so dargestellt, als wäre ich diejenige gewesen, die damals gegangen ist. Als wäre ich froh gewesen, diesen miesen Bastard los zu sein. Aber das ist nicht wahr.« Sie holte tief Luft, und ich sah, wie viel Anstrengung es sie kostete, die Wahrheit zuzugeben. »Dein Vater hat mir nur ein paar Zeilen hinterlassen, auf der Rückseite einer unbezahlten Ölrechnung. Dort stand, dass er sich in eine Frau namens April Dawn verliebt habe und dass er mit ihr nach Florida gehen wolle. Kannst du dir das vorstellen? Er hat mich wegen einer Frau verlassen, die nach einem Spülmittel benannt ist.« Ich konnte nicht glauben, was ich gerade hörte. Ich hatte eine Million Fragen.

»Ich hab …«, begann ich, ließ Roberta dann aber doch weiterreden.

»Ich habe mich wochenlang geweigert, es zu glauben«, fuhr sie fort. »Die totale Verleugnung. Als mir schließlich klar wurde, dass er nicht zurückkommen würde, war ich am Boden zerstört. Und dann fiel ich in eine Depression. Ich war nicht mehr in der Lage aufzustehen. Konnte mich nicht mehr um dich kümmern. Meine Mutter musste aus Virginia kommen und bei uns wohnen.« Roberta und eine Depression? Das konnte ich mir gar nicht vorstellen. Sie war immer so patent gewesen, so positiv. Ich hatte sie nie weinen sehen. »Das Leben ging weiter, aber meines hing am seidenen Faden. Dann, ein paar Monate später, fingst du an zu sprechen. Und du hast geplappert und geplappert und geplappert. Und geschrien und gelacht und gebrüllt, bist durch das Haus gerannt, als würde es dir gehören. Ich schwöre, du warst das lauteste Kind, von dem ich je gehört hatte. Und du wolltest nur ein Tutu tragen und Lieder singen und so viele Marshmallows wie möglich essen. Eines Tages wurde ich nachmittags wach und hörte dich draußen mit dem Gartenschlauch spielen. Du fandest es ziemlich lustig, Oma Gloria nass zu spritzen, und sie wurde allmählich richtig sauer. Jedes Mal, wenn sie dir den Schlauch aus der Hand nehmen wollte, bist du damit davongeflitzt und hast sie wieder nass gespritzt. Schließlich hat sie dich doch noch erwischt, und dann wollte sie dir den Hintern versohlen, und da hast du den lautesten Urschrei ausgestoßen, den ich jemals gehört habe. Es ist ein Wunder, dass niemand die Polizei gerufen hat. Ich stand auf und ging ans Fenster, und diesen Anblick werde ich mein Leben lang nicht vergessen.« Sie schloss die Augen, als würde sich die Szene in ihrem Kopf wiederholen. »Du hast in deiner Unterwäsche dagestanden, in der Sonne. Von deinen goldblonden Locken tropfte Wasser. Deine Arme waren so in die Hüften gestemmt«, sie demonstrierte es, »und in deinem Gesicht stand der Ausdruck von purem Trotz. Ich konnte meine Augen nicht von dir abwenden. Mit deinen zwei Jahren hast du so stark ausgesehen. So unheimlich furchtlos. Du hast deiner Grandma eine Riesenangst eingejagt.« Sie lachte bei der Erinnerung. »Und das war der Moment, in dem ich beschloss, endgültig mein

Bett zu verlassen. Ich ging zu euch in den Garten, nahm dich auf den Arm und erklärte deiner Großmutter, dass wir ihre Hilfe nicht mehr bräuchten. Es war, als würde ich plötzlich alles ganz klar sehen. Ich war durch damit, perfekt zu sein. Von nun an wollte ich genauso sein wie das kleine Mädchen mit dem Gartenschlauch. Ich wollte nur noch das tun, was ich selbst wollte, und ich vertraute darauf, dass die Welt sich damit schon arrangieren würde.« Sie seufzte. »Ich weiß, die Leute machen sich über mich lustig wegen meines Kleidungsstils und wegen der jüngeren Männer, der Sportwagen und Bikinis. Aber das ist mir egal. Schnurzpiepegal. So wie ich das sehe, habe ich es verdient.« Sie ließ ihre Worte einen Moment lang nachhallen und rutschte dann näher an mich heran. Sie legte ihre Hände um mein tränennasses Gesicht und drehte es zu sich, damit sie mir in die Augen schauen konnte. »Ich weiß, du sagst, du bist durcheinander, weil alles so kompliziert ist. Vielleicht fühlst du dich genauso ohnmächtig wie ich damals, als dein Vater mich sitzen ließ«, sagte sie leise. »Aber vielleicht, mein Schatz, ist deine Talsohle nicht aus Stein. Vielleicht ist sie weich. Verdammt, vielleicht besteht sie aus Marshmallows. Warum bahnst du dir nicht einen Weg zur anderen Seite durch und schaust nach, was du dort findest?«

Nachdem meine Mutter gegangen war, um sich von ihrem Jetlag zu erholen, trat ich hinaus auf den breiten Balkon der Suite und bewunderte den Ausblick auf das Rathaus, dessen runde Turmuhr vor dem schwarzblauen Nachthimmel goldgelb leuchtete. Es tat gut, die frische, kühle Luft einzuatmen.

Ich dachte darüber nach, was Roberta mir erzählt hatte. All die Jahre hatte ich nicht geahnt, wie sehr sie darunter gelitten hatte, dass mein Vater gegangen war. Sie hatte immer so getan, als wäre ihre Scheidung völlig unbedeutend, eine nebensächliche Episode in dem glamourösen und aufregenden Film, der ihr Leben war. Nun schämte ich mich und kam mir egoistisch vor.

Ich stützte mich auf das breite Geländer und schaute hinunter auf die Chestnut Street. Von hier oben, vierzehn Stockwerke über dem Boden, wirkten die Straßen unter mir beschaulich und verträumt. Hin und wieder fuhren ein paar Autos vorbei, oder ein junger Partygänger durchdrang mit seinem Schrei das Summen der Stadt. Aber zu dieser Uhrzeit wirkte die Stadt eigentlich nur schön und still und anonym.

Hinter mir knallte eine Tür zu, und ich fuhr zusammen. Es war Alex. Ich ging zurück in die Suite und schob die Balkontür zu.

»Wie sind die Interviews gelaufen?«

»Gut«, sagte er, schenkte sich einen Gin ein und gab ein paar Eiswürfel dazu.

Ich beobachtete, wie er einen Schluck nahm und dann das Gesicht verzog, und mir wurde bewusst, dass ich ihn bis jetzt noch nie hatte Alkohol trinken sehen.

»Nur gut?«, fragte ich.

Er nickte, nahm wieder einen Schluck und sah dann an mir vorbei zum Balkon. »Regnet es wieder?«

»Nein, es ist nur kalt.« Er legte sein iPhone auf den Tisch und löste seine Krawatte, streifte sein Sakko ab. »Ich schätze, der Regen heute Morgen hat die Wähler doch nicht abgehalten«, sagte ich. »Frank hat mir erzählt, die Wahlbeteiligung war rekordverdächtig hoch.«

»Ja, scheint so«, sagte Alex. »Sie haben sich alle auf den Weg gemacht. In Scharen. Und jetzt bin ich ihr Mann.«

»Du klingst nicht gerade begeistert.«

»Ich muss das alles erst noch verarbeiten. Es werden viele Veränderungen auf uns zukommen.«

»Aber denk nur an all das Gute, das du bewirken ka…«

Er unterbrach mich schroff. »Ich weiß, ich weiß. Es ist eine tolle Leistung. Eine enorme Verantwortung. Eine Ehre für die van Holts … bla, bla, bla.«

Sein Ton kränkte mich. Ich starrte ihn an. Er hatte nicht das Gesicht von jemandem, der gerade eine Kongresswahl gewonnen hatte. Ich ging zu ihm hinüber und setzte mich neben ihn auf die Couch, nahm seine Hand.

»Alex?«, fragte ich und sah ihm in die Augen. »*Willst* du überhaupt ein Abgeordneter sein?«

Er wirkte überrascht und – für einen flüchtigen Moment – noch etwas anderes: ängstlich. Als hätte ich etwas aufgedeckt, das er mit aller Macht versuchte, unter Verschluss zu halten. Plötzlich ergab vieles von dem, was in der vergangenen Woche passiert war, einen Sinn. Die passiv-aggressiven Auseinandersetzungen, der Blackout im landesweiten Fernsehen, selbst das seltsame, zwanghaft-obsessive Verhalten, was saubere Hemden betraf. Alex hatte sich für den Kongress beworben, weil er *musste,* nicht weil er wollte. Tief in seinem Innern gab es nichts, was er sich weniger wünschte. Und seine Unzufriedenheit und sein unterdrückter Trotz sprudelten zu den ungünstigsten Zeitpunkten hoch.

Trotzdem hielt er sich weiter an das Skript. »Natürlich will ich«, antwortete er gereizt und nicht überzeugend. »Was denkst du denn … Dass ich nur kandidiert habe, um kostenlos an Briefpapier heranzukommen?« Er gab ein halbherziges Lachen von sich.

Es war nicht das erste Mal, dass ich erlebte, dass er sich mit seinem Charme aus einer unangenehmen Emotion herauswand. Und obwohl ich ihn erst seit anderthalb Wochen kannte, vermutete ich, dass er auf diese schmerzhafte Art die Wahrheiten verdrängte. Ich empfand plötzlich Mitleid mit ihm. Alexander van Holt, frisch gewählter Kongressabgeordneter für den zweiten Bezirk von Philadelphia, war gefangen in einem Leben, aus dem er nicht entkommen konnte.

Ein Schwindler, genau wie ich.

»Na ja, es ist ein wirklich hübsches Briefpapier«, sagte ich. »Ich habe gehört, es hat eine Goldprägung.« Ich tat so, als würde ich in Verzückung geraten.

Er lachte, nahm meine Hand und küsste sie. Wir waren Partner in dieser Farce.

»Wir sollten jetzt besser nach Hause fahren«, sagte ich. »Es ist schon spät.« Ich stand auf, um meine Handtasche zu holen.

»Nicht so schnell«, sagte er, ohne meine Hand loszulassen. »Ich habe mir überlegt, dass wir die Nacht hier verbringen könnten. Wäre doch schade, diese große Suite nicht voll zu nutzen.«

»Und die Kinder?«

»Aubyn passt doch auf sie auf. Sie wird schon mit ihnen zurechtkommen bis morgen früh.«

»O Alex, ich weiß nicht ...«

»Aber ich«, sagte er und küsste mich.

Ich versuchte, seinen Kuss zu erwidern, aber meine Lippen bewegten sich kaum.

»Was ist?«, fragte er.

»Nichts. Sorry.«

Er küsste mich wieder. Er schmeckte nach Gin, und seine Bartstoppeln fühlten sich rau an auf meinen Lippen und an meinem Hals. Ich schloss die Augen und versuchte, mich ihm hinzugeben, aber nichts.

Es klopfte. »Zimmerservice!«, rief jemand vor der Tür.

»Das hätte ich beinahe vergessen!«, sagte Alex mit einem jungenhaften Grinsen. Da war er, der alte Alex, der, den ich vor all den Jahren vor dem Aufzug kennengelernt hatte.

»Was?«

Er antwortete nicht, sondern eilte an die Tür und öffnete sie. Ein Kellner in einem weißen Jackett rollte einen Servierwagen herein, auf dem ein Champagnerkübel und zwei Kristallgläser standen. Alex gab dem Mann zwanzig Dollar Trinkgeld und schob den Wagen dann weiter zur Couch.

»Wie wäre es mit einem Gläschen Champagner, Mrs. van Holt?« Er wirkte stolz auf seine romantische Überraschung, wie das für Männer typisch ist. Er ließ den Korken knallen und füllte die Gläser, und die Schaumbläschen stiegen bis zum Rand empor. Er gab mir eins der Gläser und erhob das andere zu einem Toast. »Auf die Zukunft«, sagte er und stieß mit mir an.

»Auf die Zukunft«, wiederholte ich.

Ich nahm einen kleinen Schluck, dann wies ich fragend auf die silberne Speiseglocke auf dem Servierwagen. Er grinste wieder – ein kleiner Junge mit einem Geheimnis.

»Für dich«, sagte er nur.

Ich legte meine Hand auf den kalten Silbergriff und hob den Deckel hoch, frische Erdbeeren oder Kaviar oder, so Gott wollte, eine weitere Platte mit Eclairs erwartend. Stattdessen sah ich ein rotes, längliches Lederetui mitten auf dem Silberteller liegen.

»Was ist das?«

Sein Grinsen wich einer seltsamen Ernsthaftigkeit. »Ich weiß, es war ein harter Weg, mein Schatz, deshalb möchte ich mich einfach bei dir bedanken. Ich liebe dich.« Wenn er auch hin- und hergerissen war, was seine neue Rolle als Abgeordneter betraf – wegen mir war er bestimmt nicht hin- und hergerissen. Nicht mal nach dem, was ich ihm in den letzten Tagen zugemutet hatte.

Als ich zögerte, nahm er das Etui und gab es mir in die Hand. Darin lag, eingebettet in Satin, eine antike Tank Watch von Cartier aus Platin, die mit Diamanten besetzt war – das Modell, für das ich auf dem Ballantine Ball mitgeboten, für das ich aber nicht den Zuschlag erhalten hatte.

»Man hat mir erzählt, dass du für die Uhr geboten hast, also habe ich den Käufer ausfindig gemacht und ihm ein Angebot unterbreitet, das er nicht ablehnen konnte«, erklärte er mir mit einem Augenzwinkern.

»Das hast du getan?«

»Na ja, Calvin hat sich darum gekümmert. Warte, ich helfe dir.«

Er nahm die Uhr aus dem Etui und legte sie mir an. Dann blickte er in mein Gesicht, gespannt auf meine Reaktion.

»Ich …«

Ich hätte mich bedanken sollen, aber ich konnte nicht. Für Alex war diese Uhr nur ein weiteres teures Luxusspielzeug für seine Frau. Dahinter steckte zwar Gefühl und Dankbarkeit, doch keine echte Bedeutung. Würde die Uhr von Jimmy kommen, würde sie so viel mehr bedeuten: ein gemeinsamer Weg, überwundene Hindernisse und eine Liebe, die immer mal wieder flackerte, doch niemals erlosch.

Ich schaute auf das helle Ziffernblatt und auf die schmalen schwarzen Zeiger und bemerkte, dass es eine Minute vor Mitternacht war.

Es war Zeit für Aschenputtel, den Ball zu verlassen.

Ich klappte das rote Etui zu und atmete tief durch, um mich zu wappnen.

»Was ist?«, sagte Alex. »Gefällt sie dir nicht?«

»Sie ist wunderschön«, sagte ich leise. »Aber ... ich kann sie nicht annehmen.« Ich nahm die Armbanduhr ab und drückte sie ihm in die Hand. Er legte den Kopf schief, immer noch lächelnd, als würde ich ein Spiel spielen. »Alex, du bist ein guter Ehemann. Ein guter Vater«, sagte ich. »Und ob du willst oder nicht, du wirst ein wunderbarer Kongressabgeordneter sein.« Er starrte mich an, sein Lächeln verblasste. »Ich möchte dir aus tiefstem Herzen danken. Du hast mir mehr geholfen, als du jemals erahnen kannst. Aber ...«

»Abbey, was soll das? Bist du betrunken? Meine Mutter sagt, sie mache sich Sorgen, weil du zu viel trinkst.«

»Nein, ich bin stocknüchtern, ich schwöre.«

»Nun, was ist es dann? Geht es um einen anderen Mann? Um den Kerl in der Bar?«

»Nein. Es gibt keinen anderen Mann. Das weißt du.« Das war nicht gelogen. Hier ging es nicht um Jimmy. Hier ging es um mich. Um mich und die Kinder. Ich holte tief Luft und fuhr fort. »Die Wahrheit ist ... ich werde dich verlassen.«

Einen Moment lang sagte er nichts, als könnte er meine Worte nicht verarbeiten. Dann nahm er meine Hände. »Ich weiß, Liebes, in letzter Zeit lief es nicht so toll zwischen uns. Aber nun ist die Kampagne vorbei, alles wird besser. Versprochen.«

Ich sah seine fragende Miene, den gekränkten Ausdruck in seinen Augen, und mir wurde schlecht. Ich zwang mich dennoch weiterzureden.

»Nein, es wird nicht besser. Es wird nur schlimmer werden«, sagte ich. »Sei ehrlich, Alex. Du kannst nicht so tun, als wäre alles so gelaufen, wie du wolltest. Insgeheim, tief in deinem Innern, bist du sicher ein bisschen erleichtert.«

»Erleichtert?« Seine Stimme klang erstickt. »Lieber Gott, wie kannst du so was sagen? Wir beide sind ein tolles Team. Schau dir an, was wir gerade erreicht haben.«

»Wir sind kein tolles Team. Vielleicht waren wir das früher einmal, jetzt sind wir es nicht mehr. Jetzt bringen wir nur noch gegenseitig die schlechtesten Seiten in uns hervor.«

»Nein, das ist nicht wahr!«

»Doch, es ist wahr! Ich habe schon immer gewusst, dass du nicht in die Politik gehen wolltest. Statt dich aufzuhalten, weil ich sah, wie unglücklich du warst, ließ ich es weiterlaufen. Und du hast schon immer gewusst, dass ich nie wirklich meinen Job aufgeben und eine Vollzeit-Nanny haben und auf Spendengalas gehen wollte. Wir hätten für unsere jeweiligen Wünsche eintreten müssen. Aber wir haben aufgehört zu kämpfen. Haben uns angepasst. Haben einfach klein beigegeben und kapituliert.«

»Abbey, ich liebe dich.«

»Ich weiß«, sagte ich. »Und ein Teil von mir liebt dich auch.«

»Ein Teil? Nur ein Teil? Welcher Teil?«

»Nicht der Teil, der wichtig ist.«

»Hör auf, in Rätseln zu sprechen«, fuhr er plötzlich wütend auf. »Was willst du mir eigentlich sagen? Dass du die Scheidung willst?« Ich nickte. »Warum?«

Ich sah ihm ins Gesicht und entdeckte Angst und Verzweiflung. Ich biss fest auf meine Unterlippe, um zu verhindern, dass ich zu weinen anfing. Es nützte nichts. Tränen rannen über meine Wangen, aber ich musste weitermachen, ich musste es zu Ende bringen, bevor ich die Nerven verlor.

»Weil dieses Leben hier nicht meins ist. Und es wird auch nie meins sein.«

Kapitel 20

Ich war ins Ritz-Carlton gekommen als Mrs. Abigail van Holt. Nun, kurz nach Mitternacht, in der dunkelsten, frühesten Stunde eines neuen Tages, verließ ich das Hotel als Abbey Lahey. Nein, das war nicht richtig, ich war auch nicht mit Jimmy verheiratet. Ich war Abbey DiSiano, jemand, der ich seit einem Jahrzehnt nicht mehr gewesen war.

Ich fragte mich, ob ich mich noch daran erinnern konnte, wie es war, sie zu sein. Aber statt Unruhe und Traurigkeit zu spüren und meine nächsten Schritte zu planen, war ich gefasst. Innerlich im Lot.

Ich trat aus dem Aufzug in die Hotellobby, meine Schritte hallten in der hoch aufragenden Rotunde wider. Das Foyer war wie ausgestorben, abgesehen von einem gelangweilten Pagen, der sein Handy checkte, und ein paar Nachtschwärmern. Lebwohl, Ritz-Carlton, dachte ich. Lebwohl, Luxus.

Ich ging an die Rezeption und wurde dort von einer ausgeschlafenen Hotelmitarbeiterin begrüßt.

»Wie kann ich Ihnen helfen?«, fragte sie.

»Könnten Sie etwas für mich erledigen?«

»Natürlich, Mrs. van Holt.«

Ich nahm mein Portemonnaie, meinen Schlüsselbund und das iPhone aus der roten Kelly Bag, stopfte alles in meine Manteltasche und bat um einen Zettel und einen Stift. Ich schrieb eine kurze Notiz, ließ den Zettel dann in die Tasche fallen, klappte sie zu und schloss sie. Dann notierte ich auf einem anderen Zettel eine Adresse und schob ihn mit der Tasche über den Empfangstisch.

»Das hier muss so schnell wie möglich an diese Adresse hier geliefert werden«, erklärte ich der Hotelmitarbeiterin.

»Mit FedEx?«, fragte sie.

»Per Kurier, bitte.«

»Ja, Ma'am.« Sie sah auf die Adresse und dann, begehrlicher, auf die Handtasche.

»Hübsch, nicht?«, bemerkte ich.

»Sehr.«

»Glauben Sie mir, sie ist es nicht wert.«

Ich drehte mich um und ging davon, und ich musste lächeln bei der Vorstellung, was Pater Ferguson für ein Gesicht machen würde, wenn er im Laufe des Vormittags ein Päckchen erhielt, in dem sich eine Frauenhandtasche befand. Ich hoffte, er würde sich, wenn er den Zettel in der Tasche gelesen hatte, darüber freuen und mir den geplatzten Scheck verzeihen. Ich hoffte auch, dass ich damit seinen ersten Eindruck von mir bestätigen konnte: dass ich keine verwöhnte Prinzessin war, die ihre Cocktailpartyversprechen nicht einhielt. Dass ich es ernst gemeint hatte, als ich zu ihm sagte, dass ich nicht wirklich diejenige sei, die ich nach außen hin zu sein schien.

Aber vor allem hoffte ich, dass er – oder jemand anderes vom Holy Rosary Settlement House – wusste, wie man geschickt etwas bei eBay verkaufte. In meiner Notiz hatte ich vermerkt, dass er mindestens dreißigtausend Dollar verlangen sollte und keinen Penny weniger.

Ich ging die Walnut Street entlang und genoss die Nachtluft, die seltene Stille auf den Straßen und die beglückende Leichtigkeit, die ich spürte.

Als ich an einem Schaufenster vorbeikam und mein Spiegelbild sah, staunte ich über mich selbst. Ich hatte an diesem Abend etwas Außergewöhnliches getan – ich hatte Alexander van Holt zum zweiten Mal in meinem Leben abgewiesen. Nur hatte ich es dieses Mal nicht für eine College-Liebe getan, sondern für mich selbst.

Meine Absätze klapperten über den Bürgersteig, der Klang einer Frau, die selbstbewusst und entschlossen in ein neues Leben schritt. Einer Frau, die wusste, dass sie mit klarem Blick und ohne Zögern in die Zukunft schaute, was auch immer diese ihr bringen mochte. Hoffentlich würde sie so ähnlich sein wie meine Vergangenheit.

Schon seltsam, wie anders das eigene Leben aussehen kann, nachdem man zehn Tage das einer anderen Person geführt hat. Es war noch nicht lange her, da hatte ich mit Jules in dem Café gesessen und ein Foto von Alex in der *Town and Country* betrachtet. Ich hatte mir ausgemalt, um wie viel besser mein Leben hätte sein können, wenn ich damals nur mit ihm ausgegangen wäre. Nun wusste ich es besser.

Nicht Alex war derjenige, der davongekommen war – das war ich gewesen.

Mein Leben mit Jimmy mochte chaotisch sein, aber es war *meins.* Ich hatte es gewählt, und die Entscheidung war kein Fehler gewesen. Wenn überhaupt, dann war es ein Fehler gewesen, dass ich zugelassen hatte, dass das Chaos zu einer Ausrede geworden war. Dass ich meiner zimtzickigen

Chefin nicht Paroli geboten hatte. Dass ich vorgegeben hatte, »zu beschäftigt« zu sein, um mit Jules eine Firma zu gründen. Dass ich Jimmy in seiner dunkelsten Stunde nicht beigestanden hatte.

Und wegen all der Momente, ob groß oder klein, in denen ich auf Nummer sicher gegangen war, statt den nötigen Mut aufzubringen.

Als ich mich der Mitte des Rittenhouse Square näherte, verlangsamte ich meine Schritte. Plötzlich überkam mich das dringende Bedürfnis, Jules zu sehen. Oder zumindest ihre Stimme zu hören. Ich lehnte mich an meine Lieblingsstatue, einen Bronzelöwen, der mit schimmernden Zähnen und schweren Pranken eine Schlange unterwarf, und wählte Jules' Nummer.

»Hallo?«

»Jules?«

Schweigen. Dann: »Hallo, Abbey.«

»Hi. Wie geht es dir?«

»Oh, ganz gut.« Dann: »Warum rufst du mich so spät in der Nacht an?«

»Tut mir leid, ich hab die Uhrzeit ganz vergessen. Hab ich dich geweckt?«

»Nein, ich bin wach. Tatsächlich bin ich noch unterwegs.«

»Ja? Ich auch. Wo bist du?«

»Im Rittenhouse Hotel. Lucas hat einen Auftritt, und ich hänge hier rum und warte, bis er fertig ist.«

»Das ist ja witzig, ich stehe nämlich gerade auf dem Square. Was dagegen, wenn ich dir Gesellschaft leiste?«

Es entstand eine kurze Pause, bevor Jules antwortete. »Ich weiß nicht ... Er spielt nur noch eine letzte Session ...«

»Ich bin sofort da.«

Ich legte auf, bevor sie etwas erwidern konnte, und rannte dann im Höchsttempo über den feuchten Rasen auf das Hotel zu.

Die Library Bar im Rittenhouse war ein gemütlicher kleiner Raum, der nur wenigen Menschen in Philadelphia bekannt war – ein Geheimtipp. Das Hotel hütete das Geheimnis für seine verwöhnten Gäste und die Bewohner der Stadt. Ich fand ihn in der ersten Etage, am Ende einer breiten Treppe, direkt bevor der Gang sich verjüngte und zu Konferenzräumen, Ballsälen, einem Fitnessbereich und einem Spa führte.

Auf der anderen Seite der schweren Tür aus Eichenholz und Glas entdeckte ich Jules. Sie saß in einer Ecke neben dem Kamin und nippte an einem Weißwein, ihre Augen auf einen dunkelhaarigen, schwarz gekleideten Bassisten gerichtet. Es handelte sich um den Frontmann eines Trios, zu dem ein weiterer Mann an einer Snare Drum und eine Frau an einem Keyboard gehörten. Alle drei wiegten sich im Takt ihrer Musik mit geschlossenen Augen. Sie schienen niemand anderen im Raum wahrzunehmen.

Aber vielleicht war das ganz gut so, denn außer Jules, einem gelangweilten Barmann und einer Handvoll Kneipengänger war die Bar leer. Der bluesige Sound trug zu der flüsterkneipenähnlichen Intimität bei.

Als ich mich Jules' Tisch näherte, hob sie den Kopf und lächelte schüchtern, dann zog sie die Ärmel ihres Pullovers lang, als wäre ihr plötzlich kalt.

»Das ist ja mal eine Überraschung«, sagte sie. »Ich dachte, du würdest noch euren großen Sieg feiern.«

»Es gab eine Feier«, sagte ich. »Aber ich brauchte eine Pause.«

»Ja, hab ich gehört, dass du hin und wieder eine Pause

brauchst.« Sie lächelte zaghaft in der Hoffnung, dass ich ihre Ironie verkraftete.

Ich schlug in gespielter Verlegenheit meine Hände vors Gesicht. »Ich nehme an, du hast es gesehen?«

»Ja. Hab ich. War schwer zu verpassen.«

Wir lachten beide, und ich nahm das als Erlaubnis, mich zu setzen. Ich machte es mir in einem Ledersessel gemütlich und sah dann hinüber zu den Musikern. Der Mann an der Bassgitarre spielte gerade ein beeindruckendes Solo.

»Dein Freund ist richtig gut.«

»Danke. Er ist mittlerweile mein Verlobter.«

»Oh …«

Ich warf einen Blick auf ihre linke Hand und sah einen coolen Verlobungsring, mit Saphiren und Diamanten besetzt. Jules hatte sich verlobt.

Ich öffnete den Mund zu einem stummen Freudenschrei und riss gleichzeitig meine Augen auf. Jules strengte sich sichtlich an, nicht zu lachen, aber ihre grünen Augen funkelten. Ich merkte, dass sie versuchte, ihre emotionale Distanz zu wahren und weiterhin wütend auf mich zu sein, aber als sie ins Plaudern kam – sie erzählte mir von ihrer Verlobung am vergangenen Samstagabend auf dem Dach ihrer Wohnung in der Altstadt, ihren gemeinsamen Plänen mit Lucas, einer Hochzeit im Frühling und den knallpinkfarbenen Hundehalsbändern, die sie gerade für ihre Terrier-»Brautjungfern« entwarf –, sah ich, dass ihr Widerstand bröckelte. Ich liebte es, Jules beim Reden zuzuhören, dem Auf und Ab ihrer Stimme zu lauschen, sie war so rhythmisch wie die Musik ihres Verlobten.

Schließlich holte sie Luft und lachte.

»Schätze, ich kann nicht verhehlen, dass ich ganz schön aufgeregt bin.«

»Das ist normal. Eine Ehe, die richtige Ehe, kann etwas Erstaunliches sein.«

»Ich schätze auch. Und, wie fühlt es sich an, die Frau eines Kongressabgeordneten zu sein?«

»Na ja, gut.«

»Nur gut? Seid ihr nicht völlig hin und weg? Wo steckt dein Mann überhaupt?«

»Ich weiß es nicht.« Ich holte tief Luft und machte mich bereit, die Worte zum ersten Mal laut auszusprechen. »Eigentlich ist es so, dass ich ihn verlassen habe.«

»Was?« Nun war Jules an der Reihe, ihre Augen und den Mund weit aufzureißen. »O Gott, Abbey. Wann?«

»Vor ungefähr fünfzehn Minuten.«

»Du hast ihn verlassen?«, wiederholte sie ungläubig.

»Ja, hab ich. Aber es hat sich schon länger abgezeichnet, dass ich es tun würde. So ist es am besten. Für uns beide.«

»Ich dachte, ihr beide wärt glücklich miteinander.«

»Nach außen hin schon«, sagte ich mit einem traurigen Lächeln. »Doch wir waren nicht glücklich. Zumindest nicht so, wie man es sein sollte. Nicht so, wie ich es dir wünschen würde. Oder Gloria. Oder mir, um ehrlich zu sein.« Schweigen breitete sich aus. Jules schob ihr Weinglas zu mir herüber. Ich nahm einen Schluck daraus, bevor ich fortfuhr. »Die Sache ist die … Es ist schwer, sich mit etwas weniger Perfektem zu begnügen, wenn man die Art von Liebe kennt, die wirklich passt, selbst wenn sie chaotisch ist und kompliziert. Die Art, für die es sich zu kämpfen lohnt, die Art, bei der man sich wahrhaft lebendig fühlt.«

Wie in Braveheart, dachte ich. Ich lächelte in mich hinein, und mir wurde bewusst, dass ich diesen Film erst jetzt richtig begriff.

Jules sah mich mit einer Mischung aus Bestürzung und Beunruhigung an. Sie legte ihre Hand auf meine. Sie fühlte sich warm an. Ich sah auf ihre Hand und dann wieder in ihr mitfühlendes, besorgtes Gesicht, und mir wurde bewusst, dass ich nicht mehr allein war. Meine beste Freundin war zurück.

»Was hast du jetzt vor?«, fragte sie leise.

»Keine Ahnung«, gestand ich. »So weit habe ich noch nicht gedacht. Aber mir und den Kindern wird schon was einfallen. Wahrscheinlich werden wir vorübergehend bei meiner Mutter wohnen, bis sich alles geklärt hat. Das könnte ganz interessant werden.«

Jules musste unwillkürlich lächeln. »Wie geht es der guten alten Roberta? Bricht sie immer noch sämtliche Herzen entlang der Main Line und führt die armen Männer dann an der Nase herum?«, fragte sie. »Aber Spaß beiseite, sag mir Bescheid, wenn du meine Hilfe brauchst. Ich kann mir nicht vorstellen, dass eine Scheidung von Alexander van Holt ein Klacks sein wird.« Sie hatte recht. Der Gedanke an die Scheidung und an die herzzerreißende Arbeit, zwei Leben voneinander zu entwirren, brachte mich zurück auf den Boden der Tatsachen, nachdem ich seit dem Verlassen des Ritz wie auf Wolken geschwebt hatte. Jules beobachtete mein Mienenspiel eine Weile. Dann ließ sie ihren Blick durch die fast leere Bar schweifen und stand unvermittelt auf.

»Na, komm!«, sagte sie. »Dieser Ort hier ist verdammt deprimierend. Lass uns irgendwohin gehen, wo wir mehr Spaß haben können.«

»Und was ist mit deinem Verlobten?«

Sie zog ihre Nase kraus. »Er weiß, dass ich Jazz nicht ausstehen kann.«

Ich lachte und ließ mich von ihr hochziehen.

»Wo gehen wir hin?«

»Tanzen.«

»Dafür bin ich nicht gerade richtig angezogen«, sagte ich. »Und außerdem, wo um alles in der Welt kann man hier an einem Mittwochmorgen um ein Uhr tanzen gehen?«

»Soll das ein Scherz sein? Mein Gott, du hast wirklich ein behütetes Leben geführt in den vergangenen Jahren«, erwiderte sie. »Ich sehe schon, ich muss dir noch viel zeigen.«

Sie schob ihr Weinglas wieder zu mir herüber. »Hier. Trink aus.« Ich gehorchte, und sie fügte hinzu: »Ich will mich nur noch kurz von Lucas verabschieden. Wir treffen uns draußen.«

Ich winkte ihrem Verlobten schüchtern zu und verließ dann die Bar. Im Flur nahm ich mein Handy heraus und schaute nach, ob ich neue Nachrichten hatte, dann startete ich die Spiegel-App. Ich überprüfte mein Make-up und kämmte mir mit den Fingern durch die Haare.

Hinter mir auf der Treppe hörte ich Schritte, und ich trat ein Stück zur Seite.

»Hübsches Kostüm«, hörte ich eine Männerstimme.

»Danke.« Ich schaute an mir hinunter. »Es gehört mir allerdings nicht. Ich hab es mir nur geliehen.«

»Es ist von Dior, richtig?«, sagte er. »1968? 1970? Und es ist immer noch in einem fabelhaften Zustand.«

Ich hob meinen Blick und sah in ein attraktives bärtiges Gesicht. Der Mann trug ein schwarzes T-Shirt, seidige graue Trainingsshorts und poppige silberne Sneaker. Er war nicht groß, aber so muskulös und gebräunt, als würde er seine Tage abwechselnd im Kraftraum und am Pool verbringen. Was jedoch wirklich auffällig war, waren seine Augen:

tiefbraune Seen, in denen ein spitzbübisches Funkeln aufblitzte.

Es war ein Gesicht, das ich schon viele Male in Modezeitschriften gesehen hatte. Es war das Gesicht von Marc Jacobs.

»Sie sind … Sie sind … Marc Jacobs«, stammelte ich überrascht. »Ich meine, sind Sie Marc Jacobs?«

»Der bin ich«, bejahte er und nickte.

»Was … Was machen Sie hier?«, stammelte ich weiter.

»Ich wollte nur kurz ein Workout dazwischenquetschen.« Er zeigte mit dem Daumen in Richtung Fitnessraum und fügte erklärend hinzu: »Ich bin immer noch in der Tokioter Zeit.«

»Nein, ich meine, was machen Sie *hier,* in Philadelphia?«

»Wir eröffnen hier eine neue Boutique, auf der Walnut Street.«

Plötzlich erinnerte ich mich wieder: der Bauarbeiter, der mir auf die Brüste gestarrt hatte, die weißen Schaufensterpuppen, die langen Silberregale.

»Das ehemalige Geschäft der Gebrüder Ochs!«, rief ich. »Ich habe letzte Woche gesehen, dass dort umgebaut wird.«

»Ja, die Handwerker haben den Termin mit Hängen und Würgen geschafft, wie immer.« Er lächelte und gab mir die Hand. »Und Sie sind?«

»Abbey van Holt … äh … Abbey Lahey, ich meine Abbey DiSiano.«

»Sind Sie sicher?«, erwiderte er mit einem Lachen.

Ich lachte auch. »Freut mich sehr, Sie kennenzulernen«, sagte ich, nachdem ich mich wieder gesammelt hatte. »Ich bin ein großer Fan von Ihnen.«

»Vielen Dank, sehr nett von Ihnen.« Er wandte sich von mir ab und ging weiter.

Er war schon fast an der Tür zum Fitnessraum, als ich mich, oder vielleicht den Wein, beim Weiterreden ertappte. »Eigentlich«, rief ich ihm nach, »war ich *früher einmal* ein großer Fan von Ihnen. Jetzt bin ich es nicht mehr.«

»Ach nein? Und warum?«, wollte er wissen, blieb stehen und schaute zu mir zurück.

»Na ja, ich habe was von Ihnen gekauft, eine Handtasche, und das klingt jetzt vielleicht seltsam, aber sie hat mich etwas gekostet. Sie hat mich etwas gekostet, das mir sehr teuer war.«

»Das tut mir leid«, sagte er und kam langsam wieder zu mir. »Aber ... Woher wissen Sie, dass Sie es verloren haben? Sind Sie sicher, dass es nicht noch irgendwo da draußen ist? Vielleicht ist es näher, als Sie denken.«

Ich erstarrte und sah Marc an. Ich fragte mich, ob wir über dieselbe Sache redeten. Er trat sehr nah an mich heran und brachte seine Lippen an mein Ohr. Ich roch den Duft eines edlen Shampoos und spürte seinen Bart, der mich an der Wange kitzelte. Ich hörte seinen Atem und auch meinen eigenen.

»Ich habe ein Imperium aufgebaut, indem ich den Leuten gegeben habe, was sie *glauben,* haben zu wollen, was sie *glauben* zu brauchen«, flüsterte er. »Das ist jedoch nur eine Illusion. Eine wunderschöne Illusion. Nicht wahr?«

Ich spürte, dass mich ein kalter Schauer durchzuckte wie ein Blitz. Erschrocken wich ich einen Schritt zurück. Aber da mir nicht bewusst war, dass die Treppe sich direkt hinter mir befand, verlor ich das Gleichgewicht.

Ich griff hilfesuchend wonach auch immer und erwischte Marcs T-Shirt. Statt als Gegengewicht zu funktionieren, fiel er allerdings in meine Richtung. Wir polterten in einem Knäuel aus Schwarz, Silber und Blaugrün die Stufen hinunter.

Unten schlug ich mit dem Kopf auf dem Boden auf. Ich sah kleine gelbe Lichter, die sich von den Blumen auf der beflockten Tapete lösten. Sie schwebten zu mir herüber und umringten meinen Kopf, als hätte Gloria sie von einer Löwenzahnpflanze herübergepustet. Ich beobachtete die Lichter und spürte ihre Wärme.

Dann wurde alles schwarz.

Ein langer, einsamer Staubfaden oder vielleicht ein längst aufgegebener Spinnenfaden hing von einer der gelochten Deckenplatten herunter. Daneben, in dem stummgestellten, an der Wand befestigten Fernseher, erzählte der Gastgeber einer Late-Night-Show Witze, die niemand hören konnte. Ein kleines Stück weiter bewegten sich ein paar Folienballons in dem Luftstrom, der aus dem Lüftungsschacht kam, Nelken, die in einer Vase auf einem Tisch standen, ließen ihre Köpfe hängen, die Stiele lechzten nach Wasser.

Ich hob meinen Kopf.

Auf einem beigen Stuhl neben meinem Krankenhausbett, dösend, die Beine weit von sich gestreckt, die Arme vor der Brust verschränkt, die Augen von seiner Mütze bedeckt, saß mein Mann. Er atmete ruhig, seine Brust hob und senkte sich gleichmäßig. Ich sah seine Hände, die von der Arbeit schwielig waren. Ich betrachtete ihn, bis das Bild vor lauter Tränen verschwamm. Als ich feststellte, dass ich sprechen konnte, flüsterte ich seinen Namen.

»Jimmy ...« Zuerst leise, dann lauter. »Jimmy!«

Seine Augenlider öffneten sich flatternd, und er sah mich an, dann sprang er mit einem Satz von seinem Stuhl auf.

»O mein Gott!« Ein Lächeln breitete sich in seinem müden, unrasierten Gesicht aus. »Du bist aufgewacht!« Dann zog er mich sanft in seine Arme, hielt mich ganz fest. »Du bist aufgewacht«, wiederholte er. »Du bist aufgewacht.« Ich begann vor überwältigender Freude darüber, nach Hause gekommen zu sein, zu schluchzen. »Ich hab dich, mein Schatz, ich hab dich«, sagte er. »Es wird alles wieder gut.«

Ich löste mich von ihm und sah ihm ins Gesicht. »Ich werde dich nie wieder verlassen«, erklärte ich.

Er roch nach Schlaf, abgestandenem Kaffee und bedingungsloser Liebe.

Epilog

»Gibt es noch Fragen?«

Ich hielt nach aufzeigenden Händen Ausschau in dem großen Konferenzraum der Kanzlei Smith, Weldon, Adams & Tuvonec, die jeder in der Stadt offen SWAT nannte und heimlich SWeAT, und die sich in der neunzehnten Etage eines riesigen gläsernen Wolkenkratzers mitten in Philadelphia befand. Der Raum gehörte zu der renommierten Anwaltskanzlei, aber an diesem Tag wurde er einem Verband gemeinnütziger Kommunikationsagenturen zur Verfügung gestellt, die zum Teil kostenlos von der Kanzlei vertreten wurden.

Jules und ich waren gebeten worden, etwas zum Thema »Kleines Budget, große Wirkung« vorzutragen, obwohl unsere zweiköpfige PR-Agentur noch nicht einmal ein Jahr alt war. Wir hatten jüngst für das Holy Rosary Settlement House eine bedeutende Spendensumme gesammelt und Pater Ferguson ein paar Minuten Sendezeit in der *Daily Show* verschafft, und seitdem waren wir die neuen Rockstars in der Nonprofit-Szene.

Das Publikum bestand aus ungefähr fünfundsiebzig Leuten, von denen ein Teil die u-förmig angeordneten

Tische vor mir besetzte und ein anderer Teil die Klappstühle im hinteren Bereich, selbst dahinter standen noch ein paar Zuhörer. Es waren viel mehr, als wir erwartet hatten, und in meinem Bauch tanzten Schmetterlinge. Aber bis jetzt schlug ich mich ganz gut – ich sprach selbstsicher und mit Begeisterung für mein Thema –, und wenn ich doch einmal ins Stocken geriet, war Jules zur Stelle, um für mich einzuspringen.

Nachdem meine Präsentation beendet war, schossen mehrere Hände in die Höhe.

»Wie lange dauert es, um ein PR-Programm auf die Beine zu stellen?«, fragte eine junge Frau, die ein Obdachlosenasyl vertrat.

»Ich weiß, die Leute hören es nicht gern, doch man muss Geduld haben«, sagte ich. »Lassen Sie sich Zeit, um Ihren Angriff zu planen und Ihre Botschaft kennenzulernen. Vergessen Sie nicht, Geschichten leben im Internet ewig weiter, und jedermann – wichtiger noch, jeder potenzielle Spender – wird auf diese Geschichten stoßen. Es sollte also besser eine gute sein.«

Jemand, der hinten in der Nähe der Fenster stand, unterbrach mich mit einer Zwischenfrage.

»Aber Journalisten schreiben jeden Tag Geschichten, ohne dass die Leute vorbereitet sind. Ist das nicht der Sinn der Sache? Presse zu bekommen, wann immer und wo immer das nur möglich ist?« Die Stimme gehörte zu einem Mann, ich konnte sein Gesicht in dem abgedunkelten Raum allerdings nicht erkennen.

»Es gibt dieses alte Sprichwort: Besser eine schlechte Presse als gar keine«, sagte ich leicht gereizt. »Ich denke jedoch, Sie sollten sich höhere Ziele setzen, oder?«

Ich trat von einem Bein auf das andere, weil ich dringend zur Toilette musste, trotzdem fuhr ich fort. »Es werden viele Firmen bei Ihnen anklopfen und Ihnen Medienpräsenz versprechen, aber alles, was so leicht zu haben ist, ist ein bisschen wie diese zweite Flasche Wein, die man zunächst für eine gute Idee hält und am nächsten Morgen dann bereut. Glauben Sie mir, ich muss es wissen.« Ich deutete auf meinen runden, gewölbten Bauch, und das Publikum lachte.

Wir beantworteten ein paar weitere Fragen, dann schaltete Jules das Licht wieder an. Ich hielt nach meinem Zwischenrufer Ausschau, wurde aber von einem Museumsdirektor in ein Gespräch verwickelt. Als ich mich schließlich loseisen konnte, ging ich um die lange Tischreihe herum zur Tür und warf einen Blick in den Flur. Wer auch immer dieser Mann war, er war bereits verschwunden.

Als die meisten Zuhörer gegangen waren, bedeutete ich Jules, dass wir uns morgen sehen würden, und watschelte dann zur Damentoilette. Ich kam zum Glück schnell voran in meinen alten, ausgelatschten Ballerinas, es waren die einzigen Schuhe, in die meine im siebten Monat schwangeren Füße hineinpassten.

Als ich danach zurückkehrte, hatte sich die Menge endgültig zerstreut, und ich stand allein im Flur. Ich drückte auf den Knopf für den Aufzug und wartete, während mein Körper sich langsam entspannte. Gleich darauf hörte ich Schritte im Flur, die sich mir näherten und dann verstummten. Ich hob den Kopf und nahm die dichten dunklen Haare, den schlanken Körper, das steife Hemd und das aufrichtige Lächeln einer sehr vertrauten Person wahr.

Es war Alex.

»Tolle Präsentation«, bemerkte er beiläufig. »Schön zu sehen, dass jemand ein Auge auf Nonprofit-Firmen hat.

Die können die Hilfe wirklich gebrauchen.« Ich stand da, innerlich explodierend. Die Erinnerungen spulten sich in meinem Kopf ab wie ein unscharfer Film. »Glauben Sie mir, ich weiß das«, fuhr er fort. »All meine Mandanten sind gemeinnützige Unternehmen … zum großen Entsetzen meines Kompagnons.«

Ich schaffte es gerade so, ein leises »Danke« herauszupressen.

Er streckte mir seine Hand entgegen. »Ich bin Alex van Holt.«

Dann legte er den Kopf schief und betrachtete mich mit einem kleinen Lächeln. »Sie kommen mir bekannt vor. Sind wir uns schon einmal begegnet?«

Wir hatten Sex in einem begehbaren Kleiderschrank vor dem Spiegel, dachte ich errötend. »Nein. Ich denke nicht. Aber ich glaube, ich habe Sie schon einmal in der *Town and Country* gesehen.«

Nun war er an der Reihe zu erröten. »Gott. *Das.* Ich und eine Gruppe von Polospielern.« Die Aufzugtür glitt auf. Er blockierte sie für mich, dann folgte er mir in die Kabine. Seine Umhängetasche aus abgewetztem Leder war prall gefüllt mit Papieren. Er war genauso attraktiv, wie ich ihn in Erinnerung hatte, nur dass er einen schlichten blauen Blazer trug, eine Jeans und Sneakers. Er roch nach Seife, nicht nach Eau de Toilette. »Ich finde Ihre Ideen wirklich kreativ«, sagte er. »Unsere Familienstiftung könnte jemanden wie Sie gebrauchen. Besteht eine Chance, dass wir Sie abwerben können?«

»Ich fühle mich geschmeichelt, ich bin jedoch glücklich mit unserer kleinen Agentur. Es läuft gerade ziemlich gut. Außerdem arbeite ich mit meiner besten Freundin zusammen, was schwer zu toppen ist.«

»Bringen Sie sie mit!«

Ich lachte und schüttelte dann den Kopf. »Verlockend, aber ich habe schon genügend Veränderungen in meinem Leben demnächst.« Ich tätschelte meinen Bauch.

»Wann ist es denn so weit?«

»Im April.«

»Ihr Erstes?«

»Das Dritte.«

»Ich habe auch drei Kinder«, sagte er stolz. »Drei Mädchen.«

»Wirklich?«

»Meine Frau und ich finden das klasse. Meine Frau ist nur mit Brüdern aufgewachsen, deshalb schwebt sie im siebten Himmel.« Er holte ein iPhone hervor und zeigte mir ein Foto von sich und drei hinreißenden kleinen Mädchen mit lockigen Haaren. Neben ihm, mit einem breiten Lächeln, stand Larry Liebman.

»Larry!«, sagte ich, bevor ich mich bremsen konnte.

»Sie kennen meine Frau?«

»Oh, nicht persönlich. Sie arbeitet für den *Inquirer,* nicht wahr? Sie schreibt tolle Artikel. Und sie passt perfekt zu Ihnen.«

»Danke«, sagte er mit demselben komischen Blick, der mich immer zum Lächeln brachte. »Das denke ich auch.«

Wir fielen in Schweigen, und gleich darauf kam der Aufzug im Erdgeschoss zum Stehen. Alex hielt seine Hand wieder vor die Lichtschranke, um mir den Vortritt zu geben, und wir gingen gemeinsam in die Lobby.

»Nun, Abbey, es war nett, Sie kennenzulernen«, sagte er. »Selbst wenn Sie mir einen Korb gegeben haben. *Schon wieder.*«

Er zwinkerte mir zu, als Bestätigung unserer Begegnung

vor dem Aufzug und des peinlichen Telefonats vor all den Jahren. Er erinnerte sich also doch an mich.

Ich sah ihn an, und Tränen stiegen mir in die Augen. Nicht aus Traurigkeit, sondern wegen der Gewissheit, dass alles so war, wie es sein sollte. Wir gaben uns die Hand, und jeder schenkte dem anderen einen langen letzten Blick, bevor Alex sich umwandte und davonging. Ich beobachtete, wie er in Richtung Ausgang lief und auf die belebte Straße hinaustrat, die ihn wie einen Geist verschluckte.

Das Baby strampelte, und mir fiel ein, dass ich einen Zug erwischen musste. Ich wandte mich um und schloss mich den anderen Pendlern an, die mit der Rolltreppe hinunter in den Bahnhof fuhren. Wenn ich mich beeilte, würde ich es vielleicht vor fünf nach Hause schaffen, vielleicht sogar vor Jimmy und den Kindern. Ich würde in der Küche auf sie warten und mich bereithalten für den Trubel, den ein ganz normaler Abend in einer ganz normalen kleinen Familie mit sich brachte.

Ich hielt mich gut am Handlauf fest.

Danksagung

Einen Dank an Theresa Park dafür, dass sie an dieses Buch geglaubt hat, und dafür, dass sie mich drängte, tief zu bohren.

Einen Dank an Stacy Creamer für ihre Aufmerksamkeit und Begeisterung und dafür, dass sie mir geholfen hat, meinen Weg zu finden, als der Pfad sich im Dunkel verlor.

Ein großes Dankeschön an die ersten Leser, die mir zu allen möglichen Themen ihren Rat schenkten, angefangen von Kongresswahlen über thailändische Kosenamen bis hin zu Louboutins: Tobey Pearl, Heather Jacobs, Amy Fonville, Jody Weber, Laura Getty, Nimpa Bosch, Gretchen Regan, Sandra McClintic, Sopee Conard, Olivia Rabe, Carol Gangemi, Sara Himes, Rebecca Timme, Katharine Bolt und Natalie Blanning Weber.

Einen Dank an Abigail Koons, Emily Sweet und alle von TPL, und an Howie Sanders für seine Leidenschaft.

Einen Dank an meine Mutter, weil sie mir gezeigt hat, dass alles möglich ist, und weil sie immer für mich da ist. An meinen Vater für seine Lebensfreude und seine unermüdliche Unterstützung, an meinen Bruder für seinen Humor und an meine Schwester, die alles weiß und mich trotzdem liebt.

Einen großen Dank an Lulu und Will für ihre Geduld – und dafür, dass ihr so einen gesunden Schlaf habt.

Aber vor allem möchte ich Joseph Gangemi danken. Dank dir möchte ich dieses Leben bis in alle Ewigkeit leben.